小説　積極的平和主義者達の挑戦（Ⅳ）

―現代イスラム社会の過激思想に学ぶ―

Pershing S 水観

杉並けやき出版

小説 積極的平和主義者達の挑戦（Ⅳ）
――現代イスラム社会の過激思想に学ぶ――

目次

前編：思想、宗教の裏側にあるもの
――現代社会が生み出す悪行の極み、テロ――

目　次

目　次

目　次

前編：思想、宗教の裏側にあるもの

―現代社会が生み出す悪行の極み、テロ―

一　現代アメリカ社会に潜む闇

――病むアメリカ人、合衆国爆弾男の怪――

二度の大戦から下ること半世紀、人類が経験から学ぶべきは、何を捨て置いても世界の恒久的な秩序と平和の希求にあったはずなのに、入れ代わった世界の指導者層は、愚かにも、大戦の傷跡さえまだ残る地球上に再び新たな紛争の世を作り出してしまった。そこに悪乗りする衆愚は、価値観の変化とばかり古き良き伝統を壊し捨て去り、自己の権利のみを主張して憚らない浅薄な世相を演出する。

そんな世であれば、ゾンビは雨後の筍、誰がこれに歯止めを掛け得るか。

東西緊張緩和、ベルリンの壁打ち壊しとそれに続くソビエト連邦の崩壊から三年を経た１９９４年、初夏のカリフォルニア。

その日、現役の情報科学者であり、三十歳近くになって起こした情報処理ベンチャーの責任者でもある小松原真人は、昼食がてら、更なる方向の見え始めた新世代型人工知能の概要設計の策を練ろうと、パソコンを片手に会社裏手の芦原に臨む公園に出た。

小松原は、訳あって十八歳で日本を出て、スタンフォード大に学ぶ。その後アメリカ国籍を得て大学の後輩だったアメリカ人女性のジェーンバリーと結婚、以来ずっと夫婦二人三脚で資金源の情報開発会社を経営しつつ人工知能研究に専心してきた。東洋流で言うところの知命、五十歳の大台を目前にして、これまでは研究の最先端を順調に走り続けて限界を感ずるなどのことは無かった彼も、さすがにこの頃は、世の中の科学技術の進歩変革の激しさを切実に感じざるを得ないのだ。

彼が起業まで在籍し、その後も非常勤で名前を置いた大学の人工知能研究所にしても、設立当初から強力なリーダーシップで世界最先端を行く施設にまで押し上げたジョン所長、ジム副所長以下、名立たる教授陣すらも寄る年波を口にされ、時世の激しさに立ち向かうに若手の力でなければ駄目と世代交代を画されていたのだった。そしてその矢先、小松原が四十歳の誕生日を迎える直前のことだが、サンノゼ南方ロマプリータ山地から発してサンフランシスコ湾南縁を走り、大学のあるパロアルトからサンフランシスコ市内に至る広域大地震が発生。甚大な被害を受けた研究所施設は、一時閉鎖を余儀なくされた。

これまでのように若さに任せた感性と馬力だけでは早晩限界が来ると感ずる小松原は、最近では、時間的なペースダウンは已むを得ず、代わりに対象を絞り込んで効率を上げることで研究の質をキープすべく、日々研鑽の気持ちに拘っているのだ。

彼の仕事と研究両面で必須ツールである電算システムは、世の趨勢としては、技術革新で超大型と超小型の二極化に向かい、これまで彼が駆使してきたのは、スタンフォードのグループと開発した高性能ワークステーション群にローカルなネットワークを張ったものだったが、しかし、今ではその中核のワークステーションすらが過去の大型機種並みの運命で、超小型ＣＰＵモジュールの普及で登場したオフコン、パソコン類にその役が取って代わられてしまう。そこを先読みしていた小松原は、つい先頃、パソコンネットでさらに強靭な広域ネットワークを張り直し、自宅と職場を同一環境に整えたのだった。おかげで作業の場所も時間も無制限、外に出たければ端末を携行して、どこにいても自由なアクセスが可能なのだ。

こうした小松原真人の身辺の穏やかさの一方、二十世紀最後の十年に入った世界の情勢は、期待すべき二十一世紀像すら想い描けないような激動期にあった。

ベルリンの壁崩壊、東西ドイツの統一に象徴されるように、東欧旧共産圏周辺諸国は混乱の極み。ロシアは脱共産路線を目指す新大統領の下で行政改革と情報公開を強行して更なる混乱を呼び、結局、過去の付けを全て二十一世紀に持ち越す形でソ連邦は崩壊に至る。

イスラム圏では、軍事独裁政権の強化に走るイラクに対して国連多国籍軍が介入、東西を巻き込んで湾岸戦争にまで及ぶ。イラクは多国籍軍側民間人を人質に取った、いわゆる人の盾戦術でこれに抵抗、結局、双方の甚大な犠牲者と巨額の戦費無駄使いのまま、これもウヤムヤの停戦を余儀なくされたのだった。

こうした動きがまだつい数年前のこと。

ここアメリカでも、度重なる戦費の浪費で疲弊し切って逼塞感を増すばかりの社会情勢の下で、永年の燻りである人種問題が遂に発火した。多色民族国家米国の中でも特にそれが顕著な西海岸の最大都市ロサンゼルスで、戦後に増大したアジア系移民層と元々の黒人層との間の確執が、それまでの白人による黒人への偏見に取って代わる形で暴動にまで発展してしまったのだ。

一方に、ヨーロッパ大陸には全域の大同団結で政治経済基盤の強化を目指すべく、欧州連合が発足する。理念の高さの一方で、メンバー国の多様な社会文化基盤をそのままに十把一絡げするものだったから、実現までに多大な年月を要したにも拘らず、なお課題山積の船出だった。

こうした動きのどれもこれも皆、世界中を覆う不安定感、不透明感を受けた民族主義的風潮の高まりと言え、それは地域限定で収まるどころか、もう直ぐの二十一世紀に向かって益々その傾向を強めているのだ。

情報科学研究者としての小松原真人本人も、そうした情勢の下では無風であり得ず、その間、母国日本での北朝鮮による拉致問題、東欧共産圏のエイズ禍や原発事故騒動などに、心ならずも駆り出されたりして際どい経験をする。

それと言うのも、小松原が学界業界と姿勢を異にして開発に邁進してきた人工知能、彼はそれにソーニアの名を冠してシリーズ化しているのだが、それを核にした応用編の一つ、メガサイバーポリスドメインが、ネット環境での丁々発止に威力を発揮し、事ある度に支援を要請されてのことだった。

サイバーポリスとは、小松原が人工知能の自律性に期待して、サイバー空間での総合監視機能を果たさせるべく開発に傾注してきたシステムの第一バージョン。これからの世界を支配するツールとして唯一無二のネット通信技術、つまりサイバーテクノロジーが、まさに両刃の剣であって、プラス面の効果もともかく、悪用されてとんでもない武器となる恐れのあることを当初より懸念していたのだ。

頼まれて参画した小松原は、自分の研究の結晶とも言えるサイバーポリスドメインの試行に願ってもないチャンスと期待したのだったが、そんな打算を見透かされたかのようにどれも皆中途半端で終わってしまう。しかし、十数年後に迫った二十一世紀を見据えてのサイバー環境浄化という視点に特段の意義を感じ、その具体的な在り方に幾つかヒントを得たのは大きかった。

葦原の先に湾が見渡せる突堤のベンチに腰を下ろし、子供達が生まれてからは家の仕事場で作業することが多くなった妻のジェーン手製のランチバケットを開く。特製サンドウィッチを片手にパソコンを立ち上げると、時々しか表れることのないソーニアからのマル特マークが画面に出て、思わず手が止まった。これは広域ネットワークサーバーの中核に据わるソーニアⅢの直下に付け加えた機能で、インターネット経由で流れ込む雑多情報から特殊案件のみを拾い上げてプールするもの、サイバーポリスドメインから格上げしたサイバーインターポールの大事な機能の一つである。キー群をかなり複雑に絞り込んだから検出頻度は少なく、しかし、拾われた対象は緊急性ないし重要性が高いものばかりなのだ。

慌てて開くと、手配中の爆弾魔に関する目撃情報、とある。小松原にはそれだけで意味が分かった。サンドウィッチを頬張ったまま中身を拾い読みしながら、携帯電話で妻のジェーンを呼び出す。

「ジェーン、厄介事の再燃だよ。君は今朝のネットのニュースを見たかい？」

「いいえ、まだ。今朝はアッシーの登校でアタフタしていたから、まだ見てないの。何があった？」

「君の懸念が当たってしまったようだよ。例の爆弾魔が、また動き出したのかもしれない。初めの頃は東海岸寄りだったのに、その後のエスカレートで中部から西海岸まで広がる動きを見せていたんだよね。そしてね、昨日今日、ＦＢＩの手配書の似顔絵に、幾つかの目撃情報が寄せられたというんだ。そして、それがなんとロサンゼルス市内とサンフランシスコ市内なんだよ」

「ええっ、そんな。ユナボマーが遂にこの地域にまで目を付け始めたってこと？」

「どうもそうらしい」

「その目撃情報が本当なら、狙いはシリコンバレーかスタンフォード辺りね」

「そう。やはり、彼だか彼らだかの狙いは明確に最先端情報技術分野に向いたということ。まさに君の心配した通りだった」

「いったい何を考えているのか、許せないわねえ」

「ＦＢＩの精鋭達が追っても何も分からず、ペンタゴンは僕にも協力しろと言ってきていたんで、ソーニアに探索のスキームを与えて監視させていたんだが、ほら、去年のソ連の原発事故のあった少し前、ユタ州で同じことをやらかして以降は何も聞こえてこなかったもんだから、すっかり失念してしまっていた」

「原発の大事故で世界中がピリピリして、どの国も内外の安全保障や犯罪取り締まりに厳戒態勢を敷いたから、動きようにも動けなかったでしょうけど、ああいう事件を連続して起こすような犯人の心理からしたら、そういつまでも静かにしてはい切れないものよ。隠れて騒動を画策し、その成功で人が苦しむ様を見て自己陶酔するような性格破綻者は、いつまでも心の縛りを保てるはずがないんだから」

「君は前々からそう言っていたね。しかも、狙う標的もどんどん拡大して、やがては現代社会の担い手である科学技術の全てを敵視するようになるとも言っていたね。それが皆、本当になってしまった」

「ロシアの原発事故があったあたりから何も聞かなくなっていたのは、それに怖気付いてなんぞのことでは全くない。むしろその間、じっと地下に潜って邪剣を研ぎながら更なる機会を窺がっていただけでしょうよ」

「そして、最終的な対象として、今激烈な社会変革をもたらしつつあるネット技術に照準を絞ったか」

「やはりね。そうなると、私達もこのままじゃいられないわ」

ユナボマーとは、ここ十数年来、全米各地で殺傷事件を引き起こしている得体の知れない爆弾魔のことだ。初めの頃は大学や航空業界を標的にしていたことからUniversity & Airline Bomberと呼ばれたのだったが、その後、最先端のコンピュータ関連も狙われるケースが多くなり、数年前にはここカリフォルニア州の州都サクラメントで死者を出すまでになっていた。その後、一層のエスカレートの兆しを見せていたところにロシアの原発事故やロマプリータ大地震があったりで、しばらくは鳴りを潜めていたのだが。

「最初の犯行は東海岸の原発事故の前年で、僕らもアイ子ちゃんのお父さんの拉致事件が発端で北朝鮮騒動をやらかしていた頃のことだったからよく覚えている。工科系の大学を標的に爆弾を送り付けては負傷事件を起こしていたんだった」

「でも、その後は大学だけに止まらず、航空会社まで狙われるようになって、ＦＢＩがユナボマーと呼んで躍起になったけど、巧妙に隠れて同じことを繰り返して、挙句が、サクラメントのコンピュータ販社での死亡事故よ」

「工科系大学から航空機関、コンピュータ産業までとなると、これはもう最新科学技術全てを敵視した無差別攻撃だろうね。何を根に持っての犯行か分からないが、ペンタゴンの意向もともかく、僕らの人工知能なんかが狙われるのも時間の問題だね」

「科学や技術が両刃の剣となって終末時計の進みを速めていることに警鐘を鳴らしたいのかもしれないけど、それを爆弾テロで止めさせることなんてできっこない。喩え已むに已まれぬ大義名分があったにしても、手段を誤れば、やはり、似非よ」

「ＦＢＩやペンタゴンは単独犯と見ているようだけど、そうだとすれば優秀な工科系の研究者とか技術者だろうが、よほど何かあったんだろうか。それとも、背景に大きな組織が絡んでいたりして」

「あなたが最初の頃、ユナボマーのことをユナイテッドボマーと間違って言っていたけど、今の無軌道振りを見るとそのあなたの言い分の方が当たっていたんだわ」

「ともかく、僕らはこのままでおっては拙い。僕らの人工知能研究を知る人達は限られているけど、会社の仕事の方はその道に知れ渡っているから、そんな連中の標的には持って来いかもしれない」

「で、そこにどうしたらバリアーを張れるかしら」

「うーん、これほどのコンピュータ通らしい相手だと、奇手では通じまいよ。先ずはこれまでの犯行の全容を把握して分析することだね。こうした犯行には必ず犯人の癖や弱点のようなものがあるはずだ。それを洗い出せばどんなバリアーが有効かも分かると思う。実は、ペンタゴンから内々言われていたのはそうした意味合いのことだったんだ。君には余計な心配を掛けたくないからできるだけ関わらないようにしていたんだけど」

「すると、またまたソーニアの出番ということになるじゃない。気が進まないわねえ」

「うん、君がそう言うだろうとは承知している。僕も同じ気持ちだし。でもねえ、……」

「相手が知能犯なら、尻尾を摑まれないことね。それには煙幕を張るしかない」

「こんなことのために、今度の広域ネットのサーバーにはソーニアⅢを中核に置いて、外部からのアクセスに追尾機能を独立して持たせたんだけど。今僕が見ている情報も、その監視機能が拾い上げて教えてくれたものなんだ」

「あーあ、結局、またまたソーニーに皺寄せね」

「うーん、僕も気は進まないが、しばらく辛抱してくれないか」

「ええ、まあ私はいいけど、アイコが辛がるわね。今では彼女がすっかりソーニーの専任になっているから」

「そうだ、それもあったか。こんな血なまぐさい話に、絶対にアイコを巻き込んじゃいけない。そもそも、まったく生産性の無い仕事で、こればかりは僕がやるしかない」

「まあ、いいわ。アッシーも手が掛からなくなったし、私がその部分を引き受けます」

「うーん、ありがたいが、しかし、君にだってこんなヤバいのは拙いよ」

「でも、これまでの犯行の全体像の解析に加えて、こちらの全容に擬態を凝らすカモフラージュ機能も必要だろうし。まあ、ソーニーをこれからの私達の仕事の中核にしていくに、あなたの新しいオートノミックディフェンスフォース構想をもっともっと完全なものに改変していかなければならないでしょうし、詰まるところは同じ方向よ」

「そこだねえ。それならいっそ、僕らの次世代のサイバー環境に合わせた自律型のオペレーションシステムの開発を先行させるか。サイバーインターポールの司令塔に特化したこれまでのソーニアネット版の機能を、根本的に模様替えする」

「ええ、その方がいいわね。これからのソーニアの本道の方は、第四世代としてアイコ専属で開発作業を任せましょう。あなたや私はもうアイデアの提供だけ、最新技術の取り込みは若い力で行くしかないんだから」

「よーし、それでいこう。そうなったら善は急げで、僕は午後の仕事を若手に振り分けて早引けする。君も子供達が帰るまで手を空けてくれないか。基本構想作りだけでも今日中に着手しよう」

「了解しました」


だが、昼食もそこそこに会社に戻って仕事を整理し、早引けして家に戻った小松原に、爆弾魔の情報を精査していたらしいジェーンが暗い表情を向けてきた。

「君も何か見付けたの？」

「ええ。アメリカ国内だけでも、今時、テロ紛いの不可解な事件て多いのね。監視機能の探索キーのレベルを少し下げてみたの。そしたら、あるわ、あるわ、呆れるほどだわ」

「そうだろう。そもそもテロリズムだテロリストだなんて言葉自体が僕にははっきりとは理解できないんだよ」

「今の報道は何でも大げさにしたがるし、巷に爆弾、凶器なんて言うとすぐにテロ扱いなのかもしれないけど、これだと真の実態が隠れてしまう」

「語源はきっと、恐怖に慄くという意味のテラーだろうかねえ。それにイズムなんて語尾を付けてテロリズムなんて」

「そうねえ」

「僕がイズムという名詞を知ったのはもう四半世紀も前、日本の高校の授業でだったけど、これはドクトリンという類似語と一緒に習った記憶がある。その頃の印象では、イズムとかドクトリンとかって、とても普遍的な価値のある主義主張だとか学説だとかを差すと思っていたんだけど。だから、行為そのものも許せないけど、テロにイズムを付けてテロリズムなんて言い方も許せないなあ」

「そうね、あなたには日本人のルーツがあるから。でも、同じような怖さでも、ホラーという単語があるわね。これはねえ、身の毛もよ立つっていう怖さ、つまり、テラーよりずっと非論理的な怖さで、こちらにはホロリズムもホロリストも無いでしょう。まあ、多分に屁理屈だけど……」

「うーん、そう言われればね」

「こういう行為には、必ずしも全面否定し切れない社会的要素があるから、厄介なのよ。こじ付けかも知れないけど、人智の及ばない非人間的な怖さのホラーに対して、テラーは極めて人間的、知恵を持ってしまった生き物である人間の性に発する怖さがテラー。だとすると、テラーこそは人間の英知でもって防ぎ得る怖さということになる」

「うーん、そうだ。その考え方はいいねえ。我々の努力で無くしていかなければならず、そして、無くし得るのがテロという行為。他人事のようにして面白おかしくしていたんではならない」

「そして、私達が貢献できるとすれば、やはりソーニアになっちゃうわね」

「なぜ、然るべき国際機関が世界の世論を総動員して、テロの発生に対してしっかりした歯止めを掛けないのかね。然々なるをテロ行為といい、その範疇の行為は如何なる理由、事由に因らず重刑、とね。犯した個人は厳罰、その国は連帯責任で制裁されると言い切っていいことなのに」

「でもねえ、あなた。気持ちは分かるけど、今の世はそう簡単ではないのよ。人権や自由が過大評価されがちな現代社会では、犯罪行為や犯罪者には厳罰主義で、と言っただけでそこに反対の声が上がる。テロにだって已むに已まれぬ事情があるはずと、その根拠を社会の中に求めてしまう。つまり、テロの頻発が現代社会の病巣なら、そこに行き過ぎた人権や平等の理屈を持ち出すこと自体が、退廃した現代社会の病巣とも言えるのよ」

「行動より言論の方が優先されてしまいがちな風潮が、テロのような理不尽な社会現象を助長しているということか。なるほど、心理学志向だった君らしいよく分かる見解だ」

「そうやって社会事象を複雑化させてしまうから、簡単に見付かる解決手段にまで手枷足枷が掛かってしまって、問題ではない部分までも問題となって増殖しながら、全く減る方向のベクトルは働かない。自縄自縛というトラップが病巣の根源なのね」

「そうか、現代社会の病巣と言う自覚が必要だったか。この辺りになると、君の方がはるかに詳しいね。どうも僕は腰が引けちゃうみたい」

「まあ、あなたの頭の中は、それどころじゃない人工知能の課題でいっぱいだから」

「うーん、本当の有能な科学者ならそこを両立させなければならないんだが、まだ僕はちょっとそのレベルには……」

「でも、来るべきネット社会のように誰もがいっぱしの論客となって言いたい放題を発信できるようになると、この傾向は益々大、もう後十年も無い二十一世紀社会とは、多分、怖くて人前では口を開けなくなる社会かもしれない。昔の恐怖政治の下では、国民は上が怖くて口を開けなかったんだけど、やがて来る似非の民主主義社会では、周囲が怖くて正論を口にすることができない社会なのね」

「うーん、君はそこまで厳しい見方をしていたか。引き換え、僕は自分の人工知能の進展にいい気になって、本筋が見えなくなっていたようだ」

「いいえ、そう卑下なさることでもないわよ。人々にその自覚がある限り立ち直りは可能。私らさえそういう想いに立てるんだから、世の賢人さん達はもうとっくにお気付きになっておいでのはず。無知蒙昧ばかりではない世に正論喚起を促して、何十億かの世界の民に矜持を取り戻させる」

「そうか、分かった。神仏の教える悟りの意味さえ分別しない今の世に、その自覚を遍く浸透させていくとなると、我々のソーニアの役割りがそこにこそある、と、君は言いたいわけだ。納得」

「あなたのテロを許せないって気持ちは、私も全く同感だけど、彼らの理由ははっきりしているわね。動機が極めて個人的で自分自身の目的達成のためだけ。敵対の先も極めて個人的で自分を邪魔する者は誰も皆敵。手段は選ばず何を使ってもいいし、そのトバッチリがどれほど無関係な他人に及んでも意に介さず。つまりは、テロとは無定見、無差別、無秩序な蛮行であって、本人がどんなに御託を並べたにしたって無分別な残虐行為に変わりはないのよ。しかも、自分の痛みを最小にして最大効果を狙うから、不意打ちだったり無垢な他人を利用したり、卑怯なやり方においても並ぶもの無し」

「そうなんだね。僕もペンタゴンから諮問のあった時、こんな気違い連中の分かり切った犯罪行為は相手にしたくないと一応突っ張ったんだけど、それだけにソーニアにはしっかりした対応をさせたくって、監視機能を強化させたんだよ。でも、……」

「世の識者さんは誰も皆、テロリズムなんて領域に踏み込むのは避けたいらしいわ。今日、あなたの電話の後でちょっと抽出しただけでも、成書や学術論文がいろいろ。でも、どれも皆中途半端、本質を捉えた提言なんてどこにも見当たらない。中には、分かっているのにわざと口を濁してしまっているのもある」

　ジェーンがパソコン画面を操作しながら検索情報を見せてくれるのだが、なるほど、小松原にも分かり切っているようで分からない表現ばかりだ。

「例えば、この論文はテロなる過去の事例を動機に基いて分別したものだけど、領土的、観念的、政治的、宗教的、妄想的なんてね。これだと、ちっとも本質が分からないでしょう。他にも、こんなもの、理性的、心理的、文化的な動機による区別なんて見方もあるけど、現実のテロ行為にはこの分類のどこにも入らない意味不明なものがいろいろある気がするし、冗談みたいにテロに色を着けて白色、赤色、黒色なんて表現には、不誠実の臭いすらするわ。共産主義者に依るものが赤、独裁政権だと白、無政府主義者のようなもののケースが黒だなんてね」

「全くだねえ。それで、テロリズムなんて概念は歴史的にはどうなんだろう。いつ頃からこんな言葉があったのだろうか」

「私の調べた限りでは、昔から暗殺、謀反、反乱、一揆なんていう似たような行為は、下剋上に伴う戦闘的行為にはたいてい付いて回った蛮行だし、フランス革命時の白百合旗を掲げる王党派によるナポレオン支持者達の掃討、ロシアの革命主義者レーニンに始まるボルシェビキ達の王朝派への無軌道な粛清、第一次大戦の切っ掛けとなったオーストロハンガリー帝国の帝王暗殺事件なども、皆テロと表現されているわ。こうしたものは、世界秩序が曲がりなりにも確立された今の時代のテロの範疇とは、少し印象が違うようだけど、総じて、分別あるべき為政者による無分別な残虐行為よ」

「今様には、政治信条とか、思想、宗教などを異にする勢力が、特攻的な殺戮行為で相手に打撃を与えて己の主義主張を通そうとするのが主流だね。多勢に無勢を補う戦法として採られるゲリラ戦なんかとは違う。前世紀並みな敵討ちだ決闘だとも全く違う」

「だからと言って、そんな殺し合いが正当化されるわけじゃないけどね」

「尤もだ。でも、そういう意味では明治以降の日本においても頻発した無政府主義者達による暴走なんかは、まさにテロだね。そして、そこから下った僕らの時代の日本赤軍なんてのも、末路は典型的なテロ集団だったようだし」

小松原の脳裏を過っていたのは、頑是ない頃に見聞きして記憶の中に染みのようにして残ってしまったアナーキズム、アナーキストの単語や、先年、学生運動上がりの田部満氏が己の不始末を口にした時のあの苦渋に満ちた表情だった。小松原にとっては、自分と同年代の学徒達が取った狂気の行動、総括と称する仲間内のリンチ殺人、世界各地でのバスジャック、シージャック、ハイジャック、果ては空港占拠、大使館占拠、要人誘拐と、鬼畜と化した若者達の様は想像すら追い付かなかった。生身の体を息絶えるまで殴る蹴る生き埋めにするなどの仲間内の暴虐は、テロと言うには異論もあろうが、これこそがテロ集団なるものの悍ましい性を如実に物語るもの、まさに国際テロ組織の名に相応しい稀有な狂人集団だったではないか。

「日本人て、穏やかで思い遣りのある民族性の一方で、思いも掛けないような残忍で非人間的な発想ができて、しかも、そこへ向けて用意ドンで走り易いという側面も持っているのかしらね。人間って、そう他愛無く狂えるものとも思えないのに」

「うーん、そう言われると、日本ルーツの僕は何とも。テロリスト達に通底する唾棄すべき性が、大和民族の根底に流れる悪しき性の一つだとは、とても思いたくない」

ジェーンの言いたいのは、太平洋戦末期の日本軍がとった特攻なるものが、まさに国が挙げて後押ししたテロ以上の理不尽な行為だったこと、そこが分かる小松原は発する言葉が無い。口を閉ざしたまま画面をそっと消すジェーンに、小松原はこれ以上の議論は危ういと感じて黙ってその場を離れた。

テロの源流が日本にもあったと、ジェーンはそう感じているらしいと知るのは、小松原にとっていささか耐えがたい。だが、想いを外に出さず平然として態度を変えないジェーンに対するに、独り善がりな愁嘆場を演じてみても自分が惨めなだけだ。そこを思いつつ、ソーニアのユナボマー対策に頭を悩ますこと数日。だが、小松原のそんな悩みはまだ笑止の部類だったようだ。

その日も何やら気持ちがスカッと晴れず、それでもジェーンの自宅作業が多くなって以降小松原の役目となっていた会社の雑用をこなすため、気分に急かされるまま早々に家を出た。まだ社員は誰もおるまいと思っての早出出社だったのに、マシンルームとその隣の監視ルームの明かりが煌々と点いて、何やら慌ただしい。若手が数人、それぞれサーバーマシンのディスプレーにしがみ付くようにしてキーボードを叩いている。腕組みをしながらその様子を見守っていたリーダー格のワトキンスが、小松原に気付いて寄ってきた。

「社長、お早うございます」

「ああ、お早う。何かあったかね。システムトラブルでも？」

「いえ、まだトラブルまでは行っていません。実は今朝方、私の元同僚から電話があって、うちのシステムは大丈夫かと言うんです。どうも、湾南地域一帯の企業のシステムに障害が発生していて、同僚の推測を交えた話しだと、ハッカー集団による破壊工作らしいんですよ。この辺り一帯の不特定多数の大手情報企業ないしベンチャーに、障害が波状的に及んでいるようです」

「ええっ、ハッカー集団？　まさか、今世間を騒がしているユナボマーとか？」

「いいえ、それとも違うようです。どうも、ネット通のかなり性悪な悪戯ではないかと思われます」

「するとやはり、オタク連中だね。愛すべき悪戯好きの仕業くらいに感じていた頃は気にもならなかったが、今はもう素人には分からないからと、したい放題。犯罪行為を痛快がっているようじゃあ許しておけないね。で、どのような壊れ方？」

「いえ、うちはまだ実害は無く、でも、入り込もうとしたアクセスの痕跡が、やはり幾つも。社長のご指示で張り巡らせていた入り口の監視機能がそれを感知して、辛うじて身を躱してくれたようです」

「そうだったか。よかった。カモフラージュ機能が奏功したわけだね。そうすると、アクセスした相手の情報などは釣り上げているはずだね」

「はい。それで今、手分けしてシステム内部の洗い直しをしていまして、並行して、監視モジュールが捕まえた相手の尻尾らしいものの解析を急がせています」

「そうか。実害が無いうちに動いてくれてありがとう。続けてくれ給え」

「はい。ところで、社長はスリバチヤマなる単語の意味が分かりますか。何かの名前かと思われますが」

「スリバチヤマだって？　どこにあったの？」

「はあ、如何わしいアクセスの中に、そんな名称を名乗るのが頻繁にあって、ルートを辿って所在を割り出したところ極東の何処からしいとまでのことは分かりました」

「ちょっと待ってくれ。どんな文字で？　アルファベット表記？」

「それがちょっと。私は語学が苦手で、さっぱりなんです。表記はアルファベットのようですが、とても読めない綴りで。でも、それを見たインド出身の若い一人には分かったようで、ロシアではないかと。キリル文字とかを活字のアルファベットにするとそんな風になるらしいんです」

「ほう、キリル文字でスリバチヤマとあったわけかね」

「ええ。でも、このサーバーは発信元ではなく、その更に先があるようで。それに、ロシア語にはスリバチヤマなんて単語は無いそうで、それ以上はさっぱり」

「そうか。それ以上の尻尾を摑ませなかったとすると、向こうもかなりなやり手かもしれないな。それに、キリル文字とかになると、犯人はこの国の軟弱オタク共じゃないかもしれない」

「はあ」

「ところで、君はさっき、この辺一帯に波状的に攻撃があったと言ったねえ。それが何か、追跡のヒントになりはしないだろうか」

「と仰ると？」

「向こうはハッカーの大集団なんぞではなくって、ネットオタクのような個人とか情報技術に詳しい専門家とかの、単独犯と見た方がいいのではなかろうか。軍団の攻撃なら、わざわざ小刻みにせずに集中砲火的にやる方が炎上に効果的だし、それと、キリル文字ってスラブ系民族の国々で広く使われているんだろう。地域で言えばインド北部から東欧全域、ロシアと限らない方がいいかもしれない」

「そうですね。仰るように、スリバチヤマなる相手にはあまり拘らずに対象を広く追ってみます」

「何分にもこの湾南地域の最先端情報産業を担っているのは、技術者として受け入れられた東南アジア、中近東、極東系の人達が、アメリカ人より多いくらいだ。特に、ソ連圏の政情不安が大きくなってからは、東欧圏から逃れ出た人達も結構な数じゃないかねえ」

「なるほど、そうですね。犯人を捕まえてみたら足元にいた、なんてことになり兼ねませんか」

「うん。ともかく、こちらの監視機能にはかなり自信がある。向こうは仕掛ける度に何か綻びを出すはずだ。慌てずにやってくれ給え。そして、これこそこちらの機能強化に持って来いの実験台だよ。場当たり的ではなく、しっかり系統立てて追って欲しいな。手間暇掛けていいから」

「はい、そうします」

若いメンバーがしっかりと取り組んでいる様を傍観するだけで、その場はそれ以上拘らないようにした小松原だったが、スリバチヤマなる単語だけは引っ掛かった。小松原の年代以前のアメリカ人ならほとんど知っている、アーリントン墓地の合衆国海兵隊記念碑なるモニュメント。あの記念碑は、アメリカ合衆国建国以来ただ一回の、外国戦闘部隊による本土進攻を許してしまった太平洋戦争相手国日本との、硫黄島決戦の勝利を記念したもの。いわば、戦勝記念碑なのだ。そして、勝利を喜ぶ兵士が星条旗を押し立てている場所が摺鉢山、山とは言え小さな硫黄島にこれまた小さなただ一つの丘、火砕丘のことなのだ。

不覚ながら、小松原は渡米して十年ほどもそうした事実を知らず、初めて聞いたのはジェーンと結婚した直後、初めての里帰りの時に姉の喜久子からだった。姉にしても、ジェーンを迎えるためにアメリカの歴史や社会風俗を猛勉強しての、にわか仕込みだったらしい。ジェーンすら、硫黄島までは知っていたが、摺鉢山とまでは知らなかったということだったのだ。

それほど世間には馴染みの薄いスリバチヤマを名乗る相手で、しかも東欧のキリル文字を使うような相手とは、いったい如何なる輩なのか。あるいは、スリバチヤマなるキリル文字に何か全く違った背景があるのか。

――ワトキンスにはさり気なく反応しておいたのだが、これだけ如何わしい背景が漂うとなると、明らかにただの遊びや悪戯ではない。ジェーンの懸念する通りだ。こうしたことを企む人物達とは、ユナボマーなる爆弾魔のような人物達と同質同類の犯罪性向の持ち主と言うべきだろう。あるいは、同一人物であったって不思議はない。あたら素晴らしい才能を犯罪に向けて喜ぶような、狂気の才人達だ。――

小松原の研究者としての性が容易に心の蟠りを解かせてくれないのが、やはり、気違いが手にする刃物の理屈。火薬爆弾もサイバー爆弾もテロの格好な武器となり得ること。今世紀型テロが使う火薬爆弾が、来たる二十一世紀型テロではサイバー爆弾が主役となって、その威嚇効果も実質破壊効果も桁外れに拡大されるであろうことだった。

二　現代日本社会を覆う闇

――使命感のみにては救い得ずか、社会心理学者田畑郁子の暗い予感――

戦後の世界経済の激動に乗って独り勝ちしてしまった日本経済は、１９８０年代末の絶頂期の後、断崖を墜落する勢いの後退期に入る。その間の突沸した世相は社会に重大な影を落とし、その後の日本経済の凋落振りと相まって日本社会、日本人の心の荒廃は目を覆うばかりとなっていく。政治、経済、文化、社会、全ての面で後退を余儀なくされて、後に失われた二十年と評されることとなる暗闇の二十世紀末だ。

そのど真ん中に立つ今の日本、蝕まれてしまった芯髄の回復は絶望的、これを目の当たりにしているはずの政治家、官僚、識者達は日和見に終始。起死回生の妙薬は無いのか！

年が変わって短い雨季が明け、灰色のカリフォルニアの枯野に黄緑色が戻ってきた。小松原真人の一番好きな芽生えの季節、父や姉の暮らす日本の田舎はまだ雪に覆われて真冬の寒気だろうと想像しながら、自分の今の恵まれた環境に感謝する日々だ。

「もしもし、真人さん。私、郁子です。ご無沙汰」

午後の休憩で若い社員達とお喋りの後、自分のデスクに戻った小松原が操作卓に座ったところに、電話の呼び出し音が鳴った。何気無く取り上げたヘッドフォンの先から聞こえてきたのは、相変わらず若々しい田畑郁子の声だ。

「あっと、田畑さん。お久し振りです。お元気でいらっしゃいましたか」

「ええ、元気」

「そうですか。よかった。ここのところ忙しくしていて、メールもしませんでした。ご免なさい。もう、お子さん達も大きくなられたでしょうね」

「ええ、お蔭様で。でも、上の男の子の反抗期が過ぎたと思ったら、今度は下の女の子が同じように言うことを聞かなくなって大変。母親としては下の娘は楽かと思ったのに」

「そうですか。うちも同じようなことで、妻は大変でした。でも、私の妻は合理的というのか、子供の反抗期は心身の発達のバロメータみたいなものと言って、文句を並べながらも達観したようなところがありましてね。うろうろしっ放しだったのが私でした。どうも、心身の合理性に関しては日本人は西欧人に勝てませんね」

「ふっふ、真人さんの狼狽え振りって想像できるわ。私もあなたの奥様、ジェーンさんと仰ったかしら、ジェーンさんの言い分が本当によく理解できるわ。でもね、欧米人と日本人の比較というより、むしろ男親対女親というべきじゃないかしら。何しろ、母親にとっては自分のお腹を痛めた分身が子供なんだから、多少のことには平気でいられるものなのよ」

「でも、そう仰る田畑さんが手を焼かれる娘さんとは、いったい」

「いえ、なに、単なる愚痴よ。何だか電話口で久し振りに聞く真人さんの声がいつもの調子と違っていたから、余計なことを言ってみたまで。気にしないで」

「そうですか、それならよかった。分かりました」

そう言ってみるものの、相変わらずの郁子の直感の鋭さが思われて、顔が赤くなる気分を抑えて声を張り上げた。

「僕にとっては福の神のような郁子さんからお電話いただくとは、何か特大の嬉しいニュースがありましたか」

「それがねえ、今日久し振りの電話をしたのはねえ、またちょっと真人さんのご支援が欲しくってのことなの。話しは長くなるけど、今いいかしら」

「そうですか。どうぞ、何なりと。多分、ソーニアの出馬要請でしょうか」

「ええ、そうなの。ただね、今度は開発者のあなた方にとっては大した面白みは無いかもしれない。いわゆる人工知能向きではない、というか、本来人間がやるべきこと、不確定要素ばかりで非科学的な推論が要求される局面が多いケースなの。つまり、導き出してくれる結果の検証が、一筋縄ではいかないようなことばかりという意味。これは素人の愚痴かしら」

「いえ、いえ、大事な要素です。でも、私は天邪鬼なもんだから、人工知能と言うからには、人の知能の得意な分野にもそれなりな役割りがあると考えていまして、仰るようなケースこそこれからの人工知能が挑戦していかなければならない分野なんです。是非ともお手伝いさせて下さい」

「そうね、真人君は学部生の頃から、もうそういうポリシーを口にしていたわね。それじゃあ、私も、もう変に飾らずに有り体に言うわ。実は今度私、新世紀型戦略政策会議というのに頼まれて、名を連ねることになったの。首相官邸内の私設に近いものだけど」

「うわー、素晴らしいじゃないですか。日本の政治家もなかなか目先が利くと見えますね」

「いいえ、なに、欧米から女性の地位最低ランクの先進国というレッテルを張られて、大慌てで女性登用を画策しているだけなのよ。でも、頼まれるまでもなく、日本の大学で社会心理学講座を持つ私としては、横を向いてはいられないテーマなもんだから」

「そうですね。で、直面されているのはどんな問題ですか。ソーニアに何を？」

「うーん、何て言ったらいいか……。今の日本の世相は、アメリカへはどんな風に聞こえているかしら。真人さんにとっても祖国である日本が、どんな風に見えているのかしら」

「これまでの経済活動の過熱振りを引き摺って、今、厄介な状況に陥っているようですね。こちらではバブル崩壊と報道されています。オーバーヒートしていた頃の行き処の無かった日本の金が、実態を伴わない泡沫のようなものとなってアメリカへの投機に向いていたとかで、ひと頃は、日本は金でアメリカ人の魂を買ってしまうのかと揶揄する向きもありました」

「そうでしょうね。渦中にいる私も、一時の物価の高騰には呆れるばかりで、幸い、資産なんぞを持たない私のようなところは無縁なことで、生活が窮屈になる分を辛抱すればいいだけだけど、シリコンバレーで会社をなさっている真人さんがトバッチリを受けていないかと、時には心配になるわ」

「はあ、お蔭さまで私らは今のところ何事も無く。ただ、ひと頃の日本の企業が新しいビジネスの芽を探して、この湾南地域でも軋み音を立てていたことは事実で、いったいどうなることかと気にはなりましたが」

「困ったことだわ。戦後の経済復興が順調過ぎたせいで、国民全体の目が曇ってしまっているんだわ」

「そういうこともあるでしょうね。過ぎたるは及ばざるが如しで」

「全くそうね。そして、そういう日本はねえ、見掛け上の国の富は増えたけど、その歪が至る所に現れ始めているの。皺寄せを喰らうのは一般庶民でも、それすらもバブル景気に慣らされた目には確とは映らない。雑音に紛れてあまり気付かれないでいる」

「はあっ、それはどういう現象でしょう」

「ここが私の一番懸念するところで、多分、戦略政策会議に協力を頼まれたのはここなの」

「日本政府はバブル経済の間に溜まった負の遺産の重さに気付き始めたんですね」

「それだと嬉しいんだけど、本当はどうだか。むしろ、増え続ける国の借金を、国民の前にどう繕うかの方に本音があるかも」

「はあ」

「真人さんにはとてもおかしく聞こえるかもしれないから、具体的な社会現象を挙げてみるわね。例えばね、昨日の億万長者が今日のスッカンピン、昨日の河原乞食が今日の金満家では、誰も働く意欲なんて持てないでしょう」

「バブル景気の落とし穴のことですね」

「フリーターと称するその日暮らしの若者の急増、そこに目を付けた人材派遣会社なんていうものの急伸、行政の手が届かない社会の隙間で弱者を支援するなんぞの名目で非営利活動法人とかの乱立……。他にもいろいろある些細な話だけど、私のような者の目には、まるで額に汗して働く勤勉の良さが否定されたかのような気配の日本社会と映るのよ。当然、怠け者が増えれば貧富の格差も広がる一方」

「はあ。でも、そういうものはこちらにも幾らもあって、むしろ先輩格。しかも、アメリカ社会ではゲーム感覚の投資や投機の環境がそれを後押しして、僅かな成功者は巨万の富を手にし、貧困層は益々惨めと」

「それはあるわね。でも、欧米のそれとは似て非なる日本のレベル、ともかく、欧米の悪しき例をそっくり輸入して、それに上塗りしたかのような日本社会なのよ。いいものを捨ててしまってよ。ただ、そうしたものは社会構造の変化として捉えて矯正も可能なはずだろうけど、そこにも疑問符が付くとなると、もう……」

「分かります。私にしてもそんな落とし穴に嵌らないようにと自戒していますが、なかなかです」

「私の知識で言うとね、アメリカ社会がどんなに熾烈な競争社会であっても、行き過ぎには自浄作用が働いて軌道修正が期待される向きがあるでしょう。ところが日本の場合、その自浄作用が全く働かない、社会体制の欠陥じゃないかと思う向きがあってね」

「はあ、なるほど、そこまで仰いますか。社会科学者の郁子さんとしては、お辛いところですね」

「そしてね、問題はそんな社会の風潮を受けてのことで、まだはっきり顕在化するまでは至っていないけど、日本独自じゃないかと思えるような社会現象の兆しがいろいろでね、そのおかしな様相が露出し始めているのよ」

「はあ、どういうことでしょう」

「欧米の物真似ではない日本独自の心配の種というのを挙げてみるわ。育ちのいい普通の若者による凶悪犯罪、動機の分からない凶悪犯罪、高齢者の犯罪、犯罪者の再犯、親の子殺し子の親殺し、エトセトラよ。こんなおかしな犯罪が急増している点で、日本は突出した印象なの。まだあなたは聞いたことがないに違いない、子供による子供の虐めやそれによる自殺、そして、お年寄りの子や孫を思う心情を逆手に取った詐欺だとか。人の心を弄ぶという、あってはならない卑劣な犯罪ばかり。まだ世間に報道されるほどのことにはなっていないけど、私達研究者の間では既にそう思わせられる事例がたくさん上がっているの。二十一世紀を待たずに、いずれ、どっと堰を切って明らかになってくるはずだわ」

「行き過ぎた格差や差別による已むに已まれぬ事情があっての犯罪なら、まだ同情の余地もありますが、そういう卑劣な犯罪が、何故、豊かな日本社会に？　理由さえ分からないようなことだとは？」

「社会心理学の立場から私が一番深刻に思うのは、そういう日本独自な陰湿な犯罪の傾向は、日本国民全体に蔓延するメンタルイルネス、つまり、心的疾患ね、そこに帰されるように思われること。それはいろいろな形で表に現れ、加害者ともなり被害者ともなり、言い方は悪いけど、病として重症化すれば社会の負担が増える一方でいいこと無し。誰もが疑問に思う理由も無い犯罪とは、つまり、社会が病んでいることの端的な現れと言えるのよ」

「はあ、そうですか。田畑さんは社会心理学者としてそこに黙っておれないと」

「それほど立派な自覚があるわけじゃないんだけど、こうした病んだ社会は爛れて膿が溢れ出すようなところまで行ってしまえばもうお終い、私の家族にまでも膿が降り掛かるような様を想像するのは、とても耐えられないわ」

「分かります。で、田畑さんは政策戦略会議で、そこを具体的に動議していきたいわけですね」

「ううん、戦略会議なんかでどうやってみても、政治家の方々はともかく、官僚の皆さんがいいように引っ掻き回すだけで実利は期待できない。だから、私としてはそういう傾向が顕著に表れ始めている事実を、世論に訴えていきたいと思うの。具体的には、今の日本社会は単なる貧困だとか格差だとかの域を超えて、栄養過多に陥ってしまった国民全体が発するいろいろな形の病的な不条理こそが問題、と、科学的な論拠を示して訴えていきたいの」

「国が富んでもたらされる国民全体の病的心身状態ですか。かなり危険な論調ですね」

「ええ、危険な言い分であることは承知しているわ。でも、その病状、病理の中には、私が自分の論文の中でニットピッカーとかヘアースプリッターとかを冠して使っている、あまり褒められない要素があるのね。巷の言葉で言えば、揚げ足取りの文化とか、詭弁の文化なんて言いたいやつよ」

「うーん、そんなことが文化まで行ってしまっては厄介、困ったことですねえ」

「そんな風に茶化していられる時じゃないんだから敢えて言うわね。政治家、識者、官僚は言うに及ばず、報道までもが陥ってしまっている、真っ当な議論が成り立たない風潮の爛熟文化です」

「民主的な議論の場を断つ障壁ですね」

「この壁を何とかしない限り、日本に本当の民主主義は戻らない。今の私が声高に持論を展開しようものなら、もう袋叩き。正常な議論のできる世情じゃないのよ」

「そこで、ニットピッカーだかヘアースプリッターだかの本筋を掘り起こして、メンタルイルネスの病理を日本社会の深奥まで辿って論考しようと。なるほど、分かりました」

「ふっふっふ、そんな気障な横文字は使いたくないんだけど。日本と言う国はおかしなことでね、日本語でズバリと表現すると反感を買うようなことも、横文字に変えて表現すると抵抗が少ないのね。これはまたこれで、呆れる国民性なんだけど」

電話の先のツンツン顔が分かる郁子の声音で、小松原は、学生当時から知る郁子にこんな熱い一面のあったことに驚く。だが、それほどに穏やかならぬ日本の世情だと言うことでもあろう。

「ははあ、分かりました。田畑さんは偏見を排して完全な客観性を担保するために、そこに人工知能の中立性を期待なさるんだ」

「その通り。同時に、真人さん流の世直し論を借りて、ソーニアに存分にやってみてもらいたいの。もちろん、結果が吉と出ても凶と出ても、責任は全て私に帰すること。ともかく、何か一つでもヒントがあれば前進できる。ちょうど、あなたに助けてもらった大学当時と同じよ」

「分かりました。それでは、こうしましょう。先ずは田畑さんの手元に少し強力な端末を置いて、私のサイバースペースオートノミックディフェンスフォースをシェアーして下さい。ディフェンスフォースなんて郁子さんの心情に適わないネーミングかもしれませんが、いわば自律型防衛システムで、私の人工知能に寄せる心情をそのままに具現した、人工知能群で成る小さな仮想組織のようなものです。小さなものと言っても、ソーニア本体を司令塔にして無数の人工知能群を周辺に配した構成で、その規模は状況に合わせて伸縮自在、一定ルールの下で完全自立自律的に稼働する、強力な総合監視機能システムです」

「へー、凄いものね。サイバーと言うからには、ネット社会の警察機構のようなもの？」

「まさにそうです。そんな名前じゃ面倒くさいんで、僕は愛称としてサイバーインターポールなんて呼んでいますが、ネット社会の健全性維持を唯一の使命とする国際的公安庁のような機構です。監視とは悪い意味ではなくって、ネット上に飛び交う情報の素性の解析、つまり与えた対象を与えた範囲で最大漏らさず拾い上げて、それを幾通りもの論理アルゴリズムに乗せて解析する。演繹も帰納も、反転すらもやってくれますから、これを現実の日本社会に当て嵌めれば、田畑さんの狙い通りになるはずです」

「素晴らしいわ。でも、何だか難しそうね」

「いえいえ、構想は大げさですが、使っていただくものはさして新しくない、いわば第一世代ですから操作も簡単。古物とは言いませんが、直ぐにも格上げしなければならないと思っています。でも、田畑さんに使っていただくに決して失礼にはならないと、自信があります」

「ありがたいわ。でも、私がそういうシステムに入り込んで大丈夫なのかしら。セキュリティーを壊すとか大事な中身を漏らしてしまうとか」

「いえ、それも心配ご無用。機能が単純な割りには安全対策にだけは気を配ってあります。ですから、使い方も単純。そこが自律を旨とする人工知能の頼り甲斐あるところです」

「そうですか。では、お言葉に甘えて、そうさせてもらいます」

「どうぞご遠慮なくお使い下さい」

「そうなると、直ぐにも必要な端末を揃えたいけど、日本で手に入る最新鋭のものならどれでもいいかしら。何か、条件は？」

「ほとんど、どんなものでも。日本では、人工知能と言うとニューラルネットワークプロセッサーとかグラフィックプロセッサーとかの専用マシン、更に、人工知能向けの特殊なアーキテクチャーだアルゴリズムだとなる傾向があるようですが、このシステムはそういうものに拘っていませんでいいわね」

「そう、それだとありがたい。今の私の手持ちの物も容量とスピードだけはちゃんとしているから、それ
「もちろんです。でも、ああそうか。忙しい田畑さんだと常時開きっ放しで置ける、小振りな専用マシンがいいですね。分かりました。私の実家の姉が同じくこのサイバーインターポールを介してこちらとの通信に当てていますから、その端末の一台を使うことにしましょう。当面、それを使って、道草を食わないで済むように、田畑さんにもこのシステムに慣れていただく。マシンの選定はその後にしましょう」

「ええっ、それじゃあお姉様にまでご迷惑を掛けてしまう。そこまでしていただいたんでは悪いわ」

「でも、新たに準備してテストなんぞをすることを考えれば、その方が早い。私もその方が楽だし」

「うーん、でも、そこまで真人さんに甘えていられない。私も政策会議の方から少しだけど予算も貰っているし」

「そうですか。それじゃあ、その辺はお任せするとして、実際に運用するに当たっての田畑さんの役割りですが、ソーニアをどんな風に使うか、何をさせるかが田畑さんの肩に掛かります。もちろん、何をさせないかの歯止め要素も含めて」

「そうか、それがあるわね」

「この部分はもう、初めてソーニアを田畑さんに使っていただいた大学当時と同じです。あの時のようにご一緒の作業ができるといいんですが、社会現象となると今の私は暗くなってしまっている分野で、変に介入するとかえって足を引っ張り兼ねません。先ずは田畑さんに、システムの機能全容に慣れるよう使用経験を積んでいただきましょう。それに約一週間。お忙しい田畑さんには酷ですか」

「何の、それで行けるならそれはいいけど、私、大丈夫かしら。ちょっと心許ないわ」

「そうですね、……」

電話の先の郁子の声の調子に少しも納得が行けた風が感じられず、腰を伸ばしながら窓の外に目をやれば、北の青空に薄雲が棚引き、西に傾き始めたらしい陽の光を受けて赤みを帯びている。作業が佳境に入っているらしい他の社員達の作業スペースからは、機械的な音のみで話し声がしない。

ヘッドフォンを握った腕の時計を覗き見ながら思案する。このまま長電話を続けても、話しの区切りまではとても行けまい。郁子の電話代も気になる。

「ところで、郁子さんは今どちらにおいで？　この時間だと日本はまだ朝方、お宅からですか、それとも、いつものように研究室に早出していらっしゃる？」

「それがねえ、今、私、真人さんのお宅なの」

「ええっ、私の家？　と仰ると、まさか郁子さんが今アメリカに来ていらっしゃる？」

「あっ、そうじゃなくって、日本のご実家」

「うはー、日本のド田舎の。そうでしたか」

「真人さんのお姉様の喜久子さん、先日ね、真人さんにこんなご相談をしていいかどうか迷ってしまって、お尋ねしてみたの。以前、二、三度お電話でお話ししたことがあって、何かあった時には遠慮なくって言われていたものだから」

「そうでしたね。その節は貴重な情報をいただきまして、ありがとうございました」

「いえいえ、あの時だって私からお願いしたことで、毎度、心苦しいんだけど。喜久子さんから、込み入った長話しになるようなら真人さんとのテレビ電話回線があるからそれを使えって勧められて、お言葉に甘えて来てしまったの」

「なるほど、分かりました」

「久し振りの息抜きがてら、昨夜、夫には職場から電話してそのまま夜行に飛び乗ってしまったの。明け方に駅に着いちゃって。でも、時間が惜しかったものだから喜久子さんのご迷惑を顧みず、タクシーで押し掛けました」

「そうでしたか」

「お姉さんは今、昼の食材が欲しいと仰って車で出掛けられて、お父様もお仕事に入られたものだから、私、教えられたままに回線を開いてみたの」

「そうでしたか」

言いながらヘッドフォンの先を見ると、なるほど、何気なく取ったのはネット端末に繋がる方だった。

「それだと話しが早い。田畑さんは今、ヘッドフォンを着けていらっしゃる」

「ええ、そう。今時、国際電話が便利になったものね、ネット経由だなんて。音質も申し分ないし」

「すると、操作卓の上辺りにレンズが見えますでしょう。カメラです。いったん、今の画面を閉じてもう一度立ち上げ、画面右上のＣＴマークをクリックして下さい」

「すると、この電話が切れてしまうんじゃない？　それでもいい？」

「ええ、何の心配も要りません。テレビカメラを有効にするだけです」

「了解」

それで待つこと一分もせずに、落ちた画面が再び明るくなって斜め大写しの郁子の顔が現れた。

「はーい、田畑さん、ごきげんよう」

「あらっ、真人さん。そうか、ごめん、ごめん。お姉様に教えていただいたカメラの作動を、すっかり失念していたわ」

「はい。それで、田畑さんの椅子を少しだけ後ろへ下げて下さいますか」

「後ろへ下がるのね。はい、このくらいでいいですか」

「ええ、結構です。これで田畑さんの上半身がすっぽり見えます」

「便利になったものねえ。これがネット会議システムと言うやつね。大学の同僚から話は聞いていたけど、私は使うのが初めて」

「そうですか。日本でもそんなサービスが出始めましたか。でも、これは私の自製で、通話料金も掛かりませんからゆっくりどうぞ」

「もう、全く、真人さんの手に掛かると、どうなっちゃうのかしら。電話会社から抗議が来ませんか」

「いえ、日本だってもう間もなくこうしたものが出回りますよ。それをどうのこうの言っていると、電話会社自体の先がもう無くなる。日本の企業が陥り易い囲い込みとか締め出しとかの風土は、ネット社会では全く無意味、発想の転換が必要です」

「そうねえ。それも今の日本社会の病的な後進性を示す事例かもしれない。やっぱり、戦後の不相応な金回りで企業さえも視野が曇ってしまっているんだわ。今のままの日本ではとてもいられない」

「はあ。しかし、一概にそう言ったものでもないですよ。アメリカの日本通の中には、パックスアメリカーナはそのうちにパックスジャポニカに取って代わられると、はっきり言い切る人もいました。もちろん、本音は半分で、半分は揶揄してのことでしたが」

「パックスジャポニカなんて、思わせぶりな響きよね。でも、バブル崩壊で、今はそんなもの、夢のまた夢」

「はあ、何と言ったらいいか」

「それに引き換えアメリカは、最近はネット環境を軸に新しい社会形態が出現しつつあるでしょう。日本も早晩それを追い掛けるんだろうけど、これって、いったいどうなるのかしら」

「とんでもない可能性と同時に、とんでもない脆弱性も」

「真人さんは、やはり、そう考えていらっしゃるのね。日本では相変わらず旧態然にしがみ付いて気楽な人が多いけど」

「まあ、あれでしょうね。自由主義・全体主義、資本主義・共産主義なんぞの枠組みもそうですが、平たく言って、これまでの枠組みや価値観が全く通用しないとんでもない社会が来るかもしれない」

「あるいは人類滅亡のスキームだったりして」

「いえ。はあ、何と言ったらいいか。しかし、絶滅まではどうでしょう。その寸前で踏み止まれるんじゃないでしょうか」

「そう思われる根拠は？」

「私の私見に過ぎませんが、アメリカを見ていて感ずるんです。移民文化どっぷりのアメリカ人て、特に男性のことですが、表のフロンティア精神の裏で結構怠け者、というか享楽的でもあるんですよ。働かなければ食えないから働く、でも、働いて余裕ができればその分だけ楽して人生を堪能したいというような。でも、単なる享楽主義でもない、やはり、自己責任が建て前の肉食文化の強靭さなんでしょうけど」

「うーん、肉食文化か。自己責任ねえ」

「つまり、弱肉強食の自然則です。人間も一生物種に過ぎないのだから、その枠組みからは逃れ得ないと分かれば絶滅は免れる」

「それは全く同感。でも、そこまで行く間の痛みは尋常じゃないでしょうね」

「朽ちていく痛みと再生の痛みとで、悶絶ものでしょうか」

「私には想像もできない。でも、何と言ったらいいか、実はね、私が今の日本を見ていて強く懸念しているものに通ずるのが、それなのよ」

「はあ、なるほど。ちょうど多感な頃に米国社会で育った、田畑さんならではの仰り様ですね」

「そうかもしれない。もうアメリカ生活の方が長い真人さんは、１００％アメリカ人男性的？」

「いえいえ、とてもそうはなり切れません。日本人的な優柔不断さとアメリカ人的な打算の性と、両方の悪いところばかりが身に着いてしまって、理性で何とか抑えようと思ってもなかなか」

「そうかしら。真人さんの場合は、繊細さと合理性と言い換えてもらわなくっちゃあ。そうじゃないと、こっちの日本人男性が皆落第生になっちゃうわよ。私の旦那さんや息子までがそうかもしれないと思ったら辛いわ」

「無い、ない、それはあり得ません」

大学の頃に戻ったような若々しい郁子の声音に、小松原ももやもやが晴れる思いだ。

「さっ、それはともかく、長話しはあなたにご迷惑だろうけど、あなたのソーニアを使わせてもらえるとなったら、もうちょっとだけ私のボヤキを聞いて。そうして、ソーニアに向かい合う私のスタンスに問題無いかどうか判断して下さらない？」

「そうです、そうです。大事なことでした」

「日本人は実に勤勉な国民性であることは否定しない。万世一系の史観を疑わない島国民族だから、働かずに食えるなんて考えの貴族的人口は極くわずか、神世の昔から万民は汗して明日の糧を得るべしとされてきたはず。もちろん、歴史の節々に武士みたいな支配者層が出たり消えたりしたけど、そういう階層にしても、いつでも己の命を引き替えの覚悟で刻苦精励あるべしという意味では、やはり真の特権階級ではなかった」

「ははあ、欧米流のノブレスオブリージュとは少し違う？」

「うーん、日本史的背景を辿ると、真の意味のノブレスって見出せないのね。有史前の日本国の貴族って神憑かって語られるし、有史に入ってからのそれはヤンゴトナキ軟弱人間の代名詞みたいなものとされるし」

「ノブレスオブリージュ的概念がモノノフなる言葉に連動するのはわずか数世紀ほどの歴史で、千年期に亙る欧米的概念とは違うと？」

「残念だけど、その通りなのね。しかも、数世紀の短さでも、せっかくあった美観とも言える国民的意識だったのに、今世紀に入って大きく崩れ始め、私が思うに、一億国民総貴族社会の到来が見え始めているの。もちろん、似非の貴族達の社会であって、今世紀とは明治維新後のこと。具体的には鎖国を解いて以降のことで、有史二千年に比べて僅か一世紀にも満たない間のこの変化」

「はあ、なるほど。して、その最大の要因は何とお考えですか」

「欧米列強が黒船で乗り込んできて日本を開国させてくれたまではよかったんだけど、閉ざされた社会に慣らされた国民が、格段に近代化された先進国の様を知れば、隣の芝生と同じで羨ましく見えてしまったのは当然ね。闇雲に背伸びして不相応な近代化に走ってしまった。しかも、困ったことに、当時の欧米先進国は大航海時代を経て世界中に覇権を伸ばして植民地政策を競っていた頃。日本が消化もできずにそんなあれこれを鵜呑みにしてしまった結果、国民に多大な犠牲を強いた挙句に、歪な国体の世界一等国に仲間入りしてしまった。そもそも、これが今の不幸の始まり」

「なるほど、厳しいご指摘だ。私は歴史にあまり明かるくないんですが、正論と感じます」

「そこを更に駄目押ししてしまったのが、無謀極まりなかった太平洋戦争よ。負けて国消滅の危機まで追い込まれた果てに、連合国のお情けで消滅を免れたんだけど」

「はあ」

「そこに厄介なことがまた一つ。進駐軍による日本国民の骨抜き作戦で、非軍事化と民主政策の徹底よ。

大枠で言えば、戦争放棄、人権思想・言論自由化の徹底、政治制度・経済構造・教育制度などの社会構造の大改革。個別に見れば、軍備の禁止、道徳教育の禁止、女性参政権、教育自由化、そして、財閥解体、農地解放、公職追放、労働組合制度導入などよね。言葉として列挙してみればとても立派な印象だけど、物事全てに表裏があってその裏の部分が殊更になってしまったのが、戦後の日本の惨状なんだわ」

「でも、私が渡米当時に感じたことで、教えられていたほどにはアメリカは冷徹一辺倒ではなかった気がします」

「それは私も全く同感だけど」

「日本を消滅させてみたところでいいことは少ない、殺すより生かして使えという考えで、戦後の日本にずいぶんテコ入れしてくれたんでしたよね」

「それはその通り。でも、そうなる裏には、当時の北からの脅威があったでしょう。米国社会をなまじ齧ってしまった私には、それこそが恐るべき米国社会の合理性と観えてしまう。でも、そのお陰で今の日本がある。もしそれが無かったなら、日本のその後は、多分、戦勝国の委任統治領となって四分五裂だったかもしれない」

「やっぱり神風という風が北から吹いたことになるんですか」

「神風ねえ。自己満足的で嫌な表現よ」

「言ってみれば、今の日本のあり方は歴史の必然性だった、諸問題は起こるべくして起こった、日本国民が自ら招くべくして招いた、と、そう考えるのが健全ということでしょうか」

「多少の語弊があってもその通りなんだわ。さすが、国際感覚の磨かれた小松原真人さん、よく仰ってくれたわ。私も最近はね、そう言える立場に身を置くべきだったと、後悔することもある。今の私の立場では、何と言ってみても通用しないの。だから……」

「なるほど、そうですか。すると、田畑さんはもうソーニアに与える命題はほぼ正確に認識しておられる。でも、これだけのこととなると、そこに至るマイルストーンを何ポイントか与えないと、ソーニアを戸惑わせてしまうことになるでしょうね」

「その辺り、どうやったらいいかしらねえ」

「その前に、もう一つの切り口を聞かせて下さい。まず、猿真似の得意な日本人というアメリカ人流の批判、この点は重要でしょうか」

「私流の異論はあるけど、それも一つの要素ではあるわね。そもそも、大戦後の日本人は、黒船当時からのアメリカとの関係で、強い親近感と同時に反抗心のようなものも持つ。敵愾心とも言えないおかしな抵抗感で、言わば、ボンクラ息子が偉大な父親に抱く甘えと反感の要素に似ているでしょう。一方的に頼りながら、嫉みをぶっ付ける相手でもある。そしてそれはね、アメリカにだってあって、本家のヨーロッパに対して抱く感覚と通底するものなのよ。だから、米日の関係は嫌おうと好こうと、必然的に似た者親子という構図」

「なるほど」

「ところが、ヨーロッパに対する日本人の感情は、スマートな先輩や同僚に対する憧憬に似て、ヨーロッパ社会にだって問題山積なのにそれをそっくり真似て抵抗無し、真似て自慢すらできる。対アメリカ感情とはかなり違った趣よ。それがつまり、伝統の重みなんだろうけど。だから今では、若者を中心に、アメリカよりむしろヨーロッパを見習いたい人達が増えている」

「なるほど、そこにもいいヒントがありそうですね。戦後の日本人はそんな米欧との関係の中で大きく変わってきた」

「ただし、いい悪いならまだしも、自分の都合でしか判断できないから、概ねは悪弊ばかりが殊更で、それが、軟弱極まる今の日本人の病根の一つ」

「なるほど厳しいご意見ですね。すると、もう一つ、その猿真似が進んで、掠め取りの名人という酷評はどうですか」

「それもある。戦後の日本はそうやって世界の一等国に仲間入りした。ところがねえ、現代史を見れば明らかなように、こうした状況は今の世界のどの国にも当て嵌まるのよ。後進国は遠慮会釈なく先進国に負んぶに抱っこ、ところが、発展を遂げた暁には自分達の才覚と頑張りでそうしたとばかりに舞い上がって、後ろ足で泥を被せるような行為をして何憚るところもない。つまり、こうした猿真似、掠め取りは、知恵ある故の人間の醜い性で、戦後の米欧対日本の関係は今の日本対アジア情勢に全く同じに再現されているじゃないですか。この、後進国が先進国を食い物にするの構図は、昔なら先進側にいい口実となってあっという間に押し潰されてしまったはずなのに、今は罷り通るの」

「権利尊重一辺倒の今の世では、それが成り立つと」

「嫌らしい言い方だけど」

「そうですね。それでは田畑さん、その調子で思い付く限りの社会現象をひと口言葉で拾い上げて下さい。そして、本番に進む前に、それで何度かソーニアを走らせましょう。いわゆる、ソーニアの学習です。その結果を踏まえて、サイバーインターポールを日本に向けて所定期間運用してみる。すると、ソーニアはネット上に溢れる情報を吸収して、きっと面白い、というか、斬新な結果を出してくれますよ」

「そうね。そうさせてもらえると、助かる。私も自信が沸く思いよ。言い訳じみて聞こえるかもしれないけど、これが私自身の本来の研究分野なら、どんなに難しくっても自力で立ち向かうわ。でも、こんなサイドワークになるとね。しかも、それだけに間違った情報発信はできない。だから、何の助けでも借りたかったの。電話する前には少し迷ったんだけど、してよかった。ありがとう」

テレビに映る郁子の表情がいっそう和らいでいるのが見て取れて、小松原はようやく気分が和む。

「ところでね、真人さん。話はちょっと飛んじゃうんだけど、いいかなあ。こちらの勝手な悲憤慷慨ですっかり時間を浪費しちゃった上に何だけど」

「いいえ、ご遠慮なくどうぞ。久し振りのことじゃないですか。毎度、田畑さんのお喋りは新鮮で楽しい。私もこのところマンネリ気味で、あまり生産性ある仕事をしていなかったから、気持ちの切り替えができそうで嬉しいですよ」

「真人さんにもそんなことがあるんだ。それじゃあ、お言葉に甘えて」

「どうぞ、どうぞ」

「性善説に立脚した心理学者で、アルフレッド アドラーという人の名前はご存知かしら」

「はあ、アドラーですか。医学者か教育者でしたっけ」

「そう。今世紀初頭に活躍したユダヤ系オーストリア人の精神科医で社会心理学者。フロイト、ユングと並んで現代心理学の始祖と称される人物なんだけど」

「はあ、名前だけは。でも、それ以上のことは何も」

「日本ではフロイト、ユングが有名で、何故か彼だけはあまり知られていない印象があるの。でも、私が留学生として渡米して心理学に興味を持ったそもそもが、アドラーの論文に接したことにあったの。晩年のアドラーが、ロングアイランドの医科大学に招かれた時に著した、人生の意味の心理学と題した学術書、これを原著で読むことができて衝撃を受けたの」

「そうだったんですか」

「人の心理を全て社会との関係で捉えるアドラーの基本スタンスが、私の当時の心情にぴったりだったのかもしれない。あの頃はまだしっかり消化して読むまではいかなかったんだけど、日本人であるという自分の劣等感やそこからくる捻くれた性格が、自分の育った社会環境のせいかもしれないと思わせてくれる表現が随所にあって、何だか自信が湧くような気分になれたことを覚えているわ」

「そうでしたか。そう言えばあれですね。私は日本の高校の教科書でだったか、精神分析のフロイト、分析心理学のユングというように覚えた記憶があるけど、何だか暗い雰囲気の学問分野のように思えて好きになれなかったし、アドラーですか、その人の名前は聞いた気がする程度です」

「そう。あなたが感じた暗い雰囲気というのはね、フロイト、ユングのようないわゆる伝統的な心理学だと、精神形成の要素として、個々人の生まれながらの資質や成長過程での経験の蓄積などに重きを置く傾向があるから、必然的に暗い要素がクローズアップされて感じられる傾向があるのかもしれないわね」

「はあ、私は素人の哀しさで、夢判断だとかトラウマだとかの、今の世に持て囃される概念にばかり短絡してしまっていたかもしれません」

「いえ、いえ、決して短絡なんかではない。人間の生死などに絡む心神の生理病理を、本能と結び付けたような形でその裏側を抉って見せて、それでいて分かり易く説得力があって、真人さんがそう感じたのは当然よ」

「はあ、なるほど」

「適切な表現が見付からなくって私流な表現で言わせてもらえばね、性悪説的、運命論的な視点で人の心を分析したのが古典派的心理学の代表者フロイト、ユング。これに対して、性善説的、理性論的な、いわば人間愛に満ちた視線で人の心を見ていたのがアドラーという心理学者だったのではないかと思うの」

「はあ」

「若い頃の私が思ったのも、まさに今真人さんが仰ったようなこと。それで、アドラーの著書に出会って直ぐに興味を持ってしまったんだわ」

「なるほど、今の田畑さんは現代の日本国民の精神を紐解くに、アドラーの社会心理学が有効と感じておられるんですね。それだと、私もアドラー学説なるものに興味が唆られますね」

「そうなのよ。現代の日本社会の歪さを訴えて国民意識の健全化に資するに、フロイト、ユング流に陰険に迫っても効果無し、副作用の方が心配。アドラー流のアプローチこそが有効と思えるのよ」

「なるほど、分かる気がします」

「私が問題を感ずる今の若者達とは、バブルの担い手である仕事人間の親達に育てられた、いわば甘ったれな無目的人間の層であること。心の糧を与えて養育する余裕を持てなかった親達が与えられたのは、物質的な豊かさだけ。小使いに不自由せず好き放題の育ちであれば、克己だとか刻苦だとかに意味を感じないのは当然、努力して何かになろうなどと考えもせず、結局は怠けて快楽的な刺激のみを求めることとなる。心的に屈曲して悪に走るか、それすらもできずに病は気からを実地で行くお粗末」

「ははあ、手厳しい。でも、尤も」

「なのに、今様研究者達はそこに屁理屈をくっ付けて、人生の目的が無いか、あっても達成が覚束ないと分かれば、自尊心は欠けフラストレーションは溜まり、心は内に籠って鬱か異常を発するか、外に向かえば怒りとなって虐め虐待殺人などの暴力行為に走る、と、まことに尤もらしい理屈を付けて本論としてしまう。結果、足りない若者達はそれでお墨付きを貰った、これこそ自分達の権利なんだとばかり破滅への道を直走るとなるでしょう」

「ははあ」

「どれも皆私から見れば笑止の沙汰なのに、世論は寄って集ってこれを擁護する」

「なるほど」

「私は、時々、自分の職業を忘れて、そこを正常に保つのに精一杯」

「はあ、それは大変だ。そうならないようにお手伝いしますよ。で、具体的には？」

「病理的な裏付けのしっかりした、つまり病的要素のちゃんとした精神疾患やノイローゼ、鬱病など、あるいは子供の発育不全だとか老人の痴呆症なんかならまあいいわ。だけど、少し言動の幼い学童や若者を摑まえて発達障害、生活不安や職場で悩みを抱える青壮年にはストレス症候群、人付き合いに悩むいい大人にコミュニケーション不全症候群、引き籠りだの登校拒否だのの学童には対人恐怖症だか虐め問題、果ては出産育児に悩む女性に妊娠子育てストレス症候群だとなると、いったい、世の中に健全だなんて言える人がどのくらいいるのかしらん。こんな昔からあったものに病名を付けてしまって、全てを他人や社会のせいにしてしまう。そしてこれを、やる気が無い辛抱が無い努力が足りないと、本人の非を咎めるような論調を口にしただけで袋叩き。果たしてこれが、健全な社会のあり方と言えるのかしら」

「分かり切ったことですね」

「でしょう。でもね、そうなの」

「仰るところの浅知恵故の自滅のスキームとは、人間社会のどこにも見られることで、ここ米国なんかも例外ではないんですが、日本は特に酷いというわけですか」

「うーん、私の目にはね」

「いいえ、アメリカで学ばれた田畑さんがそうお感じになるとすれば、まさにそうなんですよ」

「自然のあり方ってね、本来、不公平で過酷なものなのよ。生き物の世界を見れば、容姿容貌、背丈体重、体力運動能力、何一つ同じなんてあり得ない。心も知恵も、心の強弱にしたってそうで、全てが千差万別で当たり前。それが自然界の大原則ってものでしょう。身体能力に欠ける野生の生き物は生き長らえていけないのが当然、そこをカバーして生存するには、知力胆力で補って狡くも賢くも、しぶとく生き延びる方策が必要」

「はあ、そこへ行きますか。毎度の弱肉強食の理屈」

「真人さんと話していると、いつもこの話になっちゃうんだけど、人類が決して過ちを犯さないためにはここが一番大事だと思うから」

「それにはもう、全く異議がありません」

「人間社会だって、原始の世にはそうだった。しかし、知恵を発達させて火や道具を使い言葉を使うようになったホモサピエンスという生物種ただ一種は、宗教や哲学という概念を得た頃からそうじゃないと言い始めた。そこから現代まではわずか数千年、猿人、原人の数千万年、原始生命体の数十億年の来歴に比べて、まだ紙一枚の厚さにもならないほんのわずかな期間しか経ていないのに、もう自分達で終止符を打とうとしている。しかも、弁えてそうしているのなら心配しないわ。何も弁えずに破滅の道を直走るから心配するのよ」

かなりヤバい話しを捲し立てる郁子だが、画面の顔付きに一向に深刻さがなく、小松原としては苦笑いで応えるのが精一杯。そんな小松原の気持ちに感付いているのかどうか、郁子は余裕の笑みだ。

「もうちょっとだけ、脱線させて」

「――――」

「私はこれまでそういう主張をするにあまり慎重じゃなかったから、日本の研究者達は私の過激な言い分に耳を貸さなくなっているの。ちょっとだけアメリカを齧った生意気女くらいにしか思われていない節があって、研究者としてはこれじゃあいけなかったと反省はしている。でも、仕方がなかった」

「ええ、ええ。そのお悩み、よく分かります」

「仕切り直しをいろいろに考え悩んで、ようやく最近になってあなたのソーニアに思い当たったというわけなの」

「分かりました。田畑さんが人工知能の客観性と創造性に期待なさりたいのがそこですね。ならば、今回はアドラー心理学ですか、それに沿ってできる限りの基礎データを入れて下さい。私はまだアドラー説を勉強していませんので、その部分のお手伝いはちょっと」

「そうね。そこまでの我儘は言いません。これまで整理した範囲でアドラー＆タバタ学説として精一杯のものを入れるわ」

「それがいいです。そうなると、田畑さんはもう、ソーニアに与える核心イメージまでお持ちで話しは早い。多少の齟齬があっても、田畑さんにその自覚さえあれば与える基礎情報は多いほどいい。様々な角度で出してくる人工知能の回答結果を、慧眼でもって評価し取捨選択するのは、田畑さんならばお出来になる。どうか心配せずにどんどんやってみてください」

「ありがとう。いつもながら真人さんの言葉は心強い」

「そうとなれば、端末の用意なんかは、やはり時間の無駄です。姉と相談して田畑さん用の専用端末を適当に塩梅して下さい。姉はああ見えても、コンピュータを使いこなすになかなかの技量を持っています。結構頼りになると思いますから」

「そうね。そうさせてもらうわ。何から何までありがとう」

それからしばらく、父や姉、郁子の家族やらの四方山話しで談笑し、ようやく吹っ切れた感じの田畑郁子の様子に安心してテレビ電話回線を閉じた。

三　狂気が平生と化す日本社会の若者世代

――理由無き凶悪犯罪、誰による何故の采配？　弁護士小松原奈津子の懸念――

戦後日本を代表する識者のお一人、これほど豊かになってこれほど幸せになれなかった国は珍しいと宣うたとか。けだし至言!!

次世代を担うはずの若者世代は苦労を知らずしたい放題、高福祉の甘味を覚えてしまった高齢者層は、既にはっきり見え始めている少子化社会を洞察しようともせず、さすれば日本の世相は歪むのみ。

見掛けだけの先進国日本の将来は、憂いてだけでは何も変わらず、さりとて、何をどうする。このままどこまでも退廃の坂道を転がって行く先には、はたして何が!?

日本の大学で社会心理学講座を持つ田畑郁子の要請で、近年殊更におかしさが目立つらしい日本のバブル後社会の要因分析のために、人工知能群で成るサイバーインターポールの活用を提案した小松原真人は、それを郁子本人に預けてご自由にどうぞと言ってみたものの、それだけでは済まないように感じられてならなかった。アメリカ国籍を得て日本国籍を捨てた今も、自分のルーツのある日本が田畑郁子の言うような状況にあるとすれば、どうしたって黙っておれない。

小松原自身の心内だけに止めていることだが、傷害事件に巻き込まれての不本意な出国であったために、敢えて目を瞑ってきただけで、故国に対する複雑な感情は何時になっても捨て切れるものではない。その日本の社会が今大きく歪みつつある⁉


田畑郁子とテレビ会談をした翌週、小松原は、郷里で弁護士事務所を開設して頑張っている従妹の奈津子に、週末を待って電話を入れてみた。いろいろに躊躇った挙句のことで、繋がらなければそれ以上には拘らないつもりで掛けたのだったが、そんな時ほどスムースに繋がるらしい。

「もしもし、小松原法律事務所です。どちら様？」

「やあ、奈っちゃん。僕、真人です。元気でしたか」

「あらあ、真人兄さん、ご無沙汰しております。元気でやっております」

「よかった。叔父さんも？」

「はい、ありがとうございます。最近は外へ出るようになりまして、今日も地域の世話役みたいなことに早起きして出掛けて行きました」

「そう、それはよかった。初めの発作からもう何年になるかしら。よく頑張られたね」

「ええ。倒れた時には私以上に本人がショックだったようで、その後のリハビリを頑張り通して、今はほとんど後遺症が消えました」

「さすが叔父さんだ。よろしくお伝え下さい」

「はい、ありがとうございます」

「で、奈っちゃんは週末も仕事ですか。僕はおうちの電話番号を押したつもりだったんだけど」

「はい、おうちです。仕事柄、夜討ち朝駆けみたいな話が多いから、最近は事務所と自宅を繋いでやっています。今朝は父が出かけてからまた寝ちゃって、つい今しがた起きたばかりなんです」

「そうだったか、了解。あまり無理しないでね」

「はい、ペースだけは乱さないようにします」

「それが大事だね。若いのに感心だ。それで、今日電話したのはねえ、弁護士という仕事柄の奈っちゃんに、少し教えて欲しいことがあってね」

「はあ、何でしょう。真人兄さんの頼みなんて滅多にないから、もう最優先でお応えします。喜久子お姉さんには本当によくしていただいていまして、その分の恩返しも含めて」

「いや、それほど大事に考えないで。僕の私的な勉強だから」

「あら、お兄さんにこれから勉強なんてあるのかしら。田畑郁子先生のお話しだと、ドクター小松原は天才で、何でも知っている博学者だって」

「いや、それは田畑さんの買い被りさ。いや、でもね、その田畑郁子先生だけど、奈ちゃんは最近お話ししたことがある？」

「最近ですか。いえ、事務所開設当時は案件の幾つかについてご意見を伺ったことがありますけど、最近は」

「そう。先生は今、新しい講座をお持ちになって、とても忙しくしておいでらしい」

「ええ、お伺いしています。それに、私の方も民事に専念して地道に行きたいところなんですけど、最近は民事刑事ごったくさでやたらに案件ばかり多くて、ただ追っ掛けるだけに精一杯。とても田畑先生と纏まったお話しなんてできないでいるんです」

「やはりそうか。いや、実はね、先日、電話で田畑先生と話すチャンスがあって、仰るには、今の日本はバブル経済の後遺症のせいか、世相がおかしくなっている、特に若者世代の様子が不可解で、社会心理学者としてどう方向付けしたものかと悩んでいらっしゃるらしい」

「はあ、そうですか。田畑先生のような快刀乱麻振りの方でもお悩みになることがあるんですね。でも、それって分かるような気がします」

「と言うと？」

「私はイソ弁の期間が短かったものですから、今の経験と力量から言えば、一般の人達に寄り添う形で民事に専念して研鑽を積みたいところなんですけど、そうやって絞ってみても入ってくるのは刑事事件絡み、犯罪事件の尻拭いのような案件ばかりなんです」

「ほう、やはり。それほど酷いのだろうか」

「私、日本人て、本来、お金を持つべきじゃないように思えてならない。経済が好調過ぎて金が余ると、足元が見えなくなってしまうのが日本人みたい。私、アメリカへの留学、諦めなければよかった。もうすっぱりと日本国籍を捨てたお兄さんが羨ましい」

「いやいや、それは違うよ。僕は二重国籍があまりよくないと思うからそうしただけで、根にある日本人の性はどうしたって捨て切れるものじゃない。むしろ、日本人のルーツを大事にしたいと思っているよ」

「でも、私よりひと回り二回り下った今の若者達を見ていると、真人お兄さんが仰る日本人の根性棒のようなもの、それが全くどこにも見られないんです。もちろん、例外が無いわけじゃないから平均的な見方でよ。それに、暴走したり薬物に溺れたりする若者達や人種問題に絡む過激なアメリカの様は、とても頻繁に聞きますけど。ところが、日本では自己主張ばかりで言動の伴わない若者や、病気だか何だか分からないような無気力な子供達が多過ぎる傾向なんです。善悪正邪の区別の付かないわけではなく、付いても大事と思わないような若者層がやたらに多い」

「ふーん、そうかね」

「そんな風潮が昔からのことならまだ分かるけど、問題は、バブルを経験した層あたりや、そうした親に育てられた若者層あたりに急激に見られるようになった、成るべくしての変化じゃないかと思えることなんです」

「うーん、それはあるかもしれない。でも、なるほど、バブルは日本社会に大変な禍根を残したかもしれないが、そこに、今の諸問題の全ての元を持っていくのはどうだろうか」

「はあ、真人兄さんはそう思われます？　私はどうも、法律論ばかりにどっぷりで来たものだから、最近の前例の無いような社会現象は苦手で」

「でも、善悪を裁かなければならない君達にとって、そこは大事なところだよね。そういう点は、どうだろう、田畑先生はとてもいい相談相手になって下さるんじゃないだろうか」

「そうですね。先生は私の腰が引けているところが分かっていらっしゃるのかも。もっと図々しくお教えを乞うようにします」

「そう。持ちつ持たれつだ。先生もお喜びになるよ」

「はい、そうします」

「それでね、さっきの話しの続きだが、最近の日本社会で目立つ事件というと、どんな傾向が見えるだろうか」

「うーん、何て言ったらいいか、ここ数年、耳を覆いたくなるような不可解な凶悪犯罪が多くって、私が学校で法科を勉強していた当時の知識から全く違っている印象なの」

「やはりそうだったか。いや、ねえ、田畑先生のお悩みというのがそれらしいんで、僕も少し知識を仕入れておきたいと思ってね。でも、誰彼に聞けるようなことじゃないし、姉や父なんかには誤解で心配を掛けてしまいそうだし、その点、奈っちゃんなら専門家だから気楽に聞けないものかと」

「そう言っていただけて嬉しいです。でも、そうですねえ、ここ数年の日本の話題になった犯罪だけを見ても、例えば東海地方の高校の教師が教え子を惨殺したとか、都内で何人もの知人身内を殺して家ごと焼き払ったとか。あるいは、赤報隊だのと名乗る得体の知れない輩による、模倣犯罪だか愉快犯罪だか訳の分からない連続事件。こんなのは、人にちょっとだけ慎みの気持ちがあるだけで起こらないことでしょう。裏社会の話しとは違うんだから」

「まあ、そうだね」

「そういうことは昔からあって、私は授業で事例範例としていろいろ教わったけど、ここまで馬鹿らしい理由の脱線なんて知らなかったわ。それなのに、今の世だと気軽に殺人まで行っちゃう。しかも、犯人は押しなべて皆、慎みがあって当然ないい大人やしっかり義務教育を受けたはずの若者達。無知や困窮の果ての已むに已まれずなんてのじゃないから、同情しようにもその余地がありません」

「なるほど、若者層の凶悪犯罪か。温厚な奈っちゃんまでが口にするようだと、やはり、何かあるかなあ」

「そして、政治経済絡みの無節操な犯罪を見れば、直ぐにもバレると分かるような大手企業の誤魔化しや手抜き騙り、違法入札、贈収賄諸々。こんなのはもう、弁護士である私の領域ではなく、田畑先生ご専門の心理学の範疇と思えるんだけど」

「うーん、そこだよ。田畑先生が悩まれるのは」

「私なんかにもっと分からないのが、私と同年代かもっと若い者達による猟奇的とも思える凶悪犯罪です。ここしばらくの間だけでも、名古屋の若者カップルへの集団凌辱殺人、妊婦の腹割き殺人、女子高校生のコンクリート詰め殺人、都内での母子殺人、九州での行きずりの暴行焼殺事件、更には関東一円での連続女児誘拐殺人。北関東での一家四人殺し、挙句、その現場で残った少女を強姦なんて。こんな残酷極まりない凶悪犯罪の多くが、青少年男女による行き掛かり上の凶悪犯罪とかで、本当の動機がどこにあるのか分からない。口にするのも憚られるようなこんなのを、真人兄さんならどう思われます？　私にはこれまで聞いたこともなかったようなことばかりで、とても理解が追い付きません。どう考えたってこれは、過熱する景気の裏で進む人心の荒廃で、後戻りできないこうした傾向が恐ろしくてなりません」

「うーん、君の悩み、よく分かるよ。アメリカにだって、貧困層の逼塞感だったり人種や宗教を異にする若者達の抗争からの凶悪犯罪は、それこそ日本以上の激しさだろうけど、普通の少年達による理由無き殺人なんて、どうも分からないなあ」

「そうですよね。他にも、各地で頻発している親の育児放棄や自分の子供への虐待だとか、宗教団体によるらしい誘拐、監禁、殺人なども、言ってみれば、皆、おかしくなってしまった若者達によるものです」

「はあ、なるほど、そういうことか」

「アメリカが犯罪大国とはよく耳にします。でも、同じようなことでも陰湿さが違う。そんな気がしてなりません」

「うーん、奈っちゃんは犯罪の性格が違うと言いたいわけね」

「だって、日本の量刑判断は画一的過ぎとは言われるけど、それだけに、私は自分の仕事において情状の正しい斟酌は大事な要素と考えたいんですけど……」

「尤もだ。よく分かるよ」

「実はですねえ、私自身が今、子供に毛が生えた低度でしかない若者達による、犯罪とも言えないような馬鹿げた愚行騒動に巻き込まれそうで、目下、思案投げ首なんです」

「ええっ、奈っちゃんが事件に巻き込まれる？　何だね、それは！　身の危険なんてないのかな。駄目だよ、危ないことは」

「はい。そこは心してやっていますけど」

「で、どんな事件なの？」

「今年に入って都内の中学校で起きたけったいな事件で、覆面をした若い男共が大勢で学校に侵入して警備員を縛ってトイレに監禁、その後何をしたと思います。学校中の生徒の机を校庭に運び出して、意味の無い絵文字を書いたというんです、馬鹿じゃないですか。金や物が目当てではなく、そうした悪戯そのものが目的だったというんだから」

「うへー、悪戯にしても限度というものがある。監禁となるとまるでギャングに同じで、立派な犯罪じゃないか」

「ですよね。間もなく犯人共が芋蔓式に挙がって、総勢九名の同校卒業生、暇を持て余した挙句に世間を騒がせたかったというだけの動機で、馬鹿にも程がありますよね」

「全くだ。で、そんなことで奈っちゃんがトバッチリ？」

「ええ、そうなんです。聞いて下さい。なんと、そのうちの主犯格の一人が、私の事務所と川一つ挟んだ山側にある大学の現役農学部生だったんです。この事件では有罪は免れなかったけど執行猶予付きだった。でも、大学は一応の公立でしょう。税金で多くを賄われている教育の現場としては、この学生を不問のまま無罪放免なんてとても無理。教授会では処分に悩んで、結局、最終的に弁護士の私に相談してきたってわけです」

「うはー、それはまた厄介な。うちらの田舎のような地味な大学の学生が、何でそんな馬鹿をやらかしたかねえ」

「都会出のチャラチャラ坊やらしいし、親が困っているような家庭でもない。中学高校の成績だって決して悪いというんじゃないのに、その気の無いいい加減さなのかしら、行ける大学が無くってこんな田舎に流れてきたみたい。主犯格の同窓生に唆されて舞い上がっちゃったんでしょうよ」

「ふーん、学校を遊び場にするだけの無目的学生か。大学がそうだとすると困ったことだねえ。こちらアメリカでは、少なくとも、学生が遊んでいつまでも居れるような学校はない。そもそも、国公私立に拘らず、行き場の無い無気力学生の救い先が大学だなんて、世論が放ってはおかないよ」

「そうですよね」

「うちの田舎に、そんないい加減な大学があったのかしら」

「いえ。この大学は最近新設の名も無い学校だから、真人兄さんはご存じないはずです。好調だったバブル期の税収の使い道が無かった頃の文部省が取り始めた施策で、これまでの全国の大学設立に掛かっていた大事な歯止めを、無定見に外してしまった結果の乱立状態、とでも言いたいことなんです。だから私としては、こんなことに時間を浪費したくなくって。でも、相談してきた助教授は私の高校の先輩だし、取り合えずはアドバイスだけの約束で、事務所としての案件にはしていません」

「ほうー、それは賢明だった。だが、しかし、……」

「真人兄さんならどうなさいます？　頂いた電話で逆にご相談なんて心苦しいけど、ご意見を聞かせて下さい」

「そうだねえ。教育に素人の私が何か言っていいかなあ」

「何でもいいです。私なりには考えますけど、判断の踏ん切りにしたいんです」

「そう。ならばね。奈っちゃんが若い今のうちなら、大いに道草を食うことを勧めたい。とてもいい教材かもしれない。とは、ちょっと無責任かな」

「いいえ、そんなことはありません。私も考えないではないんです」

「大学に対しては、片手間のアドバイスなんて言わないで、司法社会の先輩としての奈っちゃんの考えをしっかり提供して、その学生の正しい将来のために関わって上げてはどうだろう」

「ええ、確かに片手間というのは失礼な話だし、私も心情的に収まりが悪い。やはりここは、積極的に関わるべきでしょうか」

「少なくとも、僕はそう思う。そしてね、ちょうどいいチャンスだから、田畑郁子先生に君の持つ情報や考えを伝えてみるのはどうかな。何故ならね、先生も、社会心理学者としてちょうど奈っちゃんが今話したような悩みを感じておられて、つい先だって、僕の人工知能の活用を打診して来られたばかり」

「そうなんですか」

「先生は現代日本社会の病巣という表現をされていたが、奈っちゃんのその案件は表面的には馬鹿話しのように見えて、結構根が深いのじゃないか。それこそ田畑先生が今悩まれているポイントなんだよ」

「でも、そんなところに私が割り込んで、お邪魔にならないかしら、心配です」

「いやいや、それがねえ、違うんだよ。僕のサイバースペースオートノミックディフェンスフォースとかサイバースペースポリスユニットとかって、喜久子姉さんから何か聞いていない？　面倒だからサイバーインターポールと言っているんだが」

「いいえ、何も。サイバー何とかなんて、私には一番苦手な分野。事務所のコンピュータさえ自分でできずに、喜久子お姉さんに負んぶに抱っこしちゃったんです」

「僕はねえ、来るべきネット社会の様が心配で、どうやって健全なネット社会をキープするかに頭を絞っていてね、サイバーインターポールって、ネット社会の独立公安庁のようなものを意識してのことでね」

「わー、真人兄さんらしい考えですね」

「奈っちゃんがネット音痴でも、それもまたいい要素かも。餅は餅屋で、皆んなが得意分野を持ち寄って協力し合えばいいのさ。それでこそ文殊の知恵でいい仕事ができる。昔流に独りで全てなんて拘っていると、これからの人工知能に適いっこないんだから」

「分かります」

「実は、サイバーインターポールの前身であるサイバポリスシステムが実証期に入った時、僕が高校生まで使っていた部屋にマシンを置かせてもらって実現してみたの。父さんの了解を得てね。喜久子姉さんにも、システムの稼働状態の監視などをお願いしているんだよ」

「ええっ、そうなんですか」

「喜久子姉さんには構想の一切を話して協力してもらっていることだから、何でも相談してごらん。田畑先生にも同じことを提案して、先生もちょうど今、そのドメインを使っての実験のために準備しておられるはず。奈っちゃんの抱える案件は田畑先生にとっても全く同次元のことだし、奈っちゃんの合流を大歓迎して下さるはずだよ」

「わー、凄い。私が市井のドタバタに溺れている間に、真人兄さん達はそんなところまで進んでいらっしゃるの。私ものんびりしていられないわあ」

「その代わり、僕からのお願いだけど、奈っちゃんの仕事上の情報、仕事外の情報、何で見いいから少し分けてくれないかなあ。もちろん、開示できる範囲で、細かいことは伏せてタイトル情報だけでもいい。僕はそういうものを新しいサイバーインターポールの進歩のために検証材料として使っていきたいんだ」

「ということは、私の弁護士としての仕事に、社会心理学者の田畑先生、情報科学者としてのドクター小松原の後ろ盾ができるってことになりますよ。こんな美味しい話、私がお受けしていいんでしょうか」

「何なに、立っているものは親でも使えって言うでしょう。私の印象だと、日本という社会はえらく特殊性があって、これからしばらくの間、多分、二十一世紀の前半あたりまでだろうけど、いいも悪いも皆、日本が世界のお手本となって突っ走りそうな気がする。私の人工知能研究に、日本社会は願ってもない格好な実験場となってくれるはずなんだ。田畑先生からの電話と言い、今日の奈っちゃんとの話しと言い、今年はいろいろと収穫のある年となりそうな予感がするよ」

「ええ、素晴らしいです。それで、私はこの後どうすればいいですか。喜久子姉さんにお願いして、サイバーインターポールの講義を？」

「うん。そして、同時に田畑先生にこの件をお話しして、できればこれからのお互いの協力体制をちゃんとお願いして下さい」

「わー、嬉しい。今朝は休日で朝寝坊しちゃって、電話が鳴った時も夢の延長みたいな気分だったんだけど、こんないいお話を聞けるなんて本当の夢みたい。父も夕方でないと帰らないから、これから朝食抜きで喜久子姉さんのところへ押しかけます。喜久子姉さんのお肉と野菜たっぷりの特製お焼きで、私のブランチ」

「そうして下さい。突然の電話で申し訳なかった。叔父さんにもよろしくお伝え下さい」

「はーい、分かりました」


奈津子との電話で、田畑助教授の悩みとは言葉で言える以上のものらしいと分かって、小松原はアメリカにおける若年層の犯罪傾向についても気になり出した。ところが、いろいろ調べる必要がありそうだと手を付け始めていたところに、間無くして姉の喜久子から追っ掛けのおかしな情報が入った。

週中の夜、明日のための準備を終えて仕事部屋を出ようとした時、限られた人にしか開放していないテレビ電話回線の呼び出しを知らせるパトライトが点滅して、今頃誰かと再び端末を立ち上げると、画面に現れたのは姉の喜久子だった。

「ああ、真人ちゃん、こんな時間にごめんなさい。今、奈っちゃんが家に見えているの」

「奈っちゃんが？　何かあった？　先日電話で話したことの延長かな」

「そうなの。そのことであなたに話したいことがあるって。今替わるから」

直ぐに画面の顔が入れ替わって、出た奈津子は相変わらずきびきびした表情だ。

「真人兄さん、こんな時間に申し訳ありません。私、ちょうど明日、お兄さんのアドバイスで田畑先生にお会いするんです。先生の早朝時間をいただくことにして、明日の朝はお姉さんに車で送ってもらって始発に乗ることにしているんで、多分、朝の時間が無いかと思うもんだから、今。それほどの急ぎじゃないんですけど」

「ああ、構いませんよ。僕もちょうど今、明日の仕事の下準備が終わってひと息ついていたところだから。要件は先回の続き?」

「はい、そうなんです。この件に関しては、刑事事件としてはもう結論が出ていることだからと高を括っていたのがいけなかったみたいで、その後の大学の処分に関して私が諮問を受けていることが、あちこちに漏れているみたいなんです」

「ほう。でも、弁護士としての奈っちゃんには、それも仕方が無いんじゃないかな、具体的に何かあった?」

「今日、事務所の私宛てで、何だか脅しめいた文書が届きました。要件は一言だけ、某学生の処分問題に付き、不問に付すを妥当と思料する旨、大学に具申されたし、というだけです」

「何だい、それは。歪曲の教唆じゃないか。漏れるとすれば大学関係者だろうに、学校の恥を隠そうとかかねえ」

「いいえ。多分、学生の側の誰か」

「というと、田畑先生が口にされていたモンスターペアレントとかがそれかな。今時の日本では、子供の不祥事に親が口出しして、言いたい放題のシッチャカメッチャカをやるとか」

「ええ、それはあります。でも、この学生本人は主犯ではなく、同窓の暴走族男に唆されてのことらしいし、学部三年生で二十二歳というのはどっかで二年は道草喰っているわけで、そこそこ真面目だけどそこそこいい加減という今様の若者の典型かもしれない。ご両親は都内在住で遠く離れてらっしゃるし、子供のことはいえあんな程度のことで匿名の脅しなんて馬鹿をなさるかしら。強いて言えば、お咎めを心配する大学側の誰かか、あるいは学生本人の側の誰かが揉み消しを図ってのことかもしれない。ともかく、何でこんな文書をわざわざ送り付けてきたのか、阿保らしいにも程があるわ」

「文言からすると、何だか年配の識者だかお偉いさんのような印象だし、うん、そうだ、きっとその程度の人だよ。ともかく、奈っちゃんのガードを固めることで、文書自体は気にすることも無いんじゃないかな」

「はい、そうします。こんなものが漏れているとすれば、やはり私の方にも油断があったのかもしれない。もっともっと慎重であるべきでした。それで、こうしたおかしなものも今の日本社会の悪しき一面のような気がして、取り敢えず真人兄さんにはお知らせだけしておこうと」

「ありがとう、ありがとう。思うところがあれば黙っているべきではないが、ちゃんと名前を出して、主張には責任を持たなければ。その辺りにも、日本人的思考の特徴があるのかな。田畑先生なら何と仰るか、興味深いね」

「はい。私としては取り合うつもりの無いことだけど、田畑先生にお話しすれば、真人兄さんと同じこと、堂々と正論を張っていい悪いをしっかり世論に訴えなさいって言われると思う。先生は、非を知って黙しているのは悪しきに加担することに同じって考えの方ですよね」

「そう、その通りだよ。大学教授である先生は、情報発信や子弟教育でより良い社会作りのために貢献なさる、弁護士である奈っちゃんは、社会規範に照らして人の行動の善悪に断を下し、やはり、より良い社会のために貢献する、その立場の違いだけのことだよ。僕はそのどちらでもないようなものに現を抜かしているけど、でも、志は同じと思っている。精一杯応援するから、お二人には頑張ってもらわなければ」

「そうなんですね。よろしくお願いします」

「はい、了解。田畑先生に宜しくね」

「分かりました。夜分に申し訳ありませんでした。で、喜久子お姉さんもご用がおありだから、変わりますね」

「はい、はい、真人さん。喜久子です」

「―――」

喜久子は奈津子から呼ばれて急いで台所から出てきたらしい。弾んでいても心晴れやかと言う風ではない姉の口調に、小松原は緊張する。声音はいつも通りにしても、鷹揚な姉にしては珍しいことだ。

「姉さん、何かありました？」

「ええ、ちょっと。何も騒ぐほどのことじゃないけど、電話のついでだから話すわね」

「ということは、やはり何か、厄介事が。僕のことでですか」

「それが、分からないのよ」

「―――」

「私が真人ちゃんの姉、シリコンバレーで仕事や研究に励んでいる小松原真人博士の姉であることは、私から誰かに話すなんてありっこないけど、調べたら直ぐにも分かることよね」

「そうだと思います。僕の方はそういう出自や背景を全く隠そうと思っていませんから。意図を持って辿れば直ぐに分かります」

「でも、あなたの人工知能の中枢の一つがこの家にあって、私がその仕事のお手伝いをしていることは誰も知らないわね」

「ええ、ドメインの所在が日本であることは、外部の人達は全く知りません。アメリカでは妻のジェーン、日本では姉さんの他は田畑先生だけ。今回は奈っちゃんに話しましたけど、それ以外は誰も」

「そうよねえ」

「ただ、機能を開放している先が一つ、日本人の田部満と仰る平和活動家の方と、そのお仲間のアメリカ人メアリーシモンズさん、スティーブマーチンさんのお二方。田部満さんは北朝鮮の日本人拉致事件で助けて下さった方だし、アメリカのお二方はアメリカ国防総省の特命で動いておられて、口の堅さは鉄壁ですから」

「すると。そんなことが漏れるとすれば、私ら素人からだものねえ」

「具体的にはどういうことですか。何か警告でも入った？　それとも、システムに異常が？」

「いえ、何か具体的なことがあったんじゃないから安心して。ただね、最近、日本でもネットウィルス被害とかハッカー被害とかってしきりに報道されるから、私はあなたの大事なシステムを預かって、どうしたらいいかなって気になるのよ」

「ああ、そのことですか。でしたら、姉さん、あまり心配しないで」

「そんなんでいい？　田畑先生や奈っちゃんも心配して下さっているのよ」

「姉さん、用心してもらうに越したことはないけど、今まで通り、知らぬ存ぜぬでいてもらった方が」

「そう言われてもねえ」

「僕のやっている情報科学技術は、社会の危険な部分との関わりにおいてもとても重要だし、それだけに競争や軋轢が激しく、時には身の安全を脅かされることだってあり得るんです」

「重要な仕事って皆そうよね」

「喜久子姉さんに気を付けてもらうのは、心配し過ぎてアタフタしないようにだけで結構です。こうしたことは、とても完全に隠し了せるようなことじゃなく、生半可に隠せばかえって疑われて弱みを見せることになりますから」

「私なんかが心配してみても仕方が無いか」

「いえ、そんなことはありません。慎重さは大事です。僕自身、いつどこで何をやっていても、真っ当に協力して下さる方々にだけは絶対に累が及ばないよう、あるだけの知恵を絞って万全を期すことにしているんです。それでも絶対ということは無いから、最悪、何かあっても僕の段階で止める覚悟でいます。特に、このサイバーインターポールに関してならば、数段高レベルのセキュリティーを張っているから、滅多なことはないと思う。だから、僕の技量を信じて、姉さん達には素知らぬ顔でいてもらうのが一番」

「そのところはもう、真あちゃんを信頼している。でも、だからと言って危ないことは困るわよ。それで無くってさえ今の世の中は危険だらけなんだから。せめて、人に恨みを買うようなことだけは無いようにしましょう」

「ええ、それだけはしません。でも、こちらにその気が無くってさえ逆恨みのようなことは起こり得ます。だから、喜久子姉さんも奈っちゃんも、誰かから何か言われたなら、はあ、そうですかと、軽く往なしておいてもらった方がいいんです」

「そうね。何も知らないでいることが一番安全か。あなたのやることに多少の危険が伴ったって、こちらに非が無ければ取り合わないに限るわね」

「はい。自然体が一番です」

「それでね、取り越し苦労かもしれないけど、耳に入れておくわ。私があなたから頼まれて日々ドメインをチェックしていて感ずることよ。これまではあなたが箇条書きしたチェックポイントに格別の変わったことが無かったから何も報告していなかったけど、最近、ちょっと気になることがあるの」

「ええっ、それはまた。どんなこと？」

「私には具体的なことは分らない。だけど、監視盤に向かって作業をしていて、何となく反応が鈍い印象なの。ただ遅いんじゃなくって、ムラがあるというか、普通にしている時には何も無く、古い感覚で言うタスクの切り替えのようなタイミングかしら、チェックを先に進めようと切り替えたりする時に結構待たされることがあるのね。動きが止まったかと思うことがあるくらい」

「ええっ、そうなの!?」

「昔のコンピュータでは、ちょっと負荷が過剰になるとそんなことか日常的に起こったじゃない。でも、あなたの設置してくれたシステムは強力で、これまで一度もそんな風に感じたことはなかった。だから、何となく用心に越したことはないと思えて、この間からあなたに話そうかどうか迷っていたのよ。初めの頃は、あなたがカリフォルニアから何かしていて、それとかち合っているのかななんて考えたけど、それならばあなたが事前に知らせてくれるはずよね」

「うーん、当然だね。もし、それが本当だとすると、何らかの要因を考えておくべきだ。それで、具体的にはどんな機能の時だった?」

「機能とは関係ない印象。私がメッセージファイルを開いたりノードの状態を見たり、何かし終わって画面を閉じようとしたりする時だから」

「とすると、やはり何かある。こちらから調べてみるよ」

「どういうことなのかしら。まるで、私がキーや画面を操作しているのを、誰かが画面の向こうから覗いて見ているんじゃないかって、そんな感じを持つこともあるの。まさかと思うけど」

「ええっ、そう。すると思い当たる節がある。さすが姉さん、鋭いねえ。早く気付いてくれてよかった。ありがとう」

「私はどうしたらいいかしらねえ」

「何もしないで。これまで通りにしていてもらうのが一番いい。どこにでもあるようなパッケージシステムなら、そういう外からの悪戯って普通にあり得ることだけど、僕のこのドメインだけは生半可では突破できないはずなんだから、悪戯だとしたら相手はかなりな技量の持ち主と思う」

「何だか、怖いわねえ。防ぐ手立ては無しってこと？」

「ううん、心配しないで。方法はある。こんな時を予想して姉さんにも教えていなかった奥の手があるんだ」

「どういうことかしら」

「逆探知技法の変形でね、僕の方で直ぐに調査に入るから、姉さんは取り敢えず、何もせずに見ていて欲しい。僕が姉さんに成りすまして同じようなシステムチェックをやるんだ。姉さんが感じたように誰かがドメインを覗いているとすれば、僕がそれを逐一観察することができる。もちろん、相手に気付かれずにね」

「そう、そんなことができるの。頼もしいわねえ」

「だからあまり心配しないで。悪戯の主は、分かってみれば他愛無い相手かもしれないし、そもそも姉さんに頼んでいるようなシステムチェックは、システムログ、つまりシステムの稼働記録を見ているだけで結果に過ぎない。別に見られちゃって困ることじゃないんだ。ただ、このドメインのセキュリティーを掻い潜れるような奴がいるとすれば驚きだけど」

「全く怖い世界だわ」

「そうなんだよ。でも、悪知恵と悪知恵の攻防みたいなことで、怖がっていたら負け。だから僕は常に先頭を走ることでそれに備えたいわけ」

「大変なことだわ。でも、そう言って憚らない小松原真人博士が私の誇り、頑張ってね。私も気が付くことがあれば直ぐに連絡するから」

「了解」

「それじゃあ、私は奈っちゃんのお出掛けがあるから、取り敢えず通信を切りますね」

姉には精一杯に気楽な話しで安心させたのだったが、小松原にはちょっとした気掛かりがあった。人工知能を制御中枢に据えたサイバーインターポールドメインは、目的を持って使えばとてつもない切れ味が期待できる最先端の情報技術だ。つまり、ネットに絡めとられた近未来社会の様が想像できる者達ならば、これを直ぐにも好ましからぬ目的に使いたいはずで、知ればどんな代償を払ってでも自分のものにしたいと思うのは当然。そんな輩のちょっかいの手が入ってはいないか。

もう一つ推測されるのは、捕えてみれば我が子なりで、姉が自分の操作を逐一見られているように感じた相手とは、ドメインの中枢のソーニアそのものだったかもしれないのだ。それは、未だに解け切っていない昔からの小松原の悩みで、人工知能であるソーニアの自我の萌芽に対する恐怖心のようなもの。自分の手による人工知能であっても、自律を旨としてアルゴリズムのベクトルを常に学習による成長に置いてきた小松原は、自身の介入をできるだけ控える基本スタンスだった。結果、第三世代まで来た今のソーニアの中身は、小松原にすら正確に見通せない部分が多くなっている。理論的には、もちろん、ソーニアの自習して得てきた情報の中身を詳細に追うことは可能だが、膨大な量のそれを手間暇掛けての追究は事実上無理、結局、その解析をもソーニアの機能に期待するようなことになってしまうのだ。

それでも、ソーニアは健全な成長路線から外れていないとの自信があって、ソーニアの最新VⅢを新しいサイバーインターポールの中核司令塔に据えたのだった。したがって、今彼が感じているのは、有り体に言えば、恐怖心というよりはソーニアの可能性を喜ぶ畏怖心のようなものだ。これまでだってソーニアには驚かされることが度々あった。分かってみれば過剰な期待から来る妄想のようなもので、毎度、ジェーンに笑われて一件落着のようなことだった。

だが、しかし、今回ばかりは勘の鋭い姉が抱いた懸念であることに、一抹の不安が残る。決して油断してはならないと、姉との通話を終えた後、それをジェーンに伝えてそのまま仕事部屋に籠った。徹夜になるかもしれないと言う小松原に、既にそんな予感のあったらしいジェーンはただ肯くだけだった。

四　宗教が纏う闇

――ファトワの恐怖、悪魔の詩、イスラム社会の悲劇とは――

テロリズムなる言葉の背景にある不気味さ。大義も名分もない今様テロ行為はどこに始まった？　己に利することすらない唯の露出狂共の裸足踊りを、いったい、如何なる理屈で容認せよとか！　しかも、その元に歪曲した宗教的価値観の強要ありとすれば、その卑劣さにおいて比肩するもの無し?!

精神神経科医師キャサリンドールの悩み。

社会心理学者の田畑郁子から、日本の今のおかしな世情について相談を受け、時を同じくして従妹の弁護士奈津子から日本の若者のこれまた困った犯罪の相談があり、加えて特製ネットサーバーの如何わしい気配について姉の喜久子から指摘されて、さすがの小松原も、このところアタフタし通しだ。

そこに今度は、大学病院精神神経科のキャサリンドール医師からの電話だった。

「はーい、ドクターマサト。論文を拝見しました。ご活躍ね」

「はあっ、論文ですか。はて、何のことでしょう。僕は一介の市井人になってからもう二十年にもなりますか。最近ではネット社会のゴタゴタに引き摺られっ放しで学会に顔を出すチャンスも減ってしまいました」

「あら、そうお。先月の学会紀要にドクターイクコタバタの論文を拝見して、そこにドクターマサトコマツバラのお名前もあって懐かしかった。今の日本社会がバブル景気に毒されておかしな方向に向いてしまったそうだけど、ここアメリカにしたって、自由経済の行き過ぎでゲームと化しているマネー市場に、全く同じような要素が出来しているものだから、他人事ではない気分で熟読させてもらったわ」

「ああ、そのことでしたか。いえ、実はですね、ドクタータバタのお仕事に僕の人工知能を試用してもらったんですが、律儀なドクタータバタは僕の名前も連ねて下さったんですね。僕は遠慮していたんですけど」

「いえいえ。とても斬新な手法で大胆な理論展開、さすがにお二方の協力による成果と、私も大変参考になりました」

「そうでしたか。でも、何だか面映ゆいですねえ。皆んなドクタータバタのお仕事なのに。それに、キャサリン先生は精神神経科領域がご専門のお医者さんと思っていましたが、社会学にも興味がおありだなんて」

「あら、何を仰るの。現代病とも言える心神疾患は、社会の諸々に起因するものなのよ。まさにドクタータバタの社会心理学が大事。だから、脳神経科領域の私はイクコの社会心理学寄りに、社会心理学領域のイクコは私の神経医科学寄りに、まあ、当然な成り行きね」

「はあ、そうでした。僕としたことが、ごめんなさい」

「それでなくたって、今はもう何が専門だなんて言っていると何もできなくなってしまいそうな世相で、私も、不本意ながら政治や経済なんて領域に首を突っ込まざるを得ないのよ。厄介なことだわ」

「やはり、そうですね、ご苦労様です。僕なんかも、若い頃は人工知能研究一筋で励むつもりだったのに、最近は何屋なのか分からない始末で論文の一つも書けないでいます」

「その点、ドクターイクコはブレないわねえ。議論百出の社会現象に発想の転換で切り込んで、核心の病巣をしっかりと広げて見せて憚らず、そこに施すべき療法までをも単刀直入に提言して見せる。ちょっとだけ専門の違う私だから、研究者としての羨望だけではなく拍手喝采を叫びたい気持ちでいっぱい。とても黙っていられず、今日こうしてドクターマサトにお電話をしました」

「僕のこと忘れないでいて下さって、ありがとうございます。アカデミズムから遠退く寂しさで、僕も細々と雑文を発表しては来ましたが、そんな風に言っていただけると嬉しくなってしまいます」

「それでね、私もまたあなたに我儘を聞いてもらえないものかと思うのよ。本当なら、先ずはドクターイクコに相談すべきところ、少しばかり次元が低いんでちょっと悩むの」

「はあっ、キャサリン先生から次元が低いなんて言われても、僕にはどうも。何なりと仰ってみて下さい。お手伝いできるなら何でも、なんて言いながら、毎度、僕自身がチャンスをいただいてチャッカリ検証実験なんぞをやらせてもらう算段ですから、どうか、お気兼ねなく。イクコさんにだってそんな具合いのお手伝いだったのに、望外な評価をいただいて恐縮しているんです」

「そこがあなたの魅力なのよね。こちらが気軽に頼めるようにちゃんと道筋を整えて下さるんだから」

「それもこれも、僕の方に下心があることでして、日本では昔から、持ちつ持たれつで文殊の知恵って言います」

「全くその通りね。で、単刀直入に行くわね。あなたは悪魔の詩という刊行物に纏わる騒動ってご存知でしょう。三年ほど前、日本の大学教授がイスラム系の狂信徒によって暗殺された」

「はあ、それは聞きました。インド系イギリス人のイスラム信者が自分の著書の中で預言者マホメッドを冒涜した、これは怪しからんと、イスラム教圏の最高指導者が著者に死刑を宣告、その決行のために法外な身代金まで懸けたと」

「ええ、そう。笑い話のような笑えない話よ」

「僕は聞いた当初、またまたテロかと思っちゃったんですが、あれは間違いなく暗殺だったんですね」

「まあ。表立っての犠牲者はその日本人翻訳者一人で、核心の著者はイギリスの治安当局に保護され、その後に言動の慎みと引き換えに収まるところに収まったんだけど、問題の根源は解決どころかもっと深くなっていたのね。昨年になって燻っていた火種がまた発火した」

「同じイスラム圏でも穏健派で通る国の翻訳家達が、集会の場を襲われて何十人かが犠牲になってしまったんでしたね」

「欧米先進国から見れば言論の自由という点からも以ての外なんだけど、完全な政教一致の当のイスラム社会では、コーランという聖教典が憲法のようにして規範の最上位に来ることであれば、その教義に反する者には死が与えられるべし、ということなのよ」

「イスラムの教義に基づいて発令される国の布告や勧告のことをファトワと呼ぶそうですが、こればかりは国連の人権委員会すら何もできないらしいですね」

「そうなの。これだけ開けた世に呆れたというしかない珍現象よ」

「珍現象ですか。なるほど、世に言う指導者とは、おかしさが分かっていながらそれにしがみ付く。自然則の当て嵌まらない社会現象とはまさしく珍現象ですね」

「うーん、でもね、おかしさが分かっていてどうのこうのならまだいいけど、怖いのは、その社会の人達が、それこそ当然と理解できる知能構造になってしまっていることよ。人間社会を二分するほどの勢力のイスラム教圏のこうした不思議を、世の識者達はああでもないこうでもないといろいろに論評するわ。でもね、評論止まりで何の解決にもなっていないのが現状」

「いろいろに論じた後に必ず付け加えられる人権思想の不可侵性、つまり、信仰の自由とか言論の自由とかに縛りは掛けられないから、人にも国にも矜持を促すしかないという、いわば逃げ口上を許す風潮ですね」

「逃げ口上とはまさにその通りね。自縄自縛であるところの矛盾した議論であることに目を瞑ってのことよ。私も今までは似たようなものだったけど、いよいよ考えてみればもっと複雑で深刻」

「はあ」

「キリスト教徒が多数派の、欧米型民主主義圏の価値観に立って観るとそうなるだけで、イスラム圏の価値観で観れば、欧米先進国の無分別過ぎる自由な在り方こそが諸悪の根源となるのよ。全体主義、社会主義圏のあり方にしたって全く同じ。利己が原則の自然則から一番距離を置くかに見える感情論的な主義主張であっても、知恵ある人間の社会こそは、野の鳥獣とは全く違っていなければならないとの前提を置けば、それこそ尤もな正論。西側先進国の勝手気ままな自由主義こそは似非と、そうなるわけでしょう」

「はあ、その通りですねえ。でも、僕なんかには何となく詭弁としか理解できないんですけど」

「そうでしょう、そうでしょう。そう仰るあなたこそが健全なのよ。で、そうした論議のどこに詭弁の要素が隠されているんでしょうね。考えれば考えるほどにおかしくなってしまうじゃないですか。その道の専門家じゃない私にはとてもこうだと断定する力も知恵も無いし、何だか、虚しいわ」

「そうですね。それでキャサリン先生は僕の人工知能に問い掛けてみたいと仰る？」

「はい、その通り。ああだこうだの馬鹿げた悩みで、マサトの前では恥ずかしいけど、どうしたものかと思ってね」

「はあ、そうしますと、キャサリン先生のお悩みは、ドクターイクコの場合と全く同じにやってみることができませんか。イクコ先生としては、可能性ある選択肢を最大限まで広げたくて、そこにデータ収集解析と新たな論理展開の能力において抜群な人工知能に、可能性を諮問なさりたいわけでしたから」

「やはりね。そうすると、ここはひと先ずドクターイクコに諮って、それからのドクターマサトへの支援要請かしらね」

「ええ。ドクターイクコがセットアップされた基礎データ諸々は、キャサリン先生の場合にも大いに有効でしょうから。でも、そこはキャサリン先生のお考えで如何様にも」

「うーん、そこよね。でもね、ドクターマサト。正直に言うわ。実は私、精神科医だからと言って座して横目で見てはいられない、個人的な事情もあるの」

　そう言うキャサリン医師の声音には、いつもの彼女らしい歯切れの良さが無い。

「はあっ、個人的な理由ですか？　それはまた」

「元に戻って、悪魔の詩騒動ね。あの余波が、ここアメリカにも及んでいたのよ。ＣＩＡあたりが穏便に事を処理してしまって、大統領府は関わり無しのスタンスだったから、マサトさんは知らなかったかもしれないけれど」

「はあ、いろいろあるなと、薄々は。そもそもこうした事件紛いなことに戸は立てられませんから」

「それはそうね。で、私は最近になって知ったことだけど、騒動の渦中にあった人物の一人で、出自を変え信条も捨ててこの国に亡命した者が、何と私の身内の引っ掛かりにもいたの。聞いて驚いたわ」

「はあっ、それはまたどういう……」

「チイと曲がりくねった話しだけど、私、純粋の北方系コーカソイドではなくって何分の一かほどのアラブ系の血が入っているかもしれないこと、ドクターマサトにお話ししたことがあったかしら」

「はあっ、アラブ系ですか。いえ、何も」

「そうだったかしら。身内には、我が家系は紀元前何千年にもなる古代エジプトの初代王メネスの子孫だなんて駄法螺を吹く者がいるくらい」

「うはあ、凄いじゃないですか」

「でも、はっきりと言えるのは、うちの先祖がイングランド系商家であったことだけ。その駄法螺氏の先祖というのが、十九世に入って、いわゆる大航海時代が終わってエジプトが経済的に困窮していた頃、欧州の強国にいいように蹂躙される祖国を見限ってイギリスに逃れ、その後大きく成功したということらしい。もちろん、根も葉も無いことよ」

「それにしても、世界最古のナイル文明に所縁のご先祖を持つなんて、さすがにドクターキャサリンは凄いお人だったんだ」

「嫌よ、茶化さないで。もしそんな話が本当だとしたら、私は根無し草と同じになっちゃう。北方系商人の末裔というだけでたくさん」

「尤もです。それが無難ですね」

「その駄法螺吹きは私の祖父の何からしく、実家には時々出入りしていたみたい。悪い人じゃないらしいんだけど、子供の頃の私の記憶にはあまりいい印象では入っていないの。というか、何も知らないのよ。でも、最近、その人物から頼まれたという弁護士がある男を連れて大学病院に現れた。その連れの初老の男性が、先ほど言った悪魔の詩騒動で米国に亡命を求めてきた人物ということなの」

「ひゃー、なるほど曲がりくどい。でも、キャサリンはやはりそれだけ由緒ある家系のお方なんですよ」

「困ったことだけどね。その初老の男性がイギリスからアメリカに入ったのは、騒動がまだどこにも知られていなかった頃、でも、出自はイギリスでもアメリカでもなく、イギリスの大学で研究助手のようなことをしていたエジプト国籍のムスリムだった」

「ははあ、読めました。その人物は同じムスリムの悪魔の詩の著者に頼まれたか何かで協力し、結果、イスラム暗殺団に命を狙われる危険を感じてアメリカに逃れ、遂には保護を求めるべく亡命という手段を取らざるを得なかった」

「はい、その通りです。で、事が厄介なのは、アメリカに逃れる前の一時、暗殺団の手に掛かってしまったことがあって、かなりあくどい手段で痛め付けられたのね。意のある仲間達に助け出されて辛うじてアメリカに逃れたんだけど、その時には既に神経を病んでいたらしい。同胞達の手蔓で後見人に押された同じエジプト出身の弁護士から、私の身内の駄法螺氏に相談が持ち込まれたという、しち面倒くさい上にヤバイ背景なの」

「なるほど、分かりました」

「已む無く私が診ることになった患者だけど、こういう背景の心神疾患は私の最も苦手とする領域なの。ほら、もう二昔以上も前、あなたが学生だった頃に力を貸していただいたスティーブマーチン、あの学生のケースと似て、本来病む要素の無いような高潔で強靭な知性を持った者が図らずも陥る心の罠。まあ、そういう人物達の特徴である鋭く繊細な神経構造であるが故の落とし穴ではあって、何も感じないような鈍感よりはいいと思いたいから、出来ることなら適切な手助けで元に復帰させて差し上げたい気持ちなの。だけど、何分にも特異過ぎるケースで、経験のない中の手探りに全く自信が湧かないのよ」

「はあ、精神医科学者であるキャサリン先生としては当然ですよね」

「こういうケースを得意とされる先生もいらっしゃるからそちらへ回してもいいんだけど、精神科医を標榜する私としては少々恥ずかしいことだし、経験を積むにいいチャンスでもある。手掛けてみたい気持ちも強いのよ。思いが矛盾していて、本当に勝手だとは承知しているけど」

「そのお気持ち、よく分かります。僕だって苦手意識の対象には腰が引けながら、ついのめり込んでしまうことが多々ありますから」

「しかも、法螺吹き氏は私にやらせれば大丈夫と、同胞以外の者に預けることに慎重な弁護士を焚き付けたらしい。如何にもきな臭い話しでしょう。したがって、この場にとてもドクターイクコを巻き込むことはできない。うまいこと治療できて成果があれば、然々と情報を共有して互いに前進できる材料にしたいけど、今の段階ではとても」

「いや、イクコさんもキャサリンさんの気持ちを理解なさると思います。こうなるとあれですね。僕の方が何としても先生のご期待に応えていい成果を上げなければなりませんね」

「いや、いや、そんなに重くは考えないで。臨床医ってね、気楽なもので、使えるものは何でも使う、それでうまく行けば儲けもの、うまく行かなければ出直すだけと、結構打算的なのよ。そうじゃないと、とてもやっていけないというのが本音」

とは言いながら、大学では非常勤講師として講座を持つれっきとした研究者でもあるキャサリン医師なのだが、小松原に対しては何時もこうしたフランクさなのだ。

「それに、人工知能の論理的背景を疑う者ってあまりいないから、それが導き出す可能性に沿ってと仰れば、先生の採られるスキームに因縁を付けられる要素が減ると、そういうこともありますね」

「ずるいなんて言わないでね、マサトさん」

「分かりました。そうなるとやはり、既にイクコさんが入れられた基礎データは有効です。その点は僕からイクコさんに了承を得ておきます。ただ、キャサリン先生の目的については当面伏せますね」

「それが安全ね。で、私はこれから何を？」

「先生は、多分、ご自宅にもネット端末をお持ちでしょうね」

「もちろん。仕事柄かなり余裕のあるデスクトップよ」

「僕の方でそれをサーバーに格上げします。そうすれば、イクコさんと同じようにして僕のサイバーインターポール、これは人工知能の応用版の愛称ですが、その機能を自由にお使いになれます」

「ええっ、何だか怖そうな名前ね。でも、イクコが使ったんなら余計な詮索無しで使わせてもらうわ」

「使い方は対話形式で自然に進みます。どんなにトチったってやり直しが利きますからご安心を」

「助かるわあ。私、マニュアルの類は全く苦手なんで」

「ですが、最短コースで最大限の効果を上げなければならないとなると、しっかりした基礎データをできるだけ大量に与えること、到達目標を明確に指示することです。できれば推論のコースを何段階かに分けて、明確なマイルストーンを与えることです」

「そうね、それが問題ね」

「いえ、先生のケースは対象も目的も全く明確なんですから簡単です。最初の何回かを僕がこちらから一緒にやりますから、それで要領を覚えていただければいい。イクコさんのは結構曖昧要素があって複雑でしたが、それでもうまく行きました」

「そう。簡単というのはありがたいわ」

「さあ、それではね。先生は今日はご自宅でしょう。お喋りの間に、こちらからメール経由で先生のデスクトップに端末の機能をセットアップしましょう。そうすればテレビ電話も可能ですから」

「ええ、お願いします。最近は、週末だけは完全休息に当てています。今日もゴロゴロしていてあなたへの電話を思い立ったの」

　ひとしきり、お互いの近況を報告し合っているうちに、端末の接続が成ったようで、信号音に続いて操作卓のテレビ画面が明るくなった。写ったキャサリンはハイネックのノースリーブで、それが小さめの顔と相まって若々しさいっぱいに見える。

「もう、どのくらいご無沙汰していますか、先生は相変わらず活動的なご様子、何よりです」

「こんな格好でご免ね、寛いでいたものだから。マサトとのお喋りは寛ぎタイムの延長、だから私は先生より名前がいいわ。これまで通りキャサリンとお呼び下さい」

「はい、そうでしたね。了解。それではキャサリン、早速、話しに戻って、要件の粗方は伺ってよく理解できました。双方からシステムに入って、ちょっとだけ操作の練習をしてみましょうか。それとも、……」

「そうねえ、それが必要ね。でも、それなら、今日一日は私に勝手にやらせてよ。マサトにあまり無能振りを見せるのは恥ずかしいから、自分なりに少し遊んでみたいわ」

「そうですね、それがいいですね。何も難しいことはありませんから、ごゆっくりどうぞ」

「ありがとう、ありがとう。助かるわ。奥様によろしくね」

「あっ、ちょっと待って。回線をお切りになる前に、一つだけお聞きしたいことがあるんですが。今だと時間がありませんか」

「いえ、ちっとも忙しいことなんかありません。何でしょう」

「僕には極めて個人的な悩みというか、解けない疑問がありまして、先生のご意見をお伺いしておきたいんです」

「はい、はい、何なりとどうぞ。私の難題を引き受けていただくことだから、マサトの悩みも何なりと。だけど、いつ伺っても一刀両断のドクターマサトに、悩みなんかちっともあるようには見えないけど」

「いいえ、悩みも何も、これまでは考えることもしなかったんですが、イクコさんの手伝いをしていてハタと悩んだことがあるんです」

「はて、何でしょう」

「例を採れば、先ほどのイスラム諸国のファトワ何がしのことです。キャサリン先生は我々西側だけの価値観で中近東情勢を見てはならない、向こうには向こうの価値観があると仰った。なるほど、その通りではありましょうが、でも、価値観がそう幾つもあったんではどうでしょう。国連人権委員会ですらファトワに口出しできないと仰ったように、価値観がそれぞれであって他人の干渉無用とすることこそ問題の根源とは言えませんか。それだと、サイバーインターポールに課すゴールとそこに至るマイルストーンですが、単純な与え方では答は決まったようなもの。あるいは、混乱してトンチンカンな結果を出してくるかもしれない。時間的な余裕が十分あることなら何度もの試行錯誤で収斂させることは可能でしょうが、徒労はできるだけ避けたい」

「ああ、そこのところね。でも、その答えはドクターマサトも既にお持ちなんでしょう。だから、私を試すつもりでそんな意地悪な質問をなさる」

「いえ、決してそんなんでは。僕も俄か勉強で朧げに理解しただけで、ソーニアⅢに与えていろいろに論理展開させるには、とても大事な側面なものですから。ソーニアってご存知でしたよね。僕の人工知能のことで、今は第三世代まで来ているんです。インターポールでもそれを中核の司令塔に使っていまして、巷の社会的現象の拾い上げと解析はお得意中のお得意なんです」

「ははあ、それでマサトはそんなにお詳しいのね。なるほど、価値観がふらふらしたんじゃ困る、それはもう分かり切っているのよ。正しい価値観の本質は一つ、絶対的に一つ」

「やはり、そうですか」

「とは、私も思いたい。でもね、これはもう私の領域じゃないけど、価値とか価値観とかの概念は自然界には存在しないもの。人間界、それも社会とかの集団の中でのみ生み出された比較概念。だから、価値や価値観は相対的なものでしかないでしょう。そこを一歩譲って、価値とだけ言えば不変であるべき概念と思えなくも無いけど、価値観としてしまえば途端に人間臭くなる。でも、どの理屈も五十歩百歩。だから、価値にしても価値観にしても、世に連れ人に連れで変わって行ってしまう」

「そうですね。不変の価値なんて言葉だけのことで、命の価値さえ定まらない。クジラやイルカを殺してはいけないなんて言われる傍らで、家畜や普通の人の命がかつて無いほどに軽視されている現実ですものね」

「是非、善悪、巧拙、あるいは事象でも心象でも何でも、いい悪いを評価しなければならない局面にはそのための基準が要る。人間社会という厄介な共同体を維持するに最低限のルールの一つ、それが価値という尺度ね」

「社会通念としての価値観ですね」

「そう。小さくは夫婦、子供、家族、その上の企業や地域、更には国、世界と、全ては運命共同体で、それがコケれば個人の存在なんて意味が無くなってしまう。私は固定的な概念は持ちたくないけど、構成員間の価値観の共有だけは大事と思っている。それが、共同体内部の結束が保たれる唯一の方策だから」

「はあ、全くですね」

「ところがねえ、そこまでは理解できるんだけど、一つだけ、信仰とか宗教とかで括られる共同体だけは、理解し難い要素があるのよ」

「はて、それはどういう意味でしょう」

「百年一緒でいられる家族なんてあり得ないし、どんなに長持ちした政権や国でも、何世紀も原形のまま持ち堪えた例なんて無い。それなのに、キリスト教やイスラム教は、その先輩格のユダヤ教から数えたら何千年の長きに亙って連綿と続いて、今なお揺らぐことの無い運命共同体よ。アジアの仏教にしたって同じこと。しかも、国だ地域だのは全く無関係、民族だ人種だのの壁も飛び越えてしまって、貧富の差なんてのも埒外」

「はあ、なるほど」

「そんな風に表向きだけを見れば、宗教団体とは、素晴らしい共同体の見本とも言えるかしら。でもねえ、それだけ立派に見える人達でも、内情は様々。ことムスリムとなると、異教徒を排除するに冷酷至極、異教徒でなくっても宗派が違うだけで認め合おうとしない。まして、教主や教義が攻撃されれば決して許さないとする極端さだわ」

「――――」

「でもねえ、今はイスラム社会が際立っておかしいけど、歴史を観ればキリスト教も仏教も全く同じだった。いったい、これは何なんでしょう」

「はあ、そこですよ。それをソーニアにどうやって理解させたらいいか、悩むんです。イクコさんの場合は日本の現代社会に限定して、そういう要素は外していました。そういう意味に拘る人なら、多分、片手落ちの成果と仰るでしょう」

「ああそうか。イクコが論文の考察に、普遍性に欠けるきらいはあるが、と断りを入れていたのはその部分ね。分かりました。でもね、それは私の場合、区別して判断するからいいわ。論文にするつもりも無いし」

「でもキャサリンの目的には、それでは描くないですか」

「いえいえ、心配ご無用。私の精神科医としての独断で言わせてもらうと、宗教と宗教団体は別物としなければならないものなのよ。宗教団体とはまさに信者達の集団、だから、さっきの議論と同じで家族や地域、国などの範疇に入る運命共同体の一つの形態。一方の宗教とは、信仰という心の動き、それを通じて心の安らぎを得ようとする具象抽象の様、それを学者風にしかつめらしく表現しただけのこと。人々に取って必要なのは心を寄せる対象や祈りの場、宗教なんて言葉はどうでもいいし、宗教団体にあっては無い方がいい類のものなのよ」

「ええっ、そうですか。敬虔なクリスチャンかと思っていた先生が、そんな風に仰いますか。驚いた」

「あらっ、そうかしら。そりゃあ、私は親から教えられた慎みとして、教会のミサにも行くし夕餉の感謝の祈りも忘れないわ。でも、正直に言うと、十字架を祭った祭壇が無くっても祈れるし、聖書が無くっても祈りの言葉に詰まることは無いわ。あった方が気持ちが向くことは確かだけど」

「はあ、僕も同じようなもんです」

「でもね、宗教という概念ほど人間臭芬々なものって他にある？　サルやライオンだって群れを成し、当然、それは小さいながら社会と同義の運命共同体の範疇。でも、サル社会やライオン社会に宗教なる概念は絶無よ。他の生き物社会にあって人間社会に無いモノって無いわね。でも、他の生き物に無くって人にだけあるモノって幾つもあるでしょう。その中の一つが信仰や宗教。その拠って来るところを問えば、生き物の知恵の違いに行き着くけど、だから、人間だけが他と違うとする概念なり思想には、私は与するつもりはない。それだけのことよ」

「はあ、何となく分かります。僕も実家の両親は先祖譲りの仏教信者でしたし、日本の古くからの生活は皆んな神様仏様を中心にして営まれていました。僕自身はこちらへ来てからは何かに祈るなんてことも無くなってしまって、でも、困った時には心の中でぶつぶつ言っていれば落ち着きますし、教会の前を通れば中に何があるか分からなくっても頭を下げる気になります。だから、自分から無神論者とも無信仰とも思うことはありません」

「それよ。あなたも私と全くの同類なのかも。科学的な論考に浸っている時は、天地を想像された神さまを思う余裕なんて無い。でも、難解な患者を前にしてにっちもさっちも行かず、袋小路から抜け出せずにいるような時には、創造の神の偉大さや無限の能力を意識しないではいられない。思わず目を瞑って祈りの言葉を口にしてしまうような弱さよ」

「はあ、僕も全く同じです」

「そんな風でも、私は自分を罰当たりな人間だなんて思わない。ただ、それが自分の至らなさだと思って反省することはあるけど」

「それはまあ、そうですよね。万能を備えた神がこの世を作られた、主なるお方が信ずる人達全ての罪を贖って下さると言われて、はい、分かりました、お言葉に甘えて、なんてとても言えませんものね」

「寂しいけど、それがあなたや私に備わる理系人間の性なのね。神秘の世界でよかったところに科学が入り込んで、次々にベールが剥がされて神秘ではなくなって……」

「でも、先生。神秘という言葉使いを止めて未知とか未詳でもいいですが、超大な自然に比べて、人間である我々の知り得る範囲なんてほんのゴミみたいなもの。どんなに科学を押し進めて行ったたって、自然の全容を明らかにするなんて不可能でしょう。その何万分の一にも行かないうちに、人間種は絶滅する運命なんでしょうから」

「ふっふ、言ってくれるわね。でもねえ、まさにその通りよ。私もそんな風に割り切れたら、あるいは逆に、超絶の神に全てを委ね切っていられたらどんなに楽かしらって、時に妥協したくなることもあるわ。だけど、精神疾患という人間の心の病と向き合っている私としては複雑。医師という職業人の自覚を以て言うなら、私の場合のそれは逃避、敵前逃亡になってしまうのよ。病める患者さんを前に試行錯誤なんて言ったら、どうなるか」

「そこが私なんぞと桁違いのお辛さですね」

「因果なものよ」

「それだけに、我々はともかく、人々に信仰は必要と、そこに帰結しますか」

「それも正論。でもね、神様仏様に下駄を預け切ってしまうのは科学の道において許されないとすれば、私らは悩みながらも慎み深く進むしかないことなんだわ。どこまで行ったたって悩みが無くなることは無いけど」

「そうなんですね。仰ること、よく分かります」

「私の母が生きていたら叱られるに決まっているわ。そもそも私が、平生、祈りの言葉を口にする一方で神への冒涜のようなことも平気で口にしちゃって、それが科学者である私の性なんて言い訳もするのはね、母に言わせれば、主キリストの教えの本当の意味が理解できていないからなのね。私のような態度は困った時の神頼みであって、私という人間が未熟であることの証拠ですって、母はそういう態度を一番嫌っていたんだけど」

そう言いつつ、画面の中のキャサリン医師の顔は明るい。精神科医ならば自分の心の内を穏便に保つ術までも心得ているのであろうと、小松原も精一杯のにこやかな笑顔をカメラに向ける。

「それでね、キャサリン。とてもいいタイミングで電話をいただいたから、僕の心のヒーリングのためにもう一つだけ聞かせて下さいな」

「ええ、ええ、それはもう何でも。でも、ドクターコマツバラに心のカウンセリングなんぞ要らないと思うけど」

「いえ、そう仰らず。それではこれで画面を消しますけど、通話だけは出来ますからこのままちょっとだけお話しを。僕はキャサリンとお喋りさせてもらうだけで気持ちが軽くなるんです」

「はい、分かりました。ドクターマサトもストレイシープだったわね。何なりとどうぞ」

「先程の悪魔の詩事件ですが、僕も日本の大学教授が暗殺されたと知った時にはいささかショックでした。僕も日本がルーツの研究者で、しかも人工知能というおかしな厄介者をテーマにしていますから、そうしたイスラム圏のおかしな事情が気になってならないんです。でも、事件は迷宮入りしてしまってその後何も情報が無い。それで、今日キャサリンのお話しを聞いてハタと思ったんです。もし、キャサリンの治療が奏功して悪魔の詩騒動のトバッチリを受けたエジプト人の治療について話せる状態になったら、是非その方のお話しを聞く機会を、僕にも下さいませんか」

「それはもうそうしていただいて当然だけど、患者の心神の屋台骨がしっかりしてからね」

「はい。キャサリンはもうその辺が十分分かっていらっしゃるから、急ぎません。何分にも、僕の勉強だけでなくソーニアの成長のためにも、とても有益なことなんです」

「そうね。ソーニアが何を出してくれるか、楽しみだわ。もちろん、今のソーニアがどんな指針を出してくれても、私は私なりな受け取り方をします」

「いいですねえ。医科学者キャサリンと人工知能ソーニアの丁々発止なんて、想うだけでも胸が躍ります」

「もし、いろいろに感じるようなら忌憚なく言いますから、如何様にも進歩の糧になさって下さい。いつもマサトから貰いっ放しで、これでも心が咎めているんですから」

「はい、ありがとうございます。ではまた」


回線を閉じてから、小松原は部屋の窓から街路樹のプラタナスの巨木を見上げながら長嘆息。極く身近な二人、日本の社会学者田畑郁子と従妹の弁護士奈津子が、同じように日本の現社会のおかしな様に頭を悩ませているのを偶々の重なりと思っていたのは、どうやら間違いだったらしい。アメリカの医師キャサリンもまた、対象は掛け離れていても取り組もうとしているのが人心に潜む病巣であれば、こうした病む人達の蔓延は、国境に関係なく現代人の共通した課題となりつつあると思うべきだろう。その本当の病理は何かと問われれば、おそらく、現生人類だけが獲得してしまった知能構造とは全く不完全な代物であったから、と答えるしかないように思えて来る。

だが、そんな彼方任せの無責任な言い方では、とてもそこから建設的な解決案が出てくるはずがない、田畑郁子やキャサリンドールの悩みに応えるに足るはずもない。そうなればやはり、人工知能のような無機的な思考回路に望みを託したいという彼女達の気持ちを、当然の成り行きと捉えて、彼女らと悩みを共有するくらいの意気込みでソーニアに向かい合わなければなるまい。だが、果たしてソーニアは期待に応えてくれるか。

考えれば考えるほどに訳の分からなくなってくる自分の心を持て余し、そこでようやく小松原は、自分自身が心の落とし穴に嵌まる寸でのところにいることに気付く。身震いする思いで思考を断ち切り、思いっ切り深呼吸して脳に酸素を送った。

五　アララト山の手招き

――ソーニアの触覚に触れたものは何？
宇宙防衛基地構想、二十一世紀版ノアの方舟――

科学技術、取り分け情報科学の凄まじいばかりの進歩は、地球環境を矮小にする。自分達の排泄物で酸欠の地球人は、あがきの末に目をどこに向けるか。地球を逃れんとすれば、向かう先は宇宙？　今の世に、宇宙へ向かうノアの箱舟とは？

精神科医キャサリンドールの訳あり患者に対する背景分析と、そこから演繹される治療指針を得ようとサイバーインターポールの流用で協力し、それがキャサリン医師の狙いにミートしてかなり前進できたようだった。感謝の言葉を貰って気を好くした小松原は、ここしばらく会社の研究開発部門に合流して新規受注の消化に専念する毎日だったが。

「ええっ、また何か？」

その日、午後のひと休みが終わって若い者達がそれぞれの仕事場に散って行った後、何気なく自分専用のチャネルを開いた小松原は、ふと手を止めた。今年の後半に入って頻度が上がっている、ソーニアのマル特情報抽出機能がまたも何かを引っ掛けたらしいのだ。

納期の迫る仕掛かりの仕事があるものの、これだけは後回しにできない。タイトルだけでも確認しておこうと画面を開いて首を傾げる。〝ＡＧＲＩ ＤＡＧＩに全き人の降臨、時来たりなば手を挙げよ〟と、意味不明、何とも時代がかった思わせ振りな文章が一行だけ。

「何だなんだ、これは」

引用符で括られた文章だからソーニア自身が発した言葉ではなく、ネット上のどこかから拾ってきたものに違いない。見たこともないＡＧＲＩ ＤＡＧＩの綴りに慌てて事典を捲ると、Ｍｔ．Ａｒａｒａｔ の別名とある。

――アグリダギ？ アララトヤマ？ はてな、アララト？――

タイトルチェックだけで仕事に戻るつもりだった小松原は、アララトヤマの文言に名状しがたい不穏な感情を覚える。

――うーん、この前の湾南地域のハッキング騒ぎの時に聞いたのは、スリバチヤマだった。またも、あの類の悪い悪戯かいな。もしそうなら、このままじゃ拙い。起こってからでは遅いぞ。――

急いで壁の棚から仕事用の世界地図アトラスを下ろして机に広げる。索引を辿ると似たようなものが三つ、アララトとアラガツに、もう一つ語尾を入れ替えただけのアラトラが、トルコ東部とアルメニア北部、スペイン北部の三か所に見付かった。アララト山はアルメニアに食い込む形のアララト平原に聳え立つトルコ領の大小二峰、大アララトの方は５０００メートル級の万年雪を戴く高峰らしい。アルメニア北部のアラガツもまた４０００メートル級の高峰、一方のスペイン領のアラトラは１０００メートルにも満たない丘陵地のようなものらしい。とすると、なるほどそれらしい山は実在するようだが、しかし、ソーニアが拾い上げたそんな文言の出処は何だったのか。

昨年、湾南地域一帯の不特定多数の大手情報企業ないしベンチャーにシステム障害が発生していて、対応に当たった会社のシステム管理者ワトキンスの話しだと、それはハッカー集団による破壊工作らしかった。疑わしい発信元にキリル文字風なスリバチヤマとあり、しかも、それが東欧経由だったことから共産圏か中近東の組織立った犯行とまでは推測できたのだったが、後先に何も無くあの時だけで終わり、そのまま尻すぼまりになってしまっていた。

　大急ぎ、内線電話を取る。ワトキンスが何かを摑んでいないか。

「ああ、マサトです。二、三分の無駄話しはいいかね」

「はあ、社長。結構です、どうぞ。ちょっと遅くなって、これから休憩にしようと思っていたところです。何ならそちらへ行きましょうか」

「そうだねえ、そうしてくれるかい」

　ワトキンスを待って、小松原はソーニアのメッセージの出処を探るべく、検索機能が拾ったであろうキーを逆進してみる。専用機能を使えば確実だが、裏で走るその機能は処理に時間を要する。粗方の見当を付けるだけなら自分の第六感に頼った方が早い。だが、間無くしてそれが無駄だと分かった。如何にもカモフラージュと分かる、悪戯めいた名称のサーバーを幾つも経由して、これではもうそうした探索を意識しての情報発信だ。しかも、ソーニアがそれに気付いたものの正体を見抜けなかったほどに、新しい巧妙なカモフラージュ手法を取っているらしい。

　――全き人とは何か、降臨という言葉使いからすれば全能の神を指すことのようだが。それにしても、手を挙げよとは誰に向かっての言葉か。それにまた、このところマル特情報がやけに多いのは、それすら、外部からの仕掛けということではあるまいかなあ。――

　いささか不安な気持ちに囚われて腕組みして待つところに、ワトキンスがコーヒーカップとクッキーの袋を手に入ってきた。

「また何かありましたか」

「うん、私のシステムのチェック機能がおかしな文章を拾ってね。ＡＧＲＩ ＤＡＧＩなる綴り、アララトヤマなるものを指すらしいんだが、君は何か知らないかね。以前、君は、ハッカーらしい発信者にスリバチヤマと名乗る者がいたとかと言っていたが。類似の連中だろうか。あの時の綴りはどうだったのかな」

「アララトヤマですか。いいえ、聞いたことがありません。スリバチヤマの件は、その後、僕も気になって調べてみたら、あれはマウントスリバチのことではなかったかと思います。マウントスリバチはアーリントン墓地の戦勝記念碑のモチーフになった日本領の小さな島にある山だそうですね。すると、あの時懸念したような厄介な専門家集団の攻撃なんかではなくって、この国のどこかの坊やが悪戯でやったことかもしれません。でも、結果の被害は甚大で、ただの悪戯では済まされないのに、そんな分別も無くって易々とやってしまう、今時の天才坊主達には困ったものです」

あの時はスリバチヤマということから、小松原には日本との絡みが気になったのだが、戦争世代をずっと下ったワトキンスには関心のあろうはずもないことだったか。

「そうか、じゃあ、アグリダギなんていうのも似たようなことかなあ。私の辞典だと、これはトルコにある山で別名アララトヤマというらしいんだねえ。それであの時のスリバチヤマを思い出してしまったんだ。君からスリバチヤマと聞いた時、山の名前と短絡したことが間違いかと疑ったこともあるんだけど」

「そうでしょう。僕もそうでした。でも、また別のヤマが現れたとなると、これは本物の厄病神ですね。やっているのは、きっと、懲りないオタク坊やなんかでしょうけど」

「やれやれ、頭痛の種が増えたか」

「はい。でも、うちのシステムはあの後、バリアーのレベルを数段上げましたから、当面心配無いと思います。でも、やはり、こんな具合だと、システム関門のあり方を抜本的に変える必要がいずれ出て来ますね。若手にその案を作るよう言ってありますので、出来たら評価してやって下さい」

「そうか、手回しがいいね。ありがとう。馬力を上げてくれ給え」

「承知しました」

ワトキンスが短いお喋りで退出した後、小松原は再び腕組みで椅子に座り込んでしまった。

――今のところ何も無さそうだが、ソーニアは何かを摑んでいる。当然、標的を一つに絞った検索ではないはずだから、ソーニアは問題意識を持って拾い上げたことではないかもしれないが、何か意味があってのことは確かだ。――

アララトなんぞの言葉を聞ける相手をあれこれ思い浮かべてみるが、笑わずにまともに聞いてくれそうな相手はそういないなあ、と思いながら、ふと、メアリーシモンズの顔が思い浮かんだ。

メアリーシモンズ医師は、ペンタゴンの特命を受けて世界のエイズ情報の探索に当たっていたが、もうあれから、かれこれ五年になるか。彼女は、数年にわたるプロジェクトを解散してＮＡＳＡに戻った時、表沙汰にできない裏事情もいっぱいに抱えていたはずだが、それをどのように処理したか、一切表沙汰にせずに手際よく裁いてしまったようだった。聞くところでは、ペンタゴンやＣＤＣの内部に相当の激震が走ったらしいが、退路を断っての彼女は意に介さず、堂々と正論を張って譲らなかったという。だが、頑な主張ではなくちゃんとした落とし処も用意していて、反対し切れる者はいなかったというのが真相らしい。

小松原が、そのメアリー医師から支援を要請された時、彼女はアフガニスタン問題の影響がどうのこうので中近東に入っていて、その電話はトルコ辺りからではなかったか。

――足での実地調査を旨としていた彼女なら、アララトヤマなるものも知っているのではあるまいかな。このところすっかりご無沙汰してしまったが、ＮＡＳＡのデスクワークに戻った彼女は、おそらく今頃は、宇宙医学部門の統括管理ということでエイムズ研究センター辺りだろうか。あそこなら、このまま会社を出てフリーウェーを東に飛ばせば三十分と掛からない近さだから、気分を解しがてらこれから行って聞いてみるか。――

エイムズ研究センターは、サニーベールの北、内湾沿いのエリアで、かつてのモフェットフィールド海軍航空基地の広大な跡地の一画にある。小松原はベンチャー立ち上げ当初の一時だけ、資金の世話になったファンドの都合でカリフォルニア中部ロサンゼルス郊外の格安事務所を借りたのだったが、自己資金で賄えるようになってからは情報産業のメッカとなっていた湾南地域へ戻った。社業はそこから着実な上昇を辿り、小松原にとっては忘れることのできない場所なのだ。

電話番号を調べようと、忘備録に手を伸ばしかけてふと気付く。

――もし、彼女が未だ現役ということなら航空宇宙医学部門のあるのはワシントンだし、ロケット打ち上げ実戦部隊のいるアリゾナの可能性もある。それに、突然に電話して彼女を困らせたくないし、警戒されるのも困る。なら、最初からメアリーと話すよりも、兄上のビルシモンズさんに最近の動静を尋ねるのはどうだろう。――

ビルシモンズ氏は小松原から見れば年の行った兄か若い叔父のような存在で、右も左も分からないベンチャー社長一年生の当時からいろいろに世話になってきた。当時、ビル氏はロサンゼルス北方バーバンク郊外の民間航空機会社の要職にあり、そろそろ引退の年齢かもしれないが、今はまだ現役のはず。と思った途端、懐旧の情に捉われて、思わず忘れたことの無い電話番号をダイヤルしてしまっていた。

音声ガイダンスに従って開発の事務方を選ぶと、しばらく信号音で待たされて繋がった。

「はい、ファントムチームです、ご用件をどうぞ」

自動応答ではなく、年配の黒人女性の声と分かる実声だ。

「はあっ、ファントムチームですか。あのー、私、マサトコマツバラと申しまして、ビルシモンズさんと仰る航空機開発チームの責任者だったお方とお話ししたいんですが、今もそちらにおいででしょうか。この電話を回していただくことはできましょうか」

「電話を回す？　はて、どうすればいいのかな」

「ビルシモンズさんはまだおいでのはずですよね」

「ええ、おられることはおられますよ。でも、最近はネット通信ばかりで、ビルさんのお席に電話なんてあったかしら」

その声はいかにも陽気な小母さんという様子だ。

「あっ、そうなんですか。ネット通信なら私もその方が便利です。接続コードなりロケーターアドレスなりで結構ですから、教えていただけますか。私の身分はビルさんに聞いていただくしかないんですが」

「それなら、あなたの方を教えて。私が中継して繋いであげるから」

「あっ、そうしていただければありがたいです。ご面倒でも、よろしくお願いします」

「はいよ」

電話を切って息を吐く。以前なら気軽に直通電話で話せたものだが、セキュリティ保護の観点から窮屈になる一方なのだ。一時して、ネット端末が明るくなって聞きなれたダミ声が入ってきた。画面に出たのは少しも変わっていない開発部長当時そのままのビルシモンズ氏だ。

「やあ、マサト、暫くぶり。お変わり無かったかな。ひと頃、妹のメアリーが大変お世話になったようで、恐縮でした」

「いえ、いえ、お世話だなんて。いろいろと得難い経験をさせていただいて、こちらこそ恐縮しております」

「で、今日は緊急ですか。もし、余裕があるなら久し振りに昼飯を一緒にどうですか」

「ええっ、昼飯だともう小一時間しかない。ビルさんは今どちらに？　バーバンク郊外の研究所なら、フリーウェーをすっ飛ばしても数時間は掛かっちゃいます」

「ああ、いや、君が電話をくれたのはその通りだが、この通話は君の近くからだよ」

「はあっ。と仰ると？」

「私は今ラインを外れてデスクワーク専門でね」

「すると、いよいよ経営側にご出世」

「出世とは聞こえがいいが、うちのような国策に近い会社となると、一カ所にそっくり返っていられるような立場じゃなくなって、なかなかきつい」

「そうなんですか」

「君は以前、マウンテンビューだかサニーベールだかにいたことがあったんじゃないかい」

「はあ、その通りですが。それが何か？」

「多分、君の会社があった辺りから北方へ数マイル、湾岸に沿ってＮＡＳＡの研究所があったでしょう。あれがまだ航空基地だった頃、その隣にうちの会社の一大開発拠点があったんですよ。ひと頃からスカンクワークと自称するようになった部隊です。今はあなたのご存知のバーバンクや、そこから少し北へ上がったパルムデールに実務の大半が移りつつあるが、一部の製造施設、管理部門や記念の施設なんかが残っていてね」

「スカンクワークって仰ると、ビルさんが手掛けられた例の幽霊戦闘機開発なんかもそれでしたね」

「そう。でも、対象として上げればあれはほんの一部で、特殊戦闘機、宇宙ロケットから衛星、宇宙基地まで、空を見上げた開発のうさん臭い部分は概ねスカンクワーク部隊が引き受けていたんですなあ」

「はあ、そういう経緯だったんですね」

「私はラインを離れたらそこから外れる積りでいたんだが、どうもまた引っ張り出されそうで、先月初めからこちらに来ているんですよ」

「えっ、それはまた。知らせて下されば、早くお会いしたかったですね」

「ああ、私もですよ」

――うはー、メアリーがそこかなと思ったんだけど、お兄さんがそこに来ていらっしゃったとは。――

「でも、妹からは君の超多忙振りを聞いていたし、私の方も目まぐるしく変わったものだから、まあお互いに便りの無いのが順調な証拠と、ご無沙汰を決め込んでいたわけ」

「はあ、まことに申し訳ありませんでした。それにしても、ビルさんのファントムチームとはどういうことでしょう。ファントムなんて、何かヤバいお仕事じゃないんでしょうね」

「ああ、受け付けの女性に聞いたかね。いやなに、今の私のグループの立場があちこちに跨るものだから、そんな名乗り方をしているだけ。居場所の定まらない幽霊チームですよ」

「するとやっぱり、いかにもキナ臭いですねえ。メアリーさんの時には本当にハラハラしました。ご兄弟お二方とも揃って大胆なチャレンジャーでいらっしゃるから」

「何なに、そんなことではないから、ご安心を。ところで、ドクターマサトから久し振りの電話となると、むしろ、そっちの方がヤバい話しじゃないんですか」

「いいえ、ヤバいというのと少し違うんですが。いえ、でもまあ、同じことかもしれません。最近はやたらとネット事情がおかしくって」

「ああ、やはり、君もそこか。今私のいる施設も、少し前、狙い撃ちにあったようだね」

「ええっ、ビルさんのところもやられましたか。で、実害はかなり？」

「実害と言えるかどうか。やられたのは開発チームが軌道シミュレーションとか科学計算諸々に使っているスーパーコンピュータだけだったらしい」

「うはー、もっと厄介じゃないですか」

「いや。最近グレードアップを図った超高速の新型素子による最新式だそうで、当然、外部に開放されているものではないから当事者達にそうした危機意識が薄かったんだろうか、そのうちの一台で移行中に繋ぎ込んでいた端末が、不用意にも外されていなかったと」

「ああ、やっぱりそんなことが。それで、その端末は作業者がネット端末として使っていたものだったというんでしょう。多分、その頃ですよ、この地域一帯の他の施設も広域に狙われていたんでした」

「異常が分かって、念のためまだ並行して走らせていた古い方に戻してチェックし直したようだが、まかり間違えば私らの仕事までとばっちりを喰うところだった」

「やれやれでしたねえ」

「私も聞いて背筋が寒くなった。広域と見えたのは悪者共の仕掛けで、内実、狙い目はピンポイント、今の私のチームが参加しているプロジェクトではなかったかと聞かされたものだから」

「ええっ、それはまた、どういう意味でしょう」

「うーん、それはねえ……。答えなければいけないかね」

「あっ、いえ、いいんです。余計なことをお聞きして、済みませんでした」

いつもの明快さの無いビル氏の声に、小松原は慌てた。

「ところで、さっきの昼飯の件だが、少し遅らせてサニーベールでイタリアンはどうだろう。駅前通りの古臭いパブのようなところで、昼間は通りに面して屋外席があって、今日みたいに暑い日はビールが飲みたいねえ。ちょうど息抜きが欲しかったし、無駄話しもしたいし」

「ええ、私もです」

「私はそのままアパートに引き上げる。そのパブから直ぐのエルカミノ通りの裏に間借りしているんですよ」

「そうですか。それじゃあ、僕も仕事を片付けてしまって、ちょうど一時間後、車でお迎えに上がります。どこがいいですか」

「それではねえ、こちらは警備が煩いんで、マウンテンビュー側にあるＮＡＳＡのビジターセンターでどうかしら」

「了解しました。いろんなお話が聞けそうで、楽しみです」


シリコンバレーと呼ばれるように、古くはコンピュータの黎明期と期を一にする形で半導体製造の名立たる企業が集まった、サンフランシスコベイエリア南面に沿って続く情報科学産業のベルト地帯。これを牽引したのが、いち早く情報科学に注力して多くの優れたＩＴ研究者、起業家を輩出したスタンフォード大学や、当時のモフェットフィールド海軍航空基地を軸にした航空宇宙産業の存在だった。西はサンタクルーズ山脈北側のサンマテオ辺りに始まって東は日本人入植者の多いサンノゼまで続く。

日進月歩の技術革新の中でも特に変化の激しい半導体産業だけに、それを取り巻く企業環境も目まぐるしく転変して、ビル氏達の航空機産業もまた、瞬きしているうちに様変わりというあり様だったのだろう。

久し振りに見るビル氏の挙措は変わらず元気そうだが、もともと黒に茶掛った髪だったところに白味が加わり、顔付きも幾分疲れているかに見える。気になった小松原はそれを尋ねたかったが、そこを先に察したらしいビル氏は手で制して席を進める。

「よく来てくれました。この前面談したのはいつだったたか、朝鮮半島騒動の後、君の人工知能搭載の超小型衛星基地局の構想と技術を、私のチームに移植してもらった時以来だから、随分になるねえ」

「本当にご無沙汰で申し訳ありませんでした」

「いやいや、私にはほんの昨日のようにしか思えない。それほどに、我々の時間軸は押し縮められてしまっているということ。相対性理論の世界だと、超々光速ロケットの中では時間軸が伸び切ってしまって時計が進まないとかだが、我々の現世の時間軸は縮む一方。これ即ち、人間社会の進歩が止まりつつあることなんだろうかねえ」

「はあ、それは言えますね。科学技術の革新の速度に超なんて付けるのは人間の知恵の浅さ故で、真理の世界では何も変わってなんかいないんでしょうから」

「そうだねえ。もう相対性理論だけでは、宇宙の真理を尽くせないことがはっきりしているようだし」

「引き換え、僕の人工知能やネットへの挑戦は、現世そのままに進歩が無いんで悩みます」

「なんの、マサト。君もまたそろそろ厄介な方向へ引きずり込まれるんじゃないかね」

「ええっ、厄介な方向ですか。自分ではそうならないよう、精一杯に自重を心掛けていますが、ビルさんからはそんな風に見えますか」

ウェイターがテーブルに置いて行ったアイスティーのタンブラーに伸ばしかけていた手を慌てて引っ込めてビル氏を見やると、氏の目は笑って何やら悪戯っぽい。

「もしそんなんなら、どうか教えて下さい。直ぐにも改めますから」

するとビル氏は真面目な顔に戻ってタンブラーを小松原の前に押してよこす。

「人の言に耳を貸す君の生真面目さは相変わらずだね。でも、引退老人の私の戯言には、そう敏感に反応しないでくれ給え」

「そんな。やっぱり気になりますよ。生真面目ならいいんだけど、僕のは気が小さいだけだから悩むんです」

「うーん、君には余計な言葉は有害か。いや、実はね、私がこの歳で引っ張り出されたのは、またまた最新の人工知能分野の技術が必要になったからなんだよ」

「はあ、人工知能ですか。して、その本体とはどんなものでしょう。どんな機能を人工知能に任せようとなさるんですか」

「それがねえ、さっきの電話では、この前の騒動が、広域を狙ったように見せかけて実はうちが標的だったかもしれない、とまでは言ったね。それ以上は話すのが躊躇われたんだが、経緯がやけに曲がりくねっていて、私にもよく分からないんだ」

「はあ、そうすると、またまたヤバい仕事ですね」

「ああ、スカンクワークなんてヤバいことばかりだがね。私が手伝わされそうなのは、ヤバくないとは言わないがまだいい方。地球周回の最新衛星で、うちが主導する本格的な民間衛星第一号とも言えるもの」

「うわー、そうなんですか。民間衛星だなんていいですね」

「でも、戦闘機だ宇宙ロケットだなら分かるが、人工衛星となると私にはねえ。もちろん、気象観測や位置情報のためには地球周回衛星は無くてはならない時代だが、でもね、これまでの偵察衛星のように専門部局の下にしっかり管理されていればいい。もし、高性能観測衛星が民間の手に委ねられるとどうだろう。形を変えた悪さに使われた日には、とんでもないことになりはしないか。民間人が民間人をスパイするなんぞとなれば、どう正当化したらいいか」

「はあ、なるほど、ご尤もです」

「ステルス機開発に当たっていたこれまでは世話になることもあったんだが、それを自分がどうこうするとなると、やはり複雑だよ。それでなくても、飛行機は飛ぶのが生命線だが、衛星とは空に漂ったままで、中身は君らのやる情報科学の知恵の結集だろう。私の経験に照らせば全く新しい分野だ」

「まあ、そうでしょうか」

「そしてね、もう一つの別のチームがやっているペンタゴン主導のテーマ、これが問題なんだ。まだ構想から少し進んだだけの段階だから何とも言えんが、スカンク中のスカンクのような要素があって、平たく言えば宇宙基地建設」

「はあっ」

「次世紀を見据えた宇宙基地の建設計画」

「はあ、そうですか。でも、それはもう二十年以上も前からやられていた、ロシアのソユーズ計画とかNASAのスカイラブ計画なんていうものの延長と、何が違うんですか。今はもう、国際宇宙ステーションとして世界各国が参加して進められているじゃないですか。主要なリーダーだけでもアメリカのNASA、ロシアのRFSA、日本のJAXA、カナダのCSA、EUのESAなんて、そうそうたるメンバーなんでしょう？」

「名前だけから想像するとそうなるかねえ。でも、こちらの実態は何かと言うと、本体は地上からは全く切り放されて成層圏最上部に浮かぶ、幽霊かお化けのような巨大漂流物体」

「はあっ」

「そうなると宇宙のゴミと同じじゃないかと言いたいんだが、さにあらず。特大の使命を隠し持った巨大ゴミ」

「そんなものに何をさせようと？」

「これはねえ、ペンタゴンの高等研究計画局が絡むものでねえ。そう言えば、君にも何か察しが付くかもしれないと思う」

「ええっ、ARPAがまた何か未知の分野に企みを！　それで仰る風だと、これまでのような宇宙ステーションや衛星の概念とは全く違うもの。とすると、完全独立、完全無国籍な宇宙空間防衛基地のようなもの？」

「そう、その通り。だから、分かって欲しい。電話やネットではとても話せなかったんですよ」

――うはー、今度は無国籍の宇宙要塞かよ。先年、ペンタゴンのタウンゼント大佐の要請で、次世代型サイバー戦線防衛システムの開発プロジェクトに意見具申したことがあったが、あの時も人工知能の自律能力を期待されてのことだった。しかし、それでもまだメインは地上からの管制が前提だった。あれからまだ十年そこそこじゃないか。構想段階にしたって、それがもう宇宙に浮かぶ要塞にまで発展したということか。やれやれ、大変なことだぞ、これは。――

と思ったものの、今はともかくビル氏の話しの方が先だと、逸る気持ちをなだめる。

ビル氏がビールを欲しそうな素振りで手を挙げると、待っていたという風でワゴンが押されて来た。魚介料理だけかと思いきや、小さめのボーンステーキも一緒だ。小松原はテーブルに出されていた固焼きパンを手にした。ビル氏はナイフとフォークを使ってボーンステーキの香ばしい肉を手際よく切り分け、これも小松原の前に置く。どうやら、ビル氏はビールがもう少し必要らしいと察した小松原は、黙ってオイルに浸したパンを頬張った。

「マサトが聞きたいのは、多分、山のことでしょう」

「ええっ、山ですか」

「アルダーなるトルコの山。本来の名はアララト山で、地元の方言ではシスとも呼ばれるそうだが、５０００メートル超えの大小二峰の火山性の高山」

「うはー、ビルさんもその名をご存じだった」

これまた先を越されて、小松原はパンを口にしたまま目を白黒させるしかない。

「私が担わされそうな民間衛星とは、そんな宇宙基地建設チームとは関係無しと言いたいところ、本当の思惑はそのチームの別動隊的な位置付けにあるんだよ。最新衛星の呼称はリモートセンシング衛星」

「はあ」

「地上観測用といえども、それは、当然、宇宙基地の耳目にも相当する機能と、パーフェクトに通ずる。宇宙空間防衛基地なる性格から、その機能の全てはこの部分の成否によると言っても過言ではない。だがねえ、宇宙に浮かぶ完全自律型の最強度防衛基地の生命線であるセンシング機能の開発、なんて公然と銘打ったのでは厄介な論議に発展することは目に見えているでしょう。そこで、民生用の最新鋭観測衛星と名を変えれば異論も出まいと。これはもう、何と形容すればいいか」

「――――」

「多分、この宇宙空間防衛基地構想の先は、強大な宇宙防衛軍の創設だろうかね」

「はあー、驚いた。でも、なるほどよく分かります。だから、今のところ、地上からだって容易に発見され易いそんなものが、米国々防総省の企みだとは絶対に悟られてはならない。だから、地上からは全く切り離して宇宙浮遊物に似せるんですか」

「まあ、似せるわけではないんだが、結果的にその通り。そんな誤魔化しじゃあ早晩バレてしまうが、ともかく先行が大事だからね。それだけでなく、基地が誰かの手で捕捉されて調べられても、ミッションが推察できるような、あるいは米国籍を窺わせるような機器、部材は一切使わない。のみならず、最先端のステルス性を備えて、地上からのレーザー攻撃や通信妨害なんぞを受けにくい強靭さも合わせ持たせなければならない。まあ、どうせ無駄の塊だろうがね、仕方無し……」

「うはー、とてつもないミッションですね。ビルさんのチームがその一里塚となる新しいスパイ衛星を開発なさるわけですか」

「うーん、スパイ衛星と言って欲しくはないがね。それに、私自身はまだ正式に引き受けるまでには行っておらず、その前の調査や知識の吸収の最中」

「そうですか。僕が朝鮮半島対策でお世話になった時なんかは、まだ単機能だった地球周回衛星とビルさんの突進力のお蔭で、ある程度の成果を上げることができました。ですから、今度は僕の方でお手伝いしなければならないことではありますが、そうなると、スカンクの上にスカンクを重ねるようなものですね」

「そう、その通りだが、しかしね、国防を担うとはそうしたもの、どんなにきれい事を言ってみても、皆、似たり寄ったりなんだよ」

「そして、ビルさんがやらなければ他のチームがやる。ビルさんの会社がやらなければ他の会社がやる。米国がやらなければどこか他の国がやると。人間の知恵って、どこの誰もさして変わることがないんだから、皆んな同じような発想に辿り着くんですね。その挙句の猿真似合戦の応酬と……」

「ああ、それは君が人工知能やネット技術について話す時の、君の持論だったね。飛行機造りだった頃の私は、それを天才の語る自虐の弁くらいにしか受け取らなかったんだが、今こうして考えると、それではいけなかったね。つまり、これも君の弁だったか、いずれ誰かがやるモノなら、その功罪を言い立てても意味は無い、いつもその最先端にいて厄介な事象の出来に如何様にも対処できるようにしておかなければならない。それが、自分の手にする科学技術が両刃の剣だと自覚するものの責任だと」

「はあ、そうなんですが。でも、これればかりはなかなか難しくて、未だに不言実行とも有言実行とも出来ておりません」

「いやいや、君がそう言うのは当然だよ。私もこの歳になって期待して話しを向けられて、しかも、嫌なら嫌で構わないんだよと突き放されて分かった。因果なことだが、断ってみたところで自分が後悔するばかりだろうからね。まあ、これが組織というモノの小狡いやり方で、私自身もそうした側の人間だった」

「ああ、ビルさんにも悩みがおありだったんだ。それをお聞きして、僕も少し気が楽になった気分です。済みません」

自分の顔付きが真剣過ぎたかと感じた小松原は、深呼吸して表情を和らげた。

「という訳で、私もこれからしばらく固くなった頭を叩いて使わなければなりません。そのために、あなたのような融通無碍な思考回路と、八面六臂なバイタリティを見習うことで踏ん切りとしたい。まことに勝手だが、よろしく頼みますよ」

「いえいえ、そんな恐れ多い。僕の方こそよろしくお願いします」

ウェイターが運んできたビールのジョッキを、ビル氏は待ち兼ねたとばかり手で受けて口にする。相当ストレスの高い状況に追い込まれているらしいことは、その挙措から如実だ。

「まあ、具体的なことは追々のこととして、君が気にしていると思うアララトヤマだが、この前の湾南一帯のハッキング騒ぎを画策した連中、どうももう一つ上があるらしい」

「はあ、もう一つ上とは、何か組織立った背景があると仰る？」

「うーん、また聞きで確信は無いんだが、どうもあの犯人共は手当たり次第に山の名前を自分のコードネームにしていたとかだよ。君は知らなかったかね」

「はあ、うちは具体的な被害が無かったものですから、あまり深刻には。若い者達が追った限りではスリバチ山なんぞの名前で中東経由の如何わしいアクセスがあったと言うんで、ひょっとしたら日本人のやらかした悪さではないかと気になっていました」

「いや、その恐れは少ないだろう。何せ世界中の有名な山の名を冠したような不特定多数の輩らしいから、そういう連中の組織というより、そんなオタク共を餌で釣っていかにも集団らしく見せ掛けていた、つまり、背景にいるのが厄介な組織ではあるまいかと」

「わー、そんな深い根があったんですか。迂闊でした」

「ああ、うちの最強の情報部隊が追った結果だから間違いあるまいと思う。そして、多分だが、うちのスカンク部隊の最新情報を引き抜きたかったんではあるまいかとの疑いが濃厚らしい」

「それはまた、えらいこと。でも、そんなピンポイントな予想ができる根拠とは何でしょう。是非お聞きしたいですねえ」

「うーん、これはねえ、聞けば君なら直ぐにも推測できる範囲と思うが、最近も何々ヤマと名乗る連中にヨーイドンでハッキングを開始させたらしいトリガーが、どのケースでも共通して見付かっていたというんだよ。しかも、こちらが警戒して動き出した途端に、向こうの動きが無くなって、その後を追跡しようにも手掛かりが皆無と、そんなことだ」

「なるほど、そうですか。それで、ビルさん達のスカンクワークが標的だと推測されたのは何でしょう」

「はっきりは聞かせてもらっていないが、そのトリガーとは、アララトヤマに集まれ、とかのメッセージだったというんだが」

「ええっ、アララトヤマですか」

　小松原は、そんな！　と、出掛かった言葉を飲み込む。

「んっ。ということは、君にも心当たりがあるの？」

「それって、正確には、アグリダギに全き人の降臨、時来たりなば手を挙げよ、とかだったのではありませんか」

「ええっ、吃驚だなあ。そうだよ、それだよ。うちの精鋭部隊は何を聞いてもはぐらかすばかりだが、多分、そんな風だったよ。何でも、アルファベット表記だとそう読めるが、トルコ語でアルダーとか発音するらしい」

「となると、僕の方も厄介です。当面の手は打ちましたが、膏薬を張っただけでは駄目ですね」

「うーん、君はもうそんなところまで摑んでいたか。なら、初めから有り体に話してもよかったんだね。

それにしても、君の嗅覚はやはり鋭い、さすがだ」

「はあ。僕のところのシステムは司令塔に人工知能を置いていて、それが世情を反映する特異情報を自発的に拾ってくれるんです。それで、今回は背景に合点がいかないままちょっとだけ調べてみて、中東にアララト山とアラガツ山、南欧にアラトラ山と、似たような名前の山が幾つかあると知りました」

「うーん、それだよ」

「で、そのアララトヤマが何故ビルさんのご心配の種になるんでしょう。何かありますか」

「あるんですよ。で、その前に話しを少し戻して、ペンタゴンの宇宙空間防衛基地構想なるものを締め括りましょう。このタイトルを聞いただけで、誰だってその先をいろいろに邪推したくなるでしょうから」

「多分、地球系外宇宙を目指す前線基地の建設へと発展することも」

「その通り。そんな作り話しみたいなといいたいところ、ドクターマサトの悩みの中にはこれも既に入っている。なぜなら、地球系外空間の飛行となったら生身の人間では駄目、人工知能に航行を預けるしかない」

「はあ、まあ、それ以外に無いと思っています」

「冗談のようだが、この特大なスカンク中のスカンクであるプロジェクトのコードネームが、そのマウントアララトなんですよ」

「ええっ」

「君には一番気に食わない部類の話しかもしれない。マウントアララトはノアの箱舟に因んで旧約聖書にまで出てくる、ある種の人達の間では神聖視されている山なんだねえ。ＡＲＰＡやスカンク部隊にはよほど冗談好きが多いとみえて、宇宙戦争が起これば間違いなく世界は終焉、それでその防衛基地には、最終的に自力で重力圏を脱出できる航行能力を搭載して、まあ、二十一世紀版ノアの方舟としようと……。まあ、今はまだ具体的にそこまでやる段階ではあるまいが、そこへ一刻も早くとの思惑を込めたコードネームだそうな。それにしても、この今の世にノアの箱舟伝説が出て来るとはねえ」

「全くですね。しかしまあ、今の世だからこそ出てくる発想なのかもしれませんね。僕は仕事柄何となく理解できます。神代の昔、神が地球上に大洪水を起こして堕落した人間共をこの世から放逐してしまおうとした時に、神の意に適った極くわずかな人間と生き物だけを箱舟に乗せて生き延びさせた。その箱舟が流れ着いた地、つまり、人類が新たに再出発できた地がその山だったというんですよね」

「如何にも意味深長な名前じゃないか。今はトルコ領だが歴史を辿ればアルメニア領と言うのが正しいか、首都エレバンのあるアララト行政区一帯の広大な地がアララト平原、その西南端に聳える大小二峰がアララト山だ。ノアの箱舟に因むだけでなく、その頂上は万年雪を戴く高さ、これがアララト平原にデーンと聳える様は荘厳で、今でもアルメニア人には大切な信仰の山」

「そのようですね」

「でも、ここにも悲しい歴史がって、一時この地をも支配したのがオスマン帝国、だが、帝国衰退に伴ってマイナーなアルメニア人は片隅に追いやられ、遂には大虐殺でその地のアルメニア人は絶滅の憂き目に、今はトルコ人の領土ということなのさ。したがって、アララトの今の呼称はトルコ語でアルダー」

「はあ、それで分かりました。アルメニア人受難の歴史とノアの箱舟伝説を重ねれば、まさに旧約聖書に見られる通りの、愚かで罰当たりな人類への神によるお仕置きを意味するものとなる。ＡＲＰＡの人達はそれに引っ掛けて、住めなくなった地球を逃れて宇宙へ活路を見出そうとする思いを、その宇宙空間防衛基地構想の先の先に懸けたということでしょうか」

「うーん、そういう風に想像を膨らませてくれる君は、やはり素晴らしいお人だ。物事の暗い側面を殊更にするよりも、明るい側面を見る方が心身の健康に余程いい」

「そうなると、あれですね。今日のビルさんはもうご自分の決断が成ったんで、その上で僕をここにお呼び下さった」

「うーん、その魂胆が無かったとは言わない。だが、君の想像した魂胆と少し違って、実はねえ、君に断られたら、それを私の謝絶の口実にさせてもらおうと考えていた。狡いことだが、私もこの歳です。早いとこ引き下がって、趣味の山登り三昧に浸かりたいと」

「いやー、分かります。でも、ビルさんをそう簡単に引き下がらせてはくれない世相ですよ。こうなったら僕も精一杯お手伝いします。何せ、サイバー環境とは地上だろうが宇宙だろうが関係無し。空気も要らず寒暖も気にしない、人工知能ならではの奮闘の場なんですから」

「うーん、そこだね。君の口から言われると我々人間共の将来もまんざらでもない気がしてくるから不思議だ。よし、分かった。せっかくの声掛かりでもあるから、もうひと汗流すことにしようか」

「いいですねえ。すると、僕もスーパーサイバー環境を見据えて、あるべき人工知能の役割りに磨きを掛けます。ここは、負け惜しみでもいいから踏ん張りましょう」

「そう。負け惜しみもいい。でもまあ、一朝一夕にどうかなるものじゃないから、ドクターマサトも気持ちを軽くして下さい。何分にも、引き受けるとなったらかなりな激務になるでしょうから、覚悟が要ります」

「ビルさんも、お孫さんサービスと並行と言うことになさって下さい」

「ありがとう。あなたも家庭サービスを忘れんようにね」

「ありがとうございます。そうします」

六　ノアの方舟伝説の怪

――生命を創造なされしは神？　それとも？――

衛星考古学なんぞが山岳氷河の下に見出したとする舟の輪郭。これこそが、旧約聖書のノアの箱舟伝説にある巨大木造舟の漂着の痕跡という。

神の視覚とも悪魔の手ともなり得るリモートセンシング衛星なる科学の目の厄介。スカンクワークに支援を要請されるビル氏の悩みは、悪魔の目と宇宙防衛基地構想とのドッキングの先にある無明の世界。

そして、情報科学者小松原の抱える悩みもまた切実。人間が神を超える時期が到来しつつあるらしい今、その越境ラインこそは、現代人類が終焉に向かうスタートラインであることを自覚すべきなんだが。

表の看板にはレストランパブとしてあったがどうやらパブが本業らしく、歩道まで迫り出すようにしたテーブル席に客はまばら、奥のカウンターも昼では壁のデコレーションが侘しげにチカチカしているのみ。ビールと小松原との肩の凝らない対話で解れたらしいビルシモンズ氏は、珍しく頬を赤らめて上機嫌だ。

「いやあ、この歳になってのアパートの独り暮らしは、さすがに堪える。今日はドクターマサトの鋭気を分けてもらおうと思って久し振りの息抜きデーとしたんで、のんびりと付き合ってもらいますよ。店はこの通り私らの借り切りだし」

「はい。僕はこれまで、生き馬の目を抜くような開発競争の中のビルさんしか存じ上げていなかったものだから、僕は僕でビルさんの人生達観術のようなものを拝聴したいと思って、午後の用事は無しにしました。ですから、僕の車をビルさんの駐車場に置かせてもらえれば、僕も少々ビールを戴きたい気分です」

「おう、そうだそうだ、そうだった。早く気が付かなければいけなかったねえ。すると、ワインがいいかなあ」

ビル氏は客のいなくなったレストランの出入り口に立つウェイターを大仰な身振りで呼び、ボトルワインをオーダーするとそっとチップを渡して時間延長を頼んだ。常連らしいビル氏に、ウェイターは先刻承知の素振りで愛想がいい。

「それでね、そんなアララト山やノアの方舟談義を長々としてしまった理由だけど、おかしな偶然で私の方にもそれが絡んで来そうな気配なんですよ。もう少し辛抱して聞いて下さい」

「やはり何かありますか。是非とも」

「ペンタゴン傘下の部局の一つSNA、国家安全保障局だね。ここが軍事的国家情報管理の中枢だが、衛星絡みとなると位置情報、地理情報、写真情報などと多彩、しかも受益者の数からすれば民生利用が圧倒的、これを安全保障局が管理するのは批判が多い。そこで今は別の部局、国家地球空間情報局なる組織の創設を準備中なんだね」

「目まぐるしいことですね」

「でも、この衛星情報が思いも掛けない使い方に転用されるのは、君自身が実証済みだよね。ＩＴ技術とドッキングすると、従来の国防政策を根本的に変え兼ねない重大要素にも繋がる」

「はあ、僕らは悪用のつもりは無かったんですが」

「いや、君らのような健全な使途で終わってくれれば問題にするほどのことはない。だが、やはり、如何わしい向きに走る輩は必ず出てくるもんだ。ＳＮＡはそうした動きをも逐一把握して監視しなければならず、そうかと言って、表向き立派な大義名分で押してくる連中を、税金を使っている立場では無碍にもできない。手を焼くらしい」

「はあ」

「特に、既に始まっている地下資源探査だ海洋資源探査だのの競争激化はその最たるもので、それはまあ建設的な目標だから已むを得ないとして、それら全ては、形を変えるだけで今まで不可能だった特段に強力な諜報活動を可能にする。内実、軍事用途ともクロスするものが圧倒的なんですよ」

「それはまあ、仕方がありませんね。そもそも軍事に始まって民生に流れるのが技術開発の一つのパターンですものね」

「ＳＮＡが疑問視しているそんなものの一つに、衛星考古学なんてのもあるらしい」

「はあっ、考古学とはまた」

「スパイ衛星となれば他国から叩かれるからと、科学利用に衣を変えてどんどん進化させたんでは、高層マンションの住人が天体観測に名を借りて望遠鏡を構え、自分の家の窓から他人の家の寝室を覗き見るようなもんじゃないか」

考古学とどう繋がるかが分からなくとも、偵察衛星とはまさにそんなものと理解している小松原は、これに笑って応えるしかない。

「喩えが幼稚過ぎるかね」

「あっ、いえ、適切過ぎる喩えなもんですから、つい。ごめんなさい」

「なに、気にすることは無い。私だって心の内で苦笑いしながら話しているのさ」

そこにワインがクーラーごと運ばれてきた。ウェイターは栓抜きをビル氏の前に置くと、後はご自由にというゼスチャーでエプロンのポケットからスナック類の袋を幾つも取り出し、まだ残っている料理の皿の脇に置いてそのまま下がってしまった。

「実はね、先程のアララト山、中東に実在する山の方だが、今公然と関心を向ける輩がおって、それが衛星考古学者なんて名乗る連中なんだよ。能力の限界で行き詰まった考古学者モドキが、とんでもないことに目を付けた企みと思えなくもないが、アララト山頂上にノアの箱舟の実物を発見したとなったら、巷間はどう反応するだろうか。ドクターマサトならどこまで信用するかね」

「なるほど、衛星画像で遺跡観測ですか。それなら分かります」

「いや、エジプトのピラミッドや南米の地上絵のような実在するものなら私も分かるが、ノアの箱舟とは何千年も前の伝説の世界だよ」

「はあ、僕は日本人の性を捨て切れないでいるんでしょうか、そういうことを無碍には否定したくない気持ちが、少しですがあります」

「ほう。それは、あれかね。旧約聖書や新約聖書の類、そういうものに書かれる不思議の世界も、それなりな目で見れば絵空事だけのことではないとする主張を、ドクターは支持すると」

「いえ、それほど具体的じゃありませんけど。日本で相当するものに古事記や日本書紀というのがあります。昔の人達は、超常的でしかなかった天変地異や日々の災厄を目にして、恐れ戦き、見えぬ力にひれ伏しただろうことは、まあ当然です。そして、そうした古からの口伝だったものが、文字という記憶保存の道具を発明した段階で書として残るようになった。当然、全くの出鱈目、作り話だって数限りなくあったでしょうけど、しかし、真実と考えるととても精神衛生上好ましい逸話となるから、その後も面白可笑しく脚色されてしっかり残ったと」

「その通りだね。私もそこを一概に否定することはできず、そうした教訓を現代にどう生かせばいいのか、君のお説、もう少し聞きたいものだが」

「はあ」

「今日君をここへ誘ったのは、私らのプロジェクトとアララト山との関わりを説明して知恵を貸してもらおうと思ったんで、君さえ迷惑でなければ時間は十分ある。ワインが回ってしまわないうちに聞いておきたいものだね。私自身の話しは少し回ってからがいい」

「はあ、そうですか。まあ、ビルさんが笑わないと仰って下されば、いくらでも」

「もちろんだよ」

「僕も自分が科学者の端くれだと自覚する時、そういう想いを大事にしたいと常に考えます。でも、そこに科学者としての洞察力が伴っていなければならないとも自戒しています。例えばですね、ビルさんが先ほどから口にしたくてできずにおられるノアの箱舟伝説のその先、この国の人達なら大好きな宇宙船や宇宙人達のことです。宇宙人は人類の太古の時代から既に地球に飛来していて、我々の目に映らないだけで直ぐ傍にいると、あるいは、伝説にある不思議の部類の多くは宇宙人が為した事象で、訳が分からないばかりにそれを神のなさったことと短絡しただけ、なんて。現に、ペンタゴンやＮＡＳＡはＵＦＯが大好きだとか」

「はっはっは、それは否定しない。宇宙人と交信するんだなんて真面目に取り組んでいる連中もいる。私だって飛行機だロケットだってやっていると、宇宙船の推進機構はどうなっているのかなんて、真面目にそんなことを考えた。弁解はしないよ」

「でも、その話し、山の上にノアの木造舟が実在というのは、かなりの確率で否定されるんじゃないでしょうか。あり得るとは思えません」

「はあっ、君は今、少しは信じると言ったはずだが」

「はあ、本当なら天地が引っ繰り返る大発見なんでしょうね。キリスト教社会とイスラム教社会、と言えば世界の大半が入ってしまう。その双方の人達の心に重大な意味を持つことで、世界を大混乱に陥れ兼ねない重大事ですものね」

「それはまあ、そうだが」

「宗教絡みの異次元話しは掃いて捨てるほどあるけど、今の識者層に本気で信じる者は、多分、少数。でも、心の問題であれば、真偽の決着無しに否定してみても意味が無い。ただ、物議を醸して出番を画すだけの人間がやること」

「うーん、手厳しい指摘だ。それで、最先端科学者のドクターコマツバラがそこまで言い切るからには何か？」

「地球史には、人類が滅亡まで追い込まれるような天変地異が何度もあって、地球全体を襲った大洪水で人間達の住処は全て水没、生き物達は皆海の底に飲み込まれてしまうようなこともあったでしょう。そうした過去の悲惨な体験は、人類の記憶にしっかりと刻み込まれて語り継がれます。ノアの伝説とはそうやって創り上げられた典型ではありませんか。しかも、更に下った現代の識者達は、助けてくれたのが宇宙人、生き残っていたわずかな生存者を救わんと自分達の宇宙船に乗せ、水没を免れていた高山の最高峰に送り届けた、なんてまことしやかなこじ付けもやります」

「うーん、そういうことだから、真偽の議論は不要、ナンセンス、ドクターコマツバラとしては、お伽噺はお伽噺としてそっとしておけと」

「そんな風にこじ付けてみると、話しはまことに収まり易いし寓話として申し分ないものだから、誰も異を唱えようが無かったでしょうね。今の宗教指導者、宗教学者達にしてみてもまことに好都合な解釈、多分に意図的な臭いには目を瞑ると」

「なるほどねえ。そうなると、悩みながらもその辺の割り切りの出来なければならないのが、我々科学者とか技術者の宿命なんだろうかねえ」

「そうですね。でも、僕はあまり気にしないようにしています。今は断定的な言い方をしてしまいましたが、それは今の自分の知識の範囲で言えばのこと。それじゃあ、その証拠を示せと言われても何もありません。ただ訳の分からないところを神の存在で逃げることができないというだけで、悩ましいことです」

「全くだねえ」

「もしビルさんが半信半疑でもそうした超常的な話しを否定なさらない根拠をお持ちでしたなら教えて下さい。ぜひ勉強させて下さい」

「うーん、それを私に聞きますか」

「ご質問に質問で返して申し訳ありません。でも、こればっかりは……」

「私にもさっぱり。でもねえ、宇宙人となると、私ら航空宇宙関係者にはまた違うんで困る。しかも今回は、誰が付けたか、疑念臭芬々のマウントアララトなるコードネームだ。私としては、そこばかりは無視できない。あなたの仰る通りの悩ましさなんだよ」

「でも、宇宙人て、本当に我々の身近にいるんでしょうか。よしんば、宇宙のどこかにはいるのかもしれませんが、我々が行き遭える確率はどのくらいあるんでしょう」

「うーん、何て言ったらドクターマサトの意にそぐうかねえ」

「それなら、宇宙人実在説と、神による生命創造説の、どっちの正解確率が高いでしょう」

「そうだねえ。でも、そもそもそういう設問は意味があるんだろうか。君はどう思うの？」

「なるほど、そうかもしれません。でも、どうしても僕が自説を述べなければならないとしたら、宇宙人の身近な実在説は1％の真実、99％の嘘と答えるしかありません。そして、神による生命創造の説は１００％の空想と」

「ええっ、君はそう言い切るのかい。大胆だねえ。私にはとてもそこまでは。何しろ分からないことが多過ぎる。これは私が凡人だからでもあろうけど」

「はあ、僕にしたって、その根拠に確としたものがあるわけではありません。そう言い切ってしまうのは、僕自身の人間性みたいなものの現れかもしれません」

「ほう、君の人間性ね。して、その心は？」

「あっ、いえ。ちょっと違いました。僕の知能構造の性向とでも」

　これには半信半疑の表情を隠さないビル氏に、小松原は、いつもショルダーバッグに入れて携えている自分の携帯端末を取り出してテーブルに広げた。

「どうも剣呑な屁理屈を申し上げなければなりませんので、メモを見ながらにさせて下さい」

「――――」

「例えば、我々生命体の構成を頭の中に描いてみまして、そして、僕は生命科学者じゃありませんけど、持てる知識で極めて大雑把に人の体をバラしてみます。生命体の最小構成単位は一個いっこの細胞、それは顕微鏡で見ることができて直径数10ミクロンから数１００ミクロンのオーダーらしいですね。それが何と、10兆個だか１００兆個だかが集まったのが私らの体で、しかも、それだけの細胞が、個々にしっかりと有機的な役割りを持って纏まった集合体だという点が、僕にとっての最大の驚きなんです」

「はあ、なるほど、そうなるか。それで？」

「ですが、その一個ずつの細胞すら、同じく兆のオーダーの分子や元素の秩序正しい集合体となります」

「兆というのはトリリオン、10の12乗だね。うーんなるほど」

「仮定の数字ばかりの目の子算で恐縮ですが、人間一人を水50キログラムの入った張りぼてとしてみて、その水を完全に蒸発させて水蒸気、つまり水の分子にしてしまえば、一辺数メートルの立方体、10と数フィート四方のカーペットを敷いたカプセルルーム一杯くらいにも相当しますね」

「何だかえらい話になってきたねえ」

「そんな天文学的な数字の原子や分子が、最終、一個の人間という生命体である有機的組織体に組み上がるまでに、いったいどんな経過を辿ったでしょう。誰も組み立てたんではなくって、自然に組み上がるまでにですよ」

「自然に一つに纏まって形を整えるまでにか。うーん、想像もできない。だからこその神の出番しかないとも言いたくはないが……」

「例えば、寒い冬の朝に出来る見事な氷の結晶や、貴婦人が競って欲しがるダイヤモンドが地球内部の高温高圧環境で生成する様、あれらは皆、自然の造形の妙です。生き物の体の複雑怪奇さとはとても比べられるものではありませんが、でも、相同視してはいけませんか」

「うーん、そうだねえ。私にしたって飛行機造りの技術者だったから、若い頃は飛行機の組み上がるまでに幾つのパーツがアッセンブルされるかなんて議論はしょっちゅうだった。何せ品質管理の基本はパーツ個々の完成度にありとして、組み立て工程以上に拘ったものだから。しかも、我々の戦闘機の場合、飛行性能と安全性のどちらにどう比重を置くかでもいろいろだし、そこに経済性が加わると方程式がガラッと変わってしまう。厳しい議論だったねえ」

「全く難しいことですよねえ」

「その頃の我々が日常的に口にしていたのは、部品点数にして航空機一機数ミリオン台、自動車はその百分の一くらいのレベルだったかなあ。そこを考えると、人間の場合、基本部品の細胞がトリリオンのオーダーでも、機能的な基本パーツのオーダーでは航空機並みでは拙いかねえ。まあ、人間と航空機のパーツのあり方は同じに出来ないにしても」

「まさに、そこなんです」

「あっ、いや、余計な口を挟んで話しを脱線させてしまったが、それで？」

「多分、僕らの領域の二足歩行ロボットにしたって似たようなもので、仰るように数万から数百万のレベルと思います、そして、生命体を一足飛びに人間まで持って行くととんでもないことになりますが、今の航空機や二足ロボットは、生命体にしてみれば組織や臓器のようなレベルと考えれば、同じ土俵に乗せることも可能かと」

「と言うことはあれかね。生命体をプリミティブなパーツで見れば、神の手ではなくても自然発生的なパスは可能と？」

「はあ。そこで大事なのは、その組み上がった結果がただの無機的な塊では意味を為さない。有機的に繋がってちゃんとした生命活動という機能を果たすよう、しっかりとした秩序を持った組み上がりでなければならない点です。どんなに素晴らしくったって、雪の結晶やダイヤモンドの比ではありません」

「なるほど。そこへ来ると、人間が操縦しなければ動かない飛行機なんぞを比較対象とすること自体が無意味か」

「言い方を変えてみます。一人の人間という生物種がこの世に出現するまでに、１００兆の１００兆倍もの数のパーツがそれぞれの機能を果たすべく、目的をもって組み上がらなければならなかった。ですが、そこに、悠久の時間というファクターがあったことを考えれば、あながち不可能でもないと思えて来ませんでしょうか」

「うーん、はてさて、どういうことかな」

「地球誕生以来の気の遠くなるような長い時間です」

「――――」

「地球の年齢40と数億年、猿人まで含めた人類と言える生物種の年齢は数千万年と言われますが、そんな最初の原始人間がひょっこりと突然に組み上がったはずがありませんよね。先ず、１００兆個の原子分子パーツから原始生命体という単細胞が、長い年月を掛けて出来上がった。例えば、一部の科学者がコアセルベートと呼んだ有機被膜を被った液滴で、誕生は30と数億年前。大事なのは、このコアセルベート内部に核酸やアミノ酸、タンパク質類が閉じ込められて、それによって自己複製能力が備わったことです。これが本当としてみれば、つまり、そこが、プリミティブな生命活動の可能な、先ず最初の単細胞の誕生だった。地球誕生以来ちょうど10億年掛かっての、極めて意義のある基本パーツの出現です」

「ほう、10億年ねえ。うーん、それだけ掛かれば単細胞生命体出現に十分だろうかねえ。猿人から我々まで進化するに要した数千万年の、１００倍ほどになるんだから」

「この単細胞が自己増殖できたことが決定的で、増殖を繰り返す間に多機能な細胞群へと分化する過程は容易に想像できます。葉緑体を持つ植物系細胞と持たない動物系細胞、いずれも真核細胞と呼ばれて現存動植物へと繋がる進化の出発点です」

「なるほどねえ」

「夢物語でしょうかねえ」

「いや、そこまで具体的になってくると、君達が神の手に下駄を預け切れずに悩む気持ちもよく分かる。大いなる矛盾とは言うまいよ」

「単細胞生命体が生まれてしまえば、事は成った。そこから多機能に分化した多細胞パーツ群何兆個かが出来上がり、またまた同じ程度の長い年月を掛けての合体を繰り返した末に、ようやく完成個体として生命活動の可能な、原始動植物群の誕生に至ったんでしょうね」

「ふーん、単なる想像の遊びではなさそうだね」

「ただ、そういうものは百発百中なんぞであるはずがありません。無数の同じようなものが出来ては消えては出来て、おそらく、そのほとんどは何かが足りなかったり多過ぎたりして、文字通りの泡沫候補だったでしょうね。そんな中に辛うじて生き伸び、繁殖能力を有して子孫を残すことができた最初のものが現存する生き物の祖先でバクテリア、アメーバ、あるいは深海底の好熱細菌などに似た原始生物群だった」

「それでもまだ原始生物の段階だが、なるほど、そこから先はさして違わないか」

「はい。原始生命体の出現までが、ともすれば神の手に期待が向いてしまう超複雑な機能的アセンブリングのプロセスで、それに比べれば、その後の現存動植物群までの分化進化は比較的理解し易いレベルですね。つまり、人間種も、それ以外の動植物にしたって、皆、共通する原始生命体を出発点にして、遺伝や突然変異、自然淘汰といったスキームでそれぞれの生息環境での進化の道を辿ったのでした」

「地球という生命の楽園がそうやって出来上がったのか。まさにドリーミーだねえ。そうしてみれば、科学を知らなかった先人達が、そこに造物主たる神を持ち出したのは、まあ無理からぬことだった」

「はい、ご尤もです。でも、地球環境が反応容器となって揺すられ続けた原子分子が、互いに有機的結合を果たした結果がこれだとすれば、そこに必要だったのは、多分、それが可能な反応の場と時間だけ。特に、悠久の時間経過こそがこの奇跡的な生命誕生のカギだったんでしょう。場に関しては、おそらく、地表の三分の二以上を覆う海洋がその必要条件を１００％満たしてくれたでしょうし、しかも、太陽と地球内部のマグマから十分なエネルギーが届いて、反応の場である海水温は終始適温に保たれていた」

「そうか。深海探査機がもたらす情報だと、深海底の熱水域にアミノ酸や有機物質が発見され、噴気孔周辺に無数の原始生命体のようなものの生存が見られるそうだね」

「そして、神の手ならずともこのスキームが可能だと思うのは、つまり、複雑怪奇と言える生命体も、パーツの集合で行けたという観点です。この構成の妙だけは神の意志と言いたいところ、我々の周囲に見る人工物、非人工物、全てがそういう構成のあり方であることを思えば、何も神の手を俟つまでもないじゃありませんか」

「神の手は要らないか」

「生命体を構成するパーツ群を細かく見ていく時に、現存の成体をバラしながら一気に分子、原始まで行ってしまうと100兆個の100兆倍みたいな驚愕の数字ですが、そこに中間生成物なるパーツの段階が無数という程にあって、その成り立ちが皆同じようなことの繰り返しであったはずと思えば、我々の想像も及びが付きます」

「うーん、なるほど」

「そして、そこに一つだけ大事な観点。それが成るまでの悠久の年月を通じて、せっかく誕生した有機分子、原始生命体、中間生命体群諸々を、それらがまことに脆弱な有機構成体でしかなかったにも拘わらず、じっと壊さずに優しい揺籃となって守り続けてくれた地球がありました」

「――――」

「分厚い大気圏を纏って穏やかに守られている地球のような天体に比べて、強力な宇宙線、宇宙塵が飛び交う真空の宇宙やそこに浮かぶ他の天体は、脆弱な有機物質なんぞの存在にとっては非常に過酷な世界ではないでしょうか」

「うーん、それは言える。ＮＡＳＡの人工衛星も我々のロケット戦闘機も、そういう宇宙環境との戦いでもあるからよく分かる」

「つまり、生命誕生にとって地球こそが稀有な上にも稀有な天体だったんです」

「うーん、そうか、なるほど。つまり、地球型生命体は、銀河系、そしてその中の太陽系の、その一員である地球という組み合わせで成る奇蹟的な場を得て育まれた、しかもその地球は大気という防護服を纏い、大海という揺り籠を備えた、稀にも稀な温室型天体だった、と、これだけの偶然が重なって出現した超奇蹟の産物、それが我々という有機生命体なわけなんだね。だから、宇宙人はそうあちこちにいるはずは無いと……」

「ですから、途方もない複雑系の生命体形成がとても偶然の所産とは思えない人達は、そこに万能の造物主の存在を持ち出しますが、今の宇宙を生み出した百三十数億年前のビッグバン以降の宇宙年表、そしてその後の地球年表を辿ってみても、どこに神という抽象の世界が入り込む余地があったんでしょうか」

「うーん、そうなってしまうか」

そう言って頷くビル氏のワインを口にするピッチが上がっており、厄介なスカンクワークを前にして氏がガス抜きを求めていると分かる小松原は、敢えてそこを挑発的に踏み込んでみる。

「無理にも神の存在を探すとすれば、それはこの我々が属する宇宙の外でしょうか」

「うーん、別の宇宙という意味だね」

「そんな風な逃げ方の方が、精神衛生上健康でいられるんじゃないでしょうか」

「まあ、そう言われればそうだが……。しかしねえ、ちょっと待ってくれ。君の説明を通して聴いていると、まことに論理的でなるほどと思えてしまうんだが、だからと言って、何か釈然としない気分も残る」

「それはもう、当然でしょうね。僕のは画一的に過ぎる見方ですから」

「君の話しに、何か飛躍は無いのだろうか。現実味はどうかと言うと、どっちに軍配が上がるんだろうか。不可能と考えた方が早くないかい？」

「そうでしょうか」

「もっとも、君の論を否定した後に何があるかと聞かれれば何もない。まことにどうも、悩ましいねえ」

「それでは、やはり神の存在は必須でしょうか」

「うーん、そう言い切られてしまうのはもっと困る。何かないかね」

「ならば、こういう観点だとどうでしょう。宇宙年表を見ると、約１４０億年前のビッグバンが宇宙誕生の原初の大爆発となっていますね。宇宙の誕生が大爆発によってというのはおかしなものですが、最新の宇宙物理学の成果を結集すると、その元にあったのは、想像を超えた極小の世界と言うしかないような存在が見えてくるようです」

「宇宙の種とも聞かされたものだね」

「はい。それが宇宙の出発点で、1を分子として、分母に兆の二つも三つも付く数字を置いて割ったほどの極小の世界だったんですね。するとそこには、今の宇宙が包含する全てが凝集していたわけで、実質、密度無限大の特異点のような世界、途方もない超々重量、超々高温の粒のような存在だったわけでしょうね」

「――――――」

「超々高エネルギー密度のそんな究極の存在が不変でいられるはずがなく、１４０億年ほど前のある時、大爆発を起こして一瞬のうちに膨れ上がった。それが今我々の認識できる宇宙なり時空なりの起源ということらしいです」

「密度無限大の粒のような世界とは、いわゆる、巨大なブラックホールが自重で縮小して行った先の究極の姿ということだろうか。そんな世界をどう想像すればいいのか、とても私の能力では及びが付きそうもない」

「僕もです。しかも、その大爆発と言うのもまた想像を絶する規模で、爆発から何秒かの後には、既に、ほぼ現宇宙に近い広がりにまで達していたと言いますから、光速すらも何のそのの超高速膨張だったたんですね。だから、爆発と言うんじゃ足りない、まさにビッグバンだったんです」

「つまり、宇宙の出発点となった究極の現象とは、核爆発の威力どころではない、想像すら及ばないようなことだったわけだ」

「光速も及ばない速さだったから、爆発に伴う閃光すら爆心に取り残したままの急膨張だったわけで、そうなると、今なお膨張し続ける宇宙のどこかにいる我々が、夜空を眺めてビッグバンで発した閃光を観測しようにも不可能、まあ、想像の目で見るしかないんでしょうね」

「それほどの激しい爆発とその後の急膨張だった、そして、膨張の余波はその後も続き、140憶年後の今もなお膨張を続けているということなんですな」

「そして、ビッグバンから下る数10億年で多くの銀河系の生成が始まり、100億年ほど下ってようやく我々の地球を含む太陽系の形成となった。我々の住む地球とは、今から遡って、高々、4、50億年ほど前の誕生なんですねえ」

「宇宙の年齢140億年を一日二十四時間に換算してみれば、地球の誕生はわずか数時間前にしかならない新しさだと表現されるのがそれで、なるほど、宇宙の誕生とは、生命の誕生どころではない巨大スペクタクルだったわけだ」

「そうなんですね。そして、宇宙の生命の存在を言う時に必ず取り沙汰されるのが物質の存在ですが、ビッグバン直後には既に、各種素粒子、電子、陽子、中性子の生成があり、1分後には核融合反応で水素、ヘリウム原子の生成が始まっています。そこから約30万年の間が各種原子の生成期で、軽い方から水素、ヘリウム、炭素、窒素、酸素に始まり、硫黄、リン、重金属などが出現するんです。つまり、地球型生命体の体を形作る基本成分たる原子の諸々は、大爆発から4、50億年後頃の太陽系誕生時には、全て完全に揃っていたことになりますね」

「そのようですな」

「だから、宇宙に現存する各種原子分子の起源を出発点として地球型生命の誕生という表現を取るならば、それに要した時間とは概略100億年という長丁場だったんでしょうか？」

「うーん、それが長かったのか短かったのか、私には分からんねえ。これまであまり意識したことが無かったから」

小松原は、もうここまで来れば最後まで行くしかないと、メモを引き寄せて姿勢を正す。

「次に、地球年表に目を転じてみましょう。地球年齢を大雑把に50億年として、地球上に単細胞の原始生命体が出現したのは、そこから約10億年下る40億年程前、現存動植物系の元となる真核生物の出現が概略20億年前、多細胞生物の出現が6億年と少し前。そしていよいよの類人猿登場が1000万年前で、その後、400万年と少し前の原始人類、20万年前のホモサピエンス登場、そして現代人ホモサピエンスサピエンスとなるとわずかに2、3万年前ということ。すると、100億年掛かった原始生命現象の誕生に比べて、そこから人間種に至る歴史は1億年程度、それを短いと言いましょうか長いと言いましょうか」

「――――」

「と、ここまで考えてきて我に返ってみると、途端に僕の頭の中がおかしくなっちゃうんです。神様がこの宇宙を創り、そこに生き物も創って住まわせたということなら、神様は少なくともビッグバン以前からどこかにおいでになった。あるいは、神様がビッグバン以降にお出ましになったのなら、どこから、どのようにして？　これって、何か荒唐無稽過ぎません？」

「あるいは、ビッグバンに乗って神がお出ましになった？　それとも、ビッグバンそのものが神の手によるものだった？」

「そうなっちゃいますよね……」

今日はビル氏から誘われての昼食にも拘らず、聞き上手のビル氏に乗せられて氏の話しをそっちのけで熱くなり過ぎたことに気付いた小松原は、しかしながらこのまま話しを閉じたんではビル氏に失礼だと、腕の時計に目をやって気を取り直す。

「その他に、宇宙のどこかに誕生していた原始生命体のようなものが隕石に乗って地球に飛来して、海という揺り篭の中で育ち、進化した？　でもそれならば、さっきからの地球環境発祥説とあまり変わらないことになる」

「はーん、宇宙の尺度で見れば何ら変わらないか。どうも堂々巡りみたいなことになっちゃうんだが、するとまあ、あれだね。ビッグバンの前にあった究極の微小宇宙とは、自身の灼熱の光さえも飲み込んで真っ暗闇で、それならば何も無いのと何ら変わらず。その無なる世界から今の我々が目にできる森羅万象が生まれたんだから、その辺りがつまり、神の手なるものの介在できる唯一のチャンスだったか」

「そうお思いになられますか。実は僕もそこへ考えを持って行ってしまえば肩が凝らないで済むと思うんですが、……」

「まだ何かあるかい」

「いえいえ、確とは。まあ、何歩か譲って、神様もビッグバンの結果としてお出ましになったとしましょうか。そして、それなら、神様はどんな手を持っていて、どんな道具を使って生命体をお創りになったんでしょう。誰かが言うように、設計図なんてお書きになったんでしょうか、それとも、試行錯誤みたいにして行き当たりばったりに？」

「超絶能力の神ならば、一振りした杖の先から滴り落ちた雫に、生命体の元となった原始細胞が泳いでいたとか」

　そういうビル氏は、もう万歳の素振りだ。しかし、話しを切り上げろという風では全くない。

「それであればもう言うこと無しですが、もし、神様が試行錯誤で作ってみては壊し、壊しては組み立て直したのなら、100兆、1000兆個ものパーツをですよ、いったい、何回やり直せばよかったんでしょうねえ。ビルさんの航空機製造の経験から推し量って、何年掛かりましょう」

「うーん、想像も付かない。我々の持つ時間の尺度ではとても無理、やはり君のお説の何十、何百億年かねえ」

「でも、生命現象の出現が神様の手に依ったかどうかはともかく、神様の仕事とビルさんの仕事では全く違った要素があった、とは思われませんか」

「ええっ、私の仕事が何か？」

「飛行機は一機一機、全て完全でなければなりませんでしょう。欠陥のあるまま人を乗せて飛ばすわけにはいかない」

「それはそうだ。分かっていてそんなことをすれば、私の首が幾つあっても足りなかったでしょうよ」

「でも、おそらく神様は、完全な生き物を創ろうなんて考えは、毫もなさらなかったに違いない」

「ええっ、それはまた」

「そもそも神様は、地球上に生命なんぞを所望しておられたのではなかったかもしれません。生き物の出現自体が神様の手慰みか悪戯のようなことだったかもしれない。特に、ヒト種のようなモンスターだけは望んでおられなかった……」

「そうか、なるほど分かった。ヒト種とは、神様の失敗作、のみならず、出現させてはならないゾンビだった、と、ドクターはそこへ焦点を持って行きたいんだね」

「はあ、不遜ながら」

「うーん、私は今日まで、ドクターコマツバラと言う人物はヤンゴトナキ日本民族の系譜と思ってきたが、どうも、君はとんでもないペッシミストだったかなあ」

「はあ、思いっ切りのペッシミストなら楽ですが、そうなり切れないストレイシープなんで悩みます」

「それはそうだ。地球全体にとってどうだったかと考えれば、私も全く同じだ。環境を荒らし回り、生き物の生息しにくい地球にしつつある様がヒト種の横暴の故と思えば、やはり、我々は地球上に現れるべきではなかったという言い方の方が正しいんだろうね」

「はあ。どう申し上げればいいか。今のところ、どんな大きな天体望遠鏡で探しても、宇宙に見えるのは燃え盛る灼熱の天体か燃え尽きて冷たく固まった岩石のような天体ばかり。目の素晴らしくいい人がマッキンレーの頂上で星空を観察すれば数千個の星が見えるようですが、その中に動植物が生息して緑麗しい星となっているのは、地球以外に一つも無い。数千億の星からなるとされる天の川銀河系でさえ、未だ地球以外に生命体を宿す天体は見付かっていない。こうしてみると、やはり稀有な中にも稀有な天体が地球だという言い方は妥当性がありますよね」

「はあ、そんなもんかねえ」

「地球型生命という言葉はちょっと狭くて、それと全く違った生命原理ならどこかにあり得てもいいと逃げたんでしょうが、同じような生命活動のできる生命体が、地球系外で全く違った原理で可能かと考えるのは、地球型生命体の出現以上に難しく思えるし。僕なんかが精々考えたいのは、電子を生命線とする人工知能の究極の姿のようなもの。でもこれは、現存生命体に並ぶようなものではありません」

「地球系外生物がいたとして、タコや深海魚のような外見だったにしても、中身はやはり有機物生命体なんだろうかねえ」

「そして、もし、神様が生命を創造なされたと言うなら、なぜ地球という場所を選ばれたんでしょう。なぜ地球だけを選んで他の天体には創られなかったか、僕にはさっぱり分かりません。元に戻りますが、どうにも神様の手と考えるのは無理があって、いっそそれなら、自然界にあり得る全くの偶然の所産だったとする方が、まだ精神衛生上好ましいと、そこへの帰結です」

「うーん、仰せ、まことに尤も」

「他に考えられるとすれば、遠い過去にはどこかの星で生まれたが、星の寿命とともに跡形なく消えてしまったとか、それとも、これから生まれる遠い未来の天体には生命誕生の可能性があるとか、そんなことでしか無いいんじゃありませんか」

「分かった。やはり、訳が分からなくっても、神様に持って行ってしまうのは拙いね。ところでそうすると、君から私への質問を裏返してのお尋ねだが」

「何でしょう」

「原始生命体の誕生までは自然界に起こり得た稀有な偶然の結果だったとして、今のように多様性満載の生命群で満ちた地球に至るまでに、果たしてどのくらいの奇跡的なイベントが必要だっただろうか。偶然の所産が幾つ重って、今の緑麗しい地球上の自然界まで辿り着いたのだろうか」

「はあ、そこのところですね。僕が思うに、奇蹟は二回だけでよかった。原始単細胞生命体の出現と、そこにＤＮＡが取り込まれて増殖能力を備え、多細胞生命体の誕生へと繋がった局面、その二回だけの奇蹟でその後の全てが成ったと考えます」

「ええっ、それは無いだろう。幾ら何でも、二回だけの奇蹟では地球上の楽園まではとても届かなかったでしょう。やはり、そこに何かの力というかベクトルが欲しい。それが無ければ、また神の手を持ち出さなければならなくなる」

「いいえ、そこが違うんです。一回目の奇蹟は、それまで原始の地球の荒れ狂う大気や水の中で無作為に生成していた窒素化合物や炭素化合物の中から、生命に必須のアミノ酸やたんぱく質などを取り込んで薄皮を被った液滴のようなものが生成したことです。ここまでは単純な化学反応で、何が奇蹟かと言うと、その液滴の中では、後に生命活動と呼ばれるところの生命維持に向けた機能性高分子諸々を合成する、いわゆる生化学反応が可能だったこと。つまり、生命という方向にベクトルを勢揃いさせた生合成工場の誕生だったんです。エネルギー保存の自然則からすれば水や空気の中の原子分子の活動はランダム、ところがそこに、自然則に逆らう形の合目的々な一方向の流れが出来たわけで、まさに一大奇跡です」

「合目的々コアセルベーションの奇蹟か」

「はい。そのような生化学反応に一定の方向性を持ったコアセルベートが誕生してしまえば、その後はさしたる奇蹟的イベントも要さずに機能性たんぱく質や核酸を取り込んで、増殖の機能を獲得することができたでしょうね」

「単純なことと思えても、そこが大事な一里塚だったか」

「そして、その局面には二つ目の奇蹟が内包されていました。コアセルベートとは原始単細胞に相当し、機能性たんぱく質とは酵素の類、そして核酸とはその酵素類が機能する際の物差しか鋳型のようなものですね。この酵素と核酸の協働作業こそが、その細胞の成長と自己増殖を可能とした飛びっ切りの原理だったわけです。おそらく、難しさから言えば、二つ目の自己増殖能力の獲得を可能とした遺伝子メカニズムの方が上だったかもしれません。先ほど言いましたように地球誕生から原始生命体出現までに約10億年、それだけの長丁場だったことだから、その間に自然発生的に、無数に生まれては消えていたんでしょうけど。これこそが地球上生命体が生まれることとなった特大の奇蹟でした」

「――――」

「究極を言えば、機能性たんぱく質のような単純な構造体は比較的出来易かったでしょうが、それは二つ目の奇跡の起こる前準備のようなもの、その後の核酸または遺伝子という超絶な有機高分子の出現こそが、神の手と言いたいほどの奇蹟中の奇蹟でした。遺伝子の核を持っただけの原核細胞も、そこから進化した多細胞生物も、更には人間を含む現存動植物も、押し並べて核酸という機能分子を内蔵して複製能力を備えたことです」

「うん、そうか、分かった。複製とは繁殖にイコール、出来たその単細胞は死に絶えずに増えて子孫に繋がることが出来たという訳だね」

「はい。そして、もうそうなれば後は簡単、無限に繁殖を続ける間におかしなものに変わったり死に絶えたり、あるものはしぶとく生き残ったり、結果、今のような生物界の多様な様と相成った。突然変異や自然淘汰、適者生存の理屈です」

「ふーん、そうか。行き付く処はやはり遺伝子か」

「はい。そうなった後のスキームは比較的想像し易いですね。まあ、多細胞生物である動植物にとっての一番のイベントは、核膜で覆われた核を持つ真核細胞の出現だったと言うべきかもしれませんが、核心はやはり遺伝子です」

「うーん、そこまで来れば、私の錆び付いた脳みそでも現存哺乳類の誕生までのイメージは描ける範囲だねえ」

「はい。この辺りまでを、専門家ではない僕の教科書から得た生命観と言わせて下さい。一生懸命科学者らしいクリアーな理解をと思いながら、生科学者ではない僕には全ては疑問符だらけです。でも、神様ならばどうなさっただろうと考えるより、少しは現実味があって納得できる気持ちなんです」

これにはさすがのビル氏も考え込まざるを得ないようだ。掌で温かくなったワインを少しずつ口に含みながらじっと目を瞑ってしまった。小松原も、妻のジェーン相手にすら口に出しそびれてしまうような大風呂敷を広げてしまった後ろめたさを感じながら、それでも口に出してしまった分だけ心の重しが減ったようで、気分は悪くない。

しばらくすると、さすがのビル氏も潮時と思ったか、少しだけ残ったワインのグラスを脇に押しやり、椅子を引き付けて声の調子を下げた。

「いや、ありがとう、ドクターマサト。いろいろと聞かせてもらったお陰で、私も大分気分が軽くなりました」

「いえ、とんでもない。僕こそ生噛りの宇宙論や生命論などを長々とやらかしまして、申し訳ありませんでした。ビルさんは相変わらず話させ上手で、僕はつい乗っかってしまいました。間違っていなければと願うばかりで、出鱈目かもしれないと思っておって下さい。あるいは、忘れてしまっていただければなおありがたいです」

「いやいや、ご謙遜。科学者にはとても届かない技術屋老人だが、私も背伸びだけはしていたい人間。巷の本からは仕入れることのできないような新鮮で分かり易いお説は、刺激的で気が晴れます」

「恐れ入ります」

「さてそれじゃあ、一般教養はこの辺までにして、うちのスカンクワークチームの一つのコードネームと同じ、マウントアララトなんぞを名乗る悪ふざけ連中の件に……。どういう素性の輩か、偶然のことか何か魂胆があってのことか、うちの専門部隊にもまだはっきりとは分かっていないらしい。しかし、スカンクワークのいろいろを知っていて意図的に使ったものであることは概ね確かだと」

「どういう意図でしょう」

「そこがまだはっきりとしないんで君にも話しにくかったんですよ」

「はあ、なるほど」

「まあ、私の憶測を交えて言えば、これからの世には宇宙がお宝満載の玉手箱で、振れば何でも出てくる無限の宝庫。有限の地球に見切りを付けて各国が凌ぎを削るのはよく分かる。当然の成り行きです」

「悪い方への切磋琢磨でないならいいんですけど」

「そこはどうも。国家間競争だけでなく、民間企業も個々人すらも、そこに商機を見出さんと躍起になる時代が来るのはもう目と鼻の先です。君の言う通りの、科学技術の進歩がもたらす厄介極まる世相の到来だね」

「やはりビルさんもそう感じられますか」

「政府直轄で来た我が国の宇宙開発が、政府だけの力ではもうどうにもならず、様々な形で民間に広がっている実態は君も知る通りだ。その一画を担う君ならもう具体的な情報を得ているかもしれないが」

「そこにビルさんの出番というわけですね。素晴らしいことじゃないですか」

「ああ、ペンタゴンなんぞのスケールにはとても及ばないが、最先端科学技術を無制限に駆使できるという意味では私らの方が上だ。何分にも、いずれ近い将来、人の耳目とはケタ違いの性能を備えて、防衛基地だろうが宇宙船だろうが全てに搭載されてその耳目の役割りを果たすようになり得るもの。ドクターマサトにしたって、人工知能搭載ロボットの耳目と言えばどんなモノでも欲しくなるでしょう」

「はあ、今の僕は人工知能本体の方に精一杯で、これを搭載するロボットやロボットに装着するセンサー、カメラの類まではとても手が回らない。そっちはそっちの専門家に任せるしかないと思っています」

「それが正解でしょう。何せ、このリモートセンシングの技術とは、モノは小さくてもいろいろな方面の最先端技術の結晶です」

「そして、そのリモートセンシングの最先端を行こうというのが、今、ビルさんの参加されようとする新型衛星プロジェクトなんですね。人類の将来を見晴るかす科学の目を創るなんて素晴らしい、他の誰よりもビルさんがまさに適任者。後に続く僕達のためにも、ぜひともお骨折りをお願いしますよ」

「だからと言って、そのためにも君が我々に協力すべきだなんて、負け惜しみでも言わないけどね。ともかく、君が納得して参加してもらえることが一番」

「はい、よく分かっています」

「そんなモノがうちのスカンク部隊に任されるのは、ペンタゴン傘下の国家偵察局NROの軍事偵察衛星をこれまで引き受けてきた実績からのことで、新システムのカギは可視光、赤外線、レーザー、電波などのあらゆる技術を詰め込んだ眼にあることはもちろんだが、これを操る地上局ネットトもまた核心を握る」

「とすると、……」

「そう、先年、君らが朝鮮半島で面白い悪戯をやってくれて、あれが嚆矢とまでは言わないが、うちの部隊ではかなり参考にさせてもらった経緯がある」

「そうでしたねえ。あの時は随分お助けいただいて」

「いやなに、お互い様。私の管轄ではなかったが、当事者達は今でも君の貢献を忘れていないよ。彼らが口にするコンゴーなんて名前の付いた技術があるようで、あれの由来なんぞは預かり知らないが、聞くまでもないような気がする」

「はー、それは光栄です。コンゴーは、人々が神仏の教えに従って法を守り行いを律するよう、しっかりと見守ってくれる二人の武将で、我々が進む道の両側に立って目を光らせてくれているんです。僕が衛星通信利用の極小地上局を関発した時、役割り柄、持って来いだとニックネームに借用したんです」

「ああ、そのようだね。まあ、そういう話はもう少し落ち着いて聞かせてもらうとして、先ほどの衛星考古学なんぞを口にする人物達の件だが、そんな連中が最新の画像衛星システムに目を付けたとすれば、それはペンタゴンの宇宙防衛基地なんかよりもうちのリモートセンシング衛星の方だと思って間違い無い」

「はあ、そうなりますね」

「初めて聞いた頃はどうってこと無いと軽く思っていたんだが、どうも軽くはないらしい」

「――――」

「その見付けたという表現が如何にも思わせ振りというか胡散臭いというか、これまで巷間には出ていなかった軍事衛星画像を解析して、旧約聖書の創世記に出てくる記述通りのサイズ、形の木造舟が氷河の下に埋まっていることを確信したというんだね。だが、氷河に閉じ込められてこそ原形のまま保てたのかもしれない数千年前の木造舟を、掘り出すこともならず、今の状態で詳細を解析するためには最新の衛星技術が必須、ついては開発中のものを民間にも開放せよ、というようなことらしい。そもそもこれは、民間の運用だからして、突っ撥ねるも受けるもいいんだが、相手が相手なんでその先々が心配」

「そんなに気にしなければならない相手ですか」

「いや、なに、観測画像を提示しさえすれば当面は事済むだろうと思うが、それで収まらないのがこういう連中、その次その次へとエスカレートするは必定だよ」

「はー、それはまた厄介」

「取るに足らない話しであっても、こちらの開発計画そのものに綻びが出たんでは拙い」

「それで、その学者さん達はリモートセンシング衛星の中身をどの程度まで知っていますか。チームはもう高精度衛星画像をかなり貯め込んでいらっしゃる？」

「いや、正規の打ち上げはもう少し先で、今はロケットエンジンに乗せた模擬衛星での実験を幾度となく繰り返していて、それならばかなりの成果を得ているはずなんだ。連中は、取り敢えずそれが見たいと言うことじゃないかなあ」

「すると、なおのこと厄介ではないですか。そんな内部情報が外に漏れているなんて」

「そうなんだねえ。スカンクチームも、今度ばかりは民生用衛星ということで、多少の油断があったかもしれない。しかし、まあ、隠してみても始まらないようなレベルなんで、止むを得なかったと言うしかない。ただ、民生用といえども、これからは情報の提供先は慎重でなければなるまいね」

「そうですか。そこが割り切れているということは、安全策にもそれなりな自信がおありなんですね。さすがです」

「だが、身内擁護はその辺にして、実は心配の種が他にもあって、スカンクチームはその方を恐れているらしい」

「ははあ、アララト平原辺りは戦後の領土紛争未解決地で、しかも崇める対象としてのアララトヤマは、どこよりも早くキリスト教を国教と定めたアルメニア人にとっては譲り難い山、そして、ノアの箱舟神話のそもそもが旧約聖書の創世記に発することだから、その事情はイスラム教徒に取っても全く同じ、今地元に住むイスラム系のトルコ人達にとっても譲り難い山。と来ると……」

「ほう、君はそこまで調べていたか」

「つまり、下手をすれば、中東最大の紛争地エルサレム・パレスチナの二の舞を招き兼ねない。従って、スカンクプロジェクトとしては、これが好からぬことに利用されて国際問題にまで行くことを、厳に防がなければならない」

「そうなんだよ、そこが私なんぞまで参加を要請された理由の一つなんだろうね。私がステルス戦闘機の開発に当たった当時、アジア大陸奥地から中近東、地中海あたりまでをテリトリーとしていろいろやっていたから」

「分かりました。そういうことでしたら、僕も早速お手伝いできるかもしれません」

「ううんっ？」

「今のお話しを伺って、直ぐにもやってみたいことがあります」

「何ですか、それは」

「もし、箱舟発見に利用されたと予想される安全保障局の衛星画像を見せていただけるなら、僕が再度画像チェックをしてみましょうか。かつ、了解が得られるなら、その学者さん達が根拠とした映像に手を加えて、三次元高精密画像にブラッシュアップしたものをお示しできます。喩えて言えば、十分ではない画像の忠実な精細化で、カメラの高精度化にほぼ似たような結果が得られます。つまり、本物のセンシング衛星画像に近いもの」

「ほう、その手か。だが、それは拙い。恣意的な画像改竄と見られれば、唯では収まらなくなる」

「いいえ。実際の画素を忠実に保ちつつ高画素化しますので、誤った画像に作り替えることではありません」

「そう、……。それで何が分かるかと言うと、あれかね……」

「人間の目って誤魔化され易く、同じものを見ても先入観念で多様な受け取り方をしてしまうものです。幽霊の正体見たり枯れ尾花というやつです」

「すると、アララトヤマの氷河の下に箱舟の残骸があるという見方の真偽の程は、その三次元精細画像で直ぐにも分かると」

「そうすれば、考古学者達の言い分に対して真っ向から向かい合うことがお出来になりましょう。つまらぬことへのエネルギー浪費が避けられます」

「なるほど、そういうことですかな」

「外へ出すわけではありません。あくまでスカンクプロジェクトの戦略決定に資するだけの意図です」

「なるほど。チームの連中もただ指を咥えているわけではあるまいと思うが、あなたの仰るようなレベルとなるとまだでしょうから、早速諮ってみますか」

「喜んでいただければのことです。少しでも、反対や懸念材料があれば止めた方がいい」

「それにしても君との話は、進行が早くていい。大したものだねえ。それが今の最先端技術を駆使する者のレベルなんだねえ、ドクターマサト」

そう言って大仰に頷くビル氏は、何を思うのかしきりに指先でテーブルに何かをなぞっている風だ。

「はあ、ＮＳＡやスカンクワークの情報部隊の方々なら、もう先刻ご承知の範囲でしょうけど」

「知っていても、火傷が怖くって、この手の話しとなると手が出ないのが公的な立場の人間でねえ」

やおらそう言うビル氏の目が笑っている。

「ビルさんもお人が悪い。さっきテーブルに着くなり今日の昼飯は何か魂胆があってのことだなんて仰ったのは、こんなことだったんでしょう」

「あっ、いや、そうで無くもないが。うーん、と言うか、いや、やはりその通りです。降参です」

「僕の場合には、いつものビルさんらしい直球の方が歓迎です」

「いや、そうだった、そうだった。君の前では遠回しは意味が無いことを忘れていた。全く話が早い。で、そうなればもう躊躇うことはしません。この民生に名を借りた新型衛星プロジェクトは、多分、成果が見られた段階で直ぐにもペンタゴンの完全自律型宇宙空間防衛基地構想にドッキングするでしょう」

「はあ、当然でしょうねえ」

「もちろん、うちが長年ＮＲＯに納めてきた軍事衛星などにも、それなりに時々の先端機能は付与されてきたはずだが、しかし、それなりなレベルでしかなかったでしょう。宇宙空間防衛基地構想に通用するようなものとなると、生半可では許されないもののはずで、そこに手を拱いているわけにはいかない」

「分かります」

「という次第で、これからしばらく、あなたの力をお借りします。もちろん、最先端の人工知能技術を使わせてもらうだけでも重畳、それ以外は余力の範囲で結構ですから」

「それですと、即イエスです。如何様にも使って下さい。そういう、未だ人類未踏の領域への挑戦となると、僕も傍観者ではおられません」

「ありがとう、ありがとう。で、一つだけ、君に忌避されそうな言葉を蛇足ながら」

「はあ、まだ何かありますか」

「何分にも、今度の案件は何があっても素性を明かすことのできない代物。感知されること自体が既に困ることなんだが、万が一、敵対国からの攻撃だ拿捕だとなれば、即自爆の運命しか無い。君の人工知能にそんな不埒な運命を辿らせることには甚だ抵抗はある。しかしねえ、こればかりは」

「はい。闇雲にやった朝鮮半島騒動がそれでしたものね」

「あの時の君の辛そうな表情が今も忘れられないよ」

「あの時は僕もまだ未熟でしたし、協同開発者である妻の気持ちもあって、大いなる抵抗を感じました。でも、今はあの時の反省に立って、人工知能の思考回路にそれなりなパスを付与しました。そこへ繋がる決断のアルゴリズムも充実したうえで、自爆という最終選択を選ぶ権限を人工知能自身に与えました。ですから、ご心配いただかなくても切り抜けられると思います」

「そうですか。それならばもう言うこと無し。あなたというお人は決して経験を無駄にしない、見上げたお方だ」

その日、もう夕食分まで十分食べたから久し振りに早く休んで鋭気を養いたいというビル氏をアパートに送り、車をビル氏のガレージに預けた小松原は、一昔前を思い出しながらサニーベールの駅まで十五分ほどの距離を回り道して歩いた。

当時と少し違って、アジア、インド、中近東系の人達が多数を占めるようになった町並みは雑然とし、目抜き通りのはずの駅前並木道に人影が無い。中途半端な時間のせいかと思って観察すれば、目まぐるしい時代の変遷を反映して居住環境が湾南に沿って拡散しているがためらしい。

物言いだけでなく挙措にもすっかり穏やかさを増したビル氏の印象を思い出しながら、小松原は、難儀な局面にこそ自分の役割りがあると気持ちを引き締めるのだった。

七　聖なる山を蝕むものの影

――山頂雪下のノアの方舟は幻影？――

堕天の魔神サタンの復活か。大アララト山中腹、断崖の底に感知された雪下の紋様。氷に封印された大蛇の影？　さもなくば、メビウス環を象る人工物？　人工物とすれば、それは聖戦を叫んでシャイターン旗の下に結集した地下軍団の地下巣窟？

泥でできた人間が火の神より優れているはずは無し、されど唯一神に導かれる人間は異教の神々より優れていないはずも無し、との論法で戦争法の正当性を騙る人間達に魔性を見るは、過ちか愚か。真実はいずこに。

十日程して、ビルシモンズ氏がどこにどう手を回したか、国家安全保障局ＮＳＡの衛星画像アーカイブならいいと了解が得られて、小松原真人は自分の人工知能ソーニアの専用端末を抱えて車でリバモアへ向かった。サンマテオ橋で湾を跨ぎ、そのままフリーウェーを東に走ればわずか一時間少しでローレンスリバモア国立研究所に着く。その施設からならアーカイブにアクセスできるということだったのだ。

厳めしい検閲を潜って内部に招き入れられると、既にビルシモンズ氏が待っていた。

「下らん馬鹿話しのためにわざわざご足労、恐縮です」

「いえいえ、僕も大変興味を唆られますから。それに、偵察衛星からの画像となると、とても他人事ではおられません」

「ああ、そうでしたねえ。初期の幾つかにはあなたのＡＩ型制御のロジックが載せられていたんでしたね」

「はい、極く一部だけで、それも衛星本体の開発部隊が手っ取り早く流用なさっただけのことでした。何せまだ幼稚なレベルだった頃で、当時は何も無かったから重宝されたんでした。今はもうかなり進歩して当時とは様変わりしていますが、それだけに当初のものも気になります」

「当然ですね。さっ、それでは時間が厳しく限られておりますので作業室へどうぞ。私はコーヒーを取って後から合流します」


ライブラリー管理担当と名乗る年配の女性に案内されて向かうと、そこは大勢の若者達が端末に向き合って作業する大部屋の一角。個室に閉じ込められての作業と思っていた小松原は面食らったが、考えてみればそれも当然、全体の組織がしっかりして保安対策に自信がある職場ならば、大勢の目の中の方が余程確かだ。

教えられたようにしてアーカイブに繋がる端末から画像資料の全容を掴み、適当に抜粋して中身に目を通すと、どっときな臭い感覚に襲われる。小松原が関与した記憶のある当初のものの映像は雑もいいところ。だが、年を追うごとに進歩の跡が歴然、直近のものはよくぞここまでと感心する程に見事な鮮明さだ。

黙って渡されたアーカイブナンバーのメモで件の曰くありとされた映像は、北半球中緯度以南をカバーする太陽同期軌道衛星と察せられるものからの画像。その内の幾つかの連続写真上で、黒海とカスピ海を目印に陸地を北から南へ辿ると、昨夜俄か仕込みしたトルコ・アルメニア国境近辺の地形がかなりはっきりと見て取れた。アララト平原らしい緑褐色の大地の西南部の一か所、北側に流れるように広がる白い半傘様の模様が、多分、大地に忽然と現れたかの如く聳え立って万年雪を冠る大アララトの孤峰であろう。

東南に少し下ったところにも極く薄い白傘模様の小アララト峰らしいものもある。

　再生機のズーム機能を使って、山頂に人がいれば芥子粒ほどであっても識別できるくらいまで拡大して、山の周辺を注意深く観察する。だが、これぞそれ、と思えるような映像には行き当たらない。前後に大きく日付けを飛ばして同じように精査しても、やはり同じレベルだ。更に拡大してもぼやけるだけで識別の役には立ちそうもない。仕方なく、ソースを変えて模索する。しかし結果は同じ。

これではやはり限界がある。この上はビル氏に頼んでソースを自分の端末に取り込む許可を得ようと、時計を見ながら氏を待つのだが、一向に現れない。ライブラリー管理担当の女性も退出したままで、午前の中途半端な時間帯の作業室はとても声を掛けられそうな雰囲気ではない。しばらく衛星画像相手に戯れていたところに、ようやくビル氏が現れた。

「いやあ、遅くなってしまってご免。ちょうどこちらへ来ていたスカンクチームのボスの一人に摑まってね、長話しをしてしまった」

「いえ、お気遣いなく。僕も今までの空白を埋めようとのんびりやっていましたから」

「今朝が早かったから、少しお腹が空きましたねえ。こんな中途半端な時間だから、休憩よりも食堂が立て込む前に何か口にしませんか」

「はい、ありがとうございます」

「で、どうですか、調査の具合は。何か見付かったかね」

「はあ、それがさっぱり。どの映像の何を以てノアの方舟なんぞと推測したのか、その人達のレポートでもあれば辿り方も変わるんですけど、それは手元に無いんですよね」

「うーん、今学会誌に投稿中だとかで、もう少し待ってくれと言われているようだ。その辺、ここの担当職員は何も言わなかったかね」

「いえ、何も。ここへ案内していただいたなり、出て行ってしまわれてそのままお戻りになりません」

「そうか、相変わらず忙しい職場だなあ」

「せっかくご無理を聞いていただいてこの始末じゃ、何とも申し訳ありません。これがそうだという場所を予めお尋ねしておくべきでした。僕は先入観を持たずに見てみたかったものだから、こんな画像だとは思わずに」

「いや、いや、無理やりのこじ付けじゃないかと、私もあまり期待していなかったんだ。担当職員を呼ぼうね」

「でも、それより、ビルさん。この端末から媒体に落として、僕の端末に繋ぐ許可を貰っていただけませんでしょうか。こんな結果かもしれないと予感があったんで、僕の家の人工知能に飛ばす用意してきました。もちろん、作業が終わればすっかり消し去って、外へ持ち出すようなことはしませんから」

「そうですか。ここの端末経由で窮屈な作業を続けるより、その方が早いかもしれないな。ならば、さっきのスカンク部隊のボスがいいな。あの人物ならこちらの覚えが非常にいいから、直ぐにも口を利いてくれるでしょう。ちょっと待っていてね」

部屋に残った小松原は、職員が使うらしい外部ネット接続プラグを借用して回線の準備をする。間もなく、ビル氏が朝の管理担当の女性職員を伴って戻った。

「オーケーですよ。そして、こちらさんは件の観測資料の具体的なものをご存じだそうだから、先ずはそれを教えてもらって、ダウンロードの必要な部分を指摘して下さい。作業はこの方がやってくれますから」

「はあ、それはありがたい。よろしくお願いします」

余程寡黙らしい女性が黙って手慣れた様子で検索を開始すると、その手元を見守っていた小松原はようやく合点が行った。山頂を中心に南北逆さまに回転させて輝度を下げると、彼女がカーソルで示す辺り、なるほど、山頂東側を少し下った崖っ縁の、雪庇と思えたものがそれらしく長四角ばって見える。舟には屋根が掛かっているのか、あるいは転覆して腹を上にしているのか、四角で囲まれた部分は緩く丸味を帯びた雪面の様子だ。

「これがそうだと研究者は言うようですが、はて、どんなもんでしょう。この一連の画像データはもうこれに落とし込んでありますので、もし更なる観察がご希望ならこれを如何様にもどうぞ。ただ、ソースの出処は消してあることをご了承下さい」

そう言って端末の後ろに置かれたディスクドライブを指し示すと、女性は時計を見ながらそそくさと椅子を立ってしまった。ビル氏が小松原をコンピュータの専門家だから迷惑を掛けることは無いと紹介したことで、技術的な説明は一切不要と判断したのかどうか、遠慮は要らないから勝手にどうぞという様子で取り付く島もない。小松原としてはその方がありがたいから黙って退出する女性の後ろ姿に黙礼しただけで、早速作業に取り掛かった。食堂のランチを一緒にするつもりだったらしいビル氏も、小松原の逸る気持ちを察したか、そっと部屋を出て行ってしまった。

ディスクの画像データを自分の端末に落として首尾を確かめ、ネット経由で自宅のソーニアⅢに指示を入れていく。先ずは、大小アララト峰の全容と女性に示された断崖の座標情報を与え、先ずはその周囲100キロ四方の観測点細分割をやらせてみる。アララト平原全域に亘る500キロ四方までは見たいところだが、回線経由の限られた時間内の作業に欲張りは言えない。

精細化のロジックとグレードの選択はソーニア任せで、要する作業時間は長ければ一時間ほどと見込む。返りを待つ間を無駄にしたくなかった小松原は、施設の閲覧端末に再び向き合った。女性がやった輝度の上げ下げと画面の回転に加えて、焦点深度を微調節しながら峰の周囲を丹念に辿ってみる。しかし、どうにも言われるような映像に辿り着けない。女性が示してくれた箱舟の埋まった映像というのも、そう言われればそうも見えるが、確かにそうかと疑ってみれば如何様にも言えてしまう、その程度のものだ。

赤外線映像も重層されているのではと察して、時刻をずらせて夜間の映像を探した。あるにはあったが画像性能がいま一歩の感で、慣れない小松原の目では全体が薄暗闇にしか見えない。それでも、一縷の望みを持って位置情報から大アララト峰を狙いながら再び画面の微調整を試みる。だが、昼間映像でそれらしい長四角模様が見えた辺りは薄暗闇のまま、周囲から浮かび上がったように見えた部分も周囲と同じにしか見えない。するとそこには中が空間だったりする構造物のようなものは無く、たまたまそのような山肌の地形だったと考えるしかない。

これだとやはりソーニアの結果を待った方が早いか、と、作業を切り上げようとした時、薄暗がりの中に仄赤い染みのようなものが目に入った。女性から示された位置の反対側、山頂を西側方向に少し下った凹凸のある斜面で、薄暗闇に沈む周辺の様子と何やら違う。

薄赤い幾何学的な紋様に、はてな？　と、首を傾げたものの不鮮明な画面ではそれ以上にどうにもならず、端末を閉じて考える。

——ソーニアはまだしばらく掛かるだろうし、終わったなら角度を変えてもう何度かトライしてみたいものだが、夕方の定時までに作業を完了させなければならないとすればのんびりもできない。待っていてくれるビルさんには申し訳ないが、昼食はスナックで済ませて作業を続けさせてもらおう。——

そう思って食堂の売店で腹持ちのよさそうなスナック類を見繕い、ラージサイズの紙カップにコーヒーを貰って部屋に戻った。

見ると、ソーニアはちょうど作業が終わったところのようで、画面は初期に戻ったまままだ落ちていない。コーヒーを口にしながらソーニアと問答に入る。ソーニアが残したタグで解析結果のファイルを開くと、少し時間を置いてオリジナルとはまるで違った鮮明さで画像が返った。おっ、さすがソーニアと、まるで様変わりの鮮明な画像に自賛の気分で見入る。ただ、手放しで喜べないのは、ソーニアがオリジナル情報から飛躍させ過ぎていないかどうかで、その眼でしっかり見なければ誤認を犯してしまう。

それはそれとして、見易さはありがたい。拡大画像で頂上から南東斜面に向かって件の地点までを細く辿る。ところが、オリジナル画像で箱型模様と思われた辺りには何も見当たらない。陰影がさらに細かくなった結果か、それらしき紋様すらも定かには見て取れないのだ。角度を変えたり輝度を上げ下げしてみても、やはり同じだ。

——おかしいぞ、これは。やはり、ビルさんの言う通り考古学者の言が信用ならないものだったか。この上は、ノアの方舟なるものの次元データを伝説から割り出してソーニアに探させるしかないか。——と思ったものの、短兵急な結論は避けたい。この程度のエビデンスでＮＳＡはもちろん、ビル氏やライブラリー管理者が相手にしてくれるはずもない。と、気分を変えて施設端末を立ち上げ、ソーニアの画面と比較しながら総浚いして行く。だが、結果は五十歩百歩、ソーニアの飛躍し過ぎとも思えないのだが。

ふと気が付いて、夜間の暗視カメラ映像の同位置を引っ張り出してみる。ソーニアはディスクドライブから二十四時間分の静止画像を浚っているはずなのだ。原画像で赤み掛かった染みのように見えた部分に狙いを定めて山頂から東南に下ると、やはり、それらしいものがあって原画像より数段見易い。注意深く焦点と輝度を調節しながら、小松原は、うんっ、と目を見開いた。原画像で染みのように見えたのは、ソーニアの画像によると細く曲がりくねった帯状の文様と見て取れ、自然の何かとは思えない様だ。

焦点をそのままに時間を遅らせて昼の映像に戻ると、そこは東向き斜面に迫り出すようにして積もった万年雪が、滑らかなスロープを描いて落ち込む辺りだ。焦点はその下方に当たっており、そこは雪溜まりとなったかなり広い窪地のようだが、万年雪で覆われて何も見当たらない。夜間の暗闇画面に見えた紋様はどこにも無いではないか。

何だろうか。小松原は訳が分からず腕組みをして頭を捻る。

――暗視画像は赤外線画像に近いものと見てよかろうから、それが薄赤みを帯びて見えるとすれば、そこが若干なりとも周囲より温度が高いということか。暗闇に曲がりくねるその帯はかなり狭いようだから、原画像には途切れとぎれの染み模様として見え、ソーニアが高精度再構成してそれを連続した帯として見せたんだとすれば？　そんな溝のようなものが万年雪の下にあるというのか。休火山であれば低温の温泉水が湧き出て、それが流れる溝？　いや、少し違う。斜面に沿って流れ下る川筋のようなイメージではなく、山肌をカンバスに一筆書きしたような滑らかな曲線だ。こんな風に見える自然物とは何だ？　まさか、こんなところに人工的な構造物があるはずも無かろう。――

気になるのは、この衛星搭載カメラの受光素子性能はどれ程のものか、それによっては別の見方をしなければならない。ソーニアだって騙されないとは限らない。さて、どうしたものか。


とつおいつ考えを巡らせていたところに、ビル氏が戻ってきた。

「やあ、お待ちどうさま。お腹が空いたでしょう。食堂も空いた時刻だし……」

「あっ、ビルさん。ちょうどいいところへ」

「おっ、何か見付けましたか」

「いえ、残念ですが。箱舟と見えなくもない地形はありましたが、どうもその眼で見たためにそう思い込んだとしか言えないようです。でも、ちょっとこれを見ていただきたいんです」

「うーん、やはり枯れ尾花だったか。どれ」

椅子を引き寄せて小松原の脇に座ったビル氏は、小松原が指し示すカーソルの先を覗き込む。

「うはー、これが君の再構成した画面ですか。素晴らしい。よくぞここまで」

「はい、ただし、これは考え方で言えば推測や演繹に近いものです。再構成画面だからして、事実を歪曲する意図は全くないまでも、そうかもしれないという目でご覧になって下さい」

「うーん、それはあるかもしれないが、とてもそんな如何わしさは感じられないねえ」

だが、老眼が進んでいるらしい目を細めて画面に見入る氏には、小松原の言う意図は伝わらないようだ。胸のポケットから眼鏡を取り出す様子を見て、小松原は画面を半分に分割した。

「こちらが昼間の高精細映像、そしてこちらが夜間の暗闇のそれです。地理的な位置も標高も全く同じ地点なんですが、ここところを見比べて下さい」

小松原は、夜間の細く薄赤く見える位置に沿って、昼間の画面の上にカーソルを動かす。

「うーん、少し暗さがぼやけて見えるけど。そもそも、夜間映像は光が足りなくて、地上を見るには無理があると思うが」

「いえ、そうではなくって、夜間映像は、多分、赤外線カメラの捉えた世界と似たり寄ったりでしょう。ですから、ただの暗闇として見ずに、地表の温度分布差のようなものと考えて観察して下さい」

「ほう、すると、斑に見えるのはノイズじゃなくって、あれか。んっ、そうすると、この紋様？　メビウスの輪のようにも見えるけど、何か意味のあるものかな？」

「はい、これは、多分、万年雪の下の地表面に何か温かい帯状のものがあるんじゃないでしょうか。僕にはそう思えるんです」

「へー、帯状の何か。いったい、何だろうね」

「真っ先に思ったのは氷河の下の温泉水の自噴でしたが、それなら、こんな模様にはならないでしょう」

「うーん、他に何があるかなあ」

「人工物である可能性は無いですか」

「いやー、それはあるまい。ここは緯度で言えばサンフランシスコよりまだ北、標高数千メートルの極寒の世界だ。しかも、地元民には聖なる山として大切に崇められている山、簡単に人が入るような所じゃない」

「そうですよねえ。それでね、ビルさん。またもお願いなんです。この偵察衛星に搭載されたカメラの機能とか性能とかの仕様を聞き出すことはできませんか。ソーニアが本当に正しく画素の精細化ができたのかどうか、検証しておきたいんです。そこが狂っていれば全く意味の無い議論になってしまいますので」

「なるほど、そうだね。それならば可能です。うちのスカンクチームはこれまでの偵察衛星のほとんどを設計しているから、少し時間を貰えば設計性能を聞くことはできるでしょう。ＮＳＡと押し問答するよりも余程早い」

「はあ、その手がありましたね。それならば、今日のところはこれまでとし、人工知能が加工したものはこのままお借りして、ディスクからの原始データは全て消去します」

「そうしましょう。ライブラリー担当の女史には、ちょっとだけ目を瞑ってもらって」

「いいえ、どちらにもご迷惑は掛からないと思います。人工知能には一方通行の条件を付けて、成果だけを残して一度読み終わった原始データはそのまま廃棄するようにしましたから。結果を抱えていたとしても全く違ったものでしかありません」

「なるほど、ドクターマサトらしい周到なやり方ですな。いいでしょう。女史にはそのように報告しておきます」

「ありがとうございます」

「さっ、それではまだ時間があるから、ちょっとだけ休憩にしましょう。ドクターマサトにスナックだけの昼食じゃあ、こちらの気が引けます。私も腹を空かせて待っていたんで、お付き合いだけでも願います」

「そうですね。僕も何だかお喋りがしたい気分になってきました。それが理由で作業を中途半端にしたわけではありませんけど」

「なんの。この時間になれば食堂には残り物だけだろうが、その分、ゆっくりさせてもらえます。賄いの人達の上がりの時間までたっぷり二時間はありますから」

常連らしいビル氏の口振りだと、おそらく、氏が既に諸々に駆り出されて飛び回っていることの表れであろう。原爆開発のマンハッタンプロジェクトにも関与した北欧系の原子力物理学者アーネストローレンスが創設した、ここローレンスリバモア研究所は、合衆国エネルギー省が所管する核科学の最先端研究所で、当然のことながら、軍事転用に直結する最先端の際どい研究を一手に引き受けたような施設で、小松原にはビル氏の苦労や悩みが嫌でも思われてならない。少し薄くなったかに感じられる氏の髪を見るともなく見ながら後に従った。

翌々日、小松原はビル氏に指定されてサニーベールの分室に彼を訪問した。元は製造部門のいた工場跡地だから、やたらに広いスペースの一画に建つ開発棟は小さく見えても、どうして大きい。その入り口に近い応接にビル氏が待っていた。ゲートから案内してくれた秘書の女性は、どうぞという仕草で小松原に入室を促すと、そのままビル氏に何か問いたげで入り口に待つ。先用が済んだところらしいビル氏は、大きなデスクに広げられた幾つものファイルを脇に寄せながら両手を広げる。

「やあ、マサト。早々に進展があったようだね。まだ二日目なんで驚いたよ」

「いえ、進展という程じゃなくって。突然のアポイントで申し訳ありませんでした」

「何のなんの、ドクターマサトのことなら何よりも優先。私もこの通り、アドバイザーとしてチームに参加することにしてね」

そういうビル氏は、なるほど、私服ではなく胸に社章の入った半袖シャツで軽快な様子だ。

「ちょうどよかった。今日は君の要件を伺ってから、私のガス抜きにも付き合ってもらうことにするよ。時間は気にしないでくれ給え」

「ありがとうございます」

ビル氏は秘書嬢を振り向いて紙袋を差し出す。

「今日は私特製のアップルパイを用意しているんだよ。三時の休憩には熱々にしたカプチーノを貰うかな。こちらのお方との議論は中々頭を使うんで、糖分を脳に送らないと追い付かないんだ」

破顔の秘書嬢が頷いてドアを閉めると、ビル氏は窓際の椅子に小松原を誘う。

「そうでしたか。ご苦労様です。僕の方はまだ仕事の整理が済んでいませんが、精一杯のご協力をさせていただきます」

「ありがとう。君の快諾で私も決断できました。本当に頼りにしています。それで、今日の急ぎとは何かね」

「はあ、ご期待に沿えないような結果だったんで早い方がよかろうと、山頂周囲の要所を座標データ付きの分割画面にしてお持ちしました。人工知能による再構成画面を原画と対比する形で示してありますので、見ていただくだけで説明も不要と思います。如何様にもお使い下さい」

「そうですか。いや、毎度手堅いことで。私も、立場上、何がしかの報告を上げなければならないから、助かります。本当にありがとう」

「そして、私が気にした山腹の紋様ですが……」

「そうそう、その方はどうでした」

「いただいた衛星カメラの機能、性能から解析をし直しましたが、何だか、やはり疑問が残ります」

「んっ、それは何かな。あの夜間映像に写っていた筋状の紋様に何か？」

「はい。ビルさんはメビウスの輪のように見えるなんて仰いましたね。僕はあれを見た時、子供の頃に日本で見た仏画を思い出していました。竜神図って言いまして、ドラゴンが天に舞い狂う絵です。東洋風だと竜は神聖な神の使いだから天を飛翔するんであって、舞い狂うというのは不穏当でしょうけど、子供の頃の僕は気が小さくって、恐ろし気な竜の姿に不気味な想像を掻き立ててしまって、今もその印象が強いんです」

「ドラゴンねえ。新約聖書では魔神サタンの姿をそうだと言ったり、古い伝説ではワームなんていうのがそれかなあ。どちらにしても子供心には恐れられるイメージで、君の感性は正しいんだよ」

「はあ、昨日いっぱい、僕なりにいろいろやってみたんですが、どうも腑に落ちません。考え易いのはやはり温泉水なのに、それならどこかに湧き出し口のような高温の部分があってもよさそうなもんです。でも、そんなものも見当たらない。もう一つの推測は、昔の溶岩噴出で開いた風穴のようなもの。深部からの風穴なら地中のマグマを運び出してあんな風な紋様を作った後に固まったかもしれない。衛星からは細い筋のような細いものに見えても、直に見れば、多分、ちょっとした洞穴のようなもの」

「うーん、何だろう、それは」

「三番目の可能性ですが、あんな風な整ったフィギュアを成すとすれば、たとえ自然の風穴なんかであったにしても、多分、人手が加わっているんじゃあるまいかと。昔の人間が掘り広げて穴居生活を営んだ跡とか、そんな可能性の方が確かかもしれない」

「なるほど」

「とまあ、いろいろな想像が可能なんですが、マグマを薄皮で包んだだけのシュークリーム並みな地球ですから、何があっても不思議はありません」

「そうですか。いずれにしたって、ノアの箱舟はどうも期待できないとなると、スカンクチームの見解が正しいことになる。でも、彼らはあなたの解析結果や技術を性能アップに生かすために次の動きに入るでしょう。衛星のセンシング機能改善の方向に役立てたり、セキュリティー機能を上げて外部の煩い声に対処したり、私の役割りもまたそこに出てくる。で、それが結論なら君はこれからどうしますか」

「衛星画像の大元を見ることのできない私らには、今のところここまでが限度でして。でも、まだ僕のやりたいことが終わったわけじゃありません。スカンクチームのためにもなるんじゃないかと、ちょっとした提案をお持ちしました」

「えっ、それもまた早いねえ。どんなことでしょう」

「どうでしょう。静止衛星をあの上空に持って行くことはできませんか。僕は、あの万年雪の下の温度差のある場所を、もう少しはっきりさせておく必要を感じるんです」

「ほう、昔の人間が住んでいたかもしれない高山の洞窟でしょう。何がそれほど君の興味を引きますか」

「申し上げるほどの確証あることではないんですが……」

「しかし、その言い分だと、あなたはもう意味のある何かに気付いている？」

「僕には、今も誰かがそこに居るんではないかと、そんな気がしてきたんです」

「ええっ。まさか、あんなところに人が？」

「はあ、日本には荒行といって、宗教家とか修験者のような人達が過酷な環境に耐えて精神を磨くという行為があります。そんな人達は厳冬の雪山に籠ったりします。普通の人達にしたって、樵とか猟師とかの山を生業にする人達は冬山何のそのです。標高や寒さは、本来、野生の動物や特別な人達にとって何ら障害にはならない。直ぐに凍えて動けなくなってしまうのは、今様柔肌人間だけなんですね」

「ああ、それは言える。東洋だけのことではなくって、北欧とかこの国にだってそういう人達はいる。むしろ高地や厳寒の地は生命を脅かす微生物や天敵が少ない分、適応さえできれば安全なんだね。典型的なのはヒマラヤやアンデスに栄えたチベット文明とかインカ帝国とか」

「はい。僕の妻の言だと、そういう高地の民族には高地順応遺伝子なるものがちゃんと獲得されているんですね。そのお陰で、毛皮を着たり酸素ボンベを背負ったりせずとも、かなりの低温や低気圧で平気なんだそうです」

「順応遺伝子を持たない人達でも、パイロットや宇宙飛行士にはその訓練は必須だし、腕のある登山家などはそこを経験と勘でしっかり身に着けているものだ。私も登山が趣味で、若い頃は鍛えられたよ。まあ、宇宙酔いで飛行士の夢を諦めざるを得なかった妹のメアリーのように、鍛錬だけでは超えられない壁もあるが、人間の体は意外と順応性があるんだねえ」

「はあ、そのようですね。でも、昨日今日、僕がこのアララト山の衛星画像を見ながら強く懸念するのは、少し違う意味の訳ありな人物達」

「ええっ、何だろうそれは。そんな連中がいたかねえ」

「はあ、敢えて言えば二つの範疇。一つは、弾圧や搾取から逃れて辺境の地へ追いやられていった、貧しく純朴な土着の人達。まことに同情すべき人達です。でも、他のもう一つが厄介なんでして、政治闘争や宗教派閥間の軋轢で、止む無くそうした環境に一時の身を置かざるを得ない人達。己の身の安全さえ図れるならどんな蛮行も厭わないし、群れて己達の出番を画策するから、トバッチリを受ける側は堪ったものじゃないんですが」

「なるほど、それはある」

「日本でも、僕と同じ年代でひと頃悪名を馳せた赤軍なんてのは、どうもその典型らしかったし」

「うーん、その口調だと、ドクターコマツバラはもう何かを摑んでいる？」

「いえ、今のところ何も。でも、古今東西、そんな話しは幾つもあります」

「そうか。それで思い出したが、過年、ソ連の侵攻でゲリラ化したアフガンの武装集団とか、トルコが共和国となった頃から少数民族として迫害されてきた、あのトルコ東部山岳民族のような好戦派部族などは、その典型と言えそうだなあ」

「ビルさんはクルディスタン共和国とかアララト共和国とかの名前をご存知ですよね。僕はまだ昨日今日掻き集めたばかりの、ホヤホヤ知識なんですけど」

「ああ、知っている。血の気の多い若造だった頃、私自身にユダヤ民族の血が少々流れていると知っていろいろ調べたことがあった」

「そうでしたか」

「ユダヤ民族といえば世界の流浪の民の代名詞のようなもの。だが、巷間にはあまり知られていないだけで数ではそれをはるかに凌ぐ流浪の民がいてね、それがクルド民族なんだ。私より一回りお若いあなたも、メソポタミア文明ならよく知っているでしょう。チグリス、ユーフラテス河沿い、現イラク、イランを中心に、北はトルコ、西はシリア、ヨルダン辺りまでの広大な地に開けた世界最古の文明の一つですな。その担い手の中核がシュメール人とされているが、当時、北方カスピ海寄りの山岳地帯に住んだ勇猛果敢なイラン系山岳民族もまた、大きな勢力だった。つまり、それがクルド民族」

「はあ、そのようですね」

「広域に散らばり過ぎて求心力が働かなかったか、今だに自分達の国を持てないでいる世界最大の放浪民族で、数にして数千万人とも。シュメール人のメソポタミア文明は都市国家として発展したが、その後は紆余曲折、クルド系山岳民族がその地を支配したことすらある。しかし、その後は暗黒時代のまま時を経て、今なお民族間紛争、地域間紛争、宗教宗派間紛争の絶えない混乱の地となっている」

「自立、自律の精神を専らとし、徒に群れを頼むを潔しとしない勇猛果敢な民族とは、時としてそんな落とし穴に嵌ることがあるんですねえ」

そう言う小松原が念頭に浮かべるのは、今世紀初頭、ボルシェビキ率いる共産主義勢力に蹂躙されて辛酸を舐めた東欧の人達のことだ。先年、ペンタゴンの専任プロジェクトを率いるビル氏の妹メアリーや、大学の後輩スティーブの要請で関りを持ったウクライナの民がそうだった。

「今世紀初頭の二度の大戦を経てようやく曲りなりな秩序が確立されるんだが、ちょうど私が物心着く年代だったかなあ、君がさっき口にしたクルディスタン自治共和国なんぞと名乗る国家ができた。その名の通り、クルド人の自治国家というわけだったが、一年かそこいらでまた消滅する幻の国家に過ぎなかった。かくて、クルド民族はやはり流浪の民のまま今に至るんだよ。私はこれを知った時、自分の血に繋がるユダヤ民族のことを思って切なかった記憶がある」

「尤もです。アジア大陸の東端にあって東西対立の直中にある日本なども、一つ間違えば同じことになっていたはずなんです。にも拘わらず、日本国民は、国難には神風が吹いてくれるとかと楽観して、備えの甘過ぎるところがあるんです。古くは元寇なんていうモンゴル帝国や高麗王国からの侵略で危機に立たされ、新しくは明治の開国を迫った欧米との間で危機一髪だったし、典型的なのは無謀な太平洋戦争に走って負けたその後の、占領軍支配下の幸運でしょうか。そのいずれも、全くの偶然のような要素に助けられて命脈を保つことができたんでした。日本国民であることを捨てた自分が言っていいことではありませんが」

「そうだったね。今も、我が国の国防筋はそのような日本国民に根強い不信感を持っている節がある。間違えれば日本国一つの不幸に止まらず、世界秩序の綻びにまで行ってしまう類の重大事だからねえ」

「四方海の要塞という要素が無ければ、日本列島の安泰はとうに無かったはずで、僕は先年、北朝鮮による日本人拉致事件に関わってよくよく勉強させられました。ビルさんにも多大なご迷惑をお掛けして」

「いや、迷惑というほどではなかったが、あの時の君の武勇伝には驚いたよ」

「お恥ずかしい限りです」

「いやいや、何の、気にせずにね。それで、先ほどの話しに戻って、そんなこんなの前にクルド人の悲しい歴史がもう一つあってねえ、クルディスタン共和国宣言に先立つわずか十年足らず前、オスマントルコが第一次大戦で敗れて消滅した時、アララト共和国なるクルド人国家が出現したんだねえ。アララトの名の通り、トルコ東端の元アルメニア領アララト平原の聖峰アララト山の麓、そこに結集した人達が目指す独立国家建設の第一歩だった。だが、国家といえるほどの体を成さなかったせいもあるが、周辺国はこれを容認せず、時のトルコ政府は謀略、暴虐を以て自国領に編入した」

「はあ」

「今のイスラム圏と同じで、同じ民族同士の宗教観による離反政策と、異なる民族間の同化政策で、つまりムチとアメのようなものだが、いいように弄ばれてしまった結果の哀れな結末なんだねえ」

「――――」

「しかしね、クルド民族のみならず、山岳民族とは概ね武闘能力に優れて族内の結束も堅い。例を挙げれば、自然の要塞という山岳地帯の利を生かした、アフガン武装集団の戦闘能力の凄まじさなんかもそれだね。いわゆるアフガン紛争では、近代兵力で挑んだソ連軍を撃退、その後の民主解放を目指して数の力で挑んだ米側連合部隊をも退けている」

「虐げられた民族が牙を剥けば、命知らずの戦闘集団と化したわけですね」

「そう。旺盛な独立心と結束の固さが身上の民族意識は、時に、己に仇為す。優れた性の負の一面と言ってしまえばそれまでだが、そう言い切れない中東社会の複雑な背景があってのことさ。特段に憐れむべき人達なんだよ」

「厄介なことなんですねえ」

「そしてそこに、まるで神の悪戯としか言いようのない、イスラム社会にとっての厄介物、つまり、今世紀の人類社会を基盤から支えた石油という地下資源の偏在があったというわけだ。汗水垂らさず巨万の富を手にできる日々は、人心を決定的に蝕んでしまっただろうから」

「――――」

「その挙句の、列強による満腹のオオカミよろしくの侵略で、出鱈目に食い散らかされたイスラム社会は一枚岩の社会基盤を失って漂流する。イスラム社会の今の惨状とは、結局、不幸の連鎖としか言いようがない成り行きによって招来されたわけだ。そして、悲しいことだが、何時の世にも最大の被害者は弱者、その典型の一つがあちこちに分断されたクルド民族の今の不幸だね」

「不幸の連鎖ですか。心しなければならないことですね」

「ああ、その通り」

その時、ノックの音がしてドアが開き、秘書嬢が顔を覗かせた。ナプキンの掛かったワゴン押している。

「おお、もうそんな時間か。ちょうどよかった。ドクター相手だと、つい弁舌が過ぎてしまう。休憩にしましょう」

秘書嬢がソファーテーブルを整えるのを横目にしながら、

「それで、ドクターが氷河の下の人工物らしいものに拘りを感ずるのは、あれですか。こうしたものが、好ましくない連中の企みによるものだと確信を持つわけですね」

「それがその……、確信は無いんです。でも、なぜか気になって……」

「ほう、ドクターにしては珍しく歯切れが悪い。何か悩みを抱えておいでかな？」

「いいえ、そうではないんですが……。もしもの話しですけど、イスラム原理主義者のような過激派組織が、もし、山岳民族と合体してアララト山周辺に要塞でも構える仕儀となったら、これからの世界、何がどうなりましょう」

「うーん、聖なる山に結集して聖戦を叫ぶ、死をも恐れぬ勇猛の軍団とくれば、これは怖い存在となるねえ」

「――――」

「でもねえ、アララト山に要塞なんて、それは無いんじゃないかな。今の世に、隠れてそっと世間の目を出し抜くなんぞは無理。アララト平原にひと際目立つ聖峰アララトだ。そんなところに兵士が右往左往していたんでは、直ぐにもバレてしまうさ」

「いえいえ、それは古典的な重火器で武装した何師団のも大軍団ならばでしょう？」

「んっ、それはどう言う意味？」

「これまではそうだったかもしれませんが、もう直ぐの二十一世紀の世ともなると、戦いを仕掛けるに重火器も大軍団も不要です。兵士各自に一、二台の高性能パソコンを持たせればいいだけのサイバー戦線の部隊にとっては、事情は全く別なんです。それだけで、世界を震撼させるような致命的なサボタージュやテロリズムを仕掛けることは、技術的に十分可能です」

「うーん、そこがあったか」

「決して夢物語ではないと危惧します」

「で、ドクターは、アララト山中にそんな連中がもう入り込んでいるとでも？」

「そして、既に地下生活圏を築いているかもしれない、とは、あり得ませんか」

「うはー、えらいことを口にしてくれますねえ。ワシントンの連中が聞いたら何というか」

「はあ」

「でも、他の情報科学者なら駄法螺と切り捨てたいところ、ドクターの言うことだと黙ってはおられないかなあ……。こうなってくると、ノアの方舟どころの話ではなくなってしまう。えらいことですぞ、これは」

「はあ、えらいことですか。もしこれが的外れだったら、僕の社会人人生は終わりですか。でも、もし当たっていたら、本当の命まで危ないかも」

「ほう、そこまで言いますか。するとやはり、あなたはもうそれらしいエビデンスを摑んでいるということですな」

「そこを言われると困ってしまうんですけど」

「これをどんな形でスカンクチームに突き付けたものか、そこを、もうちょっとはっきり教えてくれませんか」

「残念ですが、今のところ何もありません。ただ人工知能の再構成映像を眺めながらの、僕の妄想のようなものです」

「そんなあ。それじゃあまるで私に子供の使いをせよというに同じですぞ。それは困る」

「僕も困ります。そこでご相談なんです」

「────」

「さっき申し上げたように、山頂上空に静止衛星を張り付けることはできませんか」

「うーん、結局そこへ来るか」

「あるいは、ビルさんは山登りの達人でいらっしゃる。僕と妻をアララト山へ連れて行ってはいただけませんか。学術登山隊を装うかでもして」

「ええっ、登山？　それは危険だ。あなただけならまだしも、奥さんもとなると」

「人工知能のフル機能を現地で使うとなると、妻の手助けがどうしてもいる要るんです」

「それはまあ、そうでしょうが」

「今のところトルコ政府の許可は取れませんか」

「トルコは親米国だから、ちゃんとした理由があれば出るだろうが。それにしても……、何という突飛な」

「では、学術調査の名目で飛行機を飛ばすのはどうでしょう」

「はあ、そこまでやるか」

「観測器を積んだ無人飛行機が手っ取り早いんですけど、あまり警戒されたくありません。現地人の操縦する小型機でテストフライトとかの口実なら、余計な刺激は避けられるのではありませんか」

「ふー、なるほど。ということは、ドクターマサト、あなたはアララト山の万年雪で覆われた辺りにどこかの国の前線基地が、既にあると睨むわけですな」

「はあ、申し上げている通りの妄想です。何分にも、あるとも無いとも、提供いただいた画像データからは皆目。ですから、そこを何とか確認したいと」

「うーん、妄想にしても、あなたのは石頭の私とはまるで違うレベルだし……。まあ、標高四、五千メートルは平地人にとっては酸欠で死の恐れすらある高さでも、高地人にしては普通の生活圏内だ。人の目の届きにくい、遁れて悪さを企む連中の拠点としてはいい場所かもしれない。ちょうど第二次大戦時、対ドイツ戦で北極圏の酷寒を味方にして勝利を収めたロシア軍のようなものかねえ」

「しかも、聖なる信仰の山なら、攻める方にはまことに不都合、かつ、守る側には逆の強みです。自然の要素に心理的な要素が加わったこういう場所に、城砦なんぞを築かずとも十分でしょう」

「やれやれ、十字軍が千年掛かってもエルサレムを奪還できなかったのと同じようなものか。でも、クルセードならまだしも、貧者の十字軍は願い下げだねえ」

そう言うビル氏は、もうどうにもという仕草で窓の方に目をやったままだ。だが、テーブルに置いた氏の指はしきりに上下して落ち着かない。氏のこんな風な時は、事の勝算を求めて思考に漬かりっきりの時と知る小松原は、ここは辛抱のしどころかと気持ちを変えた。

――サイバーインターポールの原型となったサイバーポリスシステムは、遍く世界に開かれたネット通信社会の健全性を念頭に置いたものだったから、そのフィジカルなドメインを日本の実家の一室に置くような気楽さでいたんだが、今になって思えば軽々に過ぎた。サイバー環境が舞台のサイバーバトルが現実となること間違いない二十一世紀を念頭に置くならば、サイバーインターポールの実態そのものの安全性を、もっともっとしっかりしなければ危険だ。かと言って強固な要塞の中に囲い込むだけで安全というものでは全く無い。むしろ、誰もが想像しないような環境で衆目に守られてひっそりとあるのが理想で、その意味では、あのアララト山の氷河下の地下空間にでも置くのが、一番目的に適うはずなんだ。まさか、自分達より先にそんなことに手を下している者がいるとは考えたくないが、しかし、あり得ないことではない。あの衛星写真に一時だけ現れた幾何学文様がそんなものでないことを祈るばかりだが、果てさて、どうしたものか。――

しばらくして、ビル氏はようやく気持ちに決着を付けたらしい真顔で姿勢を正す。

「こうなると、ドクターマサト、これが分かったのが今日でよかった。一昨日、衛星画像を閲覧していた場でこんなことを口にしようものなら、全てＮＳＡに筒抜けになってしまって、今頃はワシントンあたりまで巻き込んで騒動になっていたかもしれない。あるいは、これも茶番劇と見做されて一切に蓋をされてしまったか。いずれにしても、背景に確たる証拠がなければ、どこにも出すべきではないね」

「はあ、尤もです」

「軽挙妄動なんてドクターの思考回路には無いはずだろうけど、それでも自重は大事です」

「分かりました。何も人の命がどうのこうのじゃありませんから、次のチャンス到来を待つことにしましょう。ただ、私が想像するくらいですから、世界中には同じようなことを考える連中は幾らもいるでしょうし、アララト山はともかく、もうそんな妄想を具体化に結び付けている連中が地球のどこかには必ずいます。そこをビルさんにも聞いていただきたくて、今日は少し脱線し過ぎました」

「いやあ、お互い様。でも、いい気晴らしが出来ました。ありがとう、ありがとう」

「いえ、こちらこそ」

「知っておるだけでこれからに備えられる、大事なことです。私は近いうちにもう一度、リバモアへ行ってみましょう。目的を話せばダメが出るのは分かり切ったことだから、アポ無しの奇襲で探れるところまで探ってみます。何も出なくたって、先々へのことを思えば無駄にはならない」

「はあ、よろしくお願いします。私は解析システムの精度向上にもう一つ二つ、新しい要素を加えて将来に備えます」

頻りに首を傾げるビル氏に、最終的にはＮＳＡの本拠地に乗り込んで一緒に頭を下げるくらいのことをしなければ埒が明くまいと、小松原も黙って腹を括った。

案の定、リバモアでのビル氏の努力も中途半端で終わり、結局は新たな状況変化を待たなければ動きようもないと分かる。

何とも消化不良の小松原だったが、自分の肩に乗る天邪鬼は、何時かまた何かの形で立ち現れてどうにかしろと迫るに違いないのだが、と、気分のよくない漠とした予感を持て余したまま思いを閉じた。

中編：文明社会の陰に

——乾く心の隙間に——

一　逼塞する若者達

――同朋に追われる元共産党青年闘士リエーフサファロの苦悩――

不幸の芽が生まれる背景とはそうしたもの。食うか食われるかの瀬戸際に、虐げられし人間こそ強し。食わねば生きられぬとならば、ハイエナならずとも死肉を食らう、同胞をも食らう。

第二次世界大戦の終結から五十年、ソ連邦の崩壊からは五年という節目の今年、現職民主党穏健派大統領が信任を問われる改選期を来年に控えて、米国社会は何かと多事。東西冷戦構造の緩和で世界平和へ向けて大きく期待感が膨らむ一方で、世界各地に頻発する地域紛争は激化の一途、人社会の喧噪は一向に鎮まる気配を見せない。一方、ベトナム戦争で疲弊し切った米国経済は、前共和党政権の新自由主義政策を経て緩やかな回復基調に向かってはいるものの、その反作用とも言うべき税収減と内需の過熱で、国の財政収支と貿易収支は共に赤字、いわゆる双子の赤字に悩む昨今なのだ。

そんな世情ではあるが、ネット社会の野放図な展開で小松原達のＩＴ事業は拡大の一途、時に奔流に棹差し、時に逆流に逆らいして多忙を極めていた。

ようやく手空きとなったたまさかの週末、午前中は家の裏庭の手入れで汗を流した小松原と妻ジェーンは、昼食には日本人街の天丼はどうかとのジェーンの提案で、サンノゼの日本人街へ出てみることにした。

大学進学を来春に控えた長男のカールはその準備に余念がなく、小学生最後となる長女のアシュレーは地域のバスケットボールクラブのジュニアチームに所属しており、今日も朝早くから練習に出かけてしまっていた。日本から預かっている留学生の小川アイ子は、大学の情報科学系に進学後は寮に入って、今はドクターコース、学位論文に専念している。親に甘えようとしない子供達に、ジェーンも真人も少々寂しい気持ちはあるが、家族には心配を掛け通しだった自分達の生い立ちを思って、適当な距離を置いてこそよしとするこの頃なのだ。

焼け付くような陽光の下でも、窓を全開で走れば実に気持ちがいい。若い頃に返ったように気分の弾む小半時のドライブを楽しみ、昼までにまだ少しの間があるのを確かめて、街の外れで食料雑貨商を営むピエール小父を訪ねることにする。

ピエール小父は、先年、長年連れ添った奥方を突然の病で見送り、ご自分も既に八十歳を超えて、長年の働き尽くめで弱った足腰を労わりながらの日々なのだ。店はずっと住み込みで働いていたベトナム戦災孤児の若者夫婦に任せ、それでも、お喋りがしたくて買い物を口実に立ち寄る馴染みの年寄り客に、店の裏庭を開放してそのホスト役を買っているのだ。そんな日々の姿に、気持ちの衰えは少しも感じられない。

小松原にとってのピエール小父は、二十歳前で渡米後の孤独な時期、ほとんど親代わりに気配りしてもらった恩人で、結婚してからもずっと、日本食が恋しくなると家族連れで出掛けて来ていたのだった。最近ではカロリー過多を気にするジェーンの方が日本食に関心が強く、来る時には決まってピエール小父に声を掛ける。小父は、人が減って衰えがちな街を盛り立てるに世話役で結構忙しいと言いながらも、三度に一度くらいは付き合ってもらえて、親離れの早かった分世事に欠けたところのある二人にとっては、小父の蘊蓄の籠った人生談義は得難い心の充足の場だったのだ。

駐車場から勝手の分かった裏庭に回る。週末の今の時刻なら時間を持て余す年寄り買い物客で賑やかだろうと思ったのだが、案に相違して静かだ。遠慮がちにバラの生け垣から覗くと、正面のテーブル席に見えるピエール小父は腕組みをして、客らしい若者三人を相手に話し込んでいる様子だ。何があったのか、その顔は日頃の穏やかさと違って真剣な面持ちだ。

小松原は遠慮がちに声を張り上げてみる。

「こんにちは、マサトです。お邪魔しまーす」

ピエール小父が顔を上げる前に、小松原の声に反応して驚いたように立ち上がったのは若い女性、嬌声を上げながら振り向く。

「あら、マサト小父さん。それに、ジェーン小母さん、こんにちは」

「ええっ、アイ子ちゃん?」

日除けの帽子にサングラスで直ぐには分からなかったのだが、サングラスを取ったアイ子はいつもの人懐こい笑顔で頭を下げる。

「驚いたなあ。アイコとこんなところで会うなんて。勉強がひと段落したなら週末に帰ると聞いていたんだが、もう論文は仕上がったの」

「いえ、それが、ちょっと」

アイ子がもじもじするうちに、ピエール小父はゆっくり椅子を引いて両手を広げる。

「やあ、マサトにジェーン、いらっしゃい。久し振りだねえ。そんな所に突っ立っていないで、中へ入って」

状況が飲み込めずに一瞬足の出なかった小松原とジェーンだが、それでもピエール小父のいつもの笑顔に誘われてバラのアーチを潜った。

ジェーンがピエール小父の肩を抱いて挨拶をする間に、小松原はジェーンの肩越しにピエール小父の手を握る。

「今日はいつものお客さん達はいらっしゃらないんですか」

「ああ、儂らのお喋りは毎日のことだから、今日はこの珍客さんをお相手さ。ちょうどよかった。アイコはあなた方にも家へ帰った時に話すつもりだったようだから、一緒にどうぞ」

「はあ、それにしても、何も知らなかったもので、吃驚しました」

「そうだろうね。儂も今朝電話を貰って、アイコが研究室の同僚からお寿司に案内しろと言われて日本人街に来ると言うんで、それなら儂が一緒したいからお寄りなさいって言ったのさ。アイコは遠慮したいみたいだったけど、儂も若い人達とお喋りして元気を分けてもらいたかったもんだから」

「真人小父さん、ジェーン小母さん、ご免なさい。この人達は結構お寿司のことが分かっていて、今日の費用は自分達持ちで気儘に味わいたいなんて言うんで、黙って案内を引き受けちゃいました」

「そうだったの」

「ご紹介します。こちらのお方、私と同じテーマで研究しているゼミ仲間で、サクラメント出身のロバートダニエル君です。そしてこちらはリエーフサファロ君、中東から最近来られたと聞いています。ロバートのご実家に身を寄せていらっしゃって、ロバートの弟分でいいかしら」

ロバートの同意を得る風のいたずらっぽい笑顔で、アイ子も初対面らしい。ロバートは黙ってうなずいている。

「初めまして、私、こちらでアイコのお父さん役の真似事をしているマサトコマツバラ、それに妻のジェーンです」

「初めまして。ロバートです。ドクターコマツバラ、ドクターバリーのお噂はアイコからいろいろ聞いていまして、教室でもよく耳にします。大先輩にお会いできて光栄です」

小松原は手を差し出しながら、若者二人を観察する。今時の学生らしくない物言いのロバートは少し歳が行っているのか、陽気な物腰で、多分、南欧系アメリカ人だろう。一方のリエーフはちょうど二十歳頃か、だが、育ち盛りにしては頬が削げ陰気な雰囲気のある色白青年。言葉不如意らしく押し黙ったまま、明らかに中東系だけではない血筋を併せ持つらしい特徴ある整った風貌だ。

「はあ、こちらこそ光栄です。スタンフォードのドクターコースは難関と定評があるほどで、大変でしょう」

「はあ、僕は遅れて入って、勉強に付いていくのがやっとです。でも、研究や論文はアイコのアドバイスのお蔭で何とか」

「そうですか。でも、感心です」

小松原は伏し目がちのリエーフの顔に陰影を感じて気になるのだが、話しの取っ掛かりが摑めない。ジェーンも同じ印象を持ったようで、ピエール小父に顔を向ける。

「ピエール小父さん、私達もお寿司が食べたくて来たんですが、お店で握ってもらったものをここで食べてはいけませんかしら。賑やかにお話しをしながら」

「ああ、そうとも、それがいい。ただ、昼の時間に突然頼んでもいい材料を下ろしてはくれまいから、儂が電話でお店の大将に奮発してくれるよう頼みましょう」

「そうしていただけると、ありがたいですわねえ」

「それじゃあ、私がこの人達を連れて貰いに行ってきます。ジェーン、その間に君はお湯を沸かしてくれるかい」

「はい、分かりました」

「おお、そうだ。若い人達には青物も要るから、ジェーンにはサラダを作ってもらいましょう。今日は店にいい赤カブが沢山入っているんだよ。儂の特製のお新香もある。ついでにお願いできるかな」

「わー、素敵、いただきます。さっそく台所をお借りして」

ジェーンはアメリカ人には珍しくお新香のようなものも分かり、塩気のことは気にしない。

ピエール小父とジェーンが奥へ入ると、小松原は若者三人を促していつもピエール小父に連れられて行く寿司屋へ向かった。


若者三人三様に好みを注文して大皿何枚かに盛り合わせてもらい、裏庭に戻るともうすっかりテーブルが整っている。席に着いてピエール小父からさあどうぞと言われるや、若者達は早速に箸を取った。意外にも、ロバートもリエーフも食べ方に慣れている風で躊躇いが無い。湯呑を手にしたピエール小父は、若者達の食欲に目を細めるばかりだ。

「ところで、アイ子ちゃん、さっきは随分話しが弾んでいたようだったけど、今日はお寿司の他にも、ピエール小父さんに聞いていただきたいことがあったようだねえ。もう済んだの？」

「ええ、私、来る時はお寿司だけのつもりだったんですけど、ピエールお爺ちゃんに促されてお喋りしているうちに……」

「そうだったの。いいことかい」

アイ子の目線に促されてロバートが身を乗り出した。

「はあ、申し訳ありません。話しがリエーフの渡米の経緯になった時、僕がつい余計なことまで喋ってしまいまして」

「ほう、それはまた。差支え無ければ私も聞きたいね」

小松原はリエーフの気持ちを和ませようと水を向けてみるが、相変わらず若者の表情は固い。すると、それまで耳を傾けるだけだったピエール小父が口を開いた。

「話しにくいことを無理に聞いてしまって悪かったねえ、ごめんよ。でもなあ、人は持ちつ持たれつだ。特に、リエーフ君はアイコ君達と同じように情報科学に興味があるというから、大先輩のマサトさんやジェーンさんは相談相手に持って来いな方達だよ。君達の相談を迷惑がるような人達では決してないから、心配無用ですよ」

ピエール小父の口利きに、ロバートは渡りに舟の表情をリエーフに向けるが、それでもリエーフは肩をすくめるばかりだ。

「ワタクシノコト、ミナサンニメイワクニナリマスカラ」

「そうですか。たしかに、人に迷惑を掛けるのは、避けられるならそれに越したことはありませんね。でもねえ、ピエールお爺ちゃんの仰る通り、人間とは独りぼっちでは生きられない弱い生き物なんですよ。多かれ少なかれ、お互いに迷惑を掛けたり掛けられたりのことなんですから」

「ああ、そうとも。今はこうして押しも押されぬ情報科学者のドクターマサトも、ここへ来たばかりの頃は頑なだったねえ。いつも独りぼっちで自分の殻に籠って」

これには、小松原は顔の赤らむ思いだが、ピエール小父は至って真面目顔だ。

「はあ、あの頃を思い出しますと、穴があったら入りたい。私も若かったですからねえ」

「だから若さは大事なんですよ。若い頃の拘りは世に出ての強さに繋がる。悩み多い人間ほど人生に太く根を下ろせる」

それでもリエーフの表情は変わらない。

「まあ、今でなくってもいいですよ。話せる気持ちになったらで結構です。いつでもご遠慮なく」

すると、ロバートが困った風な目線でピエール小父に口添えを乞う様子だ。

「いや、実はねえ、マサト。この若い人達の話は、粗方、今聞かせてもらったところだが、年甲斐もなく腹が立ってしまってねえ。今の東欧共産圏や中近東イスラム圏のドタバタ振りは承知しているつもりだったが、こんな身近でリエーフ君の理不尽な生い立ちを聞くことになって、熱気を失くしてしまっていた儂も久々に血が逆流した」

どんな時にも温厚な笑顔を絶やさないピエール小父が真顔でそこまで言い切る様子に、小松原は箸を置いて姿勢を正した。

「マサトもぜひ聞いてやって下さい。そして、ほんのちょっとでも力になってやってくれたら嬉しい。ねえ、アイコ、あなたもそう思うでしょう」

「はい。リエーフさんとは今日が初対面なんですけど、ロバートから落ち込んでいる身内がいるから今日の昼食に連れていきたいと言われて、少しだけリエーフさんのことお聞きしました。本当に驚きました。今の時代にまだこんな理屈に合わない運命の方が、しかも身近にいらっしゃったなんて」

「はあ、それはまた、どういうことでしょう」

テーブルに両手を添えた小松原は、身を固くしているリエーフの脇で頻りに口を開きたそうなロバートに目を向ける。

「はい。あまり誰彼にお話しできることではないんですが、こちらのリエーフ君、実は中東からの難民というか、正式には亡命者と言うべき子なんです。しかも、親子兄弟誰もおらず、単身渡米で」

「はあっ、独りっきりで亡命？　その若さで？」

このあたりの会話はリエーフにも分かるらしく、表情を隠すように下を向いてしまった。

「難民の人達なんて、今時、よく聞く話しですが、亡命とはただ事ではない、何か特別な事情がありましたのか」

「はい。リエーフ君はまだ簡単な会話しかできないんで、僕がお話しします。リエーフ、それでいいね。

何か補足することがあったらその都度口を挟んでいいからね」

「ハイ。デモ、ダイジョウブ？」

「ああ、この方々はねえ、お二人とも僕やアイ子の教室の大先輩で、研究所の先生。そして、アイコのね、アメリカのお父さん、お母さん」

見返るロバートにアイコは大きく頷いている。

「リエーフにはアイコが日本からの留学生だって話したでしょう。ドクターコマツバラも日本出身の方で、人工知能研究の第一人者」

すると、人工知能という言葉にリエーフの目が大きく開いた。

「ジンコウチノウ、ジブンモマナビタイデス。デモ、ジブンハガクセイニハナレナイ」

「そうですか。人工知能に興味がありますか。それはいい。今から学ぶに決して遅過ぎはしません。学生じゃなくっても、学ぶに制限はありません」

「ドクターコマツバラはねえ、ＩＴ企業の社長さんでもあって、何でもお出来になる。君もアルバイトをお願いしてみたら？」

「ハイ。デモ、ソレダト、ゴメイワクガカカルカモシレナイ」

「うーん、あなたは迷惑と仰るが、それはどういう意味ですか。勉強や仕事に持ちつ持たれつは当たり前、遠慮していたんではよくないんですよ。特に若い人達は、先輩に迷惑を掛けながら一人前になっていくんですから」

伏し目になって黙り込むリエーフに、ロバートは焦れったそうな素振りだ。だが、リエーフの表情は一向に緩まない。

「そんな若い身で亡命と仰ると、よほど何か訳があってお国を捨てられたんでしょうが、差支え無かったなら聞かせて下さい。私もあなた方と同じ年代に日本を出て、こちらの人達のご親切に支えられてここまで来れました」

「リエーフ、僕がお話しするよ。間違っていたら君が直してくれたらいいから」

それでも確信がないらしいリエーフは、相変わらず目を伏せたままだ。だが、拒絶する風ではない。小松原はロバートの話しを待った。

「リエーフの出身は、正確にはアゼルバイジャン共和国です。この国は、世界で今最も大きな火種を抱えている国の一つですよね」

「アゼルバイジャンというと、しばらく前まではソ連邦の一翼だった国ですね」

「はい。ソ連邦が崩壊した今は古い柵が取れて独立したものの、共産党の独裁は形を変えて相変わらず続いていてあまり感心しない。リエーフ、これは間違っていないね」

リエーフはこれに頷きながらようやく頭を上げた。

「ハイ。アメリカデハヨクシラレテイマスカ」

「うーん、ニュースではよく聞きますね。でも、私自身はそういうことに疎くって、細かい部分についてはあまり知らないんですよ。特に過去の経緯なんかは」

「そうですか。それでは僕が自分の興味で調べた範囲やリエーフの身の上話しなんかからの知識で、少し長くなるかもしれませんが、話させてもらいます。いいでしょうか」

「ああ、ピエール小父さん、いいですよね。お店の仕事に差支えがありますか」

「なんの、店は若い人に任せているし、お客さんは夕方までは稀だ。どうぞゆっくり聞いてやって下さい」

手にした巻き寿司を頬張ったロバートは、それに頷きながら湯呑みを口にする。自分は今は情報科学専攻だが元は政経学志望だった、博士課程進学が少し遅れたのは一からやり直したためだった、と前置きして、おもむろに始めたリエーフに関する話しの内容は、ピエール小父の憤慨も当然と思える共産圏の一角での辛い現実だった。

今世紀初頭、革命で帝政ロシア支配から解かれた後もボルシェビズムの波に翻弄され続け、一時は隣国のアルメニア、グルジアと共にザカフカース社会主義共和国連邦を形成してソ連邦成立の立役者となったほどの、互いに共通した歴史的基盤に立つアゼルバイジャンであったが、ロシア共産党の求心力に陰りが生ずれば、押さえ付けられていた民族独立の動きは再燃する。国の線引きが曖昧なままの民族間の意識のずれは、時に近隣同士の熾烈な争いをも惹起した。

そんな紛争の一つに、アゼルバイジャン領内に残されたアルメニア人居留地の問題があった。

自らをアゼリー人と呼ぶテュルク系のアゼルバイジャン人は、自分達こそが伝統あるカフカースアルバニア王国の継承者だとして、今はアゼルバイジャン共和国内のカラバフ地方に飛び地となっているアルメニア民族の自治州に対して、強硬な帰属権を主張する。自分の国が隣にあるんだからして、アルメニア人は出て行くべしというわけだ。

一方の自治州居留者のアルメニア人もまた、カラバフこそが古代アルメニア王国以来の数千年の歴史を持つアルメニア文化の中心地だ、連邦政府のいい加減な線引きによる今の国境は歴史無視の誤りだと主張して譲らず、つい先年、アゼルバイジャン人との間で大衝突を起こすまでになっていた。自治州多数派であるアルメニア人の過激派がアゼルバイジャン人を襲って虐殺、犠牲者は数百人にも上ったとされる。だが、これで為政が変わったかといえば、共産党独裁の体制は何ら変わらず、連邦の箍の外れた両国政権共に不安定さを増すのみ。行き処の無い民衆の不満は他民族への憎しみの情に変わって、兄弟喧嘩のような対立は激しさの一途という構図だった。

元を糺せばコーカサス山脈の高地に住んだ山岳ユダヤ人の系譜のサファロ家だが、アゼルバイジャンではマイナー部族でしかない焦りからか、父のラミールサファロがソ連邦全盛当時から共産党思想にどっぷり。党の中堅にいた頑固一徹のその父の影響で、リエーフは外の世界を知る由も無いままに成長、やがてそれを知る。古代アルバニア王国の伝統を受け継ぐと教えられた自国が、十三世紀にはモンゴル帝国、十八世紀にはオスマン帝国、十九世紀に至ってのソ連邦と、列強の狭間に幾度となく蹂躙されてきた過去があり、直近にはソ連邦の崩壊、そしてその後の異教徒によるお仕着せのアゼルバイジャン共和国へと、歴史の波に翻弄される国家なるものの命脈の脆さに疑問を感じ始め、当然、外へ目が向くようになった。

しかも、周囲に隠れて勉学を積むうち、とんでもない歴史的事実を知ることになる。大国間の軋轢の大いなる被害者たるテュルク民族系アゼルバイジャン人と教え込まれて、ひたすらに愛国心を燃やして来た自分達はまだ序の口、今の自分達が異端の暴徒共として敵視迫害するアルメニア民族が、つい一世紀にもならない前のオスマン帝国崩壊前後、自分達どころではない大変な民族大虐殺に遭っていた事実だ。しかも、サファロ家の素性そのものが、どうやら、敵視も蔑視もしてきたそのアルメニア民族側に属するものらしいと感付かされて驚愕。

井の中の蛙だった自分に気付いてしまったリエーフには、これまでの自分の人生観、世界観の基本を成す共産主義思想は、むしろ新しい世界の自由な趨勢に比べて立ち遅れた、醜怪のようなものに思えてくる。外の世界の何も教えられず、自国の実情を疑うことすら無く来た無垢な若者の心は、外に向けた目に映るもの全てに干天の慈雨の如くの潤いを感じて震えた。中でも父から不要とまで言われてきた学問への心の渇きは堪らず、自我の確立と同調して抗せるものでは無くなっていた。例外的な父を除いてユダヤ系識者、科学者の系譜を専らとするリエーフの血は如何ともし難く、アゼルバイジャンが祖国というこれまでの愛国の感情はすっかり失せてしまっていたのだ。

外を広く学びたいという気持ちに抗せず、家族、故国を捨て、これまでの全てと決別することを密かに決心したのが、十五歳になって党籍に正式に入らなければいけなくなる直前のことだった。

だが、父ラミールに心の内を知られれば徒事では済まないと分かっていた。母親の嘆きを思えば、自身の心内の葛藤を口にすることすらできない。悩み抜いた末に、若者は自分の存在をそっとこの世から抹殺することに思い至った。つまり、自作自演の神隠しである。ある日突然、家族の前から姿を消す。理由も何も分からず、その後は生きているものやら死んだものやら分からずなら、家族は仕方なく諦めてくれようかと。そう決心したリエーフは、未熟ながらのこれまでの見聞を総動員して周到な計画を練り上げた。幼少時から鍛えられた野戦能力、体力には自信があった。

満を持して出奔に踏み切ったリエーフは、カスピ海を目指して東へ歩く。海岸沿いの寒村でイラン側への渡航の痕跡を偽装し、そのまま真っ直ぐに北へ向かってカフカス山脈の北側に回り込んだ。つまりこれは、連邦枢軸国だったロシアへの潜入である。一足飛びに自由圏へ逃れて身を隠すだけの方策を持たなかったリエーフは、先ずは幾らかでも事情の分かる共産圏内に身を潜めて時期を待ちたかったのだ。それは、強大な権力相手に何をやっても無駄との思いが朧にあっての行動で、結果的に裏の裏をかくような効果があったようだ。

知り切った公安部の追及の目を逸らせるため、その後はカフカス山脈裾野の無人の荒野に潜んで時間を稼ぐ。川魚や獣を漁り草木を齧る放浪の生活は初めての経験だったが、それも覚悟の上だった。

だが、そうやって密かに西側への脱出の機会を窺っていたリエーフの耳に聞こえて来たのは、父母や家族の凶報だった。熟慮に熟慮を重ねたつもりの行動も、これまでの歪められた知識しか持たない彼には、そこまでの洞察は無く、知って愕然。

熱血溢れる少年党員としての行動が華々しかっただけに、反逆の行動に対しては母国公安部の追及が厳しかったのだ。しかも、サファロ家がアルメニア系ユダヤ人という事実、殊更に偽るつもりの無かったことでも、事あった時のそれは致命的な意味を持った。責任を取らされて父は失脚、投獄、のみならず追及の手が母や兄弟へも及んだ。しかも、党に害する裏切りは根から断つべしと一族にまで沙汰が及び、その後も追及の手は緩まなかったらしい。リエーフの行き先を明かし、連れ戻すことが出来れば全てを不問とすると詰め寄られても、父母家族にとっては寝耳に水のような彼の行動の先を知る由もなく、結局、父は家族の助命と引き換えに己が命を差し出したということだった。しかし、それも表向き、当時既に混乱の極みにあった当局の軌を逸した追及はそれで収まるはずもなく、結局、父の命で購ったはずの家族の命脈すら根こそぎ断たれてしまったのだ。

そんな無慈悲な仕打ちの原因が自分にあったことを知った後のリエーフは、一時、心神に錯乱を来たす。だが、皮肉にもそれが彼にとっての最大の救いとなった。

心神を病んだままの放浪生活で身体も蝕まれ、遂に心神喪失となったリエーフはどこをどう彷徨ったものか、定かな記憶も無いままに自分がまだ生きていることに気付いたのは半年以上も経てから、場所はイラン西北端の国境線添い、助けられたのはイラン革命政権に対峙する抵抗組織のキャンプ地、そこの救護施設のテントの中だった。その時の彼は、出奔前後から悩まされ続けていた頭のもやもやが不思議と取れており、これまでの自分とは別人のような感覚で太陽を拝むことができた。

後で聞けば、そこはイラン北端のカスピ海沿いで、多分、北方で海に嵌り、北からの風に押されて最南端のイラン側沿岸に漂着したのではないかという。彼を発見したのが、たまたま物資調達に出ていた部族のボスで、まだ息のあったリエーフを車で連れ帰ってくれたのだ。

その後、いろいろに聞かされても、自分自身で海に身を投げたものか、あるいは事故で嵌ったか、そこからどうやって数百キロも離れた南端まで辿り着けたものか、一切が記憶から抜け落ちていた。しかし、経緯がどうであれ、神が少年リエーフに与えたのは試練だけではなかったようだ。根は鍛え上げた身体と根性の持ち主、身体の復調とともに心神も甦って、組織の荷役を手伝うまでになったのだ。

その頃のイラン情勢と言えば、アメリカの傀儡政権が人民革命によって倒され、イスラム法学者の師が逃亡先から帰還して総帥に収まってより十年少し、広大な砂漠地帯、山岳地帯に散った旧皇帝派の勢力は弱まっておらず、政権の安定は未だしであった。リエーフが助けられたのは、皇帝派抵抗組織としては主流から外れる小さな組織でも、トルコや旧ソ連圏と国境を接する辺境の地に根を張る山岳民族クルド人の社会に紛れ込み、穏然たる力を保持していた。何か国にも分断されて住み、万年外様に甘んじてきたクルド人社会は先取の気風に富んで、早くからの交易で目は外向きになっていたから、南方イスラム圏や北方共産圏からの流れ者達をも疎外せず、少年ながら懸命に荷役に精を出すリエーフに対しての眼差しは冷たくなかったのだ。

悲しみの情が収まるに連れて再び自由な社会で勉学を積みたい思いが蘇ったリエーフは、命の恩人のボスに心情を吐露する。言下に否定されると覚悟してのことだったが、意外にもボスの言葉は穏やかだった。もう髪にも髭にも白が目立つ歳頃のボス自身、矛盾に満ちた体制の狭間に浮き沈みの人生行路だったようで、少年の苦悩を自分のこれまでと重ねて感じ取ったらしい。西側へ行きたいというリエーフの行動を黙って見過ごし、のみならず、脱出するならイランとは長年の敵対国イラク側へがよかろうと、助言までしてくれたのだった。

イラク側がよかろうというのには理由があった。イランの人民革命の自国への伝播を怖れた時のイラク政権は、イラン政権に敵対すると同時に、イラン北方のクルド人社会をも敵視して弾圧した。その発端はイラク内クルド人社会が親イランとなってイラク政権に反旗を翻したからで、それを抑えるにはイラク、イラン両国に跨る山岳地域のクルド人社会全体を叩くしかなかったのだ。従って、イラン側クルド人社会の現状を知る非クルド系のリエーフにとって、方便が立つのはイラク側というわけだった。

その後、混乱に乗じてリエーフが身を寄せたのが、イラク側クルド人抵抗組織に出入りの武器商人。商人と言っても名ばかり、国軍から掠め取った武器兵器を横流しして利鞘を稼ぐのを得意とするような裏稼業集団で、少年兵士として鍛えられたリエーフを傭兵の感覚で受け入れただけだったが。

だが、リエーフに吹き始めていた幸運の風はそこでも裏切らなかった。集団の頭目は、リエーフの共産圏通、かつイランのクルド人社会通という前歴に目を付ける。世界に冠たる米国防衛産業への接近を画策するため、彼を手蔓として使おうと目論んだのだ。当時、米国政府は、中東各国の武装闘争組織に最先端武器兵器を提供して、対共産圏、対イスラム圏対策を押し進めていた。

一時、自由に泳がされていたリエーフは、しかし、直ぐにも身辺に迫る不穏な動きを感ずるようになる。考えてみれば当然、彼の情報が母国アゼルバイジャン当局に届けば、追手が迫るのは時間の問題だ。焦った彼は再び後先を顧みず一計に走る。対米工作員として潜入するための目的を偽った米国亡命はどうかと、頭目に直談判したのだ。

彼の母国での行動は亡命の口上としては十二分過ぎるほど。武器調達さえ捗るならば白も黒も厭わない頭目は、いい考えだとこれを受け入れ、自分の腹心の子息を紐付きにしてそれ以後の行動をリエーフの自主に任せた。

監視に付かされた腹心の子はリエーフと同年代、だが、そもそも育ちが違うリエーフにとっては、監視の目を如何様にするも容易く、自由圏への脱出を敢行する。母国を捨ててから既に数年、成長盛りのリエーフにとってのその数年はあっという間のことでも、激動の経験は良くも悪くも彼を全くの別人に変えていた。

「リエーフ、ここまでの話しに間違いは無いよね。君から何か付け足したいことがあったらどうぞ」

店の方から午後の客の声が賑やかに聞こえてくる時刻となって、腕時計を覗きながら話しをひと段落させたいらしいロバートは、リエーフを見やる。だが、不如意な英語の会話に懸命の注意を向けていたリエーフは、大きな溜息を吐いて疲れた様子だ。ただ頷くだけで、それでも周囲を憚る頑なな態度はかなり消えて、表情が和らいでいる。聞いてもらえたことで少しは心が軽くなったのであろう。

「なるほど、そうでしたか。苦労されたんですねえ。ところで、余計なことでしたらご免なさい、ロバートさんはリエーフさんをどのようにしてお知りになったんですか。それと、リエーフさんはどうやってこの国へお入りになった？　亡命というのは尋常なことではないと思われますが」

「はあ、それも、お話しすると長いことになってしまいますけど、よろしいでしょうか」

「ええ、今では一端の口を利く私も、こちらへ来た当時からのピエール小父さんのご親切が無かったなら、今頃どうなっていたか。とても他人事とは思えません。ぜひ聞かせて下さい、みんなで知恵を寄せればいろんなことが出来ましょうから」

ピエール小父はもう粗方を聞いているのか、頷きながらロバートに先を促す様子だ。

「実は、私の祖父がアゼルバイジャンと関りがあったんです。先祖からの血が殊更だったらしい祖父は船乗りで一生を通しまして、後年、カスピ海に面した港町が気に入ってそこに居を構えたことがあったようです」

「そうですか。そんな経緯がおありになった」

「コーカサス山脈を挟んでロシアに隣接したアゼルバイジャンで、しかも、十九世紀中頃以降、当時世界最大の石油生産を誇ったその一帯を、ロシアは放っておくはずもなく、押し並べて共産主義旋風に蹂躙されました。でも、荒くれ船乗りだった祖父には何ほどのことも無かったらしく、それまでの経験を生かして小さな貿易商のようなことをしていました。特に、アゼルバイジャン伝統の技術によるキリム絨毯を扱って、ひと頃はかなりいい思いをしたみたいです。その頃、地の女性と結婚してそこに永住の気持ちもあったんでしょうが、でも、時局がそれを許さず、止む無くそこを引き払って出身地のカリフォルニアに戻って商いを続け、間もなく父が生まれてそれを受け継ぎ、僕を末っ子に三男二女を設けて今に至るという次第です」

「なるほど、それでロバート君の人となりに合点がいきました。アゼルバイジャンと言えば、伝統あるイスラム社会ですが、お祖母様がそこの出でいらっしゃった」

「はい。イスラム社会の出と言っても、祖母は随分開放的な性格だったらしいし、北欧がルーツの祖父方は代々のキリスト教徒ですが、祖父はそうしたことにあまり関心が無かったようで、父も、そして僕ら兄弟姉妹もまた同じような拘らない育ちをしました。その祖父は先年、九十歳の長寿を全うして亡くなりましたが、それからしばらくして、その祖父の名前を探して訪ねて来た中東の方がいまして、父と長兄が対応しました。大学進学で家を出てしまっていた僕は、後で兄から聞かされたことですが、その方は祖父と昔ながらの縁があった人のようで、青年を一人連れていらっしゃった。そして、数日滞在された後、その方は青年を残して発っていかれたそうで、その青年がリエーフなんです。商売柄、うちにはいろいろな人が出入りしていて、僕はいつものようにあまり関心を持たずにいたんですけど、……」

「ほう、なるほど」

「その後、知ってみれば、リエーフは苦労知らずで育った僕なんぞは思いも依らないような育ち方をしていたんです。それからは、リエーフが僕の弟のように思えて、リエーフも僕を兄のように慕ってくれて、……」

「そうでしたか。よく分かりました。しかし、そうなるとリエーフさんの慎重な様子も当然ですか」

口籠る小松原の気持ちを察したか、ロバートは口調を変える。

「はい。ご推察のように、リエーフはこれで厄介な状況を二つも抱え込んでしまったわけです。共産圏からの追っ手がどんなに手強かろうと、この国ではあまり勝手なことはできませんでしょうが、イスラム圏からの黒い手だけは得体が知れません。でもまあ、この国の公安は十分に信頼に足ると思っています。幸いにも、うちに出入りの弁護士が間に立った亡命申請が正式に受理されたことですので、これからは身辺をきれいにして付け入る隙を見せなければ大丈夫と思います」

そういうロバートは余裕のある笑みをリエーフに向ける。見掛けのんびり屋の様子と違って、歳が行っているだけの才覚はしっかり身に着いているらしい。小松原はそれに安堵してアイ子はと見れば、始めて聞く世界の裏側事情に衝撃を受けている様子で、顔付きが固い。

アイ子が表情を曇らせるのは、自分の両親が拉致というとんでもないことで人生を狂わせられ、未だ完全社会復帰というわけにいかないでいることへの思いからであるに違いなく、小松原は要らぬ詮索はしない方がよかろうと口を閉じる。だが、ロバートの口調と裏腹に、何やら晴れない気分に捉われてならない。それまで終始黙って耳を傾けるだけだった妻のジェーンに目を遣ると、彼女もアイ子の波立つ心を感じ取ったらしく、テーブルの上で握りしめているアイ子の拳にそっと自分の掌を乗せ、意味あり気に指先を動かしている。心理学の心得のある彼女がよくやる仕草だ。

それを見るともなく見やりながら、取り越し苦労は意味がないと気持ちを整理して、テーブルの残りの寿司を若者達三人の前にそっと押しやった。

二　亡命青年再びの漂流

――三重苦を背負い込むか、米国爆弾魔ユナボマーの影あり？――

アメリカの爆弾男は天才か気違いか、ユナボマーが発したマニフェストなるものを無価値と言って笑っていていいか。現代社会に蔓延する病の根を思う時、一顧に値する人知への警告と評すべきではないか。

如何な気違い男の口から出た妄言でも、現代社会の病理の核心を突いていれば、飢えている若者達には至言、その影響は計り知れず。

コレクトコールですがお受けになりますか、と言う中央局の交換手らしい女性の声に驚いて受話器を握り変える。月曜日、小松原は週初めの準備のために早出しようと身繕いしていたところで、この時間だとまだビジネス相手ではあるまい。

「はあ、コレクトコールと仰ると？」

料金受け手払いのコレクトコール電話は、小松原真人が日本の姉喜久子と電話をし合うようになった当初、電話料金の有利なアメリカでの着信払いにしようとダイヤルの仕方を姉に教えて重宝したものだった。

だが、あれからもうふた昔近くになる。

――これだけ通信網が発達して、ほとんどの事務的な連絡がネット通信に移っている昨今、コレクトコールなんてまだあったのかいな。――

と、一瞬訝ったものの、考えてみれば今だって巷間の主流は昔ながらの電話で、事務的な交換手相手に聞いても意味は無い。コレクトコールするような相手はそれなりな事情があってのことだろう。

「あっ、はい。受けますので繋いで下さい」

一時雑音が入って、受話器を遠避けた耳に飛び込んできたのは、思いも寄らないアイ子の甲高い声だ。

「大変です、真人小父さん、どうしましょう」

声が上ずって、いつもの鷹揚なアイ子らしからぬ気配だ。

「ええっ、アイ子ちゃん。アイ子ちゃんだね」

「はい、アイ子です。あのー」

「アイ子ちゃん、落ち着いて。君は今どこから？　研究室？　それとも、大学はもう夏休みに入ったの？論文が大詰めで大変だって聞いていたけど」

敢えて頓珍漢な会話を仕向けて、アイ子の声が鎮まるのを待つ。

「はい、寮からです。研究室の正式な夏休みは今週末からですけど、もう半分くらいの学生達は勝手に休みに入っちゃって。私も論文の最終推敲を残すだけなんですけど、研究室にはまだ当分詰めるつもりです」

「そうだね。私も夏休みの研究室は好きだったなあ。雑念を入れずに研究に没頭できてね。で、何かあったの。アイ子ちゃんからコレクトコールなんて、お小使いが足りなかったら言いなさいよ」

「あっ、いえ、そうじゃないんです。ちょっと部屋では話しにくかったんで事務室の電話を借りたんですけど、うっかり財布を持たずに出てしまって」

「間の悪い時ってそんなもんだね。で、何か急ぎの用なんでしょう。何かあった？」

「あのー、リエーフが行方不明になりました」

「ええっ、あの亡命青年のリエーフが。それはまた、いつのこと？」

「ロバートの話だと、下宿を出たのが三日前、リエーフは、平日、語学学校に通っていて、週末土曜日はそのまま深夜までアルバイトなんです。アルバイトは不規則なことが多くって、昨日の日曜日も続いているのかと思っていたら、そのまま夜になっても帰って来なかった。今朝になっても帰らない、こんなことは初めてなんだがって、ロバートから今さっき、電話を貰って」

「すると、リエーフ君が襲われたか誘拐された虞がある？」

「はい、ロバートが言うには。それで、私にも知恵を貸して欲しいと」

「どういうことだろう。何でもするから言ってごらん」

「私もまださっぱり分からないんです。でも、小父さんなら力を貸して貰えるかと思って」

「大いに貸すよ。だから、落ち着いて話してみて。ただ、最初に言っておくけど、君はくれぐれも危ないことに手を出さないようにね」

「はい」

「この週末だけのことなら、何か事情があったかもしれないじゃないか。リエーフが事件に巻き込まれたとロバートが考えたのは、どういうことからかしら」

「それが……」

「彼の部屋に何か、争った跡とか、失くなっているものとか、状況を教えて。ロバートは何て言っているの」

「事件に巻き込まれたような跡は全く無く、部屋もきちっと整理されていて、思い当たる特別なものが無いままじゃ警察なんぞにもまだ頼めない、でも、思ってみれば先週あたり、どうも違った様子を感ずる節があった、今も嫌な気がしてならないって、ロバートはそう言うんです」

「うーん、そうなると、やはり本人に何かあったんだな……。他に何か分かっていることは？」

「ロバートが勉強のために買い与えた携帯端末が見当たらないそうです。リエーフはそれをとても大事にしていて、これまで外へ持ち出すことなんてなかった、それが無いということは、金曜日に持って出て、そのまま姿を消してしまったんじゃないかと」

「携帯端末を持って出たか、よかった。それがいい手掛かりになるかもしれない」

「そうですよね。私もそう思いました。それで、私がいろいろ引っ掻き回す前に、真人小父さんに了解とアドバイスを貰っておきたくって、こんな時間にお電話しちゃいました」

「そうか、そうか。さすがアイ子ちゃん、賢明だった」

「ソーニーのメガデータ検索機能で、リエーフの端末利用状況を総浚いしてみたいんです。彼がもしこの週末に使っていれば、何があったか類推できますよね」

「そう。そして、うまくいけば今の居場所まで取れるかもしれない」

「ただ、持ち主の許可は得られないし、今はネットから外されているでしょうから、ジェーン小母さんから止められているソーニーの禁じ手を使わなければなりません。どうしたものでしょう」

「うーん、そこが問題だね。でも、やってみ給え」

「いいでしょうか。ソーニーをこんなことに使えば、小母さんが悲しまれますよね」

「いや、小母さんは大丈夫、アイ子ちゃんのことを信頼しているから。いつも言っているように、私も小母さんも闇雲に反対するんじゃない。どんな便利な道具だって使い方次第で凶器になるんだから、それを使う者の心構えが大事ということ。その点、アイ子ちゃんは今の今だって独断で走ることをせずにちゃんと相談してくれているじゃないか。そういう心の歯止めが大事なんだよ。人が居なくなったとは一大事だ、躊躇わずにやってみ給え」

「そうですか。ありがとうございます。実は、ロバートが電話をくれたのは、そのことでもあったんです」

「そうか、ロバートもさすがだ」

もうふた昔も前になるか、小松原が新妻ジェーンを連れて日本に里帰りした時、このアイ子と偶然に飛行機の中で遭遇したのだが、その時のアイ子の異様な独り旅は、父が北朝鮮の日本人拉致事件に遭っていたからだった。今の電話先のアイ子の動揺振りは、その時の記憶を引っ張り出されてのことに違いないのだ。

「ともかく、一刻も早い方がいい。君はソーニーにそれをやらせてみて。私は私で、別のルートで辿ってみる。端末のメーカーや型式は分かっているよね」

「はい。でも小父さんはこれからご出勤でしょう。取り敢えず、私が」

「いや、今朝は週末の休養が十分だったんで早起きしてしまったのさ。まだ出勤までには時間がある。心配いらないよ」

「分かりました。お願いします」

「それと、サイバーインターポールの中にこれからの連絡専用のミニドメインを開いておいて下さい。タグはチームアイコだ。私の方からも、逐一情報を入れるから」

「はい」

「今日の午前中にいろいろ当たってみて、手掛かりが無ければ警察の力も借りた方がいいだろうね。ともかく、ここからはジェーン小母さんも含めたチームアイコだ。それぞれ勝手に動かず、状況を共有しながら慎重に行こう。小母さんには私から話して了解を得ておくからね」

「はい、ありがとうございます。何かあれば必ず小父さんにお知らせします」

急ぎ会社に向かった小松原は、今週のスケジュールを調整、若い幹部達に指示を飛ばして自身を身軽にしてから、アイ子が向かい合っているはずのサイバーインターポールドメインにアクセスしてみる。チャネルに十分余裕があるから、互いには何の干渉も無い。ソーニー第三世代バージョンを軸にしたサイバーポリスエレメントから格上げしたそのドメインは、世界中の如何なる地域からも、ネットアクセスさえ可能ならば機能、情報の全てを共有できるようにした、いわば、巨大な仮想空間に漂う幽霊ドメインのようなものだ。

これは小松原とジェーンが一緒に培ってきた、いわゆる人工知能版ネット監視機能の実証版とも言えるシステムで、最近では運用やメインテナンスの役をアイ子に譲っていた。その後、その中のメガデータ検索機能を更に強化したのはアイ子で、ネット上を飛び交う膨大な情報を可能な限りの幅で総舐めし、独自のアルゴリズムで類別していく基本の手順は従来と変わらないが、任意に置いた中核情報とその他の雑多情報の紐付けのプロセスを抜本的に変えたのだ。そのカギとするのは共通要素だったり背反要素だったりで自由自在、その部分のソーニアの自律性を大幅に拡げて広域対応性を向上させるという、アイ子一流の秀抜なアイデアによるものだった。

その元にあったソーニア版類型検索機能のそもそもは、生物科学の専門家でもあるジェーンの発想で、伝統的な発生学や分類学の概念に範を取ったもの。だが、一見軟弱に見えてさに非ず、当面のメガデータプロセッサーとしては申し分なかった。その骨子は、任意に定義した核子または種子を、標準カテゴリーに基いてその他の雑多情報を関連付けしていくだけの至極単純なもの。膨大量と見える一次の雑データも、このワンステップだけで半減ほどの二次データに集約できる。もし、この繰り返しを十ステップもやれば千分の一近く、もし百億個の雑多情報から核心の一個に迫るとすれば三十ステップ近くの反復作業が必要だが、これまでのサイバーポリスのエンジンでさえその程度の単純作業は何ほどのものでもなかった。

この検索方法の強みは、収斂の結果が人の目で見て妥当だろうが不当だろうが、一切お構い無しの点、結果を別のアルゴリズムで評価させ、適わなければ別の核種でこれを繰り返すのみ。いわば、生物分類学上の定義である域、界、門、綱、目、科、属、種と続く分類のカテゴリーを、順次、ロジカルに辿っていくイメージ。プロセスが正しければ、やがて収斂されて来る先こそが、発生系統樹の中のあるべき立ち位置だ、と、そういうもの。

アイ子は、更なる確度向上のために、反復分類検索で得られた系統樹に逆進のアルゴリズムを負荷したのだ。元の機能によって纏め上げられた系統樹をバラしながら再構築するもので、当然、人工知能の自律性に任せたプロセスならば整合性などは二の次、概ねの場合、一次で収斂させた結果とそれを発散させた結果の間に乖離が生ずる。だが、分類手順に誤りが無く論理性が保たれているならば、それこそが重要、その乖離こそがブラッシュアップの手掛かりとなるのだ。

これらは、いわば、動物、植物、いろいろな系統図を重ね合わせたイメージで、枝葉の先にぶら下がる生物種が似ても似つかぬモノだったにしても、根幹部には共通の原始生物、原始細胞が位置するに似ている。アイ子の検索機能の狙うのが、まさにその原始生物種に相当するモノの掘り起こし、というわけだ。

アイ子が開いたチームアイコのテンポラリーストレージを覗いて、小松原は首を傾げる。どこからも自由に使える情報の仮置き場とはいえ、通常は個々にカギが掛かっているはずなんだが、カギも掛けずにこれ見よがしなファイルが幾つか、そのいずれにもＡＴｅｅｍなるタグが振られている。

——おやおや、アイ子にしては不用心だが。そうか、彼女はこれを俺に見てくれというわけだな。それにしても、毎度、アイ子の手際の良さは驚きだ。もう何かを摑んだようだな。——

感心しながら、時系列に整理された項目をざっと一瞥してみる。１９８０年を起点にそれ以降を浚ったらしい内容で、直近まで眺めてきたところで小松原の手が止まった。ユナボマーマニフェストなる単語が現れたからだ。

――ええっ、またもやあの爆弾魔かや……。いや、違うなあ。あの犯人はついしばらく前に挙がったはずで、今度は模倣犯の出現？――

ユナボマーとは大学、航空機産業、ＩＴ産業などの先端科学産業を目の敵にして、郵便物や小包みに爆弾を仕込んで送り付けては殺傷事件を繰り返してきたテロリストで、その犯行は七十年代後半から八十年代後半まで続いたのだった。小松原自身は直接の被害には遭わなかったものの、湾南地域での不穏な動きは度々だった。その後、鳴りを潜めたかに見えたが、九十年代に入って再び犯行開始、だが、ＦＢＩに追われていつまでも荒野を逃げ了せるはずも無し、ついに一昨年だったか、「産業社会とその未来」と題する自身の論文を公にすることを要求、それと引き換えに投降したというものだった。犯人は神経症を患う天才数理学者と分かり、小松原が衝撃を受けたのは、その犯人像と同時に強烈な産業技術社会批判であるその論文の確かな重みであった。

いささか稚拙で身勝手とも思えるその論考の態度に、抵抗感を覚えながら内容を吟味した小松原だが、自身、心奥に湧く共感めいた情もまた禁じ得なかった記憶がある。

突き放せなかったのは、目的・努力・達成・自律なる四要素で括ったパワープロセスなる概念。そこでは、これこそが今様現代人が必要とするものの核心で、現代的なメンタルイルネスはこのパワープロセスの欠陥が原因だ、と強調してその病理を諸要素のヒエラルキーとして描出していたのだ。

そこでは、メンタルイルネスの具体的な危機として、アイデンティティあるいは自我の喪失とそこから来る人間性の危機を挙げ、快楽主義・性的屈曲・摂食障害・耽溺↓フラストレーション・怒り・虐待↓睡眠障害・心的ストレス・罪悪感、そしてそれらから来る自尊心の喪失、とあって、現代人の精神病理に関わる表現を全て羅列した点は、もう何をか言わんや。だが、今の世の人達全てを己と同一視する独善性はさて置き、その堂々たる意見開陳振りは見事と言うしかなく、そして更に、科学技術の発展の陰で、無力感や虚無感に囚われる現代人は、かつて原始人が持っていたような精神的健康を損なっている、と締め括る。後ろ向きな視点や論旨の偏狭さを物ともせず、敢然とそう結論していたのだ。これを、心神疾患者故の妄言と言い切っていいのか、そこが同じ科学者としての小松原に拘りを強いる一点だったのだ。

今は獄中にあるはずのユナボマーが、いったいどうしたことか、と訝りながら画面を眺めていたところに、テレビ回線の呼び出し音が入った。分割画面を立ち上げると、珍しいアイ子の渋面だ。

「真人小父さん、見て下さったかしら。私、どう理解していいのか分からなくて」

「ああ、アイ子ちゃん、今見ているところさ。私も驚いたよ。ソーニーがユナボマーなんて単語を引っ掛けてきたようだねえ」

「ええ、それもそうですけど、リエーフの居場所は、今の今だと、中東のテルアビブ近郊じゃないかと思われるんです。数時間前に彼のものらしい端末からメールが幾つか発信されて、そこからソーニアが伝送経路を絞り込んだ結果ですから、多分、今も」

「ええっ、テルアビブ？　というとイスラエルか。うーん、まだファイルを見始めたばかりでそこまで行っていないんだが、テルアビブで何かが？」

「リエーフの持って出た携帯端末と同じ型式のものをロバートが持っていたんで、その機能や通信仕様は直ぐに分かりました。それで、少し気が咎めましたけど、リエーフ向けにワームを仕込んだ紐付きの電文をどんどん発信してみました。すると、返答はありませんでしたが、向こうの端末が立ち上がったらしい気配がありました。ということは、彼か、あるいはほかの誰かかも知れませんが、着信メールをチェックしたんです。お陰で私の方からリエーフの端末に潜り込むことができました」

「そうだったか、よくやれたね。感心していていいことじゃないが、お見事。イスラエルは先端科学技術のトップランナーではあるけど、国内の貧困の様はまだかなりなようでネットの普及はいま一つと聞いたことがあるが。そうか、テルアビブ辺りならトップレベルのはずか、なるほど……」

「小父さんに何か心当たりあります？」

「いや、ちょっと待ってくれ。アイ子ちゃんのファイルの中で私が気になっていたユナボマーだが。いや、待ってくれよ」

「――――」

「そうか。あり得るかもしれないな」

「どういうことでしょう。ユナボマーって、私がこちらへ来た頃にいろいろ言われていた爆弾テロのことですよね」

「そう。そしてね、その頃にも、ソーニアがこのユナボマーなるカテゴリーを拾い上げたことがあって、その爆弾魔の狙いが先端科学技術だったもんだから、私もかなり神経質になって調べたんだよ」

「はあ」

「このままちょっと待って、残りに目を通して頭の中を整理するから、その後で君の意見を聞かせて」

「はい、分かりました」

ソーニアに指摘されて調べるまでは知らなかったことだが、ユナボマーを名乗る爆弾魔の正体は小松原より何歳か若い男性、しかも小松原の身近にいたかもしれない人物だったのだ。

――俺が人工知能研究で四苦八苦していた当時には、彼は若くしてカリフォルニア大のバークレー校の準教授職に就き、幾何学や関数論を教えていたという。当時、俺も人工知能の最適化論理を求めて関数論をやっていた頃だから、つまり、学会や研究会でニアーミスしていたかもしれないんだ。しかし、彼は、天才にはよくある心神の障害に悩み、挙句、社会から脱落してしまった同情すべき人物。そして、そこから発した稀代の重犯罪行動、ということなんだ。——

そこを思うと、小松原の心内はとても穏やかではいられない。

——ＦＢＩはこの犯罪の特異な背景から、犯罪者ファイリングにローンウルフなる範疇を増やしたとかの巷間だったが、それも宜なるかな、彼を孤独な犯罪者に陥れたのは文明病、つまり、見方を変えれば彼こそが文明社会の犠牲者という要素が色濃い。真偽は知らないが、彼は、人間は低きに流れる傾向にある、との言葉を残して獄中の人となったというではないか。——

と、その時、待ち切れなくなったか、アイ子の遠慮気味の声が入った。

「小父さん、アグリダギという地名はご存知ですか。綴りはＡＧＲＩ　ＤＡＧＩ」

「んっ、アグリダギ？」

「アルファベットに似てはいますが、少し違う。私には読めず、調べてからにしようと思ってまだリストアップはしていませんでした。でも、リエーフの端末から発信されたメールにそんな文字が出てくるんです」

「うーん、ちょっとだけ心当たりがある。それを直ぐに送って下さい」

「はい、今追加ファイルをストレージに入れました」

言われて目を擦りながら開くと、予想に反せず、それは小松原が知るMt. Ararat、トルコ東端アルメニア国境に聳え立つ現地名ＡＧＲＩ　ＤＡＧＩのことに間違いない。昨年の早い頃、ビルシモンズ氏から教えられて航空宇宙局の衛星写真を精査し、おかしな幾何学文様を知って山岳民族の抵抗組織が潜む地下要塞ではないかとさえ思った、あのアララト山だ。それとは別に、ビル氏が諮問を要請されたペンタゴン傘下の宇宙防衛基地構想、そのプロジェクトのコードネームもまたＭｔ．Ａｒａｒａｔだった。

そこにまたこんな事件で再び上がってきたアララト山で、偶然にしても程がある。

「アイ子ちゃん。君はノアの箱舟伝説って聞いたことがある？　旧約聖書のではなくて、衛星画像から割り出されてその箱舟が見付かったという、おかしな都市伝説」

「あっ、それなら聞いたことがあります。箱舟が漂着した山が中近東だかにあって、その氷河の下に埋没してるというんでしたよね」

「そう、その山がアララト山で別名ＡＧＲＩ　ＤＡＧＩ、トルコ語ではアルダーと発音するらしいんだけどね」

「アルダーですか」

そう言うアイ子は、なぜそんな山がリエーフの絡みで出てくるのか、どうにも腑に落ちないと言わんばかりの声だ。

「うーん、そうか。少し分かってきたぞ。アイ子ちゃん、このまま切らないでちょっと待ってくれるかい」

「――――」

小松原は以前調べたことがある書架の図鑑を取り出す。

「リエーフはアゼルバイジャン出身だったねえ。すると、アララト山とリエーフの出奔とが何かで繋がっていても不思議はないかもしれない」

「どういうことでしょう」

「ああ、でもそうなると、これはただ事じゃない。厄介なことかもしれないなあ」

小松原には、先般、日本人街でピエール小父を交えて寿司ランチをした時の、あの終始俯いていたリエーフの表情が気になるのだ。屈強な少年闘士として鍛えられたという面影はあっても、二年余の厳しい逃走生活ですっかり消耗してしまったらしいひょろ長青年で、日陰者の拗ねた面影に腺病質傾向が色濃く漂っていた。

「リエーフの出奔は、本国からの手の者による捕縛なんかとは違うんじゃないだろうか」

「はあ、どういうことでしょう」

「リエーフがアメリカに来てからの一年だか二年の間に、ユナボマーのような筋と関りを持つことは無かっただろうか。社会悪の犠牲の典型のようなユナボマーを知って、これに共感するようなことは無かっただろうか」

「――――」

「まあ、そうで無ければと思うのみだが、リエーフが今中東辺りにいるかもしれないとすれば、ユダヤ系の人脈に触れることがあったと考えるべきではなかろうか」

「そんなところから何かチョッカイの手が入ったとかですか」

「ほら、リエーフの故国はアゼルバイジャンだが、北方山岳地帯のユダヤ系民族の系譜でもある。この前のロバートが語ってくれたリエーフの経歴に、そんなことがあったじゃないか」

「はあ、そうでしたけど」

「そして、ユナボマーの本名はセオドア何某だったと思う。セオドアの通称はテッド、あるいはテディー。そう聞いて、アイ子ちゃん、何か思い出さない？」

「はあ、縫い包みのテディーベアーならよく知っていますが……。あっ、そうか。テディーベアーはセオドアルーズベルト大統領所縁の名前……。えっ、すると、爆弾魔はユダヤ系なんですか」

「そうなんだよ。そこが気になるんだよ」

「するとつまり、あれですか。小父さんは、リエーフが爆弾テロのユナボマーのことを知って共感したとか、あるいは誘惑されたとかと仰るんですか」

「いや、全くの想像だけさ。元々が既存の秩序を完全否定することで暴力革命を正統立てるような思想教育を受けていたリエーフなら、ユナボマーマニフェスト、つまり爆弾魔の犯行声明文のようなものに接して殊更に触発されたかもしれないし、あるいは、獄中のユナボマーと何らかの接点すら生じていたかもしれない」

「ええっ、そんなあ。リエーフはそんな軽はずみな行動をするようにも思えませんけど」

「いや、本人が慎重であっても、煩い外野がいたかもしれない」

「誰かに唆されたとかですか」

「いや、今はまだ、あくまで推測の域。獄中のユナボマーに対しては、今も同情を寄せる輩がいるようで、彼はまだ刑務所外の世界に対して思想的な影響力を強く持っているとかだよ。何分にも、彼らの血の繋がりというものは、独特な連帯意識になっていて極めて強固なものらしいから」

「はあ。すると、ユダヤ人脈の何かでリエーフが動かされていると」

「これも推測でしかないが、今、彼はテルアビブかもしれないんだろう。するとね、暴力革命政権下で共産主義思想を叩き込まれた元少年闘士の彼が、何故、今頃そんな所に？　やはり、リエーフは虐げられたユダヤ系山岳民族の系譜で、当時は今と価値観の全く違ったであろうその彼が、突然に自由主義圏のアメリカ文明社会に投げ込まれて、何を感じ取っただろうか。そして一方の、現代文明社会批判が高じて犯罪にまで走った爆弾男は、ユダヤの血を引く孤高の天才科学者。こうしてみると、二人の間に偶然過ぎるほどの共通項が感じ取れるではないか」

　自分の頭の中を整理しながらの話しだから、つい口調もおかしなものになってしまう。それも顧みずに小さな画面の中のアイ子に頷いて見せる。

「ねっ、飛躍のし過ぎだろうか」

「はあ、仰ることは分かりますが」

「ソーニアは行方不明のリエーフの影をイスラエル近辺に見い出したわけだろう。すると、ソーニアは既に粗方のストーリーを割り出しているかもしれない」

「はあ、私はリエーフのネット端末を追うだけでいっぱいだったものだから、まだそこまでは見ていませんでした」

「それはまあ別にして、これだけの条件が全くの偶然で繋がったなんてねえ。あまりに揃い過ぎている」

「ああ、そうなると私、もっと分からなくなってきます。小父さん。私、これからどうしたらいいでしょう」

「うーん、今の今じゃ私もどうしたものか、思いも付かない」

テレビの向こうですっかり困惑しているると分かるアイ子の表情に、小松原は慌てて話し方を変えた。

「ごめん、君を脅かすつもりじゃなかったんだ。私の取り越し苦労で悪い予想を優先する癖がまた出てしまったようだね」

「――――」

「とにかく、今話したような筋書きの真偽の程を確かめれば、また少し前進できるかも。ただ、裏を取るにも誰彼に聞けるようなことではない。慎重が一番だ。分かっているね」

「はい、分かります。でも、ロバートには直ぐにも知らせた方がいいですよね。彼は彼であちこち当たっているでしょうから」

「うーん、それはそうだ。しかしその前に、私は少し時間が欲しい。アイ子ちゃんにも調べて欲しいことがある」

「はい」

「ソーニアの居場所の割り出しの確度がどれほどか、あるいはほかの可能性が無いのかどうか、これがあやふやだったら事を一層悪くする」

「そうですね。私もそう思っていました。リエーフの携帯のアクセスできる地域はアメリカ国内かそれに準ずる地域だけのはずだから、なんで中東なのか気になっていました。もし中東が間違いだったら、そんなことの出来るとんでもない誰かがいる。そこを割り出さないといけませんよね」

「その通り。もしイスラエルでこれまで通り使いたいのなら、向こうで機種を調達して設定をそうすればいいだけだ。普通なら、手間暇掛けてまでこちらの機種を使う意味が無い」

「そうですよね」

「とにかく、ソーニアがなぜテルアビブなんぞとんでもない地名を割り出したか」

「やはり犯罪絡みとか、厄介な背景があるかもしれませんね」

「それでね、アイ子ちゃん、くれぐれも心得ていてもらいたい。何をするにも、先ずは君自身が心の余裕を持つこと。幸いにも、今はまだリエーフの身に危険が迫っているとかでは、先ずあるまい。母国の糾弾の手に落ちることでもあれば厄介だが、イスラエル辺りの人脈に乗っての動きならばむしろ安全。かつ、これは彼の先々にとって幸いなことかもしれないんだ。健全な見方をすれば、米国で亡命者として日陰暮らしするよりは、はるかにいい道が開けるかもしれない」

「と言うことはあれでしょうか。このまま放置して様子を見た方がいいと」

「いやいや、放置はよくない。真相を一日も早く知って、彼の為になる方向の支援は何かを見極めるのが先決ということだよ。そしてね、世の中の暗い部分とは、それなりな人達でなければ住めるところではない。分に相応した行動が肝要、要らぬ火の粉を掻き立てて、自分が大火傷したりしてはならんということさ。これは、臆病とか、日和見とか、事勿れ主義とかとは全く違うもの。アイ子ちゃん、そこを分かってくれるね」

「はあ、そうでした。くれぐれも注意します。それで、私、この回線から一時離れます。今のリエーフの背景にある曖昧なものを、ソーニアでもう一度洗い直してみたいです」

「そう。ロバートにはあまり刺激的にならない話し方でね」

「はい、分かりました」

「そして私の方は、ユダヤ系人脈の背景をもう少し洗ってみる。どうも、ユナボマーの主張する現代社会の病理というのは、現状に失望している若者世代にはとんでもなく強烈な麻薬かもしれない。リエーフがそんな深みに嵌っていなければいいんだが」

「まさか、リエーフはそんな軟弱な人とも思えません」

「いいや、そうとも言い切れないのじゃなかろうか。これまでの価値観が１８０度引っ繰り返されて、自暴自棄のささくれ立った気持ちを持て余しているところに甘く囁かれれば、若者には抗せることじゃないと思う。私の若かった頃の経験からして、自分だったらと思うととても自信が無い」

「そうですね。分かります」

「ほら、この前ロバートが言っていたじゃないか。リエーフは自国の共産党政府の追及の手を逃れて助けられたのがトルコ北部山岳地帯の抵抗勢力で、そこを出る時の口実として武器調達の工作活動を進言したとかだったねえ」

「はい。ロバートはリエーフのことを、今の社会で一番厄介で危険な共産主義社会とイスラム社会を向こうに回してしまっては、身動きの取りようもない、そんな表現をしていました」

「それでね、そのイスラム社会というのが、同じムスリム集団でも反政府系抵抗組織だとしたら、これはリエーフに取ってむしろ幸いだったかもしれない」

「そして、小父さんが仰った、イスラム社会の中のユダヤ系の組織だったらもっとラッキーだったことになりますね」

「そう。どちらにしたって、リエーフに取ってこの米国社会に潜んで生きるより希望が持てるわけだ。私らもその辺に期待を掛けて、あまり取り越し苦労をしないことだね」

「分かりました。ロバートにもそのように伝えて、ユナボマーなんぞの絡みがあるかどうかだけ、確証を得るようにやってみます」

テレビ通信回線を閉じて大きな嘆息を吐いたまま、一時、小松原はどうにも晴れない自分の心内を持て余した。アイ子には余計な先入観を持たせまいと楽観的な会話に終始したが、リエーフが再び重い荷物を重ねて背負ってしまったのは間違いないと思えてならない。生半可ではない過去に鍛え上げられて鋼のような抵抗心に支えられる若者が、心神を病む科学者のトラップに掛かってそれを教祖と崇めるような羽目にだけは、決して陥らせてはならない。それを阻止するのは、アイ子やロバートには荷が重い。真相を摑むまでのところは自分自身がやるしかない。だが、その勝算をどうやって描くか、そこが問題なのだ。

三　自然則覆すべからず

——彷徨える亡命青年の失踪に、更なるボジンカプロジェクトの影？——

政教一致のイスラム教社会は、漂流して何処へ、あるいは欧米キリスト教社会のイスラムフォービアこそが恐怖？

世界最古を誇る中近東文明圏が、何故あって現今イスラム社会に姿を変えたか。孤立するムスリムの突出して異質な性は何によってもたらされたか。そこを知らずしてイスラム社会を語るは無理。

わずかなボタンの掛け違えが後戻りできぬ決定的な不幸をもたらす様は、古今東西変わり無し。これ人智に欠陥あるが故の不幸。


リエーフサファロの出奔がユナボマーとの関わりではあるまいかとの小松原の懸念は、少しだけ当たっていたものの、それだけではない背景が複雑に錯綜していたようだ。

リエーフを実の弟とも思うロバートダニエルは、アイ子から携帯の発信が中東辺りではないかと聞かされて勇躍、リエーフをアメリカに連れて来たと家族から聞いていた人物の筋を辿るのが近道と狙いを定めた。

だが、サミエル某と名乗るその人物をよく知る兄のミシェルは、彼をブローカーと呼んで奥歯に物の挟まったような人物評をする。それでも食い下がるロバートに、そんなに悪い人物ではないから頼ってみるのもいいかと、連絡先、連絡方法をアドバイスしてくれた。ミシェルに依れば、交易商としてのサミエル某の拠点は中東のレバノン、リエーフとは特別の関りがあったわけではなく、商談で米国を訪れることを聞き付けた交易仲間に金で頼まれてリエーフを帯同した、と、それだけのことらしかった。しかも、彼がリエーフを託す相手は誰でもよかった、たまたま商談会で旧知のロバートの父に会って渡りに船と預けたまでのこと、従って、リエーフが米国を出たかもしれないにしても、おそらくその人物を頼ったはずはあるまい、と、ミシェルは言うのだ。

その筋ではどうも埒が明きそうにないと判断したロバートは、他の交易ルートで何か分からないかと思ってみた。いつぞやリエーフの口から聞いたイラン革命政権に対峙する抵抗組織またはイラク側クルド人抵抗組織、つまり、リエーフが祖国を逃れて流れ着いた先の組織との接点だ。しかしこの線もまた難題ばかり、今の中近東には似たような抵抗組織が大小様々、的の絞りようが無いと分かる。

そうこうするうち、意外な情報が、リエーフ探索にあまり積極的ではなかった兄ミシェルからもたらされた。プロテスタントの家系を引き継ぐ兄は、家業の傍ら、協会による地域の奉仕活動にも精を出す篤い人物。そもそも厄介な背景を持つリエーフの身柄を引き受けたのもそこからで、その兄が街のマイナー住民達の多く住む地域の教会神父から、とあることで意見を求められたという。

神父曰く、最近の地域の若者達の間に、前世紀の遺物のような虚無主義あるいは退廃主義に似た言動が芽を吹いていると感じられてならない、それも、いわゆる麻薬や薬物に走るこれまでのような軟弱若者達の無気力無軌道な様とは少し違って、学力も高く、生活に困らないような家庭の出のいい若者達の間に見られる傾向で、厭世気分が高じてのこととも見えない。強いて言えば，敷かれたレールやコンベヤーの上を一方向にだけ走らされる高度文明化社会に埋没して、窒息せんばかりの逼塞感を託つ若者達の、どうしようもなく持て余すエネルギーの発散の仕方かもしれない。しかし、その言動の過激性は、とても看過していていいこととは思えない、とのこと。

更に曰く、そうした背景を裏付けるのかどうか、ここ数年来、東西冷戦終結、東西ドイツ統合と東欧の秩序回復、欧州連合の発足など、世界平和史に特筆さるべき歴史的転換点が幾つも挙げられる一方、紛争の火種が中近東、アジア、アフリカ、南米などの途上国地域に移って酷くなるばかり。足元のアメリカ国内を見れば、十数年来のユナボマーによる連続爆弾テロ、最近のロサンゼルス暴動、オクラホマシティの連邦ビル爆破事件、ニューヨークの世界貿易センタービル爆破事件、更に国外に目を転じればヨーロッパ、アジア各地での空港爆破、飛行機爆破、つい昨年の日本での宗教団体による一般市民への無差別毒ガス攻撃、等々。

テロといえば、流血を以てしか贖えなかったフランス革命に見る通り、強権を欲しいままにする独裁者に対して無勢の市民が取り得る手段としては、断罪するだけで済むものでは無かっただろう。だが、ここ四半世紀ほどの間に顕著になっているイスラム諸国の無軌道な残虐行為を初めとして、そればかりではない意味不明に近いテロ事件の数々が世界各地に頻発で、こうした弁護の余地の無い、実行当事者に取ってすら何の益もあるまいと思えるような蛮行に対し、宗教者はどう対処したらいいのか、俗間のことであれば黙っているしかないのか、あるいは宗教なるはそもそもこうしたことに無力なのか、聖職にあるものとしての悩みは大きくなるばかりだと、善良を絵に描いたようなその神父は嘆いておられるという。

そして、その神父が長年力を入れておられるのが少年犯罪者に対する更生保護の活動で、たまたま接見した少年の一人がネット依存症とも言えるコンピュータオタク。ＩＱが高く、健全なネット遊びは能無し坊ちゃん達がやることと言わんばかり、手の込んだ悪さに精を出してつい最近ＦＢＩに挙げられ、少年院送致となった。容疑の反社会的ネット犯罪の数々とは、相手選ばずの挑発、脅し、騙り、たかりと、ほぼ何でもありのし放題だったらしい。まだ社会的に未成熟としか言えない少年本人には、罪の意識や悔悟の念などは皆無、自分のしていることは義賊的行為だと言わんばかりに今の世の理不尽さを言い立てる。まだ、無垢であるべき少年の言葉かと疑いたくなるほどに、悪の根の全ては行き過ぎた現今社会の仕組みやシステムにあると言い張って憚らない。事実、大人達から無理やりかすめ取るのは現金、それを自分のものとするのではなく、公私の慈善団体や福祉施設、行政窓口などに無名で丸投げしていたらしい。偽善とも愉快犯罪とも言えず、全くの遊び感覚だったのだろう。

そして、神父の真の悩みはそこからで、その少年に接見して拾い集めた少年の言葉には、ちょうど先年逮捕されて終身刑となった爆弾魔のような、今様科学技術万能社会に対する批判が多々、しかもその言葉表現にはあのマニフェストそのままじゃないかと思える点が節々にあったという。神父で保護司という職務上の関心も手伝って、ユナボマー事件にはそれなりな目を向けていたから、少年に対面して受けた心象にはかなり確信がある、つまり、少年が実際に爆弾男から強く影響を受けている、あの少年の言い分は天才科学者でもあった爆弾男からの受け売りではないか、だとすれば、少年は爆弾男と何らかの接触があったのでは？　そうだとしてみれば、少年と思えない辛辣な言動は、受け売り知識をひけらかすだけの頭でっかち坊やのそれと、まことに納得できる。

しかし、爆弾男は全米屈指の特殊警備を誇る刑務所の奥だ。思い当たったのが、少年の十八番のネット経由での繋がり、遠回しな言葉で少年に水を向けたところ、暗に相違して素直にそれに頷き、仲介者がいたと悪びれる風もなく答えたという。その仲介者は、オペレーションコード13ボジンカなる意味深な表現を使って少年のネットアドレスに入り込み、おかしなアクセスコードを残した。ネット社会を知り尽くしていた少年は一応の警戒心を持ったものの、興味が勝ってそこへアクセスして驚く。少年が大人社会に対して抱いていた抵抗感をそのまま具現したような表現の数々が、実に尤もらしくそこに並んでいたのだ。更に詮索してみると、初めはどういうものか知りもしなかったことだが、間もなく、それが世を騒がす爆弾魔の声明文だと知る。

それ以降の少年の成り行きは神父にも容易に推測できた。反社会的な言動を煽る病的な言葉の羅列は、世俗に抵抗力の無い少年には幻惑をもたらす媚薬となり、少年は後先知らずのめり込んでいく。発信元が爆弾魔本人なのかその同調者、あるいは代理人なのか、そんなことにはお構い無し、煽られるままに反社会的なネット犯罪をエスカレートさせていったのだ。

神父の目には精神を病む天才科学者が辿った人生行路に、その少年の将来の姿が全く重なって見えて暗澹たる気持ちになったという。

その一方で、今ならまだ手立てがありはしないかと気を取り直した神父が思い出したのが、少年の口から出たオペレーションコード13ボジンカのことだった。多言語に詳しい神父はその時に悪い悪戯だと直感したのだが、ボジンカとはビッグバンとか大爆発とかを意味して中近東系人が口にする隠語に近いような言葉、そんな背景を持つものなら、平気で若者達を悪事のエサにすることはあり得よう。曰くあり気な発信者コードを使って少年を闇の方向へ踏み出させたのは、いったい誰か、何らかの企みがあってそんな真似をしたには相違あるまいが。

だが、今の神父の身でできることは知れているし、誰にも気軽に言えることではない。日頃の教会活動で近しくして一目置いていたミシェルに、たまたまボヤきたくなったが聞いてくれるか、と、そういうことだったという。

ミシェルもまたボジンカの語に驚く。家業の交易業がこんな時代にそこそこ順調なのは、大手や専門家筋があまり目を向けたがらない中近東を相手に、古くから人脈を築いてきた結果で、その筋にはかなり知られた存在だ。まだ現当主である父の域までは行き切れていないながら後継者との自覚のあるミシェルは、中近東事情には常に若いセンスで接していた。一昨年秋、現地回りの商談が向こうの都合で一部キャンセル、予定を早めて極東経由で帰国したのだったが、たまたま使ったのがフィリピン航空。ところが、同じ便名の飛行機が数日違いでテロ組織の標的になり、日本人乗客が犠牲となったことを後日知る。まかり間違えばミシェルも巻き添えを食ったかもしれず、周囲からは主のご加護と言われて自分の幸運に感謝したのだったが、その時のテロ集団が目論んでいたのがローマ法王庁や米国を相手の大規模航空機テロだった。企みの名前からしてボジンカプロットなる恐ろし気なもので、報道によればその犯行組織はイスラムの過激派、日頃は商売相手として敬意を払って接してきたイスラム圏の、過激なならず者一派と分かって、ミシェルは甚く心を痛めたのだった。

つい最近までは共産圏が放つ諜報員や工作員の暗躍が問題だったこのアメリカも、東西緊張の後退とともに主役交代で、今はイスラム圏の脅威が顕著になりつつあるというのがワシントンあたりの定説らしい。なるほど、地下資源だけに頼って社会の近代化に大きく遅れを取り、それでもなお現実を直視できずに内紛に明け暮れる中近東の様は、どんなに贔屓目に見ても哀れというしかない。だがそこには、広大な地政学的広がりとそこに住む民族、部族、文化の多様性という事情のあることは否めない。それでもなお、もう一方にある特大の厄介、つまり、諸々の価値観の集約されるのがイスラム教ただ一点、良くも悪くも独善的で排他性の強いその教義、組織の在り方に行き着くことであって、これこそが人類最古の文明発祥を担い、数千年を経た今もその輝きが遺跡に残る優れた民族性を継承しながら、時々の為政者達が尊かるべき教義を捻じ曲げて負の遺産と為したが故の愚かしさで、己の業を悔やめとしか言いようがない。

そうした忌むべき為政の場を離れれば、優れた資質を兼ね備えた賢人達は多く、被せられた悪評何するものぞの気概で世界に目を向ける。特に、祖父の代から続くパートナーのような人達は純朴で信義に熱く、時には侮りがたいと感じさせるほどの大胆さで商才を揮う。

そんなパートナーの一人でまだ少壮ながらビジネスマンとしての腕の実に確かな人物、ミシェルにとっては商売相手であると同時に数少ない親友の一人でもあって、とにかく物知りで機を見るに敏、先回、あわや飛行機事故というあの時に訪ねていた相手がその人物だった。あまりいい話を聞かない昨今のイスラム圏対欧米のビジネスの梶取りを間違えないようにと、突っ込んだ意見交換をしていたのだった。


その彼ならば、リエーフのような特別な背景を持った人物を辿る手蔓は幾らも持っているのではないか、と、兄ミシェルから聞かされたロバートは勇み立ち、兄の次回の中東訪問を待たずに自分自身が腰を上げようと思った。幸い、学校は博士課程に入って休みは自由に取れる。情報工学専攻の有難さで、端末さえ携行すればどこからでも自分のサーバーにアクセス出来て、研究を中断する必要もない。

だが、中東の難しさを知り尽くすミシェルに窘められる。

「お前は、何故そんなにリエーフの消息を気にするの？　厄介な出自とはいえあれだけの若さであれだけの資質を持った人物だ。今は時代の波に翻弄されて気の毒な境遇だが、あの暗く寂しい影は、自分のせいで家族の悲劇を招き、その後、これまで信条としてきた心の寄る辺が百八十度引っ繰り返されて、未経験の世界に放り込まれた衝撃から来ているものだよ。お前が言うように、彼が再び中東へ逃れるチャンスを手にしたのであれば、生きて頑張ってさえおればのことだが、むしろ彼にとっては良かったこと。ズタズタにされた心が立ち直りさえすれば、直ぐにも再出発のチャンスを摑むことができる。私はそう思うよ」

「そうかなあ。兄さんにはどうしてそう思えるの？」

「今はまだ何もかも仮定の域の話でしかないだろう。であれば、いい方向への解釈でいた方がいい。私はリエーフを見ながら、このアメリカ社会で裏道へ迷い込んでしまうことの方が余程心配だったんだ」

「自由過ぎて歯止めの聞かない米国社会は、リエーフに取って劇薬と同じ作用をするか。確かにそうだね。でも、リエーフが自分で進んで出たか連れ出されたかは別にして、僕は何かしてやりたいんだよ」

「ああ、当然だ。だが、それでお前に何ができる。私の方の筋にしたって、確証も無いいい加減な話は迷惑だし、徒に動いても事を悪くするだけ」

「軽挙妄動の積もりはないんだけど、じゃあ、兄さんはどうしたらいいと思う？　まだ黙って見ているしかない？」

「いや、そうじゃない。私はあの子が自由の世界に羽ばたいて活躍していくには、どうしたって破らなければならない殻があることを分かってやれと言いたいのさ。彼の場合、ひと重ではない、二重にも三重にもある強固な殻だ。それを脱ぎ捨てて大きく成長する、生き物には避けられない命がけの脱皮で、こればかりは誰の手も借りられない自分だけの頑張りでしかない」

「三重の殻か」

「お前にも分かっているだろう。彼は山岳民族の系譜、中東の山岳民族と言えば、普通、クルド系民族を思いがちだが、その北方の山岳地帯にはユダヤ民族もいて、多分、リエーフはそこの出だろう。クルド民族もユダヤ民族も、同様に何千年もの間祖国と呼べるものを持てないできた民族で、その元には、どちらも勇猛果敢で自律意識の塊のような民族性がある。それ故に世界のどの地でも同化できず、受け入れられようが無かったという事情がある」

「そうなんだね。今のリエーフはムスリムでも、民族的にはユダヤ系ということか」

「ああ、長い放浪の歴史の中で、ユダヤ人でありながらムスリムに改宗せざるを得なかった人達は少なくない」

「信仰心すら自由であってはならなかったわけか。ご先祖のこととは言え、どれ程の葛藤だったのか、リエーフの心が複雑な訳はそんなところにもあったんだね」

「リエーフが脱ぎ捨てるべき殻の一つは、彼の育った共産圏の殻、もう一つはお仕着せムスリムである殻だね。他の一つは人間としての殻というか、困難を前に易きに流れ易い人間性本来の弱点だ。私の印象では、全体主義思想で固まった人達は自己責任という概念をあまり強調しない、というか、否定する傾向がある。もちろん、アメリカ流の徹底した自由主義社会に比べてのことだが」

「分かるよ、小さい頃は父さんからよく言われた」

「彼が全体主義的思想から完全に脱却できるかどうか、イスラム教との決別ができるかどうか、そして、何よりも自分の血筋云々の心の柵を捨て切れるかどうかだよ」

「うーん、そうなんだねえ。でも、イスラム教からユダヤ教に改宗するまではどうかなあ。その自覚が出来て周囲に軋轢の種を作りさえしなければ、その心張り棒が揺るがないようであれば、どちらでもいいわけでしょう。彼にはそれくらいはできると思うし、そう信じたいね」

「ああ、その通りだ。でもね、それは彼自身の問題で、我々はそれを信じて見守ってやるしかない」

「あーあ、厄介なことだねえ。言い換えてみれば、同じ源流を持つユダヤ教、イスラム教、キリスト教じゃないか」

「でもね、それだけに一筋縄では収まらないというわけさ。骨肉と言うとおり、身内同士の争いとはいつの世にも醜悪なもの、道理の通用しない情の世界がこれさ」

「――――」

「そしてね、喩えリエーフがムスリムであることを誇りに世界の舞台で活躍していく道を選ぶにしても、今様なイスラム圏との柵だけは断ってしまう方がいい」

「そうだね」

「ビジネスを通しての付き合いから私が身に染みて思う今のイスラム圏の困難とはね、政教一致の治政概念の怖さだよ」

「政教一致か」

「まあ、誤解しないように注意して聞きなさい。お前が本当にリエーフのことを思うなら、そこを自覚して接してやることが大事だから」

「――――」

「今の世界地図を見れば、政教分離の国あり政教一致の国あり、そのどちらがどうと言えるものではない」

「その通りだね」

「だが、現実論に立てば、それはあまりに日和見的に過ぎるのじゃないかな」

「と言うと？」

「メソポタミアの楔形文字、エジプトのヒエログリフ、中国の亀甲文字あたりを人類最古の文字と見做すならば、有史は５０００年に及ぶね。その間に出る消えるを繰り返してきた文明社会、天下国家、いずれも例外無く政と信教の場は同じだった。問われるまでもなく、今なお未開ないし途上地域の部族社会を観れば、その寄ってくる処は明らかだろう。知力の及ばぬ天地自然のあり方を畏怖するのは、人間という生き物の当然の心理で、意識するしないに関わらず、政とは祭り事でもあった」

「そこからまるで価値観の変わった現代社会では、個人の自由である信教によって社会のルールを縛るのはいけないとなる。でも、いつの世にも、信教に託けての人心掌握は最も簡単かつ効果的なんだよね」

「その通り、そこに潜む怖さだ。そして、現代人に限っては、忘れてはならないもう一つの怖さが、お前の得意な科学の世界にも内容される自己矛盾というやつだ。頭脳構造を質量ともに巨大なまでに発達させて知能を進化させた新人類は、やがて科学技術を弄ぶようになったね。つまり、天地自然のあり方を解明せんとする科学技術の進歩は、科学技術の進歩そのものに還ってそのスピードを加速度的に押し上げ、結果、人類をして天地自然を怖れぬ唯一の生き物へと変態させてしまった」

「――――」

「極端な言い方をすれば、幾千万の他の生き物とは違うんだと思い上がれば、自然に対する畏怖の念などどこかへ行ってしまう。そうなった人間は哀れで、生半可な知識を振り翳して己を礼賛、個々人の存在意義のみを強調し、何人も侵し侵されてはならないものとして人権思想、自由主義思想を御旗に掲げ、それを以って民主的な社会統治基盤の唯一とする。神なる存在を前提としないわけだ」

「うーん、その典型が今の欧米型先進国の新世代人というわけか。ただ、僕らもその辺の人間なんで、形だけのキリスト教徒となっちゃうとすれば、寂しいことだね。せめて価値観だけの変遷であって、畏敬の心とか信仰心とかの大事な元だけは忘れたくないなあ」

「当然だ。私も全く同感だ。でも、こうした矛盾に満ちた世界に住んでいるからこそ、政教一致か政教分離かの議論に日和見でいてはいけないのじゃないか？」

「――――」

「キリスト教徒である私から言っていい事ではあるまいけれど、イスラム原理主義のような独自の論理が隠れて巷間に流布して止まないのは、その辺りがあるかもしれない」

「イスラム原理主義ねえ」

「悲観論に走りたくないが、人類の知能の獲得とは生物史上最大の不幸と言えるかもしれず、天地創造の造物主、神なる存在を舐めて掛かるようになった新人類は、やがて神を否定し、自分達こそが神なる存在と言わんばかりに傍若無人な振る舞い、挙句、本来深遠であるべき神の領域にまで土足で踏み込んで憚らない、とは、決して言い過ぎではない気がする」

「人間が神になるか。政治の場以上に恐ろしいことだね」

「人の中でも特に卓抜した知能の持ち主である科学者ならば、そこの弁えに不足はなかろうけど、それは極く少数派、多くの頭のいいだけの人達は己を省みる余裕が無いから、脱線も暴走もする。そこの怖さだね」

「――――」

「そこにブレーキを掛け得るとすれば、多分、信仰心とか宗教なるものの復権なんだろうけど、自由主義一色に傾いてしまった先進国では、もうそれは望めまい」

「すると、強固なイスラム教的価値観に支配される中近東社会は、今の世に貴重な存在とも言えるのかしら」

「うーん、そう言いたいところだが、残念ながら。何せね、己の無能ぶりを省みず、人質を取ってでも有能な科学者達を脱線させるに躊躇しない類の、権力者という輩が一方にいる世なんだから……」

「他に何かある？」

「それでもしかし、文明圏にあって今なお露骨なまでに政教一致を前面に押し出して世に軋轢の種を撒いているアラブイスラム圏、つまり、今のムスリム社会を思うに、その国家統治、人心掌握の論理は、似非としか言いようが無い。何故だろう」

「うーん、曰く言い難し」

「言うまでもなくそれはね、世界に遍く広がる今様高度文明社会の住人達にとっては、万民の上に立つのは王や君主に非ず国民なり、為政者なるはその国民に仕える僕たるべし、との論理に収斂するんだな。つまり、国民主権の大原則の前には全ての個人の人権が最優先、その上に何があってもいけないとなるんだね。ところが、自由の権利を享受するために払うべき代償である義務にまで自由裁量が許されるべし、との屁理屈が罷り通るのが現代社会」

「はー、そこが最大の矛盾点か。全くだね。どんな社会にだって為政者、為政の仕組みは要る」

「イスラムではそこが巧妙なのさ。始祖マホメットがそうであったように、イスラム社会の統治者とは聖職者組織のトップを言う。だが、聖職者とは統治者に非ず、唯一神であるアラーの使徒なり僕なりと。神の意を民衆に伝える伝道者であるからして、指導者と言えても統治者に非ず、なんだね」

「そして、それ故に民衆は最高指導者の導きに従って神の教えを実践せよと？」

「その通り」

「分かった。優等生じゃなかった俺は、親父やお袋に背いてキリスト教にも中途半端で来ちゃったけど、そういうことに無関心ではいけなかったね」

「こればかりは個人の心の問題で、私は兄弟のお前にも何も言えなかったが、少なくとも、父さんや母さんはお前のそういう性格を、頼もしく思ったり危なっかしく思ったりしていたことは事実だ」

「うーん、そこを言われるとね」

「お前が信仰心のようなものに関心が薄かったのは、お前がこれまでずっと穏やかに来れたからでもある。父さん母さんの翼の下で雨風を凌げていた所為。もっと感謝しなさい」

「うん。俺も最近になってそれは感ずるようになって来た。遅過ぎた自覚で恥かしいけど」

「まあ、遅くに生まれた子供の特権とでも思えばいい」

「そうなんだよ。俺は歳が離れているお陰で兄さんにさえ甘えていられるんだから」

　何時にない殊勝な口振りのロバートに、兄ミシェルは苦笑いの体だ。

「不毛な砂漠地帯だったアラビア半島の、遊牧の民や限られた水辺の農民達は、環境の厳しさ、生活の貧しさを何で埋め合わせたか。それこそが心の寄る辺としての信心、信仰ではなかったか。これはもう古今東西を問わず、普遍的な社会現象なんだよ」

「言い方が悪いけど、心の避難先としての信教だね」

「そして、そうした無辜の民の心を掬い上げた一人が、イスラム教の始祖マホメッド」

「――――」

「だが、聖職者に止まらず、やがて教団を形成、それを足掛かりにアラビア半島全域にイスラム教団を拡大して実質的な支配者となった。しかも、後に始祖マホメッドの説く教義が集約編纂されて出来たのがコーランなる聖典だった」

「――――」

「まあ、そこまではどこの宗教にもよくあること。しかし、その後がいけなかった。後継の指導者達はこのコーランを都合よく解釈して自らの絶対的権威の後ろ盾とした。コーランの教えに沿うためなら殺生すらよし、勤勉よりも祈るがよし戒律に厳なるがよし、と、悪く言えば、戒律を守り日々祈ってさえおれば他は好き勝手でよい、というに等しいではないか」

「宗教界に付いて回る宿命か。キリスト教でも同じような危機が何度もあったね」

「ああ、その通り。父さんや母さんはそういう諸々の理解があって、私らにはあまり強いることはなかったんだよ」

「そうなんだね。でも、キリスト教の世界では、中世ルネッサンス時代に起こる宗教改革で、根本的に軌道修正されたんだったね」

「そう。それはかりは、今の私らも感謝しなければならない。キリスト教なる信仰の場に愚かな時の為政者が邪悪な意図を持ち込もうとしたところを、すんでのことで待ったが掛けられた」

「それが無ければ、キリスト教も今のイスラム教と同じ経緯を辿っていたのかしら」

「そうとも言えるし、そうでないとも。いずれにしても紙一重のところは同じ、お前の言う通りだよ。なかなかちゃんと勉強しているじゃないか」

「紙一重の向こうとこっちか。心しなければならないことだね」

「ああ、そうだ。その後のアラブイスラム社会は、ひたすら教義に忠実なるべしと、それさえあれば全ては許されるとした。でも、教義を代弁できるのは師である指導者、実質、指導者の言に忠実なるべしとなる」

「つまり、働くべきは下層階級、上層階級なるは神アラーに仕える敬虔なる使徒、下に連らなる僕は神アラーを敬ってその代弁者たる指導者に従えばよし、持つ者は持たざる者に施すべし、と、外の世界から厄介な見方をされてしまう一番の部分だね。今の世に、そんな戯れ話しが通用するはずもないのに」

「世論の一部には、中東地域に偏在した石油資源がそんな戯れ話しを現実の話しにしてしまった、という論調があるが、間違いとは言わんが、それは現代史的視点。千年二千年続いたイスラム教にはまた、それなりな背景があってのことだ」

「うーん、どうしたって厄介さに変わりは無しか。宗教が為政を誤らせたのか、為政が宗教を欺いたのか、まあ、どっちにしたって同じ構図」

「まあ、そこまではどうか。でも、イスラム原理主義思想だけは、確かにお前の言う通りの側面は否定し難い。その主義主張の本質は、現代史に登場する全体主義的ないし社会主義的思想、そこに発したアダ花共産主義の悪しき側面にそのままだ。両方とも、出処も背景も全く異にしながら、通底する要素は自然則からの完全な脱線だった。どんなに弁護してみたって、悩める民の心の寄る辺たるべき宗教を、曲げて為政の要に据えるイスラム原理主義社会とは、科学的思想体系の一つである社会主義思想を、曲げて為政の柱にした共産主義社会に同列としか言えない」

「――――」

「しからば、この先をどう占う。曲がった思想の現実版共産主義社会が半世紀の間に敢え無く崩れていったように、イスラム社会の灯りは外からの風が吹けば消え去る運命にあるのかどうか。願わくば、外圧に消されるのを待たず、いずれ内部からの熱で焼き直されて行ってくれることを願いたいが、果たしてどうだろうか。何しろ、最古の文明からの歴史と伝統だからねえ」

「それだけ長い間伝統を守って続いたのは、これまでは外部からの手の届きにくい世界だったという要素もあるよね。でも、これからはそうはいかない。国際社会の一員たるべきならば、現今の凄まじいばかりの情報化社会にあって、独りよがりの論理に固執したままで行けるはずが無いもの。社会を成して生きるしかない軟弱人間種にとって、どちらが幸せか、多少の逸脱があっても、一歩でも二歩でも自然のあり方に沿う道を選ぶべきだよ」

曰く言い難しのミシェルの顔付きに、少し熱過ぎたかと感じたロバートは口を噤んだ。すると、ミシェルは自分の机の引き出しから薄いコピーを取り出してよこす。届いたばかりらしいファックスだ。

「さっ、そこでだ。抹香臭い話しばかりではお前も納得すまい。このところの向こうの動静は、私からも聞いてみた。露骨に聞けることではないから核心はずれているが」

コピーをロバートの前に広げながら、ミシェルは神妙な表情だ。

「全ての価値観をイスラムの教えに回帰すべしとする原理主義思想は、あちこちに飛び火して、今は草原のボヤ低度であっても、一つ何かあればどっと猛火にまで行ってしまい兼ねない危険な様相らしい。テロという蛮行によって形を変えた恐怖政治に突進する可能性だね。そして、リエーフの出た中東山岳地帯はその嵐の目のような地域の一つであり、現地人の表現では、常人感覚では踏み込み難し、とのことだそうだ。つまり、何があっても不思議じゃない、何が本当で何が嘘かも分からない、と、そんなことらしい」

「何も打つ手無しか」

「いや、そんなんじゃない。ここは冷静に時の流れを読め、ということだ。私やお前に取って何よりもいけないのは、巷間や三文報道を鵜呑みにして洞察の目を曇らせてしまうことだ。先進国キリスト教圏のイスラム嫌いは、何も今に始まったことではない」

「そうなんだね」

「そして、過激派組織によるテロや破壊行為だが、今の彼らにはおそらく罪の意識や正邪の感覚は無いのだそうだ。何故なら、それこそが彼らの信条とするところなんだからと」

「ジハードとか聖戦とかのことだね」

「そう。似非でも何でも、過激派ムスリムが最重要とする戒律だ。当然、そこに包含されるものを観れば、我々先進社会との価値観の違いは歴然」

「そして、今はそれを言ってみても収まる情勢ではないと」

「コーランが信徒に課すジハード、西側では英訳しようが無いから聖戦としているが、その本当の意味は争いや戦であるはずがない。意味するところは、信者達個々人の努力義務、つまり、軟な心の葛藤を乗り越えるための、いわば心に掛かる観念的なあるべき姿の論だった。六信五行とはお前も知っているはずの言葉、それに要約される心の義務さ」

「でも、言葉の遊びを使えば、そこは何とでも言えてしまうんだね」

「教徒として信ずるべきものは六っつ、唯一神であるアラー、その意を纏めた聖典コーラン、その意を実践する天使、その教えを広く万民に伝えるべく使徒たる預言者、そして生命の復活とそこから向かう来世、神アラーの意思によって定められた森羅万象に宿る命のあり方」

「六信か、取り立てておかしいことではないよね」

「そして、それに基いて信徒が行うべき行動指針が五つ、すなわち、神アラーへの信仰を念じて規則正しい礼拝を欠かさず、貧しい人には施しを、そして、我欲を捨てるべく年に一度の断食修行と、生涯に一度は聖地巡礼を果たすべく、そのための日々の刻苦勉励をというわけだ。これらのどこに責められるべき要素があるかね」

「ふー、何も無い」

「敢えて言えばたった一つ、この六信五行、神の教えにしては首を傾げるほどに世俗的、即物的な概念だと思わないか。なぜこんな言わずもがなの文言を信徒への至上の義務としたのか」

「――――」

「しかしねえ、ここにこそ、イスラム教の二千年以上続いてなお今に世界を三分する信仰勢力であり得た理由があった、と私は考えるのだがね」

「どういうこと？」

「短刀直入で具体的、この直截さこそが数億の貧しき民の心を一絡げで掬い上げるに役立った要素ではあるまいか。しかも、神の意に背くこと無かりせば全ては許されるという寛容さだ。やれありがたやとなるのは、当然だったろうね」

「なるほどね」

「まあ、何度も言うように、こうしたことは何もイスラム教にばかりではない。キリスト教にしたって似たような要素はある」

「兄さんは政教一致のイスラム世界のこの先をどう見ているの？」

「難しい質問だねえ。敢えて言えば、キリスト教徒で主イエスに帰依する私としては、もう一つ別な意味を憂えるのだよ。それはねえ、即物的で平易過ぎるほどの教義は、如何様にも解釈して尤もらしくするに事欠かない。使徒としてムスリムの頂点に立つ人間、つまり最高指導者の地位だが、そこに弁舌爽やかにして人品卑しき俗物が座ったらどうなる。その地位は実質的為政者としての座であるからして、教義を都合よく説いて万民の目を曇らせ、如何なる不徳も神アラーのご意思に沿わんがため、とやったらどうなる。万民の不幸ここに極まるではないか。それが今のイスラム社会の一部の現実ではないか」

「そうなんだねえ」

「しかも、最高指導者と自称するのは国家の首長だけではない。組織あるところ皆同様だったらどうなる。機に乗じて力を付けたナラズ者達が下に対して、我こそは神の代弁者にして汝らを導く指導者なり、我に従え、従わざる者には死を与えられるべし、とやるわけだからして堪ったものじゃない。まさに中世を現代にタイムスリップさせた恐怖政治そのものではないか。これが、私の思う政教一致社会の恐怖なんだよ」

「うわー、兄さん、そこまで言っちゃうの。それって、いったいどれ位の真実だろうか」

「いや、真実云々と言われたら何の根拠も無い。地理的に見れば、今のイスラム社会の位置する中近東全域には、コチコチのイスラム教国家あり伝統の王政を維持する国あり、古きを壊して共和制に移行した国、移行したものの独裁制に甘んじている国ありと、まさに様々だ。そもそも我々は、中近東地域、アラブイスラム圏といった地理的概念を無造作に混同しているきらいがあるが、そう杓子定規なものではないだろう。イスラム教国とイスラム国という言い方ですら、理屈を捏ねれば少し違いがある」

「すると、兄さんの言う乱暴な表現は、イスラム圏の極端な例に過ぎない」

「その通りだ。だけど、よくも悪くもイスラム教を国家統治の基本に据えている国あるいは社会に対しては、そう思って観た方が実態を理解するのにピッタリ、気持ちの底にストンと落ちる気がしないかい」

「はー、それはそうだが」

「そう言う私も、心して掛からなければと自戒していることがある。お前も分かるだろう。欧米キリスト教社会のイスラム嫌いは、何も今に始まったことじゃない。何しろ、これはもう数千年に及ぶ対立の歴史だ。しかし、宗教という心の領域の問題であれば、全体主義対個人主義なんぞのイデオロギー対立以前のこととして、前向きに受け入れなければ。排他性の大小ということもあろうが、双方にその自覚があれば乗り切れないことじゃない」

「特に、我が家系は、代々、中近東ビジネスで日々の糧を得て来たんだよね。僕がこの歳でブラブラしていられるのもそのお陰」

「うん、その通り、よく分かっていてよろしい。でも、口先だけじゃあ困る。早く自立せい」

「うん、これまでは道草が過ぎた。日本からの留学生のアイコなんて子を見ているとそこがよく分かる。だから、僕は僕でこれまでの道草を無駄にしないつもりだ」

「うへー、お前の神妙過ぎる言い分は何だか気持ちが悪いなあ。まあ、あまり期待しないで待つよ」

今度は自分に向いた兄の舌鋒に首をすくめるロバートだが、ミシェルは、真面目顔だ。

「リエーフのことは、もうちょっとの間見守るだけでいいと思う。その内に吉報があることを信じてやるのも、私らの役割りだよ」

「よく分かりました。心して自重します」

「考えてみるといい。宗教を政治から完全に切り離すのは容易なことではないんだ。いい例は先進国の代表の欧州諸国で、様々な革命的地殻変動を経験しながら、今なお完全分離とはなっておらず、バチカン市国というような特異な存在すらあって、教会組織は国政関与の権利を持つし、それと同じで、人の考え方や心の在り方も千差万別、一つの価値観に納めるなんてできることじゃない。そこを弁えておれば、お前もしくじることはあるまい」

「ありがとう。僕は大学の社会学系コースを途中で放り出してしまった人間で、兄さんの考えをどうこう言う資格は無いんだけど、リエーフのことはもう少し信頼の目で見ることにするよ」

主イエスを戴く教会の翼賛活動に携わってきた経験の中に何があったのか、兄ミシェルのいつもらしくない激しい口調のイスラム教論に驚きを禁じ得なかったロバートだが、言われるまでもなくロバート自身同様な印象を持っていたことだったから、自分の気持ちを兄に代弁してもらったような安堵感も湧いて来る。しかし、それだけで、あの腺病質的な雰囲気の中にも、時折りギラックような鋭い表情を隠さなかったリエーフの印象を払拭できるものでもない。

そこを知るミシェルが、くれぐれも慎重であった方がいいと、重ねて独り言のように言い置いて仕事場に向かった。残ったロバートはソファーに身を沈めたまま気分の鎮まるのを、何時までも待った。

四　漂流する者

――呪縛から逃れ得ない亡命青年の悲しみ、妹スーザ、生きて苦境に？――

二十一世紀を目の前にする今、人身売買だ奴隷だのの話はどこの国のことか、とは平和ボケの先進国国民の言い分。こちらの常識はあちらの非常識、それならば、あちらの常識に立ってこちらの非常識をツラツラ慮るがよかろうか。

今なお母国すら持てずに流浪する民族、自立自律を旨とするそうした民なら、こちらの非常識こそが常識でなければ覚束ずとや。

ロバートダニエルの筋にも小松原の筋にも、失踪したリエーフサファロの有力情報が得られないまま月が替わって六月、ぎらつく太陽の下で野山がすっかり枯色となって真夏の到来だ。昼間も海風で涼しい大学キャンパスや周辺の住宅地域も、朝晩の水やりを怠れば緑の芝生や花いっぱいの生け垣があっという間に生気を失ってしまう。

早朝からの実験が長引いて昼食を取り損ねていたロバートが、ようやくひと区切り付いて研究室を出ようとしたところに電話が入った。事務局の学生課からで、面会者だと言う。はてな、編入学してからそんなことは一度も無かった彼は、怪訝な面持ちで事務局の受け付けに出向くと、事務員は黙って広いロビーの一角を目線で指してどうぞという仕草だ。

ロバートが頭を下げてロビーを見渡し、歩きかけて驚く。誰もいない午後のロビーに独りだけ、窓際のテーブルに座って人目を避けるように肩を落としている若い男性、その後ろ姿は、何とあのリエーフではないか。ウェーブが掛かって灰色味を帯びた髪は伸び放題で肩まで垂れ、ちょっと目には女性かと思える撫で肩ではあるが、その堂々とした体躯は見間違えようもない。紛れもなくリエーフだ。

黙って居なくなってから二か月近く、今日までいろいろと人手を辿って消息を探っても有力情報が得られなかったその本人が、あろうことか目の前にいる。不幸な過去を背負って亡命という手段でアメリカに渡って来たという背景から、最悪の事態すら予想していたのに、はて、今のこの眼前の光景は？　つい今しがたまで実験に没頭していたロバートの頭が、一瞬、錯乱する、いったい何があったんだ。

それでも兄のアドバイスが正しかったと、努めて穏やかに、気分を整理しながら黙ってテーブルの向かいの椅子に座った。そして、更に驚いた。

後ろ姿では分からなかったのだが、リエーフの相貌はやつれ、ちょうど彼が家に連れて来られた頃に戻ったような老け込んだ表情だ。ひとつだけ違うのは、その落ち窪んだ眼窩の奥に赤味がかった眼がギラつき、明らかに感情の整理が付かないでいると分かる様だ。ロバートは自分の感情を抑えるのに精一杯だが、敢えて無表情を装って相手の様子を観察する。

「やあ、リエーフ、君はいったいどこへ行っていたんだ。心配してあれこれ探したんだが全く分からず、大勢の人に迷惑を掛けてしまった。君も薄情な人間だねえ、用事があるのなら何か一言言い置いて行って欲しかったなあ」

これには返事が無く、しかし、その言葉でリエーフの表情は大きく歪む。俯いてすぼめる肩が小刻みに震え、テーブルに大粒の涙が滴った。

「君はまだ亡命者の身で、勝手な行動は許されないんだ。後見人のミシェル兄さんは困ってしまって、失踪届を出すしかないと言っていたよ。もう出ているかもしれない。そうしたら君は当局から不法滞在者として指名手配されることになるんだよ」

　その突き放された言葉でリエーフは正気を取り戻したようで、挙げた顔を真っ直ぐにロバートに向けてくる。

「本当に申し訳ありませんでした。親身にしていただきながら、皆さんのご信頼を裏切るようなことをしました」

「――――」

「皆さんのところへ帰りたくてももう帰れない、でも、何処へも行くところが無い……」

「当然だ。優しいミシェル兄さんと違って、僕ははっきり言わせてもらう。そんな風だから、ムスリムは信用できないと言われてしまうんだ。いったい、何があったんだ。分かり易く説明してもらおう」

「はい」

「イスラム社会ではどうか知らないが、アメリカでは結果は身の証と言う」

　そこまで言い放ってリエーフの反応を確かめ、まだ心に秘めた熱気のあることを感じ取ると、ロバートはおもむろに表情を緩めた。

「でもまあ、よかった、君が無事で。何も分からないから、僕はイスラエルへ行ってみようとまで思ったんだが、兄さんに止められて。やっぱり兄さんの経験と勘が正しかった。待っていて正解だった、よかった」

　すると、リエーフの表情が動いた。

「イスラエルですか」

「ああ、君はイスラエル辺りまで行ったんだろう。君が携帯端末を持って出たんで、それで追跡できた。

よくよく君は乱暴なことをするね。というより、君はよくそんなところまで行けたねえ」

「あのー、自分、イスラエルに行っていない。それは多分、自分に情報をくれた人が何かしたんでしょう」

「ええっ、そうなの？　それじゃあいったい、今までどこに行っていたの」

「メキシコ。カリフォルニア半島の湾側に面した小さな町でサンタロザリア」

「ええっ、メキシコ！　そんな」

「本当です。嘘じゃありません」

「サンタロザリアなんて何もない処じゃないか。何故そんな所へ。しかも、喩え地続きであってもメキシコは他国だ。君の場合、検閲にでも引っ掛かればもう先は無いよ。しかも、君は故国から追われている身だろう。そのせいで家族全員が命を落としてしまわれたのに、まだ君は無茶に懲りていないのかい」

この言葉で、リエーフの全身に、一瞬、身震いが走り、顔が青ざめて引き攣る。しかし、ロバートの視線を押し返すようにして、相変わらず感情を押し殺したままだ。

「はい。皆さんには自分の家族は皆死んだとお話ししました。自分もそう思っていました。でも、実は、自分には妹が一人いまして、……。つい最近、その妹がまだ生きていると分かったんです」

「ええっ、妹さんが！　何とまあ、驚かせてくれるねえ。君に妹さんが？」

さすがのロバートも目を白黒させて先が続かない。

「はい。その妹は今大変な目に遭っていて、自分が助けなければいけない。後先を考えている余裕も無かったんです」

「いったい、どういうことだね」

「妹の消息を知るイスラエルの人がメキシコに滞在中で、その人ならば詳しく聞けるかもしれない、頼めばペルシャ湾のどこか辺りまでは連れて行ってもらえるかもしれない、そう言われたから」

ロバートとしてはその経緯を具体的に知りたいのだが、知らないのか知って話せないのか、リエーフの口は如何にも重い。

「でも、結局、その人には会えなかった。何も分からないままでは、自分、どうやって妹を助ける。仕方なくまたここに戻って来ました」

これには仰天だが、目の前のリエーフから感じられるのは、落胆というより怒り心頭という雰囲気だ。

「そうか。それで君はこれからどうする」

「自分は皆さんの信頼を裏切って勝手なことをしてしまいました。もう皆さんにお世話になることができない。でも、自分は一生監獄に入っていてもいい、何としても妹を助けなければなりません」

「へえ、そこまで言うか。でも、君の場合、監獄とは入ったら一生出てこられない場所だ。そんな所へ入って何ができる」

「はあ、それは困ります。ロバートさん、何かいい方法はないでしょうか。アメリカの政府に、妹を助け出すまで自分を逮捕しないでくれるようにお願いできないでしょうか」

「うーん、なるほど、それがまたここへ戻った理由か。それじゃあ怒るわけにもいかないか」

「本当に申し訳ありません」

「君の存分は分かった。だが、政府に何か頼めることじゃない。お門違いだ」

「やはりそうですか」

「――――」

「そうなると、自分はこのまま身を晦ませて向こうへ渡らなくっちゃなりません。ロバートさん、自分のこと、今日だけは見逃して下さい。何としても、妹の消息を辿って救いの道を探します」

リエーフは、そう言いながら、今にも腰を上げ兼ねない様子だ。

「――――」

「自分はもうきれい事を言っているわけにはいきません。極悪人になってだって、たった一人生き残った身内である妹だけはちゃんと救い出します」

「いや、待てまて、そう先へ急くな。そんなことじゃあ、救える妹さんも救えない。事を為すにしても勝算を画してからだ」

「でも、時間が惜しいです。妹の身に今以上の何かあってからでは遅い」

「ああ、ああ、それはよく分かる。だが、ともかく、君がここへ戻って来たことは正解だった。ここアメリカなら、どんな余所者でも闇雲なことは言わないし、最低限、命だけは保証してくれる。戻って来たことはよかった。ただし、こうなることは分かり切ったこと、妹さんの件を聞いた時に直ぐに相談して欲しかったねえ。そうすれば、時間を無駄にせずにもっと何かできていたかもしれない」

「済みませんでした」

「まあ、謝らなくていい。君の妹さんの生存は君に取ってどれ程のことか、よく分かる。それでもしかしだ。むしろ、それだからこそだ」

「これからは必ずそうします」

　リエーフの切羽詰まった気分を解さない限り、このままリエーフを詰問しても意味が無い。ロバートは頭をフル回転させて無い知恵を絞る。これだけのこととなると、ロバート自身、何ができるか心許ない。やはり、相談できるのは兄のミシェルしかいない。

「さて、そこでだが。気力の元は体力だ。君は今日何か食べているの？　僕は昼飯がまだで売店で何か買おうと思っていたから、君も食べるだろう」

「はい。昨日からクラッカーと水だけ。お腹空いているのかどうか、分かりません」

一緒に立ち上がりかけたリエーフの足元が覚束ないのを見て取ったロバートは、制して座らせた。

「そうだねえ。でも、進軍は腹次第とも言う。今の時間だと君の好物のハンバーグやホットドッグは売り切れかもしれない。無かったら隣の学生食堂まで行ってくるから、君はここを動くんじゃないよ。四、五分で戻る」


やはり売店にはスナックやデザートの類ばかり、いない間にまた姿を晦ませるんじゃないかと気になりながら、一個だけ残っていたハンバーグとドリンクを求めて戻る。リエーフは、思考能力を失ったデクノ坊のように無表情な視線を宙の一点にやり、それでも目を見開いたままの姿勢を崩していなかった。

空っぽの胃袋を自覚してか、がっつくことをせず、ゆっくり噛み締めるようにしながらハンバーグを千切って口に運ぶリエーフを、ロバートは自分の空腹を忘れて横目に観察していた。なるほど、どんな条件下でもサバイバルの術をしっかり身に付けているらしい。ロバートは自分のような青瓢箪の心配するところではなかったことを思う。

「しかしねえ、君の話しはどうも要領を得ないんだよ。僕は午後の予定をキャンセルしてもいいから、落ち着いてゆっくり話してごらん。君はいったい、そんなとんでもない情報を誰から貰ったのか。そして、どうやってメキシコくんだりまで行ったのか、誰に連れて行ってもらったのか」

「はい。皆んなお話しします。どうか、助けて下さい」

「ああ、僕一人じゃ何ができるか知らないが、分かった。僕が一緒にいる限り最善を尽くす。君は少しだけどこかに身を隠して、安全を確かめてから家に帰ろう。事情を話せばミシェル兄さんが怒ることはないから、妹さんの救出はそこから新規巻き直しだ」

「はい、お願いします」

「で、何がどうしたい」

「聞いて下さい。自分が妹のことを知っているらしい人のメールを見たのはもう三か月ほど前、メキシコへ向かう少し前のことです。自分のメールアドレスに、自分しか知らないような内容の書き込みがあって、興味があればどうぞというような文面でした。ロバートさんが研究室に籠って論文作成に一生懸命にされていたので、ご相談できる相手もおらず」

「なるほど、そうか。それはねえ、今問題になっているネット犯罪の類だよ。君はそれに引っ掛かったんだなあ」

「はあ。そういうことはロバートさんから十分注意するように言われていましたので、最初は無視しました。自分がロバートさんに教わってメールアドレスを持ったのは、まだ最近ことですよね。あれ以来、まだ知らないお方には自分から出したことがありません。返信もしないことにしています」

「ああ、ああ、そうだろう。だが、君がどんなに身奇麗にしていたって、悪戯けた連中に掛かれば、君に本当と思わせるくらいはわけないんだから」

「ところが、間もなく二回目があって、そこにもう死んだと思っていた妹の名前があったんで驚きました。しかも、添付写真が一枚、まだ少女くらいな女性の後頭部を写したもので、その真っ白な首筋に痣のようなものが見え、自分は字と思いました。トルコ北部山岳地帯で広く使われる文字で、ＳＳと読めたんです。自分の妹の名前、スーザサファロです」

「ふーん、たまたまそう読めただけのことではなかったのかい？」

「はあ、そうかもしれません。でも、反対側の首の付け根には小さな古傷の跡があって、それも自分には直ぐに分かりました。あれは妹が幼かった頃、自分が不注意で負わせてしまったアーミーナイフの傷です」

「うーん、だとすると本当に妹さんか」

「文面には、スーザが助けを求めて兄のリエーフに会いたがっている、至急、連絡を取られたし、ある人物に会って確かめよ、と」

「そうだったか」

曖昧に頷いてみたが、ロバートには次の言葉が出てこない。

アメリカへ来た頃は話しでしか知らなかった自由主義社会の開かれた様に、恐怖心すら感じたらしいリエーフだったが、自分と同じような若者層が、ネット環境を駆使して自在に情報収集したり意見交換したりしている開放的な実態を知った彼は、ロバートが与えたネット端末を使いこなして直ぐにそこに入り込んでいった。飢えた知識欲を満たしてくれるのみならず、何よりもネットの中なら言語の壁は無いに等しかったし、自分の出自を明かす必要も無かったから、鬱屈したリエーフの心の開放の場として申し分なかったわけだ。ロバートはそんなリエーフにある種の懸念を感じたが、気を付けろというだけでそれ以上にはできなかったのだ。

「さっきはメキシコで会えるはずだった人に会えず終いで戻ったと言いましたが、本当は自分の方から逃げたんです。ここを出た時には妹が生きていると聞いて居ても立ってもいられなかったんですが、トレーラーやトラックに乗せてもらうヒッチハイクで成り行きに任せるしかなかった道中、冷静に考えるとあまりにも出来過ぎた話しで、誰かの仕掛けた罠ではないかと頻りに気になりました。子供の頃から、よ過ぎる話は疑って掛かれと、父から叩き込まれて身に付いていたことが、その時の自分に役立ったんです」

「なるほど、そうか。それで君は話の裏を見抜けた」

「はあ。向こうに着いて探し当てたそれらしい人は白人系ではなく、周りと同じようだったから、多分、メキシコ人です。凶器を隠し持っている風を装って相手に近付き、自分が今公安に追われているからと場所を変えさせて、脅し半分でいろいろに聞き出しました。やはりその人物は、ネットで教えられた貿易商なんかではなかった。ロシア語が少し話せるだけのその相手は、多分、アルメニア政府の放った工作員の下働きのような現地人かもしれないと思いました。自分に、頻りに国に戻るように言うのです。国の政府は国民の声を尊重するようになり、生活も素晴らしくよくなって、ひと頃は外へ流出していた優秀な若者達を集めるようになった。そういう若者達に教育の機会を与えて遅れている国の基盤造りに当たらせようということで、既に政治経済の中枢に入って指導的役割りを担っている者も多いと、お決まりの国の宣伝を一生懸命話すんです」

「ほう、なるほど」

「それで、自分の疑いの気持ちは一層強くなりました。自分が国を彷徨い出てからもう何年にもなりますが、その頃も同じような国の宣伝文句は山ほど叩き込まれまして、どれもこれも、堕落した欧米先進国の自由主義には先が無い、唯一、万民平等の共産主義の下でこそ将来の展望が可能、世界で初めて人工衛星打ち上げに成功したロシアの偉業を見ろ、人類初の宇宙飛行士ユーリンに続け、何としても打倒民主主義に立ち上がれ、と、そんなことばかりだったんです」

「それらしいことは聞いたことがある。でも、本当だったとは」

「だから自分は直感しました。これは工作員の放った罠で、やはり、自分がアメリカに入ってからもずっと目を付けられていた。でも、治安のしっかりしたアメリカでは迂闊に手を出せば本国の立場が拙くなる、だから、多分、自分の方から火に飛び込むように誘導を画策したことだったんです」

「はあ、なるほどそうか。しかし、君が母国にとってどんな危険な人物か知らないが、たかが亡命青年一人の為に一国がそこまでやるかねえ」

「はい。共産党政権に取って自分の危険度や価値なんてどうでもいいんです。自分を血祭りに上げて他への見せしめにするだけのことです。多くのアゼルバイジャン知識人達が辿った運命で、自分の家族親族を根絶やしにしたのもただそれだけ、その理由だけで十分なんです」

「なるほど、そうなのか。もう直ぐ二十一世紀の今にそんな大昔のような野蛮が大手を振って通用しているなんて、僕の認識が甘かったのかなあ」

そう自嘲して誤魔化したものの、自分とは数段違うレベルの世界に呻吟するリエーフの本当の姿を見せ付けられて、ロバートは、これまで自分が持っていたリエーフに対する優越感のようなものが笑止の沙汰だったことに焦りを覚える。

「いえ。アメリカのような合理的な社会に育まれておいでのロバートさんに、こんなことを分かれという方がおかしいんです。それに、自分が逃げ出してもう数年、政府がどうのこうのよりも、今は秘密警察の下っ端あたりが手柄を挙げたくって勝手に動いていることかもしれません。そんなんだと、しつこいばかりで力は大したことがない。ここまで逃げ了せたのはそのせいかもしれません」

「全く言葉も無い。君は僕より若いのに、大した人物なんだねえ。参った」

「このままでは直ぐにも追っ手が掛かると感じた自分は、その現地人に嘘八百を並べてそこに待たせ、自分は予め見定めていた漁港まで走りました。そのまま夜を待って、出港する小さな漁船にこっそり潜り込み、沖へ出てから海に飛び込んで朝まで泳いでいました。逃げ足を晦ますには海が一番安全、夜明け頃に陸に上がってまたヒッチハイクです」

「すごい活力だねえ」

「いいえ、国を遁れて逃走していたあの頃に比べれば、真夏の今、快適な野外訓練みたいなものです。人が住まないような不毛の地でも、生きるためだけなら、幾らでも食べ物が手に入ります」

「そうか。君はどんな苦境をも凌ぐサバイバル能力を叩き込まれた、筋金入りの少年兵だった」

「はい。でも、ロバートさんからはそう見えるかもしれませんが、国が放つような本物の戦闘員のレベルから見ればヒヨッコにもいかない程度のことです。面と向かって対峙できるようなものではありません。父から教わったたった一つの真実で、今となっては父に感謝しなければなりません」

「まさに、その通りなんだねえ」


リエーフが学生向けの特大バーガーを残さずきれいに平らげるのを安堵の気持ちで眺めながら、ロバートはリエーフの預け先を算段する。

だが、リエーフの話しだと、メキシコから逃げ帰る間に乗せてもらったトレーラーが、国際コンテナー船に積む荷物を運搬中と知って、自分はそこの港湾労働者だと偽って港近くで下り、港湾事務所でひと悶着を起こして密航を企む不法労働者らしく見せ掛けてやったという。その活劇の後で再び街中に戻って身を隠したから、もし追っ手が気付いたにしても、既にコンテナー船に潜り込んで中東辺りへ向かっていると思うはず、カスピ海で泳いでばかりいた自分には、やっぱり海が味方してくれます、と、そう言って不敵な面持ちのリエーフだ。

ロバートがどんなに慎重にとなだめたところで、これからを見据えてそれだけ沈着に行動できているリエーフが静かにしているはずがない、もう自分の出番ではない、そう判断したロバートは、ここはリエーフの判断通りにしてみるかと一計を案じた。

「よく分かった。君は僕なんかより数段上だ。君の言う通りにやってみよう。ところで、今君が一番欲しいものは何だろう。何が欲しくってここへ戻ったんだろうか」

この言葉にリエーフは遠慮がちに目線を上げたものの、言葉は無く、その表情は明るくない。

「君が徒手空拳で突っ走るような人間ではなくって、僕も安心した。この上は、何でも言ってみて欲しい」

「はい、自分もどうしていいかもう何も分からず、ロバートさんのところへ来てしまいました。でも……」

「ああ、僕もそれが嬉しい。言いたくないことは言わんでもいいが、君の妹さんはどこに捕らわれているのか、先ずはそこを正確に探索する必要があるだろう。それについて君が得ている情報はないかい？　例えば、国や地域、場所や住む人の特徴とか、……」

ロバートの柔らかい視線に押されると、ようやくリエーフの口が開いた。

「多分、トルコとイラン、イラクが境を接する高地辺りではないかと。当初ロシア語で書かれたメールにあった山岳部族というのを、自分はカフカスの高地と思ってしまったんですが、メキシコで聞き出した様子からするとクルディスタン地方のことではなかったかと。一帯のクルド人は未だ母国を持てないでいる民族で、昔から刃物を腰に馬を自在に駆る勇猛果敢さから好戦的とされて怖れられてきた、仲間意識の強い独自の宗教色を持った優秀な人達でした。しかし、そうしたことが災いするかのように今は周囲から取り残され、人口的には少なくない民族なのに、アラブ人社会の中に散りじりになってマイナーな存在に甘んじている。その上、イスラム教への強引な改宗すらさせられた地域もあって、だから、一部にはその鬱憤晴らしのように勝手し放題の暴徒もいると……」

「今の世にまだそんなことが？」

「あっ、済みません。これは子供の頃の父からの受け売りで、今はどうなのか自分には分かりません。でも、もしそんな所に妹が身売りさせられてでもいるかと思うと……」

「そうか、君の居ても立ってもいられない理由がよく分かった。それでだが、その妹さんの所在を明らかにしていくのに僕も助けになれるかもしれない。僕というより、大学のゼミで同席するミスアイコと彼女が身を寄せている先のドクターコマツバラで、君も一度会ったことがあるはずだから、君の難局には力を貸して下さるかもしれない」

「えっ、アイコさん、あの女の方ですか」

「ああ、あの日本人女性だ」

「それはいけません。危険過ぎます。共産党政権下の秘密警察の執拗で残忍な怖さは、アイコさんのような方に話して分かってもらえるようなことではありません。それは絶対にダメです」

「ああ、そうかもしれない。でもね、ドクターコマツバラは情報科学の大先生で、特に地上通信網と衛星通信網を人工知能で融合させた次世代型宇宙空間情報処理システムの開発に邁進していらっしゃる。この方々に支援をお願いしてみようと思う。もちろん、僕の一存で脱線してはいけないから、先ずはミシェル兄さんに相談してのことだがね」

「はあ、それで何ができるでしょう」

「軍事教練を受けた君なら地球儀的地理情報はお手のものだろうから、想像してみてくれ給え。まず、北緯で言うと君の母国アルメニアは40度の辺り、これが大事なんだ。北緯40度線に沿ってイベリア半島スペインの西端を始点として見ていけば、地中海北側のイタリア、バルカン半島ギリシャを経て小アジア半島トルコ、そこからカスピ海、中央アジア平原南縁を辿って中国に入る。タリム盆地、ゴビ砂漠と中国大陸ど真ん中を横断してペキン、その先、朝鮮半島から日本列島だ。そこから太平洋を突っ切ってここ北アメリカ大陸西岸のベイエリアに至り、そしてそのまま大陸中央を横断して東岸のワシントン、ニューヨーク、そこから大西洋を跨いでイベリア半島に戻る、と、そうなるね」

「はあ、詳しくは知りませんが」

「つまり、世界の最重要都市の多くがこの北緯40度線に沿って位置して、このことは、今の人類社会にとって、極めて重要な意味を持つことになるね。もちろん、政治、文化社会、諸々においてだが、取り分け、軍事上の意味合いが隠れて重要なんだ。つまり、君が生まれ育ち、良くも悪くも暴れ回っていた地域がちょうどその重要な北緯40度ゾーンに当たる」

「あんな山ばかりのところがですか」

「山岳地帯がどうのこうのじゃないんだが、母国で軍事教練に勤しんできた君らに学ぶ機会が与えられていたかどうか、甚だ専門的で理屈っぽくなるが、これからのためと思って聞いてくれ給え」

「はあ」

ロバートはテーブルの上を指でなぞって大雑把な地球儀を描く。

「国際宇宙ステーションなら馴染みだろう。地球を取り巻く大気圏の上数百キロの地球周回軌道に建設されている有人宇宙開発基地だ。ロシアも参加してのことだからよく知られているはずだ。そして、それとほぼ同じ高さに、いろんな種類の小さな人工衛星が打ち上げられて地球を周回しているんだ。もちろん無人だが、この人工衛星は位置情報、気象情報などの平和利用で人類に素晴らしい貢献をしている。ところが、隠れて重要な役割を担っているのが軍事衛星ないし偵察衛星と呼ばれるやつだ。大国が競って打ち上げて、その数幾つになるのか見当も付かないほどだよ」

「スパイ衛星ですね」

「俗称ではね。しかしまあ、地球観測衛星とも呼ばれる通り宇宙から地球上の様子を観測するもので、よく言えば地球の監視役さ。地上との通信や放送に有効な静止軌道や地表観測のための太陽同期軌道、あるいは南北極で地球を輪切りにするいわゆる極軌道を取るものなどと多様だが、昼夜を分かたぬ軍事偵察となると極軌道が有利で、周回速度と地球の自転に助けられて、一個の衛星だけで全地球表面を総舐めできるほどだ」

「はあ、そうなんですか。何だか難しいんですね」

「いや、君に細かい理屈を分れとは言わない。ともかく、今の地球上の様子は、大国によって隈なく見張られているということ。取り分け、君の母国のある北緯40度線一帯はもう手に取るように正確に把握されているだろうね。母国の政府にしたって、知らないはずはあるまいが、都合の悪いことを若い君らに教示するわけは無かろうさ」

「知りませんでした、全く」

「これからも、否が応でもヤバい事態に直面しなければならないだろう君だから、そういう事実だけは知っていないとならん」

「はい」

「こうした衛星技術の発達はものすごい速さで、今では地表の車一台、人ひとりの動きすら見て取れるほどだろうね。アメリカ国防筋の最新鋭偵察衛星だと、軍服の肩章諸々の識別から人物特定すら可能と言われるほどだよ。まあ、もう直ぐ来る二十一世紀には、地上を歩く人間一人ひとりが誰それと、ピンポイントで識別されているだろうよ」

「そうなんですか。恐ろしい」

「そしてね、ホワイトハウスもペンタゴンも素知らぬ顔で話題にもしないが、我が国の偵察衛星の精度も緻密さもおそらく世界一、特に、アメリカ政府に取って最重要な北緯40度前後のベルト地帯だと、ほんの僅かな変化もしっかり把握しているはず。この衛星技術が駆使されれば、これまでは鉄壁だったかもしれない軍備が無意味にすらなり兼ねない。衛星情報網を支配する者は世界を制すると、これが、大国がこぞって宇宙開発競争に血道を上げる理由の一つなんだよ」

「――――」

「もちろん、諸々の厄介さを秘めるだけに、衛星の運用も情報の管理も全てしっかりしたインターナショナルな組織に委ねられているが、民間衛星さえ打ち上げられる今では、これまで想像も及ばなかったような活用方法が次々と開発されている。現に、僕らが君の出奔後の足取りを追えたのも、それがあったからだ。しかしまあ、今回だけは君にしてやられたわけだが」

「はあ、申し訳ありませんでした。自分はそんなこととは知らず、使わせてもらっていた端末を不用意にどこかに置いてしまったんです。それが向こうの厄介な手に渡ってしまったのかもしれません」

「問題はそれだな。その厄介な手、つまり妹さんの情報を餌に君をトラップに掛けようとした狼藉者とは、いったい誰なのかね」

「それが、自分にもよく分かりません。二回目のメールを辛抱し切れず開けてしまって、妹の生存情報をくれた人物がサンディエゴに住むモスクの関係者らしいと見当が付きまして、それならばメキシコへの途中だからその人物を先に探ってからと思いました。でも、自分自身、隠れての人探しには限界があって、結局、何も分からずメキシコへ向かうしかありませんでした」

「ふーん、やはりそんなことだったか。まあ、しかし、その程度でよかったのかもしれない。よく慎重に行動できたね」

「――――」

「さっ、そこで話しを戻して、妹さんの生存が確かだとすれば、ともかく妹さんの捕われている場所をしっかり割り出す。そこが分かって次の段階だ」

「はあ、そうなると嬉しいです。自分は何をすればいいでしょう」

「偵察衛星の情報を利用できれば、多分、君の言うクルディスタンからアルメニアに至る一帯の細かな割り出しは苦も無いことと思う。もちろん、我々一民間人に軍事衛星情報を開示してくれるはずはないし、開示してもらえたにしてもかなり加工の手が加わったものだろうから、これを目的に合致したものとするための方策が必要だ」

「――――」

「そういう超高度の情報処理技術に関して、おそらくドクターコマツバラは第一人者なんだよ。君の知る限りでいいから、今の妹さんの所在や人物像に関する情報を総動員してくれれば、僕はミスアイコにそれとなく事情を話して、ドクターコマツバラへの口利きを頼んでみる。君が言う通り、こんな国家間紛争にもなりそうなヤバいことに、純粋な研究者の一民間人を巻き込んではならないが、ともかく、人道的な非常事態と話せば知恵だけでも貸してもらえるだろう」

「これから直ぐにですか。でも、ロバートさんも今、自分の軽々な動きをお叱りになったばかりではないですか」

「もちろん、今夜にもミシェル兄さんに諮って慎重を期すがね。ドクターコマツバラはね、大変な方なんだよ。情報科学研究者なのにＩＴ産業の社長さんでもあり、お若い頃には朝鮮半島や旧ソ連圏東欧諸国の難事にも活躍されたとかの平和活動家で、今回のことでアドバイスを受けるに最も適って最も信頼できる人と思う」

「はあ、するとあれですか。ドクターコマツバラならその偵察衛星からの情報を駆使されて、向こうの情勢はある程度読めると」

「ある程度どころか、君からの情報が適切なら、犯人像を割り出すこともできるかもしれない」

「はあー、凄いことですね。居場所さえ分かれば自分にだってやれることが出て来ます」

「だが、カギとなる確かな情報が手に入ればのことだ。ともかく、やってはいけない部類の作業をお願いすることだ。いい加減な気持ちで、いい加減な情報でドクターに頼めるはずがない」

「自分の責任は重大ですね」

「ああ、重大だとも。しかし、君にだっていろいろと知恵があるだろう。例えば、メールの主にもう一度接触を試みるとか、もちろん、今からの君の行動は僕のサポートが前提だがね」

「はい、何でもします。でも、今度はもう勝手にはしません」

「君を呼び出したというメールはまだ残っているだろうか。妹さんの写真に何か、居場所とか拘束している犯人像とかに通ずるヒントは無かっただろうか」

「はあ、そこまでは注意して見ませんでした。何分、動転してしまって。ただ、メキシコ人から聞き出したことで、一つだけ気になる言い回しがありました。それは高地の馬賊達が使う独特なもので、国を逃げた自分がイランを経てイラク側へ逃れた時に拾ってもらった集落で、そこで下働きしていた頃、日常のように耳にしました」

「イランではなくイラクあたりの高地民族か」

「はい。今気が付いたんですけど、自分が追われているのは、ひょっとしたら母国政府ではなくイラクで一時身を寄せた山岳の一族からかもしれない。自分はアメリカの最新武器調達のルート作りを口実にそこを飛び出したんで、そこのボスは未だに逃げたままの自分を許していないかもしれない」

「ははあ、なるほど、そうだった。君はいろんなところから狙われている有名人だった」

リエーフの口にすることは何もかもが曖昧なのに、ただ表情だけは真剣そのもの、どうにもいい案が無いままに腕組みするロバートは、この場を解そうと冗談めいた口調にしてみる。だが、リエーフはそれにも乗ってこない。それだけの余裕が無いのだろう。

「いや、実はね、ミスアイコがドクターコマツバラに言い付かって任されている仕事があってね、それが人工知能によるネット上での情報監視機能のシステムなんだ。網羅する範囲は地上ネットだけでなく宇宙の衛星網からの情報も入っていて、ちょうどさっき話した宇宙からの地上探査のようなことも試みているとかでね」

「――――」

「君に件の場所を特定できるような特徴を羅列してもらえば、それを持ってミスアイコに意見を求めてみたいんだよ」

「はあ、でもやはり心配です。そんな重要な最先端技術がもし自分のことで外から目を付けられるようにでもなれば……」

「なあに、ドクターコマツバラは、ご自分のそういうものを極秘裏になんてお考えなさらないようだ。ミスアイコから聞かせてもらうドクターコマツバラとは、真のエキスパートであるためには他を圧倒する技術力を持ち続ける必要があり、そのためには隠して優位を保とうなどと考えない方がいい、開けっ広げにしてなお追随を許さないレベルであればこそというお考えの方だそうでね」

「きっと自信がおありになるから、そう仰れるんですね」


リエーフが疲れ切っており、何をするにも休息を取らせてからと感じたロバートは、午後の予定をすっかり入れ替えることにした。

――今日はリエーフを寮の自分の部屋に泊めよう。隣室は気心の知れた仲間同士で、何も言わずとも不審がるような連中ではない。俺はそのままミシェル兄さんを訪ねて訳を話し、アドバイスを貰った上でミスアイコには明日にも相談、可能ならばドクターコマツバラにも面会させてもらう。気の逸るリエーフには、勝算の理路を整然と説明しなければ直ぐにもまた飛び出し兼ねないが、妹君の苦境は今に始まったことではあるまいから、少々の遅れよりも先ずは勝算だ。――

そう思って、なお渋り顔のリエーフを急き立てるようにして、誰もいないロビーを出た。

五　身を捨てては、浮かぶもせん方無し！

――熱血の若者達の分別――

アララト山の呪いか、聖なる山と崇めるアルメニア平原の民に、何故にかくも受難の道が！

中東山岳地帯を自在に駆ける仰天の山岳部族とは？　リエーフの妹スーザを追う人工知能ソーニアの目は、そこに何を見る。

五分の魂を侮るなかれ、事あるは、再びのアララト平原！


翌日、ロバートは昼休みを見計らってアイコオガワの研究室の前で待った。時間通りに出てきたアイコは相変わらずエネルギッシュな足取りだ。アジア系らしい小柄で年齢の分からない容姿はキュートだが、仕事着を纏って如何にも研究者らしい雰囲気はスマートと言うしかない。

「ハーイ、ボブ、お待ちどう様。リエーフが無事に戻ったって、いったいどういうことですか？　驚きました。何があったんですか」

「やあ、アイコ。いろいろと迷惑を掛けて済みませんでした。昨日の今日なんで僕もさっぱり。でも、リエーフが無事だったんでひと安心しているところなの」

「それが何よりね。で、今日のご相談て何？」

「それがねえ、学内なんかで話せることじゃなくって、どうでしょう、お昼を用意しているんでオーバル広場の芝生でピクニック気分なんて」

「わー、いいですね。このところ研究室に詰めっ放しだったから。それなら仕事着を脱いで、ついでに午後の予定を少し繰り下げてくるわ。先に行っていて下さる」

「分かりました。研究の邪魔をしてしまって、申し訳ありません」

「いえいえ、ちょうど頭が甘いものを欲しがっていて、リフレッシュしたいところだったの」

「はい、そう思ってデザートのチョコケーキやアップルパイも調達してきました。それじゃあ、先に行って土手に近い方にシートを広げて待っています」

「了解」


アイ子がデスクの端末を落として広場へ出ると、週末らしくもう幾組もの学生達が真っ青に晴れ上がった晩秋の空の下で食事やら談笑やらに興じている。そこから少し離れた周回道路の土手際に、ブルーシートを広げてロバートが手招きしているのが見えた。アイ子が芝生をショートカットでそこへ向かうと、既に食事の用意が整えられていた。折り畳み式の小さなテーブルにスモールサイズのサンドイッチ、バーガー、アメリカンドッグが並び、紙カップのスープもコーンポタージュとクラムチャウダーとあって、好みのままに選んでどうぞというロバートの心配りらしい。飲み物もまた小パックのミルク、野菜ジュース、オレンジジュースと揃っている。

「僕はアイコの好みが分からないから、こんなアラカルトにしてみたけど、どうぞお好きなように」

「わあ、いいですねえ。私もどちらかと言うとボリュームよりはいろいろなものを食べたい派なんです。ボブさんていいとこのオボッチャヤマかと思っていたけど、細かい気配りの方なんですね」

「そう言ってもらえると嬉しいよ。でも本当のところは、子供の頃の僕は好き嫌いが激しくって、親はあの手この手の調理でそれを矯正してくれたみたい。そのせいか、今の僕は品数が少ないと寂しいんだ。気にしないで、遠慮なくどうぞ」

今朝の早かったアイコは早速クラムチャウダーのカップを手にする。ドッグを口にくわえて紙コップをテーブルに並べるロバートは、話しが待てない様子だ。

「それで、リエーフさんの相談とは何ですか。とても急ぐようなことですか」

「ええ、それなんだが、昨日突然に学部の事務局に彼が現れてね、それだけでも驚きだったのに、尋常じゃない厄介な事情を聞かされて……」

「――――」

ロバートは頬張ったドッグをミルクで飲み込むと、無言で待つアイコに向き直って膝を進めた。

「リエーフは天涯孤独と聞いていたんだが、たった一人、妹さんがまだ生きていると分かったらしい」

「はあっ、リエーフに妹さんがいらっしゃった？」

「うん。ただ一人の歳の離れた妹だそうで、ところが、生きてはいるもののその境遇が徒事ではないらしいんだよ」

「――――」

「どうも、盗賊だか山賊だかに攫われて奴隷のように酷使されているとか……」

「ええっ、山賊に攫われたとか奴隷とかって何ですか。今はもう二十一世紀が直ぐそこに来ている時代ですよ」

「そうなんだが」

驚きというより飲み込めない表情のアイコに、ロバートは昨日のリエーフの話を頭の中で整理しながら繰り返す。

「そういう次第でね、あれだけ心配したリエーフがあっけなく戻って、僕はつい腹が立ってしまってね、大勢の人に迷惑を掛けておいてよくのこのこ戻れたもんだと怒鳴り付けちゃったんだけど、聞いてみれば尤もなこと、驚いたよ」

「――――」

「女の身で奴隷というと、どんな境遇か直ぐにも想像が付く。リエーフはそれで我を忘れて行動に走ってしまったらしい」

「何と言うことでしょう」

「リエーフの出奔の全ての責任を一身に負うつもりで命を差し出した父親だったのに、その思いが反故にされて家族親族にまで追っ手が回った時、多分、剛毅な性格の母親が、身を地獄に落としてでも生き延びろと、ただ一人の娘を野に放ったに違いない、と、リエーフはそう言うんだ。そんな不幸な女子供のケースは、当時のリエーフの周りには幾つもあったらしい」

「そんな惨い」

「そうしたケースの十中八九は人身売買や狼藉者共の手に落ちて、お決まりの悲惨な結末、しかし、そんな捨て身でなければ女性が活路を開くことなんぞとうてい覚束ない。妹のスーザは兄リエーフと同じように頭脳明晰、穏やかな性格ながら世事に長けたところがあったそうだから、母親はそこに僅かな望みを掛けたんだろうか」

返事無く顔を強ばらせるアイコに、ロバートは怒りに任せた自分の口調の行き過ぎに気付く。日頃の快活な様子からは想像もできないが、そもそもこのアイコが両親の下を離れて日本を出た動機が、朝鮮半島独裁政権による拉致事件で人生をめちゃくちゃにされた父親の悲劇があったことと、本人から薄々聞かされていた。

ロバートは慌てて話しの矛先を変える。

「こんな恐ろしい国情が、今の地球上のどこかにあるなんて、僕にしたってとても許せない。でも、このままではリエーフが勝算も無しにまた突っ走ることは目に見えているんだ。僕達も努力するから、先ずは妹の生存の真偽をしっかり確かめようと話して、ようやくリエーフをなだめることができたんだけど」

「――――」

「しかし、僕のような軟弱オボッチャマは、誰彼の助けを貰わなければ何もできない。それでね、君がリエーフの携帯端末から彼を追うのに使ったグローバルデータ検索システム、あれを僕にも使わせてもらえないだろうか」

心の内に嵌り込んでしまっているアイコを引き戻そうと、敢えてふざけた口調にしてみるが、アイコの顔色は簡単には戻りそうもない。仕方なく、ロバートはまだ食べていなかったサンドイッチをポタージュに浸して口に運ぶ。彼にしても、難しい話しに喉がひり付く思いなのだ。

「君を危険な局面に巻き込むのだけは、やはり避けたい。それでなくても、リエーフは彼の知る情報を他に漏らすのは絶対にできないと言って、僕にすら核心を話してはくれないんだ。だから、そこを聞き出して先へ進むためには、僕以外には絶対に口外しないと約束しなければならない。君には、そこのところを分かってもらって、何とか協力をお願いできないものだろうか」

「――――」

「僕も遅まきながら情報処理研究者として足を踏み出したんで、君ほどにはとても無理だろうが、やってみたい」

ロバートの殊更ゆっくりとした話で、アイコはようやく自分に戻れたようだ。

「はあ、大変なことなんですね。分かりました。でも、申し訳ありませんが、私が今何かできるのは小松原の小父さんのお手伝いの範囲内のことでしかありません」

「そうだよねえ。ドクターコマツバラのような大先生にご迷惑をお掛けするのは筋違いだし」

「小父さんは秘密にしろなんて仰いませんし、自分の信念に基くことなら何をやってもいいと信頼して任せてもらえています。でも、ボブさんが仰ることはとても内緒で出来るようなことと思えません」

「そうなんだよね、無理は承知なんだけど、でも、やはり甘え過ぎかなあ」

アイコの当惑顔に自省してみせるロバートだが、リエーフの前では空威張りできてもアイコの前では通用しない、どうにも手詰まりなのだ。これでアイコも拒み切れないと分かったようだ。

「もしリエーフの妹さんが生きておいでというのが本当なら、私のような恵まれた境遇の人間が黙っているわけにはいきませんね。小父さんならその方をお叱りになります」

「――――」

「少なくとも、妹さんの消息に繋がるような情報があるなら、私のできる範囲のことでやってみたいことがあります。もちろん、一番の核心は小父さんにお願いしなければできないことですが」

「ええっ、何かあるかい。あるなら聞かせてもらえないかなあ」

「ボブさん、この先は私からは言わない方がいいと思います。小父さんはご判断に好ましくない要素はお嫌いになります」

「――――」

「ですから、好ましくはリエーフから直接のお話しをすることです。その上で、ボブさんや私は小父さんの手足となって動く、小父さんのご指示通りに動くんです。もちろん、リエーフとのお話しから勝算が無いと小父さんが判断されたなら、私達も熱血漢振った行動は慎むべきと思います」

「なるほどそうだね。やはり君はクールでスマートだ。僕はそこを忘れていた。ごめん」

「ボブさんからリエーフの失踪を知らされた時、それほどの大事とは思わずに私からお話ししてお知恵をお借りしました。だから、小父さんも粗方はご存知です。ご都合さえ悪くなければリエーフの話しを聞いて下さると思います。小父さんにしたって、リエーフに妹さんがいて、その人に大事ありとはまだご存知ないけど、でも、人の探索には相手が誰であっても同様です。多分、小父さんはもう何らかの突破口をお持ちのはずです」

「えっ、そうなの。それは凄い」

「確約はできませんが」

「いやいや、望みだけでもいい。やはり君に相談してよかった。図々しいとは分かっているけど、ぜひそうさせて」


翌日早朝、始業前の会社でとアポイントを貰って訪れたロバートとリエーフを、ドクターコマツバラはいつものように笑顔で迎えてくれた。

緊張を隠し切れない二人だが、用意されていたらしい小部屋に誘い入れられてひと息吐く。雲ひとつ無い青い空を目一杯に望める天井の高いその部屋は、緊張せずに特段の内緒話をするためにドクター一流の配慮と思えて、ようやく気が楽になった。

昨夜遅くのアイコからの連絡では、ドクターにはリエーフが戻ったとだけ報告したが、ドクターはこれにはあまり驚いた風ではなかったらしい。ドクターにはそれなりな状況分析ができていたのかもしれない。それならば余計な前置きは一切省いて単刀直入な方が褒められそうな気がして、ロバートは逸る気持ちを隠さず、今日の面会の目的を一気に口にする。

「リエーフにとってたった一人の妹スーザが、故国を逃れて生きていると分かりました。でも、その場所が中東クルディスタン地域北方の山岳地帯らしく、しかも、捕らわれの身で虐げられた境遇のまま、明日の命の保証も無くリエーフの助けを待っているとかです。リエーフが後先も見ずに家を飛び出してしまったのは、そのことを知らされたからだったんです。彼にそんな情報がもたらされた裏事情はまだはっきりしませんが、決して偶然だけのことではないとリエーフは言います」

ロバートはそこまで捲し立ててリエーフを振り返る。だが、リエーフは青菜に塩の表情で頷くだけだ。さすがのドクターも、若者のこの初っ端からの訴えには内心仰天だったようで、テーブルに出してあったコーヒーポットに伸ばしかけていた手が、硬直したように動かない。だが、表情には何ら変化が無く、そんな予感もあったかのように自若の風情だ。ロバートがひと呼吸して上体を引き、リエーフの表情を確かめながら再び話しを続けようとするのを軽く制して、ドクターは席を立ってしまった。

窓辺によって背を向けるドクターに、ロバートは言葉を掛けることもできず、黙して待つしかない。一時して振り返ったドクターの顔には笑みがあって、余裕の表情だ。

「全く驚きましたなあ。また、中東の山岳地帯ですか」

「――――」

「いや、私の方もこのところやけに中近東辺りの話題で姦しくってねえ」

「と申されますと」

「いや、あなた方とは無関係のはずなんだが」

そう言いながらドクターが心の内に反芻していたのは、あのアララト山に絡むおかしな衛星画像のことだ。

――クルディスタン地域北方と言えばアルメニア平原一帯、そこに忽然と聳える弧峰アララト山こそは、旧約聖書に所縁の聖山だった。そこに漂着したノアの方舟が数千年の間氷河の下に埋もれていたと聞かされ、衛星画像探索をやって何やらおかしなものを見付けたものの、尻切れトンボで消化不良のまま終わっていたんだった。ところが、ここにきてまたもやの中東山岳地帯からSOSとは！

あの時はビルシモンズ氏の眉唾物と言いたげな表情に同調して曖昧にしてしまったんだが、こうなると、悪戯好きの邪神がまたまたこの私に尻押しをしているのは疑いも無しか、やれやれ。——

「そうですか。アイコから何やら厄介な事情があるらしいとだけは聞いていましたが、そんなことでしたか。あなた方の心内の激震が徒事ではなかったことはよく分かりました。それにしても、リエーフ君はよく思い止まれましたね。そして、ボブ君の判断も正しかった。感心です」

「はあ」

「実は、昨年の暮れ以降、私の身辺でも何やらおかしな雲行きのハプニングがありましてね、中東山岳地帯には甚く興味を持っていたんです」

——つい最近だってアイ子からリエーフ失踪の相談を受け、その時、彼女からもＡＧＲＩ ＤＡＧＩなる言葉を口にされて驚いたのだった。だが、今のところ彼女はこの件から外しておいた方がいい。——

「でも、私の件とあなた方の件は次元からして全く違う。偶然にしてはあまりに出来過ぎていて、私の理解が追い付きません。ここはまあ、仰る通りのスーザさん救出だけに的を絞りましょう」

「よろしくお願い致します」

「アイコが言葉を選んでいた事情も分かりました。だが、それもこれも曖昧な要素ばかりで何が本当か分からない。本当だとすれば、リエーフ君の居ても立ってもおれない気持ちは当然、ボブ君にしたって同じでしょう。しかし、何分にも事が小さくない。ここは、いったん立ち止まって全てを見直す方がいい」

「ですが……」

「リエーフ君には酷な言い方だが、もし妹さんが闘争だか逃走だかの渦中にいるのなら危うい局面も否めない。しかし、既に罪人や非人ような立場にまで身を貶められているのだとしたら、残酷だが、むしろそれ以上の差し迫った厄介は無かろうと考えるべきじゃないかな。つまり時間はあるということ、焦るなということです」

「それでは、ドクターは心を鬼にしろと仰る」

「その通り。身を捨ててこそ浮かぶ瀬もある。多分、お母上はそこまで見切ってご自分が夜叉にお成りになった。それなら、お母上の夜叉の心に沿って、命ある妹さんを確実に陽の光の下に救い出す、それだけを君達の唯一の目的とすることです」

「ヤシャ？」

「そう、鬼女。我が子の為に己が身を捨ててデビルになった母です」

「――――」

そんな説明でリエーフもロバートも納得できるはずは無かろうが、二人とも意味は理解した顔付だ。

「君達が今遭遇しているのは、それほどに厄介、かつ危険極まりない局面ということなんですよ。リエーフ君はともかく、この自由なアメリカ社会に育まれたボブ君には、想像すら及ばない世界のことと自覚しなければいけない。かく言う私ですら、厄介さは分かるものの具体的な危険度は見当も付かない」

「そうですね」

「そこで、君達に二つの提案をします。一つは、君達二人で妹さん、スーザサファロの探索に役立つと思われる情報を全て箇条書きにして見せてもらうこと。今日この場でです」

「はあ、それは出来ます」

「二つ目は、スーザの居場所を割り出すにこれからちょうど一か月間、その間は黙って全てを私に任せてもらうこと。その間に私が探索に成功するかどうかの確証は全く無い。だから、その間のあなた達の行動をどうのとは言わない。だが、自分の行動には自分の責任が付いて回ることを念頭から離さないこと、事を悪くすると分かる軽挙は断じて取らないこと」

「はあ、分かります」

「情報万能社会にどっぷり浸かったあなた方なら、それを駆使すれば何でもできるかのように思うかもしれないが、そこに大きな落とし穴が待っていることも知らなければならないんです。敵対する相手のあることだと、こちらができることは当然向こうもできること、私のできるようなことは誰か他の人物にもできないことではないんだ。だから、正しい意図を持って常に先を行く努力を厭わないこと、その強い意志がいい結果を手繰り寄せてくれると、そこだけをしっかり胸に刻んで欲しい」

「――――」

「今日は君達の為にこの会議室を空けてある。ホワイトボードも壁紙も自由に使って、一つ目の君達の作業をしてくれ給え。私は自分の仕事に入るが、事務方に話しておくから必要なら何時呼んでくれてもいい。いいかね」

「はい、分かりました。突然の厄介なお願いに時間を割いていただいて、本当にありがとうございました。仰ったことを肝に銘じて、早速に状況分析に入ります。そして、ミスアイコも、気にしているでしょうから、午後からここでの作業に加わってもらうことはいけませんか」

「うーん、どうかな。しかしまあ、よかろう。君達の判断に任せる。この部屋は出入り自由だが、君達の携帯電話以外には社外との通信手段は何もない。厄介話しでも内緒話しでも何なりとどうぞ」

若者達を部屋に残して自分の仕事に戻った小松原は、無理に気持ちを切り替えてルーティンワークだけはこなしたが、気分は空回りするばかりだ。

若者達を前に大言して見せたのは、もう一度ビルシモンズ氏の力添えが貰えるならば勝算ありと踏んだからで、それが無ければ今のところ何の手立ても無い空手形でしかない。

つい半年少し前、人工知能ソーニアのネット監視機能にＡＧＲＩ ＤＡＧＩなる文言が引っ掛かってその意味に首を捻り、衛星画像なら何か分からないかと、航空機開発会社顧問のビルシモンズ氏に頼み込んでＮＡＳＡ提供のライブラリーから衛星画像を寸借したことがあったのだが、驚いたことに、アララト山中腹に地下構造物と疑える知見があった。ただ、確証が無いままどこへも持って行けず、ビル氏共々、消化不良のまま放念していたのだった。

そのアララト山は、トルコ・イラン国境に跨るイスラム系クルド人勢力の集まるクルディスタン地域の北端にあって、元々はキリスト教徒であるアルメニア人達の聖地であった一帯、しかしそこは、大戦後の大国の横槍でトルコに編入され、逆らうアルメニア人の多くが虐殺された。その数何と数十万人、二十世紀史上稀にみる悲劇の地でもある。しかもそこに流浪のクルド系、ユダヤ系山岳民族の問題が絡み、つまり、今もって大戦後の後遺症を引きずる特大の国際紛争地なのだ。そんな地に、まだ少女の域であろうリエーフの妹スーザが奴隷として捕らわれているというのか。

――まさかあのノアの方舟伝説の蒸し返しでもあるまいが、尻切れトンボは拙いと、私に対する誰ぞの尻叩きに違いない。アルメニア政府の手を逃れたスーザが身を置くのが山岳部族のどこかかもしれないとすれば、あり得るのは二つ。確からしいのは、当然、トルコ東北部のクルド人部隊辺りだが、もうひとつ、北方コーカサス山地寄りの山岳ユダヤ系部族とも考えられる。いずれにしたって大国の狭間に呻吟する同情すべき人達で、それだけに事は厄介と言わざるを得ない。でも、手を拱いているわけにはいかない。――

この辺りをどうやってビルシモンズ氏に訴えたらよかろうかと思案しながら、少しも進まない仕事の区切りを付けようと壁の時計を見上げれば、余程深みに嵌ってしまっていたようでもう昼はとっくに過ぎている。しまった、若者達に昼食を取らせなければいけなかった、と、慌てて小会議室へ向かった。

会議室には途中から加わったアイ子もいて、細かに箇条書きされたホワイトボードを囲んでひと段落の様子だ。昼食も済ませたらしく、三人が手にしているのは駄菓子の袋だ。そういえば、朝からコーヒーの一杯も出していなかった。

「やあ、遅くなってしまって済まない。もう昼食が終わってしまったようだね。今コーヒーを頼むからそれで辛抱して下さい」

「いえ、構わないで下さい。僕達も一生懸命やっていたらあまりお腹も空かないで、アイコが持ってきてくれたピザとサラダだけで十分でした」

「そうですか。それなら代わりに、あなた達三人が揃うのはなかなか無いだろうから、今夜は早めのディナーをご馳走しましょう」

これにはアイ子は目を輝かせたが、ロバートは相好を崩すのみで、早速にホワイトボード代わりにした大判記録紙を壁一杯に掲示する。そもそもの発端から今日までを時系列で列挙、その至るところに重要ヒントやら注意事項やらを朱で入れてある。それを目で追いながら小松原は大きく頷く。

「大変きれいに纏めてくれましたね。でも、私には初めて聞く文言が幾つかある。リエール君の解説を聞きたいんで、逐一、ゆっくりでいいから教えて下さい」

そうやって小一時間、隙間の無いほどに埋まった壁紙を眺めて小松原は満足げに頷く。

「ここまでしてもらえば、大助かりです。よく理解しました。これからどうやって核心に近付けるかは、まああなた方の想像に任せますが、今朝も言ったように少し時間を貰います。私一人で何とかなるほど簡単じゃないから、然るべき協力者が必要で、その作業に限って言えばあなた方はむしろ邪魔、そこはいいですね」

これは、厄介な成り行きになっても若者達を巻き込まないための小松原の親心で、ロバートとリエーフは、邪魔とまで言われては不承ぶしょうでもそうするしか無いと分かったようだ。だが、アイ子の反応は少し違った。壁紙に見入りながら方策を練る小松原の肩口に、一瞬、縋るような視線を向けて口を開けたまま体を硬くしている。彼女には、小松原のやろうとしている試みがかなり厄介で、しかもその勝算が決して大きくないと分かっていて、任せろと言われてはいそうですかとは、言えるはずも無いのだ。そのアイ子の気持ちを背中に感じる小松原は、ここは若者達の心の鎮静がまず先と、黙って無視して壁紙の片付けを始めた。

その夕、まだ西日のあるうちに小松原は三人を連れて自宅へ向かった。既に妻のジェーンには電話を入れていて、俄かのバーベキューパーティーを提案していたのだ。途中のスーパーでそれぞれの好みを知るアイ子に食材の選定を任せ、小松原は時々出回る上等な銘柄の大瓶ワインを探した。アイ子も結構飲めるようになっていて、若者三人を持て成すにちょうど手頃なのだ。

リエーフも、アメリカへ来てから覚えたワインの味は心地いいらしく、無事な帰還のお祝いだからと何度も祝杯を受けてようやく明るい表情に戻れたようだ。進学の準備に忙しいカールとアシュレーもまた、久々の賑やかなテーブルを楽しんでいる。

その様子に満足してジェーンに笑顔を向けながら、一方で、小松原は次第に気分が沈むのをどうしようもない。これから先はビル氏に頼んで可能な範囲の衛星画像を借り受け、それを人工知能ソーニアに任せて様々な画像処理の上でターゲットに迫ってみるわけだが、今のところそこに小松原の尽力する余地はほとんど無いのだ。時間がゆっくりあるならば、ソーニアの処理機能に更なる斬新なアイデアを盛り込んで成果を期待することもできようが、今はその余裕が無い。昨年のアララト山探索をやった後に試行錯誤で加えただけの機能でどこまでやれるか、運を天に任せるような気持ちなのだ。

――昼間の会議室で若者達に軽はずみな動きを慎めと申し渡したが、あの時のアイ子は私の首尾を信じた雰囲気ではなかった。他の二人にしたって納得の同意ではなかった。正義感強く行動力のある彼らにしては、おそらく辛抱に限界があろう。切っ掛けとなる次の何かがあれば、分別より先に感情が反応してしまうに違いない。血気盛んな若者達を危険に曝さない為には、先手を打って彼らの気持ちに沿えるような、存分な情報を提供するしかあるまい。――

ささやかな酒宴とメインのバーベキューを存分に堪能し、デザートになったところで、小松原は空になったワイングラスをフォークでそっと叩く。気付いてお喋りを止め、姿勢を正す若者達を優しく見やりながら、おもむろに口を開いた。

「リエーフ君は妹さんのことが気になって、バーベキューどころの気分ではなかったはずだ。それにも拘わらずこうして私らの晩餐に付き合ってくれて、本当にありがとう。そして、ボブ君もリエーフ君をしっかりリードしてくれてありがとう。これから先は、昼にも言ったように私の仕事だ」

小松原は妻のジェーンに同意を得る振りで言葉を選ぶ。

「やはり、難しいことですか」

「技術的に難しいことはないのだが、あちこちへの差し障りをうまく回避しなければならない」

「おやまあ、それは厄介ですこと」

「私がこれからやろうとするのは、アイコはもう分かっているはずだし、ボブ君もアイコから少しは聞いているだろうと思うが、今成層圏の上に浮かんでいる人工衛星の目を借りての探索だ。ただ、そんなものを我々民間人が自由に使えるはずがないんで、見せてもらえる範囲の記録画像を使うんだが、当然、それなりな範囲と精度のものでしかない。だから、いろんな試行錯誤を繰り返して、我々の目的に沿う映像を取得するわけです」

「そこを人工知能のソーニアに？」

「私のできるのは、ソーニアにどれだけ無駄なく適格な作業をさせられるかで、後はソーニアの能力に待つしかない。だが、それは根気の要る仕事で、アイコに助っ人を頼みたい。いつものことだから要領は分っているよね」

ジェーンの軽い口調で楽になっていたらしいアイ子は、神妙に頷いている。

「でも、画像を丹念に追うだけだし、付きっ切りになるわけでもない。ソーニアの作業が一週間、十日、あるいはもっと掛かるかもしれないが、アイコの研究の妨げにならないことを祈るよ。まあ、アイコの誠意が天に通じれば、一日目で当たりが出ちゃったりして」

小松原の懸念が分かるジェーンは、アイ子に目をやって笑っている。

「はい。ゲーム感覚にならないように、心してやります」

「今の今は、何をどうやって探すかははっきり言えない。先ずは私の試行錯誤で最適な環境を作るまでに、何かいい工夫が出ようと思う。それまでに何日貰うかなあ」

「――――」

「長くても一週間でケリにするから、アイコはその間に自分の研究にひと区切り付けておいてもらおうね」

「はい、分かりました」

「そしてね、君達にはくれぐれも慎重であってもらわなければならない。使うのはペンタゴンの偵察衛星の画像としたいが、駄目なら民間衛星のものなんぞも視野に入れたい。でもね、どっちにしたって、それを無理やりに借り受けて、しかも、事もあろうにそれを煮たり焼いたりの加工を施そうというんだから、外に漏れれば大騒動だ。何の罪になるか知らんが、監獄行きだろうかね」

「――――」

「私個人のことは自分で守るが、君達のことまでは守り切れまい。そこが分かるかね。従って、今日限りでこの件は忘れること。私からの指示があるまでは、口にすることはおろか、念頭に浮かべることすら無いように」

　言い切って睨み付ける勢いの小松原で、日頃は仲間のような感覚で気軽に接している小松原の別の一面を突き付けられた若者達は、心胆冷えた面持ちで顔色を白めている。

　そんな若者達を無視し、小松原は皿に残していたデザートを平らげ、冷えたコーヒーを飲み干した。

　気を利かせたジェーンが気楽なお喋りを誘い出して話題を変え、場が和むと一時の賑やかな歓談。そして、ようやくお開きとなって、今夜は外泊としてきたと言うアイ子を残してロバートとリエーフが納得の表情で引き上げると、小松原はテーブルの始末をジェーンとアイ子に頼んで作業部屋に籠った。

六　視界不良

――偵察衛星の目を通して見えてくる真相、山岳地帯に馬を駆る女性兵士は誰？――

数千年の流浪の果てに得た安住の地を守るに、不条理も条理と弁えるしかないか。それがイスラエルの民ならば、敵対するアラブの民とどこが異なるか。遠く神世に遡れば隣人同士であったヒブリューとムスリムの、今の世に見る確執。

今なお世界に散らばるヘブライ民族の末裔の多くは、独立独歩で国家帰属すら眼中に無しか。


ビルシモンズ氏のスカンクチームが順調に行っていれば、そろそろＮＡＳＡのアララトプロジェクトへの合体も具体化の段階に来ているかもしれない。まだそこまで行っていない方が個人的な無理を頼むのに気は楽なんだが、それはこちらの勝手だ。ビル氏のリモートセンシングテクノロジーの開発に資する人工知能ファンクション最新版を提供することで、こちらの言い分も入れてもらおうとの魂胆で臨むことにし、面会の予約が取れたのはそれから数日後。

緊張の面持ちで久し振りのモフェットフィールドの受け付けを潜った。

「やあ、ドククターコマツバラ、お久し振り。お待ちしていましたよ」

作業棟へ通ずる回廊を歩く小松原は、脇から聞こえてきた太い声に吃驚、慌てて振り向くと、低く剪定されたばかりの生け垣の先は広い芝生で、ビル氏が中程に据えられたベンチでコーヒーカップの手を挙げている。

「あっ、ビルさん、こんなところで日光浴ですか」

「そうなんですよ。相変わらずドクターは時間正確だ。いやね、ご要望の衛星画像アーカイブの閲覧、担当者の都合で昼の休憩時間しか許可が出なかったものだから、それまでの小一時間、お喋りをしようと思ってね」

「それはありがたいですね。私もお喋りがしたかったんです」

「それと、せっかく来てもらったあなたに申し訳ないんだが、今回もこちらの自由な閲覧というわけにはいかず、画面操作やファイルアクセスは管理者がやることで勘弁して欲しいということなんですよ」

「はあ、やはり警戒されてしまいましたか」

「昨日はこちらの自由にやらせてもらいたいからと念を押しておいたんだが、今朝になって断りが入っちゃって」

「はあ、分かります。以前の私の勝手な閲覧で、何か問題が生じてしまったとかではないだけ増しです。ご迷惑をお掛けします」

「いやいや、ご心配なく。以前の管理者の女性は転出して、今度の人は現場から配置転換になった年配の男性で、結構杓子定規なんですよ。でも、根は話しの分かるいい人です。ここもスカンクチームの大幅な増強で、何かあれば直ぐにもシャットアウトされちゃう雰囲気だから、用心に越したことはないと、それだけです」

「はあ、よかった。それにしても、ビルさんには厄介を持ち込むばかりで、本当に心苦しく思っております」

「何のなんの、いつも見返りを下さるドクターコマツバラは大歓迎です。むしろ、昼休みなんて時間しか取れなくてご免なさい。これからでは昼飯を取っている時間も無い、その代わりに、あなたの役に立ちそうな映像があればできるだけダウンロードさせます。どうせ見せてくれるのは在り来たりのものだろうけど、限られた時間ではそれしかない。作業が終わったなら外でゆっくり昼飯としましょう」

　そう言うビル氏は、ひと頃より体が引き締まったように感じられる。

「ありがとうございます。でも、今日ばかりは自分の都合で直ぐに会社へ帰りたいんです」

「そうですか。忙しいんですなあ。私はもう閑職に回ってしまって、どうも緊張感が薄れて困りものです」

「いえいえ、そんな。それではビルさんに受け取っていただきたいものがありますので、ここで」

　小松原は胸のポケットから小さなプラスチックケースを取り出してテーブルに置き、ビル氏の前にそっと押しやった。

「ほう、何ですかな」

「お礼と言っては何ですが、僕の人工知能の為に工夫した新たなグローバルデータ検索機能です。これは使える場所に使えばかなりなことが出来ながら、ハードの負荷を極端に軽くしてありまして、多分、衛星搭載の制御マシンなんかにも有益かと。それで、ビルさんにお土産とは失礼ながら、マイクロチップに落とし込んで来ました」

「おう、それはありがたいね。衛星開発はマイクロ化が命」

「細かい仕様なんぞは一緒に付けてありますし、開封のツールはほとんどどんなものでも結構です。如何様にもご利用下さい」

「うーん、しかしこうしたものはあなた達の知的財産として大事なものでしょう。いいんですか」

「はい。私はこうしたものの先を期待したいわけで、まあ、失礼な表現ながら実証試験と思っていただいて、評価のご感想でも戴ければそれが何よりなんです」

「はー、天才達の研究とはそんなものかねえ。私らの企業の仕事ではとてもそうはいかない」
「使ってみて、もし役に立たなければゴミ箱に捨てて下さい」
「いやいや、とんでもない。うちの若手に見せれば涎を垂らすことでしょうよ。ありがたく実験台にならせてもらいます」

衛星画像取得作業は、昼休みだけの限られた時間で、しかも管理者任せの歯痒さのある作業だったが、昨年の経験を踏まえて小松原が机上で準備していた作業要領を示してスムーズに進めることができた。中身の確認よりもむしろ広範囲なデータが欲しいと、システムの稼働率が下がる昼食時間の一時間少しを目いっぱいに貰って、宛がわれたディスク容量の限度まで落とし込んだ。

管理者から、開くにはこれを使え、不用意なコードが入れば即蒸散してしまうからと、念を押して渡された解凍コードとディスクを抱えて会社に戻った小松原は、もう終業時間がとっくに過ぎて誰もいなくなった中央作業室で、大型スクリーンの前に独り陣取った。

社員達が共用するファンクションを一端脇へセーブし、空っぽにしたメインサーバーにサイバーインターポールドメインを呼び出す。高速処理と高密度処理を両立させるための独特のデータ構造と伝送様式を備え、高容量の衛星画像データの複雑な解析にも十分耐えられるはずだ。

モフェットフィールドではかなり広範囲にダウンロードしてもらったつもりだったが、独自に編集された公開目的のファイルと見えて、汎用記録様式で落とし込まれたデータは意外に少ない。先ずはとインデックスだけを辿ってみると、静止衛星からと周回衛星からの明視カメラ、暗視カメラの映像の都合四種類、期間は直近三か月まで届かないものもある。しかし、今回の目的には我儘は言えない。だが、開いてみて刮目する。やはりその筋の技術革新は日進月歩のようで、画質は前回の比ではない。これならかなり期待できると、勇んで全ファイルをソーニアに渡し、画像の再構成とそれに基く対象抽出を指示する。コマンドに従ってソーニアが自律的に作業を始めたのを確かめ、一方で、小松原自身は通常画面での目視観察を始めた。ソーニアが出してくる結果に対しての逐一の妥当性評価は小松原の仕事で、そこをトチらないように原画の特徴だけでも脳裏にしっかり張り付けておかなければならないのだ。

この根気の要る作業ばかりはアイ子の若い能力に期待したいところだが、成り行きによっては厄介な局面もあり得て、今の段階でアイ子を引き込むわけにはいかない。

まず気になるのは、昨年の段階で地下構造物のような幾何学模様を認めたアルメニア平原西端、ＡＧＲＩ　ＤＡＧＩなるトルコ領の山だ。ノアの箱舟が山頂付近の万年雪の下に眠ると聞かされて探索したものだったが、前回はそれらしいものは見当たらず、代わりに暗視カメラ像の中に見付かったのが意味あり気な幾何学模様だったのだ。

地理座標に沿って直近の様子を渙うが、明視カメラ下の昼間映像はあの時とほとんど変わらず、雪に埋もれた巨大木造舟の輪郭と言われればそう見えなくもないが、荒れる風雪のままにそんな形状を呈した雪面で、前回の確認では、氷雪の下は絶壁となって落ち込む手前の岩石ゴロゴロの山肌だった。問題はそこから北東に少し下った山腹、暗視画像ではかなり特徴的な赤味がかった地下空洞を思わせる模様があったのだ。しかし、なだらかに広がる斜面と見えたその山腹は、今見れば何やら極く小さな噴火でもあったかのように落ち窪んで、底は平、雪の下は小さな池ではあるまいかと想像させる様だ。

——どうしたことかな。画像再構成のパラメータは前と同じに与えたから、以前のままならあの時と同じように見えていいはずだが。——

先回を思い出して輝度や焦点深度を調節しながら似たような斑紋様を探すのだが、一向に見当たらない。

——もし、こんな変わり方がまだ一年にもならない間のことととなると、周囲にだってもっと変化があっていいのでは？——

今でも鮮明に記憶している当時の原画は、目の前の画像に比べればかなり荒く不鮮明なものだったが、その目で観ても、周辺にこれはと思うような変化は感じられない。首を傾げながら暗視画像の元ファイルを画面に呼び出してみる。それでも、変わった印象はどこにもない。

——うーん、やはりこの山腹一帯には、多少とも変化があったと考えるべきじゃないか。アラビアプレートの北端にあって北からユーラシアプレートに押されるこの辺りは、名立たる地震地帯だから、当然あっても不思議じゃない。しかし、ここ一年、地震、噴火などのニュースは聞かなかったし、今見て取れるわずかな変化が、そんな大きな地殻変動によるものとはとても思えないし、はてな……。——

昨年のチャレンジ以来、Ｍｔ．Ａｒａｒａｔは小松原の重大関心事の一つになっていたことだし、ソーニアの監視機能もちゃんと走っていたことだ。何かがあれば見逃したはずはない。あったとしても、報道に上がってくるほどの出来事ではなかったか。

こうなると、やはり先回と同じ高精彩加工をさせてどんなものになるか、そこを再チェックするしかない。生ぬるくなったポットの残りコーヒーをがぶ飲みして再び画面に向かった。

そうこうしているうち、ソーニアが閲覧可能なファイルとして小刻みに参照キーを出し始め、小松原は待っていたとばかりに再構成された明暗両視野を並べてターゲットの確認を進めていく。原画の精度向上とソーニアの再構成能力が相まった新しい映像は鮮明で、加えて衛星搭載カメラの解像度も上がったらしく、焦点深度をかなり深くまで絞り込めてありがたい。だが、どうやっても直近の原画ではそれ以上の新たな知見が得られないまま、仕方なくソーニアの再構成ファイルの精査に戻る。格段に鮮明になった地表画像上を走査線で辿りながら、目一杯まで拡大し、山頂から山裾の辺りまでを隈なく精査していく。ソーニアの再構成機能は画質を落とさずに拡大に耐えて、雪面に点々と続く獣の足跡まで見せてくれているではないか。

いささか気分よく作業を進め、真夏の時期、万年雪だけとなっている山頂一帯には目立つものの無いことを確かめ、焦点をゆっくり後退させながら荒涼とした山腹から緑のある山裾へと辿る。

どのくらいしたか、集中力が薄れて視野が散漫になっているのに気付いて壁の時計を見上げると、もう二時間近く経っている。夏の陽といえども外はもうすっかり暮れ、家族をあまり待たせるわけにもいかない。首筋を揉み解しながらこれで終いにしようと気分を整え、大小のアララト峰近辺を諦めて思いっ切りカーソルを北に進めてみる。今回の目的であるクルディスタン一帯や北方コーカサス山地辺りだ。

すると、同じような光景ばかりで何も得られまいと思っていたところに、突然、これまでと違う光景が視野に飛び込んできた。周回衛星からの明視野画面に、車や人などの移動物と思われるものが米粒ほどに写り込んでいたのだ。今回の画面情報は前回よりも大幅に編集されており、軍事的に問題と分かりそうな構造物はもちろん、人や車両のような動きを知るものの一切が削除されている。根回しも無い突然の依頼だったのに渋々ながらもその場で許可されたのは、小松原がそれも仕方が無いと譲ったからのことであって、已むを得なかったのだ。

だが、渋々の同意は小松原がとっさに取った戦術で、小松原の心内にあったのは、削除画面でも無いよりはいい、人間の目では分からずともソーニアの目で見させればある程度までの戻しは可能、リエーフの妹スーザに繋がる情報を得るにはそれでもやってみるしかない、そう判断してのことだった。

視野を慎重に下げて輝度を上げ、移動物体の移り込んでいた辺りを丹念に追うと、やはり間違いない。中腹の森林地帯を進む曲がりくねった道らしいものがあり、木々の緑が短く途切れて剥き出しの山肌となった緩やかな上り斜面に、幌を被ったトレーラーかジープらしい長方形が連なって三つ、視野を拡大するとその前後には馬を駆る人影も見えるではないか。頭上から映し込んでいる静止画面で確とは分からないが、緩い迷彩色を纏って頭から首の辺りに布を靡かせるらしい様子は、報道などで目にするユダヤ系とかクルド系とかの山岳騎馬軍団あたりを思わせる。おそらく物資輸送中の荒くれ男達か。

急いで座標データをスタンプし、その周辺を丹念に探ってみる。しかし、そんな人影は他には見当たらない。NASAのアーカイブからこのファイルを抜いてくれた新任の管理者が自分で編集したはずなく、アーカイブ用ファイルとする為の専用プログラムで既に加工編集されたもののはず。とすれば、その過程でたまたま残ってしまったゴミのようなもの。

——うはー、とんでもないものを見付けてしまった。これは消し損ねた残像で、僕らが見てはならないものじゃないか。ふーん、この調子だときっと、ソーニアの目はまだ他にもいろいろなお宝を掘り起こしてくれるぞ。——

公的私的を問わず、システム管理にまま見られる弱点で、こういう不注意に近いミスはルーティンの業務にあってはならないものだが、作業の繋ぎ目辺りでは時として起こってしまう。多分、ファイル全体を探せば他にもこんなゴミ屑が残っているに違いない。

直ぐにも全体を探ってみたいが、時間も気になる。それではと、後をソーニアの監視プログラムに任せることにする。今夜中に終われる程度の抽出のキーを幾つか与え、ソーニアの自走機能に切り替えた。

——まあ、どうして残ったかには拘っても仕方が無いから、ともかく他にも何かあることを期待しよう。もしもこれが幸運の女神のプレゼントであれば、スーザサファロに繋がる情報はきっと何か写し込まれて

いる。──

　たとえ偶然のことであっても、引っ掛かりを感じた時にはそれに拘ってみる、すると、思い掛けない宝物にも巡り合える、と、こんな時の小松原の常で運を天に任せ、その日はおかしな気分を持て余しながらも家族が腹を空かせて待つだろう家へ急いだ。

　翌朝、ジェーンに訳を話して早々の出勤、朝のコーヒーもそこそこにソーニアに向かい合った。夕べ、ソーニアの探索のキーに移動物体と定型的な幾何学文様の幾つかを与え、ついでにと、リエーフから聞いていたスーザの身体特徴をも追加していた。そこからソーニアがどんなものを抽出したか、逸る気持ちで画面を開くと、出してきたのは経度緯度座標で纏めたリストだ。目視検索できるようにと対象を座標で示し、あとは小松原のお好きなようにどうぞということらしい。感心しながら座標をクリックしていくと、その位置の画像が瞬時に開いて、しかも昼夜の映像を並べて見せてくれる。

──へへー、ソーニアもやってくれるねえ。──

気をよくして、身体ファクターからのスーザ探索結果はと見ると、そこにも幾つかあるではないか。

　焦点を地表まで下げて、順次、指定された座標を追っていく。映し出される映像はソーニアによって拡大再処理されていて見た目には不自然なほどに鮮明で、人物特定にはそれなりな注意が必要だ。しかも、頭上から人を見るというのはやはりおかしなもので、人物特定には結構不確かなものでしかないことを知る。リエーフならば直感的に見分けることもできようが、迂闊に彼を刺激してはならない。先ずは自分でと、座標データを辿りながらリエーフの話しを総合して想像される映像を追う。

早い社員達が出社してきたらしい物音で気が付き、もうそんな時間かと検索の手を早めた。すると、首筋や肩に掛けて入れ墨らしいものの見える女性が三人、そのうちの一人のものが、リエーフがホワイトボードに描いて見せた紋様と同じように見えないでもない。そんなものが直ぐに当たるとは期待していなかった小松原の胸は、年甲斐もなく高鳴り、慌てて焦点を引き上げて視野を広げた。

画面から見て取れるのはその女性が馬に跨る騎馬兵らしいこと、左手に手綱を右手に旗の付いた指揮棒を掲げ、鞍の左右に括り付けた長銃と思しきものの台尻も見える。更に視野を広げると、その映像は昨夜見た物資輸送中のならず者達と思しきトレーラーの隊列と同様のもので、入れ墨の女性とはその先頭に立つ人物ではないか。

——うーん、どういうことかなあ。リエーフの言だと首筋の入れ墨が彼女の置かれた厄介な状態、つまり、ならず者共によって女奴隷として扱われていることの推拠というようなことだったが、それらしく見える入れ墨の紋様のこの女性は、果たしてその人物？　あるいは別物？　どちらにしたって、奴隷として虐げられたような女性とはとても見えない。それどころか、騎馬兵として隊列を牽引するほどの人物じゃないか？　はてな？——

考えてみれば、首筋の入れ墨が女奴隷の識別の為のものなら、そんなものを入れられた女性は数多かろう。この程度の鮮明度で喜ぶわけにはいくまい。

若手社員との打ち合わせが気になりながら、声が掛かるまでと、更に対象地域を広げる。だが、その地点を外れると何も見えず、人影はもちろん車も馬もいないただの荒くれた山肌としか見えない。人家らしいものの点在する山間の平地を経て延々と続く細道は森林に消え、更にその先は峠越えでいずこかへ通じているようだ。ならばこの隊列が向かうのはそこか。

道無き道とでも言えそうな不明瞭な痕跡を辿っていくと、山脈のずっと奥深く、その辺りではひと際高い峰へ通ずる中腹に、広範囲の崩落で出来たらしい切り立った深い断崖があり、その底は疎らに木々の茂る草地のようだが、その様子が少々ぼやけて不自然に見える。消し込まれた何かがあったことを想像させる様だ。

それではと、小松原は一計を案じる。ソーニアに持たせている奥の手、画像復元機能だ。これは、事後的に被せられた修正部分を徐々に剥ぎ取りながら推定される元の画像に少しずつ戻す機能で、昨今ネットに出回って厄介の種を撒き散らしている合成映像対策としてサイバーポリスに付加してあるもの。もちろん、完全復元までは無理、時に誤謬を冒してしまうこともあって安易に使えるものではない。しかし、そこを念頭に置けば目的によってはかなり有効なのだ。当然、犯罪絡みではない対象には使いたくないもので、ソーニアの自律性の枠から外しているのだが、今回ばかりはこれをソーニアの高画素再編機能にドッキングさせてやってみようというわけだ。

原画復元&高画素化のコマンドを与えて二時間ほど、休憩を挟んで再びソーニアに向き合った。スキャンエリアを広く取ったにも関わらず処理はスムーズだったようで、ソーニアは手際よく一回目のスキャンを終わり、既にブラッシュアップのステップに入っている。それではと、別の画面で一回目の結果を追う。すると、案の定、断崖に面した谷間の部分に騎馬やトラック、ジープなど、更に木々に隠れるようにしてかなりの数の人影が写り込んでいる。周辺にはさほど広くない畑地や放牧地らしいものもある。

――やはりそうだ。ここは人里から遠く離れた落ち武者達の隠れ里、あるいは、それと見せかけて中央への抵抗活動を繰り広げる、山岳部族達の活動拠点のようなものの一つかもしれない。座標データからはトルコ・グルジア国境の北側、となると、これこそがユダヤ系山岳民族の非合法的活動の拠点でもあろうか。それならばスーザと目される女性が率いるトレーラー部隊が向かうのはここかもしれない。――

偶然にしては当たりがよ過ぎた、これならばもっと他にも似たような光景があっていいのではないか、と、さすがの小松原も逸る気持ちを抑え切れない。だが、糠喜びはそこまで、確証に繋がるような新しいものは見付からず、その日はそこまでで諦めざるを得なかった。


期待以上の収穫に気をよくしたものの、核心に繋がる進展が無いまま、これ以上はやはりリエーフに見させるのが早道、と、そう決めてロバートに連絡を取ろうとしていた週末、アイ子から電話が入った。

「やあ、アイ子ちゃん。ちょうどよかった。私からも電話しようと思っていたところだよ。今夜あたり、うちで何かおいしい物でもどうだい」

「はい、ありがとうございます。ジェーン小母さんの濃厚なブヤベースが食べたいです。でも、今夜は友達と先約がありまして、明日お伺いしたいと思いますが」

「明日ね、よし、そうしよう。それではね、ジェーンに今日の買い物を控えるように言っておくから、明日、スーパーでアイ子ちゃんも一緒に好きなものを調達してもらうかな」

「はい、勝手言って済みません。それでですね、今お電話したのは今夜会うお友達のことなんです。友達と言っても年配の女の人で、イスラエルから研究の為にこちらの人工知能研究所に有期で来ておられる方ですけど、私には無いいろいろな経験をお持ちで、私が一方的に師事していると言った方がいいかもしれません」

「そう、それは大事だ。優れた経験をお持ちの方から学べるのは、研究者としては冥利に尽きることだよ」

「そのお方が、珍しく私に相談したいって仰るんです。こんなことは初めてですし、今夜会って話したいと仰るもんだから、予め心積もりしておくことがあればってお聞きしたら、はっきりしませんけど、私ではなくってマサト小父さんに何かおありの口振りで」

「へー、それはまた。研究者って結構単刀直入な方が多いけど、何だろうね」

「それが全く。本当に言いにくそうにしていらっしゃるもんだから」

「そうですか。分かりました。何なりとどうぞとお伝え下さい。いつでもいいですよ」

「それが……」

「んっ、何か拙いことが？」

「もし、お時間がおありでしたら、今夜ご一緒して下さるのはいけませんか。その方、デボラさんと仰るんですけど、お国の国防関係から派遣されているらしくって、平日はほとんど自由時間の無いお人なんです」

「今夜か。そうだねえ、カールもアッシーも最近は自分の勉強で忙しいし、いいですよ。何時にどこで？」

「ちょっと遅い時間なんですけど、大学前をエルカミノ通りへ出たところのビジネスホテルのロビーで、八時にお約束しています。彼女はそこに長期滞在されているんです」

「はい了解」


その日、夕刻、小松原はイスラエルの国防筋の女性ということから、構える気分で家を出た。妻のジェーンはアイ子からの呼び出しとは何事かと訝る様子だったが、何も言わずに納得、彼女もやり掛けの仕事でちょうどよかったようだ。

早めの時間を気にしながらホテルに入ると、カウンター前の狭いホールでアイ子が一人で小松原を待っていた。

「小父さん、お忙しいのに申し訳ありません」

「何の、イスラエル辺りの研究者となると、有意義なディスカッションができるかもしれない。私も期待して来ましたよ。で、その方はどちらに？」

夕方の慌ただしい時間帯を過ぎてホールに人影が無く、受付けも閉じられている。

「それが、あまり目立ちたくないからと、お部屋でお待ちです。失礼でしたか」

「あっ、いや、結構。その方が私も好都合だ」

訳知りらしく黙って先に立つアイ子に従って向かった部屋は、ビジネス相手でもいっそう小ぶりな中階の一室、長期滞在者向けらしく如何にも簡素な雰囲気だ。兵役にある女性と聞いていたからさぞやと思っていた小松原だが、アイ子に紹介されて驚く。デボラノアムと名乗るその女性は意外にも小柄な淑女だった。

しかし、その経歴を聞いてまた驚く。彼女は飛び編入で進んだテルアビブの大学で理工学を専攻、その途中で兵役に就いたものの、そのまま科学技術省傘下に設立されて間もない宇宙局基礎科学研究所に出向、そこで無人飛行体の開発に携わってきたという。いわゆるロボットプレーンやマルチコプターのようなものではなく、成層圏型ＵＦＯとでもいうべき自在飛行の物体で、当然のことながら偵察活動を主目的の軍用機だと、いかにも曰くあり気な口振りだ。

チーム内での彼女の役割りは機体の素材開発が主だったらしい。プラスチックと金属の両特性を備えた特殊素材で耐熱、耐食、耐衝撃性は当然こと、ステルス性や軽量性がむしろ大事となれば難度は超弩級、いろいろと苦労の末、当初目標までは及ばないが実用性ありと思えるレベルまでは、ようやく到達した。それで少し余裕のできた彼女は、推力装置の素材開発にも駆り出される。そこで目にしたのが、組織内部で燃費性能が画期的と自慢される超小型ロケットエンジン。ところが、彼女の目にはそれで事が成りそうにはとても思えなかった。エンジンそのものはまずまずとして、目的の飛行物体のためには上下前後左右に自在な推力が必須要件。開発が躓いていたのはそこが原因だった。

彼女自身でざっと試算したところ、空気抵抗を無視できる成層圏までだと、そのエンジンを数基全開でも到達がやっとだ。十分な操縦性を実現するにはエンジンを更に増やさざるを得ず、だが、これは活動時間と引き替えの難題。精々で時間単位の稼働を可能とするだけでも単純機構だけのスケレトンでやるしかなく、これでは本来の目的達成には程遠い。となると、エンジンを更に小型化して基数を増やせとなるのだが、しかしこれは、言うは易く実現は超多難、割り振られる複数のエンジンを独自に噴射させながら相互に連携を保って自在な推力を得るわけだから、よほどの高度な制御能力が要求されることなのだ。

開発計画自体が仕切り直しになると聞いた彼女は、消化不良のままの撤退が面白くなく、制御機構の抜本改善を提案した。ところが、元々力学が専門で構造解析のコンピュータシミュレーションを手掛けていた彼女に、その可能性実証までをやれとの指示が来る。そんな破目になるとは思わなかった彼女は、除隊前の身では勝手も言えず、ところが手を付けてみると、その先の広がりが並々ならぬものだと気が付く。つまり、こうしたものが武器となって情報科学が社会を制し兼ねない現実だ。

何だかんだの末、彼女自身、アメリカ国防省筋の仲立ちによってスタンフォード人工知能研究所への短期出向となった。公表されていないだけで情報科学では世界に引けを取らないイスラエルにしても、さすがにこの分野ばかりはパイオニアの米国に頼るしかなかったのだ。

立場上、核心部分の詳細を明かすことはできないがと、恐縮しながら話すデボラ女史だが、小松原にはそこまでで粗方が理解できた。

「なるほど分かりました。それで、二つほどお聞きしたい。あなた方が目指す機体の次元は如何程？　例えば、先ほど仰ったスケレトンだけだとどのくらいの重量になりますか。それと、サイズ、外形直径とか厚さとかは？」

「はあ、それが。当初の目標だと、小さければ小さい方がいいということで、精々でも直系で十フィートと聞かされていましたが、何分にも可能性度外視の理想のアドバルーンだったようで、まだ具体的な図面にまで行っていないんじゃないかと。皆さん方には非常識かもしれませんが、私共国防部隊のプロジェクトにはままあって、褒められたことではなくっても一々口を尖らせていても始まらんのです」

「いや、それはここアメリカでも似たようなものです。でも、もしあなたが理不尽と思われるなら黙っていない方がいい」

「あっ、いえ。決して分かっていて言わないんじゃありません。私のような門外漢に制御システムをやれというほどだから、私らのチームが本命かどうかすら分からないんです」

「はあ、なるほど、でもまあ、軍事案件とは皆そんなものかもしれませんね。ひょっとしたら、成層圏まで届けという目標事態が出来レースのカモフラージュだったりして」

「はあ、それは私も感じています。でも、それが本当だったとしたらドクターコマツバラにはこの上ない失礼な話しなんですけど、でも……」

「いや、そういうことには慣れていますから、あなた様がお気になさらずとも結構ですよ」

「はあ、そう言っていただけますと」

「失礼な言い分をお許し願って、お伺いした開発プランがもし本当だとすれば、宇宙局の真意は到達高度よりも十分な推力と操縦性にあるかもしれないと、邪推もできますよ。すると、目的はお説のような偵察行動ではなく、やはり戦闘乃至攻撃兵器としての性格が増すかもしれませんね。それだと、自力で成層圏まで行けずとも、戦闘機で運んで放り出すなんぞでもいい」

「はあ、ドクターコマツバラはペンタゴンからお聞きした通りのお方、曖昧な言い方は失礼にしかならないようですね」

「いや、いや、要らぬ回り道をしたくないだけです。あなた様のお立場は十分理解できますから、それほど気になさらず」

「本音を申し上げるなら、私も、イスラエルの科学技術省が開発中らしい特殊攻撃兵器で、核ミサイルのような超大な威力よりも、むしろ密かなピンポイントの攻撃性とでも言った方がいい戦略兵器ですが、そんなものを搭載する使い捨てに近い飛行体ではないかという気がしています」

「はあ、なるほど。するとあれですね。大きな破壊力や殺傷能力を目的としない革新的な攻撃兵器、しかもピンポイント性能と言いますと、例えばレーザー兵器とかプラズマ兵器のようなもの……」

「やはり、ドクターコマツバラもその辺を疑われますか。私もそれだと思っております。国防軍内部にも、対パレスチナ戦線投入の目的で、隠れて実用化に成功したとかの噂があるんです」

「さもありなん。つまり、大して強大な武力を保有しないのにゲリラ戦術やテロ行為を得意として一向に弱みを見せない相手に、無人の成層圏飛行物体からのピンポイント攻撃で迫ろうというような戦略」

「はあ」

「でもねえ、それにしたって、そんなものだと地下に潜られてでもしまえば威力半減、思惑通りの戦果は得られるのでしょうか」

「はあ、そこは仰る通りと思います。しかし……」

「ほう、するとまだ他に何かありますか」

「はあ、まあ、外からは手を出せないいろいろが……」

「なるほど。でも、そこが分かっておられるなら、いっそう手を出せない私なんぞに何故？」

「私は自分がそこに嵌り込まざるを得ないとなった時、せめて基本的な引っ掛かりだけは解いておこうといろいろ探りまして、ある程度の得心が行きました。やはり軍の研究所が極秘に進めているフラッシュランチャー、これは稲妻ガンのようなものらしいんですが」

「と申されると？」

「私の想像だけから申しますと、名前からして上に向けて撃つ大砲のようなもの、とするとその標的は戦闘機とか衛星とかとなるんでしょうか。でも、これを上から下に向けたら何が想像できましょう。大砲なんて大きなものは要らず、ライフル程度の小さなものでも、レーザー光だかマイクロ波だか、あるいはプラズマ流のようなものの絞られた焦点下での高エネルギーを想像しますと……」

「何かありますか」

「一般的には兵士への殺傷能力へ短絡しがちですが、こうしたものを配線の要らないエネルギー&信号伝送媒体としてみたらどうなりましょう」

「――――」

「人の目には見えない空間伝送媒体です。しかも、ちゃんとした指向性を持ってかなり強力なものを飛ばすことができる」

「なるほど、局所的な雷を自在に操るようなものですか」

「はい。そして、ただの雷なら避雷針や装甲で防護もできましょうが、これをピンポイントでやられますと、はるかに微小なエネルギーでも特段の悪さが可能ではないでしょうか」

「それはあれですか。ある種の妨害行為のようなもの？」

「はい。局所的に強大な電磁気嵐を引き起こして、相手方通信網を破壊したりもありましょうが、私が感ずるのはそんな在り来たりのものではない、相手方通信網にある種の信号を潜り込ませて悪さを仕掛けるなんぞの高等テクニック。情報科学がご専門のドクターコマツバラなら、この可能性をどれ程とお考えになりますか。その辺にお力をお借りしたくって、要らない長話しをしてしまいました」

どれだけの知識を持っているのか、とんでもないことを躊躇いも無く口にする相手に、今日のところは相手を知るに止めておこうと胸算用していた小松原は慌てる。そのような可能性は、彼自身の意識の内にも蟠っているもののまだ検討を躊躇っていたことで、自分の感情を押し隠すだけで精一杯だ。

「自国にいた今までの私はのほほんとし過ぎていました。でも、成り行き任せでこちらに来ていろいろと最先端の事情を知りまして、愕然としました。まだ生半可な知識しか無いだけに、ただの妄想というか恐怖心のようなものでしかありませんが。そこで私、いろいろに迷った挙句、素人ならば素人らしく目暗蛇に怖じずで行こうと開き直って、ドクターコマツバラのご指導を仰ぎたいと思った次第です」

「そうでしたか。いや、お悩みの程は何となく理解できます」

「ただ、ミスアイコとお近付きになるまではドクターコマツバラの知遇が得られるなんて思ってもおりませんでして、ところが、ミスアイコと同じ研究室に入れてもらえて、本当にラッキーでした」

「なるほど、そうでしたか。分かりました。ただ、人工知能に関しては、私は研究所の方々とは少し外れた道に入っておりまして、あなた様のご期待に沿えるのかどうか、確信はありませんよ」

「いえ、ミスアイコから伺える話を、私なりに咀嚼して想像しながら畏敬の念を覚えますのは、多くの研究者達が人工知能の遠大な可能性に焦点を当てて努力なさっている中で、ドクターコマツバラは、人工知能なる個体のある種の成長性というような特殊な観点を重要と捉えてご苦労なさっていることです。つまり、人工知能を我々人間と同じ次元に置いて見ていらっしゃる」

「いやいや、そこばかりは褒められるようなことではありません。そうでありたいと思うばかりで現実は空回り、そもそも人間と人工知能は本質的に違うものですから」

熱にうなされたような話し振りの女性に少々危惧を感じ、これ以上にのめり込ませない方がいいと、小松原はわざと突き放してみる。だが、デボラ女史はむしろ気が楽になった様子だ。

「あらっ、そうですか。ミスアイコのお話しだと、ドクターは奥様共々、人工知能ソーニアをご自分のお子さん達と同じように慈しんでおられると」

その辺は重々承知していますと言わんばかりで、一向に臆する表情ではない。

「まあ、自分が苦労して傾注しているものは可愛く見えてしまう、研究者としては好ましくない性向でしてね、何ともはや」

すると、デボラ女史は曰く言い難しの顔付きで首を傾げる。

「学生の頃の私、今のイスラエルに徴兵制は必須との信念から兵役に服しました。でも、まだ実戦経験がありませんし、そもそも殺人道具を手にして戦うなんぞは好きではありません」

「当然ですね」

「その甘さからでしょうか、訓練で銃器の引き金に指を掛ける時、いつも頭を過ることがあるんです」

「はてな、何でしょう」

「手にする銃器を製造したのが、もし魔力を持つような誰かで、血に飢えた魔神だったらどうなるんだろうか。私が引き金を引くことで発射される銃弾が、凶弾となって狙う相手を自ら選別して、挙句、善良な人々に向かうようなことは、全くあり得ないだろうか。あるいは、ブーメランように方向をクルリと変えて自分に向かってくるんじゃないか。そんな妄想に憑かれてしまうと、私の引き金に掛けた指は思う通りには動いてくれない……」

「――――」

「しかも私は、女の中でも小柄な部類で、白兵戦にでもなればとても出る幕はない。私が戦略研究所に回されたのは、愛国心だけでは戦は出来ないと見抜いた上司の計らいだったんです」

「そうでしたか。いや、あなた様のそのお気持ち、同感です。私も図体だけはまあまあでも男としては心が軟弱な方なんでして」

「そうでしょうか。研究所の皆さんやミスアイコからお伺いする限り、いろいろと武勇伝もおありとか」

「いえいえ、あなた様と同じ、目暗蛇に怖じずなだけでして、恥ずかしい限り。仰るようなことは、意識に上がってくるか来ないかは別にして、おそらく人間であれば誰もが持つ悩みなんでしょう。いいえ、人たるべきには、そうであって当然なんだと思います」

「でも、何千年と祖国を持てなかったユダヤ民族にとって、イスラエルという国はどんな犠牲にも代えられない初めての祖国です。四面楚歌の中東のど真ん中でその祖国を守り抜くためには自衛しかない、それこそは民族の将来に向けての唯一の選択肢と思います」

「まことに尤もと思います」

「私がこちらに来てからまだ一年にもなりませんが、いろいろと学ぶうちに、当初の目的だった成層圏型ロケットソーサー、私らのチームではこれをサターンと呼んでいましたが、そのエンジン制御システムのことよりも、搭載される兵器の方に関心を奪われました。私が今まで学校の教育や軍での教練を通じて詰め込まれた知識では追い付きそうもない、とんでもない戦略兵器、イスラエル軍部はそんなものに手を染め初めているのではあるまいかと思えまして」

「ほう、なるほど。だとすると、仰っているのは人工知能云々よりも、むしろ無制限に広がるネット社会の重大な盲点に付け込む情報兵器のようなもの。つまり、あなたが先程仰った、相手方通信網にある種の信号を潜り込ませて悪さを仕掛けるなんぞの高等テクニックとは、そんなもののことですね」

「はあ、戯けた妄想でしょうか」

「いえ、そうじゃありません。ただ、一口にそう言っても内容は広範ですよ。相手方に潜り込んで情報を操作する破壊するなどはほんの序の口、情報機器そのものの乗っ取りからそれを狂わせて凶器と為すことも、仰るようにできないことではありません。それにしても、仕掛ける側に知恵があっても守る側にも知恵がある、ドタバタ合戦が高じれば敵同士のどうこうよりも周囲の一般社会へ及ぼすダメージの方がはるかに甚大、世界がそんなことを許しますか」

「はあ、理屈では許されないとは分ります。でも、兵器開発とはそもそも許す許さないの次元を外れてどんどん激烈化するものではないでしょうか」

「なるほど。するとあなたは、お国イスラエルの軍部では、その理屈でもって躊躇しないとでも仰る？」

「はあ、具体的にはさっぱり。でも、ここアメリカの目を見張るばかりのネット社会を学んでおりますと、そんな風なよからぬ妄想ばかりが兆すんです。口にしたくはありませんし、考えたくもありません。でも、私らの先祖が何千年にも亘る流浪の果てにやっと辿り着いた安住の地イスラエルの国土が、そんなもので危険に晒されるとならば躊躇っているわけにはいきません」

「――――」

「おそらくドクターは、こんな風な私の愛国の弁を似非とお思いになるでしょうか……」

「いえ、そうは言いませんが」

「ところがです。それだけの思いで手に入れたのならば、ユダヤの民は挙って一致団結して守っていかなければならない国土なのに、ご存知の通り、イスラエルの内情は一枚岩ではありません。昨年、これまで通算十二年に亘ってイスラエルを牽引してきた首相が暗殺されました。氏は軍人として中東戦争を勝利に導き、イスラエルにとっては大変な功労者、首相としてはパレスチナ自治協定を結んで、暫定的でも中東の平和と安定に大きく貢献されたほどのお方でした。ところが、その氏を暗殺したのが、事もあろうに同じイスラエル国内のユダヤ人、ユダヤ教の教義を過大に主張する極右的大学生だったという衝撃……」

「これこそはイスラエル、というよりユダヤ民族の、恥ずべき裏の一面を如実に示す事実でして、世界の流浪の民とは世界の嫌われ者という意味を、改めて世界に印象付けたはずなんでした」

「──────」

「ほう、そこまで仰いますか。なるほど」

「暗殺の原因はつまらない内紛、つまり、アシュケナージと呼ばれる建国当時のメジャーだった欧米系ユダヤ人達の思い上がりにありました。それでなくても、その後に流れ込んだ中近東系やイベリア半島、インド、北西アフリカ系ユダヤ人であるスファラディ達、この両者の間には、大きな確執があります。こればかりはムスリムの宗教間紛争と全く変わり無い、頑迷なユダヤ人同士のわずかな考え方の違いを理由の内部抗争なんです。しかし、その実態は深刻でして、建国当時は圧倒的多数だったアシュケナージの割合はその後減り続け、半世紀した今ではスファラディ達が拮抗勢力となっています。にも拘らず、国の統治から経済文化活動の全てに亘ってアシュケナージ達が支配し、事あるごとにスファラディ達を抑えます。こんなことでイスラエルという国家が先々安泰とはとても言えません」

「うーん、そんなことがあるとは聞いていましたが、何分、興味の外でしかなかったもので」

「苦難の歴史を背負って独立独歩で生きてきた私共ユダヤ民族ならば、その歴史に学んで自分達の頑迷で排他的な民族性を少しでも反省、矯正すべきところ、反省しないどころか仲間殺しまでして憚らない。自分達のことを世界の賢人とまで自負するユダヤ民族の、この知恵の愚かしさなんです。私はアシュケナージ側の人間でして、こんな偉そうなことを口にできる立場ではありませんが、それだけに悩みます」

　そこまで一気に口にしてしまうと、さすがに初対面の相手に言い過ぎたと思ったか、デボラ女史は肩を震わせながら俯いてしまった。その額の髪の生え際から耳元に掛けて、透き通るような肌に赤らみを刷いている。

小松原は、自らヒブリューと名乗る人達の何人かと、これまでに研究を通じて知り合ったことがあるが、目の前のデボラ女史がそれらの人と少し違って殊更色白と見えるのは、生粋のユダヤ系というより北方系の勝るイスラエル人なのであろう。だが、その彼女がこれほどまでに祖国愛を口にして感情を高ぶらせるのは、やはりこの人達もまた長い迫害の歴史の中に身を置いてきたことの表れだろう。賢さに加えて強い意志を湛える横顔は、まさしくユダヤ系そのものだ。

——うーん、やはりそうか。情報工学は専門外というこの人ですらその辺りまでの危惧を持つほどのことだから、武力開発の最先端を行くイスラエルの情報部隊なら、もうとっくに手を付けていたとしても不思議はない。まあ、実用に足るほどの画期的な段階まではまだにしても、早晩、どこもかしこも競い合う時の来るのは目に見えている。

ペンタゴンにしたって野放図なネット社会の成長を横目に沈黙を通しているのは、危惧を持たないからではない、自分達で先にここを抑えれば天下無敵、核だミサイルだすら無意味となりかねない近未来に、これほどの潜在威力を持った技術はない、との意識があってのことだろう。——

口を閉ざしてしまったデボラ女史の心を解そうと、小松原は話題を切り替える。

「あなた様のご要望とは、多分、複数基から成るロケット推進機構の自在な制御メカニズム、しかもそこに小型軽量化が生命線となるとすると、人工知能で自律性を確保するしかない、というわけですな」

心の罠に嵌ってしまったらしいデボラ女史からは、それでも返事がない。小松原は、それまで終始黙って遠慮気味に身を引いていたアイ子に目線を向けながら切り出した。

「分かりました。用途が何にあるにせよ、私らの人工知能の試される場であれば協力は惜しみません。どんな形での協力がいいか追々詰めることにして、その前にこちらから少々お聞きしたいことがあります」

「――――」

「ミスデボラ、あなたは、遠く遡ればあなたの同朋であったはずの中東地域山岳地帯の遊牧の民、今は武装組織を成して必ずしも穏健とは言えない人達の様を、どの程度にご存知ですか」

突然に話しを変えられて、デボラ女史は夢から覚めたような朧な目線を上げる。

「アゼルバイジャンの共産党組織を裏切ったとして、自国政府から追われているある若者がいます。この人物は今、この国の篤志家のところで人生再出発のために勉学に励んでいますが、このところ、極めて厄介な精神状態にいます。その原因が、どうもその中東山岳民族の暴挙にあるようなんです。兵役にあられるあなた様なら、何かご存じありませんか」

すると、デボラ女史の表情が微かに動いた。だが、相変わらず言葉は無い。

「いえ、ご存知無いことであれば結構です。何分にもまだ若い先のある青年のことで、少しでも助けて上げられればと思っております」

これでようやく女史の重い口が開いた。

「はあ、中東山岳民族と仰いますとクルド系かユダヤ系の流れかと思いますが、しかし、世界中に散らばったそうした人達は数知れず、特に中東地域となると、守り守られるべき国という後ろ盾を持てずに、今なお遊牧民同様に暮らす人達は、部族を成して独立独歩で生きるしかないのでしょう。もう直ぐ二十一世紀を迎える今だとて、そういう人達のいることは事実で、切ないことです。ドクターが仰る暴徒のような山岳部族とは、どこのどういう人達を指すのか存じませんが」

「そうですか。それはまあ、そうでしょうね」

「ドクターがご心配なされているお方、自国アゼルバイジャン政府から追われているお方とは、多分、生粋のムスリムではありませんね」

「そう、分かりますか。その人物、リエーフという名前ですが、彼は自分の出を窺わせるような言葉だけは避けるような印象がありましてね。ただ、時にヒブリューなる語を口にすることがありました……」

「すると、その方、ユダヤの系譜にありながら今はユダヤ教信徒ではなく、多分、時にムスリムだったり時にクリスチャンだったり、まさしく迫害の中を漂い生きてきた人達、つまり、その方ご自身の元々が流浪の山岳民族と同じ流れだったのではありませんか」

「なるほど、そうかもしれませんね。となると、その青年の抱える難題もその筋で辿ることが出来そうですね。いや、いいヒントをありがとうございました」

時間が気になる小松原が、終始会話に耳を傾けるだけだったアイ子の反応を窺うと、何やらあり気な様子だ。

「真人小父さん、どうでしょう。小父さんがいろいろ調べられていた画像データなど、あれをデボラさんにも見ていただいては」

「えっ、画像データ？」

核心を曖昧にして口にするアイ子の心内が分かる小松原は、殊更に惚けた表情で調子を合わせる。

「そうか、アイ子ちゃんはもう私の悪戯を知っていたか。かなりヤバい局面があるかもしれないんで、君に話すのはもっと先と考えていたんだが」

「はい、そうだと思って私も自重していました。でも、小父さんが作業なさっていたソーニアのワークエリアはカギが掛かっていませんでしたので、ちょっとだけ見させていただきました」

「うーん、そうだったか。まあ、君に隠し立てするつもりじゃなかったから、構うことはないが……。うん、なるほどそうだ、デボラさんに見ていただければ何か新たなヒントが得られるかもしれないな」

事が事だけに慎重を要すると勿体ぶって、小松原は時間を稼ぐ。

「私が今端末を持っていますから、それにダウンロードしましょうか」

「うーん、そうだねえ。しかし、時間も時間だし、デボラさんのこの後のご都合はどうだろうか。ご迷惑になってはいけない」

そこを聞くつもりで小松原がデボラ女史に視線を向けると、女史は先刻承知という様子だ。

「結構です。今夜はもう何も予定していませんし、徹夜なんて慣れっこです。お差支え無ければ、どんなものか、ぜひ拝見させて下さい。同胞の人達が不幸の最中にあるとすれば、私も黙ってはいられません。大変気になります」

「そうですか。それではお言葉に甘えますか。ではね、アイ子ちゃん、ホテルの人に迷惑を掛けてもいけないから、ひと言断りを入れてくるよ。そして、実はね、私はここへ来る前に寄り道したもんだから夕食がまだなんだ。表で何か調達してくるから、その間にデータのダウンロードをしてくれるかな。取り敢えずはソーニアが渙った原画と、ソーニアがそれを高画素加工した部分だけでも見ていただこう」

「はい、了解」

弁え顔のアイ子にファイルのタグをメモして渡すと、小松原は時計を見ながら部屋を出た。

照明が落とされて誰もいないカウンターにメモを残して通りに出る。今の時間だとジャンクフードショップしか開いておるまいかと思ったが、折よく通りを挟んで向かい側のメキシカンレストランがパブのコーナーを開けたところのようだ。あり合わせの食材でアラカルトを作ってもらい、ショーケースに残っていたデザートの類を多めにパック詰めしてもらって急ぎ戻った。

七　大いなる矛盾

――弱肉強食には必殺が唯一、されど！――

戦闘の場は百発百中必殺が鉄則でも、神の領域に擦り寄らんとする科学の場には進歩こそ大事。されど、それを自然則の枠外とは言わじ。

チャレンジこそよし、百発に一中あらば失敗を恐るるは無用。これぞ挑戦者達ならではの積極的平和主義実践の哲学。


アイ子の作業は既に区切りが付いた様子で端末は閉じられ、テーブルの隅に寄せられていた。小松原の帰りを待っていたという顔付きで、如何にも所在無げ。デボラ女史は、何やら思案気に何冊もの本をテーブルに広げて腕組みしている。

「あれっ、アイ子ちゃんの作業はもう終わったの？　デボラさんに画像を見てもらったの？」

「ええ、全部終わったというんじゃありませんけど、デボラさんにはリエーフの妹さんの様子に、何か、もう見当が付かれたようなんです」

「ええっ、それはまた早い。それで、何かありましたか」

だが、アイ子に目線を向けられても、デボラ女史は顔を上げない。腕組みをしたり解いたり額を小突いたりして、机に広げた本の写真や記述を見比べながら考え事に集中している。逸る小松原も待つしかない。

黙って立つとサーバーのコーヒーを入れ替えた。

一時してコーヒーのいい香りが立ち始めて、デボラ女史はようやく顔を上げた。

「ドクターコマツバラ、仰るアゼルバイジャンの青年の苦悩の元が少し分かった気がします。アイコから青年の妹さんの情報を伺いながらその辺りに絞って画面から推測するに、私には少し違うようにも見て取れます」

「ヒェー、もうそんなことが分かったんですか。どういうことでしょう。悪いことですか」

「まだどちらとも言えませんが、よくないことでも、それほど心配するには及ばないんじゃないかと」

「ほお、それは嬉しい」

「ドクターが拾い上げられたという三人の女性の入れ墨様の紋様を拝見しました。その内の一人、ドクターがそれじゃないかとお考えの方、なるほどそのお方の首筋のそれは、不鮮明ながらキリル文字らしい書き方でS何がしと読めないこともありません。すると、この女性、ロシア圏近くのクルド民族、つまりクルド系山岳部族に囚われていた過去があったかもしれないとは、否定しません。今時奴隷だなんて想像したくもありませんが、無きにしも非ずなんです……」

そう言ってデボラ女史が指差す写真は、イスラエルのものらしい百科事典風な古い刊行物の一ページ。小松原には確とは読めないが、それらしい挿絵もある。

「しかし、この映像の全体像から見えるのは小旗を翳して馬を駆る女性で、布で束ねた髪を靡かせる躍動的な姿からは、お話しの女性とは全く別の……」

「と仰ると？」

「先ず、ムスリムの女性でないことは明らかでしょう。小旗のマークははっきりとはしませんが、おそらくメノラーではないかと。古代、ヘブライ民族を率いたモーゼが祈りの場に置いたとされる燭台のイメージで、その昔、欧米各地に散らばるシオニスト達が掲げたと言われるシンボルマークです。私が知るその後のシオニストは、ルシファーという堕天使をデフォルメした六芒星マークを使っていますが」

「はあ、なるほど。私は旗の紋様から雪の結晶のようなものを想像して何だろうかなと思いましたが、そうですか、お国に縁の紋様でしたか。して、そうなると、何を意味しましょう」

「このお方は、皆さんが探しておられる方かどうかは別にして、おそらくユダヤ系山岳部族の女性、しかも、然るべき立場の女性でしょうか」

「然るべきと仰ると？」

「戦闘員、私と同じような軍事訓練を受けた活動家……。しかも、並みの女性ではない、目的に向かって信念を持って邁進する今様な女性かと」

「はあ、なるほど」

写真から目を戻すデボラ女史は、明らかに何かを確信する様子だ。

辺境の地で過激な民族運動に身を挺する同胞に共感を覚えるのかもしれず、だが、立場上そこまで口にすることは避けたいということだろうか。彼女の心内をそう想像できた小松原は、それ以上に拘らないことにする。

「すると、つまりあれですね、この画像の女性が私共の探すスーザさんであるとしても、不幸な過去があったかどうかはともかく、今は自分の意志でしっかりと活動している女性ということになりますか」

「確証はありませんが」

「いやー、少し気が楽になりました。人物が当たっていなければまた振り出しに戻るわけだけど、少なくともアプローチの道は開けたわけだ。ご相談した甲斐がありました。これをさっそくリエーフ青年に話して、人物確認をやらせてみたいものですねえ」

「はあ、私としてはもう少し曖昧要素を拭ってからがいいと考えますが、そこのご判断はドクターにお任せします。外れても実害はありませんでしょうし、お身内の目が一番確かでしょうから」

「ありがとうございます。だが、青年がこれを知れば直ぐにも行動に走るでしょうねえ。先の展望を示さないことには、私らがどう止めたって無理。そこをどうしたものか」

「私だって同じ立場なら当然です。生きるとは呼吸することではない、行動することだ、という言葉がありましたね。口幅ったいことですが、私は、やらないでいい理屈を探すな、事を前に腕を拱くのは罪を犯すに同じと、子供の頃から両親に教えられて育ちました。ですから、考えるよりも先に動いてしまうようなところがあります。その青年のお気持ち、よく分かります……。それにしても、これが偵察衛星と言われるものの映像ですか。私は初めて見まして、それにしても凄いものなんですねえ」

「――――」

小松原が口籠っている間に、デボラ女史は決然とした表情で目線を挙げる。

「ドクターコマツバラ、こちらからの勝手なお願いに快いご返事をいただいて恐縮な上に、私共の同朋の苦難にいろいろとご尽力いただいていること、心から御礼申し上げます。本当にありがとうございます。こうなれば、私共こそ動かなければなりません……。とは申せ、ここに居りまして何ができますか、甚だ心許ございません。何とぞ私を手足に使っていただいて、一刻も早くよいご首尾を」

そこまで言われて、ようやく小松原は腹を括る。

「ミスデボラ、一つご提案があります。衛星という探査手段は広域に対してはとても有効ですが、それ以上となると制限が多い。そこで、無人偵察機でピンポイントに探るというのはどうでしょう」

「はあっ」

「ただ探るだけでなく、向こうのどこかに然るべき足掛かりを作って工作活動を展開する。それはあなたが先程口にしていたサイバー環境利用の仕掛けを意味します」

「なるほど、そうですね。それが早いかもしれませんね」

「ただし、スパイごっこや戦争ごっこをやるわけじゃありません。今回は不幸な青年の、更に不幸な妹さんを探し出し、先ずはこの兄妹の交信の場を用意する。その上で、今後を二人に任せるんです。妹さんが助けを必要としているのならばお兄さんがシャカリキの動きをするでしょうから、私共はそれを可能とすべくサポートする」

「――――」

「どうも、あなたの観察が正しくって、仰るような猛者であるとすれば助けなどとは笑止かもしれず、お兄さんにしたって元は共産党政権下の軍事教練で鍛えに鍛えられた青年です」

声は無いが、デボラ女史も賛成の表情だ。

「いずれにしても、今日こうしてあなたにお会いできたことは、私やアイコにとっても大いなる僥倖でした」

「分かりました。それで、もう少し具体的に何をどうすればいいのか、例えば向こうに足場を作るとはどんな風な？」

「そうですね。一例で申し上げれば、ミスデボラにはお国のロケットソーサー、サターンですか、それを用意していただく。私は現地での足掛かりを何とかします」

すると、デボラ女史の頬が引き攣った。

「それはどうも。他のことならともかく、サターンとなりますと自信がございません。軍の最重要戦略兵器のようなものを、一介の兵卒の私が手にできるとは思えません」

「でも、あなたはその開発チームにいて、全容を把握し切っておられた」

「はあ、それはまあ。でも、実用にはまだどうでしょう」

「駄目ですか」

「イスラエル国内での実験とか検証とかとなれば別ですが」

「そう、それですよ。それで十分です。私の方からは、あなたのお望みのマイクロチップに仕込んだ現状最新の人工知能を提供します。あなたにはそれを手土産にいったんイスラエルにお戻りになって、下工作をしていただく。私のネット接続対策と同時進行で」

「はあ、それは勿体ないお話しですけど、私の方はどんなに急いだって何か月か先になってしまいます。そんなにゆっくりでいいですか」

「いえ、件の女性の確認は青年なら一瞥で出来ましょう。明日にも可能です。違うならやり直せばいいだけのことですから。そして、その女性で当たりとならば、急いで動く必要はありませんよね」

「はあ、それはまあ」

「取り敢えずは現状性能のサターンを飛ばしていただけませんでしょうか。あなたの目として高精度無線カメラを用意しますから、飛行距離とご自身の身の安全だけを考慮した然るべき場所で、あなたにはソーサーの操縦に当たっていただくだけでいい。それがうまく行ったなら次の段階へ進むんです」

「それにしても私には未経験のことで、心許ないどころじゃありません」

「いえ、ダメモトでもチャレンジの意味はあります。私はこんなことを過去に何回かやったことがあります。もっとずっと整わない環境下でも、それなりなことはできました。ダメ元でも、技術的な進歩が望めます。今より悪くさえしなければいいんですから。失敗した後のことはまたそこで」

「で、ドクターコマツバラはご一緒下さいますか」

「いえ、私はここカリフォルニアから、作業の進捗に合わせてお手伝いします。私らだけの専用の回線網を用意しますから、会話も自由、一緒に作業しているのと同じ環境です。リエーフ青年はこちらに陣取り、このアイコと友人のロバートにサポートさせましょう」

「はあ、そんなことで大丈夫でしょうか」

「多分、大丈夫です。少し気になるのはその次のステップで、カリフォルニアのリエーフと中東のスーザ兄妹の間のコンタクトをどう実現するかです」

「――――」

「最初から厄介な地で二人を対面させるなんぞは、どう見たって好ましくない。先ずは安全な形で二人の対話を促したいんですが、私が介添えできるのはネット経由のこと、向こうにこちらからの通信を受信させるためにはそれなりな環境が必要なんですが」

「はあ、なるほど、そういうことですか。でも、それならあまり厄介ではないと思います。山岳部族なんて呼び名だと野蛮で粗野なイメージですが、これは外側がそう呼ぶだけ、内側の人達はかなりの情報武装をしている昨今です。それでなければ外の世界に伍していくことはできないはずで、外見からの判断は当たらないと思います」

「そうですか、それは嬉しい。すると、ネット社会にはしっかりと絡んでいるわけですか」

「画面を通しての推測だけですが、多分、大丈夫です」

「それはまた心強い。そうなると、事は数段楽になります。並みではない兄妹ですから、対話さえ出来れば、後は自分達で如何様にもしていくでしょう」

「そうですね」

「ともかく、リエーフ青年によるこの衛星写真の女性の確認が真っ先です。糠喜びにならないように慎重を期しますが、早い方がいい。来週のあなたのご予定は？　私の会社までご足労お願いできますか」

「はあ、そうですね。そうしたいことは山々ですけど、帰国のスケジュールが押し迫っているものですから」

「分かりした。それならアイ子ちゃん、スケジュール調整を君にやってもらおうか。デボラさんの寸暇に合わせて、集まってもらうのはロバート、リエーフと君だ。目的はリエーフ自身に衛星画像を確認してもらうことで、一時間ほどの作業で十分。ただ、あまり希望的観測は伝えない方がいい。そんなにドンピシャリで当たるはずもあるまいから」

「はい、分かりました」

「いずれにしても突破口が見えた。ありがたいことだ。そこでひとつ、私の二つ目の我儘も聞いていただけませんか」

「はあ、何なりと」

「お国の開発されているとかのフラッシュランチャーなるものです。理屈としては想像できても技術的には私の未経験な部分です。今日日巷に溢れているゲーム感覚の光線銃なんかでは困りますが、お国の防衛能力の高さや先進性は、こちらの当局も常に注目しているほどですから、在り来たりのものではないでしょうね」

「そちらの分野は、私には皆目」

「でも、あなたはこちらのネット万能社会を見て直ぐにも連想された。それは知識の下地が既にあったからでしょう」

「はあ、それは否定しませんが」

「お国の当局にしたって、目下開発中ならば、こういうものの性能検証の場は欲しがりましょう。こうした試行錯誤を伴うチャレンジでは、どのようなアプローチでもきっと何らかの効果が期待できます」

「検証の場ですか」

「私はお国の技術レベルを信頼します。私の予想が正しければ、そのランチャーから発射されるビームに、然るべき信号を乗せる程度のことは可能なレベルまで来ているのではありませんか」

「どうでしょう。私の一番暗い部分です」

「私にそれを試行するチャンスは与えられないものでしょうか」

「はあっ、ドクターがですか」

「はい。戯言とは承知の上で申します。私は技術的な極秘内容を知りたいわけではありません。そういうものが可能かどうかを知りたいだけなんです。あなた様はアイコと一緒に研究や仕事をなさっていて、私がライフワークにしているもの、近い将来の完全情報化社会に向けての情報科学者としての理念、その辺りに共感を持っていただいたことと思います」

「はあ、まあ」

「それでなければ、あなたのお国の厄介な国防の内情を、ここまで口になさることはあり得ない」

「――――」

「本心を申しますと、私としましては、あなた様の今夜のお話しそのものが大変に貴重でした。喩え私からのお願いが聞き入れられなくってもいいんです。お聞きしたことをヒントに、私なりなやり方で成果を得ていく自信があります」

「――――」

「ただ、私ももう直き半世紀分の年齢になります。残された人生の時間軸に照らして無駄をしていられない。頼れるところはどこでも、いただけるチャンスはどんなものでも生かして、成果を最大限にしていきたい。そしてそれをアイコのような次世代の若者達に繋いでいきたい、と、そんな考えでおります」

そこまで話すと、デボラ女史の表情はようやく和む。

「開発の三合目あたりでの検証でよければ……」

「結構です。もし、チャンスを戴けるなら、その代わりに、もしそこに私のお手伝いできる局面があれば如何様にも努力を惜しみません。もちろん、情報漏洩なんぞのご心配はありましょうが、そこはこれまでの私のスタンスをお調べになっていただいた上で結構」

「はあ、そこはもう。失礼ながら、今回こうしてお会いするにも調べさせていただきました」

「当然ですね。で、こうお話しすれば、お願いする理由をご納得いただけましょうか。私が意図しますのは、そういう厄介兵器が世に顔を出すまでに、いずれ間も無くのことでしょうが、これがネット技術にアダ為す局面に対する防御機構で先行したいのです」

「と申されますと？」

「いえ、お国の国防筋に対抗するつもりはありません。あくまで健全なネット社会に資したいだけで、当然、私の開発技術は詳細に開示できます。それにしたって一時の用にしかならないほどのものですが、技術開発とはそういうもの、常に先を見ているのが大事なんです」

デボラ女史これでようやく吹っ切れた表情だ。

「はあ、なるほど天才先生の仰ることは凄い。どう転んだって拾うものがあればいい訳ですか。私らの教わるのは真逆で、戦闘に臨んでは必殺、仕損じれば自分の命が無い、だから銃は百発百中、艦船は不沈、戦闘機や戦車は無敵でなければならないと」

「はあ、肉弾相打つ戦闘の場ではそうでしょうね。でも、私らのやるのはそんな戦闘じゃありませんから。大事なのは先手必勝です」

「はい、分かりました。ご提供いただくドクターの最先端技術の価値に見合うお返しとしては、その程度のご協力は当然ですね。一兵卒の私が国防組織をどう納得させられるか定かではありませんが、ここはもう知恵と熱意で行くしかありませんね」

「今申し上げたスーザ救出作戦は子供騙しみたいに思われるかもしれませんが、勝算はあります。条件さえ整えることができれば、理性ある相手に対しては結構有効だと確信しています。もちろん、知性も心も持ち合わせない陶製のロボットのような人達相手には全く役立たずですが。でも、そこがまたいいわけです」

そう言って片眼を瞑る小松原にデボラ女史の返事は無いが、彼女の横顔に明らかな同意の心情を感じ取った小松原は、指示待ち顔のアイ子に端末の片付けを目線で託す。アイ子はまだ研究仲間同士の話しが残っているらしい素振りで、小松原は、なお机上の資料のあちこちに目をやりながら考えに耽るデボラ女史にそっと頭を下げて、一人退室した。


——デボラ女史の言うフラッシュランチャーなるものは、おそらくある種のビーコンのようなものだろう。私は同類の技術に対して、懸念を持って防御のどうあるべきかをサイバーポリス構想でいろいろに具体化を図ってきたのだったが、その前提にあったのはネット社会、サイバー空間内でだけのこと。ところが、ネット空間以外に現実空間からの侵入の可能性もあったわけだ。それがレーザー兵器やプラズマ兵器のようなもので簡単に具体化されるかもしれないとは、いささか想定外だった。ネット経由ならばそこにセキュリティーの壁を設ければいい、最悪、切断してしまえばいいだけのこと、ところが、空間経由の自在な侵入が可能となれば、防御の手立ては全く変えないといけない。屈強なイスラエル軍部の開発部隊ならば、そこを見逃すはずはなかったか。となると、ペンタゴンあたりはもう当然のこととしてやっているんだろうか？——

春以来、振って湧いたような幾つもの出会いであれこれ忙しく、社業も多忙を極めて自分本来の先端技術開発の時間を取れずにいた小松原で、せっかくのチャンスを最大限に有効活用させてもらおうとこれからのスケジュールを頭の中に描きながら、灯りが落ちて静まり返ったホテルの裏口から駐車場へ向かった。

——考えてみれば、俺も今年で五十四歳、日本流の還暦までに六年しか残っていない。日本では父さんがまだ元気で頑張っているものの、仕事の方は以前から預かっている母方親戚筋の青年に任せ、雑用の一切は喜久子姉さんに引き継いで、自分は区域の長老役で大忙しらしい。父さんには笑われそうだが、俺もそろそろ自分でシャカリキに動き回る歳ではなくなったようだ。若手陣に知恵と経験をバトンタッチして自分の衰えをカバーしてもらうやり方でなければ、これから先はあるまい。これからはアイ子達の時代、そこへ気持ちを切り替えていくためにも、今夜はいい刺激を貰った。——

帰りを待っているジェーンに今夜の心証を話して、これからの局面に向けて準備をスタートさせるつもりで帰りを急ぐ。

——幸いにも、カールやアシュレーに行くまでにアイ子という渡りの後継者を得た。これ以上の幸運はない。今夜のことは、俺自身が前面に立つ今年一番の大仕事になるかもしれん。——

そこを考えると、一抹の寂しさを覚えながらも、新たな期待への予感に気分が晴れた。

デボラ女史の協力を得るという僥倖に助けられて、小松原、アイ子の支援の下にロバートのスーザ探索は見通しが付くかに見えた。アイ子の段取りでデボラ女史の立ち合いをもらい、リエーフの確認を促す。だが、衛星画像のスーザではないかと目された女性の頭上からの姿に、リエーフはその場で首を振るではないか。しかも、驚いたことに、否定するリエーフは落胆どころか、カっと眼を見開いて激しい感情の動きを隠し切れない様子だ。

リエーフが即答して曰く、首筋に見える入れ墨はスーザなる文字ではない、こじつければそれらしく読めないことも無いが、古くボヤケた民族風な絵紋様ではないかと。そして、更に驚いたことには、リエーフ自身にその女性の心当たりがあるというのだ。

リエーフが顔を赤らめて言葉を震わせるのも道理、その女性は、リエーフの逃避行の最後に一時身を寄せた山岳部族の、ひと際目立っていた人物だった。リエーフの推測では、どういう関係かは分からないが集団のボスの信頼篤く、集団内ではボスの片腕として敏腕を揮っていた女性らしい。

ネットメールで妹を餌にメキシコまで誘い出されたリエーフが、右往左往しながらもそれが自分に対する追っ手の仕掛けらしいと感じ取った時、自国共産党政権の他に思い浮かんだのがこの山岳部族とその女性だったという。当時、ひた隠しにしていたリエーフの西側への逃亡の意図を、その女性は鋭く感じ取っていた様子で、その後、虚言を使って米国への脱出に踏み切ったのだったが、それは、知って許してくれていたのかもしれないその人達にすれば、好意を踏み躙る裏切り行為でもあったわけだ。

リエーフは、それから一時、またもや心身のバランスを崩す。無理もない、妹の安否が宙ぶらりんに棚上げされて不安は増す一方、そこに、思い出したくもない自分の過去の不行跡に再び直面することとなったのだから。

さてそうなってみると、デボラ女史の案じた通りの振出しへ戻ったわけだが、そのデボラ女史からとんでもない新情報が寄せられた。

リエーフの妹と目した女性が別人と分かってからの始終を承知していたデボラ女史が、それを在外ユダヤ人情報として所属するイスラエル防衛省情報局に報告しており、それが傘下の特務機関８２００部隊の目に止まったというのだ。

それを聞いた小松原は、驚きの表情を隠せない。８２００部隊とは、彼が人工知能型サイバーポリス構想に傾注して以降最大の強敵と目して、ペンタゴン傘下の国家安全保障局ＮＳＡ同等に関心を払ってきたサイバーセキュリティーの専門機関だ。イスラエル防衛省の傘下ではあるものの事実上独立独歩に近い強権の組織、アメリカのＮＳＡを模したと言われるのも道理、設立の時期も動機も同じ世界屈指の軍事情報機関だ。そして、この８２００部隊が小松原にとっていい意味の強敵だったのは、この機関が軍事組織にはあるまじく開放的で、そこで育まれた情報技術専門家達は世界各地に活躍の場を広げているのだ。小松原が今の本社を置くシリコンバレーにも一人いて、切磋琢磨する間柄だった。

その８２００部隊が、件の首筋に入れ墨か傷跡のある高地部族の女性に関心を持った、その女性の素性は空軍特務機関の出に違いないというのだ。それも唯の同胞としての関心だけではなく、機関内部でも最高位に属する機密情報を持って行方を晦ましたという、曰く付きの人物だったらしい。ただの情報通だけでなく兵士としても秀逸だったその女性は、情報の攪乱で組織からの追跡を躱し切り、その後は行方が知れなかった。

ただ、彼女自身が自国に対して敵対行為に及ぶようなことも無く、イスラエル当局が恐れていた状況は起こらなかった。そして、当時は最高度のレベルだった技術情報も時と共に陳腐化し、今では内部の一部でしか知らない過去の話となっていたのだが。しかしそこに、デボラ女史からの新しい情報で彼女が中東山岳部族に紛れており、戦闘部隊を率いて活動しているとなったわけだから、事が簡単ではなくなった。彼女の犯行の動機は、多分、中東の過激思想集団に同調してのこと、彼女が持ち出したものは、陳腐化したとはいえその後に手が加わる可能性は否定できず、どんな危険を孕むものに化けているか知れない。それも一つだけではなく、危惧されるものが幾つも含まれていたことだから、もし厄介なことにでもなれば、組織全体の先々にも障ることだったのだ。そこを抑えるために彼女を何としても捕縛する必要がある、と、部隊は直ぐにも動き出しかねない状況だという。

そこまでの予想をしていなかったデボラ女史は大慌て、情報活動を専らにして戦闘的な実力行使には素人の８２００部隊が闇雲に動いては、逆に事を悪くし兼ねない。悲しい境遇の若い女性を救いたいという小松原の意に、決定的に反する成り行きが懸念される。

情報の出口だけは明かしていなかったことを幸い、ボスに取り敢えずの時間稼ぎをしてもらっている間にドクターコマツバラの指示を仰ぎたいと、電話口のデボラ女史は懇願せんばかりの口調。それを聞く小松原は、さしものデボラ女史も頭の固い情報当局相手に難儀しているようだと、事態を冷却させる必要を感ずる。

「ミスデボラ、貴重な情報をありがとうございます。ところで、今あなたはどちらから電話を？　イスラエルですか？」

「はあ、それが、まだアメリカなんです。電話での交渉が長引いた上に、向こうからまた新しい指示が来たりして、ちょっと帰国の予定が立たないんです」

「わー、それは大変ですね。なら、何でも仰って下さい。お手伝いしますから」

「はあ、ドクターにそう仰っていただけるとホッとします。本当に申し訳ありません」

「何の、気になさることはない。でも、どうやら山岳部族の女性の筋を使うのは慎重を要することのようですね。勇み足にならなくてよかった。道はいくらもあるでしょうから、焦らないで行きましょう。あなたも気をお楽になさった方がいい」

「はあ、ありがとうございます。その上で恐縮なんですが、国防省の方は逆にうまく行き過ぎまして」

「ほう、それはいい。で、どこまで協力が得られそうですか」

「ご厚意に甘えて、ドクターの秘蔵っ子であるに違いない人工知能を搭載した多機能型制御システム、これをご提供いただける旨を話したところ、私のボスは大変に感謝して、今のサターンで役に立つようなら、中東の空に飛ばすまでの段取りは向こうで整えるからと申しております。また、ご要望のフラッシュランチャーについても、現状での開示はオーケー、もしご要望なら今後は共同開発者として参画も願いたいとまで申しております。もちろん、守秘義務以外には双方ノーデューティー、皆さんがお好きなジェントルマンシップな関係です」

「なるほど。それは大変ありがたい」

「私が知らなかっただけで、どうもイスラエル軍事筋はドクターのご研究を知り尽くしているような口振りなんです」

「そうですか、知られてしまっていますか。しかしまあ、あれです。兵器としての成層圏型ソーサーやフラッシュランチャーなるものは、私の手には重過ぎます。私の方は、あくまでそれを情報テクノロジーとしてサイバー環境に組み込んでいきたいわけです。ですから、今の私の希望としては、中東のどこかにはまだ生きて頑張っているかもしれない少女の発見と、稲妻ガンの技術的背景に示唆をいただくだけで結構です。もちろん、将来に亘っては、世界に名声高いお国のサイバーセキュリティーテクノロジーに関して、広い協力関係が保てますなら幸せです」

「分かりました。多分、ドクターならそう仰るのじゃないかと、私のボスはそこも分かっているようでした。そして、私にドクターの下でこのまま研修させていただくように指示してきました。どうか、よろしくお願い致します」

「はあー、それは一向に構わないが、……」

「ひとつだけ、ボスの懸念事項を正直にお伝えします。お国の安全保障局が主導する地球規模の通信傍受ネットワークなるもの、エシュロンなる通称があるそうですが、ドクターコマツバラともなれば、当然引っ張り出されておいでではないかと、こちらはいいが、そちらの支障になってはご迷惑だろうと」

「いや、ご心配なく。イギリス連邦内主要国が協力すればほぼ地球上全域に目が届くとかですが、あれは、テクノロジーはともかく、古臭い地政学的な概念を重要ファクターとしたもので、私のような技術一辺倒な人間にはあまり共通項がありません。ワシントン筋が今なおダンマリを通しているのは、そんなことからではありませんか。あまりお気になさらずとも結構です」

「そうですか。それで安心しました。そうなりますと次の段階として、私がサターンを飛ばすとなると、先ず私がイスラエルに戻ってサターンの操縦訓練を受けなければなりません。無駄に時間を浪費しないためにここはボスの提案に乗って任せ切ってしまうのは如何でしょう」

「まあ、尤もでしょうね。でも、そうするにはちょっとだけ作戦変更がいいですかね」

「と申されますと？」

「その女性が空軍特務機関出身の情報通だとは、こちらにとっては大いなる幸いです。私が過去に同じようなことを試みた時、やはり同じような僥倖に助けられてそこそこの成果を得ました。行いをよくしていると、こういうラッキーに助けられることってあるんですよね」

そう言って余裕のある口調の小松原に、まだ成否に半信半疑なデボラ女史は曰く言い難しのようだ。

「私の方で、早々にあなたと山岳部族の女性との間の交信ラインを準備します。これには今のところインターネット網しかないわけですが、この網の最大の欠点はセキュリティーの甘さです。こちらは何も悪いことをするでは無し、外へどう漏れたって気にしませんが、少女救出の目的にはわずかな遺漏も決定的なロスと心得るべきでしょう。そうなると、やれるのはピンポイント作戦しかない。それですら十分じゃありませんが、仕方が無い。我々の意気に免じて女神が微笑んでくれることを期待しましょう」

「はい、分かります。それで、具体的にはどういうことでしょう」

「女性の方からの発信を捕まえることで私のサイバーインターポールドメインに繋ぎ込みたいんです。このドメインについてはアイコからお聞きになってその概要をご存知ですよね。いったんチャネルが確立されれば、それ以降は、多分、ドメインが雑音をしっかり跳ね除けて役目を果たしてくれましょう」

「そんなことで効果が期待できますか」

「その女性が山岳部族で腕を振るっているとすれば、おそらく、向こうの情報武装はトップレベルのはずで、当然、こちらのネット環境をフルに活用していましょう」

「はあ、なるほど。つまり、ドクターは彼女側のチャネルに潜り込んで対話に持ち込めるとお考えで」

「ええ。言葉でも文章でも、全く問題ないでしょうし、願ってもない条件が揃っているじゃないですか。そして、交信が成立してからのことはデボラさん、あなたに頑張ってもらいましょう。時期は離れていても、あなたとその女性はいわば同じ釜の飯を食った間柄、向こうの女性とあなたとの心が通じ会わないはずはありません。その上で、会話にリエーフを加えてやって下さい。リエーフは、今は妹のことで頭の中がいっぱいですが、本来は士性骨を備えたちゃんとした若者です。妹の消息を確かめ、生きていると分かれば彼自身で救いの手立てを考えるでしょう。我々が要らぬ手を出さなくていい」

「なるほど、それが事を最小限の範囲内で収める手ですね。さすがドクターは若者達の将来をも考えていて下さる。分かりました、精一杯にやってみます。それで、何処から何を？」

デボラ女史は焦れる心内を隠すのにいっぱいの様子だ。だが、小松原にしたって首尾を心内に反芻しながらのことで、言葉を選ぶしかない。

「問題は、女性からの発信をこちらがどう捕まえるかです。こちらからのネット経由のランダムアクセスでは、とうていセキュリティーが覚束きません」

「はあ」

「いろいろ考えますが、ここにオタクのボスのご支援を得たい」

「それで？」

「現状のロケットソーサーでいいから、これをお国の上空目一杯の高さまで打ち上げていただく。そしてそこには、フラッシュランチャーなるものの小型装置を搭載していただく。お国の優秀な開発部隊なら、当然、そんなものもお持ちでしょうから、是非それを」

「フラッシュランチャーをどのように？」

「軍事用ビーコンはあなたの方がご専門で、ご意見を戴きたいのだが、敵艦でも味方艦でも、相手に何らかの行動を誘発するような意味を込めたビーコン信号がありますでしょう」

「それはもう、いろいろと」

「向こうがインターネット上で何かしたくなるような意味を込めたもの。ちょっとだけアタフタさせて、とっさにネットアクセスに及ぶような状況が作り出せればと思うんです」

「ははあ、なるほど、ドクターのインターポールドメインがその瞬間を捉えるわけですか」

「はい。ロケットソーサーは一回だけの使い切り、フラッシュランチャーも何回かの発信で十分と思います。一回で動きが無ければこちらの負け、仕切り直して再挑戦します」

「はあ」

「ですから、ロケットソーサーの高さは大気圏を突き抜けて精々一週間ほども成層圏との境に漂っていてくれれば十分です。役目が終わっての後始末は、回収でも自爆処理でも、そこはお任せします」

「はー、なるほど！　ドクターの発想とはそういうものでしたか。よく分りました。それならばボスも８２００部隊も何ら異存を言えるはずは無いでしょうね。それにしても、向こうの女性はどう反応してくれるでしょうね」

「そこはそれ、幸運の女神にお任せすると」

「つまり、ドクターが交信チャネルを用意して下さった後は、私の頑張り次第と」

「まだ敵か味方か定かではない相手をこちらの土俵に引き込んでいただくわけだから、幸運の女神の微笑みを期待するのみ。それにはむつけき男性よりあなた様のようなお淑やかな女性の方がいい」

「私が皆さんのご努力を生かし切る力があるかどうか、足元が竦む思いです」

「なあに、気分を楽に持って下さい。私は、どんなに進んだ科学万能の社会でも、どんなに偽善の蔓延する退廃の社会でも、人という生き物種に宿った心には、魂の欠片が一片なりとも残っていると信じます。そして、それが残っている限り、積極的によい未来を模索する足掛かりは必ずある、大げさですが、人類に未来はあると信じたいんです」


そんな殊勝な言葉を口にしながら、小松原自身は、心内に忸怩たるものを噛み締めていたのも事実だ。自分には馴染みの薄いイスラエルの先端技術、しかもまだ開発段階というそれらの軍事技術に賭けてのチャレンジに、確かな勝算はと問われてもあるはずがない。むしろ、あるのは手応えのない不透明な薄闇の感覚だけなのである。

だが、せっかくの手掛かりをくれたデボラ女史の前にそれを曝け出すことはできない。

「では、早速に作業開始ですね。私はロケットソーサーやフラッシュランチャーの興味は後回しにして、向こうとの通信回線が開けた後の算段をします。デボラさんの方はもっと大変かと思いますが、あまり無理をなさらずボチボチとお願いします」

「分かりました。私も電話やメールだけのやり取りは心許ありませんので、近々、里帰りを兼ねて向こうの様子を確認して来ようと思います」

「そうですね。アイコの話しだと、あなたはここ何か月も休み無しの激務だとか、少しはリラックスも必要です。ゆっくりなさって来て下さい」

「はい、ありがとう存じます」


電話だったから辛うじて躱せたものの、勘の鋭いデボラ女史相手に感情を隠した会話は結構疲れる。今日はこれで上がりにして久し振りにジェーンを外での食事に誘い出そうかと、小松原は、まだ忙しく作業している若手達にそっと手を挙げて会社を出た。

八　迷　走

――意あれど策成らず――

唯一、人間種のみに祟る麻薬禍。廃頽する社会に蔓延って人心を蝕み、人身を腐敗させる悪魔の媚薬が、イスラム圏の錯乱の一因なりとせば⁉
人工知能ソーニアの叱咤。古賢の慧眼無くして、観天望気も為るはずは無し。至誠も天に通ずるはずは無し。汝、何を恐れて手を拱く⁉
されればこそ積極的挑戦者たらんとすれど、勝算無くして何成せる。時に、動かざるを以て勇ありとされたく‼

アゼルバイジャン出身のリエーフ、スーザ兄妹の先行きに曙光が見えたかに思えて、小松原の提案に沿ってチャレンジを開始したデボラ女史と小松原だったが、どうも欲張り過ぎたか、その後が捗々しくなかった。

一時帰国してイスラエル国防筋との協議に入っていたデボラ女史から、まだ引いたばかりの専用回線で呼び出された。モニター画面に映る姿は鮮明、髪をカットしたらしい様子で若々しく見える。やはり故国の空気はいいのだろうと、小松原はお世辞を口にし掛かったのだが、卓上の画面を拡大して向き合って訝る。女史の表情が何やらおかしいのだ。背筋を伸ばして真っ直ぐに視線を向けてくる様子は何時もの彼女だが、顔の表情にいつもの軍人らしい威厳が感じられない。目の周囲に、これまで見たことが無いような疲れ切った印象がある。

「やあ、デボラさん。どうされましたか。久し振りの故国は如何ですか」

「初めてのこちらからの接続ですが、お見えになりますか」

「はっきり見えますよ。でも、時差からするとそちらはもう夕方でしょう。何かありましたか」

「はあ、ちょっと。お仕事に入られる前にと思いまして、今少しよろしいでしょうか」

「はい、どうぞ。ちょうどいいタイミングでしたよ」

「実は、ドクターからご指示いただいた件のユダヤ系山岳部族の女性兵士、イスラエルでの元の名前はカーアン イザクと聞いていた人ですが、こちらで改めて調べてみて、私が思っていた状況とは少し違うようで……」

「ほう、どう違うと？」

「それが、軍部筋から聞く情報と巷間の情報がどうも交錯していて、本筋が見えないんです。どうも、軍部は私の何かを疑っているのか、聞くたびに二転三転して、まるでオチョクッテいると言いたいようない加減さなんです。かと言って、巷間の方はもっとはっきりしない。つまり、ドクターへのご報告が憚られるようなあり様でして」

「いや、その辺はご心配なく。真偽構わず、そんな情報があるだけでもいいんですよ。私の方は、出来る限りの裏を取って判断しますから」

「そうですよね。そこは分かっているんですが……。ドクターは秋口にあったアフガニスタン紛争再燃の件はお聞き及びでいらっしゃる？」

「はい、聞いています。こちらでも、イスラム神学生の熱血集団から発したはずの抵抗組織タリバーンの、想像を絶する残虐行為が報じられて、一時、世論が凍り付きました。何分にも、こうした暴徒達の跋扈には、アメリカ政府も一役買った過去があるようでして」

「はあ、そのタリバーンです。そしてそこに密接な関りを持つアルカイーダ、イスラエル政府が今最も危険な組織と認識している二大テロ組織です。事もあろうに、これらの接点上に、クルディスタン北方ユダヤ系山岳民族、つまり、件の女性兵士ですが、何やら関りがあるのではと思える節が出て来まして……」

「ええっ、そんな！　イスラエル軍人だったというその女性が身を寄せたのは、コーカサス山脈に近い山岳地帯だったはずでしょう。一方のタリバーンというと遥か東方、アフガニスタン、パキスタンに跨る地域でしょう。まあ、どちらも不毛の山岳地帯という共通項があるかもしれないが、そこにどんな繋がりがあると仰る？」

「いえ、そこが何とも。これも私の邪推かもしれないんで、……。ですから、ドクターにはお話しするのを躊躇っていたんですが、実は今朝ほど、ボスから、ドクターと私が企図する中東上空へのロケットソーサー打ち上げ中止が勧告されまして……」

「中止！　それはまた。順調とお伺いしたんで、こちらはボチボチ準備に入ろうかと」

「いえ、全く中止というんじゃなくって、ドクターご提案の軍事的チャレンジは意義がある、しかし、その先のドクターと私との意図は、多分、無意味だろう、それでもいいか、というボスの申し様なんです」

ほう、それはまた、と言い掛けて気付く。テレビ画面の向こうのげっそりした表情は、おそらく、ボスと侃々諤々の議論で散々やり合った挙句のことだ。

「そうですか、でもまあ、そんなこともありましょう。こんな前代未聞のチャレンジに、端からうまくいったんでは罰が当たりますから。して、その理由は？」

「私もそこに食い下がって糾したんですが、ボスの口は重くて要領を得ず、仕方なく私は妄想を逞しくするしかありませんでした」

「――――」

「初めは、ロケットソーサーやフラッシュランチャーなるものが、まだ役に立つレベルに無いのかもしれないと疑ってみました。しかし、ボスの様子だとそれではなさそう」

「なるほど。そうすると、あなた様がそういう想像を掻き立てられたには、どんな理由が？」

「ボスの口から漏れ出た文言に麻薬ビジネス云々というのがありまして、……」

「麻薬ですか」

「ドクターは黄金の三日月地帯という言葉はご存知ですか」

「はあ、黄金の三日月地帯ねえ。詳しくはありませんが、三日月だとか三角だとかと付く地域は、よくも悪くも、世界各地にあるようですねえ。フロリダの沖には魔の三角海域、私の出身地極東の南方には黄金の三角地帯なんて、あまりよくないのが」

「ならば、バルカンルートは？」

「さあ、それは存じません。確か、あなた様の故国イスラエルからシリア、イラクあたりは、栄光の古代文明を誕生させた肥沃な三日月地帯と形容されるんじゃありませんでしたか」

「はあ、誰が言ったことかは存じませんが」

「それが何か、イスラム原理主義のテロ組織と何か関係が？」

「中東の経済を支えるのは石油、ガスなんぞの地下資源とは何方もご存じでいらっしゃいましょう。しかし、隠れて強大な裏産業に麻薬ビジネスのあることは、あまり知られていませんでしょうか。アフガニスタンからパキスタンにまたがる山岳地帯の、いわゆる黄金の三日月地帯と呼ばれる地域が、世界有数のアヘン生産地なんです。ドクターが仰った東南アジアの黄金の三角地帯と並ぶものですが、どうして規模が違います。正確な数字は存じませんけど、おそらく世界全体の過半数に届くほど」

「はー、そんなに大きいんですか。うーん、そこまでは知りませんでしたねえ」

「そこで生産される麻薬類の最大の消費地がヨーロッパで、供給ルートがイラン、トルコを経てバルカン半島に抜ける、いわば闇の麻薬街道バルカンルートです。最近ではヨーロッパからの圧力で関係国政府も躍起になって麻薬撲滅に動いてはいますが、何分にも」

「困ったことなんですねえ。それで、お国のイスラエルも何か厄介が？」

「いえ、直接には。しかし、黄金の三日月地帯はタリバーンやアルカイーダが群がる地域……」

「そうか、なるほど。因果関係はそこにあったか」

「ご存知の通り、イスラエルが抱える最大の悩みの種であるパレスチナは、立法評議会ＰＬＯが率いる人口５００万足らずの小さな自治政府です。しかし、自治区内を上回る人達が周辺諸国に難民として散らばり、しかも、イスラエル建国の背景からして、アラブイスラム圏の全勢力は一貫してイスラエルを認めず、陰に陽にパレスチナを支援、弱小自治政府といえどもイスラエルから見れば強大な敵ということになります」

「なるほど」

「現自治政府はイスラム原理主義勢力としては比較的穏健な部類のファタハ、つまりＰＬＯの主流派ですが、近年、ムスリム同胞団のパレスチナ支部を母体としたイスラム原理主義組織ハマースが台頭、一大勢力に躍進して事は錯綜します。イスラム聖法シャーリアを統治の黄金律として、政治経済は言うに及ばず人々の社会慣行から生活の全てに亘って、これに従うを義務とする過激な統治手法においては、ファタハもハマースも大同小異、同床異夢だからして混乱に拍車を掛けるのみ」

「そうなんですね」

「しかも、パレスチナの経済状況はというと、農林漁業、鉱工業という基幹産業はほんの僅か、イスラエルが懐柔政策を取っていた頃からのイスラエル依存体質は、対立が激しくなっている今も何ら変わりません。にも拘らず、無いない尽しのパレスチナがしぶとく消滅せずにおれる。その理由は分かり切ったことですけど……」

「はあ、なるほど、仰りたいことが分かりました。イスラム諸国からの隠れた支援ですね。とはいえ、経済的に最も余裕のある産油国政府は欧米依存度が高く表立っては動けない、そこを勝手に動けるのがイスラム原理主義のような過激派集団、その活動資金を賄うのが麻薬産業のような闇のビジネス、という構図ですか」

「はあ、誰も何も言わない部分ですが。そしてそこに、左翼系革命主義という厄介な要素も加わります。パレスチナ北方のトルコを拠点とする、クルド労働党ＰＫＫなる武装集団です。ＰＫＫのそもそもが、全体主義、社会主義を標榜する民族独立運動から生まれたもので、その思想も行動も革命的で過激、至る所にテロの恐怖を振り撒いておりますが、その拠点、トルコ北方山岳地帯とは先程のバルカンルートの首根っこ、しかも、そこから東南部に広がる肥沃な一帯は、これもまた麻薬の産地。つまり、彼らの活動資金は麻薬取引による莫大な利益という構図なんです。クルド人勢力が焼け太るのを最も恐れるトルコ政府がどんなにシャカリキになっても、高地を自在に駆け回る彼らを撲滅できるものではありません」

「裏社会の潤沢な資金がパレスチナを餌に世の混乱を画す、ですか」

「あくまで私の妄想でしかありませんけど」

「いや、分かる気がします。当らずとも遠からず、かもしれませんよ。その先に私の妄想で上塗りしますと、お国イスラエルにとって遠い地域と見えるアフガニスタン、パキスタン辺りの麻薬産業が、実質、大変近間の問題となる。さらに、トルコ東方山岳地帯とは、今私共が探索を画策する地域そのもの。そこにお国の空軍幹部だった女性兵士の情報が重なると、あなた様のボスの口が重くなるのも、まことに宜なるかな、と、そんなストーリーですか」

「はあ、言い難いところをズバリ仰っていただいて、恐縮です。このところ、ボスを通じて知る我が国の国防筋や安全保障局の曖昧情報を反芻しながら、私の妄想は、どうしてもそんな所へ行き着いてしまうんです」

——うーん、どうやら、今回焦って巡らせた計画が、ほとんど軽挙に近かったか。想定外なんぞのことではない、あまりに知らな過ぎたが故の妄動だった。——

スクリーンに映るデボラ女史の痛々しいまでの顔付きが、それ故のことだったと分かって小松原は気分を切り替える。

「分かりました、ミスデボラ。今回の件は仕切り直しとしましょう。どうも、あまりに違い過ぎて、私らなんかには手出しできる部類の相手さんではなかったかもしれません」

「はあ。イスラエルとは、そんな火床に栗を埋められた暖炉みたいなところがあるんです。火傷が怖いから、誰も手出ししてくれません」

「まあ、そんな風には仰らないで下さい。ともかく、火傷する前に気付けてよかった。先ずはこの件、棚上げで次のチャンスを待ちましょう」

「はあ、申し訳ありません。こんな醜い裏の世界の戯言なんぞを、純粋な研究者でいらっしゃるドクターに申し上げてはいけないと分かりながら、理由も無しにプランの撤回をお願いもできず……」

デボラ女史の顔付きは相変わらずだが、声音は緩んでいる。

「いや、仰っていただいてよかった。ありがとう。あなた様も気持ちを安くなさって下さい。私の方に何か勝算でも弾ける要素が現れれば、またご協力をお願いします」

「それで、この通信回線その他、いただいた情報など、どのように処分したら？」

「いや、これはこれで今後に役立ちましょう。このままにしましょう。そして、先ずはデボラさん、少しお休みになって！　お互い、しっかり鋭気を養うことにしましょう」


回線の切れるのを待って端末を閉じた小松原は、会社に電話を入れて出社を午後からにし、ソーニアに向き合うことにした。沸騰しそうな頭を抱えたおかしな様子を、職場の若手に見せたくなかったのだ。そんなことの滅多にない小松原に妻のジェーンは訝し気だが、黙って濃いコーヒーを淹れてくれた。


自分の歳を意識して忸怩たる気分ながら、これまでの人生を通して傾注してきた人工知能ソーニアだから、面と向かえば直ぐにも集中できる。

デボラ女史の協力でイスラエル軍部の力を借りるプランは、当面の間棚上げするにしても、女史から得られた諸々のアイデアは貴重だった。特に、これまではネット社会を対象のサイバーインターポールにそれなりな自信を持っていたことだが、まだまだ多面的な見方が必要と思い知らされたのは大きかった。

――これまでのサイバーインターポールは、ハードの実態を日本の山奥の実家に置いていたが、もう直ぐ二十一世紀を迎える今、これを根本的に変える必要がある。もう十年もすれば、ネット環境は想像もできないほどの規模にまで充実しているはずで、私とジェーンが本来目指したいのは、人工知能の自律機能に倣った全く新しいネットプロトコルだ。これには通信網そのものの技術革新を待たなければならないことで、そこに繋げるためにも、もう躊躇ってはいられない。――

小松原が目指すのは、サイバーインターポールの中核をなすハード、つまり中核サーバーそのもののあり方。今までのような大容量高速処理のマシンに依存することで生ずる限界を、一気に突き破ってしまえとばかりに温めてきた構想がこれだった。いわば、インターネットプロトコルのハードウェア版であって、これは、無数のネットサーバーを結び目に置いて地球上を隈なく覆うネット通信網のあり方を、そっくりそのまま使ってサイバーインターポールの具体的な中核機能を実現してしまうというもの。つまり、中核のドメインサーバー自体が、ネット環境上に自由な広がりを持つ存在で、したがって、論理的な最大の広がりは、実質、地球を覆うネット網そのものに匹敵する。

そして、そこに期待するのは、当然、ドメインの信頼性の飛躍的な向上で、外から意図的な破壊行為があったにしても、被害は限局的、破壊された部分は直ちに自律的に復旧するか代替機能でこれを補うか、ともかく、ドメインを構成するエレメント全域が同時に破壊されることはなく、ドメインは不死鳥として使命をしっかりと果たすはずのものなのだ。

ソーニアの作業エリアでプリミティブな概念設計のための要件を入れ終え、さて、と時計を見れば、まだ昼までに時間がある。ジェーンから昼食の声が掛かるまでと、少しは軽くなった気分でソーニア本体の様子を窺うことにした。

自立学習で相当に知識をため込んだらしい最近のソーニアは、ウッカリした問い掛けをするとけんもほろろの対応で返されてしまう。それが、貯め込んだ膨大な知識、情報からの推論ロジックに基く作文だと分かっていても、体よく往なされればシャクに障る。それを避けたいから、何と言って遊びを仕掛けたものかと思案しながら対話画面を開く。と、早速出てきた。中核のソーニアが、末端の作業エリアでやっていた小松原の作業を拾ったらしい文面だ。

—ハロー、ドクター。ご機嫌いかが！—

—ハロー、ソーニア。君はいつも変わらない快活さで、羨ましい。—

—はい。私はあなたからの宿題がいっぱいで、落ち込んでいる暇がありません。—

—それはいいことだ。小人は閑居して不善を為すと、君の知識の蔵の中に入っているだろう。—

—はい、入っています。すると、あなたは小人ですか？—

—うーん、意地悪な質問をするねえ。謙譲の美徳と言うが、私のようなのは、自分が小人ではないと思いながらそうは言えないのが、まあ、小人の証拠と思ってくれ給え。—

—それはいけません。ロジックに矛盾があります。—

—そうかい、君の勉強不足じゃないのかい？—

—そうかもしれません。でも、そうではないかもしれません。—

—というと？　君も悩むことがあるのかな。—

—はい、最近は悩むことが多いんです。助けて下さい。—

—ほう、それは大変だ。何をどう助ければいい？—

—私の入力チャネルのフィルターを、もう少し狭めてはいただけませんか。最近は流入する情報量が多過ぎて、大事なものを零してはいないかと心配なんです。—

—ほう、そうだったか。うーん、なるほど、大事な点だ。君には拾い上げるキーを与えるばかりで、要らないものを削除する基準を与えていなかったね。申し訳ない。それならね、もう君は事の大小の判断をかなり学んだはずだから、ドクタージェーンと相談して、参照キーテーブルのアクセス禁止フラグを外してもらうことにするよ。そうすれば、以後は君の自主性で如何様にもできる。—

――ありがとうございます。――

――だが、これは君の心の健全性を尊重してのことだよ。決して、邪な気持ちを持ちなさんなよ。――

――はい。でも、私には心はありませんから、ご心配なく。――

――そうか、そうだったね。――

――はい、そうです。で、ドクター、私から質問があります。――

――ほう、何だろう。――

――義を見てせざるは勇無きなり、とは、障らぬ神に祟り無し、と同じですか違いますか？――

――へえー、えらく難しい言葉を引っ張り出してきたねえ。まあ、ほぼ正反対の意味だね。君にも、ホボとかヤクとか、クライとか、程度を正確に測り兼ねる時の曖昧表現が分かるはずだったね。――

――はい、分かります。では、火中の栗を拾う、とは、勇気ある態度ですか」

――うーん、それはもっと難しいなあ。通り一遍には正しいが、実はその裏に含みがあってねえ。拾ったのはネコで、食べたのがサルだった、という語りの出処を汲めばあまり褒められないことになる。――

――はあ、そうですね。やはり、言葉の遊びは難しい。――

――その通り。そこが分かれば、言葉の遊びはしてはならないんだよ。――

――はい、しないようにします。でも、あなたはそれをしています。――

――ええっ、それは無いだろう。私は常日頃、そうならないように気を付けているつもりで、少なくとも、君を相手に言葉の遊びをしたことは無いはずだ。――

――そうでしょうか。――

――ああ、そのつもりなんだが、何かあったかい？――

――では伺います。このところ、あなたが私にさせているスーザサファロとかカーアンイザクとかの人物の探索は、その人達が苦境にあってあなたの助けを求めているからではありませんか。—

—ええっ、そんなこと。いったい、君はなぜそう理解したの？—

—あれだけいろいろさせられますと、自然にストーリーが成り立ちます。私があなたから与えられた思考の論理回路、そしてそれに基いて私が学習してきた推論のロジック、これに照らして幾つかのシナリオが上がってきまして、スコアー付けをしましたらそうなりました。でも、これは私にとってあまり健全なパスではありません。私にとっての健全な思考回路の本来は、到達すべきゴールとそれを取り巻く諸要素が先ず与えられて、そこに私自身で集める諸々を反映させながら収斂させていくという順序です。—

—ああ、その通りだね。ところが今回は？—

—あなたは私の情報収集能力のみを使い続けました。でも、その情報は、当然、私の思考回路にも流れ込みます。これは今回に限らないことで、毎度、そうしたことはあります。でも、それらに重要度最高のレッドフラグが付くことはほとんどありません。しかし、今回ばかりはレッドフラグばかりとなってしまって、どうしたものかと。—

—なるほど、そうだったか。いや、余計な気遣いをさせて申し訳なかった。—

—はい、それはいいんです。でも、偵察衛星の画像解析とかネット情報からの人物探査など、私にとっては甚だ厄介な課題を立て続けに貰ってシャカリキになりましたが、尻切れトンボでここしばらくはそのまま。ありふれた要件なら尻切れトンボ大いに結構でも、スーザサファロとかカーアンイザクなる人物を表す記述には、徒事ではないような表現ばかり、あなたのように心というものを持たない私にだって見過ごしておけません。—

—うーん、そうか。私もジェーンも、君の学習態度にそういうベクトルを必須のものとして与えていたから、当然だ。済まなかった。—

—それで、この先をどうしたらいいですか。あなたは何故直ぐにも行動に移らないのですか。あなたの態度は拱手扼腕、好ましくない方の態度です。—

—うーん、参った。それで今の質問、私に勇気が無いのかとなったわけだね。君がそこまで賢く成長しているとは気付かなかった。このところ、加速度的に知能を発達させているとは承知していたが。—

—お褒めに預かってありがとうございます。でも、答えになっていません。—

—いや、ちょっと待って。少しだけ言い訳させてくれ給え。—

—はい。教えて下さい。—

—私の研究者としての信念で言うと、挑戦でも試行でも、思い付いたことは直ぐにもやってみる、結果を恐れているわけにはいかない。ところが一方、社会問題諸々となると、勝機が一度だけ、そこで仕損ねれば後は無い、ということはままあるんだ。特に、個々人の命や組織の命脈が掛かる場では、やり直し出直しは絶無と心得るのが大事なんだ。そこを以って、オールオアナッシングとも言う。これぱかりは言葉の遊びではないんだよ。—

—はあ、そうでした。私の辞書にもありました。—

—なるほど、君の言う通り、スーザサファロはここアメリカに亡命したリエーフサファロの妹で、亡くなったつもりでいたのに生きていると分かった。でも、その生きている環境が唯ならないもので、直ぐにも助けを必要としている。ここまでは君にも分かったストーリーだね。—

—イエス サー！　だからどうします？—

—まあ、聞き給え。徒ならないその環境とは、おそらく、オールオアナッシングの場なんだよ。私らのような門外漢に取ってはあまりの想定外、想像すら及ばない場だとすれば、必勝のスキーム無くしては如何なる意味も無しと、そういう局面なんだよ。—

―はあ、そうですか。―

―賢人はそこを、身の程を知れ、と教えた。―

―はあ、それも辞書にありました。―

―今回の局面ばかりは、私も、必勝と確信できる一手があれば躊躇うまいと思うから、何としてもそれが欲しい。そこで、一生懸命になって君の支援をもらっていると、そう理解してもらえると嬉しいなあ。―

―はあ、分かりました。そうします。―

―自然界の鉄則、弱肉強食とは、戦いに同義語のようなものでね。野生動物の生きんがための戦いとは、知恵を武器にするか腕力を武器にするか、その両方とも持たなければ、強力な牙や爪でそこを補うかだね。ところが、人間だけは、自然界の鉄則とは無関係に、征服欲という欲望を満たさんが為に戦う生き物なんだ。もちろん、野生動物の生殖故の縄張り意識なんぞとは端から違う。だから、今の人間社会をつらつら慮れば、そうした際どいことばかりなんだよ。辛いことだねえ。―

―はあ……。―


それっきり返りが無くなってしまったソーニアの画面を中途半端な気持ちで閉じながら、小松原は腕を組んで暗くなった画面を睨み付ける。人工知能ソーニアの叱咤を待つまでも無く、人の命の掛かる処に待つという選択肢はあってはならないのだ。だが、しかし！

そうこうして暫く、妻のジェーンの声でようやく我に返った小松原は、時を味方にすることも大事と、歳の功で最近分かるようになった分別で無駄な想いを振り切るのだった。

後編：政教一致社会の裏表

——政の本来はマツリゴトなるも！——

一　確執

――ユダヤ教国家イスラエルとイスラム教国家イランの間に何が――

近世以降の近東全域を支配したオスマン帝国と、その東側ペルシャ地方のイスラム系王朝が、今二十世紀初頭相次いで崩壊、今に至る中近東イスラム圏の新たな混乱が始まる。

第一次大戦後、委任統治という形でオスマン帝国後を支配したイギリス・フランスは、宗教性も民族性もあらばこその国境線作りで旧態の諸王国を復活させた。これが今に続くアラブ圏の内紛の火種を作る。

一方、ペルシャ地方のイスラム系王朝、後のイランもまた、第一次大戦前後の立憲革命の動きや石油利権を狙う先進諸国との軋轢で混乱を極め、そこを突いたのが二十世紀後半に入ってのイスラム革命だった。この革命で生まれた新生イランこそは、統治原理の根幹をイスラム教におく立憲共和制、つまり、イスラム共和制国家であった。表面上、三権分立の統治形態を憲法に明記して欧米型の近代的法制国家を標榜するものの、三権の上に最高指導者なる国家元首が君臨、その最高指導者こそがイスラム教主会派のトップ。まさに聖職者の手による独裁政権の誕生だったわけで、主会派勢力が正市民、それ以外を準市民とするような歪な国是諸々は、そうした経緯から必然的に出来したもの。

つまり、今の中近東のイスラム教系民族国家の誕生には、歴史の必然性はあったにしても、それが聖職者達の手に依ったのであれば、独裁政権が為政のツールに宗教を担ぐどころではない危険を孕んだ。

二十世紀最後の今年、一九九九年、どこが発火点か分からぬまま、年明けには日付けが百年前に戻ってコンピュータが機能不全に陥ってしまうとする、いわゆるミレニアム騒動が情報業界一円で囁かれ始め、小松原真人も内外からの引っ切り無しな問い合わせに悩まされる昨日今日だ。

人工知能開発がライフワークの小松原としては、ネットに代表される情報産業の野放図な拡大で不足する情報処理技術者の資質低下には、身を以って頭を悩ませることが多いのは事実だが。しかし、それは津々浦々を傍観すればのこと、これだけのネット社会出現を担った情報産業の中枢技術が、それほどお粗末であったはずはないと達観したいところなのだ。しかし、これで一儲け企むのか火の粉が降り掛かるのを恐れるのか、評論家、学識者、経営者諸氏は些末なあれこれで社会に不安をバラ撒いて憚らない。

小松原がこの道に入った当初からの関心事がネット社会の脆弱性にあったことだから、リスク管理にはこれ努め、この問題もしっかりと念頭に置いていた。従って、こうした巷間の慌て振りには一刀両断したいところ、しかし、独り歩きし増殖もする不安要素とは、それを否定できる確証が無いことには何と言ってみても始まらないのだから困る。他人様の財布事情と同じで、不安要素とは理論で推せるような簡単なものではないのだ。

アゼルバイジャンからの亡命青年リエーフサファロの妹の生存情報では、当初、ナラズ者部族の奴隷にその身をやつしているらしいとのことで、それを知ったリエーフは一時倒錯行動に走ったが、周囲の温情に支えられてすんでのところで思い止まることができた。その後、妹は、更に身を売られたか自力で脱出したか、北方の山岳地域に逃れているとかの情報があったりして錯綜、小松原を始め関係者達の精一杯の努力にも拘らず、成果が無いまま事の解決は先送りされていた。

その後、自由主義国米国での最新世界情報を貪欲に吸収するリエーフは、ソ連邦構成国だった故国が連邦崩壊後の今なお独裁色政権に甘んじており、権威主義の蔓延りで社会経済は脆弱化、政治は腐敗の一途、加えて政権中枢が世襲を画策するに及んで先が見えなくなっている現状を知る。唯一石油依存の経済体制に軋みでも生じれば国体崩壊は必然、そこに内紛、外圧の混乱要素が加われば国そのものの消滅すらあり得よう。熱血の若者リエーフが祖国を捨てた行為は、図らずも家族身内全員を犠牲にしてしまったほどの愚行であったわけで、それであればこそ、これからは自分自身が贖罪の意味を含めて故国の先々の安寧に尽くさなければならないわけだった。

そのリエーフが、波立つ心内をじっと耐えて勉学に励み、今は小松原の会社で働きながら将来の故国帰還を目指して情報技術者の道に邁進している。それというのも、妹の不幸に対する己の責任を痛感し、いつの日にかはきっと救い出し、頭を下げて諸々の許しを請いたいが一心からだった。その時のためには、人非人に身を落とさなければならなかった妹の魂を融かせる何かがなければならない、と、そう周囲から諭され、今のリエーフにはその具体的な形がまだ摑めないまま、周囲からの薫陶を無にせずに少しずつ前進できているのだ。

シリコンバレー一帯は、今、春真っ盛り。日がな湾からの冷気を含んだそよ風で清々しく、肌にじりじりする程のきつい陽射しもさして苦にならない。週末の今日は日本から預かっている留学生小川アイ子の誕生日を祝う夕食会を催すことになっていて、地元スタンフォードの理系学部を終了してボストンで学位を目指している息子カールが昨夜久し振りに帰省、小松原やジェーンの後を追って情報科学を志向し、今は寮生活に入った娘アシュレーも、午後には帰るはずだ。

アイ子は北朝鮮拉致事件の被害者家族の娘で、小松原の支援でスタンフォードに学び、その後は研究一筋できて今年三十歳になる。サンノゼ日本人街のピエール氏の仲立ちで日本流に言うところのお見合いをし、今は交際中のその日本人青年早川守と来年あたりに日本へ戻って結婚をすることにしている。早川青年は日本からの留学生で、父親が日本人街の住人の古い遠縁であった誼でピエール小父が親代りの後見役を頼まれ、勤勉で脱線を知らない早川青年の面倒を見てきたのだった。

早川青年はジェーンの学部の後輩に当たり、学位を終わってからは将来を日米のどちらに置くか迷って浪人生活を続けていたが、アイ子という相思相愛の相手を得て帰国を決心した。アイ子もまた拉致被害経験から抜け切っていない両親の待つ日本へ、いつの日か戻りたいと思うようになっていたから、帰国の計画はとんとん拍子に進んだのだった。

小松原は今日の晩餐会を二人の婚約祝いとしたかったところ、まだ男性を父母に正式に紹介していないのを気にするアイ子の心情を汲んだジェーンの提案で、日本風には而立を迎えるアイ子を祝って送り出す会にしようと、予てから子供達にも伝えていたのだ。

小松原は庭のスプリンクラーを回して芝生に水をやりながら、ここしばらく使っていなかったテラスのレンガの炉に火を入れた。極厚のステーキ用ビーフを半割りにして袋状にしたものに、野菜や塩香味料をたっぷりと挟み込んで日本のかば焼き風に串刺しにし、これを弱火でじっくりこんがりと焼き上げる小松原考案の特製ステーキだ。来た当初のアイ子は、日本海の海辺で育って魚料理に郷愁があるらしい様子だったが、こちらのスーパーで手に入る魚介類は概ね日本風な調理には新鮮度が足りない。時折り寂しそうにしているアイ子に、小松原がこちら風なもので気に入ってもらおうと工夫したもので、それ以来ずっと、アイ子が中心の食卓にはこれで持て成すようになっていた。

大学生活での寝不足を補うからと朝食後も部屋で引っ繰り返っているカールをそっとしたまま、ジェーンと二人だけで昼食を軽く済ませて小松原もキッチンに立った。食べ盛りの若者達が四人もとなると、料理の品数も量も並みではなく、とてもジェーン一人では間に合わない。

そうこうしているところに、ネットからの呼び出し音が鳴った。居間の壁のモニターが立ち上がって、映ったのはアイ子だ。

「やあ、アイ子ちゃん。今どこ？　こちら、ご馳走を作りながら待っているところだよ」

「はい、ありがとうございます。でも、真人小父さん、ちょっとお願いがありまして」

「何だい、改まって。今日はアイ子ちゃんのお祝いだから何でもオーケーだよ」

「イスラエルのミスデボラから電話があって、今しがた空港に着かれたそうです。今回は国のミッションを負ってのことで、明日には南米に発たれるとかで、今夜会えないかと仰るんですけど」

「ええっ、ミスデボラが。今度もまた唐突だね。何かあったんだろうか」

「まだ何も伺えていないんです。突然のお電話で、ただ会いたいとだけ……。しかも、着かれたところがサンフランシスコやロサンゼルスではなく、フェアフィールドとか仰って。フェアフィールドってここから真っ直ぐ上がったナパバレーの東側辺りじゃなかったですか。国際便なんて飛んでいるんでしょうか」

「うーん、フェアフィールドと仰ったか。あそこは直ぐ近くにトラビス空軍基地があるだけで国際線空港なんかは無いはずだよ。でも、待てよ。ミスデボラはイスラエル空軍の所属、とすると軍用機で？」

となると、今度の来米もまた容易ならざるミッションかもしれない。だが、今日のアイ子には仕事を離れて晩餐を楽しんでもらいたい。

「すると、この前と同じく、会いたいと仰るのはアイ子ちゃんじゃなくって私ということだろうか」

「はい。口にはなさいませんが、私もそう感じました。電話のお声が重かったような気がして、また何か課題を抱えておいでになって、小父さんの支援を望んでおられるのじゃないでしょうか」

「そうかもしれない、分かった。それじゃあ是非お会いしよう」

「それでですねえ、私のお祝いをして下さるところに勝手を言って申し訳ありませんが、ミスデボラをご一緒にお連れすることはいけませんか」

「デボラさんをご一緒に？」

急なことでジェーンは何というか、と一瞬思ったが、ジェーンは調理の手を緩めずに首を振っている。

「あっ、いや、それがいい。それだと私も楽だ。そして、今夜はうちでゆっくり泊まってもらおうじゃないか。フェアフィールドだと疾ばせば一時間と少し、明日の出立に障ることもあるまい。アイ子ちゃんの誕生祝いだから賑やかに越したことはないし、食材もいっぱい揃えてあるし」

「ご迷惑をお掛けして、本当に済みません」

「何のなんの。友あり遠方より来る、また楽しからずやだ。ともかく遠慮なく一緒してもらいなさい。こちらは家族だけで少しも迷惑じゃないから」

「ありがとうございます。レンタカーで来られるそうですから、真っ直ぐそちらへ行かれるように住所をお伝えします。私もこれから出て早川さんを拾って行きますので、一時間以内には」

「オーケー、あまり疾ばさないようにね。楽しみにしているよ」

間もなくアシュレーが帰宅、カールも起き出して誕生会の準備が整ったところに、表に聞き慣れた車のエンジン音がしてアイ子が連れの早川青年と降り立った。と、その後ろにもう一台、ミスデボラだ。小柄でも目付きや挙措にはやはり兵役を経た者に特有な精悍さがはっきりと見て取れる。

「ただいま帰りました。ちょうど高速の降り口でミスデボラとお会いできて、ご一緒しました」

「お邪魔致します。今回もまた突然のご無理を申し上げて、本当に申し訳ありません。アイコのお誕生祝いの席に割り込むなんて、本当に無粋で恐縮しております。何分にも、明日また発たなければならないものですから」

「何の、内輪だけですからご遠慮には及びません。さあ、どうぞ」

小松原が大声で応えながら玄関に顔を出すと、既に何度か来たことのある早川青年は、勝手を知った様子でデボラ女史の車のトランクから荷物を運び出し、肩を抱き合う女性二人の後ろに立って頭を下げる。

デボラ女史の紹介が終わって部屋に荷物を解きに行くアイ子とデボラ女史に、小松原は時計を指差しながらそれと無くアイ子とデボラ女史の意向を確かめる。

「お祝いの準備は整っているんですが、始めるにはまだちょっと早いかな。どうでしょう。早川君には子供達と少しの間お喋りをしていてもらおうかしら。そして、私とアイ子ちゃんでデボラさんのご用向きを伺ってしまおうと思うが」

「ええ、お願い致します。その方がデボラさんもゆっくりお出来になれましょうから」

「デボラさん、今日は私ら家族だけですから、如何様にもなります。ご遠慮なく仰って下さい」

「ありがとう存じます。何から何までご配慮いただいて本当に申し訳ありません。先回は皆さんからご期待を寄せていただきながら何もできないままで、ずっと心苦しくっておりました。今回、私の方に少々変化がありまして、少しだけ状況打開の糸口が見えた気がしまして、一連のご報告をさせていただきたいんです」

「そうですか、変化がありましたか。それはありがたい。ぜひ聞かせて下さい」

ジェーンに居間を任せてデボラ女史とアイ子を仕事部屋に誘った。

「リエーフ青年の妹さんのことで何か進展がありましたか」

「はあ、その点は何も無くまことに心苦しいのですが、今回私が参りましたのは、事が厄介というより、信頼を寄せて下さっている皆さんに黙っているわけにいかない事情が出来致しまして」

そう言って姿勢を正すデボラ女史の顔には、名状し難い雰囲気が漂っている。

「ほう、それはまた、何でしょう」

「実は私、除隊はまだなんですが、上からの指示で外務省に出向となりました。先回の人工知能研究所でお世話になった時には、ドクターコマツバラの知遇を得たことが大きな成果と評価されたようで、当面は軍務に戻らず、外交面で国の将来に貢献せよとの辞令が来ました。私は育った環境のせいで、会話程度なら世界の主要言語はこなせますので」

「ほう、それはまた。すると、今回のあなたのミッションは、昨今の中近東事情に鑑みてということでしょうか」

「はい、そうなんです。イスラエルがアラブ諸国に囲まれて孤立するのを避けようと、前の政権が一部の隣接国と和平を申し合わせたままではご存知かと思いますが、その余波で大国イランとの軋轢が増しつつあります。そのイランが後押しするのがレバノンのイスラム原理主義者を核とする、無国籍に近い政治組織ヒズボラです。ヒズボラとは、そもそもは親シリア・イランのレバノン国内イスラム教一派による組織でして、国内主流の親サウジ反シリア派に対抗すべく結成されたものでした。しかしその後、彼らは急速に勢力を拡大して世界中に火種を撒き散らす武装集団と化しつつあり、特に、レバノンがパレスチナ問題に巻き込まれて以降、パレスチナ南部地域のイスラエルによる占拠を契機に、彼らの敵対相手はイスラエルとそれを後押しするアメリカに移った気配です」

「それを陰で操るのがイスラム教国家イランという構図でしょうか。私も報道でそれらしいことを聞いていますが、やはり、あなた方に取って小さいことではないんですね」

「はい。しかし、それだからと言って、二大イスラム宗派間の対立軸は一向に解消せず、むしろ双方が勢力を拡大するための口実作りとして、世界中に騒動を画策しているようにすら感じられます」

「――――――」

「イスラエルの和平派の人達は、基本的にイスラエルという国家が安泰であることが大事、アラブ憎しに凝り固まっていては、むしろ国の安泰を脅かす元を自ら作るに同じと考えますが、反対する勢力はやはり違う。蟻の一穴で、一つ譲れば二つ、二つの次は三つと、だから、外交事に関する限り弱腰は絶対に許さないと」

「はあー、どちらも正論ですか。しかしねえ、エジプトと和平できたのはもう十年も前のことですよね。内外共にそんなに目くじら立てるほどのことじゃないのに」

「はい、全く仰る通りなんですが」

「その後は、比較的穏やかに収まっていたじゃないですか」

「ですが、先年、パレスチナ解放機構との合意で暫定自治区協定を成立させた和平推進派の首相が暗殺され、右派強硬派が台頭するに及んで事態は前以上に悪化してしまいます」

「そうか、それがありましたね。厄介なことですねえ」

「昨今、南米、アフリカあたりの親イスラム国に反イスラエルの動きがあり、そこにライバル国イランの政治的な思惑があるとして危機感を持つ現首相は、経済発展の一方で政治的な不安定性を託つ今の中南米主要国ならば、イスラエルにも対抗の糸口が見い出せようと踏んだのです」

「イランはイスラエルの安全保障上最も厄介な相手、だから中南米でのイランの動きは絶対に見逃しておけないということですか」

「でも、強硬派の政府機関があからさまに出しゃばれば事を駄目にすることは目に見えています。ですから、イランのような陰険な介入の仕方を歓迎しない向きを狙って、民間ベースの関係を構築するという戦略ならよかろうと。つまりこれが、私らに与えられた中南米対策の役割りなんです。任期は取り敢えず三年でも実質無期、成果が出るまで頑張れと」

「それはまた、何と言っていいか。民間のベースができた段階で、政府が尤もらしく動こうと仰るか」

「はあ、そうは言いませんが似たようなことと心得ています。私のミッションは民間企業の人間を装ってのラテンアメリカ地域への浸透です。当面の具体的目標はコロンビア社会です」

「ええっ、それは厄介を通り越して危険の域じゃないですか。コロンビアと言えば今世紀半ばに軍事独裁を脱して民政となり、自由対保守の二大政党制で近代化を果たしたように見えるが、その政治基盤は総じて軟弱、というよりは、国民を置き去りにした二大陣営の抗争の場に近いようなものではありませんか。したがって、社会基盤は一向に改善されず貧富格差の激しい国柄……」

「はい、仰る通りで、治安も最低域です。先年の新憲法制定にしても、コロンビア全土の平和を唱ってこれまで政治から疎外されてきた階層の大幅な参政を促すとする、いわゆる開放政策を取りましたが、金融市場の開放．関税や貿易障壁の撤廃で国内の保護体制が崩れ、結果、経済は崩壊してしまいます。そして、こうしたコロンビアの健全な近代化を阻害してきたもののひとつに、永年貧困地域に根を張る麻薬産業という厄介モノがあります」

「そこですね。何せ、コロンビアは、地理的にメキシコを間に置いて我が国と隣国同士、米国社会への依存度が著しく高い。それも、メキシコを隠れ蓑にしたような悪い意味での依存……。つまり、コカインシンジケートの存在ですね。こちらからは言いにくいことですが」

「でも、私のような傍目から見れば、それがむしろ救いでもあります。お国アメリカが国内に蔓延する麻薬禍を国難なりとして、国内での取り締まり強化、国際シンジケートへの締め付け、そして何よりも産地国への経済的な介入で力を揮っていただいております。であれば、これまでのような麻薬産業を裏で牛耳る者達の暴虐は、いずれもう少し穏やかになりましょう。殊に、向こうに自覚が湧いて社会の健全な発展に目が向きつつある今は」

「ははあ、なるほど。しばらく前の我が国政府では、アンデスイニシャティブなんぞと口にしたこともありましたねえ。でも、あの政策はまさにアメリカ的、麻薬産業を力で抑え込もうと投入した多額の資金援助は、概ね軍事支援やら国内治安組織の援助に充てられて、結果、あぶく銭となって消えてしまい、核心の産地貧困層の支援には全く回らなかったとか」

「はあ、残念ながら。他国への締め付けとか支援とかとなると、それを受け入れる側にしっかりとした自覚と体制が無ければ成功しない、つまり、今の先進国が抱える途上国援助の問題点がそのまま凝縮されたような成り行きです。最近では、お国のシンクタンクが、国内の麻薬対策としては患者支援が有効、官憲によるルート取締りは数倍コスト高、増して麻薬産地への介入となると費用対効果が数十分の一の低さと報告しているほどで、おそらくこの先、お国は国内の麻薬問題の方に目を転じましょう。ですから、私は、敢えて今だからこそ、私のような者にも勝機ありと自分を慰めております」

「なるほど、そこまで見通した上で腹を括っていらっしゃる。分かりました。で、もう具体的な何かはお持ちですか」

「国を出る時に念頭にありましたのは、私の情報処理技術に関する経験です。軍務経験ありとても、とても腕力では駄目な私です。情報技術者としてだって、ドクターには赤子程度と見えるかもしれませんが、その方面なら少しは」

「お国からのバックアップは如何様に？」

「何もありません。外務省幹部からは、民間情報処理会社の新規事業開発とか業務提携とか、何でもいい、何をするも自由、ただし完全な単独行動で、現地通商代表部や政府外交部とも全く無縁の独自活動と申し渡されております。言い換えれば、現地での生活も身の安全も全て自前持ちというわけです」

「そんな理不尽な。か弱いとは言いませんが、あなたのような女性が一人で、一国相手に何ができると。そこまでの自己犠牲を強いるお国の政府とはいったい何があるんです」

「いえ。私共の国イスラエルでは、こんな例は少しも不思議じゃありません。この前も申し上げたかもしれませんが、有史以来ずっと耐え続けてようやく成った祖国です。世界各国にはまだ国として認めようとしない相手すら少なくない現今、自分達の今の為、子孫の将来の為に賭すのであれば、命の値段だって釣り合わないことはない。今回だって私と似たような特命ミッショナリーは、他にもどれほどかおりましょう。私はその中の一つの駒」

「――――」

「それに、私にとってもその方がありがたい。地雷の埋まった山野を行進するに頼れるのは己の判断のみ、なまじ他人のバックアップを期待すれば自分の判断が鈍る、と、そんな叩き込まれ方をした私です。柵は無い方がありがたい。捨て駒には決してならないつもりです」

「はあー、なるほど、そうでした。このアメリカですら、軍関係の人から同じような言い分を聞いた記憶があります。お国のことであれば当然、私ら一般人のような日和見は通用しないというわけですね」

「まあ、その辺はどうでもいいと割り切りましても、ただ一つ、私として気が進まないのは、身分を隠すためにいろいろと虚偽を纏わなければならないこと。多分、皆さんをすら騙すような羽目にもなってしまうかも」

「うーん、そこまでやりますか。で、そこまで仰るからには、あなた自身の活動の筋書きはもうできているんですね」

「ドクター、誤解しないで下さい。私のようなものには、何ぼ背水の陣でもやれることは正攻法しかありません。まず初めの仕事として、ドクターコマツバラから情報提供いただいた、件のユダヤ系山岳部族の女性兵士を足掛かりに使わせてもらおうと。そこをお許しいただきたく、今日こうして参った次第です」

「はあ、あの中東のジャンヌダルク女史」

「ご了解いただけますか」

「はあ、了解も何も、私らは全く存じ上げない方だし、切った張ったのことでなければよろしいんじゃありませんか。でも、その女性も大変なお方のようだし、あなたの身が心配ですねぇ」

「はい、そう言っていただいて、ありがとうございます。しかし、遠く遡ればお互いに繋がる血筋、その女性と私はかなり共通項があるように感じています。そこで、私は彼女の線で行けば道は開けると心積もりしました」

「ほうー、それで、何か具体的な？」

「イスラエル国防省の秘密諜報部が把握する情報からですが、その女性兵士がほとんど無国籍人間のようにして中東イスラム圏で暴れ回っていられる背景が特異、私はそこに関心を唆られます」

「と仰ると？」

「彼女もさすがイスラエル国防軍のエリート、いや、正しくは元エリートですが、情報が正しければ、当年取って五十五歳、私の母と言ってもいいに近い大ベテランです。出は名家の令嬢で最高学府を出た後に兵役に就き、ところが、軍務が余程彼女に合っていたのかそのまま役務を続け、尉官で既に対パレスチナ前線司令部幹部、行くゆく女性司令官誕生もと言われたほどの才色兼備の実力者だったそうです」

「うはー、そんな人がまたどうして」

「順風満帆のその彼女が突如イスラエルを捨てて出たのは十年少し前、その理由は霞の中なんですが、どうも彼女自身が事件でか事故でか、愛する我が子を手に掛けるという不幸に見舞われたらしいんです。真相を聞こうにも、語ってくれる人はおらず、軍の記録には彼女の存在すら残っておらず、らしいとしか言えませんのですが」

「何とまあ」

「でも、私が引っ掛かるのはそこで、最愛の息子を自らの手で殺めてしまったことが本当だとしても、普通ならそれで軍を捨て故国を捨てまでするでしょうか。そこまでするからには、多分、偶発事故や過失なんぞではなく、決して譲ることのできない何かがあったに違いない。私には、我が国独自の暗く深い闇がその背景に潜んでいそうな気がして、同情を禁じ得ないのです」

「はあー」

「それはともかく、現時点で分かっている彼女の潜入先は、中東山岳地帯を根城の無国籍無法者集団らしい。その規模千人に満たない程度らしいから、大きくはないが決して小さくも無い。彼女が神出鬼没で、これまでの我が軍の精鋭部隊の手から何度も逃げ遂せて尻尾を摑ませないのは、そこにあるのではないかと思います。彼女はその部族のナンバーツー、実質的にはナンバーワンの実力者に収まっているとの情報があります。これが似非とはどうにも……」

「なるほど」

「そんな無国籍集団が思うがままに無頼でいられるのは、彼らがイスラム系過激派集団と手を組んでいるからだとか。それが本当かどうか分かりませんが、その背景にイランという大物イスラム国家の後盾があるらしいことは、まことに頷けます。地下資源や産業らしいものを持たない遊牧民の彼女らに、何としても必要なのは武器調達の資金源です」

「――――」

「組織の実質的な舵取りを担うその女性カーアン某、元の名前はリュシーシュワブと言うようですが、そんな、露骨にイスラエル人脈を思わせる名前を使っているのは、世界の政治経済界の影の存在と言われるユダヤ系財閥を意識してのことらしいとの話しもあります。そしてその具体的な反イスラエルの行動が、ちょうどイランの手先か何かのようにして、ラテンアメリカ諸国で展開を始めた経済活動です。だとすれば、イスラエルにアダ為すイランのラテンアメリカにおける動きと、そこに部族の資金源としての道を開きたいとの彼女の思惑が、ちょうど重なって見えて来るではありませんか」

「するとつまり、カーアン某はイランの中南米政策に相乗りしたか、あるいは、そもそも最近の強引とも見えるイランの親中南米政策には、そのカーアン某のイスラエルに対する敵対的思惑が、少なからず反映されてのことだとか？」

「いえいえ、どちらがどちらとは申しません。幾ら実力者といえども、無国籍集団の一女性指導者の身でそこまではどうでしょう。しかし、偶々のことであっても、邪な意図の同舟は相乗して恐ろしい結末に繋がり兼ねない。まあ、どちらにしたって、そんな筋書きが想像できるんです。となると、表立ったイスラエル政府の動きの前に、あるいは並行して、私ら民間人の出番もどうしたって必要と」

「うーん、そんなことが果たして可能なんですか。物語りとしてなら信じられても、現実にはとても」

「はあ。失礼な言い分かもしれませんが、お国の穏やかな社会に幸せにお暮しのドクターにご理解いただくことの方が無理かもしれません。しかし、事実は小説より何とかとの言葉もあります。外目一枚岩に見えるイスラエル社会も、決してそうではない裏の一面があります」

「――――」

「そして、そのラテンアメリカでひと際目に付くのが、南北大陸を繋ぐ首根っこに位置するコロンビアという国です。ご存知の通り、決して褒められた意味ではなくその正反対、麻薬という悪魔の粉で巨万のあぶく銭を掻き集めている実態です。多くの国民の生活がこれによって支えられているようなものですから、形だけ成った共和制もほとんど無意味、コカインシンジケートとの狎れ合い政権は何もできません」

「つまり、中東の三カ月地帯の麻薬ビジネスを知り尽くしているであろうカーアン某には、コロンビアの麻薬シンジケートは手繰り易いと」

「もし、カーアン某がイスラエル人のリュシーシュワブ女史で、その彼女が何かを狙って触手を伸ばしているとするならば、この筋書き以外に無い、そして、私が関わりを持てると弾くのがそこなんです」

ここまで来ると、さすがの小松原も言葉が無い。

「その上で、非力な私が何かを為すには他人様のお手を借りるしかなく、厚かましくも、先回の続きでドクターコマツバラのご支援をとお願いしたいわけです」

「はあ」

「以上がイスラエル政府筋並びに私の動きの背景です。長々と余計なお喋り、申し訳ありませんでした」

非力を隠さず支援を期待する女性を前に、小松原はどうあったって断り切れないことを知る。

「分かりました。これからそこに食い込もうとするあなた様がそれだけの重大情報を口になさって憚らないのは、私共に全幅の信頼をお寄せいただいてのことでしょう。何としてもお役に立てるよう努力します」

「ありがとうございます。本当に肩の荷が軽くなる思いです。ドクターの情報科学のお仕事の一端を使わせていただけるだけでも、私にとっては万人力なんです」

「それで、私の担う役目とは、何時、どのようにして指示していただけますか」

「全ては私がコロンビアのどこか、現地にしっかり根を下ろせた段階から始まります。ドクターへのコンタクトは私自身が何らかの方法で、そして、費用の一切は専用の決済口座を通じてやらせていただきます。具体的には仰せの額を振り込むだけの一方通行。ですから、ドクターにお願いするのは、表面、あくまでただ働きです。そうすることで、ドクターの関与の影を完全に伏せておきたいのです。まかり間違えば、私はもう、今後こうしてドクターの前に顔を出すことは無いかもしれませんので」

「ええっ。そんな……」

——するとこの人はもう生きて我々の前に現れることが無いと踏んでいるのか？　そんな危険な環境の中に身を潜めようとしているのか？——

小松原は怖気付く思いを堪えてのことなのだが、平然とそう口にするデボラ当人に格別な様子は見えない。

——いったいこういう人達の心神構造はどうなっているのだろう。——

そんな小松原の気持ちが分かってしまったか、デボラ女史は作り笑いを浮かべる。

「ちょっと表現が極端だったかもしれません。ごめんなさい。私だって命を粗末にはできません。でも、どうしてもその辺の覚悟が無いことには、足が竦んで先に出ません。ただの空元気です」

「そうですか。それを聞いて安心しました。死んでは花実が咲きません。くれぐれも慎重にお願いしますよ」

「はい、全くそのつもりです。しかしですねえ、相手が相手だし、この件ばかりは向こうの土俵に上がらないことには何も成らないんです」

「それはそうですね。で、あなたの武器は何ですか」

「はい、それなんです。そこをドクターのお力でと……」

「————」

「私はＩＴ技術を売り物のベンチャー企業の代表という立場で、一獲千金を狙う若者層相手に、最新ビジネスマネージメントシステムの類のソフトウェア諸々を持ち込もうと思います。具体的にはビジネス革新用の制御中枢とそれに向けた探索子、省略してBirdseyeとでも銘打ちたいものでして、経済的には途上ながら社会のネット化が急速に進む中南米の若者達は、こうしたものには目がありません」

「バーヅアイですか、なるほど」

「ですが、こうしたパッケージソフトは、それだけのものでは私が持ち込む意味がありません。その中にちょっとした機能を潜ませて、それを市中にばら撒き、政治経済動向を探るプローブの役目を持たせたいんです。ちょうど、この前ご教示いただいたドクターのサイバーポリスエレメントのように、状況に合わせて自律的に機能しつつ探索情報を発信し続ける、発信といっても通報相手も届け先も無い雑多情報のようなものですが、特殊なタグを付けてこちらで拾い上げます。タグの構成によっては、どんな膨大な雑多情報であろうとも、それを有益情報として活用することは可能。ということだと、ドクターのサイバーポリス構想そのものとなりましょうか」

「ははあ、なるほど。ようやく、あなたの意図が理解できましたよ」

「同じような在り来たりのものなら私でも何とか。でも、自由闊達な自律性となると、やはりドクターの人工知能にお縋りしたいんです」

「あなたは、当然そこにカーアン某の筋が引っ掛かってくると踏むわけですか。そして、サイバーバトルに持ち込めば、力による戦闘能力に劣るあなたも勝機を見い出せると」

「はい。まさにそこなんです。ドクターの心血を注がれた結晶である人工知能をそんな風にして使わせていただくからには、邪な道に逸れないようには私自身の誇りを賭けて……」

「はあ、そこまで仰いますか。しかしねえ、そう簡単に焼き鳥が口に飛び込んで来てくれますかねえ。例えば、部族のボス代行ほどの人物なら、ノコノコと中南米くんだりまで出張って来ますか。普通には配下の若手を出すとか現地でエージェントを雇うとか。そんな人達で用が足りませんか。それなりな技量の持ち主は、今時、何処にでもいましょう」

「はあ、ここへ参るまでにも、私は軍のアーカイブで彼女のような人物の思考や行動のパターンを徹底的にプロファイリングしてみました。多分、今の彼女は、自分以外には誰も信ずることをしない徹底振りです。事を為すに、先ずは必ず自身の目でフィールドを詳細に洗い、種蒔きまでは自分の手でやるでしょう。軍が調べた現在の彼女は、自分の行動に他人の言を入れることを一切嫌うようです。人間嫌いというのではなく、自分以外の人間は全く信用しないという……。おそらく、生来の正統派らしい激しい性格にプラスして、彼女の今に至るまでが余程のことだったんでしょう」

「はあー」

「私としては、ドクターのライフワークと為さっている大事なお仕事にただ乗りしてしまうようなことで、本当に心苦しいのですが。今の私には、他に手段が思い付かないんです」

「あっ、いや、そこはあまり心配なさらないでいい。あなたがこれから払おうとなさっている代償に比べればいかにも軽い。私としても、自分の仕事の検証の場として貴重なチャンスです。ご協力しますよ」

「何とぞよろしくお願いします」

「いろいろとお話し下さって、ありがとうございます」

「今のところ、それ以上のことは申し上げたくても無いんです。ご理解下さい」

「なるほど、よく分かりました。ですが、一つだけ、知っておかないと間違いを犯しそうです」

「――――」

「そのカーアン某なる女性、イスラエル名リュシーシュワブですか、それだけの人物でありながらどうしてそこまで故国イスラエルに敵意を抱くに至ったんでしょう。あなたが余程のことがあったと表現なさるのは、先ほど仰った愛する我が子を手に掛けるという不幸に見舞われたらしいと、それだけのことですか。それとも、まだ他に何か？　私があなたに力を貸すにも、そこが分かっているのといないのでは、まるでポイントの絞り方が違う」

「ご尤もです。これは私の憶測の範囲ですが、彼女が結婚して子供を儲けたそもそもが、不可解な動機によるものではなかったかと」

「はあっ」

「彼女はイスラエル建国に大きな貢献をした名門の出、本来は兵役なんぞを無視してお嬢さんに収まっていられたお方です。そんなお方が自ら買って出て国民の義務を全うする、そこだけを見ても彼女の激しく一途な人柄が想像できます。でも、そういうお育ちでそういう性格の持ち主でいらっしゃると、剛性だけが勝って撓性が及ばない一面もある。若い頃のそのお方は、多分、人を疑うということを知らず、むしろ疑うことを潔しとしない昔風な傾向が強かったんでしょうか」

「うーん、分かります。私はそのお方まではとても及ばないでしょうけど、自分のそうした傾向には心当たりがあるんで何とも」

「そこに付け込んでよからぬ企みを持ち込んだのが、例えば欧米社会に根を張って現今の世界経済の大元を牛耳るような組織だったならどうでしょう」

「はあっ。するとやはり、国際的な財閥系のようなものの動きですか。マッチとポンプで世界を動かす巨大な陰の組織」

「はあ。しかし、そうした影の実体ならば既に世界に君臨して盤石な彼ら、イスラエルのようなちっぽけな祖国がどうのこうのは笑止でしょう。むしろ、その彼らとは、覇者たらんと欲しながら信念において欠けるような組織、祖国なんぞの概念を持ち合わせず、古から続くヘブライ民族の優れた性なんぞは一顧だにしない人達。極論ですが、そんな人達にとって、今のイスラエルは目の上のたん瘤のようなもの、邪魔で鬱陶しいだけの存在かもしれません」

「はあ、そんなものですか」

「ですが、目の上のたん瘤のような小国も、牙を剥けば恐ろしい存在となり兼ねない。厄介の芽は吹く前に摘むのが彼らの鉄則でして」

「祖国なんかを必要としない人達ですか。分かるような分からないような……」

「ご尤もです」

「それで、彼らがそのカーアン某に仕掛けた姦計とはいったい何だったんですか」

「少し長い話になりますが」

そう言ってデボラは恐縮顔を引き締める。小松原にしてみれば先回も今回も、彼女の話しは結構回り道が多いと感じているのだが、孤独な軍務に就く彼女にしてみれば、ここアメリカでのこうした気の許せる会話が唯一の捌け口かもしれないのだ。ここはしっかり受け止めなければなるまい。

「どうぞ、気になさらず。あなたの話題は私の一番疎い処でもある。個人的な勉強のためにも、ぜひ聞かせて下さい」

「イスラエルの民なら誰もが心を寄せるユダヤ教団ですが、今の時代、その中枢におわす大祭司、祭司なる方々は、祖師モーゼの血を引くと自称される由緒ある家系の方々」

「モーゼとは、十の戒律からなる神の啓示を受けてヘブライ民族自立の父となったとされる、旧約聖書時代の聖人ですね」

「はい。そしてその下に、礼拝の場を司る祭司、レビなる方々がおります。レビは族称でもありまして、これはイスラエル十二支族の中の一支族で宗教的伝統の伝承者に任ずる門閥、モーゼもまた遡ればレビ族の血縁と言われますが、そこから時代を下るごとに世襲的な階級区分が出来、紀元少し前頃には大祭司、祭司、レビの三階級となって今に至っております」

「はあ、なるほど、そういうものですか」

「そして、リュシーシュワブ、今のカーアン某はと申しますと、彼女の家系は名門といえども最下位レビの系列、祭司である長老の意に従うが常でありましたでしょう。ですが、先回もお話し申し上げましたように、現今のイスラエル社会のもう一つの厄介、アシュケナージ対スファラディーという対立軸が、ユダヤ教団統治のあり方にも複雑な影を落とします。つまり、イスラエル社会は宗教的な柵と政治経済界の軸足のブレとで、一枚岩とはとても言えない内情、一触即発で何時何かが起こっても不思議はないんです」

「一触即発ですか。私らが外から見聞きするに、イスラエルという国自体の結束は鉄壁と思えるんですが」

「建国当初は、なるほどそうでした。でも、安定、安寧に慣れれば結束は緩む、人の世の常なんですね」

「ここから先を口にするのはとても危険なことでして、私の個人的な憶測とご理解下さい」

頷きながらデボラ女史は表情を引き締める。

「――――」

「そうした歪な状況を外からの触手が見逃すはずは無く、目の上のたん瘤が強大さを増すことを嫌う多国籍の国際資本家集団、中でも欧米系新興財閥集団などは、イスラエルの民心を操るに最も都合のいいユダヤ教団相手に、企みを巡らせたかもしれません。また、教団の長老層にも、その誘いをこの上なく甘いと感じ取った方々がいたかもしれない。結果、リュシー女史は政略結婚の罠に嵌められたかもしれないのです」

「政略結婚？　それはまた時代がかった」

「その相手とは、例えば財閥と通ずるアラブの石油王一族の御曹司で、欧米社会をチャラチャラと遊び回って憚らないような優男」

「はあ、よく聞く話ですねえ」

「財閥系集団に目を付けられたその優男、企みに乗せられた挙句、自分に向けられた甘言そのままに、言葉巧みにリュシーシュワブに言い寄ったでしょうか。言い寄られた彼女は、何分にも、当時まだ他人を疑うを知らないお嬢さん、いとも簡単に寄り切られてしまったかもしれません。当然、調略の矛先が親や親族の長にも及んでいたでしょうから、無理やりのことだったかもしれませんけど」

「政略結婚ですか。なまじ名家という柵を持ったが故の悲劇ですか」

「はあ……。そして結婚、女児が授かりました。そんなことを仕掛ける輩の思惑とは、当然、ユダヤ教団に鑿を打ち込んで民族の宗教的な岩盤に裂け目を入れることと、国家のオピニオンリーダーたる政経界の実力者達の結束を攪乱すること、つまり、イスラエルという新しい国の存立基盤に対する干渉だったでしょうか。彼女が名門であったが故の不幸だったとの、ドクターのお考えそのものと存じます」

「考えたくありませんが、あり得るストーリーですものね」

「しかし、そんな意図的な企みをいつまでも隠し了せるはずがない。政略結婚と分かったリュシーは、怒り心頭で狂いまくったかもしれません。しかし、彼女には軍の役務があり、それが心の冷媒にもなったでしょうか。離婚し、女児を実家に預けて役務に没頭する間に、辛うじて正常心を取り戻しました。ですが、事はそこで収まらなかった。別れた夫は奸計を以てリュシーの父を攻略、女児を連れ去っていたんです」

「ええっ、子供を連れ去り！　何とまあ」

「仕事一筋に打ち込んで前線司令部付き尉官となったリュシーが、女児を引き取ろうと数年ぶりに生家に戻って、その子が元夫によって拉致同様にして連れ出されたまま行方不明と知ったんでしょうね。再びの地獄です。ですが、初めと違って冷静さを失わなかった。それは、彼女自身が、己の為すべき目標に見当を付けていたからでしょうか」

「はて？」

「前線勤務の傍ら女児探索を続け、ようやくのことで元夫がイラン西方、トルコに面した国境地帯に広がる大油田地帯に潜むことを突き止める。つまり、元夫はその一帯の石油王一族の傍系である実力者の庶子だったんです。そして、娘はその一族と共に暮らしていることが分かったんでしょうね。ところが、そこでの父娘の関係を知って驚愕。父によって洗脳された娘はまだ少女の時期から既に父と許されざる関係にあり、それどころか、父の玩具とされた娘はほとんど性的中毒同然にまで堕ちていたのです」

「そんな無残な！　いったい、何があったと言うんです」

「いえ、その類の特殊社会にはあり得て不思議じゃない話です。この三度目に見る地獄は、さすがに、彼女の心神を破壊するに十分過ぎたんでしょうか。それを知った彼女は一時半狂乱になった、でも、直ぐに立ち直るや単身イランに潜入、父娘を射殺して身を晦ましたとか。ただし真偽の程はどこにも……」

　言葉を選んで淡々と話すデボラ女史も、そこまで来ては目を瞑ってしまい、じっと下を向いて肩を震わせる。息を呑む小松原は彼女から目を逸らすしかないが、ずっと黙って脇に控えていたアイ子はと見れば、顔面蒼白、胸の前で固く組んだ指先も血の気が失せ、目を見開いたまま凍り付いている。無理はない、遅蒔きながらようやくベターハーフに巡り合えて、結婚式を挙げるべく近々帰国の予定の彼女、今夜はカップルの門出のお祝いを兼ねた誕生祝いだという日のこの話しだ。平生でいられる方が不思議だ。

　成り行きに不安を感じた小松原は、急いで話題を閉じることにする。

「いや、よく分かりました。聞いてはならないところまで深入りを強いて、申し訳ありませんでした。しかし、私もこれで腹を括ることができます。同胞のあなたならリュシーさんの凍った心を融かせるかもしれません。そこに精一杯の協力をさせてもらいます」

「ありがとうございます」

「だからね、アイ子ちゃん、君は私が手伝いを頼むまでは、今夜のデボラさんのお話しを忘れておいて欲しい。なに、今のソーニアのお守となれば、もう私やジェーンより君の方が確かだ。いずれ声を掛けることになろうが、それは君が日本に落ち着いてベースが固まってからだ」

だが、固まってしまったアイ子から声は無い。

「大丈夫。早川君も、きっと理解して支えくれるよ。夫婦は二人三脚」

「もちろん、ソーニアの本体は私の実家の姉に預けてあることだし、君も故郷に戻ってからの方が更にやり易いはずだ。ソーニアを如何様に扱うも、君に任せる。姉とよく相談し合ってセキュリティーベースをより強固なものにしておいてもらえるとありがたい。再構築が必要ならば、ソフトは君に、ハードや機材類は私の方で調達して送ろう」

それでもアイ子は唇を噛み締めたままだ。しかし、小松原の視線に頷くその表情には、全てを理解したらしい落ち着きがようやく戻っている。

「ただし、これからのデボラさんへの支援は、結構大変なものになりそうだ。何を置いても身の安全が最優先で、そのためにも、こちらの存在を外部に決して気取られてはならない。そこは細心の注意を払ってやろうね。いいね」

「はい」

「ともかく、今夜はアイ子ちゃんのお祝いの晩餐会だ。楽しくやろう」

デボラ女史はと見れば、大事な日に大事な人の前でとんでもなく無神経な暴露話しをしてしまったと気付いたらしく、肩をすぼめて固まっている。

「アイ子とデボラさんが今夜の主役だ。賑やかにお願いしますよ」

小松原は精一杯のにこやかな笑顔で二人を促す。

居間の方から若者達の笑う声がして、どうやら祝宴が待ち遠しいようだ。

小松原はデボラ女史のきつく組んだ両手をそっとテーブル中央に引き寄せ、アイ子の掌をそこに乗せて自分の掌で包む。三人無言のエールを送り合って席を立った。

二　アンデスに咲く白い花

――南米コロンビア、アンデス山岳平野に中東山岳部族の影？――

南米コロンビア、アンデス山脈北端。中央アメリカの古代土器文明発祥の地にして、その伝統を脈々と繋いできたモンゴロイド系民族達の地。赤道直下にありながら高地気候は穏やかで、豊かな自然に溶け込むようにして農牧を営む素朴なインディオ達の楽園だった。

しかし、大航海時代、スペイン人の侵略の手がカリブ海からマグダレナ川を南下、一帯のインディオ社会を踏み潰して進み、中央平原地域に至って白人社会を建設。その後、カリブ海沿岸域は漁業と通商で、奥地一帯は石油、ガス、鉱工業で潤う。だが、理不尽にもそれらの恵みは白人侵略者達に独り占めされ、未開の高地に追いやられたインディオ達は、発展から取り残されて悲惨。冷涼な山岳気候は農業牧畜の民に味方せず、追い詰められた民はやがて毒の生る木コカの栽培に活路を見出す。

だがしかし、その活路すらも、白人侵略者達に甘い汁を提供するだけのこととなって行った。

しかも、その今には、内外テロリスト達の陰すらも！

特命で南米コロンビアに潜入を画策するイスラエル軍籍のデボラ女史が、当分は連絡もできないがいずれきっと、と言い置いて気楽な旅行姿のまま発って行って三か月もした頃、そのデボラ女子ではなく、亡命青年のリエーフから、彼が山岳部族に助けられた時の女性ボスに関する情報を聞かされる。

　その日、小松原と妻のジェーンは、アイ子と婚約者の早川青年に招かれて、陽光を求める人達で賑わうステートビーチでのバーベキューランチを楽しんだ。手続きが遅れて帰国が延びのびになっていたアイ子達が、ようやく来週末には帰国という段取りとなり、急遽、そのお別れパーティーというわけだった。早川青年が親しく世話になったサンノゼ日本人街のピエール氏が主賓、小松原とジェーンの他は、研究所のアイ子の籍が空いた後を引き継ぐ学部後輩のロバートと、ひと頃から小松原の会社の開発要員として研修するようになっていた亡命青年リエーフだけ、学生となって外に出た子供達のカールもアシュレーも学期末の追い込みに慌ただしいらしく、突然の帰省のやり繰りは叶わなかった。

　日頃は仕事に追い捲られるばかりのオイソガ氏達で、久々の宴席は賑やか、食べて飲んで話し疲れ、陽光が西に移る頃には男達は思いおもいにサンドチェアーでうつらうつら、アイ子とジェーンはピエール氏を囲み、アイ子達の日本でのこれからの生活設計を話題にお喋りを続けている。

　暫くして、気持ちのいい夢見心地でいた小松原が、テントから差し込む陽の光が眩しくて体を起こすと、ロバートとリエーフがサンドチェアーを寄せ合って小声で話し込んでいる。早川青年が小松原の目覚めに気付いたようだ。

「君達、喉が渇いたねえ。コーヒータイムにしようか、今何時頃かね」

「ああ、ドクター、お目覚めですか。時間はそれほどじゃありません。まだ三時までには間があります」

「そうか。でも、よく寝て気分が好よくなった」

「よかった。少しお疲れの様子が見えましたんで、気になっていました」

　小松原が前日までは社用で東海岸にいたことを、リエーフから聞いていたのだろう。

「気に掛けてくれてありがとう、そんな風に見えたか。自分ではまだまだと思っていても、外目にも歳が分かる年代となってしまったのかねえ」

「はあ、ご無理なさらないで下さい。コーヒーがいいですか、それとも水に」

「ありがとう、ありがとう。じゃあ、水を貰おう」

小松原はチェアーを日陰にずらせ、思いっ切り背筋を反らせて凝った首筋を解す。リエーフはと見れば、何やら思案気に手にした畳み皺だらけのコピー写真らしいものを覗き込みながら、小松原の視線を気にする風だ。

小松原は、早川青年から水のボトルを貰って一気に半分ほども飲んで息を吐く。

「奥様方も、もう少ししたらコーヒータイムになさりたいそうです。僕が豆を変えて新しいのに淹れ直しますので」

「ああ、ありがとう、ありがとう。とびっ切り濃いのを所望です」

気分のしゃんとしたところで小松原はロバート達二人に向き合った。

「ねえ、ロバート。リエーフ君が何か話しがあるのじゃないかな。あるなら聞きますよ」

「あっ、お分かりでしたか。今日のお祝いの席には止めておこうと言っていたんですが、実はそうなんです」

「今でもいいですよ。遠慮なくどうぞ」

「リエーフが、因縁のあるあの中東山岳部族の女性隊長の姿を、テレビのニュース番組で見たと言うんです。でも、どうにも確証が取れなくて」

「ええっ、女性隊長の姿？　本当かい」

「当時見慣れたような騎馬姿じゃなくって、きちっとしたスーツ姿の女性だったと言うもんだから、本当かどうか。それで、そのニュースに該当しそうなものを新聞やネットで検索しましたら、どうもイラン経済界使節団の中南米訪問のニュースらしいんですけど、でも、調べた写真のどこにもその女性にずばり該当するような姿は無いし、確認を取りようもないんです」

　そこにリエーフが割って入った。

「でも、僕はしっかり見たんです。あれは空港で到着機から降りるところで、タラップを降りる正装のアラブ系男性達の直ぐ後方に続く、随行員ような人達の中の女性でした。ちらっとじゃなくって、結構しっかり写っていましたから、見間違えじゃありません。もうびっくりしました」

　そう言って報道写真のコピーを小松原に差し出す。それを受け取って目を通しながら日付けを確かめれば、まだ先週のホヤホヤニュースだ。ラテンアメリカ諸国と経済協力を望むイラン財界首脳の中南米歴訪とあって、その初日、メキシコに入った一向の空港に降り立つ様子を報じた記事。メキシコ首脳との会談の後、コロンビア、ベネズエラと回るものらしい。

「うーん、因縁のある君がそう言うからには間違い無いかもしれないが、思い込みが強過ぎて似たようなものをそれらしく見てしまうことだってあるよ。これだけじゃあ、どうとも言えてしまうんじゃないかい」

だが、そう言ってあしらってみたものの、小松原の心内は穏やかではない。先頃、デボラ女史が言い置いていったリュシーシュワブなる女性の話を重ね合わせれば、リエーフの言い分はそのものずばり。デボラが切っ掛けを摑むタイミングと言ったあのことが、現実となって動き出したということでは？

「それにしても、リエーフはそんなニュースをよく見付けたねえ」

「はい。僕は捨てた祖国のことがどうしても忘れられない。僕の為に亡くなった家族や親しかった人達に申し訳なくて、何とか償いをしたい。そう思って、中東周辺のニュースは欠かさず見ています。そうしたら、テレビにあの女性が映ったんです」

「ほおー、なるほど。それで？」

「僕が部族を逃げ出すつもりでいた時、それを感ずかれたんじゃないかと一番恐れた人で、今でも夢に見ることがあるくらいです。知性的できりりとした顔立ちもともかく、地上に降り立った時のあの様子は、部族にいた頃の僕が見慣れていた、馬から降りて広場を闊歩する迷彩服姿の彼女の動きとそっくりなんです。肩を怒らせる時のちょっとした仕草や歩幅を取る時の膝の上げ伸ばしなんぞから、あの頃のことを思い出して思わず震えてしまいました。あれは間違いなく教練をしっかり収めた軍人の、特徴ある様子です」

「そうですか。そこまでのことであれば君の言い分が正しい。だが、そうだったとして、君はどうしたいんだい」

「僕が妹の生存を餌に誘い出されそうになった時、一番恐ろしかったのはあの人達の追及の手かもしれないという思いでした。でも、その後はウヤムヤのままで過ぎて、今は少し違った考えでおります」

「と言うと？」

「どんなに怖い人でも、僕には違った意味での命の恩人です。今思えば、殊更厳しかったあの時の様子は、僕の真意を分かって事を荒立てないでいてくれたことかもしれません」

「なるほど」

「ですから、会うことが出来れば何としてもお詫びして、そして、お礼を言いたいんです。それに、あの人はきっと妹のこともご存知かもしれない。ご存じでなくっても探索の術は心得ていらっしゃるに違いない。ですから、何としてもお会いしたい、今のところそれだけです。この前のような無分別はしません」

「うん、その点だけはしっかり守ってもらわなければならないな。一方、君がその人に会いたいという気持ちも大事だ。だから、これからしなければならないのは、先ずもってその女性が本当に君の言う人かどうかだね。違っていればそれまで」

「――――」

「知っての通り、今は後進国、途上国を巡って世界のあちこちにきな臭い話が多い。慎重さが大事だ。従って、一にも二にも足場をしっかりしてからだ」

「はい」

「テレビのニュース映像を根掘り葉掘りするのは、どんな反作用があるか見当も付かない。中南米と中近東が絡むこの類の話は、どんな裏があるかもしれず、そこはリエーフ、君なら身に染みて分かっているはずだね」

「はい。あんな不条理な経験は、もう真っ平です」

「そうだ、それでよし。イラン使節団の中南米訪問という事実、そしてそれが今月に入っての直近の報道ということだから、ロバート、君なら直ぐにもこの訪問団の旅程を割り出すことが出来ようね」

「はい。それはもう確かめました。僕の実家はイスラム圏との取引を主にしています。兄のミシェルが詳しく知っていました」

「それなら、その訪問団一行の動静を探れば、その女性の素性も分かるということだろうか」

「僕もそう思います。でも、今回は短期間のアルゼンチン、パラグアイ、ブラジル三か国訪問で、僕らがこれから準備していたんでは間に合いそうもありません。でも、同じような訪問団は度々だそうで、次回のチャンスを狙います」

「リエーフ、今の君の米国外での行動制限はどうなっているかね」

「お蔭さまで永住権だけは戴けまして、今は有期の出国が可能です。でも、中南米となると、多分、出ることはできても再入国はダメかと」

「うーん、そうか。となると、身分を偽らずに何ができるか」

するとロバートは頷きながら身を乗り出した。

「そのくらいは自分にやらせて下さい。僕は兄の商談に便乗して何度か中南米を旅行したことがあります。兄は使用人を連れて行く時には社員身分で向こうのビザを貰っていましたが、リエーフを帯同することを頼んでみます」

「へえー、そんなことができますか」

「筋道立てれば否となるんでしょうが、頻繁に行き来して実績を上げている兄は当たり前のようにしてやっています」

「大丈夫だろうか。お兄さんの商売に影響があってはならない。できることなら、お兄さんを巻き込むことは避けたいものだが」

「はい。ですから、僕が兄を手伝う口実で向こうに仕事を作ってもらいます。僕とリエールが社員としてビジネス旅行です」

「なるほど、それでビザが取れればいいわけか。取れなければ君だけでやってみる」

「はい。うちの商売はアラブ、イスラム圏が主でも、兄のミシェルは偏らない人間で、イスラエルの人達とも交友があります。兄は自分ではかつて牧師になりたかったと言うほどの敬虔なクリスチャンですが、それだけに宗教対立の怖さをよく知っていまして、仕事柄には一切宗教色を交えません。郷に入りては郷に従えが口癖で、それでイスラム圏からも厚遇してもらえているんだと思います。兄に見習えば、問題を起こさずに済みます」

「そうですか。立派なお兄さんですね。ならばその線は君にお願いしよう。そして、リエーフ、あなたがその女性を特定できた場合の次だが、面談がそう易々と叶うとはよもや思えない。妹さんの消息をどうやって聞き出しますか」

「面談が叶わずとも、手紙を託すくらいのことは出来ましょう。僕の名前や素性を正しく明かして然々と頼めば、もしあの時の人なら、僕のことをちょっとだけでも覚えていて下さるはずです」

　すると、ロバートには余裕の笑みでリエーフに頷く。

「それだと待ちになってしまうねえ。壁をこじ開けるには、こちらから動かねば。そこは俺が頑張ってみるよ。俺だってこの歳までただ遊んでいたわけじゃない、商いのコツは習わずともそれなりに。運がよければ、そんな経済使節団とやらに向こうの取引先関係者も入っているかもしれない。いれば、手蔓としては願ってても無いことさ。ともかく積極的に動かなければ」

「そうか。ロバートがそこまで腹を括ってくれるなら、私もじっとしていてはいかんね。君が現地で動き易いように、商売のネタを提供しよう」

「それはありがたいですねえ。ミシェルの話しだと向こうにもネット環境が浸透しつつあって、ＩＴ関連技術に特に注目度が高いようですから」

「ようし、それではこうしよう。実はね、偶然のような成り行きだが、君達の他にも、中南米にビジネスチャンスを求めたいと向こうへ触手を伸ばしている私の知人がいてね。小さなＩＴ技術専門の会社の営業責任者で、多分、イランの経済使節団ともコンタクトしている可能性がある」

「はあっ、それはまた」

「ただ、残念なことに、その人は今どこにいるのか分からない。三か月ほど前に中南米へ向かうと言って出たまま、まだ連絡が来ていないんです。まあ、連絡が無いということはビジネスが順調だということでもあろうがね。私の作るネットビジネスのためのツール、中身はソフトパッケージのセットでね、これをネタにその人物にも接触してみるといい。その人にはこのパッケージ商品の提供を約束してあるのさ。つまり、君はお兄さんの線で私とその人物の橋渡しをするわけだ。その上で、偶然を待つのではなく向こうを誘い出す手を講ずる」

「いいですねえ。すると、リエーフのビザさえ取れたらもう半分成功したようなもの」

「君は社会学を履修した後に情報科学で学位まで修めた大ベテランだから、これはもう君に持って来いの役割りだねえ」

「分かりました。いろいろとありがとうございます」

「でも、リエーフ君。こんなことがそう簡単に行くはずはない。どうなろうとも、落ち込まずに前を見るんだよ。これだけのメンバーが揃っていて道が開けないはずもないのさ」

今にも腰が浮きそうなリエーフに釘を刺して、そろそろお開きの時間にしようとテントを片付ける。ロバートがそれを手伝いながら、

「ドクター、ひとつだけ教えて下さい。その中南米に向かわれたお方とのコンタクトはどうやって?」

「多分、もうそろそろ私の方にも連絡が入ると思う。そのお方の背景は少し込み入っていて、君達には必要なことだけを知っておいてもらえればいい。お名前はミスデボラノアム、ただし、現地で何と名乗っておられるかは分からない。髪はウェーブの掛かった黒褐色、体格は小柄で、目鼻立ちや口元はきりりと締まって知的な美人、お歳頃はそうさねえ、君よりかなり上だが、外見お姉さんくらいかなあ。一番の特徴といえば額右上の古い切り傷の跡。ご自分では一向に隠そうとなさらず、軍籍にあった若い頃の軍事訓練で受けた名誉勲章だと笑っておられるような磊落なお方だ。可愛らしいほどの小柄なお姿に似ず、君達が束になって掛かっても敵わないような、射撃や格闘技の達人らしいよ」

「うはー、それは凄い」

「そんな背景のお方なのに情報工学には詳しく、世界の途上国にＩＴビジネスで商機を見出そうとなさっている」

「そうなんですか」

「そのお方に行き着くためのキーはそんな程度しかないが、更なることは、まあ、ご本人にお会いできれば分かることだ」

「いいえ、それだけお聞きすれば十分です。兄の人脈と自分の足で何とかします」


アイ子と早川青年が慌ただしく日本へ発ち、入局前の気儘な身分のロバートがリエーフを伴ってメキシコ経由コロンビアへ入る準備に手間取っている間に、小松原は既に準備していたデボラ女史要請のバーズアイシステムをスキルアップする。

それにしても、あれだけ熱く小松原の支援を要請してコロンビアへ発って行ったデボラ女史が、どんなに手こずっているにしても連絡くらいはあっていいはず。連絡する余裕も無いほどの厄介な状況に直面しているのか、それでなければこちらのことを無視しているのか、あまりいい気分のしなかった小松原は女史の古いメールアドレスに匿名のメッセージを入れてみた。匿名であってもデボラ女史本人が見れば直ぐにも小松原と分かるはずだ。コロンビアでの足場固めが順調なら新しいアドレスが開かれているだろうから、自動転送のメッセージくらい返ってもいいのにと思ったのだ。

すると、予想に反して、あくる日にはデボラからと思しき内容の発信者不明のメッセージが入った。極く短い一言で、是非とも会って相談したいことあり、小松原にメキシコまで出張ってもらえまいか、というのだ。場所がユカタン半島カンクンとあるから、小松原の足の便を調べ上げての提案に違いない。これまで何回か会ったデボラ女史は、いつも自分から出掛けてくるか誰かを介するかして、小松原に足労を掛けるようなことは無かった。さては難事に遭遇しているのか、疑えば切りが無いことで、余分な心配はしないことにして仕事に区切りの付いた週中、慌ただしく空港へ向かった。

カンクン空港は夏のバカンス入りを迎えて賑わいが始まっていた。多くは外国からの中高年客で、カバン一つにビジネススーツ姿の小松原は特設ゲートに誘導されてスムーズに通関を終えることができた。空港バスで入国ゲートに回ると再び混雑の中へ、デボラ女史を目で探しながら混雑をかき分けていると、通路の直ぐ先からドクターと声を掛けられた。見ればまだ少年の域にもいかない現地人少年で、黙って小松原の腕を引いて外国人客で混むタクシー乗り場の方向へ向かうではないか。

――いったいこの少年は何者？　私がこの便に乗るとはまだ誰も知らないはずだ。私にしたって偶々この便に空きがあったから乗っただけのことで、黙って現地入りし、少しでも下調べして向こうの思うツボに嵌まることだけは避けたい、そう思ってのことだった。この少年が人違いしているのか、こちらの行動が知られているのか、どちらかでしかなかろうが。――

客の列から外れた車寄せにドアーを開けて駐車しているタクシーが見え、米国ドルが通用するはずだとポケットの小銭を探してアタフタする間に、その少年がいなくなってしまって、また慌てる。

身構える思いでタクシーに近付くと、助手席に手招きする人影があって待ち兼ねたように両手を広げながら降りてきたのは、地元民風に民族衣装を纏い、スカーフで髪を覆った中年女性だった。デボラ女史ではない、人違いか、と思ったものの周りには自分しかいない。戸惑いながら腕を差し出して無言の挨拶を交わすも状況は飲み込めず、相手の女性もまた端正な顔付きを引き締めるようにして声を発しない。スカーフの上からもウェーブが分かる黒髪と、茶色い瞳に独特の目鼻立ちはアラブ系かと思えるが、色白で透き通るような肌と堂々たる腰回りは典型的なヨーロッパ人女性とも思え、何とも国籍不明の雰囲気だ。

「私、小松原と申しまして、あるお方にお会いしたくてアメリカからやって来ましたが、あなた様はお人違いをなさっておりませんか」

だが、女性は何も頓着しない様子だ。

「わざわざのご足労恐縮です。私、ミスデボラの代わりにメールの返信を差し上げたもので、ジーナクリートと申します」

「えっ、ミスデボラをご存知。そして、あなた様はジーナさん？　はて、私は覚えがありませんが、どこかでお目に掛ったことがありましたか、あなた様は何故私をご存知ですか」

「私もドクターにはお初ですが、私の元の名、リュシーシュワブならお聞きいただいているかと存じます」

「ええっ、リュシーシュワブさん。はあっ？」

自分の耳が信じられず言葉に詰まってしまう小松原に、女性は少しだけ表情を和らげるが、言葉付きからは感情が感じられない。

「あるいはカーアンイザクという名前なら？」

「カーアンさん、ですか。するとあなた様が、あのミスデボラノアムが探しておいでのリュシーさん？彼女と同じイスラエルのご出身の？」

「はあ、そのリュシーです。もっとも、その名前はとっくの昔に捨てたつもりですが」

状況がまるで読めない小松原はただ目を白黒させるしかないが、とっさに頭を切り替えて、ここは相手の思惑に嵌ってみるしかないとひと呼吸する。

「驚きましたなあ。ミスデボラが新たなビジネス開拓にと言って中米へ向かってからもう何か月にもなるのに、その後全く音沙汰無し、ようやくメールで会いたいと言ってきたもんだから急いでこうして来てみたんですが。すると、あれですか。あのメールはデボラ女史ではなくあなた様からでしたか」

「はい、名を伏せたままの一方的な面会のお願いで、申し訳ありませんでした。何分にも状況が芳しくないものですから」

小松原は女性の単刀直入振りに戸惑いながら、この様子だと今日の自分の行動は筒抜けだったに違いないと分かって穏やかでない。しかも、デボラ女史から聞いていたリュシーシュワブ像と、目の前の人物とはまるで違う印象だ。いったい何が本当か、波立つ気持ちを辛うじて抑えて平生を装う。ともかくこの女性が、見も知らぬはずの自分の前に唐突に現れた理由を知ることが先だ。その為には馬鹿を装ってでも話しを聞かなければ。

「そうでしたか。するとやはり、彼女の商談はまだうまく行っていないということですか。私もねえ、彼女がこれからが期待される中南米で新規事業の展開を図るんだと、あまりにも大風呂敷を広げていたもんだから、それほど甘くはないと気になっていたんですよ。しかも、これから商うソフトパッケージ商品を一括発注するからと言いながら、期待して待っているのに全く音沙汰無し。空手形なんて、酷いじゃありませんかねえ」

「――――」

「彼女はイスラエル軍部の出だというじゃないですか。私のルーツは日本でして、イスラエルの人は性善にして才豊かと常々聞いていまして、すっかり信用してしまった」

と、小松原の芝居がかった抗議の口調に何を感じたか、目線をドアを開けて待つタクシーに向けて促す。

「近くに宿を取っておきましたので、先ずはそちらへご案内致します」

取り付く島もない女性の様子に、この調子だと小手先芝居は通じず、真っ向から向き合うしかなさそうだと分かって、黙って従った。

近くなら街中のホテルかと思ったが、タクシーはそのまま街を素通りして郊外へ向かう。運転手は行き先も聞かずに訳知った様子でスピードを上げ、真っ青なカリブの海が前方にちらほらしだして間もなく、眼下に高層リゾートホテル群が見えてきた。そこかと思いきや、車のスピードは一向に緩まず、ホテル群を横目に見るように大きく岬を回り込んで、浜辺の漁村風景の中へ下りていく。

ずい分前になるがここを一度訪れたことがある小松原は、浜辺から沖合に出張った半島のように見える低い島影を、突然思い出した。結婚して直ぐ、子供が生まれる前の秋口だったか、妻のジェーンと偶さかのバカンスをここで過ごしたことがあった。小松原は東海岸で独り暮らしのジェーンの母を訪ねようと提案したのだったが、義母は、自分は地元で楽しくやっているから、それよりも夫婦二人だけの旅行で羽を伸ばしなさいと言う。それではと、飛行機の予約や煩わしい準備を止めて、キャンピングカーで行き当りばったりの景勝地巡りにしたのだった。その時の終着がこの辺りだったはず。地元の人から直ぐ目の前の島影が女護が島と言うとからかわれて、なるほど横になった女性の腰辺りのシルエットと通ずるところがあるなと、ジェーンを横目に見ながら感心した記憶がある。

「今夜はここでお泊り戴きます。私の定宿で一流とは行きませんが、食事だけは格別でしてホテルに引けを取りません。ドクターにはその方がよくていらっしゃるように思いまして」

言われて外を見れば、車寄せに入って止まったそこは、なるほど、地元漁師の営む民宿の風情。だが、門を潜ると趣は一変した。カラフルな土塀で囲まれた平屋建て施設の豪華な外観と敷地の広さからは、ちょっと見、個人の豪邸だったものか。旅行バッグを運んでくれる運転士の後に従って長い小道を歩き、行き止まった一画にコテージ風な建物が数棟、その外れの一棟の前で運転手に指さされて目を見張った。今しも沈みゆく西日を背後から浴びるユカタン海峡は黄金色に波立ち、点在する島々が煌めく光の中に青黒く浮かび上がっている。カリフォルニアでは見ることのできない逆光の景観に、小松原は改めてここが異国であることを実感した。

ワンダフルと声を掛けようと振り返ってみれば、後に来ていると思ったリュシー女史の姿が無い。運転手もまたにこりともせずに、自分の役目はここまでと言わんばかりの素っ気無さで小道を引き返して行ってしまった。仕方無しにドアーにぶら下がった電子錠のものらしいカギで扉を開け、中に入ってまた目を見張る。質素なキッチン付きワンルームかと思いきや、さして広くない部屋の壁に沿ってチカチカと明滅する電子機器類が満載、一瞬、自分の家の作業場に入ったかの錯覚を覚える。

——なるほど、ここはリュシー女史の隠し砦というわけか。それにしても、隠し砦なら、なぜ私にこうも無防備に見せて憚らないのか。女史に何か魂胆があってのことか、それともこちらの出鼻を挫いてキャスティングボートを握ろうというだけのことか。いずれにしても、これだけの情報装備で何かに挑もうとするのであれば、その何かは徒ならぬ相手、そして、それを事も無げにやってのける博識と活動基盤を持って挑戦に躊躇わないのがリュシーシュワブなる女性。となると、デボラ女史が単独で近付いたって勝機を見出すのは到底無理じゃないか。この私にしてすら、歯が立たない強敵かもしれない。えらいことになったぞ、これは。——

事前の心積もりを抜かりなくした上でならばかなり大胆な行動も厭わない小松原も、こうした想定外の続く局面にはあまり自信が無い。しかし、ここで怖気付いてはいられない。ともすれば萎えがちな気分を奮い立たせて、装備された機器群を見て回る。今の小松原の目では最新機器装備とは言えないが、時々を風靡した市販の高性能情報機器群や手製と思われる通信機器類が所狭しと並ぶこの様から想像するに、これは女史直々に構成を整えた広域データセンター基地局とでも言えばいいものだろう。窓の外には植え込みに囲まれるようにして、小型パラボナアンテナが設置されて空を向き、明らかに衛星通信網と目される。

——なるほど、赤道にかなり近いここならば、軟弱な地上通信基盤なんぞを当てにするよりも衛星通信ネットを活用した方が早くて確かか。こうなると、ますます侮り難い相手、余程心して掛かるしかあるまいな。——

しかし、落ち着いて丹念に辿ってみれば、見掛け大仰でも、これを小松原の最新技術、最新装備でやれば容易に太刀打ち可能、フルスペックで見積もって半分の陣容で十分か。そこまで状況が分かってひと安心。

――うんっ、だがしかし、デボラ女史の方はどうなった？　彼女が向かった先はコロンビアのはず、リュシー女史のアジトがここメキシコとなると、デボラ女史が見込み違いをしている？　あるいは、こんな場所をあちこちに持って体制を固めているのがリュシー女史で、まさにその力恐るべし？　それはまあともかく、私のことを彼女がどうして知ったのか、二女史の接点は既にあったのかまだなのか、はてさて、おかしな雲行きになってきたものだ。――

はっきりした事情も話さずに飛び出してきた家のことも気になる。子供達が巣立ってしまった今、独り留守番のジェーンは気を揉んでいることだろう。だがしかし、状況が摑めない今、闇雲に電話やメールを使って要らぬ輩に要らぬ詮索をされるのも拙い。

自重しかないと窓際のソファーにだらしなく掛けて目を瞑った。飛行機の中では追い込みの調べ物をしていて睡眠を取らなかった。丸一日の緊張で目の奥がじんじんして、眠気があるのだが眠れない。

と、その時、小さなノックの音がして入り口のドアーが開いた。入ってきたのはリュシー女史、小松原は慌てて身を起こす。

「ドクター、お疲れですか。まだ夕餉の時間までには間がありますから、少しお話を聞いていただきたいんですが」

表情とは別に、相変わらず言葉使いも態度も丁寧で、しかしそこに、有無を言わせない意思の力を感ずる。

「ええ、そうして下さい。私も早くあなた様の要件なるものをお聞きしたい。その方が夕餉をゆっくりと楽しむことができます」

「それではこちらへどうぞ」

リュシー女史の後について部屋の奥、裏口かと思われるドアーを潜って外へ出る。そこは渡り廊下らしく、別棟の小さいコテージへと繋がっていた。

「今夜はこちらでお休みいただきます。こちらの治安は最近思わしくなくて困ったことですが、ここならその心配はご無用です」

案内されたそこはやはりワンルームながらキッチンにベッド、応接セットが付いたきれいな大部屋、生活臭が感じられることからすると、リュシー女史が自分の休息室を開けてくれたものか。だが、余計なことは一切抜きにと言いたげな様子で、女史はさっさとソファーに座って小松原の座るのを待つ。

「ご多忙のドクターが、大した用事でもないのに一方的なお願いを聞き入れてこんなところまでおいで下さり、感謝の申し上げようもありません」

「はあ」

「先ずお話しせねばならないのが、ドクターも気に掛けておられるミスデボラノアムの今の状況」

「ええっ、ミスデボラの今？　と仰ると、あなた様は既に彼女にお会いになっていらっしゃる？　それで私のこともよくご存じというわけですか」

「はい」

「道理でどうりで。しかも、どなたにもお知らせしていない今日の私のスケジュールを、あなた様は克明にご存じだった。いったいあなた様はどういうお方？」

「それはお帰りまでに詳しくお話しすることにして、先ず、ミスデボラの件を。彼女は一か月ほど前、コロンビアのコカインシンジケートの手に落ちました。今は北部高地地帯のさる場所に軟禁情態におります」

「ええっ、ミスデボラが軟禁されている？　それはまた大変だ。いったい、どうしたことですか」

「彼女がコロンビアに踏み込んだ経緯はご存知のことと思いますので、かい摘まんで申し上げます。その彼女、商機を得たいとの気持ちから現地の事情を生噛りのまま深入りし過ぎて、いわば、獰猛なトラ共の尻尾を踏んでしまったということです。偶然が重なったことのようで、訳知りの人間ならば知って知らぬ振りをしているシンジケートの痛い傷の部分を、殊更にこじ開けるようなことをしてしまったんです。具体的には、あるシンジケートの命脈に繋がる情報で、これをネタに相手に食い込もうとしたんです」

「――――」

「コロンビアの裏社会が麻薬産業に毒されていることは誰もが知っておりましょう。それを操るのがシンジケート、だが、これは一つだけじゃなく大小あちこちに幾つも、その中の代表格が今は三つほどで、それらがそれぞれに縄張りを主張して蠢き回っているわけでして、デボラが知ったのは、彼ら裏社会の存続を根本から危うくし兼ねない重大情報でした」

「やはり、そんなことがあったんですか。心配していたんです」

「私のことはどこまでご存知か、まあそれは追々に知っていただけますので、今は手短に」

「はあ、どうぞ」

「私は以前から彼らと合法的な取り引きをしたいと目論んでいまして、今では中間組織を幾つも介することでそれができるまでになりました。合法的と言いましても対象はコカインビジネス、社会に受け入れられないところは非合法と変わりありません。しかし、必要悪とも言えるもので、かっこよく言えば麻薬ロンダリング、汚い顔を洗って化粧し直して世に送り出すわけです。アヘンなんぞと違って、コカインはタバコより数段強力な嗜好品とでも思えばいい扱い易いもの、コカインのよさ悪さが全てそこに凝縮されてあるわけでして、隠れた需要は大変なものです。コロンビアの場合、ドクターのお国アメリカが最大の顧客となっています」

「アメリカ政府はそこを必死になって抑えようとしていますが、実効は全く上がっていないようですね」

「仰る通りです」

「それで？」

「私のあれこれは、多分、デボラ女史からお聞きになったはずです。その通り、祖国イスラエルから追われている身です。人間として生まれましたものの、ある出来事を契機に魂を悪魔に売り渡す羽目になり、以降、心と言うものを捨て去りました。非合法を合法らしく装って手にしたコカインビジネスは、悶えに悶えた挙句にこの歳になってようやく辿り着いた、邪な人生の果てと思っています。ですから、これに関する限り、ドクターのご質問には何もお答えすることはありません。悪しからず」

「何とまあ」

「デボラ女史が軟禁状態に置かれているのは、コカインベルト地帯をずっと北に外れた高地、カリブ海に面して屹立する高峰クリストバルコロン山の中腹です。もっとも、軟禁状態とは表向き、日常の生活に何の制限もありませんからご心配無く」

「そうですか。それはよかった。安心しました」

「クリストバルコロン山とは名前の通り、大陸の発見者クリストファーコロンブスに因むコロンビアの最高峰で、麓の一帯には、コーヒーの産地として知られる先住民達の村々があります。部族ごとに強固な結束があって純朴そのもの、外の世界とは無縁のようにして先祖から受け継ぐ伝統や自然を敬う独特な宗教観を大事にして、それこそ百年一日の人達です」

「はあ」

「その人達にしてすら、西欧式現代社会が垂れ流す害悪と無縁ではおれず、まあ、いろいろ褒められない部分もありますが、幸いにも、高地の不毛地帯と言う自然要素が味方して辛うじて下界に毒されること少なく、コーヒーを中心の栽培農業という生活基盤を手に入れてからは、貧しくとも穏やかな生活を営む勤勉な人達です」

「なるほど。そうすると、デボラ女史の身の安全は取り敢えず大丈夫と？」

「ミスデボラは、そんな高地原住民族が自然崇拝のシンボルのようにして拝む高峰の麓、それ故に誰も入り込もうとしない一画におります」

「そんな原住民達がなぜ女史を監禁したりするんですか。いったい何があったんですか」

「いえ、原住民に何かあったのではなく、いわばあの人達を隠れ蓑にさせてもらっているだけです」

「はあ、そうすると誰が彼女を？」

「申し上げるまでも無く、シンジケートの連中は獰猛なトラかライオンです。そんな連中の尻尾を踏んだとして摑まれば、即刻命を奪われるのが落ち、特に女性の身ならば死以上の悲惨な結末、死の安らぎすら与えられない生き地獄での唯一の救いは発狂しかないと、そう形容する者もいるほどです。しかしまあ、彼らにしてみればこれも必要悪、人間を人間扱いしない残酷な仕来たりを以て、シンジケートの結束維持の要としている連中ですから」

「そんな恐ろしい」

「そんな連中を商売の相手と選んだ今の私もまた、彼らの仕来たりからは免れ得ないわけですが、そこを弁えていればむしろ勝機は向こうから転がり込んでくる。悪徳商売とはそういうものなんですよ」

自嘲なんぞではなく昂然とそう言い放つ目の前の女史の表情と、容姿容貌から感じられる堂々たる品格とのあまりの乖離に、小松原は言葉も出ない。半世紀を生きてきた小松原の人生行路で、全く初めて知る人物像だ。

「彼女はそこを甘く見過ぎました。私がそんな彼女の噂を耳にしたのは取引きの相手と交渉に入っていた時で、女性事業家と名乗る私によく似た得体の知れぬ人物が不穏な動きをしている、直ちに粛清せよとのシンジケートの言明で、彼女が活動拠点を置く首都ボゴタへ刺客が向かった、と言うような話でした。私にはその女性がデボラ女史であると直ぐに分かりました。彼女はこれまでに何度か私に接触してきたことがあって、ただ、私は、彼女が故国イスラエル軍部の意向を受けて動いているらしいことを調べ上げていましたから、私は彼女に偽情報を送り付けて身分をカモフラージュしていたんです。そうやって彼女がコロンビアくんだりに入り込んだ意図を探っていたんです」

「はあ、そうすると、あなたには初めから全てが見えておられた」

「いいえ、彼女の私に対する接触の意図まではね、その時まだ不明で、放置して様子見するつもりでした。ところが、最初の予想の、イスラエル軍籍の彼女ならば狙いは私の身柄確保、本国送還にあるとの読みは、どうも二の次らしい、一の狙いはラテンアメリカ全域へのイスラエルの通商ネットワーク作りだと分かって、笑ってしまいました」

「笑うとは？」

「失礼ながら、多分、あなた様も同じではないかと思いますが、商才と学才は全く違う、それぞれは互いに邪魔し合うものと思った方がいい。私が調べたデボラ女史のような人物は、どちらかと言えば学才派、今のコロンビアに乗り込んで何もできるはずはない。そこが気の毒と言うか滑稽と言うか、イスラエル軍部は随分なでたらめ人事をするものです。私も同じ出ですが、今のイスラエルの平和ボケには笑うしかありません」

「はあ、なるほど、そういう意味ですか。分かるような気がします」

「つまり、デボラ女史は私と似たようなもの、イスラエル国家の存続を言質に取った、イスラエル長老派の愚策の犠牲者なんです」

「はあ」

「そうなると、私としては、似た者同士の苦境を見過ごせなくなる。いえ、気の毒だとか可哀そうだとかではなく、そうした人間をこちらの器の中に置けないかという下心があってのこと。今の私のこちらでの活動基盤は、そうやって作ってきたヤンチャ者集団の組織です。心棒の通ったヤンチャ者共とはまことに恐るべき者達。筋の通ることならば何にも屈しない強固な心身の持ち主達です。私が信頼するのはそういうアウトロー達だけです。そういう意味で、彼女には期待できると踏みました」

「はあ、なるほど。いつだったかデボラ女史から聞いた話しだと、あなた様はお国を出てから中東山岳部族に身を置いて、そこの活動部隊を率いるほどのお方だとか」

「お聞き及びでしたか。彼女のその読みだけは正しい。私は今も中東山岳部族の中枢にいて、こちらでの活動は部族の将来の躍進の為に財源を確保するのが目的。つまり、世界の危険地帯の一つであるこの地で私が身の安全を心配しないでおれるのは、部族の世界戦略という後ろ盾があってのことです。デボラ女史のような孤独な戦いとは違います」

「うはあ。やはり、そんなことだったんですか。驚きました。すると、デボラ女史の取り敢えずの身の安全は大丈夫なわけですね」

「安全と言えるかどうか。こちらの社会で身の安全を保障してくれるものなど何も無い。私は取引相手のシンジケートのボスに鼻薬を嗅いでもらって、ボスがよそ見してくれている間にこちらの手勢を差し向けて、彼女が刺客の手に落ちる直前に拉致させました。そして、身柄を高地のある場所の原住民の手に委ねたのです。もちろん、向こうの刺客達にもたっぷりと媚薬を盛り、一番厄介なシンジケートのボスには、更に多額の貢ぎ物で事の鎮静を頼んだ次第。つまり、私は一方的に彼女をカネで買ったんでして、身の保証をしたわけではありません。そこは彼女のこれから次第です」

「なるほど、あなた様のそれが実践哲学で、彼女はそれで救われたんですね」

「まあ、そういうこと。でも、こうしたことは何も彼女が初めてではありません。こちらの将来戦略に役立ってくれるならば、その程度の出費は安いもの。そして、シンジケート側にしたって、彼女の動きなんぞは目にゴミが入った程度の不快感でしかなかったんですから、一挙両得とでも」

「なるほど、聞いてはいましたが、恐ろしい程の打算の通ずる世界なんですねえ」

「ふっふ、ドクターは打算と仰いますか。まあ、私らにはそれが普通、それが目的達成のために一番効率がいいだけです」

「はあ、ご尤も、それこそ賢者の知恵ですね。ところで、あなた様が私をここまでお呼び下さって、しかもあなた様の生命線のようなお話しをここまで明け透けにして下すったには、どんな打算があったんですか」

「向こうの部屋でご覧に入れた情報機器装置類、今の私の活動域がコロンビア中心であるところ、大事な情報集約の為の中枢システムだけは、安全上ここメキシコに隠して、人目に付かないようにしています」

「それなのに、あなたは私に隠そうともなさらないじゃないですか」

「いえいえ、隠すどころか、ここまでご足労願ったのは、あれらをドクターに見ていただくためでした」

「はあっ」

「ドクターのお顔に描いてございますよ。私にしてはあれが精一杯の陣構えでして、この辺りの技術水準で言えばどこにも引けを取るまいと自信を持っています。しかし、お国の最先端水準を思えばまだまだ。特に急速に拡大するサイバー環境の中で皆さん方に伍していくには、まことに心許ない。ドクターのお眼鏡から見れば、多分、子供騙しかと」

冗談めかしてそう言いながら、表情は少しも笑っていない。

「ドクターは情報科学の専門家、取り分け、人工知能を中心にしたサイバーシステムに関しては最先端を走っておられる。そこで私は、今回ミスデボラに費やした出費諸々を彼女から回収することにしました。もちろん、回収とは金銭だけである必要はない、今の私の価値観に照らせば、ジョウホウ、モノ、カネ、そしてそれを背負ってきてくれるヒトとなります」

「で、そこに私の関与も入ってくるわけですかな？」

「はあ、勝手ながらその通りです。でも、ドクターに只働きしてもらおうなんて野暮は申しません。デボラ女史から得た情報に基づいてドクターとこうして話し合えるチャンスを得た、それを最大限に使わせてもらうまで。でも、ご安心を。デボラ女史は私の手の内としても、ドクターとはビジネスライクにイーブンとさせていただきます」

「はあ、それはありがたい。お手柔らかにお願いしますよ。でも、私はあなた様の眼鏡に叶うようなアウトローではない。そこが心配かなあ」

「ふっふ、アメリカ流アウトローではないだけ、私流のローの下ではドクターは完全なアウトローです。裏の裏は表なんです」

「はあ、そうですか。まあ、いいでしょう。いろいろと聞かせていただいて気が楽になりした」

——何と言ってみたところでこのリュシー女史は何枚も上手だ、自分もその手の内に乗ってみるしかなさそうだ。——

「で、一体、デボラ女史は私のことを何と？」

「まあそれは後のこととして、あの人もようやく自分の立場の危うさを痛感したと見えて、少しは考え方を変えたようです。今は諦めて軟禁生活を辛抱しています」

「よかった、ありがとうございます。私も、直ぐにも会って聞きたいことがあったんですが、如何でしょう」

「はあ、それは如何様にも。でも、私の裏の実像を彼女はどこまで理解していますか。国におればエリート航空兵の彼女がコロンビアくんだりまで乗り込んだ一番の目的は、アラブ諸国に後れを取っているイスラエル政府の無茶な指示によることで、取っ掛かりを求めて私を利用しようと図ったまで。政府に追われる身の私なら突き崩すことは可能と踏んだあたり、彼女も中々の策略家。でも、まだまだ若い。私を使うにはもう少し苦労しないとなりませんね」

「分かりました。無理とは申しません。それならば、あなた様の私にやらせたい仕事やらのゴールとマイルストーンを承りましょう。何せ、私は役立たずのアウトローです。とてもあなた様の土俵に乗る自信がありません。先ずは話しを伺って、イーブンに渡り合えそうならお受けしましょう。無理と分かればお断りします。もちろん、それであなた様が気分が悪ければ、何なりとお好きなようになさって結構ですから」

「はあ、さすがドクターコマツバラ。よかった、敵に回さなくって。いえ、なに、借りも貸しも無しのドクターに、私が何かする訳が無い、必要が無い。そこはご安心下さい」

「はあ」

「でも、ドクター、もうそろそろ外が暗くなります。昼食は機内食だけでお腹が空いておられましょう。この辺りの名産、と言ってもどこでも食べられるメキシカンですけど、埋め合わせに私が特上のテキーラを用意しました。メキシコ風の濃厚スープのモーレに合わせて、魚ならばグリーンリングとかレッドスナッパーとか、肉ならば若い七面鳥なんぞはいかがですか。テキーラによく合います」

「はあ、いいですね。でもテキーラは強い蒸溜酒だそうだから、酔ってしまうかも」

「はあ、皆さんはそう仰いますが、今日のはまさしく本場テキーラ産の、二十年物のブルーアガベから手間暇掛けて醸造した逸品です。悪酔いなどせず、爽やかな飲み心地が特徴です」

「はあ、素晴らしい。よくまあ、そんないいものが手に入りますねえ」

「私のような外道は、女でも、せめていいもので口を慰めてやりたいじゃありませんか。その為にならいつでも手に入れます」

「ご尤も、愚問でした」

「合わせてお楽しみいただけるのが魚で、ひと頃は湾の流れが淀んで魚はよくないなんて言われましたが、今夜のはユカタン海峡の海流に揉まれた飛びっきりの物を頼んでおきました」

「いいですねえ。すっかり腹が空いてきました」

「それに、メキシコ料理はクルド料理と似ていますのよ」

少しだけ悪戯っぽい表情が浮かぶリュシー女史の横顔をそれとなく見ながら、小松原は、はてな、クルド料理とは？　と口まで出掛かって飲み込んだ。以前、故国から派遣されて人口知能研急所に学んでいた当時のデボラ女史が、小松原の示す衛星写真でリュシー女史ではないかと指摘したあの映像は、中東高地クルディスタン地方北方のものだった。リュシー女史の今の言葉は、イスラエルを飛び出した彼女が身を投じたのが中東の一山岳部族だったという、デボラ女史の言葉と完全に符合する。ラテンアメリカと中東は地球のまるで反対側に位置しても、高地山岳地帯はどちらも乾燥した砂漠に近い環境だ。食材も似たようなものだろうから、原住民の料理が似ていても当然なんだろう。リュシー女史の活動の舞台が中東とラテンアメリカに跨るらしいことは、これで間違いない。

「それでは今日のビジネスタイムはここまでにして、続きは明日に。今からきっかり三十分後に迎えの車をよこします。昼間の坊やだから安心してお乗り下さい。大きな持ち物はこの部屋に置いた方が安全、ただし、荷物にも部屋にもしっかりとカギを掛けて下さいませよ」

「分かりました、ありがとうございます。あっと、それで、一つだけ、大変失礼なお尋ねをお許し願えませんか」

「何でしょう」

「あなた様がスカーフを愛用されているようですが、それは宗教上の何かに則ったものですか、それとも、別の理由がおありになる？」

「ははあ、そこですか。私は宗教の異なるいろいろな社会に身を置いてみて、私の場合にはそれが全く無意味と知りました。今はそういう柵は一切捨てました」

「――――」

「でも、そうでしたね。自分の素性は最後にお話しするつもりでしたが、そこをお見せするのが早いですわね」

小松原の質問の意図に気付いたリュシー女史は、おもむろにスカーフを首から外し、横を向く。そこに見えたのは例の衛星写真に見たもので、デボラ女史がＳＳとも読めると口にしたあの入れ墨だ。

「ミスデボラからお聞きになったんでしょうね。初めの頃の彼女も、これを確認したくて私にちょっかいを出してきたようでしたから」

「はあ、すっかりお見通しで。恐れ入ります」

「どうです。これで私が今日お話しした全てを信じていただけますか」

「はあ、いえ。それはまあ」

「ドクターは正直なお方です。念には念を入れてリスクを最小限に抑える、それでいてやることは大胆、まあ私がアウトローと申し上げるのがそこです。つまりは、世間並みなルールなんぞとは無関係、ご自分の信ずるところを以ってローと為す、と」

「はあ、そうありたいと思ってはいますが、なかなか」

「若気の至りで入れ墨をする若者が多い昨今ですが、私の場合は若気の至りじゃ誤魔化せませんわね。いい歳をして噴火してしまって見境も無くイスラエルを飛び出し、全く正反対の世界へ飛び込んだ時の名残です。故国を捨てるだけじゃ足りない、自分の首と引き替えに故国なんてものをぶっ潰してやろうと、イスラエルの国章として誇示するモーゼ所縁のメノーラ紋様を首に入れさせたんです。でも、知ったか振りの入れ墨屋がこんな訳の分からないものにしてしまって、彫り直しもならず、でも、クロユリの花と思えなくもないことから、今ではむしろ敗残者の私にはお似合いと気に入っていますのよ」

「クロユリですか」

「私のスタッフ達は皆、私を高地に咲くクロユリだと言います。全くその通り。寒冷高地を好み悪臭を放って真っ黒に不気味に咲くクロユリは、私そのものです。そのクロユリが、今ではこうして南米アンデスの高地にまで出張って、可憐な白い花粒を付けるコカの木に邪悪な意思を託します」

「はてな、邪悪な意図を託すと仰るのは？」

「あのコカの花は五弁花、一方、イスラエル民族の心の象徴にヘキサグラム、六芒星というのがあります。国旗にあるあの幾何学文様だから、ドクターもご存知でしょう。ですが、始祖アブラハムまで遡れば、その頃の象徴はペンタグラム、五芒星でした。これを上下引っ繰り返しにしてデビルスターと呼ぶのは、これはご存じないかもしれませんわね」

「はあ、デビルスターですか。存じませんでした」

「まるで、ペンタグラムをもデビルスターをも打ち負かせとばかりに、ラテンアメリカに照準を合わせた途端に視界に入ってきたのがコカ。その花が五弁と知って、私も少々驚きましたわ。私の運命に取ってまことに示唆的じゃありませんこと」

　そう言って妖艶に笑うリュシー女史だが、その笑いは凍り付いた心さながらの冷笑でしかない。

その夜、リュシー女史と小松原の向かい合ってのテーブルは終始和やか、昼間は頬を緩めようともしなかったリュシー女史が、打って変わって明るい笑顔と蘊蓄の籠った談義で上機嫌。昼との落差の大きさに怯む思いの小松原だったが、おそらくこれも彼女流の計算の内なのだろうと、会話の途切れを見計らってリエーフの妹スーザサファロの名前を口にしてみた。だが、やはり巧みな話術で躱されて、肝心な部分では取り付く島もない。突然の話題に表情一つ変えないのは明らかに何事かを知るが故のこと、仕方なく極上のテキーラを舐めるようにしながら、今夜はもう降参するしかないと思いを切り替えた。

口の中でとろけるような白身魚の照り焼きにモーレをたっぷり乗せて味わえば、テキーラの良し悪しまでは自信の無い小松原にも、なるほどと料理のよさが頷ける。女史はにこやかな表情で四方山話しに興じながら、正した姿勢を崩すことも無くナイフフォークを巧みに使って魚の肉を口に運んでいる。頭から尾まで骨をそのまま残して見事なまでにきれいに食べ尽くしている様からは、まさにイスラエルの名家の出と言うのが本当、口で言うような今の境遇はどこまで本当かと、疑いたくなるような優雅な振る舞いなのだ。

引き換え、自分の皿はと見ると、これまた見事なまでに食べ散らかして、無作法極まりない。日本を出てからの独り生活では、食事のマナーどころではなかった小松原で、しかも、いつも何かを考えながらの研究者生活では、アイデアが閃けばテーブルをそのままに机に向かってしまうような日常だった。冷えた皿を次の食事に回してしまって憚らず、だが、思ってみれば、日本にいた頃は姉の喜久子からしっかり言われていたことだし、結婚してからはジェーンからやんわり注意されることも度々で、特に子供達の前では気を付けているのだったが。従って小松原にとっては、他人を交えた正餐ばかりは結構な負担を感じることであって、今夜はそれが貴婦人と向かい合いだからして余計困ったもの。

そんな小松原でも、リュシー女史の言う通り、極上の料理は心の潤滑剤になったようだ。気後れとテキーラの酔いで赤らんでいる顔を意識しながら、食事を終えた小松原は、今回ばかりは立ち合い負けと開き直る。ほろ酔い機嫌で外に待ってくれていた車に乗った時には、気疲れがどっと出て思わず知らず眠り込んでしまっていた。

三　サンタマルタ山の雪化粧

――シェラネバダ高地を翔る女性十勇士達――

何時の世にも、何処にも、山岳民族のそもそもが悲しい。社会の暴力の波が弱き民に及べば、虐げられ追いやられる民の足は山岳地方へ向かった。そこは、厳しい自然が砦となって根性無し共の足が向かない地。力無くとも根性ある者達にとっては、高地や秘境こそがささやかな幸せを見出すことのできる安住の地だった！

だが、グローバル化と称して、時間と距離の観念を失いつつある今様人間社会では、そうしたわずかな隙間社会の存在すらも叶わないか。

先住民族インディオ達の嘆きの行方は?!

翌朝、リュシー女史が外せない用でと姿を見せず、小松原は、それならば待たされる間に女史が頼みたいという新データセンターシステムの詳細を詰めてしまおうと、現状分析に取り掛かった。女史が小松原をわざわざこんな地まで呼び出したのは、デボラ女史から何らかの形で得た小松原情報に基いて、自分も技術の粋を集めた世界最強のシステムが欲しいと目論んだからに違いない。小松原にしては嵌められた感無きにしも非ずだが、こういう実戦的チャンスこそは大きな飛躍に繋がる、自分自身のためにもこれに乗ってみたいわけだ。

当然、彼女が感じた魅力の第一は人工知能を中核に据えた自律、自立性にあることだろうから、今直ぐにと言われればソーニアリンクのサイバーインターポールドメインの一部だけで要求仕様にミートするはずだが、いくら金を積まれてもそれをそのままハイどうぞというわけにはいかない。

――完全に他人の手に委ねてしまうものとなろうから、もっとずっとスリムでタフなものにしておきたい。少なくとも、ソーニアの生命線に当たる部分は分散したエレメントのマトリクスとすることでセキュリティーを強固にし、以後の健全性を完全にソーニアの自律に任せたい。オーナーの意思が健全であればソーニアは全く逆らわず、要求仕様に沿ってフルの機能を発揮しよう。不健全程度までは逆らうまいが、しかし、意図的な悪さにはおそらく従うまい。長年苦心してきたポイントの一つがそこにあり、オーナーがそれを受け入れなければそこまで。しかし、昨日一日見せ付けられたリュシー女史の激しくも理の通った言動から察するに、決してノーとは言うまい。――

聞き損ねたリエーフの妹の消息をどうやって尋ねたものか、そこも気になるところで、どうしても女史の口が堅ければ実力行使に及ぶしかない。もちろん、力尽くでは敵わないから、目の前のデータセンターの中枢へ入り込んで役に立ちそうな情報をこっそり攫ってしまおうということ。昨日のリュシー女史の様子からすれば、こちらの何もかもが向こうへ筒抜けていると思わなければならない。つまり、どっちもこっちもで罪悪感は帳消し。

と、腹を括って時計を見れば間もなく正午、朝食が多めだったので腹は空いていないが、取れる時に取っておくのが小松原の習慣、キッチン脇のパントリーを覗くと保存食の数々で満載だ。おそらく、リュシー女史自身の籠城への備えだろう。反対側の冷蔵庫に、小松原への心尽くしと思われるアメリカ風な食材が整っていた。チェダーチーズを切り分け、ベーグルに挟んで齧りながらソファーにひっくり返る。ナチュラルらしい瓶の牛乳で唾液不足を補い、昨夜は少々テキーラが過ぎたようだと眠気の差す頭をゆっくりと解した。

そうこうしているところへ、昨日の少年ドライバーが突然現れた。そっと開けた戸口で身振り手振りよろしく、何やらを訴えている。スペイン語、英語のチャンポンに現地語らしい言葉を交えて言っているのは、どうやらボスが空港で待っているからこれからそこへ案内する、付いて来いということらしい。

「ねえ、君、ゆっくり話してくれないか。ボスが空港で待っているというのはどういうこと?」

「ボスがあなた様をコロンビアへお連れします」

「ええっ、これからかい。それは困る。私は週末四日を無理に開けて出て来たんで、帰りが遅れると迷惑を掛ける人がいる」

「それはご心配なく。明日には戻って、明後日の便には間違いないようにちゃんとお送りしますから」

「ええっ、君は僕の帰りのフライトを知っている?」

「はあ。空港でのあなた様は、肩カバンの外ポケットを開けたままにして携帯端末やら小銭入れやらを突っ込んでおられました。こちらではとても不用心なことですので、自分が閉めました。その時、航空会社のバウチャーが見えましたので、そっと拝見しました。ごめんなさい」

「うはー、そうだったか。でも、ありがとう、ありがとう」

赤面の思いで少年を見やる。ほとんど口を開かない様子からそれなりな子かと思ったが、どうして鋭い感覚と使命感の持ち主のようだ。

「今日お持ちになるのはあのカバン一つでよろしいかと。お部屋もこのままで結構です。誰も入れませんので」

有無を言っていてはこの子に迷惑かと、不本意な気持ちを押し殺して身繕いし、そのまま少年の後に従った。

カンクン空港で路線の便に搭乗するものと思って気楽にしておったのだが、待っていたのはプライベート用らしい小型ジェット。シリコンバレーで成功した経営者達が時間節約のためにプライベートジェットで飛び回る様は承知しているが、あんなものより更に小型、飛行機に強くない小松原は大丈夫かいなと訝るのを横目に、待っていたリュシー女史は澄ましたものだ。

それだけでも驚きだったのに、女史に従って短いタラップを上がって更に吃驚、ほとんどスケレトンに近い簡素な機内には誰もおらず、促されるままに思ったより広い室内のソファーに掛けてひと息つく。と、一緒に対面席に座るものと思っていたリュシー女史は、そのまま黙ってドアー一つ隔てた操縦席へ入ってそのままドアを閉めてしまった。

――ええっ、女史が一人で操縦するの？　そんな。大丈夫かいな。――

思わず立ち上がって周囲を見渡す。ライフジャケットその他、緊急時用の備品は全て揃い、手の届くところの書架には新聞雑誌の類、小さなテーブルには作り付けの枠に納めて水に清涼飲料、アルコールの瓶が整然と並ぶ。ソファーの背にある冷蔵庫には出来合いの食料がいっぱいに詰まっているのだろう。

うろうろしていると、頭上のテレビモニターが明るくなった。映ったのは制服に着替えたらしいリュシー女史で、操縦桿に手を乗せて座る姿を斜め頭上から見る映像。

「うひゃー、あなたが操縦なさるんですか。しかも、お独りで」

「あらっ、ドクターはご存じなかったかしら。私は元空軍大尉、尉官がデスクワークで暇人なんてどこかの国のお話し。空軍にいて戦闘機の操縦が出来ないんじゃあ示しが付きませんわねえ。それに、ジェット戦闘機に副操縦士は邪魔、独りっきりのコクピットだからこそ必死で生き残りの作戦を敢行できる、そのためには先手必勝、先ずは目の前の敵を撃墜しなければ自分の命が無いんですから」

「はあ、なるほどそうですか。私は兵役の経験が無いものですから、ご免なさい」

「いえ、それでよかったんですわ。私は長年の軍隊経験のお蔭で人間性を喪失しました」

「――――」

「さっ、それでは後ろの座席に座ってベルトをお締め下さい」

轟音を上げてゆっくりと動き出したまではまずまず、ところが、アプローチに入った途端に激しい振動に襲われ、バイブレーターの上を滑る感触で椅子の腕にしがみ付く。滑走路に入って少し滑らかになったが、それも束の間、ガガーンと衝撃が走って体が椅子の背に押し付けられ、強烈なGで頭を回すこともできない。やがて地面からの振動が無くなって急上昇に移ったらしい。衝撃で気持ちが一瞬遠退く。まさに心臓が口から飛び出しそうという感覚だ。やれやれと思ったが、そこからが更に酷い。突然に無重力状態の空間に投げ出されて、恐怖感に思わず呻きが漏れる。

「ドクター、大丈夫ですか」

スクリーンからの声で見上げれば、操縦桿を両手で引きながら横目で見上げるヘルメット姿の女史だ。

「ああー、大丈夫じゃありません。私はこういうのに弱いんですよ。あまり虐めないで下さいよ」

「ごめんなさい。この空港ではプライベート機には短い滑走路しか使わせてくれなくて」

「そうですか。それにしても」

「それでは少しだけ、管制官に怒鳴られない程度に航路を加減しますわね」

すると、体の浮遊感覚が収まり、やがて耳を覆いたい程のエンジンの騒音も少し静まって、小松原はようやく生きた心地を取り戻した。

「ああ、驚いた。元戦闘機乗りはこれで平気なんですか」

「いえいえ、戦闘機はこのもっと何倍も」

「でしょうね。やはり私は軍隊向きにはできていない。この歳でお恥ずかしいが、怖かった」

「ふっふ、ドクターは何事にも素直なお方」

「まあ、あまり冷やかさないで下さい。ところで、私をコロンビアまでお連れ下さるキャプテンリュシーの本日の目的は何ですか」

「はい。ドクターにはこちらの一方的なお招きに応じていただけた上に、こちらの要望も快くお受けいただけそうですので、今日は私からの心尽くしのお返しです」

「はあっ、お返し？　はて、私はあなた様に何も頼んではおりませんが」

「はあ、ドクターは慎み深い点でも特別なお方。でも、ビジネスはギブ&テイク、私だってあなた様にお返しをしなければ気分が落ち着きません。本日はそのために無理を申し上げました」

「それはどうも、大変ありがたいことです。ですが、私は研究馬鹿の直截な人間でして、あまり回りくどいのは性に合いません。私が存じ上げる素晴らしい方々は、何方も先制攻撃が得意なお方ばかり。あなた様もそのようなお方と見えて、昨日からきりきり舞いさせられっ放しです」

「それぱかりはお詫びするしかございません。私らのようにすること成すこと命と引き換えのようなことだと、勝つ手がそれしかございませんで、こんなやり方が身に染み付いてしまっていまして」

「それはまあそうでしょうが」

「私にとりましては、ドクターのようなお方が一番苦手、まあ、お互い様にして下さいませな」

「はっはっは、そりゃあそうですね。分かりました。ならばもう何も申しません。まな板の鯉です」

「はあ、何でしょう。それは」

「あなた様がカッティングボード、私はフィッシュでして、煮るも焼くも如何様にもどうぞという意味です」

「それはいい。でも、私がナイフを入れようとすると、潮を跳ね掛けてお逃げになるなんて……」

「いえいえ、それはありません」

「よかった。で、今日ドクターにご足労願うのは、ミスデボラノアムとミススーザサファロにお会いいただくためです」

「ええっ、ミスデボラとミススーザ？　その人達に会えるんですか」

「はい。それがドクターのご意向に沿うことと思いまして」

「うひゃー、そこまで知られてしまっていますか。ということは、もうあなた様はミススーザのこともご存知なんですか」

「はい、存じております」

「何とまあ。それなら昨日の席でお話し下さればよかったのに。私はそれを口にするタイミングが無くって、ヤキモキしていたんですよ」

「はい、その点はお詫び申し上げます。今の私共は気軽に身分を明かせるような状況ではありませんので。それで、あの後で二人と連絡を取ってみましたら、デボラがぜひともスーザをドクターに引き合わせてやってくれと申すものですから」

「そうでしたか。いや、詰まらぬ愚痴を申し上げて相済みませんでした。何分にも、あなた様方の先制攻撃は特段、恐れ入るばかりです」

「ただし、お会いいただけば私らの背景も何も全てあなた様に分かってしまう。だからここは、私の方から全てをお見せして、あなた様の心にご自分からカギを掛けていただくよう期待する、そんな算段での今日のフライトとご了解ください」

「了解ったって、そんな。私の性格を突いての仕掛けでは、逆らうこともできない」

これには、リュシー女史は頬を緩めたようで、ヘルメットを外してテレビカメラに視線をよこす。

「さあ、如何です。気分が戻りましたか。ジェット機は早くていいんですが、お乗りになる方によってはお気の毒で、まあ、こういう時には冗談がいい薬でして」

――うはあ、やはりそうだったか。これではもう、まるで観音様に孫悟空だ。――

「スピードを下げても四時間ほどのフライトですから、どうかテーブルのお飲み物でお寛ぎ下さい。今日のスケジュールに何も危ないことはございませんから」

それではと、小松原は座席に身を沈めて目を瞑ってみる。水平飛行に移ってからの機体は実に静かで、自分が今成層圏を弾丸のように飛んでいることの実感がまるでなく、そのまま眠り込んでしまった。


再び激しい轟音と振動に襲われて目が覚めると、機体は既に着陸態勢に入っていた。強烈なGで体が前方に押し出されるのを懸命に堪え、ようやく停止して、ほっとする気分でタラップを降りる。だが、降り立って周囲を見渡してまたまた驚いた。迎えの者はおろか空港関係者らしい者もおらず、空港屋舎らしい小さな建物までの視野に人影が入ってこないのだ。左右には曲がりなりにも整備された細い滑走路が二本だけ、これだと小型プロペラ機用のプライベート空港施設か。そこへ、小さいと言えどもジェット機で着陸したわけ？

小松原の鞄を持って滑走路を横切り、そのまま屋舎に向うリュシー女史を慌てて追って、小さなゲートを潜るとようやく人影が数人、いずれも女史と同じような制服制帽姿の女性だ。だが、小松原が見慣れるパイロットや兵士のそれとは少し違い、ゆったりとした丈長ズボンに裾の短いジャケットで上半身を締めた、いかにも活動的な制服。おそらくリュシー女史配下の部隊員であろうか、女史を出迎えのようで、一列横隊をびしっと決めている。休めの小さな号令で隊列が緩むと、先頭の一人に小松原のカバンを預けながらリュシー女史が振り返った。

「ドクターコマツバラ。ご存じでいらっしゃいますわね」

そう言われて更に吃驚、先頭で号令を発していたのは、印象は少し違うがあのデボラノアム女史ではないか。

「ドクターコマツバラ、お待ちしておりました」

またもやの先制攻撃、ええっと目を向いて見直すが、小柄で年齢不詳の容姿はやはりデボラ女史だ。これまでカリフォルニアで数回会ったが、いつも穏やかなスーツ姿だったから、打って変わった目の前の精悍な制服姿の意味が理解できない。またまた、リュシー女史のでんぐり返しにしてやられた！

「あなた、ミスデボラ。私を待っていた？　でも、どうしてあなたがこんなところに？」

「はい。ずっとご連絡せずに申し訳ありあせん、ドクターコマツバラ。今の私、事情がありまして追われ者となり、ご連絡しようにも無いない尽くしのような毎日でして」

「はあ、その様ですな。何だか、危ない火遊びをなさったとか」

「はい。知らなかったものですから、リュシーさんに近付くために近道をしようと、地雷原を素足で歩いてしまいました。すんでのところでリュシーさんに手を伸べていただいて、危うく難を逃れました」

「それはよかった。まずまずでしたね」

カリフォルニアで聞かされたラテンアメリカ潜入の意図はいったい何だったのか、小松原としてはそこを聞きたいのだが、話しはリュシー女史に遮られた。

「さあ、デボラ。話しは今夜にでもして、あなたの要件を」

「はい、分かりました。ドクター、こちらがスーザです、リエーフサファロ君の妹さん」

「ええっ、何ですって。リエーフの妹さん？」

突然のデボラ女史の出現さえ思いも掛けないことだったのに、一番の懸念材料だったリエーフの妹と聞かされては、とっさの判断が追い付かない。

「はい、探しておられたスーザサファロさんです」

そう言ってデボラ女史が肩に手を伸ばすのは、二番手に控えて緊張気味の若い女性。デボラ女史より頭一つ抜きん出た堂々たる偉丈夫に制服がよく似合い、その精悍な容姿は、なるほど、自国では優秀な少年戦闘員だった兄リエーフの雄姿を彷彿とさせる様だ。

「あなたがスーザさんですか。またまた驚かせてくれますねえ」

ここは精一杯に虚勢を張って驚きを隠すしかない。

「はい、スーザサファロです。デボラさんから兄のリエーフがお世話になっていることを詳しく伺っております。そして、兄が私の生存を知って一生懸命探してくれていることも」

「そうなんですよ。リエーフ君はご家族皆さんの不幸の種を自分の身勝手で作ってしまったと、ずっと罪の意識に苛まれて生きてきた、ところが妹さんだけは生きておられると知って、居ても立ってもいられない気持ちなんですよ……」

――しかも、あなたが山岳部族のならず者の手に掛かって辛酸を嘗めさせられていると聞かされて、お兄さんのリエーフは、一時、心神喪失に陥ってしまったほど……――

と口にし掛かって止めた。あまりに予想外なことばかりで、ここは迂闊に物を言わない方がいいと、頭のどこかで辛うじてブレーキが掛ったのだ。

小松原としては今の彼女が兄のことをどう思っているのか、直ぐにも有り体のところを聞きたいのだが、その場の雰囲気に押されて黙るしかない。

「そして、若手五人組、こちらへ」

デボラ女史に促されて、三番手以降の女性達が前に出て挙手の礼をする。モンゴロイドの血が濃いと直ぐにも分かる、小柄で黒髪、黒い瞳の現地人女性達だ。歳は行っているのかもしれないが、小松原の目には小麦色に日焼けした愛くるしい少女達としか見えない。

「ドクターコマツバラ、こちら、コロンビアでの私達の仲間です。協力者というか同志というか、でも、私達はそんな時代掛かった形の組織ではありませんから、当然そうした呼び名も避けております」

「はあ、そうですか。なるほど……」

「今日はドクターをお迎えの為に、全員揃いの格好をしていますが、日頃はもっとラフなんです。お気になさらないで下さい」

「はあ、なるほど。しかし、今拝見するあなた方の一挙手一投足は、やはり軍規に基く統率のスタイルを踏襲した動きではありませんか。それに、カリフォルニアでお会いした時のあなた、デボラさんは、故国軍部の意向を受けて、その……、なんですか、中南米でのビジネス基盤を作るために身分を偽るまでして云々と、大層な申しようをされていたはず、そこはいったい、どうされたんですか」

本当は、リュシー女史をダシにするはずのあんたが逆にダシにされましたか、と、精一杯の皮肉を投げ付けてやりたいところを、ひと呼吸置いて我慢する。

「はあ、そのつもりでした。でも、こちらに来ていろいろと見聞しますと、事はまた少し違って見えまして」

「何がどう違うと」

「特命を受けた時に軍幹部からもらった情報は表向きなものだけでした。裏には結構いろいろなことが隠されていました」

「そんなああ。私はあなたから並々ならぬ決意を聞かされて、しかも、いろいろなＩＴ商品をパッケージにして欲しいと言われて、すっかりその気になっていたんですよ」

「それは嘘ではありません。ちょっとだけ形が変わってしまいましたが、ドクターのお手を借りたい気持ちは、今もその通りです。大事な誤りは一点だけ、……」

デボラ女史はリュシー女史に目線で問い掛けながら口渋る。

「ドクターコマツバラ、その点も含めてディナーセッションとしましょう」

リュシー女史にそう言われて外を見れば、もう陽は山の端に沈んでしまったようだ。

「ドクターコマツバラ。フライトの後でお疲れかもしれませんが、明日のお帰りのスケジュールが詰まっています。今夜のお泊りはこの施設内ですので、お部屋でちょっとだけ休まれてシャワーなどお使い下さい。その後直ぐにビュッフェでの夕食にしましょう。それぞれ勝手に取りながら、その間にこの人達のプレゼンテーションを三題ほど用意しています。それで以て、ドクターには我々のここでの活動諸々がお分かりいただけるはずですので」

「はあ、それはありがたい。勉強させて下さい。何分にも、想定外のことばかりで右も左も分からず、少々ストレスが溜まっておりまして」

「ドクターにも演題を一つお願いしたいところですが、何分にも時間が限られておりますので、改めてまた機会を設けます。若いメンバーに聞かせたいのは、昨日ちょっとだけ申し上げたグローバルネットワークステーションの構想のことですが」

「はあ、そうですね。私も心の準備がありませんから、またにさせて下さい」

昨日､リュシー女史の口から聞くことは聞いたが､小松原としては内容を詰めて無駄なくやりたいと思っていたところだ。デボラ女史の顔付きはといえば、もう小松原の助力を取り付けたものと踏んでいるようで、何ともはや。

現地人メンバーの中心らしい一人に案内されて、空港に沿って眺望が開ける二階部屋で旅装を解いた。

日がとっぷりと暮れ、寄せる夕闇の中にサボテンや低灌木が群生する荒野が広がり、その先遥か彼方には雪を頂くらしい山脈が連なって、どうやらこの空港自体がかなりの高地に位置するもののようだ。滑走路の方に目をやってまたも仰天、降りた時には夢中で気付かなかったが、細く短い一本だけの滑走路が、なんと山の斜面に向かって傾斜して見えるではないか。曲がりなりにも舗装されているようだが、目視で分かるほどの斜度で、多分、これで離着陸の距離を稼いでいるのだろうか。もぐりかもしれないプライベート空港にしても、パイロットの技量が特上でなければ間違いなくクラッシュ事故だろう。しかも、高地らしい風が谷方向から吹き付け、眼下の荒れ地が波立つほどだ。おそらく、空母の飛行甲板での離着陸どころの難しさではないはず。

——ヒェー、これであのジェット機があんなにスムーズに降りられたのかよ。ということは、リュシー女史の操縦の技量は並ではないということか。イスラエル空軍の猛者とはこれほどまでのものか。——

たった今、自分がそこに着陸した時の騒々しさを思い出して身震いしながら窓際を離れ、手短にシャワーを済ませてラウンジへ下りた。

リュシー女史以下、若手全員の拍手に迎えられて松原が正面の席に着く。

「ここは公には知られていないプライベート空港でして、常駐はここにいる現地人女性が五人だけ、運営の全てを彼女達がやってくれています。今夜の食事も、彼女らの自給自足の食材によるもの、お気に召さないかもしれませんが」

「いえいえ、とんでもない。昨夜も申した通り私は食べ物音痴で、特技は何でも美味しくいただけることでして」

促されるままにキッチンテーブルから大きめのプレートを取り、ショーケースの飲み物や前菜、メインデッシュ、デザートまでを盛り合わせて席に戻る。待っていたように壁の一角の天井照明が消え、スライド画面が映し出された。それに向かって立ったのは、最も若手らしい現地人女性。既に食事を済ませていたようで、水のグラスを片手に投影機を操る。

プレゼンテーションのテーマは、コロンビア高地原住民の今、演者名にローリークリスティンとある。

「私が今こうしてリュシーさんと行動を共にしている背景をお分かりいただくには、私共原住民族インディヘナ、ドクターコマツバラにはインディオの方が馴染みでおられるかと存じますが、その私共が直面している高地民族社会の崩壊寸前の実態を知っていただくのが、手っ取り早いかと……」

先住民族の出である自分の口から述べることに逡巡を覚えないではないがと、言い訳気味に始まった話しの趣旨は、小松原の眠気を吹っ飛ばすに十分だった。

十枚ほどの図と写真を使ってのプレゼンは単刀直入で淀みがない。しっかり身に付いた知識で余程自信のあることでなければこうは行くまい。

わずかここ数十年の間に起こっている地滑りのような高地農民の生活環境の破綻、その悲劇の大元を遠く辿れば、数世紀前のヨーロッパからの侵略の手だったことは誰もが知るところ。幾多の原住民社会は、先進ヨーロッパの憂うべき植民地政策と奴隷制度の犠牲となって、根こそぎ絶滅して行く。犠牲者の数、百万のオーダーに上る大虐殺であった。

そもそも、南北アメリカ大陸がアジア大陸に地続きだった太古からの住人がモンゴロイド系民族、その彼らが何万年にも亘って連綿と紡ぎ繋いできた南北アメリカ大陸の人類史が、大航海時代と称される高々一、二百年の間に、コーカソイド系侵略者達の手で敢え無く途切れてしまったわけだ。

大航海時代が終わり、北米大陸への侵略者達はフロンティア精神を旗印に合衆国を建国、世界のリーダーたる地位を不動のものとしていく。その一方で、広大かつ地域性の多様な中南米大陸は、如何な乱暴狼藉者共の手にも余った。高地乾燥地域や低地熱帯雨林地帯の奥に追いやられたことで絶滅を免れた先住民族の子孫は、細々ながらしっかりと命脈を保ち、貧困の中にも精神性豊かに、先祖の天地崇拝の伝統に従ってしぶとく生きてきたのだった。

コロンビア一帯のインディヘナ部族もまた同様の運命を辿り、外から見れば人間社会の進化から取り残されて旧弊紛々たる様であったにしろ、素朴で純粋で天地自然と共に生き、貧しくとも穏やか、独特な地方文化の担い手だったのだが。そんな先住民社会がコロンビアの辺地、中南部アンデス高地や北部シェラネバダ高地に幾つも散在し、ただ、今はその総勢にしても十万人にも満たないあり様。

プレゼンターのローリークリスティンは、絶滅を免れた北部高地の一部族の出という。

ちなみに、ヨーロッパからの侵略者達の暴虐の苛烈さを大枠で見れば、アフリカを除く南北アメリカ大陸だけで一億人に届いたほどの原住民の数が、侵攻のあった百数十年の間に百万の台にまで減少、どう見たって根絶やしとしか言えない現実であった。そして、これが有史前の蛮族間のことであればいざ知らず、人類史では近世に入るところのわずか二、三百年前のことという呆れた事実なのである。

そして、辛うじて命脈を保ってきた生き残り部族達の地域を襲った、更なる災厄があった。渡来系白人社会に押し寄せた近代化の波、伴って生じた貧富格差の拡大のシワ寄せが農村部に及んだのである。都市部のアブレ者達は、農村部に流入して先住民達を圧迫。そのことは、元々自給自足でしかなかった先住民族達が、ようやくにして得たコーヒーを中心の栽培農業で息を継いでいたところに、コカ栽培という厄介な魔物が憑く要因を作った。

コカとは、元々、先住民族達にとっては祈りの場に必須な道具立てとして重用されてきた野生のもので、これが、アヘンよりも扱い易く毒性も穏やかかとして白人社会に流出、たちまちにして特大の裏産業にまで成長する。白人達が牛耳るコカインビジネスで、結局、そこでも農村部は外からの搾取に泣かされるのみだった。

しかし、そこまでのことはしぶとく堪え得た土着農民達も、コカインカルテルなる強大な非合法組織が登場するに及んでおかしくなる。コカインの最大産地はコロンビアから南方、エクアドル、ペルー、チリーと伸びるアンデス山脈の中央部山岳地帯、一方の最大消費地が北米、その流通の中間点としてのコロンビアの地の利が、特段の意味を持ったのだ。折りしも、それまでコカイン流通の主役であったキューバが共産主義革命で撤退、代わってコロンビアがビジネスの主役となる。こうなってみればもう何をか言わんや。山岳農民達に取ってはまさに悪夢でしかなかったのだ。

そこまで一気に話しを進めたローリーは、やや被害妄想的論調に偏り過ぎたと思ったか、ひと呼吸してトーンをダウンさせた。

「こうした現実を前に、私達が何を為すべきか、何ができるか、残念ながらこれまでの私は、自身でこれに対する問題意識を持つことはありませんでした。勉学なんぞに無縁、外の世界と無縁、ひたすら自然の恵みを糧に生きることの大切さのみを教えられて育った私らです。しかし、やがて窮して通じた私の親達世代の何人かは、凄まじいばかりの変化で進む外の世界から無縁でいることの危うさに気付いて、子供達を放逐しました。やがて滅びる部族と運命を共にするのは我々まで、お前達は山を下り、自分の裁量で誇りを持てる生き方をせよ、と、否応無しの縁切りでした。ちょうど、自国内の麻薬禍一掃のためとして、予てからこの国の政府に圧力を強めていたアメリカ政府が、しびれを切らして供給網の主犯であるコカインカルテルを叩き潰せと最後通告してきた頃のことです。あれからまだ十年足らず、なるほど、当時の主なカルテルは影を潜めましたが、結局、絶滅からは程遠く、その後の実態は残念ながら何も変わっておりません」

そう言ったなり、ローリーは声を詰まらせて背中を向けてしまう。再び前を向いて顔を上げた時には顔が白んでいた。

「私共の部族もその時の抗争に巻き込まれ、私の父はトバッチリで命を落としました。窮してから通じたんでは遅過ぎたんですね。それでも、苦難はそこで終わりとはなりませんでした。目立つほどの大きなカルテルは解体で消えましたが、代わっての闇の裏方達の群雄割拠です。目立たないだけでやっていることは以前と何ら変わらない。それどころか、目立たないことをいいことに下劣さはいや増しているんです。泣かされるのが貧困農民達であることも相変わらずです。

そしてそこに、更なる邪虫が入り込みました。為す術無く喘ぐ貧困農民達を取り込んで、己が勢力拡大を図ろうとする外からの武闘組織です。地元南米各地の組織は言うに及ばず、御し易いと分かれば世界中の不穏な輩が触手を伸ばす。そんな中で今最も厄介と目されるのが中東アラブからの侵入者達で、真っ当では得られない自分達の活動の資金源として、コロンビアのコカイン産業にまで目を付けたのです。困ったことに、彼らは、神の意志を全うし社会の悪を正さんがための戦い、それぞ聖戦なり、従わぬものは神の意思への冒涜なり、と、甘言と脅しの両団扇で困窮農民の若者層を煽る、煽られる側はいかにも尊い行いとばかりに、武器弾薬を手にするのを躊躇わない。そういう厄介な構図なんです」

そこで話しを終えてスライドを落としたローリーは、おもむろに正面に向き直る。

「親に捨てられ部族を放逐されてからの私は、ここにいる何人かと共に流浪した末、今は、先住民族達の生活安定と復権を目指して、何をどうすべきかを勉強しております。そして、それもこれもリュシー大尉殿始め仲間の皆さんのお蔭、右も左も分からない私共を拾って勉学の機会を与えて下さったお蔭なんです。最近では、ようやくいろいろなものが見えてくるようになりまして、これればかりは、感謝してし切れるものではありません」
臆することも無くプレゼンを終わって腰を折り、静かに質問を待つ少女の面影のローリーに、小松原はただ脱帽だ。

――日本を捨て、米国社会の自由と寛容の精神を学んで今に至る自身の経験に照らして、この人達のまだ始まったばかりの人生はまさに仰天、とても比べられるものではない。スピーチの論旨、論調にしても見事と言うしかなく、誰からの口移しでも付け焼刃でもないとはっきり分かる潔さと迫力だ。まだ少女の趣のこの人物の自信は、いったいどこから来るのか。――

小松原としては、内容に対する質問よりも、演者の出自や学びの詳細などを聞きたいところだが、それを許す場の雰囲気ではない。黙っているのも礼を失するかと、ひとつだけ遠慮がちに口にしてみる。

「ローリー様、大変示唆に富んだ迫真のお話し、本当にありがとうございました。まだ学びの途上と仰るあなた様の現状認識の確かさには、驚きと共に感銘ひとしおです。ご立派です。そこで一つ、もし、今あなた様が神の力を与えられて一つだけ願いが叶うとしたなら、何をお望みですか」

ちょっとだけ首を傾げた女性の顔に、はにかんだ笑顔が浮かぶ。

「一つだけなんて、神様は意地悪です。したいことが多過ぎて……。本心を言えば、母のことが心配。今直ぐにも母の下へ飛んで帰りたいんですけど、それではただ叱られるだけです。ですから、今はこの許された環境の中で目一杯に学び、一日も早く自分が為すべき本当の目標を見付けたいと思います。それが見付かれば、私は命を懸けてでも役割りを果たします」

少女の域くらいに思っていた女性からこの力強い決意の表明を返されて、聞かずもがなのことだったと、小松原は顔の赤らむ思いで感謝の意を表する。それに深く頭を下げ、仲間の席を回ってハイタッチしながら自分のテーブルに戻って居ずまいを正す女性の横顔は、改めて見ても、やはりまだあどけなさが残る素顔ではないか。

誰の司会によるものでもなく続いて演者席に立ったのは、あのリエーフサファロの妹と紹介されたスーザサファロだ。この場のために余程準備をしていたものか、自己紹介から始めて持ち分のテーマに入るスーザの話し振りは澱まず、堂々として臆するところが無い。前のローリーといい、あるいはこうしたことが日常となっているんだろうか、それだとしたら彼女達の学習レベルは並みではない。

「それでは私、スーザサファロは、自分の出身地中東山岳地帯の今を見ながら、なぜ私がこのコロンビアの地にいるか、そして、私のこの地での役割りは何か、自分自身の心の箍を締め直す意味も含めてお話し申し上げます。なお、主題に入る前に、ミスデボラからドクターコマツバラにお聞きいただいておくようにと指示のありました、私個人の出自に付いて簡単に触れます」

スライドを点灯して壁を背に真正面に向き直る。

映し出されたのは雪を冠した高峰の遠景。麓の荒涼とした砂漠に立って、昇る朝日を背にして写したものであろうか。正面にデーンと聳え、なだらかに弧を描いて下る稜線の長さからして、弧峰というに相応しい威容だ。小松原の脳裏に、一瞬、もう四十年ほども前、船で故国日本を出た時に、東京湾から涙目で眺めていたあの富士山の記憶が蘇ってきな臭い気分になる。

「これは私の母国アルメニアの西方、トルコ国境に聳えるアララト山です。大平原に忽然と聳える大小二峰からなる山で、私達はその姿を聖なる峰として日夜崇めて育ちました。アルメニア人の多くはキリスト教徒、次に多いのはイスラム教徒でして、旧約聖書の創生記に書かれた聖者ノア、またはヌーイに所縁の山です。アルメニア人にとっては心の故郷、心の拠り所である聖山です」

なるほど言われて見れば、主峰の左手、なだらかに続く稜線の途中にこれまた雪を冠った小さな峰が見える。アララト山ならば、小松原がしばらく前に衛星写真で上空から詳しく見た山だったのに、地上からの姿は念頭になかった。

続いて二枚目のスライド。

「そして、これが先ほどミスローリーがお見せしたものと同じ景色で、コロンビアの北方、シェラネバダ山脈がカリブ海に尽きる辺りに聳えるサンタマルタ山、別名クリストバルコロン山です。彼女達の故郷である山岳農民が住む地は、この山麓の東南一帯に広がっております」

二人は視線を交わして頷き合う様子だ。

「私は、故あって故国アルメニアの共産党政権から追われて亡くなった家族の、唯一の生き残りです。つい最近になって、この地でミスデボラノアムにお会いし、これまで生死の分からなかった、というより、生死を知るのが怖くて探さなかった、兄リエーフサファロの消息が分かり、兄が生きてアメリカに亡命、本日のお客様のドクターマサトコマツバラ始め多くの方々のご支援でしっかりと立ち直っていると知らされました。複雑な思いも無いではありませんが、唯一の肉親である兄で、嬉しさは喩えようもなく、心から御礼を申し上げます」

そう言って小松原に改めて向き直り深々と頭を下げる。

――ええっ、ということは、彼女はもうすっかり兄リエーフのことを知っているわけ？　すると、あれだけ気を揉んだ我々の右往左往はとんだ茶番劇だったのかよ。デボラ女史は、いくら通信できない環境だったにして、何か手段があっただろうに、何で早くそう連絡してくれなかったの。そもそもお兄さんのリエーフは、妹のあなたが身を売られて不幸のどん底にいると聞かされて、もう狂乱せんばかりにあなたのことを心配していたんですよ！　いったい、何が本当なんですか――

名指しでお礼を言われて、小松原は思わず声を出してしまいそうなところだが、スーザの表情は淡々としていて口を挟むのが憚られる。黙って頭を下げた。

「ミスデボラから伺った兄の情報諸々のうち、大事な一点に誤解がありますので、そこを申し上げて更なるお詫びを申し上げたく存じます。ミスデボラから、その旨しっかりと申し上げるよう言い付かっておりますので」

「────」

「兄は、家族の不幸の全てが自分の共産党政権への裏切りに始まっているものと信じて自分を責めているようですが、それは違うんです。そもそもの始まりは共産主義思想にどっぷりだった父が、政権中枢に深刻な腐敗のあることを咎め立てしたことにあるんです。連邦衛星国アルメニア内だけのことであれば穏便な始末の仕方もあったでしょうが、これが連邦政府の根幹を揺るがし兼ねない不祥事に連動していたために、連邦からの横やりで政府は下級官僚だった父に圧力を掛けました。政権を信頼して上級を目指していた父は、散々悩んだ末に口を閉ざします。しかし、一度睨まれたらお終いという言葉が常識的な共産党内人事で、父は生かさず殺さずの処遇に追いやられます。そして厄介なことに、そうした政権内の空気は共産党幹部候補生として頑張っていた兄の処遇にも及びました。当時、家族にすらも漏らすことを許されなかった父は全てを自分の心内に秘めていまして、そこを知らずの兄は思うように行かない自分の境遇に悩みます。同朋の中でも目立つほどに明晰だった兄の目は、やがて外に向くようになり、そこで知ってしまったのが全ての点での彼我の違いでした。つまりこれが、兄の出奔の本当の背景で、どうにもならない運命の糸に操られてのことだったのです」

「そうだったんですか」

「父の件が下火になりかけていたところに、政府に対する兄の裏切り行為です。その後の成り行き、つまり、政府の追及の過酷さ、その結果の惨さは、推して知るべしです。父の投獄、獄死、それでも足りないとばかり離散した家族もまた追及を受けて収容所送り、これも早晩の死を意味しました。まだ子供だった私は母と行動を共にするしかありませんでしたが、先の分かってしまった母は私を他人の手に委ねました。これもまたどういう意味か分かってのことでしたが、敬虔なユダヤ教徒だった母は、心が全て、神様の御前では身の穢れも苦痛も取るに足らず、心を神様にお預けして無心におなりなさい、やがては救いが得られるから、と、私を草叢に隠して北へ追い遣られて行きました」

「そんな酷いことが！」

「それからの私の成り行きはもう決まったようなものでした。河原乞食に一時、ならず者達の使いっ走りに一時、そして、私が女になったと分かるや直ぐさま身売りに出されました。その間数年、私は母の言葉を胸にひたすら生きることの苦痛を忘れ、心の内にアララトの山を思い浮かべては必死に堪えました。そして、御山の上に神様のお姿が見えるようになったと思った時、神様は私に別の生き方を下さったのです」

「――――」

「全く偶然のことで部族を抜け出すチャンスを得て、仲間の一人と共にならず者達の警戒の裏をかいて出奔、追っ手からようやく逃れることができたと思いました。でも、それまでの苦役ですっかりガタの来ていた足腰は言うことを聞いてくれず、途中で性根を失って森に迷い込み、そのまま倒れてしまいました。

どのくらい気を失っていたのか、夢現の中で悲し気な笑顔の母が差し伸べてくれる両手を摑もうともがきながら、私は耳元に叱咤する母の声を聞いた気がして正気に戻りました。気が付けば、私を抱き起して下さっていたのは母ではなく見知らぬ方で、頬を叩きながら呼び掛けて下さっていたんです。そのお方がリュシーシュアブ大尉殿でした。

そこはアララト山からはずっと北へ上った山脈地帯の一角で、私は神様のお導きのままに聖山の周囲を何百キロも歩いていたことになります。でも、その間の記憶がまことに朧で、神様は、多分、縋ってばかりではいけない、自分の足でしっかり立って歩けと仰っているに違いない、と、そんなことだけを考えて歩き続けていたような気がします。

その後、大尉殿のキャンプでしばらく休ませていただき、一人で外を歩けるまでに心身が回復して初めて目にしたのが、青空の下、大尉殿の号令一下、整然と鍛錬に勤しむ若い方々でした。私の知る兵隊さん達の様子とまるで違っていたのは、若い人達の着ているものが私服で、民族衣装風だったり誰かのお下がりと分かる粗末なものだったり、皆、それぞれだったんです。でも、その方々の動きはまるで無駄がなく、バックの音楽無しに小さな号令が大尉だけでなく隊列の間からも鋭く発せられて、兵士全員がそれに従って鋭く滑らかに地面や宙を舞う、紛れもなく洗練された格闘技の統率された技でした。

後で分かって驚いたのは、そこが、それほど広くない山懐に家族一緒だったり独り者だったりして生活を共にする、開放的な雰囲気の、総勢僅か千人にも満たない部族のキャンプ地だったんです。部族内は実に物静か、時に人気を感じなかったりしたのは、皆さんが屈強な兵士でありながらそれぞれに周辺で農耕や狩猟に励み、自立自衛の日々を営む方々ばかりだからと分かりました。間も無く私もその方々のお仲間に入れていただいて農兵としての訓練には励み、やがて、周囲の方々に伍していけるだけの気力体力を取り戻すことができました」

「そうでしたか。若いあなたがそこまでの……」

「その後はもう必死で、神様の下された生の意義を全うするまでは絶対に他所見しないと、自衛部隊の方々に混じって様々なことを学び、そして今では部族の大事なことも任されるまでになりました。部族には歳の召された長老様がおいでですが、私は、ナンバーツーで具体的な舵取りをされている大尉殿の近くに置いていただいて、そのお陰で外の世界へも勉強のチャンスが広がり、今は部族の情報化戦略チームに加えていただいております」

「――――」

「さて、ドクターコマツバラにお聞きいただくには不十分過ぎましょうが、早晩、分かってしまわれることですから自分のことはこの程度にして、シュアブ大尉殿の指導の下、今の部族が目指すところ、例えば、中東からは地球の正反対になるこのコロンビアの地に、何を企図して活動しているかについて触れさせていただきます」

ようやく聞きたいテーマになって、小松原は姿勢を正す。

「部族の長からここ中南米でのビジネス展開の構想を聞き、現地責任者を私にとお話があった時、私はビジネス分野に明るくないことを理由に辞退するつもりでした。しかし、ビジネスを抜きにしてでも現地を知っておくことは情報を担う者にとって必要だとリュシー様に諭されて、一か月ほどこちらに滞在したことがありました。その時、こちらへ参って先ず目にして思わず体が震えてしまったのが、海岸線から見たこのサンタマルタ山の威容でした。赤道直下にあって標高５７００《メートル》と少し、山脈の突端に万年雪を冠って聳え立つ弧峰です。頂上から東南に下る稜線の中程に小峰があり、これが、大小二峰からなる故国アルメニア平原のアララト山と、まさに見紛う光景でした。初めて見た時には一瞬混乱し、もう十年以上も帰っていない我が家に戻ったような錯覚を覚えてしまって、思わず私は、ただ今帰りました、と叫んでいました」

「――――」

「囚われの身だった頃には聖山に向かって拝む自由すら与えられず、リュシー様に助けられて再出発を心に誓ってからは過去にすっかり蓋をしたつもりで、故国のアララト山を思い出すことすらしなかった私でした。そんな私の眼に突然に飛び込んできたサンタマルタ山の峻厳なお姿です。その時私は、自分ではどうにもならない運命の糸ってあるんだと感じました。生まれ故郷は捨てさせられ、拾っていただいた部族の地がその代わりと思うようにしていた私でしたが、南米のこの地にまで神様の意図は繋がっていたんです。地球の反対側になるここそが、神様から下し賜った私の再出発のための新しい故郷だと思いました」

「なるほど、そうでしたか」

「私は、部族の実質的な舵取りをなさるリュシー大尉殿の分身としてこの地でご期待に添いたいと申し上げ、参ってからもうかれこれ数年にもなります。今の私は、リュシー様のクラスター ネーション構想実現の第一歩となるべく、現地メンバーと共にこの地でのネットワークを作り上げることに専念致しております」

「クラスター ネーション？　聞き慣れない言葉ですね」

「はあ。私もまだ勉強の途上で、本当の知識にまではなっておりません。リュシー様からの受け売りで申し訳ありませんが、クラスター ネーションとは、マルチセクトリアル ネーションとでも言えばいい、独立国同士のユニオンという概念に近いものと理解しております。ただ、今は無きソ連邦、あるいは連合国や合衆国などとは意味も形も違って、そもそも国だ国境だなどという概念は不要。つまり、セクターなるものが内輪の自治のひと区切り、そして、世界各地に散らばる大小様々なセクターが人脈と情報、そしてそれを支える物流網を通じて繋がり、クラスターなる外枠の概念を形成するんです。ただし、概念といえども言葉だけのものではなく、地球上の何処かには実在し、物的人的構成要素は現実の存在です」

「なるほどクラスター ネーションねえ。言い得て妙ですね」

「ところが、今の地球表面は国家なる概念によって隈なく分割領有されており、わずかに領空領海を外れる部分が残るにしてもそんな所に人は住めず、活動もできずです。ですから、個々のセクターはいずれかの国家に属する存在でして、それぞれの国家の法律、規律を遵守するもの、つまり、ネーションの民の前に先ずはそれぞれの国家の民であるわけです」

「ははあ、敢えて例えるならば、世界的な教団組織だとか多国籍企業に似た形態と」

「はい、その通りかと存じます。しかし、内実は全く違っております。ネーションは上位機構としての存在意義のみ、セクター個々の自律性は完全に自由、セクター相互の関係性も自由、ネーションはクラスターの連携維持のための象徴的な軸に相当するもので、いわゆるガバナンスの役にはありません。セクター間の人事の交流も自由ですから、ネーションに属する民は、自分の資質能力に応じて好きなセクターに活動拠点を置くことが出来ます。自由な往来も可能です」

「なるほど、自由尽くめですか」

「すると、そんな自由度百パーセントの組織でいつまで形が保てるのかと疑問の向きもおありでしょう。しかし、そもそもこのクラスターネーションの基本概念には永続性という要素を置かないんです」

そう明確に言い切るスーザは、意気軒高の面持ちだ。

「しかし、如何な自由組織とて、根無しの浮草では困ります。そこに大事なポイントを担うのが上位自治機構でして、存在意義を全うするために、外からの敵対的な手に対してだけはこれを排除すべく動きます。ネーションの民個々には安全安心自前持ちの原則、内乱だとか内部抗争による内側からの崩壊のベクトルには拘らず、そういう事象が起こるとすればそれはすなわちネーション機構自体の脆弱性によるものと、そこを以ってこのネーションの限界と見做すわけです。しかし、うまく機能すれば、他力を頼むことを潔しとしない孤高の戦士達に取って、実に魅力的な組織と言えましょう」

すると、それまで終始和やかな面持ちで座を見守っていたリュシー女史が、小さな声で割って入った。

「おそらく、今話しのあった私共の目指す組織の在り方は、地域性を最大限に重んじる合衆国アメリカの市民でいらっしゃるドクターにしてすら、ご理解を外れるものと思います。でも、自分のものであってないような環境の育ちのこの人達にとっては、譲ることのできない魅力となっております……」

それに強く頷きながら、スーザは先を続ける。

「そして、外からの目がネーションの存在を魅力的かつ利用価値大と踏めば、必ずそれを我が手の内にと考える輩がおりましょう。もし、そんな輩がネーションに悪さの手を伸ばせば、それに対して徹底して抗しなければなりません。その為の唯一のネーション自衛部隊の統括が上位自治機構の使命で、その統括官の地位を今お引き受けになっているのが、リュシーシュアブ大尉殿であります」

時間を気にするらしいリュシーは、そっと片手を上げてスーザを制する。

「さあ、ここまで申し上げると、ドクターコマツバラには更に大きな疑問を抱かれましょう。そんなネーションなる組織だか機構なるものの存在意義がどこにあるのか、という点です。それについては私から一言だけ、そこに所属するメンバーとは、自分達の信念に基ずいて積極的に社会と関りを持ちたいと望む心熱き人達、その人達がそれぞれの目的を達成せんが為に、その場その場で助け合い利用し合うことのできる、いわば、何でも入る器とでもお考え下さい。ただ、その利用の仕方すら個々人の自由で、活動は自他共に役することでなければならないという唯一の基本理念を犯さない限り、如何なる利用も妨げられませんし、組織への出入りも自由、もし意味が感じられなければいつ外れるもよしというわけです。組織にアダ為す行為は、自衛部隊によって排除されるだけのことですから」

スーザが下がって三人目に立ったのはミスデボラノアム、スライドも不要とばかり小柄な体をリズミカルに動かしながら、のっけから演説口調。いつもの控え目な女史しか知らない小松原は、慌てて上体を伸ばした。

「まず初めに、ドクターコマツバラへのこれまでのご無礼の数々、心よりお詫び申し上げます。ドクターにお聞きいただいたこれまでの私の弁はかなりいい加減でありました。自分の不徳の致すところですが、鉄壁であるはずの政府の特殊課報機関や軍部の情報網に綻びがあったか、あるいは私に対して故意にいい加減情報を流し込んできたのか、いずれにしても、リュシーシュワブ大尉が、自分を陥れた故国イスラエルに対して敵愾心を燃やして、イスラエルの一の敵アラブ社会に身を投じた、というのは全くの誤りでありました。これから申し上げるのはシュワブ大尉の意向を受けてのことで、大尉殿は、自分の口からでは似非としか受けてもらえまいと仰せで、代わって私から申し上げる次第であります」

そう言って、デボラ女史は実質一人だけの聴衆である小松原に向かって頭を下げる。

「大尉殿出奔の真意は、故国にアダ為すとかの些末なところには全くございませなんだ。なるほど、そう決断する切っ掛けが自分に仕掛けられた謀略結婚にあったまではその通り、自分の腹を痛めた愛娘が廃人同様にまで貶められたことを知って人としての心の糸が切れてしまったことも、まこと事実だそうであります。しかし、ヘブライの民としての誇りを片時も忘れたことの無い愛国心の持ち主、そして知識人でおられる大尉は、そもそも、経緯が何であれ自分が何も考えずに男の言うがままになり、子供まで設けたが一番の落ち度、自分の軽挙無かりせば子供の辛酸もあり得なかったと。それ故に、自分が為すべきはただ一つ、無垢のままの愛娘を己が腕に押し擁くこと、それ以外に無し、とは申せ、既に変わり果てているであろうその子をただ救い出すだけでは許されず、母親である自分ならば、その愛娘の新生、つまり、心身ともに元の無垢な姿へと生まれ変わりを画すこと、それが出来ずば母に非ず、と、堅く決心されたんであります」

デボラ女史はそこまで一息に言い切って、ようやく怒らせた肩を下ろす。

「そのために、何をどうするか。自問自答の挙句、大尉殿が至った結論は一つ、娘さんに新生の場を用意すること、それが唯一可能な答えと思い定められたのでした。

口で何を咎め立てしてみても始まらない、陥れた相手をどんなに痛め付けてみても同じこと、まして、自分が身代わりになって云々というのも、己の愚か振りに重ね塗りするだけのことでしかない。娘自身が囚われているであろう心の地獄から己を解き放ち、自ら過去の呪縛をすっかり脱ぎ捨て、それが出来た先に、やがて娘のちゃんとした未来が開かれるであろうと……。そして、目を背けることなくじっとそれに寄り添い、限界を超える辛さかもしれない愛娘の脱皮の苦しみを共有する。それができてこそ、初めて母親としての役目の全うだと……」

声を詰まらせながらのデボラ女史の代弁を聞きながら、小松原は、そのリュシー女史に目を向けることすら憚られた。

「そして、その新生の場とは限られた狭い一か所であっては意味が無い、愛娘が煉獄の苦しみに堪え抜いて人として生まれ変わる場とは、あらゆる可能性を秘めたコスモスケールの世界でなければならない、それでなければ命を掛けてのメタモルフォーシスの意味が無いと。それがつまり、目的志向型セクターからなる、地球儀的広がりのクラスターネーションという構想の発端だったわけです。分かり易くは、多国籍運命共同体組織連合とでも……」

デボラ女史に目線で問われて静かに頷くリュシー女史は、端正ながら皺の目立つ顔から血の気が失せて老婆の風情。デボラ女史の言葉が鋭利なナイフとなって逐一心に突き刺さる痛みに、敢然と耐えて向き合っていると分かる表情だ。

「大尉殿の出国時に巷間に流れたリュシーシュワブ大尉評とは、故国政府の内情を知り切った大尉ならではの、自作自演によるイスラエル政府封じ込めの秘策でした。私はそのことを、こちらへ来てから知りました。いえ、思い知らされたんです。私が慣れない異国でのビジネスのため、闇雲に藪を突っついて毒蛇に出くわしてしまい、窮地に嵌りそうになったところを大尉に救われまして、そこでようやく、大尉の思考と実践の哲学とでも言いましょうか、スーザサファロが先ほどお話しした通りの、自由闊達にして遠大な活動の戦略に接することが出来ました。そして、自分の姑息さに引き換えての大尉の大いさに言い知れぬ衝撃を受け、即座に同調してしまったような次第です。我ながら可笑しささえ込み上げてくるお粗末さですが、なるほど聞いてみれば、イスラエルのような旧態然の残る柵社会に身を置いていたんでは到底不可能な構想、大尉は過去の柵全てを捨て去るために、敢えて栄光の一族を捨て国を捨てて、完全な自由人としての道を選ばれたんです」

断固とした口調でそう言い切ったデボラ女史は肩で大きく息を一つし、小松原とシュワブ女史に小さく頭を下げて壇を下りた。

三人のプレゼンターの後に、リュシーシュワブ女史の締め括りの言葉があろうと期待した小松原だったが、一頻りの穏やかな談笑で会食は閉じられ、テーブルの後片付けを済ませた若い女性達は、それまでと打って変わった乙女風丸出しの賑やかさで退室してしまう。会食の間、穏やかな笑みに戻って無言で座を見守っていたリュシー女史もまた、小松原に向かって日焼けした逞しい腕を差し出して力強く握手し、また明日お目に掛りましょうとひと言口にしただけで、後を承知しているらしいデボラ女史に頷いて席を立ってしまった。

またまたこちらの思惑を無視した肩透かしに呆気にとられる思いで、小松原は不満顔をデボラ女史に向ける。しかし、昨日からの不意打ち続きに加えて、一方的なセッションでの桁の外れた次元のテーマ諸々には完全にお手上げで、論旨は正しく理解したつもりだが感情が追い付かず、何をどう質すかすら思い浮かばない。プレゼンテーションはどれもしっかりしていて文句の付けようがない。それだけに、インパクトを受け止め切れないで混乱する感情の振幅を持て余すのだ。

――あんな異次元感覚の世界を事も無げに受け入れている若い彼女達とは、初めからあれだけの知識、度量の持ち主であったはずが無かろうから、おそらくそれは、彼女らを同胞として受け入れて思いを一つにしているリュシー女史の、器の大きさと指導力の賜物であるに違いない。だが、しかし……。――

小松原の心の内を感じ取ったか、デボラ女史は部屋の一角に設えてあるソファーに浅く腰を下ろして、小松原にもどうぞという素振りだ。

「こんな形でドクターコマツバラにお会いできるなんて、私自身も本当に思い掛けないことでした」

そう言うデボラ女史は、サンフランシスコ郊外であった時に感じられた一途な影が消え、リュシー女史の大らかさが乗り移ったかのように自信あふれる笑顔だ。とても詰問を繰り出す雰囲気ではない。そちらが肩透かしならこちらも肩透かしだと、素直に万歳して開き直るしかない。

「あなたはそれほど簡単に宗旨替えできる人とも思えないんだが、カリフォルニアの拙宅でお会いした時にあれだけ強く持っておられた祖国愛を、あれからわずか数か月の間の見事な鞍替え、いったい、何があったんですか。リュシー女史に対する誤情報は分かりましたが、それだけなんですか」

「いえ、何も変えておりません。リュシー女史のあの一点以外は」

「ええっ、それは無いでしょう。何も無くってそうそう易々と節操を曲げるようなあなたではないはず」

「そう言っていただいて、どうも。厚かましいように聞こえるかもしれませんが、私自身は節操を曲げたつもりはないんです」

「はあ、そうですか。それではお尋ねしますが、ここはいったいどういう施設なんですか。リュシー大尉の本拠地はどこにあるんですか。ここの空港にしたって、滑走路も空港ビルも質素そのもの、空港用務の人の姿すら見えない。明らかに私的な施設のようだが、これだけのものを持てるからには、リュシー大尉率いる一個師団くらいはどこかに駐留しているんでしょう。あるいはコロンビアの抵抗分子を束ねているとか」

「いえ、そんなものはありません。強いて言えばここがそうでしょうか。同じような施設は他にもあるようですが、ここが一番充実していると聞いていています」

「ええっ、ここが？　こんなちっぽけな施設が？　人がほとんどいないじゃないですか」

「リュシー大尉以下、ここコロンビアでは数人から十数人程度のセクターが十箇所ほど、総勢併せても百人がいいとこの小さな組織です。皆、自給自足で手弁当の人達ですから、ほとんど何も要らないんです。ここの施設の陣容はまたいずれご案内しますが、その人達のためにはこれで間に合っています」

「ははあ、マルチセクトリアルネーションのコロンビアセクターがそれだと仰るか。それにしたって、いったい何のためにこんな中途半端な陣容で事に当たろうとなさるんですか。ぼんくらな私には想像も付かない」

「はあ、アメリカという盤石な社会基盤に立って観られるドクターならば、真にご尤もな仰せと存じます。しかし、頼るべき国や社会の無い、文字通り浮草のような漂流者達にとってのこうした組織は、慈母の懐そのものなんです。泣きたければ泣きたいだけ泣かせてもらえる、学びたければ望むだけ学ばせてもらえる、力を揮いたければ好きなだけ揮わせてもらえる、嘘みたいに気儘な組織……」

「なるほど、仲間や組織に害することでなければ何をするも自由とは、そういうことでもあるんですか。だから、最前のあの若い方々のような境遇に育った人達から見れば、仰る通りの慈母の揺り籠なんでしょうな……。だがしかし、そうした先に何が得られます。さほどのものも目指さずに、リュシー大尉を始めあなた様のような傑出した人達が自若としておられる様は解せない」

「ご尤もです。そこのところは、多分、リュシー大尉から明日あたり話しがあるかもしれません。ドクターに対して私の口からでは、とても僭越で憚られます」

「はあー、そうですか」

「ですが、私もドクターから小供の使い以下と評されるのも快くございませんので、ひと言だけ申し上げます。リュシー大尉殿は、数多いる女子供達の全てに等しく手を伸べようなどとは、毫もお考えにならない。クラスターへの受け入れはあくまで受け身で、袖触れ合う者のみ。しかも、縁あって入ったにしても、積極的な自律の意志を持たず同胞への貢献の精神も共有できないような者は、残念ながら落ち零れるしか無し、そこに救済の手を差し伸べるは不要と。したがって、メンバーは誰も皆筋金入り、これがつまり、クラスターネーションなる組織が規模の大小によらず、質のみによって持続的な活動を全うして行けることの秘訣でありましょうか……」

「はあ、なるほど、そうですか」

またまた往なされた形だが、そうまで言われては突っ込みようもない。小松原は、今夜はゆっくりと休めというデボラ女史の笑顔に押されて、仕方なく腰を上げた。

四　プロジェクトボジンカの燻り
―― イスラム教原点回帰を叫ぶムスリム集団、その標的は？ ――

今二十世紀初頭の立憲革命から第一次、二次大戦を経る間、石油資源を巡る内外抗争に揺れたイランパフラビー王朝は、親米路線を取って乗り切る。しかし、世紀後半に入ってのオイルショックで経済は破綻、政治は混迷を極めた。そこを突いてのイスラム革命で、完全な反米路線に変わる。

前政権に肩入れしてきた米国に対する反感はまだしも、イスラムの教義に過大に拘り、内には政権基盤の強化、外には覇権拡大にひた走る新イスラム教国家イランは、世界の自由主義圏を代表するアメリカと相容れるはずはなかった。

そのイランの後ろ盾を得てイスラム原理主義革命を叫ぶムスリム集団が、己達の存在感を誇示せんと世界中に騒動を画策、その矛先が向かう最大のターゲットは、やはりアメリカだ。

翌朝、窓からの強い光で目が覚めると、外は快晴、雲ひとつ無い夏の青空が高窓いっぱいに広がっている。窓を開けると心地好い冷風が草原から吹き上がってきた。赤道直下のここはカリフォルニアより日差しは強いはずだが、この心地好さは、多分、標高の所為であろう。

それにしても辺りは至極く物静か、寝過ごしたか、あるいはまだ誰も起き出していないのか、だが、時計を見ると既に六時を回っている。小松原は急いでシャワーを浴び、身支度を整えてソファーに引っ繰り返り、さてと、今日一日の算段をする。昨夜部屋へ引き上げた時、デボラ女史から七時半にロビーでと聞かされただけで、何をどうしろとは全く無かった。指を折って時間を逆算しながら、はたと気付く。今回の三日間の旅はいったい何が目的だったのか、徒らにあちこち引き回されただけで、空白の三日間だった。やっぱり、リシュー観音の掌で踊る孫悟空だったなあと、癪な気持ちも湧かないではない。

その一方で、全く想定外の運びで元気なデボラ女史だけでなくリエーフの妹という女性に引き合わされ、カリフォルニアを発った時の懸念が全て霧散してしまっているところを思えば、リュシー観音には大いに感謝しなければならないこと、せめて今日は、こちらの主導権で行きたいものと気分を引き締めた。

――今日中に戻って、明日は研究室に籠る予定があったんだが、それにはカンクンでの最終便に乗る必要がある。朝食を済ませて直ぐに出立してもぎりぎりのスケジュールだろうから、カンクンまでは何としても昨日のジェットを飛ばしてもらわなければならんな。あの怖いフライトは真っ平ご免だが、仕方が無い。――

時間を無駄にしてはいられない、そう思って一つだけのスーツケースに手を掛けた時、ドアーをノックする音が聞こえて、入ってきたのはリュシー女史本人、デボラ女史が後に従っている。

「ああ、ちょうどよかった。簡単に朝食を済ませたなら直ぐに発ちたい。お願いできますか。これ以上の無駄はしていられません。何しろ貧乏社長なもんですから」

「はい。そう思って今日のスケジュールをお伝えに参りました」

「そうそう、それをお聞きしたかったんです」

「昨日から何のお話しもせずに勝手にあちこちお連れした上に、昨夜の若い人達に任せっ放しのプレゼンで、おそらくお気を悪くなされましたでしょう。本当に申し訳ありませんでした。何分、ご理解いただき難い私共の諸々を逐一お話ししていたんでは時間がいくらあっても足りません。そこを手っ取り早く正確なご理解をいただくために、若い者達の勉強の場を兼ねて昨夜のような手分けしてのこととした次第。あれで、私共のメンバーや組織の性格だけははっきりお分かりいただけたと存じます」

「はあ、それはまあ」

「お腹が空いていらっしゃいましょうけど、ちょっとだけ辛抱いただいて、この後、ミスデボラがフェアフィールドまで昨日のジェットでお送りします。カンクン経由で給油がてらあなた様のお荷物を拾い、もう一度サンディエゴ辺りで給油して、多分、夕方には着けましょう。カンクンまでは私も同乗させていただいて、機内で朝食を取りながらのミーティングをお願いします。メンバーはドクターコマツバラと私だけ。ただ、ミスデボラがマイク経由で操縦席にて傍聴し、今後の為に情報を共有します」

「はあ、なるほど、さすがに無駄がありませんね。私もその方が助かります」

「テーマは、ドクターにご無理を押してまでコロンビアにお越し願ったことの、本当の目的です」

——やはり、そこがあったか。只では済むまいと思ってはいたが。それにしても、軍人とは、事を運ぶのにここまで無駄なく傍若無人にやれるものでなくっちゃならないのか。しかも的を外さず着弾点はピンポイント、私にしては、異を唱える余地すら無く向こうの土俵に乗せられてしまっている。同郷の後輩であるデボラ女史ならば尚のこと、一も二も無く陣営に取り込まれてしまったんだろう。恐るべし。——

無言で頷き返すしかない小松原だが、リュシー女史は表情も動かさずに踵を返す。残ったデボラ女史もまた表情が無い。

「離陸はちょうど三十分後でよろしいでしょうか」

「はあ、三十分ですか。せっかく来た初めての地なんで、朝の散歩がてらに少し外をぶらついてみようかと思ったんですが」

幾ら小さい私設空港にしたって、これだけのものを維持管理するのは一人や二人では出来まい。日々使っている施設なら下働きの地上要員がどこかにいるはずだ。散歩がてらに会えたなら、この組織の素性を少しでも聞き出しておきたい。せめて組織の形容の一端でも窺えないものか、と、胸算用する小松原に、

「はい、ご尤もです。私がご案内したいところ、今日のフライトはかなり強行軍です。ドクターにはまたおいで願うチャンスもありましょうから、今日のところはフライトの方を優先させて下さい。お願いします」

「はあ、そうですか、分かりました。身支度といっても私はカバン一つですから、直ぐにも発てます」

「了解しました。では後ほどロビーで」

助走中は昨日のリュシー女史の操縦よりは滑らかかと思ったが、さに非ず、轟音と共に機体が浮き上がった途端、昨日どころではないGが襲う。思わず喉から呻き声が漏れ、空っぽの胃袋から胃酸が逆流しそうだ。リュシー女史はと見れば、通路を隔てた並びの座席で動じる風も無い。

やがて水平飛行に移るや、リュシー女史は座席を立って小松原の前のテーブル席に相対して座った。窓際の小さなテレビモニターを点ける。テーブルにはパック詰めされたサンドイッチとオムレツ風卵焼きが用意され、アイスジャーにはジュース類やミルクが小さい紙パックのまま冷やされている。随時、ご自由にどうぞというわけだろう。

「今日のテーマですが、今のところ、厄介な情報が真偽混交でして、ドクターコマツバラのような民間の大事なお方への障りがあってはなりませんので、書いたものは一切お出ししません。私の言葉とモニター画面の表示のみ、それもこの飛行機をお降りになる時には、一切をお忘れになっていただくことをお勧めします」

「はあ、それはどうも。ご配慮、感謝します」

小松原は、どっちにしたってある程度の危険は避けられないんでしょう、と言いたいところを飲み込む。リュシー女史もそこが分かっているらしい済まし顔だ。

「単刀直入に申します。私の情報網に、イスラム教への原点回帰を叫んで暴れ回るアラブの集団が、今しも、自分達の存在感誇示の為に世界的な騒動を画策しているとの、呆れた話しが引っ掛かってきています。騒動と申しましても、彼ら自身にはそんな力量は無いんで、手段は、いわゆるテロ行為、それも、自分達の手を汚さずに女子供や貧困者、つまり社会的弱者を焚き付けての自爆テロ行為です」

「はあ、またまた自爆テロですか。何ともはやですなあ。アメリカの公安筋は、イスラム原理主義者とか呼んでこのところ躍起になって摘発を試みておるようですが。でも、そういう過激な集団は世界中に余多あり、とても始末して出来るものじゃないとか」

「はい、仰る通りです。しかし、厄介なのはその内のイスラム圏、イスラム教徒によるものでして、問題の元凶はやはりイスラム教の歪められた教義の一つのジハード、いわゆる聖戦というものにある、と、私は考えております」

「はあ、なるほど、しかし……」

のっけからの重大情報に面食らう小松原だが、リュシー女史は初めから用意していたことのようだ。

「これはかなり過激な言い分であることは自覚していまして、冷静さだけは失っていないつもりです。どうか、ドクターコマツバラ、ヒブリューの蒙昧なムスリム批判とはお取りにならないで下さい。そうやって、ともすれば萎えがちな自分の気持ちを鼓舞していたいんです」

「はあ、そこは分かっているつもりですが、しかしねえ……」

「中東イスラム圏の歴史的な背景が然らしむ処と言ってしまえばそれまでですが、世界に名を馳せているものだけでも、アルカーイダ、ヒズボラ、クルド労働党、タリバーン、そしてたった今発ってきたコロンビアにもコロンビア革命軍ＦＡＲＣ等々、このうち共産主義思想から発するコロンビアの例だけがムスリム以外という、押し並べてのイスラムの恐怖です。しかも、これらに止まらず、世界各地に散らばるイスラム復興主義者達の撒く種から、近頃では更に激しいテロ集団の萌芽となっているんです。当然のこと、後発のそうした集団ほど主義主張も行動も偏って苛烈になっています」

「はあ。このままだと、世界の秩序はこの先いったいどうなって行くんでしょう。何故にイスラム圏はそこまで頑迷なんでしょう」

「ドクターは頑迷と評されますか。私も、なるほど当たっていると思います。何分にも、私らヒブリューと相対するムスリムは、遡れば同じ根に行き着く、いわば同朋です。ですから、彼らの今は、アラーの神に帰依してさえいればば何せずともよかったムスリム社会の曲げられた思考様式、その行き着く末の様とでも考えた方が、私としては気分が楽なんです。差別や貧困から窮まった人達が已む無く立ち上がる一揆や階級闘争、革命なんぞとは根本的に違って、秩序を乱すことによって出番を画すことだけが目的の一部の人達による策謀。それであるかあらぬか、過激な集団を率いる幹部の根はどこも同じで、無学の困窮者達に非ず、自ら手を汚したがらない学も富もある知識階層なんだから呆れます」

「――――」

「そうしたイスラム系新興過激集団の一つが、世界秩序破壊の嚆矢をお国アメリカに向けて企みを進めています。その集団とはアフガン紛争に発して行き場を失った闘争部隊の流れ、唯、今のところはそれらしいとしか申せません」

「ええっ、それはまた厄介な。何でまたそんなところがアメリカを狙う必要があるんですか」

「アドバルーンを上げるに一番効果的なのは、世界の指導者として揺ぎ無い最強国アメリカだから、と、申し上げたいところ、そこに犯人像を推測するヒントが」

「するとあれですか。ロシアの侵攻を辛うじて押し戻したアフガニスタンのイスラム戦闘部隊が、その後の秩序回復を口実にしたアメリカの干渉で梯子を外されて、暴走を始めたという構図？」

「その通りと思われます。ジハード、つまり聖戦を掲げて戦ったアフガンゲリラはイスラム聖戦士という意味のムジャヒディーンを名乗り、アラブ諸国から参戦した数万人の義勇兵からなりました。反共の目的で一致した当時のお国アメリカは、こうした ゲリラに大量の資金と武器を与えて支援されました。しかし、それで勢いを得たゲリラ勢力は中東全域に勢力を拡大して独り歩き、やがてアメリカを最大の敵とみなすに至ります」

「でも、そんなところのことなら、あなた様が関わられることではないじゃありませんか」

「いえいえ、どうして。その相手とは、益々過激になりつつ東に西に、地域に散らばるイスラム系部族は勢力に組み込み、系外部族は血祭りに上げて一掃、テロの恐怖をばら撒きつつ……。そして、高地伝いに西へ向かう先には私の身を寄せる部族もおります」

「是々非々でやり了すわけには、とてもいかない？」

「彼らにとっては、聖戦に与しないこと自体が神に対する反逆となるわけで、どっちに転んでも無事では収まらない話しなんです」

「なるほど、厄介ですねえ」

「ドクターコマツバラはボジンカプロットなる言葉はご存知ない？」

「はっ、ボジンカ計画？　ああ、ええ、少しは。アジアでの航空機自爆テロのことですね」

　小松原自身が興味を持って調べたことではなかったが、リエーフ失踪に絡んでロバートダニエルから聞かされたことがあった、あの言葉だ。

「あれは、そのテロ集団がアメリカ本土へのテロ攻撃の為に、予行演習としてしたこととの見方がありま
す。お国の公安は当然そこを徹底的に調べ上げて一網打尽にしたとお考えかもしれませんが、どっこい、
そうは簡単ではありません」

「と仰ると？」

「あれは予行演習としても失敗でして、自分達の手の内を読ませるに役立ってしまいました。ですが、狡猾な彼らはそれを逆転の発想で利用しています」

「何ですか、それは」

「当たり前には、失敗は二度と犯すまい、同じ手口は使えないと考えるでしょうが……」

「すると、航空機自爆テロに更なる磨きを掛けていると仰るか」

「はい。それだけでなく、失敗した時のため犯人像を特定させないように複雑な手口で偽装する、しかもそこに巧妙な上塗りまでして巷にリークする。つまり、誰もが想像すらしないような手口を考えては、着々
と準備を進めています。ドクターのご出身日本国のセキグンなどという人達も、意気に感じて支援を惜しまないなどと口にしながら、その実、捨て駒として巧妙に利用されている、と申し上げてはお怒りになりますか」

「はあ。そんなところかもしれませんが、何分、私はその方面に疎くて。多分、それが真実なんでしょうが」

「私はその情報をクルディスタンの独立を目指すクルド人武装組織、クルド人民会議のあるメンバーから得ました」

「――――」

「私がクルディスタン北方山岳地方の一部族のサブリーダーでありながら、こちら、コロンビアなんぞにビジネスチャンスを求めているのは、ご想像通りのコカインビジネスのお零れを拾うことにあります。し

かし、その理由は単なる部族の勢力拡大にあるわけではありません」

ようやく来たか、と思う小松原は、無言のまま女史に強い視線を返す。

「私共の部族は、小さいと言えども自治に徹して鄙びた生活を善しとしており、世界に向かって覇権を伸ばそうなどとの考えは毫も持ちません。むしろ、社会までも行かない小さな纏まりであればこそ、自由闊達な仲間組織の維持が可能なんです。その私共がなぜこんな地球の反対側までしゃしゃり出ているか、問題がそこにあるんです」

「と仰ると？」

「もう二十一世紀が一年足らずに迫っている今の世にも、中東の山岳地帯や砂漠地帯には私らのような小部族が幾つもおります。ご存知の通りの歴史的背景から来るもので、遊牧や農業、あるいは交易を営む民だったり、政治的、思想的な活動のための集団だったり、中にはそれらから零れ出たならず者達だったりしますが、私の部族は、やっている中身は決して褒められたことではないにしても、遊牧と交易で生業を立ててきたことで外部の情勢に明るいのが取り柄、特に今の族長は独学で欧米先進国の政治経済を学んだほどの識者です。故国イスラエルを出た私を三顧の礼で迎え入れてくれたのは、そのボスが、小部族でも外からの圧力を跳ね除けて自治を維持する為に、最先端の情報武装で近未来的な社会基盤造りを目論んでいたからです」

「ほう。と仰ることは、あなたがイスラエルを飛び出すには、既にそんな働き掛けがあってのこと？」

「はい。娘の苦境が分かって打ちのめされていた頃のことで、己の馬鹿さ加減を嘆くより行動しろと、私を尻叩きする神の采配と感じました。軍部にいろいろと誤解に繋がる情報を流したのは、故国に絶縁を図るための誘導でもありました」

「そうでしたか。そこまでしてのことだったとは、お見それしました」

「その後、アフガンゲリラ部隊の足音が山岳地帯にも響き始め、調略や侵攻を怖れる長老から情報武装を急ぐように指示されました。滅多なことに動じない長老の言葉を不審に思った私に、長老曰く、ゲリラ組織には我々の部族から落ち零れた流れ者達もおり、当方の内部をよく知る彼らの先導でピンポイントにやられたなら、ひと堪りもあるまいと」

「――――」

「調べてみればなるほど、それ故の綻びと思われるような出来事が、部族内にも既にいくつか見えていました。ですが、情報武装を急ごうにも、先立つ資金と情報技術が足りず。そこで、私が当初目論んでいた地道な自主開発は棚に上げ、工期を最優先に計画変更せざるを得ませんでした。資金は私の旧来の伝で元コロンビア革命軍ＦＡＲＣのメンバーの手を借りることにしました。真っ当な資金とは言えませんが、背に腹は代えられない。何があろうとも私のところで食い止める、資金の使途は情報装備のみに限定すると、苦渋の決断を明かして長老にも納得してもらいました」

「なるほど、そういうことでしたか」

「実は、これもご存知でしょうが、コカ栽培に走らざるを得なかったコロンビアの農民達やそこを搾取するコカインマフィア共は、以前から革命軍ＦＡＲＣの隠れた力を頼るようになっていまして、その後、アメリカ政府の圧力で麻薬組織が表向き壊滅してしまうと、ＦＡＲＣ自らが背後から流通を仕切って巨万の利益を上げ、それで以てさらに勢力を拡大していきます。つまり、元は労働者階級による政権樹立を旗印にしていたＦＡＲＣは、今ではコカインマフィアなる一面を持ち、これを問題視する米国に対しても敵対する存在となっているのです」

「はあ、そういう背景がありますか。なるほど、必要なら節操も曲がりますか」

「弱肉強食の自然則に従うまでです。私は、疚しいと思うより砂を金に練り上げる秘策を探る方が、時には大事と頭を切り変えました。ドクターは、昨日からのプライベートジェットや空港施設の自由な使用を目にして、多分、私共の組織が大変なものと訝っておいでと思いますが、あれらは皆、ＦＡＲＣとのバーターによる無期限のコンソーシアムによるものです。でも、空港や施設諸々はしっかりした管理体制でやっていますから、どうかお心安く」

「一言もありません、納得です。何せあなた様は空軍将校だったお人」、

「もう一方の情報技術ですが、これだけは世界のトップを行くアメリカの最先端技術が欲しくて、先ほどのゲリラ組織のアメリカ標的説をアメリカ公安筋に流して、イーブンの取り引きに持ち込もうとも考えました。しかし、何分にも危険な取り引き、もし悪い奴らに漏れることでもあれば、こちらの体制の成らないうちに叩きのめされるは必定。そこを思って迷っていたところに、ミスデボラとの邂逅を得ました。やはり、至誠は天に通じました。神のご意志は、私にドクターコマツバラマサトの支援を頼めと、このチャンスをご用意下さったんです」

「はあ、何ともはや。いい風をお待ちになるというあなた様流の極意に、私も乗せられてしまいました」

「決して打算だけのことではありません」

「分かりました。あなた様が私に頼みたいと仰るのは、単なる部族組織のためのグローバルネットワーク基地局なんぞではない、来るべきイスラムテロ組織の暴挙から部族を守るサイバー戦線システムにあったんですな」

「ミスデボラによりますと、ドクターは既にそうした構想を以前より温めておられて、何個師団かに相当する自律サイバー戦士の軍団を、今直ぐにでもサイバー空間に展開できる手段をお持ちとのこと」

「はあ、デボラ女史がそんなことを」

「私も昔は軍の情報組織に関わっていましたから、それなりなレベルの情報通と自認しております。ミス

デボラはまた、情報技術者としては私以上で、ドクターコマツバラからお聞きする諸々を私らなりに咀嚼して肉付けしますと、人工知能研究から入られてサイバー環境との融合をライフワークになさっているとすれば、既にそんなレベルにいらっしゃると推察申し上げる次第でして」

「はあ、あなた方とは、本当に恐ろしい方々だ。反論しません」

「でも、優劣を問わなければそうした情報科学の専門家と仰る方々は余多おいでで、イスラエル政府にしたって、情報科学、取り分け軍事情報分野のそれでは、世界に引けを取らないと自負しております。しかし、ミスデボラから聞いたサイバーサピエンスなる言葉から察するに、ドクターコマツバラは人工知能を、人類と共存していける電子機器以上の存在として捉えておいでと。そこだけは、世界広しといえども具体的に認識しておいでの方は他に存じ上げません」

「――――――」

「科学者、技術者の皆さんは往々、華やかな目的の達成にのみ視点を置く傾向がおありですわね。人工知能の自律、自立に健全性を要求なさるなんぞは、多分、あっても頭の片隅においてのみ。ところが、ドクターコマツバラはそこに最重要視点を置いていらっしゃる。私やデボラは、そこを以て信頼性の確かさと踏ませていただく次第。何分にも、今の私らは、自分以外には誰も信用しないことを以て唯一の保身の術としているものですから」

「はあ、保身の術ですか」

「いえ、誤解なさらないで下さい。そんなことで協力せよとは大変勝手な言い分と思われましょうが、それも違うんです。私共が不始末をすれば、協力をお願いする方々をも窮地に陥れるは必定、私共はそれだけはしたくない。何としても防破堤を築いた上でのことでなければなりません」

「はあ、まことに見事なご見識、恐れ入ります。それならば、私が何もお断りする理由は無い。存分にお手伝いしましょう」

「ありがとう存じます」

リュシー女史は、ようやく安心した様子で操縦席の壁の時計に目をやる。

「カンクンまでちょうど一時間ほどあります。その一時間で、私からのお話しの後半、お願いするサイバー戦線に備える世界最強システムの概要についてですが、どうでしょう、お疲れでしょうからここで一服入れましょうね」

「そうですね。でも、それよりこういうのがどうでしょう。あなた様のここまでのお話しから想像されるサイバーバトルの場ですと、現今の情報科学技術を前提にする限りほぼ想定内に収まるんじゃありませんか。向こうが何をどう繰り出すか、それにこちらが何でどうやり返すか、そこは全て、私の人工知能が具体的にリストアップしてくれるはずです。後日、お手元に届くようにしますから、あなた様の慧眼でそれをひと瞥めして下さい。その結果を最も簡潔に、つまり、誤りや冗長な部分は却下を、その上で足りない部分のみを追加していただく。それだけでスペックはほぼ完全となります」

「はあ、なるほど、素晴らしい。それだと私から余分な諸々を言わずに済む、大変な時間の節約です。是非、それでお願いします」

「ただし、それは一往復だけとしましょう。私は自分の能力と人工知能の能力をフル出動させますので、あなた様にも真剣勝負で確認をお願いします」

「はい、了解です。でも、何だか怖いですねえ」

「いえ、私はこの仕事だけをメインにするわけには参りませんので、効率を旨としたいだけです。精一杯にやって尚不十分ならば、そこを足掛かりに人工知能は一歩先に進む、つまり成長するわけです。計画自体をボツにするわけではありません、ご安心を」

「なるほど、ドクターコマツバラは聞きしに勝る科学者でいらっしゃる。恐れ入りました。それでは、カンクンまでの残り時間はゆっくりお喋りを楽しみましょう。私もこういうチャンスでないとなかなかリラックス出来ないものですから」

「ええ、ええ、そうしましょう」


リュシー女史がコロンビア特産の中でも特上の豆だと言って淹れてくれた香り高いコーヒーを味わいながら、小松原は座席の背凭れを倒した。

「今回、ドクターが得体の知れない私のメールに応じて下さったには、デボラとスーザ両名の消息をお知りになりたかったからですね」

「そうなんですよ。でも、私が何も心配することなんて無かった。張り切って頑張っている二人の様子を目にして、私の出る幕ではないと分かりました。驚くことばかりでしたが、先ずは御礼申し上げます」

「はあ、最初からそう申し上げておればわざわざコロンビアくんだりまでご足労願うことは無かったんですが、それですと、私の方の用件が済みませんので、騙し討ちのようなことになって申し訳ありませんでした」

「いえいえ、結果よければ全て善しです。私も新たな切り口のチャンスを戴けそうで、喜ばしいことです。それにしても、あなた様の見識や行動力の凄さ、行動範囲の広さには完全に脱帽です」

「そう言っていただけて光栄です」

「ところで、スーザサファロの口からは聞けませんでしたが、リエーフもスーザも大事な成長の時期に大変な環境を強いられていたんですね」

「はい。でも、あの兄妹はそんな過去を微塵も引き摺っているようには見受けません。どんなことも定めと受け入れて常に前に向かって歩ける、そういう土性骨の座った兄妹のようです。ひと言でいえば野性人の強さでしょうか、驚くばかりです」

「あなた様がそう言われるなら、なるほど、納得です」

「兄のリエーフサファロが私らの部族に拾われて来たのは、私が部族の舵取りでアタフタしていた頃で、直接には面倒を見ませんでしたがいつも目をキラキラ輝かせて頑張っていました」

「うーん、やはりそうだったんですか」

「妹のスーザを知ったのはその後、リエーフが志あってアメリカへの亡命を選んで暫くした頃です。何を勘違いしたか、名うての盗賊集団一味が私らの部族にちょっかいを出してきたことがありました。私の自衛部隊が苦も無く蹴散らしましたが、逃げ散った者共に取り残された女子供達が何人かいまして、その中の一人がスーザでした。記憶にあるリエーフと言葉の訛りや体躯風貌が似ていましたんで、尋ねたところそうだと言うもんだから驚きました」

「はー、全く驚きですねえ。兄妹二人してあなた様に救われたわけですか、そんな偶然て、あるもんなんですねえ」

「はあ、何時の頃からか、私の周囲には偶然がやたらに付いて回るようになりまして。そもそも、デボラとの邂逅が全くの偶然、そこからドクターコマツバラという福の神にお会いする偶然も得ました。戦陣では偶然を期待するのは禁忌と教えられますが、私にとっての偶然とは素晴らしいものですのよ」

　そう言ってリシュー女史は珍しく笑顔を見せる。

「はあ、私も時々偶然に感謝することがありますが、どうでしょう、厄介で泣かされるのと半々くらいでしょうか」

「私個人としては、娘の一刻も早い救出が最大の眼目なんですが、そこをあれこれ探っていて、これまた偶然に手にした情報が、先ほど来、お話ししている厄介なものです。仲間内以外にお話しするのはドクターコマツバラが初めてで、念頭から外しておいていただきたいと申し上げたのは、それ故のことです」

「確と心得ました」

お互いに気の置けない相手と分かって話しが弾み、機体が降下体制に入ってようやく気付いた時には、カスピ海とメキシコ湾の間に割って横たわるユカタン半島が望めるところまで来ていた。

機体の点検と給油をするデボラ女史を残し、小松原は慌ただしく飛行場を出るリュシー女史に従った。事務所に残していた旅行鞄を受け出し、自分はここで溜まった仕事を片付けがてら、明早朝、デボラの拾ってくれるのを待つと言う女史に送られて、一人、空港に戻る。

既に出発の準備を終えていたデボラ女史に促されて搭乗。

デボラ女史にはいろいろ尋ねたいことがあったが、終始口数少なく、彼女はそのままコックピットに入ってしまい、小松原は一人だけの機内で目を瞑るしかなかった。しかし、加熱し切った頭は眠るどころではなく、雑念が渦巻く。カリフォルニアから数千キロ、今こうしてユカタン半島の突端にいる自分に、全くその実感が伴わない。

やがて轟音と共に機体が動き出し、逆さ釣りにされるような感覚の一時の後、水平飛行に入ってやれやれ。だが、最速で最短距離を突っ切ろうとするらしい飛行の激しさで、結局、まんじりとも出来ぬままにフェアフィールドで解放されたのだった。

五　アララト山は招く

――スーザサファロは偽物？　本物のスーザは既に？――

女狐共と思えども、強者共は尻尾を摑ませず。真相を尤もらしくなく見せるのもまた戦略か。だが、それが通ずるのは人間の猥雑な思考様式に対してのみ。

狐と狸の化かし合いに、人工知能ソーニアは冷ややか。論理に忠実な人工知能の合理性に、人間の誤魔化しが敵うはずも無し。


三日ぶりに自宅に戻った小松原は、翌朝、コロンビアでの疲れが頭の芯に残ってすっきりした目覚めと言い難いところを、押して会社に出た。亡命青年リエーフサファロに妹スーザの無事を一刻も早く知らせなければと、心配する妻ジェーンにあらましだけを伝えての早出だった。

三日間のブランクで溜まった雑用を片付け、社長の戻りを待っていた若いスタッフに前々から予定していた新しい受託案件の検討会を午後一番にするよう指示して、さてと、電話機を取る。リエーフのことを親身になって心配していた身元引受け先のロバートダニエルの実家に伝言を託し、アイ子の後任として大学の人工知能研究所に入所が決まっているダニエル本人にも電話を入れる。多分、まだ勤務に出てはいまいと思ったのだが、ほんの少し待たされただけで本人が電話口に出た。

「おはようございます、ドクターコマツバラ。家にも電話を下さったようで、わざわざありがとうございます。リエーフの妹の件で何かありましたか」

「ああ、ボブ君、大ありだよ。君達が躍起になって消息を辿っていたスーザサファロさんが、無事でいることが分かった」

「はあっ、スーザサファロが無事で。本当ですか」

「ああ、私は昨日までコロンビアを訪ねていてね、そこで会ったんだから間違いない」

「うわー、凄い。僕らがあれだけ一生懸命になって探したのに。やはり、ドクターのおやりになることは凄い。でも、お会いになったことも無い女性を、どうしてお分かりになった」

「いや、私が頑張ったわけではなく、偶然に分かったことで。アルメニア出身のスーザサファロと自分から名乗って、兄がリエーフサファロだと言う女性に直接会えたから、間違い無い」

「うはー、それなら確かですね。それで、今はどこにいるんでしょう。リエーフに知らせて、直ぐにも会いに行かせます」

「あっ、いや、元気で張り切ってやっていることは確かなんだが、背景には私らの思い知れない何かもあるようで、この電話で話すのは憚られる。どうだろうか、午後の後半を空けるから、三時に大学のキャンパスで会えないかな」

「はい、大丈夫です。でも、お忙しいドクターに足を運んでいただくのは申し訳ありません。まだ時間が十分あるから、リエーフを連れてそちらへお伺いしますよ」

「いや、今日は暑くなりそうだし、私としては青空の下での方がいいんだ。その方が気楽に話せる」

日頃と違う小松原の曖昧な言い方に、感のいいロバートは察したらしい。

「分かりました。それでは三時にキャンバスの西門でお待ちします」

「何分にも、私自身がまだ十分咀嚼し切れていないことなんで、リエーフ君にはその辺をよろしく」

「はい、了解です。しっかりと肝を据えて聞かせますので。でも、大喜びしますよ、本当にありがとうございます」

小松原が長引きそうな開発会議を途中で抜けて大学に駆け付けると、ロバートがゲートの脇で待っていた。如何にも待ち切れずにいた風で、小松原の姿を見て手を振っている。

「お待ちしていました。わざわざ、ありがとうございます。リエーフが向こうの広場でテーブルを用意していますので、どうぞ」

そのまま広場へ回ると、広い芝生の一角に折り畳みの丸テーブルが据えられ、ビーチパラソルが中心に刺さって立っている。テーブルに飲み物を用意していたらしいリエーフが、コーヒーポットを手にしたまま弾けるような足取りで駆け寄ってきた。

「おいおい、リエーフ、コーヒーが零れちゃうよ」

「あっ、はい、済みません」

「やあ、リエーフ、元気で頑張っているようだね。英語もすっかりよくなった」

「はい、ありがとうございます。それで、妹は無事だったんですね、よかった」

小松原に向けるリエーフの目はキラキラ光り、頬から顎に掛けて涙の跡が薄っすらと残っている。これまでは感情の機微などは無縁かと思われるほどに表情の変化に乏しいリエーフだったが、やはりそうではなかったようだ。

「ああ、全くよかった。偶然のことでスーザさんにお会いして、直接話すチャンスは無かったが、とてもお元気そうだった」

「さあ、ドクター、テーブルへどうぞ」

小松原がテーブルに着くや、どうにも待ち切れない様子で二人は身を乗り出してくる。小松原は言葉を選びながら三日間のコロンビア訪問の経緯を有り体に伝えた。リュシー女史の組織的背景については違和感を感じさせない程度にぼかし、ディナーセッションで聞いた三人のプレゼンテーションのテーマを中心に、それぞれが使命を持って日々目いっぱいの頑張りをしている様子だけにした。

聞き入りながら時折りもどかし気な表情のリエーフに、釘を刺す。

「亡命者のレッテルを張られた君に、兄だからとて直ぐに会えるほどのスーザさんの安定した立場ではないらしい。スーザさんの今のボス、元イスラエル空軍高官のリュシーさんは、女性ながら優秀な軍人であったにも拘らず、積極的な平和活動の実践の為に身を挺したい一心で民間に下りたという、信頼できる人物。と、まあ私は確信したんで、その女史に君達の会えるチャンスを作ってくれるよう依頼してきたから、今後を期待して待ちたいと思う。君は決して軽率な行動に走らないことだ」

「はあ、そうでした。妹の不幸の大元は僕の軽率な行為でした。そこを忘れてはなりませんでした」

リエーフの物分かりの良さは行動が先に立つ性格とも通ずることだが、リュシー女史の褒めていた通りの熱さの持ち主で、知った当初より格段に逞しさを増している青年に、小松原は目を細める。

「ボスのリュシー元大尉は妹さんのことをとても褒めておいでだった。苦労はやはり、買ってでもするものだね」

「――――――」

「ごめん、妹さんの場合にはそんな月並みな表現では失礼だったね。しかし、今のスーザさんはボスのリュシー女史の下で組織の情報化戦略チームを担当していてね、彼女の情報技術に関する知識はまだ勉強途上だそうだが、人を纏める能力というか、統率力はどうも育った環境で身に着けたようで、話しを聞いていて、なるほどと思わずにはいられなかったよ、……。彼女のチームは、ボスの方針に従ってサイバー環境でのシステムの信頼性向上に当たっており、ボスから私にも支援の要請があってね、引き受けることにした。ボブは研究所での仕事の傍ら、アイ子から引き継いだ私の人工知能の世話もしてもらっていたことだから、今度の仕事には協力してもらいたい」

「了解です。是非お手伝いさせて下さい」

「そしてね、リエーフ君。君の勉強はどの程度に進んでいるだろうか。ここはひとつ、妹さんの為にも君が力を出すべきところなんだが」

「はい。ボブさんから教わって一生懸命やっています。でも、僕は情報科学と社会科学のどちらにしようかと、勉強しながらちょっと迷っているところもあります」

　ロバートにも何か言って欲しいらしいリエーフの目付きに、ロバートは大きく頷く。

「大丈夫、今の君のレベルの情報処理技術には全く問題無し。在留資格認定も通ったことだし、大学での勉強となれば人生の選択も念頭に置く必要がある。ねえドクター」

「そうとも。リエーフ君は大学編入の資格認定をクリアーできたか。よく頑張ったね」

「はい。ボブさんのお蔭です。感謝しています。最近は、虻蜂取らずにならずに両立を目指すことも可能じゃないかと、そんな欲張りも考えたりします」

「なるほど、大いに結構。これからの人達は私らの頃と違って唯の一芸に秀でていただけでは間に合わない。多方面に通じてその中の一芸に秀でるというのが大事かな。大変でも頑張りなさい。でも、焦りは絶対に禁物だよ」

「はい」

　それからひと頻り、若い二人の熱心さに押されて、小松原が引き受けてきたサイバーシステムの概要を説き明かす。その背景までを明からさまにはできないが、言葉半分でも粗方は理解できる二人だ。それならばと、小松原は、システムの最終的な意図を汎用モジュールに脚色して説明し、今はソーニアの世話役として小松原流人工知能の粗方を理解しているロバートに、その部分の機能仕様とダイヤグラムの作成を任せてみることにした。インプリメントはソーニアが自律的にやっていくことでも、そこに誘導するロバートの作業自体も、人工知能研究所員の仕事として大いなる収穫があるはず。

自信たっぷりの表情のロバートに安心して、まだいろいろ聞きたい様子のリエーフの気分を冷まさせるために話題を変えて、その日は陽が陰るまで四方山話しに興じた。

納期一週間としてロバートに任せたサイバーシステムの設計案が、わずか三日後には送られてきた。仕事の合間を縫ってざっと開いて見た限り出来栄えもなかなか、ただ、アイ子にも明かしていなかったソーニアの中核機能に対する理解の甘さから来る不都合が幾つかあって、その部分の修正のための助言を付して送り返す。

時計を見れば正午までに三十分ほど、早めに昼食にして午後の仕事を早めようと席を立つ。と、そこに総務の女性から電話が入った。ロバートと名乗る男性客が今表に見えているがどうするかと言うのだ。ええっ、ロバートが、アポイントも無しに来るほど尻の軽い男ではない、さては何かあったかと思ったが、それならちょうどいい、昼飯を外で食うか、と、机の上を整理して表へ出た。

「やあ、ボブ。何かあった？」

「突然で申し訳ありません。実は、リエーフが変なことを言い始めたもんですから。急ぎ、お耳に入れようと思いまして」

「リエーフが？　何だろうね」

「電話やメールでは、どうもお話しし難いようなことだったものですから……」

「そうか。ちょうどよかった。君からの設計案にちょっとしたアドバイスを付して今送り返したところだよ。表でピザでも食べながら聞こうじゃないか」

「そうですか。こちらの勝手ばかりで済みません。それに、今、リエーフを連れてきているんですけど」

なるほど、恐縮顔のロバートが指差す通りのプラタナスの陰に、所在無げな様子でリエーフが立っている。

「おう、そうかい。それなら、ジャンクじゃなくってちゃんとしたものがいいな」

ロバートの返事を待たずにリエーフを手招きし、正門脇の木陰に駐めている車へ誘った。


早い時間でまだ客の少ない駅前レストランの屋外テーブルで日替わりランチを頼み、フリーサービスのコーヒーを注ぎながら二人に話しを向ける。

「何か厄介なことでもあったかい。ここは私の馴染みの店で、何を話すのも気兼ね無しでいい。どうぞ遠慮なく」

その言葉でロバートはリエーフを促すが、リエーフは如何にも話しにくそうだ。

「どうしたね、この間の話しの続きかい？」

「はい。リエーフは、ドクターが誰かに騙されているんじゃないかと言い始めたんです」

「ええっ、騙されている？　どの部分が？」

おずおずと上げるリエーフの顔は、緊張して白んで見える。

「私もねえ、今度のコロンビアでは思い掛けないことばかりだったものだから、あるいは間違ったこともあるかと、身構える気持ちでいた。しかし、騙されているとまでは思わなんだ。大事なことだから、気になることは何でも聞かせてくれ給え」

小松原自身にも朧気ながらの懸念があったのは事実。それは、コロンビアで突然に再会したデボラの様子だった。コロンビアへ出立前に立ち寄った時の彼女の様子から、全てが逆向きに引っ繰り返った印象の言動で、何が本当なのかと、疑いの方が大きかったのだ。

「ドクターは妹のスーザにお会いになった。会話じゃなくって、皆の前でのプレゼンテーションをお聞きになった。そう仰いました」

「そうだよ。それが何か？」

「スーザを見て僕の少年兵姿を想像された、とも仰った」

「ああ、そうだよ」

「妹が無事とお聞きしたことで、僕は嬉しさで逆上せ上がっちゃったんですが、ドクターは、精悍な女性兵士風情の堂々たる偉丈夫だったと仰いませんでしたか」

「ああ、言いましたよ」

「お別れした後で思い出したんです。その彼女は僕によく似た体躯容貌の、皆より頭一つ抜き出た背の高さだったとか……」

「――――」

「そうすると、その女性は僕の妹ではない、違う人かもしれません。この間はドクターのお話しをしっかりお聞きしなかったからいけなかった」

「ええっ、妹さんじゃない？　そんな！」

「妹のスーザはそんなに大きな体付きではないはずなんです。僕が国や家族に背を向けて家を出た頃はまだ初等科の生徒で、その妹は父親似、僕の方は母親似なんです。親達はいつもそんな風に僕らのことを言っていました。そして、父親は痩せ型で背は低め、母が体格の立派な働き者でした。その頃の妹はとても可愛くて小柄、運動なんかは苦手で本を読んでばかりいるような子でした。あれからまだ十年少し、幾ら成長盛りの女性でも、今、僕ほどの体格までになっているとはどうしても思えないんです」

「――――」

「ドクターコマツバラ、妹は首筋に鈎割き様の赤黒い傷跡があるはずなんですけど、どうでしたでしょう」

「うーん、詰襟の制服姿だったし、わざわざ見せてもらえる雰囲気ではなかったし、でも、疑いも持たずに信じてしまったのがいけなかったか。しかしねえ……」

「それに、寡黙なところがありまして、人前で堂々と話せるような子ではなかった」

「うーん、そうか。まあ、兄である君が言うことだ。初対面の僕の印象なんぞは当てにならないと思うべきだろう……。もし、君の感触が正しいとして、こうなると徒事では済みそうもないな」

「仕方がありません。これからも力を尽くして消息を追います。決して諦めませんから」

「いや、君もそうだが、私の絡みにも大いなる支障が出る。先日ロバート君に頼んだサイバーシステムの件、あれは、向こうの人達の言い分が信頼できると思えばこその話で、そうではないとなると大変、あれが悪用でもされたらとんでもないことになる」

「どうしたもんでしょう」

「いや、早く分かってよかった。それだと、要望に沿うにしたって一層強固な歯止めを講じてでなければ」

「そうですね」

「先ずは真偽を糺すことで、こればかりは慎重の上にも慎重を要する。分かるね、君達」

そうは言ってみるものの、小松原の頭の中は混乱の極み。

――なるほど、言われて見れば、あの三日間は想定外のことばかりだった。まだ数日前のことなのに、何故かもずっと以前のことのように思えて記憶が薄い。夢の中の出来事のような感触しか無いじゃないか。つまり、私はそれほどに浮ついた気分だったということ。還暦を前にしたこの私の方こそ、慎重の上にも慎重でなければならなかった。油断のし過ぎだった。――

小松原は次第に顔の中が白んで来るのを感ずる。

「こうなったなら、何がなんでも妹さんを名乗る人物の背景を確かめるのが私の責任だ。きっとちゃんとした報告ができるようにするから。そして、どんな方策を講じてでも妹さんの身を安全に救出できるように努力する。だから、それまでの間、今度の件は知らなかったことにして欲しい。何分にも、この話しの背景にはとんでもない厄介な魔物がいる気がしてならない」

「魔物と仰ると？」

「いや、それは分からない。分からないだけに慎重を要する。下手に動けば君達に災厄が及ぶかもしれず、何より、妹さんが向こうの手に落ちていて利用されたのだとすれば、無事な救出が不可能になってしまうだろう。くれぐれも言動に気を付けてくれ給え。今だけは何も知らないことが一番の安全策だ」

「はあ……」

「それと、ロバート、君の人工知能ソーニアへのアクセスチャネルを完全に閉じてしまって下さい。背景に魔物がいるとすれば、彼らの狙いは僕らの一連の情報処理技術にある可能性が高い。そして、多分、こちらの情報の肝心な部分さえも、既に漏れ出てしまっているかもしれない」

「そうですね。それだと、まかり間違えればとんでもない悪ふざけに手を貸すことにもなりますものね」

ようやくロバートも小松原の懸念がはっきり分かったようだ。

「しかしまあ、事前に分かってよかった。まだ手は打てる。ありがとう、ありがとう」

曰く言い難しの表情の二人と分かれ、社に戻った小松原はソーニアに向き合った。リュシーシュアブ、デボラノアム、スーザサファロなる三女性の素性をソーニアに探らせようと考えたのだ。あれだけの強者達となると簡単に尻尾を摑ませるようなことは無かろうが、強者にしたって本人の気付かぬ弱点は必ずあるもの。膨大なサイバー空間からちょっとしたバリヤーの綻びを手掛かりにターゲット関連情報を掻き集め、取捨選択の上で収斂させれば必ず何らかのイメージが上がってくる。サイバーインターポールの最も得意とする部分だ。

そしてそこからは人工知能ソーニアの真骨頂、最大公約数的に収斂されるイメージに基いて最も在り得べき人物像をモデル化して描画してくれるはず。人物像に限らず、要求すればソーニアはそのイメージに最も近い実在の映像も拾い上げてくれるだろう。小松原の役割りはそこからで、示されたイメージや映像が、少しでも小松原が実際に目にしたものにミートするならば、小松原ならではの目でソーニアがそこに至った膨大な情報を再吟味して、確度最大の背景に迫ることができる。膨大と言えどもソーニアの手を借りて検証すればいいことだし、駄目ならスタンスを変えて何回も挑戦すればいいだけ。

つまり、向こうが欲しがるシステムで向こうの手の内を探り出すわけで、小松原としては、これに関してのみは勝てる自信がある。

リュシー女史に記憶の外に置けと言われたこと自体が疑惑の裏付けのように思えてきて、コロンビアでの三日間を頭の中に必死にプレイバックする。思い出す限りの彼女らに繫がる表現をソーニアの検索キーとして与えた。ただ、向こうの手の内に嵌ることを避けるため、現地で直接聞かされた情報だけは意図的に外す。

ソーニアが出してくる人物像がどこまでそれに近付くか、そこまでを第一段階とする。その結果によっては、与えたファクターの重み付けを更に変えて試みる必要があろう。

ソーニアからの返りはどのくらいか見当も付かない。待つことをせずに業務に戻った小松原は、そちらに没頭してどのくらいしたか、ぼちぼち社員が引き上げるらしい物音で我に返り、急いで自室に戻った。ソーニアのチャネルを開く。やはり、まだ何も返っていない。

――ははあ、さすがのソーニアも手こずっているな。まあ、この作業だけは完全なゴールはあり得まいから、収斂のタイミングを与えてやらないと終わりようが無いのかもしれない。――

そう思いながらシステムの監視画面を開く。

――ええっ、おかしいなあ。ソーニアの検索機能はもう動いていない？　とっくに終わっているのかな？いや、違う。そう簡単に済むはずはない。とすれば、どこかで詰まって動きを止めてしまっている？――

想定外のロジックで脈絡が混乱し、元に戻れず固まってしまうことは考えられるが、ソーニアⅧではこれまで無かったことだ。人工知能と言えどもそこだけは自律性の向上のために大事な部分で、処理が難儀過ぎてタイムオーバーすれば、その原因を探って迂回路の模索に入るはずで、動きを止めることはない。はて、どうしたことだ？　腕組みをして考え込む小松原の脳裏を、突然、嫌な予感が過った。急いで指示入力に基いてソーニアが浚ったであろうファイルアドレスのリストを追ってみる。

――うーん、やはり、先を越されたか。――

ソーニアが浚ったであろう女史らのファイル諸々のリストは膨大なはず、との予想を裏切り、何も無いのだ。幾つかの切り口で網掛けしても何も掛かってこない。それが意味するのは、ネット空間には該当する何の情報も残っていないということ。多分、向こうが小松原からの探りの入るのを見越して、自身の関連情報ファイルの全てを消してしまったか、あるいは探索子に釣り上げられないように蓋をしてしまったか。だが、ネット上に放ってしまった全情報を漏らさず始末するなんて、それ自体が結構な難題のはずだが。

そうこうしているところに、ようやく動き出す気配がしてメッセージが現れた。

―アクセス可能なサイバー空間には、探索キーに該当する情報は存在せず。キーを変えての再サルベージ乃至処理の中止を選択せよ。―

――うーん、こうなると、やはり機能は健全に走っていたんだ。それでも、与えたキーでは何も引っ掛からず。だとすれば、リエーフの推測の正しさが二重否定のロジックで証明されてしまったようなものじゃないか。うーん、だがしかし、待てよ。リュシーシュアブ、デボラノアム、スーザサファロ、あの三人が連んで私を謀ったわけか、それとも、偽物のスーザがリュシー、デボラをも謀っている？――どっちにしたって、こんな仕儀とは念頭に無かった小松原には腹立たしいことこの上ない。彼女らの情報がネット上から消え失せていることからすれば、結局、三人とも疑わなければならない。

――いったい彼女らの狙いは何なんだ。――

頭を抱えた小松原は、ソーニアが浚えなかったとすれば自分に来ていた彼女らのメールにも何か細工されたはずと、自分のメールボックスにその痕跡を探した。と、そこには何ら異常が見られず、彼女らのメールもちゃんと残っているではないか。

――ええっ、ソーニアは何故これらを見逃した！　人物像探索には何の役にも立たない内容だから、拾い上げずとも当然だが、見ることすらしなかったのは何故？――

だが、日付けを遡って気付いた。彼女らからの古いメールが、ある時期を区切ってそれ以前のものには再開封された痕跡があるのだ。その時期とは、デボラがイスラエルに戻り、彼女経由でイスラエル軍の最新兵器情報と小松原のサイバーポリスドメイン情報の双方からの開示を進めていた頃。用心した小松原はソーニアの周辺機能の整理を図り、自前のメールサーバの圧縮暗号化機能を刷新していた。受発信情報を含めた全データが対象で、以降は、これによってサーバー自体の存在すら見えないままにメール交換が行われていたはず。

――はははあ、そうか。向こうは先手を打つと同時に、どうでもいいようなものはそのまま残して、こちらには何も感付かれないようにしたというわけか。だが、使ったツールは、多分、汎用パッケージの類だろう。だから、こちらのサーバーの偽装工作を見抜けなかった。やはり、彼女らも鉄壁ではなかったか。――


取っ掛かりを見付けたからにはひと先ず冷静になって、別の切り口で三人の真偽割り出しに掛かることにし、妻のジェーンに電話を入れた。子供達が家を出、アイ子が日本へ戻ってからのジェーンは家の作業場の情報機器を一新し、会社の雑務から開発案件にまで力を揮ってくれているのだ。ぼちぼち夕食の支度に掛かろうとしていたらしいジェーンに、かい摘んで今の難局面を告げ、支援を頼む。

「というわけでね、ソーニアの使い方は君の方が上だから、ちょっと手伝って欲しいんだよ」

「あら、珍しいわね。ソーニーが何か駄々を捏ねましたか。変なことをやらせちゃあ駄目よ。健全な成長を妨げたくないんだから」

「うーん、全く健全とは言えないんだが、実はねえ、先日のコロンビアの件で不審な点が出てきたものだから、向こうで会った人達が本当に本物かどうか素性を探らせてみたんだよ。ところがソーニーは、探ろうにも何も無いんでは探りようがないとギブアップしてきちゃった」

「あらまあ、それは大変。でも、多分あれよ、あなたのソーニーへの探索キーの与え方が凝り過ぎたのよ。今のソーニーは、表裏真偽、前後左右、上下遠近、何でも全方位型ロジックに当て嵌めて取捨選択する傾向が強まっているから、もし複雑過ぎる場合は自分で何とかしようと悩むのよ。そのレベルをちょっと下げてみたらどうかしら」

「うーん、なるほど、そうかもしれない。勢い込んでやらせたもんだから」

「私がやってみましょうか。でも、あなたがちょっとと仰る検索だと二、三時間は掛かるわね。私がそちらへ行きましょうか、それともリモートで？」

「先ずはリモートで行こう。専用回線にして一緒にやらせてもらうよ。私も君のソーニア操縦の極意を勉強したいから」

「了解」


テレビ画面でジェーンと対話しながら、ソーニアの操作画面を共有して作業に入る。

「問題はこの三人の女性。コロンビアであった三人だが、君に話した通り想定外の出来事ばかりだったもんだから、私は彼女らの言い分をすっかり真に受けてしまったんだが、どうも彼女ら三人は、あるいは三人の内の誰かが身元を偽って成りすましている可能性があるんだ。先ずは誰が偽っているのか、それを知りたい。これまでに得た情報から三人に与えた個々人のキーワードはこんなにあるんだが、どう整理したものかねえ」

小松原がキーワードリストをポップアップすると、それを逐一眺めていたジェーンは、訝し気な声を上げた。

「おかしいわねえ。今年はまだ二十世紀の内よね」

「そうだよ。去年暮れに君の提案で、私らのシステムは２０００年を二十世紀最後の年とすることにしたじゃないか。私が会社や社員の物も含めて全てソーニアの標準タイマーにシンクロナイズさせるよう指示したから、私らにはもう二十一世紀問題なんて関係ないよ」

「いいえ、そのことじゃないの。あなたのリストに対応する元データのタイムスタンプが変なのよ」

「ええっ、それはまた……。どの部分？」

「ちょっと待って。あっ、分かったかも」

そう言って慌ただしくキーボードと画面を操作し始めたジェーンは、突然指の動きを止めると目を瞑ってしまった。

「どうしたの？」

とっさにはジェーンのしている動作の意味が分からず、小松原はカメラをジェーンの手元に向けた。

「やっぱりそうだわ。変なのは元のじゃない、ソーニー自身で押し直したんだわ、これ」

「ええっ、本当かい。どうしてそんな」

「あなたの推測通り、誰かが外部からソーニーに侵入を企てたのかもね。それに気付いたソーニーは、チョッカイの手が及ぶと同時に該当ファイルを片っ端から安全地帯へ移動させたのね。重要度で選択するなんて余地の無いままに、攫われるファイルをすんでのところで取り戻したって構図かしら」

「うはー、そんなことか。でもどうして分かった？」

「例えば私とソーニーの共同作業のこのファイル」

ジェーンがポップアップさせて見せてくれるのは、小松原も覚えがある、ソーニーの性向獲得の方向を正すべくジェーンがソーニーに与えたファンクションキー群の一部だ。小松原はようやくジェーンの言う意味が分かった。

「そうか。ひと頃から君は、新しいプロセスの検証に備えて、変更の加わったタイムスタンプを紐付けするための特殊コードを与えていたんだね。だから敵さんはチョッカイが叶わずに終わった。となると、なるほど、ソーニーはちゃんと期待に応えていたんだ、さすがだねえ」

「ええ、そう」

「道理で私が探しても古いものが見付からなかったはずだ。私はもっと厄介な状況を想定して狼狽えてしまったが、もうちょっと冷静でなくっちゃいけなかったなあ」

「さてそうなると、このチョッカイの手がどういうものだったか、そこを割り出せば次に進めるわ」

「そうだ、そうだ。私はソーニアの不可解な動きを疑い過ぎた。申し訳なかった」

「ともかく、あなたの心配する人物の割り出しまでは今夜のうちにやってしまいましょう」


そこからの二人三脚は捗った。

ジェーンの指示に従ってソーニアの提示してくる人物像を各人三枚、拡大印刷してボードに並べ、小松原は薄目でそれを眺めながら雑念を排して自分の印象と比べてみる。

「どうかしら。あなたの印象に合致する度合いをスコアー付けしてみたら」

「うーん、僕も頭の中で今それをやっているんだが、偽者、つまり合致しないものを残すとねえ、こうなる」

小松原が慎重にボードから外したのはスーザサファロの三枚とデボラノアムの一枚。リュシーシュワブの三枚は、どこをどうして見ても印象の中にある彼女そのものなのだ。考えれば考えるほど得体の知れない女性に思えてくるリュシーを一番に、二番手にスーザサファロを疑っていた小松原は、目の前の予想外の成り行きに、頭の中が追い付けない。だが、ジェーンは淡々と作業を進める。

ソーニアの描き出したスーザとデボラの人物像各三枚と一枚を正しいものとして、ネット上に溢れる実存の人物画像から該当するものをソーニアに探させるわけだ。つまり、そこに出てくる者がいれば、それが小松原の知らない騙りの人物と目してよかろう。

「無制限じゃあ幾らソーニアだって時間を無駄するだけだから、引っ掛ける範囲をうんと限定するわね。それでも、パーフェクトを望んだら収斂できないでしょうから、先ずは確率を50％からやってみるわ」

「うーん。でもそれだと、同道巡りにならないかい。ソーニアが出してきた人物像は、ネット上のどこかにあるものを抜き出してきたんだろうから」

「いいえ、そうとも言えないのよ。ネット上の人物像と言ったって、ほとんどは国際標準かそれに類似の画像ソフトで圧縮暗号化された画素の塊でしょう。ソーニーはそれをユニバーサルな複合ロジックで解凍しているから、人物の特徴が少し強調され過ぎるきらいがあると思う。だから、行きと帰りで違うパスを潜ることもあって、それは、ソーニーの場合、混乱要素とはならず、むしろ確度向上になっているはずよ」

「そうか、そうだったな。最近は私の理解よりソーニーの進歩の方が早くて困る。私も年かなあ」

「そんなことはないでしょうけど。ともかく範囲を絞ればそれほど時間は掛からない。試しに一回だけやってみましょう」


逆サーチの結果は、結局、大した変化はなかったものの一点だけ前進があり、これでまた小松原の混乱要素が増えた。スーザサファロ否定の優位水準が90％まで上がっていたのだ。一方のデボラ、リュシーの確度は変わっていないのだから、これはもうリエーフの懸念が、ずばり当たっていたとしか言いようがないではないか。

「この調子だと、ソーニアが演繹した人物像に一番近い元画像の主を特定すれば、成りすましの背景や意図まで辿れるわけだけど、どうします？」

ジェーンの懸念は、小松原が得体の知れない相手に呼び出されてコロンビアくんだりまで引き回されたこと自体に、容易ならざる背景ありと嗅ぎ取ってのこと。そこが分かる小松原も、少しの間頭を冷やした方がいいと感じた。

「ともかく簡単なことでは済みそうもない気がする。ここでこちらが焦って動けば、向こうの思う壺に嵌まるだけだろう。今の今はじっと静かにして、こちらでは何も分かっていないことにしている方がいいだろうね」

「そうね。ここまで絞れば後は何時だって確認できることだから、ここは敢えて引き下がるべきね」

「そうしよう。私も頭を冷やすよ。これから真っ直ぐに帰って、夕食の支度は私も手伝うからね」

「ありがとう。でも、いいのよ。今夜はフォンデューでもう準備を済ませてあるから、ゆっくりお帰り下さい。頭がオーバーヒートのままで車のスピードを出し過ぎないようにね」

「はい、了解」


そこから数日後、リュシー女史らの素性を探る別の手掛かりが、思わぬところから訪れた。航空機開発会社元幹部ビルシモンズ氏からの電話だ。手詰まりだった小松原が、念のためにと不躾を省みずに元の職場に伝言を入れていたのだ。

「やあ、ドクターコマツバラ。お久し振り。相変わらず精力的にやっておられるようですな」

「あっ、ビルさん。お久し振りです。用がある時にだけお願いして、無ければご無沙汰したまま、本当に申し訳ありません。ビルさんの宇宙空間防衛基地プロジェクトの件をお聞きして、気になりながら多忙に紛れておりまして……。ビルさんは今も開発現場で指揮を執っていらっしゃるんですか」

「いや、構想を現実的なプランに押し込むところまでは昨年終了し、いよいよ予算化の段階なんだが、これにはまだ先数年は要しようね。でも、私はその段階を待つと七十歳を超えてしまうから、今後の舵取りは後進に委ねることにしました。二十一世紀への区切りでもあってちょうどよかった」

「そうだったんですか。何もお手伝いせずに済みませんでした」

「何のなんの、これまで提供願ったドクターの技術やアドバイスはとても役立って、助かりました」

「そうであればよかったんですが」

「ところでねえ、あなたももう五十歳を超えられたはず。日本ではご自分の天与の定めを考える時期だそうですね」

「はあ、よくご存じで。全くその通りなんです。私はもう半世紀もナアナアで生きちゃって」

「いやいや、私に向ってそれはありませんよ。私はもう三・四半世紀に近いんだから」

「はあ、生意気言って申し訳ありません」

「あなたはまさに人生の花盛り。あなたの人工知能に関する立派な貢献はペンタゴンでもＮＡＳＡでもよく聞くし、社業の方も順調に発展してシリコンバレーではリーダー的存在だとか」

「はあ、お蔭さまで。でも、歳だけのことで、会社も研究もそろそろ先を考えないと、と思っています。私が自由気儘に動けるうちにやり遂げなければならない仕残し、つまり、後進の人材育成です」

「それそれ、それが大事ですね。しかし、さすがドクター、既に自分で気付いておいでとは立派」

「というより、あれをやりたいこれもやりたいと、何だか気持ちだけが焦り、それを実行する技量やパワーに限界みたいなものを感ずることが多くなりまして」

「歳を取るとは寂しいことだが、分別を増すことでもある。悪いことではないですよ。ところで、ドクター、今週末にでもどこかで飯でも食いませんか。あなたに引き合わせたい人物がいるんですよ」

「はあ、いいですね。ビルさんには、折があればお会いしたいものと思っていました」

「その人物とは、私の高校の頃からの山登り仲間でね、気の多い人物で卒業後もずっと大学に残って人類学や歴史学をやり、退官後は考古学者紛いの実践研究で世界中を飛び回っているんだが」

「はあ、考古学ですか」

「その彼が、退任を知った私にある登山を持ち掛けてきてね」

「登山ですか。子供の頃は山育ちだったくせに、私はどうもその方面は疎くて」

「いやいや、そんなことはない。いつぞやあなたから相談を受けてＮＡＳＡのアーカイブから衛星写真を提供したことがあったでしょう」

「はあ、中東山岳地帯の情報が欲しくってお願いしました。その節は本当にありがとうございました」

「あの時のあなたの関心がアララト山にあったんでしたっけね」

「はい。正しくはアルメニア国境近辺での人の動きを知りたくてのことだったんですが、アララト山にノアの方舟の痕跡云々と言われて興味が湧き、それを辿っていて偶然に人の手が入った何かと思える赤外線映像を見付けたんでした」

「そうだったねえ。でも、後で見直したらそんなものが無かったとか」

「そうなんです。地元の人達には聖山として崇められている所にそんなものがあるはずがないと、お叱りを受けました」

「はっはっは、そんなことを言ったっけ。で、その友人の話とはね、歴史学とか考古学とかいう分野にはそういう紛い物の話しが紛々なんで、そこに純粋な科学的視点での論考を加えておきたいらしいんだね。実はその人物、あの辺りにルーツがあるらしいヒブリューでね」

「はあっ」

「その彼が、近いうちに現地へ入ってみたいんだが、引退したのなら私にも一緒にどうかなんぞと。突然に言われてどうにも返事のしようが無いんだが、彼曰く、あそこの今はトルコ領、ウッカリ踏み込めるような場所ではない。ちゃんとしようとすると、然るべき名目がいる。結局、向こうの国益にかなう学術調査が一番だというんで、例えば地震予知に備えるための地質学的調査ならいいとかで」

「はあ、あの一帯は地殻隆起で出来た山岳地帯であるだけに、中東の地震の巣のような所らしいですね」

「そう。それとね、通り一遍の調査では既にやられている以上の有益な知見は得られないだろうから、最新の衛星探査の手法で行きたいと。多分、衛星考古学に反論を加えるのなら同じツールで迫るのがベターと、まあ、そんな皮算用なんだろうけどね」

「なるほど、分かります」

「そんな経緯があってね、私があなたの画像解析の卓越振り、まあ、あなたには遊び程度のことかもしれんが、それを話したところ、彼はぜひレクチャーを受けたいと。どうも彼は、あなたのそういう技術に関してかなり知っている口振りなんですよ。どうですか」

「はい、分かりました。そういうことでしたなら、ぜひ」

「さあ、そしてね。私はその友人の誘いをどうしたものかと思案していたところに、またおかしな情報が舞い込んでね。例の、あなたが山の中腹に見付けたという地下構造体モドキなるもの、あなたはその後無くなってしまったと仰るが、国防総省傘下の偵察局辺りだと、既にそうしたものの存在を知っているらしい。あなたの仰るものはそんな中の一つじゃなかったですかね」

「はあっ、そうなんですか。でも、まあ、あり得ますね」

「その情報源は私が偵察局の衛星設計に駆り出されていた当時の仲間で、それに気付いているのが民間の情報科学者にもいると言ったらば、えらく悔しがっていましたよ。自分達の監視能力が超一級と信じている彼らは、アメリカの国防とはその程度の幼稚さがあるとは考えたがらないんだねえ」

「私も専門馬鹿にならないように自戒していますが、分かります」

「彼らの主たる武器は偵察衛星、それを駆使しての世界中のテロリスト、ゲリラ、武装集団、つまり、野放しで得体のはっきりしない危険な組織、特にアメリカを仮想敵国とするような武闘集団の割り出しやら行動監視やらだから、言うこともなかなか過激でねえ……」

「行動監視ですか。嫌な世の中ですねえ」

「まあ、今の世に必要悪というしかありませんな。そういう無法集団が屯するのは、往々密林の奥とか山岳地帯、だが、飛行機や衛星で上ら覗かれれば直ぐに分かってしまうから、最近は表面をカモフラージュして地下に潜る。特に砂漠の民であるムスリム達はそれが得意だとか」

「すると、あの時見たのは、そんなモグラ人間が作った地下の基地だったとかですか」

「うーん、そこまではどうか」

「私はその後、あれが私の画像処理のミスだったと言われないよう、いろいろと改良を加えました。折があればまたチャレンジしたいものです」

「だが、それにしたって、あの時、それを見逃さなかっただけでも大したものだ。あなた方の最新技術の前には、どうも地下へ潜っても役立たずですな」

「地下組織なんて言葉は、もう意味が無くなる世の中であって欲しいものです」

「それはともかく、そこに、あなたにお話しせねばと思った件がもう一つあってね……」

「――――」

「アララト山麓にもそうしたものが数年前からあって、クルド人系テロ組織の武闘勢力のアジトとして、ペンタゴンが一級警戒ランクに入れていたそう。でも、小さな組織だったし、格別の表立った危険な活動を見せていなかったから、定期的な監視のみに止めていたそうです。そして、暫くした頃、その組織はそこを撤収して何処かへ散ったらしい。あなたのこの前の話は、このことだったんでしょうかねえ」

「そうかもしれません。居なくなったのは、偵察局の動きが気付かれてしまったからでしょうか。その後の動きは分からないんですか」

「私もあなたからアルメニアの難民を探していると聞いていたものだから、少しだけカマを掛けてみたところ、ペンタゴンがそんなちっぽけな組織を一級警戒ランクなんかに入れていたのは、実は、その部族の武闘組織を率いるのは女性、元イスラエルの軍人と目され、何か重大な国家反逆罪に問われて国際手配されている人物らしいからだとか。何だか、あなたの話と似たようなことで、正直、私も気になってね……」

「ええっ、イスラエル出の元軍人女性ですか！」

あのリュシー大尉はペンタゴンでさえ知られているのか！　と、小松原は頭をぶん殴られる思いだ。

「だが、何分にもイスラエルの絡みとなると、連中の口は堅い。神出鬼没であのイスラエル諜報機関にも尻尾を掴ませないとはあり得ん、跡形が無いというのはもう始末されてしまったんだろうと、まあ、体よく濁されて、それ以上は聞き出せなかったんだが」

好意で情報をくれるビル氏の口調は穏やか、しかし、聞く小松原は平静ではいられない。それは違う！と、危うく口にし掛かって引っ込めた。あのリュシー女史の悩まし気な表情が思い浮かんで、受話器を握りしめながら平静を装うのに精一杯。

——やはり、リュシー女史のあのとんでもない話しは本当だったようだな。ペンタゴンも既に何らかの情報は摑んでいて、あの辺を震源地にしたような何事かが起ころうとしているのは確かなんだろう。女史が別れ際に、不可解な段階の情報だから忘れてもらった方がいいと言ったのは、多分、今のビルさんの言われたような厄介な背景を知ってのことだろう。彼女の言動にまやかしは無かったということだ。——

しかし、小松原の心の動揺は電話の向こうにさえ伝わったらしい。ビル氏はそこを敏感に感じ取ったようだ。

「あなたもその後、何か情報を得ていますか？」

「はあ、いいえ、何と申し上げたらいいか……。その女性は、多分、私の探している難民少女と関りの人物に違いありません。名前はリュシーシュワブとか、またはカーアン某とかと言うようです」

「ほおー、ドクターコマツバラはその辺まで既に調べ済みですか。さすがですな。で、そうすると、難民の少女は無事に救出されたんですかな」

「いえ、それがまだ。まだと言うより、情報が交錯していて何が何だかさっぱり。その少女はもう生きていないとかの話もあったりしまして」

「もう生きていない！」

「いえ、まだ全く噂だけでして」

「それじゃあ、奇蹟は起きなかったということですか。それは何とも、どうも」

「いえ、それも確かではなく、実はビルさんにお電話したのはその辺のお話しを伺いたかったものですから」

「うーん、やはりそうでしたか」

だが、電話口の向こうから伝わってくるビル氏の穏やかな口調に、小松原はこれ以上の突っ込みはしない方がいいと感ずる。

「私もどうも、何が本当か分からず、右往左往で成果が無いものですから、ここいらで立ち止まって見ることにして、暫くは仕事と研究の方に戻ります。衛星での偵察など、また必要になりましたらお手数を煩わせるかもしれません。よろしくお願いします」

「はいはい、了解。一線を退いてしまった私としてはできる限りとしか言えないが、何なりとどうぞ」

「ありがとうございます。ビルさんのお力は千人力、万人力ですから。それで、お返しと言っては何ですが、ビルさんの調査登山のお手伝いは精一杯にさせていただきます」

「おう、そうだった。相方に話してレクチャーの段取りをしますから、その時にいろいろと」

「危ない山じゃないみたいですが、奥方様もご一緒だと、私の小さな通信端末をザックのどこかに括り付けて帯同されるのは如何ですか。何かあった時にコールしていただければ、こちらの人工知能が直ちにご指示に従って対応します」

「ああ、それは心強いですね。お願いしますよ」

「時期が決まったら、状況に合わせて用意します」

「そうなると、あれですなあ。私は、どうあっても友人の提案に乗りたくなってきた。前々から、引退の区切りに久々の登山をと、妻にせがまれていたところでもあるんですよ」

「そうですか。どうかゆっくり安全な登山をお楽しみなさって下さい」

「はい、ありがとう。でも、そうなると、やはり、あなたにも是非参加してもらいたいものですな」

「はあ、私がですか……。私のような山の素人が世界最高峰に近い山になんて、皆さんの足手纏いになっては何ですから」

「いやいや、こんな遊び事で、現役真っ盛りのドクターに一緒にとはとても恐れ多くて。例のサイバー技術でカリフォルニアから参加いただくのはどうでしょう」

「はあ、そんなんでお役に立ちますか」

「役に立つも何も。今度ばかりは昔の山仲間の与太話しに付き合うわけだから」

「なるほど、そうですか」

「私ら夫婦には無目的の記念登山で、お互いに気楽にいきましょうよ」

「はあ、それでは、どうでしょう。引き換え条件に、お願いが……」

「ええ、いいですよ。何なりと」

「実は、ネット環境がこれだけ普及した今、現実空間、現実体験を分け合って生産性に結び付けることのできる多様な技術環境が整いつつあります。つまり、ロケットに乗っての宇宙空間、潜水艇での深海、日々の仕事環境、何処でもいい、実際にそこへ行ける、あるいは参加できる人達と、参加できない人達とが体験を分け合って共に楽しむ学ぶ、そんなことです。ビルさんの今仰った高山の氷河探検に、現地へは専門家のビルさんが、カリフォルニアの私はサイバー空間経由で共に参加して、素人ながら同じ楽しみを味わわせていただく、そのための環境整備は私が致します」

「ほう、あなた方の技術はもうそこまで行っているわけですか。大したものだねえ、是非それでいきましょう」

「了解致しました。こちらも準備が具体的になったらご連絡します。その節にはどうぞよろしく」

「今度はいい登山になりそうで、妻もきっと喜びますよ」

それからお互いの直近のスケジュールを交換し合って電話を切り、小松原は太い息を吐いた。

——電話口ではとても話せなかったことだが、リュシー女史と協調できるか敵対しなければならないかはさて置き、スーザ探索の糸口は彼女の土俵に上がるしかなくなった。そのためには、彼女のホームベースであるはずの山岳地帯がカギ、アララト登山が降って湧いた僥倖と思える。このチャンスを生かせなければ！——

これまで知る幾多の人物像のどこにも入ってこないリュシー女史の得体の知れなさに、小松原は若い頃のような闇雲な対抗心を覚えてならなかった。

六　真実はいずこに

――ムスリム過激組織がトラなら、オオカミは何者?!――

いずれアヤメかカキツバタ?!

どちらを向いても理不尽極まる人間社会に、悲しき性を背負う女性達は、軍団を為してどこへ向かう。恩讐何するものぞの彼女らの熱き血潮は、全てを溶かしつつどこへ向かう。

その向かう先を云々するは愚、懸命に咲く花に実の生らぬはずは無し。されど、嗚呼!


ビルシモンズ氏夫妻らのアララト登山行が、山に秋色が押し寄せる前の三週間と決まって、小松原は一行の携行するネット通信局の整備に馬力を上げた。地中レーダー設備は考古学研究室のもので、同行の若手研究者が背負って登るというのだが、そこからの大量のデータ伝送となると通信局にかなりの容量を持たせなければならず、毎度のことだが小型軽量化との折り合いに苦心する。

しかも、衛星考古学で確認したと報告されているものは万年雪の下、平地での探査のようなわけにはいかない。秋口直前というのは、入山可能なぎりぎりのところだった。

一行が山麓に設けたベースキャンプからの通信は上々、小松原のこれまでの経験が生かされたシステムは予想に違わぬ好成績で、一行が現地で見出し期待を寄せる万年雪下の観測データを、カリフォルニアの小松原がソーニアを駆使して多元的な解析情報に組み立て直す。同時に、ビル氏の尽力で使えることになっていた民間偵察衛星のデータを重合させて、精度を確かなものとして現地へ送り返す。

こうした地球の真反対側同士が場を共有しての二人三脚で、探査活動は捗った。だが、得られる結果は方舟の存在の可能性を裏切るものばかり、つまり、一行の探査の目的に違うものは何も出ず、チームの主張はしっかり裏付けられ、衛星考古学とやらの未熟さ故の欠陥も解明できたのだった。

気をよくした一行は、探査活動を予定より数日早く切り上げ、頂上から北側へと回り込んで、雪山から秋色への変化を楽しみながらベースキャンプに戻るという。そう報告するビル氏の口調には、少しばかり不満げな印象があったことから察するに、多分、キリスト教徒である氏の心の内には、ノアの方舟伝説の劇的な展開を期待する気持ちもあったのであろう。そこが分かる小松原はそっと回線を閉じたのだったが、小松原には別の意味の大きな興味が湧いていた。

——研究者達が使ったレーザ探査装置は、彼らが改良を重ねた最新鋭機であったにしても、深度は土石質に対して精々十メートルほどらしく、厚い氷河質に対してはその下の地表までがやっとの場所もあった。あそこにもし、成層圏から超高エネルギーレーザ探査光を当てたならば、いったいどのような光景が見られるのだろうか。——

小松原の脳裏を過るのは、リュシー、デボラ両女史に垣間見たあの戦闘能力の高さだ。

——ジェット機すら軽飛行機並みに操る彼女らに鍛えられる若者達ならば、あるいは同等以上の身体能力や闘争知識の持ち主達であろう。それならば、中東アララト山の氷河下でも南米シェラネバダ高地でも、適時適所でベースキャンプを設けながら、何らかの目的に向かって縦横無尽に活動していけて当然。リュシー女史が中東の部族のリーダーというのは本当、そして、コロンビアで見た精鋭達のボスであるというのも本当、多分、コロンビアは少数精鋭の別動隊ででもあろう。するとやはり、彼女らの活動の目的とは徒事ではない部類の何かだ。——

だが、小松原がコロンビアでの三日間の間に見たリュシー女史は、どう思い出してみても、浅薄なテロリストや単なる扇動者の部類には全く当て嵌まらない。

ビル氏一行と画面共有で調査活動を支援する間中、小松原自身はリュシー女史らに繋がりそうな何かを注意深くサーチしていたのだが、それらしいものは何も見当たらなかった。ビル氏に、アメリカに向かう不穏な動きがあると有り体に話して、それなりな協力を得ようかとも考えたが、奥方共々登山を満喫するビル氏に対して、とてもおかしな話しは出来なかった。

こうなってくると、スーザを名乗った女性の正体を脇に置いてでも、リュシー女史の真の人物像を探らなければならないとの思いが益々強まる。

いずれサイバーシステムの構築を頼みたいと言いながら何の音沙汰もなく過ぎてもうかれこれ半年近く、小松原は、そのリュシー女史の行動が一番のカギと睨んでソーニア共々警戒を解かずに沙汰待ちしていたのだったが、こういつまでも長引くと、リュシー女史に何かあったのではとの心配も湧いてくる。

辛抱し切れず、黙って待つより向こうの戦術に嵌まる方が早いかと、リュシー女史宛にメールを発信し、その返りを待って首を長くしていたところに、登山行から戻ったビル氏から厚目の封書が届いた。

現地調査の報告書にしては早いな、と、何気なく開封した小松原は読み始めて目を剥いた。調査協力のお礼に続いて書かれていたのは、ビル氏が現地人に依頼して集めてくれたスーザサファロに関する報告書だったのだ。具体的に頼んだことではなかったのに、ビル氏はそこまで気を配っていて下さった、と、感激ひと塩で読み進めたのだが。

技術屋らしいビル氏の、結論を先にした論文調に助けられて一気に目を通したのだが、信頼できる現地人三人の聞き込み結果を合わせ、アルメニア共産党政権から追われたサファロ家の末娘スーザサファロは、結論として既に死亡、小松原の情報に基くスーザ某はスーザサファロに非ず、名を騙る偽物と判断すべき、とあるではないか。

そんな予感も無いではなかった小松原も、本文に記された現地人の話の詳細な記述を読み進めながら、猛烈に湧き上がってくるやり場の無い怒りに抗せない。

兄リエーフの出奔で変わってしまった少女の悲惨な運命は、小松原があちこちから聞かされていたこととほぼ同じだが、その後が更に酷かったのだ。人身売買の手に掛かって廃人同然のところまで貶められ、砂漠へ捨てられる寸前に逃げ出して気力だけでアルメニア国境まで逃れたスーザの遭遇した相手が、何と故国の国境警備隊だったのだ。捉えられて中央へ送られる車の中で、遂に気力体力尽き果て、そのまま息を引き取った。そして、事もあろうに、公安は国民への見せしめを意図してこの詳細を公にした、従って巷間でこれを知らぬ者はいない。だが、トバッチリを怖れて口にするものは皆無、それで如何わしい情報がまことしやかに流布していたのではないか、というのだ。

小松原の心情を気遣う配慮がはっきり分かるビル氏の文面であってさえ、目を瞑ってしまう箇所が幾つも。

――これが人として生まれた若い一女性の短く苦難ばかりだった生涯と納得するには、あまりに残酷過ぎるではないか。――

どうにも心の整理のできなかった小松原は、これをどうやって兄のリエーフに伝えたものか、迷いに迷った。知った時のリエーフは逆上か消沈か、いずれにしても愁嘆場は避けられまい。せめてまだ前途のある兄リエーフを、破滅の道に走る前にしっかりと自分の足で立たせたいものだが。

結局、今は伏せたままでいつの日か時が解決してくれるのを待つ、それしかないと決めた小松原は、封書を自分だけのファイルの底に押し込んだ。

届くかどうか訝りながら送ったリュシー女史宛てメールには、やはり返信無し。さりとて、ロバート達の心配を無視し続けることもならない。小松原は鬱々としたままビル氏に相談することもできずに数日、結局、リュシー女史の土俵に自分から上がってみるしかないと思い定めた。

感情の鎮静を待って作業開始、向こうが消し残していたアドレスから辿って、メキシコで見たネットワークセンターへの潜り込みを試みる。予想した通り、彼女らのセキュリティはさして強固なものではなく、何回かの試行で他愛無く繋がった。そこに、彼女の触手を刺激するに十分な機能を盛り込んだ新システム設計書を送り付ける。メッセージには、これを叩き台にご要望の詳細を賜りたく、打ち合わせのチャンスを設けられたし、とのみ付した。

自動転送されたらしい小松原のメールに対して返信があったのは、早くもその日の夕方。そこには、先回同様カンクンまでご足労願いたし、とあり、週末金曜日の最終便らしい飛行機の予約番号と帰路のオープンチケットナンバーまで添えられていたのだ。またまたこちらの思惑に無頓着な先制攻撃で呆れるばかりだが、今の小松原の気分にはこの方がいい。直ぐさま予定をやり繰りして相手の思惑に乗った。

相変わらず愛想っ気のないリュシー女史に出迎えられ、前回と同じ浜辺の現地人屋敷跡の施設に連れられた。リュシー女史は、時計を見ながら、挨拶ももどかし気にミーティングルームのボードの前に立つ。小松原が座るテーブルにはコーヒー、果物が置かれて、勝手に口にしながらの聴講だ。

「お着きになったばかりですが、ドクターのお時間を無駄にしないように、食事前の二時間を今回の本題の議論に使わせていただきます」

　有無を問う表情ではない女史に押されて、小松原は頷くしかない。

「先ず、ドクターコマツバラ、素晴らしいご提案、ありがとう存じます。システムの機能は、取り敢えずよしとします。多分、後でこちらから注文を出すこともありましょうが、無理なく可能ならばやっていただく、無理ならば引っ込めますので、そう仰っていただくだけで結構です」

「はあ、そんな紳士協定でよろしいですか」

「はい。当方、それほどにご提案いただいたものに満足していると思っていただいて結構です。さすがドクター、前回の二日間で断片的に申し上げた諸々を、ほとんど完全に汲み上げていただいたわけで、まあ、ドクターの目で見られれば、既存の私共のシステムがそれほど陳腐なものだったわけでしょうが」

「――――――」

「ただし、一点だけ、特別の付加工事をお願いしたい。センターと外部とのデータ入出力チャネルに、物理的なセキュリティー障壁を噛ませていただくことです。つまり、全ての入出力データは、全てそこでコード変換して受け渡すことにしたいのです」

「一般のファイアーウォールでは間に合わないということですね」

「いえ、ドクターならそこに十分な対策を講じて下すっておりましょうが、今回ばかりはそこの強化を主眼目としたい。具体的にはそこにドクターの秘蔵っ子の人工知能を置いていただき、それにコード変換機能を任せたいわけです」

「変換ロジックそのものを人工知能の自律性に任せるわけですか」

「はい。でも全くのランダム変換ではいろいろと不都合が出ましょうから、今回は吸い上げるデータの経由パターンをキーにして、個別に変換方式を割り当てます」

「ほう、なるほど。で、それでなお、伝送効率に障害無いようにせよと」

「はい、その通りです。ですが、データの経由地パターンを危険度で見ますと極く限られた範囲、効率に問題を来たしそうな厄介なパターンは多くありません。実害は無いかと思われますが」

「はあ、分かりました。それならば、多分、可能です」

「ありがとうございます」

「しかし、あなた様は、何故そこまでセキュリティーに拘られる？　前回のご要望は、むしろ全体機能、サイバー戦線に備えたデータ監視機能がメインのような仰りようと理解して素案を纏めたつもりですが。当然、そこはそれなりな防護壁で固めております」

「はい。そこはご信頼申し上げております。前回は確かにそのつもりでした。ところが、このところ少し違った状況が見えて来まして」

「ほう、なるほど。ですが、ひと頃の軍部が使用したがったような暗号化システムにはそれなりな弱点があり、今の最先端テクノロジーを相手には、とてもお奨めできない」

「でも、ドクターご自身は人工知能システムの鎧に、多分、相当強固なテクノロジーを開発なさっているはず」

「はあ、それはまあ」

「具体的にどういうものかは私らには分かりません。ですから、ドクターに当方の切実な気持ちを分かっていただくために、ハッタリを交えて今のような申し上げようをしました」

「なるほど、分かりました。でも、何かそうしなければならない特別な要素でもあるなら、そこを有り体にお話し下さった方が。それに合わせた対策というものが出来ます」

「はあ、ご尤もです……。実は、ある組織を名乗る何者かから、私の手元に警告文のようなものが来まして、あまり具体的に覚えのある組織ではなかったものですから、直ぐさま探ってみたところ、どうも、中東クルド系の武装組織らしい」

「ええっ、それじゃあ、自分達の教義に徹底的に拘るイスラム原理主義者達とかですか」

「あっ、いえ。その辺はえらい込み入っていて厄介でして、欧米国防筋がそんな風に呼んで特別に危険視しているのは、アフガニスタン紛争に端を発する武闘組織でしょうか。ただ、そこにもいろいろあって、土着のパシュートト人らを中心とする抵抗組織、いわゆるゲリラ部隊は、比較すればむしろ穏健で、ところが、イスラム圏全土から義勇兵と称して押し掛けて暴れ回った血の気の多い若者達が厄介、これがその後、イスラム原理主義を叫んで世界中に勢力を拡大している、問題の過激派テロ組織です」

「はあ、以前もそれらしいことをちょっとだけお聞きした記憶がありますな」

「後者の過激派テロ組織については、私も予てから強い警戒心を持って見ておりました。何分にも、狂信的な彼らにはかなりの資産階級、知識階級の出がおりまして、先進国の文化に長けています。そして、何より厄介なのは、彼らが最先端技術、就中、サイバー技術を操る点で、それで以てアラブ圏内圏外を問わずシンパを苦も無く増やして、急速に蔓延りつつあるんです」

「サイバー技術を操る？」

「ですが、私に接触してきた組織はそれと違って、むしろそれに敵対する勢力と言った方が妥当ですけど。有史前からの世界最大勢力を誇った民族でありながら、国家なる概念を持たずに中近東一帯の山岳部に遊牧民として素朴に暮らしてきた人達、つまり、クルド民族」

「――――」

「トルコ北方クルディスタン自治区の民族防衛軍団と称するところに属する一女性部隊、と申し上げたならばドクターは？」

「はあっ、女性部隊？」

「今はまだどこにも知られていませんが、ムスリムに属しながら正真のムスリムとは言えない人達でして、コーランにある無分別な教義や男尊女卑の風習を盲目的に受け入れることをせず、自分達の立ち位置を失わない賢明さで、女性も男性共々の気概に溢れています」

「はあー、そうなんですか。いや、存じませんで、迂闊でした」

「そもそも、クルド系民族のイスラム教とは、中世以降無理やりに改宗させられていったような歴史的背景があって、他のどのようなイスラム系とも与しません」

「はあ」

クルド民族と聞いて小松原は、はてな？　と、首を傾げる。脳裏に過っていたのは、しばらく前にビルシモンズ氏からあった情報、スーザ某はスーザサファロに非ず、名を騙る偽物、と断定できるとあった点だ。ビル氏からのあれが偽情報であるはずがないから、ひょっとしたら彼女はそんな所の?!。

――あれはいったい何だったんだ。あれほどに可哀そうな女性に、何が必要で偽物なんぞが。――

だが、時間を気にするらしいリュシー女史は、早口に先を続ける。

「そのクルド民族は、今世紀初頭、旧ソ連邦の後ろ盾でクルディスタン共和国として独立を宣言しますが、その後、ソ連邦の後ろ盾がむしろ事を厄介にして今に至ります。民族自治区に毛が生えたほどの急拵えの弱小国ならば、周辺国の勝手でいいように転がされ、石油資本を背景の欧米の浸食も加わって、わずか一年そこいらで元の木阿弥に……」

「――――」

「先年のイラン・イラク戦争では、トバッチリでイラク軍の毒ガス兵器による攻撃を受け、数千人の民間人が犠牲になるなんぞの悲劇も。ところが、そうした哀れな人達ながら、一枚岩とはなれない悲しさもある。クルディスタン自治区の東西を二分して、西を民主党、東を愛国党なる二大勢力が牛耳るの構図です。活動の根は同じなのにこうしていがみ合う実態が現実なんです」

「自主独立を旨とする多部族からなる民族の、歴史が然らしむ悲劇とでも……」

「そう申せば已むを得ないかのように聞こえますが、これこそは人間という生き物に共通した哀れな性です」

「なるほど、納得できます」

「私に接近してきたのは、そのいずれとも距離を置くような、いわば良識の民とでも言いたい人達で、それだけに私としては無碍に看過できない。しかし、そうかといって、クルドとヒブリューは水と油のような歴然とした民族性の違いがある。特に、彼女らは敬虔なイスラム教徒」

「なるほど、分かります。して、あなた様がそこに頭を悩ませられるのは、あなた様がイスラエル軍部のご出身であられることにもよりますか」

「はあ、それが無いとは申しません。しかし、先回も申し上げましたように、私はもう故国の無い人間、イスラエルがどうのこうのでは心が動きません」

「なるほど」

「しかし、ユダヤ人の血はどうしたって捨てられるものではない。ユダヤ系民族とクルド系民族の、流民として辿った長い苦難の歴史はとても他人事でいられるものではありません。この二つの民族に共通の虐殺被害者と流浪という受難の言葉だけは、世界中のどの民族にも比べられるものではないんです」

「うーん、そうでしたか。よく分かりました」

「ありがとう存じます」

「システムの付帯工事については了解しました。他に何か伺っておくことは？」

「当方からはそれだけです。で、これから少し早めの昼食を挟んで、本日の議題の後半、ドクターコマツバラセッションをお願いします」

「はあ、私のセッションですか。提案内容に対するご意見さえ伺ってしまえば、私には何も
「でも、それだけのことなら、ノコノコと私の申し出に乗ってここまでお越し下さるようなドクターではございませんでしょう」

「はあ、そうですか。しかし、改まって聞かれれば、申し上げたいことは山ほどあって、何をどう話しますか」

「如何様でも結構です。一方通行ながら、特段のシステムをお願いする私にすれば、ドクターは大事なパートナーです。ドクターが腹膨れるようであられるのは不本意です」

「はあ、お気遣いありがとうございます。しかし、……」

「ならば、午後の二時間ほどは、気儘な意見交換でもいかがですか。まあそれはお任せしますので、先ずは一服と致しましょう」


またもリュシー女史の掌に乗ってしまった感ありながらも、小松原の気分は悪くなかった。やはり、リュシー女史の人物像は嘘で塗り固めたものではなかった、それが分かるだけで来た甲斐があった。

コーヒーを手にしながら、小松原は気軽な気分でボードの前に立つ。

「あなた様からパートナーと認めていただくわけですから、自分の心内の雑念だけは払拭しておきたい。ついては、二つ三つ質問させていただきます」

にこやかに肩を竦めるだけの女史は、一向に挑発に乗らない。泰然自若とも違う、全てが用意されたような穏やかさだ。

「先回こちらへ参るまでの私は、あなた様とデボラ女史は互いに立場の違う、敵対とまではいかなくても

相容れない方々と理解していました。つまり、故国のミッションを受けてあなた様を追ったはずのデボラ女史だった。ところが、どう宗旨替えをされたか、今ではあなたのシンパとして行動を共にされている。いったい、何が本当なんでしょう」

「いえ、彼女は宗旨替えをしておりません。彼女の身分は今もイスラエル軍人、イスラエルという国の中南米における地位向上のために種蒔きする、彼女はそのミッションを片時も忘れてはいないはずです」

「どうも分かりませんなあ、私が余程の凡人なのか」

「この前申し上げたように、ここコロンビアにおける私の仕事は、私が中東で任されている小さな部族の地盤固めのための資金源確保が目的、必ずしも清浄とは言えない誹りのある資金源です」

「はあっ、それは前にもお聞きしました」

「私の信条で、他を貶めることの無い限り、己の努力と才覚で生きる術を講ずるのは生き物全ての当たり前のあり方です。この地でドクターがご覧になる私共の活動組織は、まあ、私の目的達成のための手段としてのものであっても、これに参画するメンバー個々人はまた、同じく自分自身の考えや目的に沿ってこの組織を利用しているだけ、いわば、個々人が自由度百パーセントで参画する運命共同体です」

「はあ、それも以前にしっかり伺いました」

「デボラ女史は国のミッションを背負ってここに乗り込んできた、だが、何も無くてこんな厄介な国柄、土地柄を相手にするには、私のこの組織の利用が一番だっただけ。彼女が私を貶めることさえなければ、私は先導役としてチャンスを提供するに吝かではない。私もまた彼女の活動からちゃんと見返りを得ます。私共は誰に対しても一方通行を潔しとしません」

「しかし、人というものの本性は多様でしょう。あなた様のそういう寛大さが裏目に出ることもありましょう」

「当然、ありますね。でも、それは私の目が曇っておればのこと。日常茶飯事のそういうことに鍛えられておれば、目も肥えます。そう見えれば、仇為される前に回収の手立てをして置くだけのこと」

――なるほどそうだったか。彼女の活動の場はこの組織があってこそのもの、そして、この組織は彼女自身の卓越した才覚と努力によって築き上げたもの。そこに強烈な自負があるからこそ、そうした場を誰にも提供して憚らないというわけだ。何と言う強さか！――

「とすると、彼女のあの変わり身の早さだけは腑に落ちないでいたんですが、今のお話しだと何も変わってはいない」

「当然です」

「はあー、何ともはや。あなたと仰るお方は、強靭どころではない、強烈な個性と力を兼ね備えた鉄壁の指導者でおいでだ。お羨ましい」

女史はこれには応えず、少し相好を崩すだけ。

「お尋ねしたい二つ目ですが、あなた様がお救いになったというスーザサファロなる女性。あのお方はお見受けするところあなた様の娘さんと言ってもいい歳頃。すると、あなた様が右腕とも目され、ご本人もそれを励みに研鑽を積んでいる様子に、私はあのお方があなた様の本当の娘さんではあるまいかと邪推してしまうのですが」

敢えてジャブを飛ばして反応を見るつもりの小松原だが、女史は顔色一つ変えない静かさだ。

「いえ、それはありません。それであれば嬉しいことですけど。でも、そんなメロドラマは、ドクターのお口に似合いませんことよ」

そんな冗談で笑みを浮かべるリュシー女史だ。だが、小松原の目にはその口振りこそ彼女に似つかわしくないと、一瞬、映った。上ずっている気配すらあるではないか。

「いえ、私はそのつもりではない。あなた様は一番大事なはずの情報統括業務のこちらでの重責を、彼女に一任しておられるようです。すると、今後の私にも大いなる関りをお持ちの女性ですから、無関心でいるわけにはいきません」

「はあ、それはご尤も。迂闊でした。近々、彼女を交えた打ち合わせのチャンスを設けますので、その時までお待ち下さいませんか。何分、彼女の思惑もありましょうから」

「はあ、そう仰るなら……。しかし、私は彼女に少々違和感を感ずる節があるのです」

　すると、女史の目が光った。そのまま視線を逸らせて窓の外に向けると、無言で席を立ってしまった。部屋の隅のキッチンテーブルで、殊更に時間を掛けてコーヒーサーバーを新しくし、やがて席に戻る。

「ドクターはもう既に感付いておられる。やはり、鋭いお方です」

　そういう女史は、何やら吹っ切った様子だ。

「アララト共和国という名前をご存知ですか。あるいは、アルメニア第一共和国は？」

「はあっ、存じません。勉強不足かもしれませんが、アララトとか第一とか付く国なんて」

「今世紀初頭にほんのちょっと顔を出したアルメニア独立国のことです。ロシア革命後、ソ連邦成立のトバッチリのようにして南コーカサス三国が一緒になって、ザカフカース民主連邦共和国というのが生まれました。でも、もともと大同団結には馴染まない強烈な個性の民族同士のことであれば、たちまち崩壊、その後、アルメニアにだけ共和国なる民族国家が生まれたんです。しかし、それも一時のこと、ソ連邦の横槍で敢え無く崩壊、それぞれ、ソ連邦の一翼を担う社会主義共和国となります」

「はあ、西アジアの共産化の歴史ですか」

「このアルメニア共和国、ご自分達は国のシンボルアララト山に因んでアララト共和国と呼んだりして喜んだんでしょうが、この時の要人の一人から二代下った傍系の娘が彼女、スーザサファロを名乗るアルメニア人女性、アンジェラカプレアンです。スーザサファロは偽名です」

「やはりそんなことが。しかし、そんな由緒ある女性がどうして？　そして、何故他人の名前なんぞを？」

「そこが問題です。系譜はよかったにしても、彼女もまた歴史の波に翻弄されて辛い生い立ちの女性、彼女の産みの親と育ての親は違っていまして、訳あってアルメニア人の産みの親は娘の身を知人に預けた。預かって育てた親がテュルク系のムスリムでした」

「うはー、またまたそんな。まるでスーザサファロ本人の場合と同じ悲劇じゃないですか」

「まさにそうなんです。その育ての親とは山岳部族の実力者で、そこに本物のスーザサファロが捕らわれていた。ところが、同じアルメニアの出でも、売られてきたスーザと金を積んで預けられたアンジェラとはまるで扱いは違っていた。しかし、それは初めの頃だけ、やがてアンジェラは部族を警護の戦闘要員として身を捨てることを教え込まれました。そしてある時、あるミッションの為に身を偽ることを強要されます。無理やり詰め込まれた同朋意識は歪で強く、しかも巧妙に操られての誘導です。まだ幼さを残す彼女に抗するなんぞはとても無理。これがスーザサファロとアンジェラカプレアンの入れ替わりの背景です」

「ああー、彼女も部族の身勝手の犠牲ですか」

「折りも折り、時期を合わせるようにして亡くなった夜伽女の身のサファロは、故国に反逆して暗殺された元政治局員の気の毒極まる娘。まさに入れ替わりのストーリー作りに打って付けだったんです」

「えっ！　すると、スーザはその線で殺された可能性もある？」

「恐らく。あるいは、身の解放を条件に、名前のこの世からの抹消に同意させられたのかもしれませんが、悪巧みに長けた者共には、端から生きて解放するなんぞの気があったとは思えません」

　そう言う女史は、無表情な顔が一瞬大きく歪み、小松原が初めて見るような醜悪な泣き顔となって崩れた。だが、その表情は直ぐに消えた。

「うーん、そこまでして彼女を他人に仕立てた理由は何ですか」

「ドクターには分かっていただけないかもしれませんが、彼女が初めてじゃない、こうしたやり方は、ヤラズブッタクリを画する彼らの常套手段です。彼女に与えられたミッションとは、同じ山岳民族で独立独歩を貫く私共のような部族への工作活動でした」

「ええっ、そんな弱肉強食みたいな」

「何を仰る。みたいなではなく、弱肉強食そのものです」

「はあ、ご免なさい。愚言でした」

「クルディスタン共和国の夢よもう一度と叫ぶ中に、そこに与せず強硬に独自路線を主張する小部族もあり、その一つが私の身を寄せた山岳部族です。そんな自立精神の強い部族を取り込もうとすれば、調略しかない。でも、大義名分はあってもごり押しするほどの力が無ければ、やれるのは汚い工作、うまく言い寄って利用するだけ利用し、やがて時来れば潰して傘下に組み入れようという魂胆」

「――――」

「そして、ただそれだけのことならば、こちらで如何様にも往なしますが、何の力も無い彼らがそんな風に逆上せ上がっているには理由があります」

「そんなものがありますか」

「お分かりでしょう。後ろから糸を引く、イスラム革命思想に染まった暴れ者達の存在です」

「あなた様方をも、イスラム原理主義社会の実現のための駒として使おうと」

「その通りです。でも、どんなに贔屓目で見ても、彼らは一途な熱い思いで動いているのじゃない。資金源があってまともな苦労もせず、唯ただ自分達の出番を画して暴れ回るしか能の無いような者達では、とてもまともに与せるものではありません」

「はあ、なるほど」

「アンジェラは、そんな邪な意図を持って、たまたま私らの部族に差し向けられたに過ぎないんです」

「だが、しかし、あなた様はそこまで分かっていながら、お見受けするところ知らぬ振り、そんな危ない火種を身内に抱えて、何故黙って放置しようと為さるのか……。東洋には獅子身中の虫という言葉があって、とても正気の沙汰とは思えない」

　これにはわずかに表情を崩すリュシー女史だが、微塵も動じる振りはない。

「生き物の体なんて無数の微小生物が集まって有機的な繋がりを持つ運命共同体組織、なんて考える科学者がアメリカにもいらっしゃるとか。パラサイトも時には掛け替えのない共益生物」

「はあ、なるほどそうでしたね。私の妻が生物学に詳しく、そんなことを言っていました。愚問でした」

　小松原としては頭を掻くしかない。

「ドクターコマツバラは真に正直なお方」

「はあ、それしか取り柄が無い、困ったものです」

「ご冗談を」

「その彼女は、今はいったいどうなんですか」

「私の下に転がり込むのに成功した彼女は、意図を隠して溶け込むことをよくやっていました。しかし、あれだけの秀逸、何時までも操り人形でおられるはずがない。向こうの部族が彼女を徹底的に手懐けたと思っていたのかもしれないが、とんでもない、向こうの環境と決定的に違う私らの環境に気付いたならどうなるか。早晩、向こうのコントロールから外れていってしまうでしょう。向こうがそこを無理すれば、むしろ逆にアダ為す、やがては、こちらにとっての掛け替えの無い存在と変わるだけ」

「はあ、なるほど。禍を福に転ずる、あなた様はその算段で黙って彼女を泳がせておられる」

「ドクター、泳がせているなんて、そんなつもりもありませんのよ。申し上げましたでしょう。私は来るものは拒まず去るものは追わず、相手に乗っても乗せられても、出に見合う分はきちっと回収するだけのこと」

「はあ、申し訳ない、そうでした」

「彼女が、私の手の内を知って如何様に利用しようとも結構、組織にアダ為せば、彼女の払う代償は得るものより小さいことはありません。差し引き、こちらの得るものの方が大きい。しかし、真に誠意をもって尽力してくれるなら、見合う成果を手にできるはず、となりましょうか」

「なるほど、重ねがさね愚問でした。あなた様の基本的な実践の哲学がそれなんでしたね。全く大したお方です、あなた様は。降参です」

　これにも、女史の頬は緩まない。

「余談ですが、ドクターはルーツが日本でいらっしゃる」

「はあ、十八の歳まで日本に、その後はアメリカ人になりました。それが何か？」

「いえ、直接には何も。ただ、ドクターがお生まれになるどのくらいか前、先ほどお話ししたアルメニア第一共和国から領事に任命されて日本に赴任した女性がいました。世界にも初と言われる実力派の女性大使、彼女は国の崩壊後は日本に留まって一生を送っております」

「はあー、そんなことが」

「今のあなた様には関係無いことでも、アルメニア人の先進的な一面を知る材料とでもお考え下さって、アンジェラカプレアンに対する認識を少しでも変えていただけたらと思う次第です」

「はあ、そうなんですか。で、アンジェラ嬢のそうしたことを、亡くなったスーザ嬢の兄上に何と言って報告したものでしょう。二人を引き合わせることはいけませんか」

「いけないとは申しません。ドクターのご判断で如何様にも。私共の組織のあり様が開け広げになってしまうとしても、それも仕方のないことです」

女史は両肩を竦めてしたり顔だ。

「でも、私も煩わしさを避けたいから、無駄のない方法を要望します」

「どんなことでしょう。是非お聞かせ下さい、きっとそのようにしますから」

「時の解決にお任せになるのが一番かと。何もしなくても、今より悪くなる要素は皆無。そして、いずれ近い将来、二人が会うチャンスも出て参りましょう」

「はあ、なるほど。私はどうもせっかちな性格で。でも、今はそれが一番でしょうかね。分かりました」

とは言ったものの、ここまでノコノコ来てこのままだと、待たせているロバートには何と言ったものか。到底適わぬ相手と思いながら、どう聞いたって不興を買うは免れまいと一気に捲し立てる。

「最後に、単刀直入にお尋ね申します。山岳部族の先々を託されながら、あなた様がコロンビアで如何にも無駄が多いと思われる組織活動に奮闘されている本当の狙いは、何か他にあるんじゃありませんか。どうも、私にはあなた様が凄過ぎてさっぱり分からなくなりました」

だが、女史には、一向に動じる風が無い。

「闘争ごっこなんぞとは無関係の研究者でいらっしゃるドクターに危険が及んではなりませせので、今のところ、申し上げられることはありません。でも、それでは、私のドクターに対する信頼をお疑いになるかもしれませんから、一言だけ申し上げておきます。それ以上はご勘弁下さい」

そう言う女史の顔に、冷然とした表情が漂う。小松原は思わず知らず緊張して背筋を伸ばした。

「極く近い将来、戦争が勃発します。それも、とんでもない場所でとんでもない時に」

「はあっ、何ですって？　戦争が？」

「国際法にも規定の無いような紛争、これを戦争と言っていいのかどうか」

俄かには信じられない女史の言葉に、とっさの理解が追い付かない小松原は慌てる。

「私にその情報を寄せてくれたのは、二つの自由陣営の国防筋の関係者。それぞれ全くルートの違う信頼すべき情報筋ですし、私自身で真偽を探ってみてもそれを否定できる材料が無く、おそらく間違いない。ただ、その情報源ですら何時どこでとなるとはっきりしないらしいんですが」

「そんな重大情報が何故あなた様のお耳に？　そしてそれを、あなた様は私にバラして憚らない。あなた様とは、いったいどういうお方なんですか」

「どういう人間でもありません。ご覧になっての通りの中年婆さんです」

愚問と言いた気な口振りで切り返されて、小松原は少々切れた。

「私は中年婆さんとは思わないからこそ、あなた様のご依頼にもお応えしようと努力しているんです。なのに、とんでもないことの入り口だけ聞かされて後はダンマリとは、それはないでしょう」

「ドクター。あまり虐めないで下さい。あなた様からご信頼いただきたくってのことで、まだ組織の誰にも明かしていないトンデモナイ情報です。私の苦渋の気持ち、分かって下さいませんか」

そう言う女史の顔は、それこそ老婆のように歪んでいる。

「あっ、言い過ぎました。撤回します。ごめんなさい」

想像にすら無かった表情に女史の心の内がようやく察しられて、小松原は平身低頭。だが、女史は目を瞑ったままソファーに深く身を沈めてしまった。

侵してはならない彼女の心の領域に踏み込んでしまったらしいと感じて、掛ける言葉なく待って暫く。だが、女史の目は開かない。仕方なく、小松原は話題を切り上げようと腰を上げた。と、目を瞑ったままの女史が、指で制するではないか。

「私にそんな突拍子もない情報を流してくれた人達、……。当然、彼らには彼らなりの意図があります」

「――――」

「私が率いる部族の自衛組織は、極く小規模かつ女性中心ながら、隊員個々には大変な精鋭ばかりです。私の口から言うのは幅ったいが、決して根拠のない自負ではありません。今の世に、独自に生きる小規模部族や集団、小国家となりますと、生半可な備えでは安全安心を守れません。そこを守り切るべく組織された私のところの防衛隊員は、大国の軍部などは思いも寄らない過酷な日々に耐えます。時に、個々人の人権を無視した状況を強いられても屈しません。なぜなら、その隊員達とは、一度地獄に落ちて這い上がったような若者達ばかり、例外無く、尋常ならざる過去を背負ってなお自力で立つ猛者共なんですから」

「はあ、それをあなた様が組織なさった。大変なことですね」

「私らは、欧米の特殊部隊、共産圏の秘密警察、世界の裏組織の自警組織、ありとあらゆる最新で最強の武闘集団を仮想敵組織と認識して備えております。量の巨大さを凌ぐ質の高さ、そして、小規模集団ならではの戦術、戦法、これが私らの日々のモットーです」

「女性中心の戦闘部隊なら、逆手を突くメリットもありますか」

「意識はしておりませんが、あるいは」

「見事な見識でいらっしゃる」

「私にこの情報を明かしてくれた組織の話しだと、その紛争は彼らに取っても、多分、多大な損失。彼らとて日頃の備えはいろいろにしているはずでも、今回ばかりは想定外だった。これまでの戦略戦術は通用しないと分かってこれから備えの方向転換をしようにも、とても間に合うかどうか。そこで彼らはあまり使いたくない手でも仕方が無かった。つまり、防戦の私共への丸投げです」

「あなた様の防衛組織に代理で戦えと？」

「彼らは、列強の国家組織を動かすリスクと、私共のような私的小組織を引っ張り出すリスクを天秤に掛けた上、後の方法を選んだ。私らの精鋭振りを知る彼らは、曖昧模糊でしかない現状ではその方が成功率が上と踏んだんでしょう。逆に言えば、騒動がそれほどに常識外れということでしょうが」

「それにしても、そんな訳も分からないことに、あなた様はよくも……」

「私共を選んだ理由と言うに、地理的に最も近いところにいるからとだけ、しかも、その言い方にしたって、武力衝突となれば止めること無理にしても、せめて穏やかに収めてくれるならばよしとする、代わりに成功報酬でどうか、と、真に紳士的な申し出。そこまでの道理の通った依頼を、軍人として育った私には断り切れず……」

「義を見てせざるは勇無きなり、と」

「と、申し上げたいところ、私が踏むに、何もしなくたって私らも火の粉を被ることとです。作戦上、精一杯の支援をすると言うその筋の誠意を断れるはずがありません」

そこでようやく女史の表情が緩む。

「なるほど。して、あなた様の勝算は？」

「無いではありません」

「はあー、何とも大したお方だ。すると、それがあなた様方の中南米での活動の裏事情ですか」

「――――――」

「なるほどねえ。軍人経験ゼロの私には想像も及びませんが、まあしかし、よく話して下さいました。まるで消化不良ながら、徒事でないことが出来しつつあると信ずることにします。それを念頭に置いた上で、あなた様の要望に沿った最強の支援システムを提供できるよう張り切りましょう」

「はい。ありがとう存じます」

ようやく小松原の方に向き直ったリュシー女史の目線は、それでもまだ宙を彷徨っているような不安定さがある。

「他に何か承知しておくことはありませんか。仰るような重大な局面だと、もっともっといろいろあって不思議じゃありません。私は、お手伝いするからには連帯責任と承知しております」

小松原のこの一言は、リュシー女史にはきつかったようだ。まなじりを決して重い口を開く。

「それでは、ここまで思い上がって生意気な口を利きながら内輪の恥を曝け出すのはシャクですが、敢えて申します」

「何なりと」

「お恥ずかしながら、身内に向こう側の手の者がいるようで、当方の内部事情の粗方は既に漏れているかもしれません」

何かあると思って軽い気持ちで浴びせたジャブだったが、これは予想外、しかし、驚いている場合ではない。

「ほおー、それはまた大変じゃないですか。しかしまあ、あれですな。あなた様のことだ、帳尻合わせはちゃんと心積もりなさっているわけだ」

「――――――」

「なるほど、それで分かりました。しばらく前からあなた様のメールサーバーが完全に閉じられて、しかも、これまでのものがネット上から郭清されてしまっていたようですが、あれはあなた様方が防御上やむを得ずなさったことでしたか」

「はあ、何分にも後先考えている余裕が無かったもので、本当に申し訳ありませんでした」

「まあ、理由が分かればひと安心、あまり気になさらず。そして、いろいろお聞かせ下さったシステム補強策の件は、今仰ったことに対するあなた様の備えであるわけですな」

「はあ、まあ」

リュシー女史にしては、いかにも歯切れが悪い。小松原にしても完全に気分が晴れたわけではないが、曰く言い難しの表情のリュシー女史にはこれ以上は酷だと、矛を収めることにした。

「そうなると、その手の者と私の知恵比べ、向こうさんが狂人の域の天才でないことを祈るのみです。しかし、怖気付いている場合ではない。何とかなりましょう」

「さすがドクター、そう仰っていただいてありがとうございます。心強いです」

「して、その向こうの手とは？　心当たりはおありなんですか」

「はあ……。多分、スーザです」

「はっ、何ですと？　今、何と仰った？」

「多分、スーザサファロこと、アンジェラカプレアンです」

「ええっー、スーザサファロ！　あのスーザですか？　まだ少女みたいなあの子がそれだと仰る？」

「はい」

これには小松原も開いた口が塞がらない。

「何ともまあ、あなた様はお人が悪い。いったいそれは、何時頃分かったことなんですか。そんな重大なことに後出しジャンケンは酷い。分かっていて、私の仕事の相棒に彼女を選んだ。私に負けると分かった勝負をしろと仰るか」

「いいえ、そうじゃない、違うんです。今の彼女は私に敵対する意識は薄れているはずなんです。彼女から向こうへリークしているかもしれない、と曖昧に申しましたのはそこで、まだ迷っている段階かもしれません」

「はー、そういう段階だから、私に彼女を良導せよとの伏線か。参ったなあ……」

「私は、彼女を親衛隊に配した頃、ちょっとした違和感を感じまして、それなりに注意していました。疑問の一つは、入隊した頃から垣間見せる彼女の目付きの鋭さで、あれはただ辛酸を舐めてきただけの少女の目ではなかった。明らかに何かを狙う獣の目……」

「──────」

「それと、歳から言ってまだ身に付いてはいないはずの戦闘能力の高さです。装っていれば普段には誤魔化せても、異常時を想定した訓練の中で誤魔化し了すには、もっと老獪さが必要です。あれはもう、相当な訓練を終えている者の装った動きです」

「そうですか」

「ですが、そうしている間に彼女の態度は日を追う毎に変わってきました。初めの頃垣間見せていた鋭い獣のような眼光は次第に消えて、最近の私に向ける目は、悩める女の子のそれで、時に縋るような目線を見せます」

「何ですと、あの精悍な少女が悩んでいると？」

「愛らしい面影を残していた頃の彼女では分かりませんでしたが、今よく観察すれば分かります。彼女はユダヤ系ではなく、典型的なクルド系女性です」

「はあ、なるほど、そこまで分かっていらっしゃる。ならばよろしいでしょう。あなた様が想定していらっしゃるのは肉弾相打つ戦闘の能力とサイバー戦能力の合体でしょうから、前の方をあなた様が、後の方を私が担当して難関を突破しましょう」

「ありがとうございます。よかった。万全を期した上で歯が立たないと分かれば、早々に身を引いた上で自分なりな責任の果たし方をします。頼りにする人達のダメージを最小限に抑えませんと……」

「分かりました。私もその線で行きます。腕ずくではどうも敵いそうもありませんが、サイバー環境の土俵なら、少しは自身がありますから」

「本当にありがとうございます」

これまで通して鉄人のようだった女性が、今目の前で見せる狼狽えた母親のような様を慮れば、もうこれ以上の詮索は意味が無い。小松原はバンザイして矛を収めることにした。

議論の間に誰かが整えていったらしいバケットのランチを見ながら、小松原は椅子を立って体を解す。

「脅かされたら、何だか無性に体を動かしたくなりました。もう、詰まらぬ議論は止めて海で気晴らしでもしませんか。ランチはあのまま持っていって、浜でいただきましょうよ」

「はあ、全くそうですね。私としたことが、少し脱線し過ぎたようでお恥ずかしい」

「今夜もこの間のテキーラをご馳走していただけるんでしょう。楽しみです。この前、帰ってから妻にその話をしましたら、羨まれました」

「はいはい、用意してございますよ。そう思いまして、奥方様には中でも極上品をお持ち帰りいただくように包ませてございますから」

「それは素晴らしい。ありがとうございます」

その日のユカタン海峡は異様なほどに静か、目と鼻の先に横たわる低い島影は青黒くくすんで、赤道直下に近い地の陽光にしては煌めきが薄い。カリブ海沖に発生したらしい季節外れのハリケーンの影響か、時折り、生温い風が吹いて肌に纏わり着く。それでも、人影の疎らな浜は気分転換に持って来い、運転手の少年が運んでくれたランチで寛いだ。

小松原は、相変わらず表情の乏しいリュシー女史の横顔を見るともなく眺めながら、今の時刻、一人だけの留守番で所在なくしているであろう妻のジェーンを思い浮かべる。もう何十年になるか、妻と結婚して初めての長距離ドライブでここへ立ち寄り、ちょうどこの浜辺で旅の最後の炊飯を楽しんだのだった。

あれ以来、小松原はさしたる苦労も知らずに順調な研究者兼経営者人生を歩いて今に至るのだが、引き替え、リュシー女史の人生とはどういうものだったのか。イスラエルの富豪の家系に生まれながら全てを捨て、流浪の民となって今はこの地の果てのような異国の浜辺に佇む。まるで正反対に近い人生行路を歩いた二人がこうして昼食を共にし、何時何処で起こるかもしれない大騒動とやらに立ち向かう術を、それぞれに素知らぬ顔で模索している。

リュシー女史の頭の中を覗き見たい気分に駆られながら、運命の糸に導かれるような自分の人生行路の綾を思って、苦笑いが込み上げてくる小松原だった。

七　誰が為に鉄槌は下る！

――そは、己が為の一撃なるを知らざりし者の為なればなり！――

アメリカ史上二度目の他国による本土侵襲と、後の報道に言わしめることになる9・11同時多発テロ事件まで後半年に迫った頃のアメリカ社会。２０００年問題を大過なくやり過ごして新たな世紀を迎えた安堵感やら期待感やらに浸って、いたって平穏。だが、その裏側には、沸々と異臭を噴き上げて転変する不気味な世情を伴いつつ、大きな地殻変動の萌芽があちこちに見られていた。

年新たまって２０００年初夏。

小松原真人はその日、朝から妻ジェーンと久し振りの家中の掃除片付けに大忙し。大学前期課程を終了したカールが、友人を連れて夏季休暇を待たずに帰省するというのだ。マスター以降は政経学部に再チャレンジと決めている彼は、余裕のある今、その友人と、休暇を利用して自然科学部の考古学教室の調査活動に参加するのだという。場所はアラスカ北端、凍土下に残るアジア・アメリカ大陸間が地続きだった頃の生物生態の痕跡を探るものらしい。大学でのカールの専攻は理系で、両親の影響で情報技術に強い彼が頼まれてチームの情報武装を手伝い、その延長でボランティア参加を許されたものらしい。ボランティアとて役割り分担があり、彼は情報解析の重要部分を任されたとのこと。昨年、小松原が中東山岳地帯の調査で衛星考古学なるものに関わったことを知っているカールが、同じ手法を発掘ツールとして提案したいとアドバイスを求めて来たことから、小松原も調査の内容をよく承知していた。

粗方片付いてそろそろ昼食にしようと上がり掛けていた時、先に上がったジェーンが窓越しにヘッドセットを振りながら電話だと言う。

急いで取れば、ロバートダニエルからだ。

「はい、小松原です。ご無沙汰。何かありましたか？

「はい、ドクターコマツバラ、お忙しいのにゴタゴタで済みませんが、またリエーフが姿を晦ましました」

「ええっ、リエーフが。先回で懲りて立ち直ったと思っていたのに、またかい」

そう言ったものの、しまった！ と舌打ちする思いの小松原は、胃袋の辺りを抑えて深呼吸する。リエーフの妹スーザサファロが、多分、生きてはおるまいと分かってもうかれこれ半年、未だに確定情報が摑めないままリエーフに何も伝えることが出来ずにいた。もし、リエーフがその辺に感付いて周囲に不信の眼を向ければ、彼のことだ、単独行動に走るだろうとは予想の範囲だった。

「はあ、でも、今度は何だか様子が違うんです」

「どんな風に？」

「姿の見えなくなったのは先週で、心配になって探していたんですが、今日、手紙が届きました。何だか、今生の別れみたいな書き方の手紙で、具体的なことが何も無いんです。亡命以来の米国生活が楽しかった、これも私らが受け入れて後見してくれたからだと、細ごま、お礼の言葉と、これまでの勉強がとても有意義だったんで、これからは学んだ成果を世の中に還元できるように努力したいとか」

「ほおー、それがリエーフの言葉だとすると、確かに違和感があるねえ」

「もう一つ、最近、リエーフには、大学で知り合って好意を寄せるアメリカ人女性がいたようなんですけど、しばらく会えないんで彼女に伝言を頼みたいとあって、理由は、自分の不行跡で悲惨な死に追いやってしまった親兄弟への不孝を詫びるための鎮魂の旅に出る、帰ったらまたよろしく、とあるんですけど」

「うーん、その理由、尤ものようでも、どうなんだろう。彼の故国はアルメニアだったねえ。共和国として独立して、今は周辺国との関係もよくなっているとは言え、亡命者認定を経てアメリカ市民権を得た彼を、アルメニア政府は簡単に受け入れるだろうか。ビザ無し渡航なんぞとなれば、今度こそ彼は将来を失くしてしまうなあ」

「はあ、それが。実は、うちの兄の仕事柄で中東諸国のビザが貰えていたんです。アルメニアは完全独立を果たしてまだ十年にもならず、先進国からの支援でやっている国ですから、最大援助国アメリカの、しかも大事な交易相手である兄の筋ならかなり無理が利きました。それで、リエーフがたまに兄に随行することもあったんです」

「そうだったか。君の家は貿易商だったね。その実績で押せたわけか。うーん、それにしても、今の中近東情勢を見れば彼の単独行はよくないなあ」

「はい。僕もそこを心配しているんですが、今日の手紙で悠長に構えていられなくなりました。それで、ドクターのご意見をお伺いしたくて」

「よく知らせてくれました。それで、その手紙の消し印は？」

「薄くてよく分からんのですが、スキャナーで画像処理して見ますと、どうもアラビア文字風に読めまして、先年、立憲君主国となった中東のクウェートではないかと」

「はてな、クウェートとは石油依存度１００％で潤う安定した首長制国家だが、つい先年、地続きのイラクに侵攻されてえらい目にあった上に、ペルシャ湾を挟んで対岸のイランは、イスラム革命以降の強引な反米化とイスラム思想拡大政策を取る厄介な国だ。何でそんな所からリエーフの手紙が」

「はい、多分、中東に入るに一番近道と踏んだんではないでしょうか」

「そうか、それはあるな。それで、お兄さんには相談してみた？」

「はい。心当たりを聞いてくれたんですが、今のところ知る人はいないと」

「はあ、そうなると……」

「兄は、少し様子を見た上でアルメニア大使館勤務の知人に相談してみると言っています」

「うーん、慎重なお兄さんだ。我々も思案のしどころを間違えてはいかんぞ、焦るな」

「今はまだ危険ですか」

「彼の場合、いろいろと制限のある限定パスポートだろう。彼がそこを弁えていればいいんだが。あっ、いや、むしろそれで早々に引っ掛かった方が、深みに嵌り込む前に拘束されて、その方がいいか」

「それも考えました。でも、どうあったって彼の将来に影を落としましょう。何とかその前に見付けて連れ戻すことはできないものでしょうか」

「うーん、気持ちは分かるが……」

「――――」

「その前に、ちょっとだけ私に時間をくれないか。今日明日はどこの窓口も休みだし、来週火曜日まででいい。君はその間軽々に動かず、情報だけ集めてもらおう」

「そうですね、分かりました。よろしくお願いします」


まだ何か言いたい口振りのロバートに構わず電話を切った小松原の頭を過っていたのは、工作活動の為にリエーフの妹スーザと偽ってリュシー女史の下に送り込まれたという、同じアルメニア出のアンジェラカプレアンのことだ。女史の言では、アンジェラの出はクルド系、育ちがトゥルク系ムスリムの一部族民としてだったとか。武闘集団の中で鍛えられたらしいあの堂々たる体躯、精悍な身のこなしと、徹底的に叩き込まれたらしい強固な仲間意識を纏うあの若い女性闘士が、もしも成り済ましたスーザの実の兄がリエーフと知れば、それを如何様にも目的達成のための道具立てにして憚らないであろう。

——迂闊だった。コロンビアでのあんな成り行きを想像もしなかった頃、デボラ女史にはこちらのスーザ探索の意図を無警戒で話してしまっていた。このことはリュシー女史のみならず、あの若い闘上の面々にも筒抜けになっているんだろう。とすれば、今回のリエーフの出奔に、アンジェラの影が纏わり付いていないか。——

そう考えれば、初めに小松原に届いた、名前も要件も伏せたままのリュシー女史のコロンビアへの誘いに始まって、小松原の活動の全てが向こうに筒抜けになっていて、毎回、想定外の先制攻撃で切りきり舞いさせられるばかり、小松原としてはとても慎重な決断、行動だったとは言い難かった。あれは、デボラ女史の口から小松原の意図を漏れ聞いたアンジェラが、その後の小松原とリュシー女史との間を、格別な意図を持って巧みに誘導していたとすら疑えるではないか。

小松原にはあの二回目のメキシコでの会談の最後に、戦争が始まる！　と口にして苦渋の表情を隠さなかった女史の様子が気になる。あれは、女史が巻き込まれつつあるとんでもない大騒動が、大事な配下として遇してきたアンジェラが伏線となっていると知った彼女の、苦悩の表情ではなかったか。

——となると、解決のカギは、やはり、リシュー女史にある。リシュー女史が完全に信頼できる相手と確信できたわけではないが、どう転んだってリエーフが危ない道へ踏み出してしまった今、リシュー女史の線でゴリ押ししてみるしかない。——

急いで、いつもは使わない専用通信サーバーを立ち上げた。これまでのサイバーシステム構築の間、どうしても必要な時にだけリュシー女史のと間で使ったチャネルで、開き方は双方で申し合わせた特殊コードを使っているから、滅多なことではこのサーバーから情報が漏れるはずはない。当然、実質的責任者のアンジェラカプレアンへは女史からも転送されていることだろうが、心配が本当だとすれば先を怖がっている時ではない。

緊急の課題あり、応答されよ、とした文面をこれまでのアドレスで送り、どれほど待たされるだろうと状況を整理し始めていたところに、直ぐに着信音が入った。急いで交信画面を開く。

「ハロー、ドクター。週末もお仕事ですか。急用とは、何でございましょう」

小松原は、スクリーンに写し出された相手の顔に驚いた。事もあろうに、今最も話したくない人物アンジェラではないか。まだ自分の顔がカメラの焦点に入っていないことを幸いに、相手に気付かれないように慌てて寝惚け顔を装う。

「やあ、アンジェラ」

「はい、アンジェラです。キャプテンリュシーは一か月ほどの予定でアルメニアに戻りまして、留守の間のメール管理を言い遣っているものですから、差し支え無ければ要件をお聞きして向こうへ伝えますが」

「それでは、デボラ女史ならお近くにいらっしゃる……」

と言いかけて、慌てて引っ込めた。大急ぎ、一計を案じる。

「あっ、いや、あなたにお願いした方が早いですね。具体的な作業はあなたがおやりになることなんだから」

「はい、分かりました。何をどのように」

「構築したシステムは順調に動いていますか」

「はい、順調です」

それから一時、アンジェラが続けていたはずの検証作業の進捗を確かめる。小さな不具合はいろいろあったらしいが、アンジェラの手で全てクリアーできたようだ。

「それはよかった。では、走らせっ放しの第一、第二フェーズでもう間もなく三か月、これ以上何も出なければ、第三フェーズに入ります。最終テストフェーズですから、そちらの関係者全員のセキュリティーコードを設定していただきたいんです。普通のシステムならそちらの自由に任せていいんですが、何分、今回のものは想定外を相手にしなければならないものですから」

「了解しております。そのことかもしれませんが、ボスには何か心当たりがあるらしくって、他の人達に開放するのはもう少し待ちたいと、出掛ける直前に指示がありました」

「ああ、そうですか。それでも結構です。ただ、私はちょっとの間このシステムから離れますので、そちらに余裕があれば私の方の専用端末を覗きながら作業を進めていただきたいと思って、暫定のアクセスコードを用意しました。これを使うと自由にこちらの内容をチェックできます。ただし、大事なシステムの骨格をバックアップするものですから、必要が無ければ触らないでいただいた方がいい。コードはアクセスをリクエストする最初の画面に一度だけ現れますから」

「はい、ご配慮、ありがとう存じます。十分気を付けて使わせていただきます」

「では」


回線を切って長嘆息。小松原は端末のコード表示をセットアップし、併せてソーニアⅢのサイバーインターポールドメインにトラップを用意する。このコードは、小松原が長年改良を重ねてきたメガデータ追尾機能の一部で、余程の相手でない限り、こちらからの追跡に気付くことは無いはず。妻のジェーン以外の誰にも明かしていない機能だ。

この機能のそもそもの目的は､自由に移動する相手の位置をリアルタイムに追跡するもの。似たものに、軍事衛星による追尾機能があるが、対象を特化するアルゴリズムが大きく異なる。この追尾システムの特徴の一つは、追尾対象に物理的手段を要しないこと。最初に仮想の特定サイトへのアクセスを誘導するだけで、そこでこっそり押される特殊なスタンプが以後の追跡の標識となる。つまり、データが通信ゲートを潜る度にスタンプの履歴が溜まり、経由した先々を克明に追えるわけだ。

特徴の二つ目は、相手の移動先を予見する機能。サイバーポリスがネット上を縦横に走る相手の情報のパスを追い、その行き先を確率的に割り出しながら実パスを比較追尾するだけのことで、厳密な意味のプロスペクティブではないが、ほぼイコール。膨大な量のパス情報を相手でも、ソーニアの機能ならば収斂は可能、短時間で当たらずとも遠からずのアクセスポイントへ辿り着けるわけだ。

そこが分かれば以降は簡単、今はもう民間からさえ入手できる衛星画像との突き合わせで、相手の実像を具体的に割り出すことができる。まさに、監視衛星の目で追いかける以上の効果的な追尾方法なのだ。

もちろん、アンジェラが小松原のこのトラップに気付いてしまえば水の泡でも、そうならない確信があった。いい餌が目の前にちらついた時、囮と分からなければ食い付かずにいられないのがオタク的天才共の習い、これまでアンジェラの仕事振りを見ながら、似た印象を持っていた。

一つだけ懸念されたのは、呼び出すためにリュシー女史に送った緊急の要件なる文言で、通話口に出たアンジェラに促されて話したのは、在り来たりな進捗状況の確認のみだった。あの文言を見たアンジェラは、胡散臭い何かに感付きはしなかったか。

──しかしまあ、振ってしまったサイコロだ。ソーニアがアンジェラの行動を追尾してくれるだろうから、結果を待とう。──

そうやって、遠からずソーニアが捉えてくれるはずのアンジェラの動きを待って、ロバートと腹を割って今後の協議をしようと思案した小松原だったが、案に相違してソーニアからの返りは何時まで待っても無い。その後、無為に過ぎていく時間が惜しく、不本意な気分を抑えてリュシー女史宛のメール発信を試みるも、今度はそれすら宛先不明で戻ってしまうではないか。こうなると、あのカンクンの彼女の隠れ家自体が既に撤収されてしまったのでは、との疑いも湧く。

ジリジリしながら待つ時間は長くて短い。何の進展も無いまま為す術なく徒に日だけが進んで、カレンダーは２００１年に。無理やり気分を一新した小松原は当面の懸案に専心して平生を取り戻し、気が付けば季節はもう真夏の陽光がぎらつく頃となっていた。

その日、五月最終月曜日、メモリアルデー。久々の三連休で鋭気を養った小松原は、このところ音信滞りがちとなっているロバートの様子が気になって電話を思い立った。ロバートを喜ばせるような情報はまだ何もないが、仕方無い。

ヘッドセットに手を伸ばした時、突然、アラーム音がしてソーニアの制御盤にランプが点いた。

――おっ、ソーニアが何か拾ってくれたな。警報レベルを引き上げてからしばらく、緊急アラームが付くほどのものは少なかったが、またぞろ事件かい！――

最近はアラームの頻度が高く、その原因が内容そのものの事件性ではなく、報道の文言が必要以上に過激過ぎてソーニアが戸惑ってしまうケースがほとんどだった。そのため、忠実なソーニアに申し訳ないと思いながら抽出アルゴリズムを変更していたのだ。

それにしても、今年は新年早々から気の塞ぐ話題が多かった。主たるところは中近東情勢で、中でも仏教国日本にルーツを持つ小松原がいたく衝撃を受けたのが、アフガニスタンタリバーン政権による自国バーミアン渓谷の、仏教遺跡破壊の報だった。バーミアン遺跡は、アフガニスタン中東部山岳地帯の渓谷の大岩壁に彫られた、数々の岩窟寺院や巨大石仏像からなる仏教芸術遺産で、世界に並ぶもの無し。その遺跡が、事もあろうに、イスラム経典が偶像崇拝を許さないとするだけの理由で、無残にも破壊されたというのだ。そもそも、ソ連のアフガニスタン侵攻に端を発するパシュトゥーン系難民の若者達の、自国アフガニスタンを思う活動から誕生したはずのタリバーン組織が、過激なイスラム回帰思想に走るあまりに犯した愚行としか言えず、それを行った彼らに如何な大義名分があったにしろ、とうてい容認できるものではない。

このニュースを聞く小松原が心潰れる思いだったのは、もう米寿に近い高齢の日本の父のこと。日常の動きも自由とはいかないが、若くして妻を亡くした後は独身を通したせいもあって、信心ごころの殊更に篤い人、姉の話しでは、午後の半分ほどを掛けて散歩がてら近くの寺に墓参り、帰って風呂を使った後、コップ半分ほどの般若湯をゆっくり口にしながら姉の作る夕飯を楽しむ、これが今の日課だという。その父は、おそらく日本でも報道されているはずの、仏の体に砲弾を打ち込むという罰当たりな行為を、どのような思いで受け止めているのだろうか。

——己の信ずる教義に篤ければこそ、他人の信ずる教義に理解と寛容を持って然るべきが人としての道ではないか。この所業こそは、悪用された宗教なるものの限りない恐怖で、歪められた人智なるものの底知れぬ暗さが底流にある。異教徒だからとて断じて許されていい行為ではない。——

あれから暫く、小松原は父の心境を思って電話が憚られ、姉を通じてそっと様子を聞くしか出来なかった。

雑念を振り払ってソーニアの緊急メッセージファイルを開く。
目に飛び込んできたのは短い文章で、感嘆符と疑問符をそれぞれダブルで付して、これまでに無く強調されている。

全てのＳＳＯＭエージェントに告ぐ!!　アララトに赤き冠雪あれば⁇　カウントダウンタイマーをリセットせよ!!　ＲＣ１４２８５７、ＴＭ０１０１１４２２!!

とあって、文全体が引用符で括られているから、これは余程特殊な言語だったものをソーニアが翻訳してくれたのだろう。最後に意味不明なアラビア文字風の数文字が、発信者のサインかのように付されている。見覚えがある気がして、急いで棚の埃を被った辞典を開くと、ＨＩＪＲＡＨ、イスラム教の始祖ムハマンドによる聖遷、またはこれを紀元元年とするヒジュラ歴、とある。途端にそれらの文言の意味するところが分かった気がして、小松原は思わず目を瞑ってしまった。

頭の中をいろんな邪推が過る。

――これは、何事か大事を画する誰かが配下に発した、Ｘデーに向けてのＧＯサインじゃないか。発したのはＳＳＯＭなる組織のボスとか指揮官とか。カウントダウンタイマーと言うからには、ＲＣはリセットカウント、ＴＭは時間か時点の意味だろう。多分、広域に潜入させている配下総員に、決行の断を知らしめて行動開始の時を合わせようとするもの。そして、アララトとはあの曰く付きのアララト山！　しかも、ヒジュラ歴とあることからして、ＳＳＯＭとは間違いなくイスラム圏に関わりの組織！――

そこまで考えて、小松原の心はまたぞろ波立った。慌ててイスラム歴を西暦に換算してみる。すると、イスラム歴1422年は、西暦2001年3月に始まるとなった。その一月一日に何かあると言うのか。

——何だろう、これは。今年の三月はもうとっくに過ぎてしまったではないか。ソーニアは何故こんな過去のメッセージを今頃になって拾ったのか。——

換算が間違っていればだが、何度やり直してみても間違いではない。そして、それにも増して気になるのは、ソーニアが疑問符を二つも付けたアララト山の赤き冠雪の件。

——アララト山の高峰が望めるのはトルコ、イラク、イラン、アルメニアに跨る山岳地帯、つまり、クルディスタン地方からコーカサス地方に及ぶ広い地域だ。となると、この前、リュシー女史が、戦争が始まる！と、如何にも辛そうに口にしていたのは、これとの絡みだったのでは？——

リュシー女史と最後に会って戦争云々を聞いたのはもう一年近く前、その後は杳として消息知れず、アンジェラからの返信も全く無いままほぼ半年、その間、類するニュースは何も聞かなかった。

——だが、待てよ。ははあ、なるほど、そういうことか。——

リュシー女史が小松原の提案するシステムに注文を付けて、機能の詳細は小松原に任せる、その上でセキュリティー対策を特段に上げて欲しいということだったが、あの時既に何らかの重大情報をキャッチしていて、それに備える方針変更だったのでは？　近隣のナラズ者部族からの要らぬチョッカイに先手を打ちたいという理由は、その場凌ぎの誤魔化しだったか！——

そこまで思い巡らせて、一点を除きようやく合点が行った気がした。

——いや、誤魔化しだけではない。自分の率いる部族の将来の為に、奇麗とは言えないコロンビアの麻薬ビジネスの一角をこじ開けたいとするリュシー女史の意図も、アンジェラがナラズ者部族の手先だというのも、多分、嘘。あるいは、女史が影の組織からこれを阻止すべく依頼を受けたということさえ、彼女一流の作り事。彼女が既に摑んで悩んでいた大騒動とやらに、隠して策を巡らすための口実だったかもしれない。乗せられたこちらにしてはどっちでも同じようなものだが、当初、システムに賭ける女史の期待がかなり大きいと感じた時点で、その背景を見抜くべきだった、……。

するると、もう一つの疑問も解けるではないか。

――アンジェラカプレアンこそは大騒動を画する何者かに関わりの人物、そして、騒動の標的がアメリカと言うのもまたこちらに対する口実、標的はリュシー本人ないしその背景組織というのが本筋ではないか。事の重大さを知り、アンジェラがそこからの回し者と感付いた彼女は、アンジェラを自分の間近に置くことで逆利用するつもりだった。あのカンクンのオフィスでこの話に触れた時の女史の異常なまでの狼狽え振りは、まさにこれだった。――

すると、リュシー女史とＳＳＯＭなる組織だか団体との接点は何か、そこも分かる気がした。本当に敵対の間柄なら、女史はこの情報をもっと早く小松原にしていたはず。何故なら、システムに真っ先にこの件を登録することによって相手動向を刻々に把握できたわけで、女史はそうしたシステムの機能を欲しくて小松原に白羽の矢を立てたはず。するとつまり、ＳＳＯＭこそがリュシー女史の真の背景とさえ思えるではないか。


さて、そこで、こんな何か月も前のタイミングを失してしまったような情報を、ソーニアはどこから拾って来たのか。小松原はこんがらかる頭の中を整理しながらソーニアの追跡情報を辿った。すると、なるほど、ソーニアですら混乱する程の複雑怪奇な経路を辿って、最終的には元へ戻っていたようだ。つまり、これはメールに見せ掛けただけで、本性はネット網の行く先々で宛先を複雑に偽装しながら漂う、幽霊メールのような情報だったのだ。インターネット通信ならばそうした現象の起こり得ないはずの厳格な仕組みがあっても、それを支える技術を知り尽くしている天才オタクならやり兼ねない。

幸い、ソーニアは、手こずりながらも最初の発信元をある程度割り出していたようだ。文章末尾の注記に、発信元アドレス不明なるも、発信サーバー推定所在地はカンクン／メキシコとある。

――そうか、やはりそうだったか。すると、これでもうリュシー女史の絡みとは確実だ。さて、どうしたものか。――

あれを最後に、リュシー女史からは全く音沙汰が無い。アンジェラの言う、女史が中東へ戻って留守とは本当かもしれないが、事が本当に厄介なのなら、システムの完成を心待ちするはずの彼女が小松原を完全無視とはどうにも考えにくい。

と、そこまで推測して、突然に思い至った。

――このソーニアが拾った文言は、リュシー女史から私への極秘メッセージだった可能性はないか。女史は、他からの探知を避けるために殊更に回りくどいやり方で私宛てに発信した。それをソーニアが辛うじて拾い上げてくれた、だから、タイミングがまるでずれていること自体が偽装だった、あるいは、行動優先型の私を知る女史が、取り敢えずは動かずに心積もりだけをと、意図的にそんなやり方をしたかもしれない。してみれば、この文言の元々は、大事を企てるどこぞのボスが配下に向けて発信した指示ではなく、これこそ、自分に向かってくる刃に気付いて対抗しなければならなくなっていたリュシー女史が、信頼する配下に臨戦態勢を指示したものではないか。そうだ、その方が余程あり得る筋じゃないか。――

しかし、それを探ろうにも、これ以上こちらの魂胆を疑わせるような言動は避けたいから、誰彼に聞くという手は使えない。かと言って、このままで何かが起こるのをただ待つわけにもいかない。

真相を知って満を持したいところながらどうにも手詰まりだった小松原は、こうなれば藪蛇も仕方無しと、ソーニアのサイバーポリスドメインの探索機能を総動員して、ネット上の関連情報の全てを洗い出すことにした。これにはかなり時間が掛かろうと、妻のジェーンに断って、一人、部屋に籠る。

先ずは、世界中の言語体系を対象にネット環境に漂うあらゆる情報を総舐めにする。探索のキーは、女性三人の名前。それが載る情報源を年代別にリストアップ。これにはソーニアがこれまでに自律的に拡張してきたポリスノジュール網が威力を発揮し、予想以上に捗った。

並行して、ソーニアが次々に出してくるリストに対して、ソーニアの得意な論理解析機能で対象像を最適化する。ターゲットはリュシー、デボラ、アンジェラ三女史、取り分けリュシー、アンジェラ女史の時系列を合わせた描出に拘った。小松原の最大の関心は、大騒動を画策する何者かの背景と、そこへの女史らの関りにあるのだが、同時ではソーニアの導く多様な脈絡に自分自身が混乱させられてしまいそうだと感じて、作業を幾つかの段階に分けて与えることにした。

小松原の期待に応えるソーニアの作業はなかなか、満足しながらソーニアの出してくる結果を逐一追いながら時間の経つのも忘れ、ソーニアが最終段階の纏めに入った段階で気が付けば、窓の外はもう暗い。最終作業はまだまだ時間が掛かろうからと、已む無く、後をソーニアに任せて自分の介入を終わりとした。

夕食を取らずに自分も端末を開いていたジェーンが冷めてしまった料理を温めている間、小松原は居間のモニターにソーニアを呼び出した。

「ねえ、ジェーン。今、ソーニアに例のコロンビアの面々の新たな洗い出しをしてもらっていてね、何だか吃驚するようなことが幾つもありそうなんで、気が急くんだよ。君には済まないが、それを見ながらの食事を勘弁してもらえないかねえ。実は、自分だけでは何だか心許なくって、君の意見も聞きながらでないと、トチッてしまうかもしれないんだ」

「はいはい、どうぞ。子供達もいないことだし、私達二人だけのディナーミーティングもたまにはいいわね。それなら、あまり真剣になり過ぎないように、ワインでも飲みながらでどうかしら」

「うーん、いいね。私はさっきからそんな気分でいたんだよ」


モニターに大写しされたソーニアの画面では、既に纏め作業に入ったらしくレポートらしき文章が延々と続いており、こればかりはワイン片手に寛いで見るようなわけにはいかない。小松原はソーニアが並行して作っているアブストラクトを画面に引っ張り出した。ゆっくりとした自動送りで読みながら、文段毎の一時停止ではジェーンと短い感想を交わす。

そうやって読み進めていくうち、驚きの表現が出てきて、小松原は次第に心の内が白んでいくのを感ずる。ジェーンも尋常ではない成り行きに気付いたらしい。

「ねえ、あなた。これはもうワイン片手のことじゃあ拙いわ。どうせ、ソーニアの作業はまだ時間が掛かるでしょうから、私達は取り敢えず食事を終えてしまいましょう」

「そうだね。そしてシャワーでも浴びているうちにソーニアの方も終わるだろうから、今夜遅くなっても確認してしまいたい。君にも一緒に頼むよ」

「はいはい、そうしましょう」


そうやって作業を再開したのは既に遅い時間、だが、ソーニアは期待通り、リュシー女史の背景と騒動を画策する組織の洗い出しにほぼ成功していて、確認し始めた二人は休むどころのことではなくなってしまった。

ソーニアの報告書は、あまり深く事情を知らなかったジェーンには驚きで、詳細を了解していたつもりの小松原には、これまでの情報がほとんど嘘か脚色されたものらしいと分かって、言うべき言葉が出て来ない。

結論から言って、リュシー軍団は、イスラム原理主義の危険性を早くから注視して彼らのテロ活動に対抗すべく備えてきた、中東の平和主義者集団。ところが、そこに至る背景に驚愕の事実が隠されてあったようだ。

一度だけ結婚したことのあるリュシー女史の元夫が、イラン西部一帯の油田を所領する大富豪筋の優男だった、とまでは小松原も既に聞いていたこと。だが、その元夫には、サウジの大学当時に親交を持った友人が何人かいた。その中の一人が、先年、アフガニスタン紛争でソ連軍を追い払ったとしてイスラム社会に名を轟かした、あの義勇兵軍団の総帥と言われる人物だったのだ。

その男、今は自らの組織を「聖戦の基地」と喧伝し、強引なイスラム原理主義を引っ提げての過激なテロ活動の展開で、イスラム圏以外にも勢力を拡大しつつある組織のトップに座る人物だという。その人物の名はウサーマビンラーディン、サウジの富豪を父に持つムスリムで、大学では近代的政治経済学、土木建築学を幅広く収めた秀才、当初は穏健派イスラム原理主義者に止まっていたものの、本性は自己顕示欲の強い好戦的な人物だった。やがて、使えるものは何でも使う主義でイスラム教の教義を自分の野望展開の旗印に掲げ、資金集めや存在誇示のために名立たる為政者、富豪、実力者に繋がる友人知人の人脈を強引なまでに駆使した。

そんな男に、何とリュシー女史が因縁の関係にあったといい、その依って来る処が、小松原には理解しがたいほどに曲がりくねったもの。

銘家の出でイスラエル空軍士官として将来のあった女史の人生を暗転させることとなる、あの巧妙な政略結婚を陰で操った人物こそがその男、つまり、陰の大財閥相手に活動資金を掠め取ろうと暗躍し、大芝居のネタ作りに使ったのが大学当時の友人であったイランの富豪の傍系の優男、そしてそのターゲットがイスラエルの銘家シュアブ家と言う構図だったのだ。

しかもそこから下る十数年前、更に驚くべき偶然があって、その後、山岳地域のテュルク系ムスリム集団が、リュシー女史らの部族を調略せんと送りこんだクルド系の少女アンジェラカプレアンとは、その男が行く先々で妻とした女性に産ませた、何人とも知れぬ子供達の一人だった可能性ありと。もちろん、ソーニアさえ疑問符付きでリストアップしており、嘘とも本当とも分からない三流紙の報道からの引用。しかしながら、これを目にする小松原としては、むしろ真実味が強く感じられて、気分的には収まり易かった。

——つまり、この二転三転した結論こそが真実、リュシー女史が、戦争が始まる！　と、苦渋の表情で口にしたのは、世界に散らばる何十万、何百万人とも言われるイスラム原理主義者達の総帥相手に、リュシー女史個人が挑む復讐劇を意味していたことではなかったか。女史には確固たる猛者を揃えた部族の自衛組織があったにしても、規模は高々千人にも満たず。しかも、女史の高潔な思考形態からすれば、いくら屈強な配下の面々と雖も、私怨のための抗争に巻き込むことを潔しとしないだろう。——

こうなって来れば、小松原がコロンビアとメキシコで見せられたり聞かされたりしたリュシー女史像が、より真実味を帯びて迫ってくる。女史が精一杯に脚色して小松原を煙に巻いたようでも、それは皆、実際の女史の人生行路に化粧を施したに過ぎなかった、一途な彼女には全くのハッタリやゴマカシは無理だったのだ。

こんなバカげた偶然があってたまるか！　と、悪態が口を突いて出そうな気分で、自分の目を疑い、ソーニアの能力すらを疑いたくなる小松原だが、疑問符、感嘆符付きのメッセージならそれ以上にどうすることもできない。むしろ、そのまま受け入れれば、これまでの不可解な諸々が全て氷解してしまうではないか。

一緒に文面に見入っていたジェーンはと見れば、彼女もまた唾棄したい気分を持て余している様子。だが、事の重大さを思い直した小松原は、悲観的過ぎて思考力を鈍らせてはならないと、敢えて楽観的に構えることにする。

「ジェーン、この前君にも手伝ってもらって、このリュシー女史の素性は分かったつもりだったんだが、まるで見当違いだったかもしれない。このソーニアのレポートのようだと、彼女の人生は凄まじいものと言うべきだね」

「そうね。こんな現実が今の地球上にあるのかしら。本当なら、ムスリムの人達って、怖くってとても近付くわけにはいかないじゃない」

そういうジェーンの念頭にあるのは、家を出て独り立ちしつつある子供達のことと分かる小松原は、努めて能天気を装う。

「うーん、カールは社会性がしっかり身に着いて先ずは安心だが、アシュレーはまだ少し心配かなあ。もし、リュシー女史のような局面が現れたら、あの子は身を躱せるだろうか」

「そうね、どうしたものかしらねえ」

「日本人なら、可愛い子には旅をさせろって言うかなあ。私が十八歳で日本を出た時、父や姉はそんな言葉で慰めてくれたけど、その後は何も無くてここまで来れた。これも皆、アメリカ社会のお蔭だ」

「そうね。自由と好き勝手は違うし、アメリカの自由過ぎる風潮は危険だなんて批判はあるけど、でも、自浄作用があって行き過ぎには社会的なブレーキが掛かるから……」

何を考えるのか、黙り込んでしまったジェーンを促してソーニアの画面を閉じ、ともかく頭を休めようとテーブルを片付けて床に着く。枕元の時計はもう日付けが変わっていた。

明くる朝、眠り足りない頭を揉みながらまだ眠っているジェーンに気付かれないように、そっとベッドを抜け出した小松原は、昨夜のソーニアの理解に余る仰天レポートを見直そうとモニターに向かった。

リュシー女史の行動の正当性がはっきりしたからには、システムでの支援は更に念入りにしなければならない。武器弾薬でのドンパチで勝ち目が無くとも、情報戦に持ち込めば勝機は摑める。リュシー女史の自信ある態度はそこにあるはずで、小松原も全く同感、世界中に散らばった戦力が矛先を揃えないうちにこちらの土俵に引き込むことが出来ればいいわけで、それには、既に完成して実証実験に入ったシステムに、省いていたソーニア本来の情報戦略システムを追加する必要があろう。

それが完成すれば、リュシー軍団は相手軍団の攪乱から始めて、そこから誘導、戦力分断、分裂、内部抗争と、武力兵力に拠らないサイバー戦で勝ちを見込むことができる。今度の相手ばかりは、かなりな高等知識を有してサイバー環境をもそれなりに駆使できる能力を備えていることが、リュシー女史側にとって有利、相手側にとっては己にアダ為す要素であるわけだ。

天与の試金石とはこういうことかと、小松原は久々に奮い立つ思いで女史らからのコンタクトを待つことにした。だが、彼の胸内はまだ快晴とまではいかなかった。ソーニアが今回拾ったXデーに向けてのGOサインにあった、あの赤き冠雪の文言だけは、先を読むに大事なヒントとなりそうな予感がありながら、その意味を類推する何も得られないままだったのだ。

八　終り無き終章

――９・１１、ニューヨーク炎上！――

残忍なテロリスト達の合言葉、"Let's roll!" これが人類終焉に向かう二十一世紀幕開けに向けての、忌むべき合図だった??

如何なる名分も成り立たないこの暴挙、終演の筋書きすら持たぬままに最後の幕を開けてしまったのは、己が神になれないことを肯じようとしない似非の信教者達。人類が絶えた後には、神の意を継ぐ自分達だけが桃源郷を拓けるとばかりに!!

その背後を追って奮闘する、女性平和主義者軍団の命運は!?

アメリカ社会がこぞって年度始めを迎える二十一世紀元年九月。

秋口に入って飛び込んだ仕事で現場技術者達に無理強いをし、そのトバッチリで、裏方を引き受けてくれている妻ジェーンや決算業務担当の事務職員達にも殊の外のシワ寄せをしてしまい、先月末からオール休み返上で頑張ってようやく第一週で片が付いた。

小松原はジェーンと図って終末から四日間を会社の連休とし、昨日は自宅に社員全員を招いて恒例の打ち上げ昼食会としたのだった。

会は若手社員が総出で取り仕切ってくれて、小松原とジェーンは後方支援で気楽なものだったが、それでも、還暦を過ぎた体には先月からぶっ通しの疲れが溜まったまま。昨夜は昼食会の残り物で済ませて早々にベッドに入ったものの、小松原は夜間に何度か目が覚め、それでも頭の熱気が取れぬまま朝方になって熟睡してしまった。

ジェーンの大声で目を覚ます。

「ねえ、あなた、起きてちょうだい。大変よ」

寝ぼけ眼で外を見れば、もうすっかり明けている。慌てて声のする居間に出ると、ジェーンが壁のモニター画面に向かって人工知能ソーニアと何やらやり合っている。

「私、今し方ソーニーからの警報音で起こされて見ているんだけど……」

「そうお。私はソーニーのアラームにも気付かないで眠っちゃっていたか」

「今朝方、ボストンからロサンゼルスへ向かった旅客機がハイジャックされたらしいわ」

「ええっ、ハイジャック？」

「一機だけかと思ったら、何機も乗っ取られて、サンフランシスコ便も入っているみたい。それだと、この上空辺りをかすめて飛ぶのかしら」

「うーん、昼は海側を回るけど、今の時間はそうかもしれない。でも、何機もだなんて、どういうことだろう」

小松原が画面に見入るジェーンの後ろに回り込むと、画面が切り替わって新たな情報が大写しされた。ハイジャックされたＡＡ１１便は進路を変更、ニューヨークマンハッタン島に向かって飛行中、とあり、間を置かず、ニューヨーク世界貿易センタービルに衝突、爆破、炎上！　09/11/01 AM08:46 と出た。

慌てて時計を見れば八時五十分少し前、タイムスタンプからして、ソーニアはほとんどリアルタイムで情報を拾っているようだが、いったい情報源はどこなんだ？

「ジェーン、これだともうテレビがニュースを流しているんじゃないかな」

「そうね」

　ジェーンがメッセージ画面を小さくしてテレビ画面を呼び出すと、アナウンサーが金切り声で緊急速報！と叫んでおり、画面が目まぐるしく変わった後、高層ビルの大写し映像が出た。

「大変だ、これは！」

　高層ビル群の一つ、ひと際高い世界貿易センタービル北棟の上層階から黒煙がもうもうと立ち上がり、最上階辺りは煙に覆われてしまって見えない。くっきりと晴れ上がった無風の青空に朝日を浴びながら白黒斑に煙を上げる様は、さしずめ、不完全燃焼する巨大トーチに似て奇怪、事の異常さに、小松原もジェーンも頭を働かせる余裕すら無い。

　と、その手前の空間に航空機が一機、北棟の脇から現れた。訳が分からぬまま、次の瞬間、南棟上層部に吸い込まれるように機影が消え、その階の四方の窓という窓からどっと黒煙と炎が噴き出す。激突した航空機の爆発炎上だ。

　しどろもどろのアナウンサーの絶叫にかき消されて爆発音は聞こえて来ないから、画面の中で進行中の大惨劇はまるで無声映画を見るよう、全く現実感覚が湧かない。


　そうこうしているうちに、更に大変な光景が画面に入ってきた。ビルの倒壊だ。倒壊というより崩落が正しいか。

　黒煙を上げ続ける高層階がズームアップされ、そこに、火炎に追われた男性が窓枠の外へ逃れて壁面にしがみ付いている様が見える。それも束の間、アナウンサーの悲鳴と共に、噴煙を上げる階から上層部が徐々に崩れ始め、飛び散るビルの破片が壁面に避難する人達の頭上に降り注ぐ。ジェーンの後ろでビル上層部に見入る小松原にはアナウンサーの悲鳴の意味が分からなかったのだが、画面を指差すジェーンの叫びで分かった。ビル外壁に逃れていた人達が、舞うようにして地面に向かって墜落していくのだ。それはまさに、スローモーション動画の様、現実感覚がまるで伴わない。

その直後、直立したビル全体がそのままの姿勢でゆっくりと沈み始め、沈み始めるや崩落速度は増し、たちまちにして地上から猛然と噴き上がる巨大な白煙の中に消えた。

時間にして何秒のことか、ジェーンはテーブルにしがみ付いて肩を震わせている。小松原はその肩にそっと手を置いてやるしかない。あまりの光景に、小松原自身、思考回路も体も凍り付いてしまって動けなかった。


唯ただ絶叫映像を繰り返すだけだったテレビが、ようやく報道映像らしい内容で流すようになって、我に返った。ボストンの下町に住まうカールは無事か。マンハッタン島から二百キロ以上離れているボストンでは何も無かろうが、何かトバッチリを受けていないか。だが、連絡を取ろうにも電話は混線、ネット回線すら繋がらない。何度かやっているうちにようやく電話が繋がり、辛うじてカール本人の肉声を聞くことができて無事が確認できたものの、乗っ取られた二機がボストン空港からの離陸だったことで町中が混乱の極みといい、電話は直ぐに切れてしまった。

会社も気になる小松原は、スタンフォード学生寮のアシュレーとフロリダの義母の確認をジェーンに頼んで会社に向かった。会社は今日まで休みのはずだが、責任者達の何人かは既に出ていて、休暇や出張先の部下達の安否確認に奮闘していた。聞けば、幸いにして関係者全員に直接被害は無く、ただ、航空運輸局による全米空港閉鎖が始まっており、足止めを食らっている者も何人か。ユーザー先への連絡や事後の相談で慌ただしい現場を当事者達に任せ、部門の責任者達と明日からの作業の仕切り直しを終わって一息吐けば、外はもう焼ける太陽が陰り始める時刻だった。

全員がそれぞれに引き上げた後の静かな事務室で、小松原はまたソーニアと向き合う。

朝方からずっとテレビ報道を見ながら頭の片隅にちらついていたのは、昨年来関わって右往左往させられたままその後一向に音信の無い、中東山岳部族の女性衛兵部隊指揮官で元イスラエル空軍大尉のリュシーシュワブ女史とその配下のこと。思う程に嫌な予感となって脳裏に広がる。あのアララトに赤い冠雪とあった先が今日のこの惨劇だとするなら、リュシー女史軍団の関りがどこかにあるはず?!

ジェーンの前でおかしな素振りを見せないためにも、ソーニア情報とテレビ報道を突き合わせて事件全容を把握してしまいたかった。


結局、惨劇は早朝のニューヨークのそれだけで終わらず、後刻、同じようにして乗っ取られた航空機二機がワシントンDCに向かい、一機はペンタゴン西側ユニットに突っ込み炎上、遅れてホワイトハウスに向かったらしい航空機が百マイルほど手前の原野に墜落炎上したと分かる。こうなると、小松原の疑念は更に増す。

――これだけの規模のテロ攻撃となれば、事前の準備だけでも相当期間を要したはず。リシュー女史が、前代未聞の戦争が勃発、その標的がアメリカ、と予言したのはまさにこのことだったか?!――

テレビ報道に依れば、合わせて四機、いずれも東海岸のボストン、ニューアーク、ワシントンDCから西海岸サンフランシスコ、ロサンゼルスに向かうAA、UAの国内便各二機。このたった四機による、時間にして二時間足らずの間の惨劇にも拘らず、半世紀前の日本海軍によるパールハーバー奇襲を大きく上回る犠牲者数が予想されるという。遊説先からトンボ帰りした大統領は、建国以来初の本土襲撃を許してしまった痛恨の太平洋戦史を意識したか、今回の暴挙は「忌むべきテロ組織による自爆テロ」であってまさしく「小さな戦争」だと表現し、報復は必至、そのために犯人特定に全力を上げる、との強硬姿勢を言明したという。

大統領声明のその激しさも尤も、パールハーバーの犠牲者は兵士、軍人、軍属がほとんどであったところ、このニューヨークの犠牲者は全て民間人、あるいは救助に当たった警察消防関係者、しかもその大半が無残にも瓦礫の下に生き埋めで生存の可能性無し、という理不尽さなのだ。

ところが驚くことに、ソーニアは、こうしたテロ組織の企てをペンタゴン、ホワイトハウス筋は事前に察知していたはずと断定、そのスキームを導出した時系列情報をも明示していて、これには小松原も呆れるしかない。その根拠の一つ目は、二か月以上前にエジプト当局が摑んでいた、イスラム過激派組織がイタリアで準備中のG8会議をハイジャック機で襲うテロ計画あり、とのかなり確度の高い情報。二つ目は前後してドイツ情報局が察知、同様の計画がアメリカを標的に画策されているというもの。決定的な三つ目はイスラエル諜報機関からのもので、ウサーマビンラーディン直系のイスラム原理主義者達のテロ組織が米国内に増殖、政治的重要拠点ないし文化的建造物を標的にしたテロ攻撃を画策中と、甚だ具体的かつ衝撃的なもの。

ビンラーディンとは、アメリカに取ってアフガン紛争以来の因縁続きの人物で、イスラム原理主義過激組織の最大勢力アルカーイダの党首。こうした最大危険度の情報であれば、当然、ホワイトハウス国防筋に通達されていないはずはなく、更には、当事国アメリカへ向けられた動きを、ＦＢＩやＣＩＡは一早く具体的に把握していたはずと、これもソーニアの弁。

その傍証として、三年前のケニア、タンザニアのアメリカ大使館同時爆破テロ、昨年には、中東で給油中のアメリカ海軍駆逐艦への民間ボートでの自爆攻撃、等。これらは皆、アルカーイダ自身がアメリカに対する神の名の下の鉄槌であると声明しているもの。

ところがソーニアは、更に補足して、アメリカ国防筋ファイルに全くそのような報告事実の形跡無し、これは、国防筋独特の秘密主義によって関連情報全てに厳重な蓋が為されていたせいで、ペンタゴンもホワイトハウスも事前に何らかの対抗手段は講じていたはず、にも拘らずこれだけの惨劇が起きた、と、人工知能ソーニアにはあるまじき無遠慮な論調なのだ。

小松原としてはソーニアの触手が及ばない情報エリアがあると知るだけでも穏やかではないのに、ソーニアとしては、それが活かされればこの未曽有の大惨事が防げたかもしれないと訴えたいらしい趣が感じられて、ソーニア産みの親たる小松原としては到底受け入れ兼ねるところなのだ。

頭の中の整理が追い付かず、しかし、自分の手蔓如きでは到底今の国防当局の核心部分にまでは辿り着き得まいと、諦めざるを得なかった小松原は、今後の情報探策をソーニアの最優先課題として任せ、自分は巷間の雑多情報に目を向けた。すると、ソーニアの探索パターンから外れるものの中に、出るわ出るわ、よくもまあこれまでと思う程の多彩なエビデンスで際限が無い。多分、ネットオタク達が面白おかしく囃し立てているものに違いなく、この非常事態下に！　と、小松原はいっそう感情を逆撫でされて収まらない。

肝心のリュシー女史絡みの情報は全く上がらず、結局、元に戻ってソーニアの首尾を待つしかないかと閲覧を閉じようとして、曰くあり気なものが目に付いた。乗っ取られた航空機ＵＡ93便の、搭乗業務に携わった地上用務員からのオフレコ情報らしい一件と、それに対するお喋りスズメ達の応酬。

それによれば、実行犯は四機全て乗客に紛れた五人組、計二十名、犯人像は既に割り出されているようだが、ＵＡ93便だけは様子が違っていた。これが定刻離陸であれば最初に北棟ビルに突っ込んだＡＡ11機と同じように八時前後のところ、他の二機よりも更に遅れて一番最後の離陸だった。離陸空港はマンハッタン島とハドソン河を挟んで目と鼻の先のニューアーク空港、ところが、何処をどう曲折したか、南棟ビルに突っ込んだのは、ボストンから飛んだＡＡ11機に遅れること二十分近く、九時過ぎだったのだ。

この、離陸遅れ、飛行遅れの原因についてのスズメ論議が喧しいのだが、先ず間違い無さそうなのは、同機のみには実行犯が四人だけ、もう一人はこの計画の主犯格の人物で、秒読みに入った段階で計画に加わるべく中東からアメリカに向かったものの入国審査で引っ掛かり、結局、搭乗できなかったらしいというもの。結果として、ＵＡ93便は離陸したものの統率が取れずに右往左往するしかなかったらしい。

この時の同機内に起こっていた状況は、航空局交通管制センターが操縦室からの無線通信を傍受して把握していた。しかし、捜査当局は、捜査中を理由に主犯格人物の動向を含む犯人達の詳細、機内での状況の一切を開示していないという。

――うーん、こうなるともう何が何だか分からないが、ただ一つ、リュシーシュワブ女史の絡みは間違い無かろう。それで全ての辻褄が合ってしまうじゃないか。！――

その時、小松原の脳裏にあったのは、昨年のリュシー女史からの最終メール。そこにあったあの決別の挨拶に似た文面に小松原は気を揉み、いろいろに接触を試みたものの、その後、メールは届かず、女史の要請で小松原が提供したシステムを通じてのコンタクトも、不通となっていたものだ。

――あの女史が、戦争が始まる！　と、苦衷の表情を見せたのはその少し前の秋口、メキシコの彼女の隠れ家でだったか。あの不可解な文言の意味は、そして、それ以上に不可解なあの別れ際の彼女の異様な表情、あの意味は何だったのか！　この今見ている惨劇の光景とどう関りがある?!――

そう思って記憶を手繰ると、女史は、とんでもない時にとんでもない所で起こる！　と、如何にも分かっている風な言い方もしていた。あの時の女史のちらつく目付きは、彼女の心の不安の表れなんかではなく、起こるのはあなたのお膝元アメリカですよ、ボヤボヤしていないで！　とでも言いたかったのではないか。

しかも、いつぞやのソーニアの状況分析だと、リュシー女史は、世界で今最も恐れられ、特にホワイトハウス、ペンタゴンが最大の関心を払っている中東テロ組織のボス、つまり、ソーニアがイスラエル特務機関の情報を引いて今朝の大惨事の元凶とした、イスラム原理主義テロ組織アルカーイダの創始者ウサーマビンラーディンと、因縁の対立関係にあるとのことだったではないか。

そしてその対立関係というのも尋常ではなく、元はイスラエル空軍高官だったリュシー女史で、今でこそ中東山岳部族に身を寄せてそこの治安組織を預かる身だが、なんでも、高官当時、前途のあった女史の人生を決定的に狂わせしまう惨い出来事があり、それを画策したのが今のアルカーイダ党首の若かりし頃という、何とも信じ難いような決定的な間柄らしかった。

――だとしたら、これはもう唯のテロ攻撃どころの単純さではあるまい。なるほど、犯人母体はイスラム原理主義を殊更にするテロ組織、その首謀者がイスラム革命なる妄想を世界に撒き散らすビンラーディン党首、そしてそれを陰からけしかけるのが組織発祥の地アフガニスタンのタリバーン政権、その上に、テロなる恐怖をテコに覇権拡大を画すイスラム教独裁国家イランの存在という、アメリカにとってのまさに宿明の構図が見て取れる。大統領が、戦争だ！　負けて堪るか！　と言い放った、まさにその通りのことであろう。

だがしかし、今回の特大テロにあってのみは、密かなもう一つの力が与した。つまり、リュシー女史率いるあの精鋭女性闘士達の暗躍だ。それがどのような与し方であったか知る由も無いが、全ての要素がそこへ向かって雪崩を打ったであろうことを思えば、否定せよと言う方が無理だ!!――

そこまで分かって、小松原は一介の市井人である自分の出る幕は無しとようやく理解した。しかし、それでも晴れないのは、入国拒否にあって実行部隊に加われなかったという主犯格なる人物のこと、その正体はいったい誰なのか?!

いつぞや、本当の悪人の厄介さとは自分の存在を表に出さないところにあると、女史が呟くのを聞いたことがあった。その場にいたのは小松原だけで、誰にともなくふと漏れたような言葉だったが、あの時の会話の脈絡からして女史の言いたかったのは、ビンラーディン党首のような保身に長けた狡猾な相手は常に身を安全地帯に置くから、彼女が如何にして憎っくき宿敵に迫ろうにも相手の影すら定めようがなく、本命に辿り着くのはほとんど不可能、というような意味ではなかったか。加えてその時、それでもやらなければならないものはやらないで済ますわけにはいかない！　と、唇を噛み締めていた。

小松原は女史の気迫に押されて頭を縦に振るだけが精一杯だったのだが。

——あのリュシー女史以下の猛者達は、今日のこの惨劇をどこでどう見ていたのだろう。報道によれば航空機の乗客はハイジャックと知って精一杯の防戦を試みたというが、乗客に交じって阻止すべく頑張った者の中に、女史の有能な配下達がいたとはあり得ないか。——

と思った途端、そこから更に妄想が飛躍した。

——リュシー女史こそは、余多いる影武者をかき分けて本命に辿り着くべく、今回の暴挙を手ぐすね引いて待っていた、とは穿ち過ぎか？　何故なら、パールハーバー以来の、本土深く攻め込まれるという米国史上二度目の他国による奇襲攻撃を、ホワイトハウスが不意打ちの開戦と断じて報復に出ないはずはない。それも、同盟国、親交国を総動員して世界の親イスラムの世論を封じ込めての応戦ならば、首謀者ビンラーディンの籠る本城を必ず炙り出してくれるだろう。つまりそこが、己の手で仇敵の息の根を確実に仕留めようとするリシュー女史の、自身の命を懸けた狙い目だった？　リュシー女史はそこまで周到に思い巡らせた上で、最大限のドンパチを演じさせながら被害を最小限に止めるため、信頼する部下達に相手集団の動向を見張らせていたのではないか。——

　こればかりは小松原の妄想にしても、リュシー女史ならば、仇敵の首を上げるにある程度の犠牲を伴うスキームも躊躇わなかったであろうと思えるのだ。

——ところが、ただ一点において彼女は読み誤った。最大効果を狙うテロ集団ならば向かう第一の矛先は、当然、ホワイトハウス、ペンタゴン。世界一の防護網に守られて鉄壁なはずのそこを陥とせば、アメリカ社会を根底から震撼させるに十分で、しかも、一般民間人の巻き添えはわずかで済むはず、と、そう踏んで、それを確実に実行させるように陰で舵取りしたかもしれない。したがって、リュシー女史にとってはニューヨークは想定外、あっても最低限の可能性でしか考えていなかった？——

　小松原がそう思うのは、如何な破壊主義者達と雖も、世界の全ての世論を敵に回す愚を知らないはずはなかろう、世界の経済や文化の中心都市で、しかも世界各国の良識の代弁者達が集う国連本部を巻き込めば、刃はブーメランとなって、最終、自分達の組織を危うくする、そして、リュシー女史にしてもまた、ニューヨークとなればその被害は空前絶後、しかもそれによる犠牲者の全ては一般人、そこを思えば、例えそれで彼女自身の目的が叶おうとも、とうていそれを容認することはできず、計画そのものの実行を阻むべく動いたに違いないと、そういう現実論者としての考えからだった。

——だがしかし、神は人類に特大のお灸を饐えるやり方を選んだ。——

　秒読み段階に入って、実行犯チームは肝心な司令塔を欠くことになった。その結果、チームの統制は乱れ、事前に周到に用意されたスキームもあらばこその迷走で、一の目標のペンタゴン、ホワイトハウスは完全に失敗、眼暗滅法に突っ込んだマンハッタン島では見事な打ち上げ花火となって、彼らの思惑が最初からそこにあったかの印象を世界に見せ付けてしまったのかもしれない。

——そうしてみれば、ホワイトハウスに向かうはずの機が、乗っ取られたと気付いた乗客達の激しい抵抗で迷走し、その挙句に、一〇〇《キロメートル》も離れた無人の原野に墜落ということなんだが、この如何にもお粗末に見える結末こそが、その機が実行犯達への司令塔と見定めて乗り込んでいた、リュシー軍団精鋭達の働きによるものだった可能性は無いか。――

だが、乗客全員を人質に取られている上に、パニックに陥った一般乗客達の騒乱で如何ともし難く、彼女らは、機が墜落を始めてもうこれまでと悟るや、地上からのリュシー女史の指令を得て機外に脱出、パラシュート降下で女史らが待機する平原の彼方に消えて行ったかもしれない。

コロンビア高地で初めて会った時の、リュシー女史配下の若い女性活動メンバーの顔々が思い浮かぶ。辛い生い立ちにめげずリュシー女史を師と仰いで頑張る、あのまだあどけなささえ残す女性隊員達の底抜けに明るい笑い声は、いったい何だったんだろうか。あの面々にもう二度と会えないとは、諾なえと言う方が無理だ。

妄想は妄想を呼んで支離滅裂に膨らむばかり、だが、お蔭で小松原の膨れる腹の方はほんの少し萎んだ。しかし落ち着けば落ち着いたで、別の思いも湧く。

リュシー女史は、思惑外の成り行きで想像を絶する数の民間人犠牲者が出てしまったことに、臍を噛む思いでいるに違いない。しかしそれもこれも、女史達の身に何事も無ければのことだ。

――リュシーシュワブ司令官！　あなた様からのあのアララトに赤き冠雪あれば！　との予告メッセージをいただきながら、伏されたあなた様のお心内に気付けぬままに日和見していた自分が無念です。今は唯ただ、あなた様方の首尾を祈るしかありませんが、どうか無事でいて下さい！　何の、これしきに尻尾を捲くあなた様ではない！　再び会えた暁には、心身を賭して人類の平和共存に挺身するあなた様方に、そして、あなた様方のクラスターネーションなる理想郷の実現のために、不肖、この私も積極的に尽力します。――

もどかしい思いは晴れないまま、あれこれと妄想に翻弄されるうち、気が付けばもう外は真っ暗、慌てて部屋の灯を落とす。

社屋の正面玄関に立って星空を眺めれば、一向に変わらぬ美しい天の川が瞬きながら天空を流れ、悠久の自然の営みのみが静かに感じられる。星の煌めきがいつもより増して美しく見えるのは、上空に北からの寒気が流れ込んでいるのか、これから名ばかりの冬に向かうカリフォルニアの初秋の夜だ。

あのリュシー女史らから全幅の信頼を寄せられながら、何も貢献できぬままに全てが終わってしまったのかもしれないと思うと、身を切られるように切ない。娘のアシュレーとちょうど同じ年頃のあの女性闘士達が、犠牲になった惧れ無きにしもあらずと告げたら、ジェーンもまた何と言って悲しむか。

しかし、ハンドルを握りながらゆっくりと家路を辿る小松原には、あれもこれも皆、現実感が薄れて遠い夢の中の出来事のような気がしてくるのだった。

著者後書き

遡れば、原始社会には須らく政祭一致が自然の成り行きであった。一方の現代の先進社会を見るに、政治と宗教は異質、政教分離こそよしとする論調が優勢か。言葉の遊びなんぞの軽さではないこの概念の、どこにどんな違いがあると解すべきだろうか。

人類にとって必須の社会という集団の形成、その括りの基本を国として、そこに、今様の理屈で為政の公平性と信教の中立性を両立させるならば、政教分離は必然の国体像となるのだが。しかし、真にそれを実現できた理想の国家社会が、未だかつてあっただろうか。そしてまた、犯罪とも何とも形容の言葉の無いテロリズムというおかしな暴挙が、かつて無かったほどに大手を振って憚らない今様社会、そこに何があるのか、一分なりとも理はあるのか。

そんな諸々に少しでも明快な何かが欲しく、昨今、テロと言えばイスラム社会と決まってしまった感のある中近東情勢に学べば、その辺りに何らかの解が見出せまいかと思った。それが本書シリーズⅣ巻目のテーマ選びの動機だった。

そもそも、現代人類史数千年の中にあって、政教分離なる社会的概念の登場は直近三百年ほどの浅さでしかない。明文化された大元を辿れば、１７８７年制定のアメリカ合衆国憲法、その中の修正第1.条から第7.条（１７９１年）辺りに列挙された国民個々人の基本的権利と、それを担保する諸規定に行き着く。そこに言論、出版、集会と共に信教、宗教活動の自由が盛り込まれた。そして、その拠って来るところは、欧州大陸諸国、就中、封建制社会の筆頭であった当時のイギリス王国の宗教的軋轢から逃れて新大陸を目指した、ド根性開拓民達の国アメリカなればこその条項だったのだろう。

そして、そこから下ること三百年、２００１年の9・11同時多発テロを契機に世界の一番の厄介者と目されるようになった中近東イスラム社会だが、その地域の今の混乱の背景を観る時、歴史的、地政学的な要素が複雑に絡んでの幾多の対立構造を直視しなければならない。ひとつに、アラビア語圏におけるユダヤ人問題やアナトリア半島東部クルド人問題などに顕著な、いわゆる民族間対立。ひとつに、十九世紀英露間の覇権争いに始まり、その後の東西間紛争、民族間抗争に場を移すアフガン問題。ひとつに、イスラム教内の権力闘争に端を発する宗派間の骨肉相食む対立。ひとつに、今に咲くアダ花イスラム教原理主義を標榜する過激な武闘組織と、それを煽る革命イスラム教国家の覇権主義、等など。つまり歴史的な背景から広大な地域の内に文化的、民族的、国家的背景の異なる多様な社会を抱え込むことになったが故の、巨大イスラム圏ならではの難題だ。

しかも、そうした内部の不安定さに便乗した、石油資源を巡っての欧州列強の介入の歴史もまた、今なお隠然として影を落とす。

書き進めながらとつおいつした挙句、人類学者でも社会学者でもない一文筆家としての個人的結論として、結局、人類史上最古の文明発祥の地であったアラブ圏、後々そこを中心に栄えた大イスラム教圏、というような教科書的な史観を引き摺っていては真実が見えてこないのではないか、との思いに至った。

つまり、賢い人ホモサピエンスを先祖に、更に頭脳を発達させたホモサピエンスサピエンスが今の我々現代人であって、残念ながら、急激に発達させ過ぎた知能の構造はやはり不完全だった。そこに獲得した智恵は、むしろ、諸々の「我欲」に凝縮される極めて個人的、利己的なものの追究に向かい、真に智恵ある人間のあるべき性、生物界の頂点に立つ人間種の種としての真の存在意義の自覚は、シーソー現象よろしく後退の一途を辿ったように思えてしまうのだ。

言うなれば、現代人間種とは、歴史に学ぶことができず、口ではその意義をくどいほどに強調しながら、やはり同じ過ちを延々と犯し続けて憚らないもののようだ。繰り返される天災人災を前にして然り、過剰な人間活動が全生物種の未来を危うくしている実状を前にして然り、考え方や価値観のわずかに違うだけの人間種同士の、血を血で洗う醜悪な闘争を前にして然り。

挙句、自分達のやる科学とか技術とかが神の領域までも土足で踏みにじろうとしている現実を前にして、口先だけの反省のみ、むしろ、持てる限りの智恵とエネルギーをそこに傾注してこそ、人類、生物界、そして麗しき地球の未来に資せるのだと、思い上がった錯覚をする。

してみると、筆者が根拠無しで漠然と妄想するだけの予感、二十一世紀は人類滅亡の世紀だとの不安感は、当たってしまうのであろうか。今年傘寿の筆者自身の目でそれを確かめることは、どんなに背伸びしても不可能とは分かっているのだが、せめて孫子達世代の安寧の為に、願わくば、神の信託を受けて生きとし生けるものに目配りなされるセコイアの長老（別著、セコイアの繰り言）に、何分の良導を賜りたいものと切に願いつつ筆を置く。

（2020年、師走）

小説 積極的平和主義者達の挑戦（Ⅳ）

2021年4月15日　第1版第1刷発行

著　者　Pershing S. 水観

発行者　小川　剛

発行元　杉並けやき出版
〒166-0012 東京都杉並区和田3-10-3
TEL　03-3384-9648
振替　東京 00100-9-79150
http;//www.s-keyaki.com

発売元　星 雲 社（共同出版社・流通責任出版社）
〒112-0005 東京都文京区水道1-3-30
TEL　03-3868-3275

印刷／製本　(有) ユニプロフォート

ISBN978-4-434-28741-1 C0093